Passions

NORA ROBERTS

Passions

Titres originaux :
TEMPTATION
Traduction française de PERRINE DEBRAY
A WILL AND A WAY
*Traduction française d'*ANDRÉE JARDAT
ISLAND OF FLOWERS
Traduction française de MARIE-CLAUDE CORTIAL

Jade® est une marque déposée par le groupe Harlequin

Photos de couverture
Couple : © CAROL KOHEN / GETTY IMAGES
Oiseaux et paysage : © SCIENCE FACTION / GETTY MAGES

Temptation :
© 1987, Nora Roberts.
A Will and a Way :
© 1986, Nora Roberts.
Island of Flowers :
© 1982, Nora Roberts.
© 2009, Harlequin S.A.
83-85, boulevard Vincent-Auriol, 75646 PARIS CEDEX 13.
www.harlequin.fr
ISBN 978-2-2808-5154-1 — ISSN 1773-7192

La brûlure de l'été

1

— Il n'y a rien que je déteste plus que me réveiller à 6 heures du matin, marmonna Eden.

La lumière du jour entra par la fenêtre et se répandit sur le parquet puis sur le cadre métallique de son lit avant de venir effleurer son visage. Le tintement de la cloche annonçant le réveil matinal résonna dans sa tête. Elle n'entendait ce son que depuis trois jours, mais elle le détestait déjà.

Elle enfouit son visage dans son oreiller et imagina, l'espace d'un instant, qu'elle se trouvait dans son lit à baldaquin, blottie au creux de ses draps aux senteurs citronnées. Dans sa propre chambre aux tons pastel, les rideaux ne laissaient pas passer la lumière du jour et l'odeur des fleurs fraîchement coupées embaumait l'atmosphère.

Elle jeta son oreiller par terre en poussant une exclamation de dépit et tenta tant bien que mal de s'asseoir sur son lit. Le son de la cloche avait fait place aux croassements frénétiques de quelques corbeaux. Un morceau de musique rock s'échappait à plein volume de la cabane située en face de la sienne. Le regard lourd de sommeil, elle aperçut Candice Bartholomew qui se levait de sa couchette et s'approchait d'elle, l'œil vif, la mine réjouie.

— Bonjour, Eden, la journée s'annonce bien ! s'exclama Candice d'un ton enjoué en passant ses doigts fins dans la tignasse rousse qui encadrait son visage d'elfe.

Eden bredouilla une vague réponse et s'assit au bord du lit, satisfaite d'avoir réussi à poser ses pieds sur le sol.

— Je me déteste quand je suis comme ça…, marmonna-t-elle d'une voix enrouée.

Malgré son ton maussade, on devinait dans sa manière de s'exprimer la bonne éducation qu'elle avait reçue. D'un geste encore endormi, elle écarta les cheveux blonds qui lui tombaient dans les yeux.

Candy, un sourire aux lèvres, ouvrit la porte de la cabane pour laisser entrer l'air frais du matin, tout en observant son amie. Les cheveux clairs d'Eden devinrent presque transparents lorsque la lumière éclatante de l'été les traversa. Eden fit un ultime effort pour ouvrir tout grand les yeux. Ses épaules s'affaissèrent et elle laissa échapper un long bâillement. Silencieuse, Candy attendait qu'Eden se réveille tout à fait, car elle savait pertinemment que son amie n'était pas aussi matinale qu'elle.

— Je n'arrive pas à croire qu'il est déjà l'heure de se lever, murmura Eden, j'ai l'impression de m'être couchée il y a cinq minutes.

Elle posa les coudes sur ses genoux et appuya la tête sur ses mains. Elle avait le teint clair, des pommettes hautes, un petit nez légèrement retroussé et des lèvres pulpeuses qui embellissaient encore ses traits délicats.

Candy respira profondément avant de refermer la porte.

— Tu as simplement besoin d'une douche et d'un bon café. N'oublie pas que la première semaine est toujours la plus difficile.

Eden haussa les épaules.

— C'est facile de dire ça ; on voit que ce n'est pas toi qui es tombée dans les orties.

— Ça te démange encore ?

— Légèrement.

Eden, qui se sentait un peu coupable d'être de si méchante humeur, parvint à esquisser un sourire et à adoucir l'expression de son visage.

— Si on m'avait dit qu'un jour je serais monitrice dans une colonie de vacances…

Après avoir bâillé une nouvelle fois, elle se leva et enfila sa robe de chambre. Le fond de l'air était si frais que ses orteils se recroquevillèrent. Si seulement elle avait pu se souvenir de l'endroit où elle avait laissé ses pantoufles !

— Regarde sous le lit, suggéra Candy.

Eden se pencha et aperçut sa paire de mules de soie rose brodée peu adaptées à l'environnement dans lequel elle se trouvait. Elle se rassit pour les enfiler.

— Penses-tu vraiment que les cinq étés que j'ai passés au Camp Forden m'ont préparée à travailler dans cette colonie ?

Candy fronça les sourcils.

— Serais-tu en train de me dire que tu regrettes déjà d'être venue ici ?

Eden décida de faire contre mauvaise fortune bon cœur. Après tout la nouvelle colonie de vacances de Camp Liberty comptait énormément pour elle tant sur le plan financier qu'affectif. Se plaindre ne servirait à rien.

Elle s'approcha de Candy et passa son bras autour de ses épaules.

— Ne t'inquiète pas, je suis de mauvaise humeur le matin, c'est tout. Après une bonne douche, je serai d'attaque pour m'occuper de nos petites recrues.

— Eden !

Candy la retint avant qu'elle ne ferme la porte de la salle de bains.

— Tout va bien se passer. J'en suis persuadée.

— Moi aussi, j'en suis sûre.

Eden ferma la porte et s'appuya contre le battant. Maintenant qu'elle était seule dans la salle de bains, elle pouvait arrêter de jouer la comédie. En réalité, elle était morte de peur. Elle avait investi ses dernières économies et son ultime espoir dans les six cabanes et le réfectoire de Camp Liberty. Mais que savait-elle des colonies de vacances, elle qui était née dans la haute société de Philadelphie ? Elle se rendait compte avec angoisse qu'elle avait tout à apprendre.

Si elle n'était pas à la hauteur, réussirait-elle à se relever de son échec ? Que ferait-elle ? Dans la minuscule cabine de douche, elle tourna encore et encore le robinet d'eau chaude, mais le mince filet d'eau restait désespérément tiède.

Il me faut de la confiance en moi, de l'argent et une bonne dose de chance, songea-t-elle en grelottant.

Elle se lava avec le savon coûteux qu'elle se permettait encore d'utiliser. Elle n'aurait jamais pu imaginer, un an auparavant, que ce serait un jour son seul luxe.

Eden se retourna pour que l'eau, qui se refroidissait rapidement, coule le long de son dos. Elle poussa un long soupir en songeant à ce qu'elle aurait fait, un an plus tôt, un jour comme celui-là... Elle se serait levée à 8 heures, aurait passé un temps fou sous une douche bien chaude ; puis elle aurait avalé un copieux petit déjeuner fait de pain grillé, de café, avec peut-être, en plus, un œuf à la coque. Aux environs de 10 heures, elle se serait rendue à la bibliothèque pour y faire un peu de bénévolat. Ensuite, elle aurait déjeuné en compagnie d'Eric, au restaurant Les Deux Cheminées, par exemple, avant de passer son après-midi au musée ou en compagnie de sa tante Dottie à s'occuper d'une œuvre de bienfaisance.

Elle n'aurait eu qu'à se soucier de choisir sa tenue, en hésitant entre son tailleur de soie rose et son ensemble en lin couleur ivoire. Elle aurait passé une soirée tranquille à la maison ou aurait assisté à un dîner chic à Philadelphie. En ce temps-là, elle ne connaissait ni l'angoisse ni les soucis. Son père était encore en vie.

Eden soupira et sortit de la douche. Elle s'essuya avec la serviette fournie par le camp. Le savon laissa une odeur subtile sur sa peau. Lorsque son père était vivant, elle pensait que l'argent était fait pour être dépensé et que sa vie ne changerait jamais. On lui avait enseigné comment préparer un menu, pas comment le cuisiner. On lui avait appris à diriger une maison, pas à la nettoyer.

Elle avait passé une enfance très heureuse avec son père, qui était veuf, dans le confort de leur élégante demeure de Philadelphie. Elle avait été habituée au faste des multiples soirées, aux après-midi passés à boire une tasse de thé avec des amis ou à prendre des leçons d'équitation. Les Carlbough étaient une famille respectée de tous depuis des décennies, au sein de laquelle l'argent n'avait jamais manqué.

Malheureusement, la vie bascule parfois de manière imprévisible.

Désormais, elle donnait des cours d'équitation et tenait à jour le livre des comptes du camp, en essayant tant bien que mal d'en corriger les erreurs.

Eden essuya le petit miroir couvert de buée, qui se trouvait au-dessus du lavabo. Avec l'index, elle prit une quantité infime de crème de jour dans un pot à moitié vide — le dernier qui lui restait et qui devait durer tout l'été. Si elle survivait jusqu'à la fin du camp, elle s'offrirait un nouveau pot de crème comme récompense.

Lorsqu'elle sortit de la salle de bains, la cabane était vide. Connaissant Candy depuis une vingtaine d'années, elle savait qu'elle devait déjà être en train de s'affairer auprès des enfants. Elle envia la rapidité avec laquelle Candy s'était acclimatée à la situation et songea qu'il était grand temps qu'elle fasse de même. Elle enfila son jean et son T-shirt Camp Liberty rouge. Eden avait rarement porté des vêtements aussi décontractés, même lorsqu'elle était adolescente.

Elle appréciait la vie mondaine qu'elle menait alors — les soirées, les séjours de ski dans le Vermont, les passages à New York pour faire les magasins ou assister à une pièce de théâtre, les vacances en Europe. Elle n'avait jamais envisagé de devoir un jour gagner sa vie ; son père n'abordait pas ce sujet. Les femmes de la famille Carlbough ne travaillaient pas, elles présidaient des comités.

Elle avait fini ses études universitaires uniquement pour parfaire son éducation, sans imaginer qu'elle devrait embrasser un jour une quelconque carrière professionnelle. Ainsi, à vingt-trois ans, Eden était forcée de reconnaître qu'elle n'avait absolument aucune compétence spécifique.

Elle aurait pu en faire le reproche à son père, mais elle était incapable d'en vouloir à un homme qui s'était montré si bon envers elle. Elle l'adorait. Elle ne pouvait s'en prendre qu'à elle-même pour avoir été si naïve et si peu clairvoyante. Jamais elle ne pourrait blâmer son père. Un an après sa disparition brutale, elle avait encore le cœur serré en pensant à lui.

Toutefois, elle était suffisamment forte pour surmonter sa peine. S'il y avait bien une chose qu'elle avait apprise, c'était à cacher ses émotions, à rester impassible et maîtresse d'elle-même en toutes circonstances. Les fillettes et les monitrices que Candy avaient recrutées ne se douteraient pas un instant qu'elle pleurait encore son père ni qu'Eric Keeton avait blessé irrémédiablement son amour-propre.

Eric était un jeune banquier prometteur qui travaillait dans la société de son père. Il avait toujours paru si charmant, attentionné et digne de confiance, qu'elle avait fini par accepter sa demande en mariage et s'était fiancée à lui alors qu'elle était en dernière année d'université.

Que de promesses il lui avait faites !

Devant le miroir, elle se fit une queue-de-cheval et pensa à la mine déconfite que ferait son coiffeur s'il la voyait ainsi. Elle trouvait cette coiffure plus pratique. Ses préoccupations étaient désormais plus terre à terre ; si elle n'attachait pas ses cheveux, ils la gêneraient pendant les leçons d'équitation qu'elle devait donner ce matin-là.

Elle ferma les yeux quelques secondes. Pourquoi avait-elle tant de mal à démarrer la journée ? Peut-être espérait-elle, en prolongeant son sommeil, échapper à son cauchemar et se retrouver de nouveau chez elle. Malheureusement, elle n'avait plus de chez elle. Des inconnus vivaient désormais dans ce qui avait été sa maison. Le décès de Brian Carlbough n'était pas un cauchemar, mais une réalité tragique.

Il avait succombé à une crise cardiaque et Eden avait dû faire face à ce choc et à son chagrin. En plus de son deuil, elle avait dû affronter une épreuve d'un autre genre.

Elle avait dû pendant des heures écouter les monologues incompréhensibles débités par des avocats en costume noir dans des bureaux sentant le cuir et le vernis. Ces avocats, avec leur air solennel et leurs manières polies, avaient ébranlé sa vie.

Ils lui avaient parlé de mauvais investissements, de marché en baisse, d'hypothèques de second rang et d'emprunts à court terme. Après avoir passé en revue toutes ces informations, ils avaient conclu qu'elle était ruinée.

Brian Carlbough avait joué les cigales. Au moment de sa mort, la chance avait tourné et il n'avait pas eu le temps de récupérer ses pertes. Eden avait été contrainte de liquider tous ses biens et de vendre la maison dans laquelle elle avait grandi pour rembourser les dettes. Avant même d'avoir eu le temps de se remettre de son chagrin, elle s'était retrouvée sans domicile et sans revenus. Pour couronner le tout, Eric avait choisi ce moment précis pour la trahir.

Eden ouvrit la porte de la cabane et respira l'air frais de la montagne. Le paysage qui l'entourait était magnifique : des collines boisées à perte de vue, un ciel bleu d'une pureté incomparable... Pourtant, elle n'avait guère envie de profiter de la vue, car ses pensées étaient ailleurs, à Philadelphie. La voix posée d'Eric retentissait encore à ses oreilles.

Elle se remémora le scandale de leur rupture tout en marchant vers la grande cabane. Eric craignait pour sa réputation et sa carrière. Aussi, sans se soucier le moins du monde du drame qu'elle-même était en train de vivre et de l'état de dénuement dans lequel elle se trouvait, il n'avait fait que préserver ses propres intérêts.

Il ne l'avait jamais aimée. Eden glissa ses mains dans les poches de son jean et continua à marcher. Quelle idiote elle avait été ! Dire qu'elle ne s'était doutée de rien !

Néanmoins, cette expérience douloureuse lui avait été bénéfique et les enseignements qu'elle en avait tirés l'avaient fait mûrir. Elle avait compris ce qu'elle représentait pour Eric : le moyen le plus simple et le plus rapide pour s'approprier l'argent et la situation enviée des Carlbough. Dès qu'Eden et son père s'étaient retrouvés dans une situation délicate, il n'avait pensé qu'à ses propres intérêts.

Eden ralentit, car elle était à bout de souffle. Son essoufflement n'était pas dû à la fatigue de la marche, mais à sa colère. Il fallait qu'elle se calme, car elle ne voulait pas arriver au réfectoire le visage rouge et les yeux pleins de larmes. Elle s'arrêta un instant, respira profondément et regarda autour d'elle.

Le fond de l'air était encore frais, mais, en fin de matinée, le soleil réchaufferait certainement le camp. L'été venait à peine de commencer.

Le camp était composé de six cabanes, dont les fenêtres avaient été ouvertes pour aérer. Les rires des fillettes s'élevaient ici et là dans le camp. Des anémones et un cornouiller fleuri ornaient le sentier qui reliait les cabanes numéros quatre et cinq. Un oiseau moqueur, qui se trouvait sur le toit de la cabane numéro deux, se mit à chanter.

A l'ouest du camp, s'étendaient à perte de vue des prairies vertes et vallonnées, où paissaient paisiblement des chevaux. Eden était impressionnée par le sentiment d'infini que lui inspirait ce paysage. Avant, elle ne connaissait que la vie urbaine. Les rues, les immeubles, les embouteillages et la foule faisaient partie de son quotidien. Parfois, elle se sentait un peu nostalgique en repensant à son existence passée. Bien sûr, elle aurait pu continuer à mener cette vie. Tante Dottie, qui l'aimait tendrement, lui avait proposé de venir s'installer chez elle. Eden avait longuement hésité avant de décliner cette invitation qui l'aurait amenée à poursuivre une vie sans but.

Comme son père, Eden semblait avoir le goût du risque. Comment expliquer autrement le fait qu'elle ait décidé d'investir ses dernières ressources dans une colonie de vacances pour filles ?

Eden avait choisi de tenter le coup, de suivre son instinct. Désormais, elle ne pourrait plus revenir en arrière ; il lui serait impossible de retrouver sa place dans le doux cocon d'antan. La poupée de porcelaine fragile était en train de se transformer. Dans ce nouvel environnement, elle allait apprendre à se connaître et à révéler sa personnalité profonde. Découvrir de nouveaux horizons lui permettrait peut-être de s'épanouir.

Candy avait raison ; ça allait marcher. Elles allaient tout faire pour que cette colonie soit une réussite.

Eden aperçut son amie qui venait à sa rencontre sur le chemin.

— Tu as faim ? lança Candy en s'approchant d'elle.

— Je suis au bord de l'inanition.

D'un geste amical, Eden posa sa main sur l'épaule de Candy.

— Où étais-tu passée ?

— Tu me connais, je ne peux pas rester cinq minutes sans rien faire.

Comme Eden, Candy contempla le camp. On put alors lire sur son visage tout ce qu'elle ressentait : l'amour, la peur et la fierté.

— Je me faisais du souci pour toi.

— Candy, je te l'ai déjà dit, j'étais simplement de mauvaise humeur ce matin.

Eden regarda un groupe de filles sortir en trombe d'une cabane et se diriger vers le réfectoire.

— Eden, on se connaît depuis qu'on a six mois. Personne n'est mieux placé que moi pour comprendre ce que tu vis en ce moment.

Candy n'avait pas tort, Eden le savait et c'est pourquoi elle était décidée à mieux dissimuler ses blessures encore apparentes.

— Tout ça, c'est du passé, Candy.

— O.K. N'empêche que c'est moi qui t'ai entraînée dans ce projet.

— Tu ne m'as pas entraînée. J'étais volontaire. En plus, tu sais comme moi que je n'ai investi qu'une somme dérisoire dans le camp.

— Pas si dérisoire que ça. Grâce à ton argent, nous avons pu mettre en place une activité équestre. En plus, tu as accepté de donner des leçons d'équitation…

— Je vais suivre attentivement l'évolution de mon investissement, dit Eden à la légère, et l'année prochaine, je ferai plus que donner quelques heures de cours d'équitation et tenir les comptes. Je serai une monitrice à part entière. Je suis très heureuse d'avoir fait ce choix, Candy, poursuivit-elle, en reprenant son sérieux. Ce projet, c'est le nôtre.

— Et celui de la banque.

Eden haussa les épaules.

— Ce camp est essentiel pour nous. Pour toi, parce que c'est ce que tu as toujours voulu faire et que tu t'es donné les moyens de réaliser ton rêve, et pour moi, parce que…

Elle hésita, puis soupira.

— Il faut bien le reconnaître, je n'ai rien d'autre dans la vie. Ici, je suis logée et nourrie, et j'ai un but : me prouver que je peux m'en sortir.

— Les gens pensent que nous sommes folles.

— Qu'ils pensent ce qu'ils veulent, répondit Eden du tac au tac, en retrouvant sa fierté et ce sentiment de témérité qu'elle avait découvert en elle et qu'elle commençait à savourer.

En riant, Candy tira doucement une mèche de la chevelure d'Eden.

— Allons manger.

Deux heures plus tard, Eden achevait sa première leçon d'équitation de la journée. C'était ainsi qu'elle participait à la colonie dirigée par Candy. En outre, il avait été décidé qu'Eden se chargerait de la comptabilité, parce que Candy n'était pas à l'aise avec les chiffres.

Candy avait embauché des monitrices, une diététicienne et une infirmière. Dans un avenir proche, elle espérait pouvoir faire construire une piscine et engager un maître nageur, mais, pour l'heure, les activités proposées se limitaient aux baignades surveillées dans le lac, aux sorties en canoë, aux randonnées, au tir à l'arc et aux travaux manuels. Candy avait passé de longues heures à peaufiner le programme du camp tandis qu'Eden épluchait les comptes. Candy avait commandé tout le matériel nécessaire et Eden avait croisé les doigts pour que leur budget suffise à régler les factures.

Eden n'était pas aussi sûre que Candy que la première semaine du camp serait la plus difficile. Candy était dotée d'un optimisme à toute épreuve et réussissait notamment à occulter les problèmes financiers avec une facilité déconcertante.

Parvenue au milieu du manège, Eden sortit de ses pensées et lança aux filles :

— C'est tout pour aujourd'hui.

Elle observa les visages des six fillettes, en partie dissimulés sous les bombes d'équitation.

— Vous vous êtes très bien débrouillées.

— Quand pourra-t-on faire du galop, mademoiselle Carlbough ?

— Quand vous maîtriserez le trot.

Elle donna une petite tape sur le flanc d'un des chevaux. Elle s'imagina en train de galoper, dévalant à toute allure les collines et songea à la sensation de bien-être que cela pourrait lui procurer. Elle reprit rapidement ses esprits et recentra son attention sur ses élèves.

— Enlevez la selle de vos chevaux et donnez-leur à boire. Souvenez-vous qu'ils ont besoin de vos soins et de votre attention.

Le vent la décoiffa et elle remit ses cheveux en place distraitement.

— N'oubliez pas non plus de ranger vos selles correctement pour le cours suivant.

Comme prévu, cette dernière recommandation déclencha un concert de soupirs exaspérés. L'enthousiasme dont les fillettes faisaient preuve pour monter à cheval disparaissait en fin de séance, lorsqu'elles devaient ranger et nettoyer les équipements.

Eden s'estimait heureuse d'avoir réussi à imposer un certain nombre de règles sans susciter trop de mécontentement. La semaine précédente, elle avait appris à mettre des prénoms sur chaque visage. L'engouement de ces filles de onze et douze ans lui avait fourni l'énergie nécessaire pour mener sa tâche à bien. Au sein du groupe, deux ou trois d'entre elles, pleines de vie, lui rappelaient la fillette qu'elle était à leur âge. Après avoir passé une heure debout en plein soleil, elle appréciait ce moment de détente où elle pouvait bavarder un peu avec ses élèves, mais il était temps de passer à autre chose et elle finit tout de même par les pousser vers les écuries.

— Eden !

En se retournant, elle aperçut Candy qui se précipitait vers elle. Dès qu'elle vit son amie, Eden sut que quelque chose de grave s'était passé.

— Qu'est-ce qu'il y a ?
— On a perdu trois enfants.
— Quoi !

La panique s'empara d'Eden.

— Comment ça « perdu » ?
— On ne les trouve nulle part dans le camp. Il s'agit de Roberta Snow, Linda Hopkins et Marcie Jamison.

Candy se passa nerveusement la main dans les cheveux.

— Barbara était en train de rassembler son groupe, qui devait aller faire du canoë. Les trois filles ne sont pas venues au point de rassemblement. Nous les avons cherchées partout.

— Ne paniquons pas, dit Eden, autant pour se rassurer que pour calmer Candy. Roberta Snow ? N'est-ce pas la petite brune qui a glissé un lézard dans le T-shirt d'une autre fille l'autre jour et qui a fait sonner la cloche à 3 heures du matin ?

— Si, c'est elle, répondit Candy. La peste. C'est la petite-fille du juge Harper Snow. Si elle se fait la moindre égratignure, il risque de nous coller un procès.

Candy secoua la tête et poursuivit, en baissant d'un ton le son de sa voix :

— Elle a été aperçue pour la dernière fois ce matin marchant vers l'est.

Elle tendit le doigt vers les collines.

— Quant aux deux autres filles, on n'en sait pas plus, mais je parie qu'elles sont avec Roberta. Cette chère Roberta a une âme de meneuse.

— En marchant dans cette direction, elle a dû se retrouver dans la pommeraie voisine, n'est-ce pas ?

— Oui.

Candy ferma les yeux un instant.

— Eden, si je ne retourne pas à l'atelier de poterie, je vais retrouver six filles transformées en statue d'argile. Je suis pratiquement sûre que nos trois fugueuses sont dans le verger. Une des filles a avoué avoir entendu Roberta préparer un plan pour s'y rendre en douce et chaparder quelques pommes. Il n'est pas question que nous ayons le moindre problème avec le propriétaire de la pommeraie. J'ai dû le supplier de nous laisser profiter de son lac. Il n'avait pas l'air très content de savoir qu'une colonie de vacances pour filles allait s'installer juste à côté de chez lui.

— Eh bien, il devra s'y faire, dit Eden. Je vais aller les chercher, j'ai un moment de libre.

— Merci de t'en occuper. Ecoute Eden, le propriétaire tient particulièrement à ce qu'on respecte ses cultures. Il est très attaché à sa propriété privée.

— Je ne vois pas bien quels dégâts trois fillettes pourraient causer là-bas.

Eden se mit en route. Candy marcha quelques instants près d'elle, peinant à la suivre tant elle marchait vite.

— Il s'appelle Chase Elliot. Tu sais, comme la marque Elliot Apples. Sa société commercialise des jus de pomme, du cidre, des compotes... Tout ce qui peut être produit à base de pommes. Il a bien précisé qu'il ne voulait pas trouver des fillettes en train de grimper dans ses arbres.

— Il ne les trouvera pas, parce que je vais leur mettre la main dessus avant lui.

Eden franchit une clôture, laissant Candy derrière elle.

— Mets Roberta en laisse quand tu l'auras attrapée !

Candy regarda son amie s'enfoncer dans les bois. Eden suivit la piste à partir du camp. En route, elle ramassa un papier de bonbon, abandonné là à coup sûr par Roberta. Tout le camp savait que la petite-fille du juge Snow disposait d'une belle provision de friandises.

Il faisait chaud à présent, mais un bosquet de trembles ombrageait le sentier. La lumière du soleil tachetait le sol ; Eden trouva cette marche fort agréable. Des écureuils sautaient sur le chemin, sans se soucier de sa présence. Elle vit un lapin filer comme une flèche devant elle pour se réfugier dans des broussailles. Le son d'un pivert martelant un arbre résonna dans le bois.

Eden se rendit compte qu'elle n'avait jamais été aussi seule, sans personne aux alentours. Elle se pencha pour ramasser un autre papier de bonbon.

Elle découvrait de nouvelles odeurs végétales et animales. Elle remarqua que les giroflées qui sortaient de terre semblaient bien plus résistantes que les fleurs cultivées en serre. Elle fut ravie de constater qu'elle arrivait désormais à reconnaître certaines variétés de fleurs. Les giroflées, qui s'adaptaient à leur environnement, repoussaient chaque année. Elles lui donnaient espoir. Elle aussi pourrait trouver sa place dans son nouvel environnement. D'ailleurs, elle l'avait déjà trouvée. Ses amies de Philadelphie la prenaient peut-être pour une folle, mais elle commençait vraiment à apprécier sa nouvelle vie.

Elle quitta le bosquet de trembles et pénétra dans une clairière. Les rayons du soleil y étaient plus intenses. Elle plissa les yeux et mit sa main sur le front pour les protéger de cette vive luminosité, puis elle contempla les vergers Elliot.

De toutes parts, des rangées d'arbres recouvraient les collines à perte de vue. Certains pommiers étaient vieux et noueux, d'autres jeunes et droits. Au début du printemps, le spectacle de ces pommiers en fleur avec leurs pétales roses et blancs au parfum léger et leur feuillage d'un vert vif devait être magnifique.

Elle y songea en franchissant la clôture qui entourait la propriété. A cette époque de l'année, les feuilles étaient plus foncées et les pétales avaient fait place à des petites pommes vertes brillantes, attendant patiemment que le soleil les fasse mûrir.

Elle sourit en repensant à toutes les fois où elle avait mangé de la compote produite avec des fruits de ce verger.

Des éclats de rire attirèrent son attention. Une pomme tomba d'un arbre et roula à ses pieds. Elle se pencha pour la ramasser et la jeta un peu plus loin. Quand elle leva les yeux vers le pommier, elle aperçut trois paires de baskets au milieu des branches.

— Mesdemoiselles, cria Eden d'un ton autoritaire.

Elle entendit des murmures surpris.

— Apparemment, vous n'avez pas trouvé le chemin qui mène au lac.

Le visage de Roberta apparut entre les feuilles.

— Bonjour, mademoiselle Carlbough. Vous voulez une pomme?

Quelle effrontée, pensa Eden. Pourtant, la remarque de la petite fille lui donna envie de sourire et elle eut du mal à garder son sérieux.

— Descendez, ordonna-t-elle simplement.

Elle s'approcha de l'arbre et tendit les bras. Mais les fillettes n'avaient pas besoin de son aide et, en un rien de temps, elles se faufilèrent agilement entre les branches et atterrirent légèrement à côté d'elle. Eden fronça les sourcils, essayant de prendre un air sévère.

— Vous savez parfaitement qu'il est interdit de sortir du camp sans permission, n'est-ce pas?

— Nous le savons, mademoiselle Carlbough.

Eden remarqua les yeux pleins de malice de Roberta.

— Puisque aucune d'entre vous ne semble vouloir aller au lac aujourd'hui, vous aiderez Mme Petrie en cuisine; il y a largement assez de vaisselle sale pour vous occuper toutes les trois.

C'était la première idée de punition qui lui était venue à l'esprit.

Elle en était assez fière et fut convaincue que Candy approuverait cette initiative.

— Vous irez d'abord voir Mlle Bartholomew, puis vous rejoindrez Mme Petrie.

Deux des filles baissèrent la tête et regardèrent le sol.

— Mademoiselle Carlbough, je pense que ça n'est pas juste de nous donner des corvées à faire, protesta Roberta, une pomme à moitié dévorée à la main. Après tout, nos parents paient pour ce camp.

Les mains d'Eden devinrent moites. Le juge Snow était un homme riche et puissant, qui gâtait sa petite-fille. Si cette petite peste se plaignait du camp... Eden respira profondément et ne laissa pas paraître son inquiétude. Non, elle n'allait pas laisser cette effrontée, qui avait de la pomme sur le menton, l'intimider ou lui faire du chantage.

— Vos parents paient pour que nous nous occupions de vous, pour que nous vous fassions participer à des activités diverses et que nous vous inculquions un minimum de discipline. Quand ils vous ont inscrites au Camp Liberty, ils partaient du principe que vous en respecteriez les règles, mais, si vous préférez, je me ferai un plaisir d'appeler vos parents pour leur expliquer ce qu'il s'est passé.

— Non, madame.

Roberta, comprenant qu'elle avait intérêt à faire profil bas, sourit d'un air innocent à Eden.

— Nous sommes désolées d'avoir enfreint les règles et nous nous ferons une joie d'aider Mme Petrie.

Quelle petite hypocrite, se dit Eden en restant de marbre.

— Très bien. Il est temps de rentrer au camp maintenant.

— Ma casquette !

Roberta serait remontée dans l'arbre si Eden n'avait pas réussi à la retenir in extremis.

— J'ai oublié ma casquette dans l'arbre. S'il vous plaît, mademoiselle Carlbough, c'est la casquette de l'équipe de base-ball de Philadelphie dédicacée par les joueurs...

— Allez-y, moi je vais aller chercher ta casquette. Je ne veux pas que Mlle Bartholomew s'inquiète plus longtemps.
— Nous lui présenterons nos excuses.
— J'y compte bien.
Eden les regarda escalader la clôture.
— Et ne faites pas de détours, leur cria-t-elle, sinon, je ne te rends pas ta casquette.

Eden considéra l'arbre dans lequel elle devait grimper. Lorsque Roberta et ses acolytes s'y trouvaient, Eden avait eu l'impression que s'y hisser était un jeu d'enfant. Maintenant que c'était à elle d'agir, l'exercice s'avérait bien plus difficile. Elle s'avança pour saisir une branche basse. Elle plaça son pied dans la première prise qu'elle trouva sur le tronc et s'agrippa à l'écorce rugueuse, qui lui abîma les paumes des mains. Elle tenta d'oublier les éraflures et se concentra sur le but à atteindre. Elle attrapa une branche un peu plus haute et continua son ascension au milieu du feuillage dont elle sentait la caresse sur ses joues.

Elle aperçut la casquette, accrochée à une petite branche, à environ un mètre d'elle. Elle fit une pause et commit l'erreur de regarder en bas. Aussitôt, elle sentit son estomac se nouer. Elle releva vite la tête et s'obligea à continuer son ascension.

Elle s'approcha de la casquette et tendit la main pour la saisir du bout des doigts en poussant un soupir de soulagement. Puis elle la mit sur sa tête et, du haut de l'arbre, contempla le verger.

Elle fut frappée par la symétrie de la pommeraie. De là-haut, elle pouvait admirer la géométrie parfaite des rangées de pommiers bien alignés. Au loin, elle pouvait même apercevoir un bout du lac, au-delà des trembles. De grandes bâtisses ressemblant à des granges jouxtaient une serre. Une camionnette, manifestement à l'abandon, stationnait sur un large chemin de terre, à environ quatre cents mètres de l'arbre dans lequel Eden était montée. Tout était calme autour d'elle ; elle entendait seulement les oiseaux chanter. Un papillon jaune vint virevolter autour d'elle.

On sentait dans l'air une odeur douce et acidulée, qui émanait des feuilles, des fruits et de la terre. Eden céda à la tentation et cueillit une pomme.

Elle se donna bonne conscience en se disant qu'il ne s'agissait que d'une petite pomme parmi tant d'autres et que le récoltant ne s'en apercevrait même pas. La pomme, pas tout à fait mûre, était encore acide. Cette acidité la fit frissonner, mais elle trouva la pomme délicieuse et la mordit de nouveau savourant avec délice le fruit défendu.

— Qu'est-ce que vous faites là ?

Elle sursauta et faillit perdre l'équilibre. Elle avala rapidement le morceau de pomme qu'elle venait de croquer, et chercha à distinguer entre les feuilles la personne qui venait de lui parler.

C'est alors qu'elle l'aperçut, les mains sur les hanches. Il était svelte et portait une chemise en jean délavée ; ses manches retroussées au-dessus des coudes laissaient voir des bras bronzés et musclés. Eden, méfiante, le regarda attentivement. Son visage, aux traits énergiques, était aussi bronzé que ses bras. Son nez était long et légèrement busqué, et sa bouche aux lèvres charnues avait une expression menaçante. Ses cheveux noirs en bataille recouvraient son front et formaient des boucles au niveau de son cou. Il fixait le haut de l'arbre de ses yeux vert pâle, presque translucides, une expression menaçante dans le regard.

Eden venait de croquer le fruit défendu et voici que le serpent faisait son apparition. Quel manque de chance, pensa-t-elle. Puisqu'il lui était impossible de fuir, elle s'apprêta à expliquer sa présence en ces lieux.

— Dites-moi, jeune fille, est-ce que vous faites partie du camp d'à côté ?

Choquée par le ton sur lequel l'homme venait de lui adresser la parole, Eden s'apprêta à riposter vertement. Après tout, même si elle n'avait plus un sou et si elle était obligée de se démener pour gagner sa vie, elle restait une Carlbough et une Carlbough ne se laissait pas intimider par un vulgaire récoltant de pommes.

— Oui, et je vous signale que...

— Vous savez que vous vous trouvez sur une propriété privée, et qu'il est formellement interdit d'y entrer ?

Les yeux d'Eden s'assombrirent, signe manifeste de sa fureur.

— Oui, mais je...

— Ces arbres ne sont pas faits pour que les petites filles y grimpent.

— Je ne crois pas...

— Descendez, ordonna-t-il d'un ton sec. Je vais vous emmener chez le directeur de votre colonie.

Eden commençait sérieusement à perdre son sang-froid. Un instant, elle envisagea de jeter son trognon de pomme sur la tête de l'homme. Elle ne supportait pas qu'on lui donne des ordres.

— Ce ne sera pas nécessaire, lança-t-elle.

— C'est moi qui décide de ce qui est nécessaire et de ce qui ne l'est pas. Allez, descendez.

Bien sûr qu'elle allait descendre. Ensuite, en choisissant soigneusement ses mots, elle le remettrait à sa place. Prudemment, elle entama sa descente, tellement concentrée qu'elle n'eut le temps de penser ni à son vertige ni à sa peur. A peine sentit-elle les deux éraflures qu'elle se fit au passage. Elle tourna le dos à l'homme et tenta d'atteindre une prise située sur le tronc de l'arbre. Elle allait lui montrer de quel bois elle se chauffait. Elle l'imaginait déjà en train de se confondre en excuses.

Soudain, son pied glissa et elle ne trouva aucune branche à laquelle se raccrocher. Elle poussa un cri de surprise et tomba en arrière.

Elle cessa de crier en sentant que sa chute était stoppée par les bras bronzés et musclés qu'elle avait admirés un peu plus tôt. Emprisonnée par l'étreinte de son sauveteur, elle sentit qu'ils roulaient tous les deux sur plusieurs mètres. Ils s'immobilisèrent enfin, et Eden chercha à reprendre sa respiration, coincée sous le corps musclé de l'inconnu.

La casquette de Roberta avait roulé au loin, libérant les cheveux blonds d'Eden et révélant son visage et ses yeux bleus assombris par la colère. Chase la dévisagea un instant, puis son regard descendit vers sa poitrine et il fronça les sourcils.

— Vous n'avez pas douze ans, murmura-t-il.

— Bien sûr que non.

Une expression amusée sur le visage, il se déplaça pour qu'elle n'ait plus à supporter le poids de son corps, tout en continuant à la garder prisonnière.

— Je ne vous voyais pas bien quand vous étiez dans l'arbre.

Désormais, il avait tout loisir de la regarder et il ne s'en privait pas.

— On dirait un ange tombé du ciel !

Il écarta plusieurs mèches des cheveux d'Eden qui lui recouvraient le visage. Le bout de ses doigts était aussi rugueux que l'écorce de l'arbre qui l'avait griffée.

— Que faites-vous dans une colonie de vacances pour fillettes ?

— Je la dirige, répondit-elle froidement.

Ce n'était pas entièrement faux. Pour garder un semblant de dignité, elle préféra lui lancer un regard glacial plutôt que d'essayer de se débattre.

— Cela vous dérangerait-il de me lâcher ?

— Vous dirigez la colonie ?

Etant donné qu'elle venait de tomber de l'un de ses arbres, il n'avait aucun scrupule à la retenir prisonnière.

— J'ai rencontré une responsable du camp, une certaine Mlle Bartholomew, une femme charmante, aux cheveux roux.

Il sourit et plongea son regard dans celui d'Eden.

— Ce n'était pas vous.

— En effet.

Elle se résolut à mettre ses mains sur ses épaules pour tenter de repousser son corps puissant. Il ne bougea pas.

— Je suis son associée. Eden Carlbough.

— Ah, de la célèbre famille Carlbough de Philadelphie.

Le sarcasme qu'elle perçut dans le ton de sa voix l'offusqua. Elle lui lança un regard méprisant et dit d'un ton laconique :

— C'est cela.

Intéressant, pensa-t-il, une fille de bonne famille.

— Enchanté, mademoiselle Carlbough. Je me présente, Chase Elliot, de la société South Mountain Elliots.

2

C'est bien ma chance, se dit Eden en le dévisageant, il fallait que je tombe sur le propriétaire !

Non seulement elle s'était fait surprendre en train de voler des pommes, mais elle était tombée de l'arbre, et voilà qu'elle se retrouvait coincée sous le propriétaire du verger. Quelle journée !

Elle inspira profondément.

— Bonjour, monsieur Elliot.

Chase imagina Eden buvant le thé dans un salon et cette pensée le fit pouffer de rire.

— Bonjour, mademoiselle Carlbough. Comment allez-vous ?

Il se moquait d'elle. Jamais personne n'avait osé se comporter ainsi en sa présence, même au moment du scandale. Ses lèvres se mirent à trembler, mais elle se ressaisit rapidement. Elle ne ferait pas l'honneur à ce mufle de laisser paraître sa colère.

— Bien, merci. J'irai encore mieux quand vous m'aurez lâchée.

Elle avait les manières d'une femme de la ville, essentielles pour se faire bien voir dans la haute société. Chase, lui, les trouvait futiles. Il se comportait de façon moins raffinée, mais plus franche.

— Attendez un instant, je trouve cette conversation fascinante.

— Nous pourrions peut-être la poursuivre debout, ne pensez-vous pas ?

— Désolé de vous décevoir mais je suis très bien ainsi. Vous ne me gênez pas du tout.

Ce n'était pas tout à fait exact. En fait, Chase était troublé par la grâce et la douceur du corps d'Eden. Chase décida de savourer cet instant sans chercher à masquer son trouble.

— Dites-moi, qu'est-ce que cela vous fait de vivre à la dure ?

Il se moquait encore d'elle, ouvertement de surcroît. Eden bouillait intérieurement, mais persistait à ne rien laisser transparaître.

— Monsieur Elliot...

— Appelez-moi Chase, l'interrompit-il, étant donné les circonstances, nous pouvons nous dispenser de ces politesses superflues.

Elle tenta de le pousser, mais ses épaules étaient dures comme de la pierre et elle n'y parvint pas.

— Cette situation est complètement ridicule. Lâchez-moi !

— Et pour quelle raison, je vous prie ?

Il parlait maintenant avec nonchalance et insolence. Toutefois, il paraissait aussi imposant que lorsqu'il s'était adressé à elle pour la première fois.

— J'ai beaucoup entendu parler de vous, Eden Carlbough.

Il avait vu des photos d'elle dans les journaux. Il constata qu'elle était encore plus belle en vrai que sur les photos, plus sensuelle surtout.

— Jamais je n'aurais cru qu'une Carlbough de Philadelphie pourrait tomber un jour de l'un de mes arbres.

Eden commençait à étouffer. Elle était sur le point de mettre de côté son éducation et d'oublier qu'on lui avait appris à toujours rester polie et à ne jamais se mettre en colère.

— Je n'avais pas l'intention de tomber de l'un de vos arbres.

— Vous ne seriez pas tombée si vous n'y étiez pas montée.

Il sourit en pensant qu'il avait bien fait de venir contrôler lui-même cette partie du verger.

Eden était en plein cauchemar. Elle ferma les yeux un instant, espérant reprendre le contrôle de la situation. Comment en était-elle arrivée à se trouver là, allongée sur le dos, sous cet inconnu ?

— Monsieur Elliot.

Elle réussit à parler d'une voix calme et posée.

— Je serai ravie de vous expliquer en détail le pourquoi de cette situation dès que vous m'aurez lâchée.

— Les explications d'abord.

Elle resta bouche bée.

— Vous êtes l'homme le plus grossier que j'aie jamais rencontré.

— Etant donné que vous vous trouvez sur MA propriété, dit-il simplement, nous procédons selon MES règles. J'attends vos explications.

Elle dut faire un effort pour ne pas s'énerver. Elle n'était pas en position de force et commençait à avoir mal à la tête.

— Trois des fillettes du camp sont venues explorer les environs sans autorisation. Malheureusement, elles ont franchi la barrière et se sont introduites dans votre propriété. Je les ai trouvées dans cet arbre ; je leur ai ordonné d'en descendre et de retourner au camp pour qu'elles y reçoivent la punition qu'elles méritent.

— Vous allez les enduire de goudron et de plumes ?

— Chacun ses méthodes, nous avons préféré opter pour des corvées supplémentaires en cuisine.

— Très bien, mais cela ne m'explique toujours pas pourquoi vous avez atterri dans mes bras. Remarquez, je ne m'en plains pas ; vous sentez divinement bon.

A la grande surprise d'Eden, il plongea son visage dans sa longue chevelure.

— Ce parfum m'évoque une nuit enivrante à Paris.

— Arrêtez !

Eden se rendit compte qu'elle était sur le point de perdre son calme.

Chase sentait le cœur d'Eden battre à tout rompre contre le sien. Il aurait aimé pouvoir faire plus que humer son parfum, mais lorsqu'il releva la tête, il lut dans son regard un mélange de colère et de crainte.

— Des explications, dit-il d'un ton léger, c'est tout ce que je demande pour l'instant.

Elle devinait les battements de son pouls au niveau de son cou. Elle regarda la bouche de Chase. Elle pouvait presque sentir le goût de ses lèvres sur les siennes. Perdait-elle la raison ? Ses muscles se détendirent, puis se contractèrent de nouveau. Il voulait des explications ? Il allait les avoir. Ensuite, elle pourrait enfin s'en aller.

— Une des filles avait laissé sa casquette dans l'arbre.

Elle pensa à Roberta avec rancœur.

— Alors, vous êtes montée la chercher.

D'un signe de tête, il indiqua que son explication lui semblait crédible.

— Cela n'explique pas pourquoi vous mangiez l'une de mes pommes.

— Elle était farineuse.

Il sourit de nouveau, tout en effleurant de sa main le menton d'Eden.

— Permettez-moi d'en douter. Je pense plutôt qu'elle était croquante, acide et délicieuse. Je m'y connais en pommes vertes, j'en ai mangé des tas.

Eden se sentait de plus en plus mal à l'aise. Son regard et sa voix trahissaient un trouble grandissant.

— Vous avez eu ce que vous vouliez : des explications et des excuses.

— Je n'ai pas entendu d'excuses.

Eden n'avait absolument pas l'intention de s'excuser.

Elle lui lança un regard plein de mépris et de condescendance.

— Je veux que vous me lâchiez immédiatement. Libre à vous de me poursuivre en justice si vous estimez avoir droit à un dédommagement pour quelques malheureuses pommes infestées de vers. Pour l'heure, j'en ai assez de votre arrogance et de votre grossièreté.

Ses pommes étaient les meilleures de la région, voire de tout le pays. Toutefois, il exultait d'imaginer les jolies dents blanches d'Eden au contact d'un ver.

— Vous ne savez pas encore jusqu'où peuvent aller l'arrogance et la grossièreté, peut-être souhaitez-vous le découvrir.

— Comment osez-vous…

Il posa ses lèvres sur sa bouche, sans lui laisser le temps de finir sa phrase.

Il la prit au dépourvu. Son baiser fougueux rappelait l'acidité du fruit défendu. La force de ce geste inattendu la priva de toute son énergie ; elle était habituée aux cajoleries et aux douces sollicitations. Elle resta sans voix, incapable de répondre ou de protester. Il mit ensuite ses mains sur son visage et lui caressa le menton avec le pouce. Comme son baiser, ses mains étaient fortes et troublantes.

Il ne regrettait pas son geste. En amour, il n'agissait jamais sans le consentement de l'être aimé, mais Eden était un fruit au goût tellement sucré qu'il n'avait aucun regret. Elle ne bougeait pas, mais il pouvait savourer la fébrilité de ses lèvres. Elle paraissait à la fois innocente et dangereuse. Il leva la tête lorsqu'elle commença à se débattre.

— Doucement, murmura-t-il.

Il continuait à lui caresser le menton avec son pouce. Les yeux d'Eden exprimaient plus de nervosité que de colère.

— J'ai l'impression que votre étiquette de femme du monde ne vous sied guère.

— Lâchez-moi.

Sa voix était tremblante, mais elle ne s'en souciait plus. Chase se releva tout en aidant Eden à en faire de même.

— Laissez-moi vous nettoyer, vous êtes pleine de terre.

— Vous êtes l'homme le plus grossier que je connaisse.

— Vraiment ? Quel dommage que je n'aie pas été gâté par la vie comme vous l'avez été !

Alors qu'elle se retournait, il l'attrapa par les épaules pour la regarder une dernière fois.

— Je suis curieux de savoir combien de temps vous réussirez à survivre dans cet environnement hostile, sans coiffeur ni domestique.

Il est vraiment comme les autres, pensa Eden. Elle le regarda avec dédain afin de dissimuler sa douleur et ses doutes.

— Si vous voulez bien m'excuser, monsieur Elliot, je suis très en retard pour mon prochain cours.

Il la lâcha.

— Veillez à ce que les enfants ne s'approchent plus de ces arbres, lui dit-il en souriant, ils pourraient se faire mal en tombant.

Le sourire de Chase avait le don d'énerver Eden. Elle se mordit la langue pour ne pas l'injurier.

Chase la regarda franchir la clôture et s'éloigner dans les bois. Il remarqua ensuite que la casquette se trouvait à ses pieds et il se pencha pour la ramasser. Il la glissa dans sa poche arrière, en se disant qu'elle lui servirait de prétexte pour revoir Eden.

Pendant le reste de la journée, Eden s'efforça de ne pas repenser à ce qu'elle venait de vivre. Elle avait décidé de ne pas parler à Candy de sa rencontre avec Chase pour l'oublier plus facilement.

Elle avait honte d'avoir été surprise dans l'arbre. Dans d'autres circonstances, Candy et elle auraient ri de la situation, mais pas cette fois.

Au-delà de l'humiliation et de la colère qu'elle avait éprouvées, Eden était troublée par ce qu'elle avait ressenti. Elle n'arrivait pas à le définir précisément, mais c'était toujours aussi vif en elle. Elle ne pouvait pas s'en défaire, ni même en faire abstraction. Elle savait qu'elle ne devait pas se laisser envahir par ses sentiments.

Elle se ressaisit. Tout cela était ridicule ; elle ne connaissait pas Chase Elliot et ne souhaitait pas le connaître. Elle ne pouvait effectivement pas s'empêcher de repenser à la scène du baiser, mais elle ferait en sorte que cela ne se reproduise plus.

Tout au long de l'année, elle avait pris en main les rênes de sa vie. Elle ne les lâcherait plus, même si elle était bien consciente des difficultés et des obstacles à surmonter. La désillusion l'avait rendue plus forte.

Chase Elliot tenait lui aussi sa propre vie bien en main. Elle l'avait trouvé grossier et autoritaire. Elle ne voulait plus avoir affaire à des hommes dominateurs. Qu'ils soient polis ou discourtois, ils étaient au fond tous les mêmes. Depuis son expérience douloureuse avec Eric, les hommes avaient beaucoup baissé dans son estime. Sa rencontre avec Chase n'avait rien arrangé.

Elle devait pourtant s'efforcer sans cesse de ne pas penser à lui.

En se concentrant sur les activités du camp, elle aurait l'esprit suffisamment occupé pour le chasser de son esprit. Contrairement à Candy, elle avait peu d'expérience en matière de colonie de vacances. Ses responsabilités étaient donc plutôt limitées et ses occupations assez terre à terre. Elle participait tout de même activement au bon déroulement du camp. En tant que novice, elle avait été chargée de nettoyer les écuries et de panser les chevaux. Elle avait travaillé dur pour que tout soit d'une propreté irréprochable. Et elle était fière des ampoules attrapées après tant d'efforts.

La ruée vers le réfectoire des vingt-sept filles de dix à quatorze ans, qui avait lieu dès la sonnerie du dîner, intimidait toujours un peu Eden. Depuis quelque temps, elle se chargeait d'aider à maintenir l'ordre. Les filles parlaient souvent des garçons de leur âge et des stars du rock ou du cinéma. Avec un peu de chance, et en surveillant le groupe très attentivement, il était possible d'éviter les bousculades.

La brochure du Camp Liberty vantait une alimentation saine et équilibrée. Ce soir-là, du poulet rôti était servi, accompagné d'une purée de pommes de terre et de brocolis à la vapeur. Les couverts s'entrechoquaient alors que les filles s'avançaient dans la file de la cafétéria.

— La journée a été bonne.

Candy se tenait à côté d'Eden et surveillait toute la salle.

— Et elle est presque terminée, ajouta Eden. Deux des filles du cours du matin se débrouillent vraiment très bien. J'aimerais leur donner quelques cours supplémentaires, d'un niveau un peu plus élevé.

— Très bonne idée. Nous tâcherons de caser cela dans l'emploi du temps.

Candy observait l'une des monitrices, qui tentait de convaincre une fillette de mettre une tête de brocoli dans son assiette.

— Au sujet de Roberta et de sa petite équipe, je voulais te dire que tu as géré la situation de main de maître. Ton idée de sanction était excellente.

— Merci.

Désormais, un simple petit compliment de ce genre suffisait à la rendre fière.

— J'avais juste un peu peur qu'elles soient un fardeau pour Mme Petrie.

— Apparemment, elles se sont comportées en bons petits soldats.

— Même Roberta ?

— Aussi surprenant que cela puisse paraître.

Eden et Candy se tournèrent et regardèrent Roberta, qui était déjà à table en train de manger.

— Eden, tu te souviens de Marcia Delacroix au Camp Forden ?

— Comment pourrais-je l'oublier ?

La majorité des fillettes étant assises, Eden et Candy prirent un plateau et allèrent à leur tour se servir.

— Elle avait glissé une couleuvre dans le tiroir où Mlle Forden rangeait ses sous-vêtements.

— Oui, je me souviens.

Eden jeta un nouveau regard en direction de Roberta.

— Tu crois à la réincarnation ?

— Disons qu'à partir de maintenant, je ferai attention lorsque je sortirai une culotte de mon tiroir, dit Eden en riant.

En soulevant son plateau, elle poursuivit :

— Tu sais, Candy, je...

C'est alors qu'elle vit Roberta lancer de la purée en se servant de sa fourchette comme d'un lance-pierre. Le projectile avait déjà atterri sur les cheveux d'une fillette lorsque Eden ouvrit la bouche pour intervenir. Mais il était trop tard.

Cet incident déclencha un grand tohu-bohu dans tout le réfectoire. Des boules de purée se mirent à voler de toute part. En quelques secondes, le sol, les tables, les chaises et les enfants en furent recouverts. Candy prit son sifflet et se dirigea vers le centre de la pièce. Avant qu'elle n'ait eu le temps de siffler, elle reçut une giclée de purée entre les deux yeux.

A cet instant, tout le monde se tut.

Eden, qui tenait encore son plateau dans les mains, resta figée. Elle eut du mal à contenir un fou rire, surtout lorsqu'elle vit Candy essuyer la traînée de purée qui lui dégoulinait le long du nez.

— Jeunes filles, finissez votre repas en silence. Je ne veux plus entendre un mot. Quand vous aurez fini de manger, vous vous mettrez en rang le long de ce mur. Nous vous donnerons des serpillières, des balais et des seaux, et vous nettoierez tout ça.

— Oui, mademoiselle Bartholomew, marmonnèrent les fillettes à l'unisson.

Seule Roberta, les bras sagement croisés et l'air docile, osa répondre bien distinctement.

Après dix secondes de silence qui semblèrent interminables, Candy marcha vers Eden et reprit son plateau.

— Si tu oses rire, lui dit-elle à voix basse, je t'étripe.

— Moi ? Rire ? Non, non, je ne ris pas.

— Si, je le vois bien.

Candy se dirigea d'un pas décidé vers la table des adultes.

— Mais tu es suffisamment douée pour rire discrètement.

Eden s'assit, déplia sa serviette et la posa soigneusement sur ses genoux.

— Tu as un peu de purée dans les sourcils.

Candy lui lança un regard furieux, puis se cacha derrière sa tasse de café pour sourire.

— Dorénavant, tu pourrais remplacer la laque par de la purée pour te coiffer.

Candy regarda les pommes de terre qui refroidissaient dans son assiette.

— Essaie cette nouvelle technique de coiffage toi-même, tu dis toujours qu'il faut montrer l'exemple.

Eden continua de manger son poulet et ignora la remarque de Candy.

— La cuisine de Mme Petrie est vraiment exquise, tu ne trouves pas?

Il fallut presque deux heures pour nettoyer le réfectoire et faire sécher les flaques d'eau laissées par l'équipe de nettoyage en herbe. A l'extinction des feux, les fillettes étaient épuisées. Le calme régna dans le camp ce soir-là.

C'était le moment qu'Eden préférait. Après une longue journée d'activités physiques, elle était percluse de fatigue — de bonne fatigue —, et se sentait détendue. Les sons des oiseaux de nuit et des insectes lui étaient désormais familiers. Elle attendait souvent avec impatience de pouvoir s'isoler un peu et contempler les étoiles.

Elle n'assistait plus à des pièces de théâtre ni à des cocktails ou autres mondanités. Mais elle s'en moquait éperdument. Plus elle s'éloignait de son ancien mode de vie, moins elle le regrettait.

Elle gagnait en maturité et s'en réjouissait. Elle était désormais capable de distinguer l'essentiel du superflu. Pour Eden, le camp était primordial, tout comme son amitié avec Candy. Les fillettes qu'elles avaient sous leur responsabilité comptaient également plus que tout, y compris l'insupportable Roberta Snow.

Elle savait qu'il lui serait impossible de revivre comme avant. Elle avait changé et elle aimait la nouvelle Eden Carlbough. Elle savourait son indépendance. Elle n'avait jamais connu ce sentiment du temps où elle était entourée de son père, de son fiancé et de ses domestiques. La nouvelle Eden était capable de faire face aux problèmes de la vie quotidienne.

Ses mains n'étaient plus élégamment manucurées. Ses ongles, qu'elle coupait court, n'étaient plus vernis. Elle privilégiait à présent l'aspect pratique et elle en était fière.

Elle marcha vers les écuries, comme elle en avait pris l'habitude à la nuit tombée. A l'intérieur, il faisait frais et sombre, et l'air était imprégné d'odeurs de cuir, de foin et de chevaux. Elle se sentait à l'aise en ce lieu, car elle avait une grande expérience de l'équitation, ce qui était un atout pour le camp.

Chaque soir, elle passait en revue les six chevaux et le matériel, estimant que cela faisait partie intégrante de ses fonctions. Elle s'arrêta au niveau de la première stalle pour caresser le hongre rouan qu'elle avait nommé Courage. Elle avait emmené trois pommes avec elle. Les chevaux s'étaient très vite accoutumés à recevoir une moitié de pomme chaque soir. Courage passa la tête par-dessus la cloison de la stalle et plaça ses naseaux contre la paume d'Eden.

— Tu es un bon garçon, lui murmura-t-elle. Certaines filles ne savent pas encore distinguer un étrier d'un mors, mais ça viendra, ne t'en fais pas.

Elle lui donna le morceau de pomme, puis elle entra dans la stalle pour l'examiner tandis qu'il mangeait avec contentement.

Le camp avait pu acquérir ce cheval à bas prix en raison de son grand âge et de son dos légèrement ensellé. Peu importait à Eden que les chevaux soient des pur-sang, il fallait avant tout qu'ils soient fiables et doux.

Elle constata avec satisfaction que le cheval avait été correctement pansé. Elle sortit de la stalle, en ferma le loquet, puis se dirigea vers le box suivant.

L'été prochain, le camp disposerait d'au moins trois montures de plus. Eden ne se posait même pas la question de savoir si Camp Liberty aurait de nouveau lieu l'été prochain. Elle en était certaine : il aurait bien lieu et elle serait de la partie.

Elle n'avait apporté qu'un peu d'argent et quelques connaissances en équitation, alors que Candy avait une grande expérience des enfants. Candy avait trois sœurs et venait d'une famille modeste. Contrairement à Eden, elle avait toujours su qu'il lui faudrait un jour gagner sa vie et elle s'y était préparée. Heureusement, Eden apprenait vite. Dès la deuxième saison du Camp Liberty, elle serait responsable de la colonie au même titre que Candy.

Eden débordait d'ambition. D'ici quelques années, le Camp Liberty serait renommé pour ses activités équestres et le blason des Carlbough serait redoré. Peut-être même ses anciennes amies de Philadelphie y enverraient-elles leurs enfants. Qui sait ? Cette pensée l'amusa.

Eden arriva à la dernière stalle, dans laquelle se trouvait Patience, une jument assez âgée et très douce, qui supportait toutes les maladresses des jeunes cavalières en échange d'un peu d'affection.

— Tiens, trésor.

Eden souleva chacun de ses sabots pour les inspecter.

— Voici ce que j'appelle un travail bâclé, marmonna-t-elle en sortant un cure-pied de sa poche arrière.

— Voyons, n'est-ce pas Marcie qui t'a montée la dernière ? Il faudra que je lui en touche un mot, même si j'ai horreur des leçons de morale, surtout lorsque c'est moi qui les donne !

Patience s'ébroua.

— Je ne peux quand même pas laisser Candy faire tout le sale boulot, n'est-ce pas ? Et puis, je vais être indulgente avec Marcie, parce qu'elle n'est pas encore très à l'aise avec les chevaux. Elle ne sait pas à quel point tu es gentille. Allez ma grande, je vais te frictionner un peu.

Eden rangea son cure-pied et posa sa tête contre le cou de la jument.

— Moi aussi, Patience, je rêve d'un bon massage avec des huiles parfumées ; je fermerais les yeux, je laisserais le masseur me détendre et je repartirais avec la peau toute douce et les muscles dénoués.

En riant, Eden s'apprêta à masser la jument.

— Puisque tu ne peux pas me masser, c'est moi qui m'y colle. Attends, je vais chercher de la pommade.

En se retournant, elle eut le souffle coupé.

Chase Elliot se tenait là, appuyé contre la porte de la stalle. La pénombre dessinait de curieuses ombres sur son visage. Eden chercha à reculer, mais la jument bloquait le passage. Chase sourit, apparemment amusé par la situation.

Dans l'ombre, il lui semblait encore plus attirant que lorsqu'elle l'avait vu sous le soleil. Sa beauté ne répondait pas aux canons esthétiques traditionnels. Il avait un physique naturel, presque animal. D'ailleurs, la manière dont il l'avait embrassée ce matin-là était brutale, voire primitive. Eden sentit un frisson la parcourir des pieds à la tête.

— Je me ferai un plaisir de vous masser, dit-il en souriant de nouveau, vous ou votre jument.

— Ça ne sera pas nécessaire, merci.

Elle se rendit compte que sa tenue était encore plus négligée qu'au moment de leur première rencontre et que ses vêtements étaient imprégnés de l'odeur des chevaux.

— Puis-je vous être utile, monsieur Elliot ?

Elle avait décidément beaucoup de classe, pensa-t-il. Même dans une écurie poussiéreuse, elle se comportait élégamment.

— Vous avez de belles bêtes, plus toutes jeunes, mais robustes.

Cette remarque fit plaisir à Eden, mais elle ne le montra pas.

— Merci pour eux, dit-elle. Cela dit, je ne pense pas que vous soyez venu admirer les chevaux.

— Vous avez raison.

Il entra dans la stalle et leva une main pour caresser le cou de la jument. Eden remarqua qu'il portait une chevalière en or d'une grande valeur.

Comme Chase lui barrait le passage, Eden croisa les bras et attendit.

— Monsieur Elliot, vous ne m'avez toujours pas dit ce que vous étiez venu faire ici.

Miss Philadelphie est nerveuse, pensa Chase. Sous son air glacial, elle cache une sensibilité à fleur de peau.

Il devina que, comme lui, elle n'était pas restée insensible au baiser impulsif qu'il lui avait donné plus tôt dans la journée.

— C'est exact, je ne vous l'ai pas dit, répondit Chase.

Il tendit le bras et attrapa sa main. La bague d'Eden, une opale sertie de diamants, luisait faiblement dans la pénombre.

— Les bagues de fiançailles ne se mettent pas à la main droite, lui fit-il remarquer.

En réalité, il était ravi de constater qu'il ne s'agissait pas d'une bague de fiançailles.

— J'avais entendu dire que vous alliez épouser Eric Keeton au printemps dernier. Apparemment, ça n'a pas été le cas.

Elle avait envie de hurler, mais elle se dit qu'il cherchait à la provoquer et qu'elle ne tomberait pas dans son piège.

— En effet. Il semble que vos pommes ne suffisent pas à occuper votre temps, il faut aussi que vous vous intéressiez aux commérages.

Il admira la façon dont elle lançait des piques tout en souriant.

— J'ai parfois un peu de temps libre. En fait, je me suis intéressé à cette nouvelle parce que Keeton fait partie de ma famille.

— C'est faux.

Il était finalement parvenu à l'énerver. Elle le regarda dans les yeux pour la première fois depuis qu'ils se trouvaient tous les deux dans la stalle.

— Famille éloignée, bien entendu, nous n'avons aucun trait de ressemblance. Ma grand-mère était une Winthrop, une cousine de sa grand-mère.

Il saisit l'autre main d'Eden et tourna ses paumes vers le haut.

— Vos petites mains délicates ont quelques ampoules, vous devriez faire attention.

— Une Winthrop ?

Eden ne se préoccupa pas de ses mains ; elle avait surtout été surprise d'entendre le nom de Winthrop.

— Je ne fais pas partie de la famille proche, mais je m'attendais à recevoir une invitation au mariage et je suis curieux de savoir pourquoi vous l'avez quitté.

— Je ne l'ai pas quitté, lâcha-t-elle sans réfléchir. Si vous tenez vraiment à le savoir, c'est lui qui m'a quittée. Vous pouvez maintenant me lâcher les mains et je pourrai ainsi finir mon travail.

Chase s'exécuta, mais l'empêcha de sortir de la stalle.

— Je savais qu'Eric n'était pas une lumière, mais je ne le pensais pas stupide à ce point.

— Gardez vos commentaires pour vous et laissez-moi sortir.

Chase toucha la frange d'Eden.

— Ce n'est qu'une simple constatation.

— Arrêtez de me toucher.

— J'aime vos cheveux, Eden, ils sont doux.

— Merci pour le compliment, dit-elle en reculant d'un pas.

Son cœur se mit à battre la chamade. Elle ne voulait pas qu'on la touche. Personne. Ni physiquement ni affectivement. Or, elle sentait qu'il avait la capacité de la toucher aux deux sens du terme.

— Monsieur Elliot...

— Appelez-moi Chase.

— Chase. La cloche du lever sonne à 6 heures et j'ai encore du travail ce soir, alors je vous prie de m'expliquer sans plus tarder la raison de votre présence ici, si tant est qu'il y en ait une.

— Je suis venu vous rapporter votre casquette, dit-il tout en la sortant de sa poche arrière.

— Bien. Ce n'est pas la mienne, mais je la rendrai à Roberta. Merci de vous être dérangé.

— C'était vous qui la portiez lorsque vous êtes tombée de mon arbre.

Chase posa la casquette sur la tête d'Eden.

— Elle vous va bien.
— Comme je vous l'ai déjà expliqué…
Des bruits de pas interrompirent Eden.
— Mademoiselle Carlbough ! Mademoiselle Carlbough !
Roberta, en chemise de nuit rose, s'arrêta en dérapant devant la stalle. Un sourire radieux aux lèvres, elle regarda fixement Chase.
— Salut, lança-t-elle.
— Salut.
— Roberta, l'extinction des feux a eu lieu il y a plus d'une heure, dit Eden d'une voix grave, la mâchoire serrée.
— Je sais, mademoiselle Carlbough. Je suis désolée. Je n'arrivais pas à dormir parce que je n'arrêtais pas de penser à ma casquette. Vous avez promis que je pourrais la récupérer, mais vous ne me l'avez pas rendue. J'ai aidé Mme Petrie, je vous assure, vous n'avez qu'à lui demander. J'ai lavé des tonnes de casseroles et j'ai même épluché des pommes de terre, et…
— Roberta !
Le ton de la voix d'Eden suffit à la faire taire.
— M. Elliot a eu la gentillesse de rapporter ta casquette.
Eden retira la casquette de sa tête et la donna à la fillette.
— Il me semble que tu devrais le remercier et t'excuser d'être entrée dans sa propriété.
— Oui, merci beaucoup.
Elle fit à Chase son plus beau sourire.
— Ils sont vraiment à vous, tous ces arbres ?
— Oui.
Chase avait de la tendresse pour les sales gosses telles que Roberta. Il était persuadé qu'elle avait un bon fond.
— Vos pommes sont délicieuses, bien meilleures que celles que nous avons à la maison.
— Roberta.
Roberta roula des yeux faussement effrayés en entendant la voix d'Eden.
— Je suis navrée de m'être introduite dans votre propriété.

Roberta se tourna vers Eden pour voir si ses excuses lui convenaient.

— Très bien, Roberta. Maintenant, retourne immédiatement te coucher.

— Oui, mademoiselle.

Elle jeta un dernier regard en direction de Chase, enfonça la casquette sur sa tête et courut vers la porte.

— A bientôt Roberta, on se reverra, lui lança Chase en souriant.

— Oui, à bientôt.

Roberta s'en alla, une expression rêveuse sur le visage. Eden laissa s'échapper un soupir lorsqu'elle entendit la porte de l'écurie se refermer.

— Ne faites pas semblant, dit Chase.

— Semblant de quoi?

— D'être exaspérée par Roberta. En réalité, cette enfant vous amuse beaucoup.

— Vous ne diriez pas ça si vous aviez vu le carnage qu'elle a causé en lançant de la purée dans le réfectoire aujourd'hui.

Eden sourit malgré tout.

— C'est un petit monstre, mais un monstre sympathique. Enfin, si nous avions vingt-sept petites Roberta au camp, je deviendrais folle.

— Certaines personnes sont douées pour mettre de l'animation.

— Ou pour provoquer le chaos, continua Eden en se souvenant de l'épisode du dîner.

— La vie ne vaut rien sans un peu de désordre.

Elle s'aperçut qu'elle n'était plus sur ses gardes et qu'elle s'était mise à discuter avec lui.

Il s'avança d'un pas et elle recula. Il sourit et chercha à lui prendre la main. Eden se heurta à la jument, mais réussit à appuyer son autre main contre le torse de Chase.

— Que voulez-vous? lui dit-elle d'une voix basse et tremblante.

Savait-il seulement ce qu'il voulait ? Il contempla son visage, puis la regarda dans les yeux.

— Je crois que je veux me promener avec vous au clair de lune, écouter les chouettes hululer et attendre que le rossignol se mette à chanter.

La jument assistait calmement à la scène. Il passa sa main dans les cheveux d'Eden.

— Il faut que je rentre, lui dit-elle.

Toutefois, elle ne bougea pas.

— Eden et la pomme, murmura-t-il, quelle tentation ! Venez avec moi, allons marcher un peu.

— Non.

Elle savait qu'il avait touché bien plus que ses mains et ses cheveux. Tout se chamboulait précipitamment en elle.

— Tôt ou tard…

C'était un homme patient. Il attendrait qu'elle soit prête, de la même manière qu'il savait attendre que les pommes mûrissent. Il glissa ses doigts le long de sa gorge, sentit les battements rapides de son cœur et entendit sa respiration irrégulière.

— Je reviendrai, Eden.

— Cela ne changera rien.

— Je reviendrai quand même, dit-il en souriant.

Elle le regarda s'éloigner et entendit le grincement de la porte se refermant.

3

La vie au camp était désormais bien rodée et Eden s'était habituée aux réveils très matinaux, aux longues journées d'activités physiques et à la simplicité des repas. Elle se sentait de plus en plus sûre d'elle.

Au début, elle pensait en se couchant qu'elle serait incapable de se lever le lendemain, tant elle était épuisée. A force de monter à cheval, de ramer et de marcher, elle souffrait de courbatures. Une fois par semaine, elle s'occupait des comptes, qui lui causaient parfois de terribles maux de tête. Mais à sa grande surprise, elle réussissait à être d'attaque chaque matin.

Avec le temps, ses tâches lui semblèrent de plus en plus faciles à accomplir. Elle était jeune, en bonne santé, et faisait du sport chaque jour. Avant, hormis l'équitation, elle ne pratiquait que le tennis de façon très occasionnelle. Elle reprit progressivement le poids qu'elle avait perdu à la suite du décès de son père et perdit son apparence d'extrême fragilité.

Elle se prit véritablement d'affection pour les fillettes. Elle les connaissait désormais individuellement. Elle fut ravie de constater que la sympathie qu'elle avait pour elles était réciproque.

En arrivant, Eden savait déjà que les filles adoreraient Candy. Comment ne pas aimer cette femme chaleureuse, drôle et pleine de talents ? En revanche, en ce qui la concernait, elle n'espérait guère plus qu'être simplement respectée. Elle fut très émue lorsque Marcie lui offrit un bouquet de fleurs des champs. Elle fut également transportée de joie quand Linda Hopkins se jeta dans ses bras pour la remercier après son premier galop.

Le camp avait véritablement changé sa vie, à bien des égards.

Le mois de juillet fut très chaud. Les fillettes portaient leurs tenues les plus légères et les baignades au lac étaient toujours très attendues. On laissait les portes et fenêtres ouvertes pendant la nuit pour profiter de la moindre petite brise.

Un soir, Roberta trouva une couleuvre et s'amusa à terroriser ses camarades de chambre. Les journées se succédaient, chacune avec son lot de surprises et de joies. On aurait aimé que l'été ne se termine jamais.

Le temps passait et Eden commençait à croire que Chase ne reviendrait pas, contrairement à ce qu'il lui avait dit. De son côté, elle avait veillé à ne pas sortir du camp. Elle avait bien été tentée à plusieurs reprises d'aller se balader dans le verger, mais elle s'en était abstenue.

Pourquoi se sentait-elle encore tendue et inquiète ? Elle tentait de se convaincre que sa rencontre avec Chase n'avait été qu'un épisode sans importance. Toutefois, lorsqu'elle se trouvait dans l'écurie, le soir venu, elle ne pouvait s'empêcher d'être à l'affût d'éventuels bruits de pas et de rester un petit moment à attendre, comme s'il allait apparaître.

Ce soir-là, Eden était allongée tranquillement sur son lit. Les monitrices avaient promis d'organiser un feu de camp le lendemain si les fillettes étaient sages. De ce fait, les jeunes adolescentes s'étaient montrées obéissantes et s'étaient couchées sans protester. Eden se réjouissait à l'idée de ce feu de camp. Elle se voyait déjà en train de faire cuire des saucisses et des marshmallows au-dessus des flammes. En fait, Eden était aussi impatiente que les fillettes de prendre part à cet événement. Elle mit ses bras derrière sa nuque et regarda le plafond d'un air songeur. Pendant ce temps, Candy arpentait la chambre de long en large.

— Je suis sûre qu'on pourrait le faire, Eden.
— Faire quoi ?
— Organiser une fête.

Candy s'arrêta au pied du lit d'Eden.

— Tu sais, la soirée dont je t'ai parlé, celle que je voudrais organiser pour les filles, tu te souviens ?

— Oui, dit Eden, coupant court à son rêve éveillé.

— Nous devrions vraiment tout faire pour qu'elle ait lieu. J'aimerais faire de cette fête un événement annuel du camp.

Candy, très enthousiaste, comme à son habitude, s'assit sur le lit d'Eden.

— Il y a une colonie de vacances pour garçons à une trentaine de kilomètres d'ici. Nous pourrions les inviter ; ils seraient ravis, c'est certain.

— Sûrement.

En premier lieu, Eden pensa au coût de la fête : il faudrait à boire et à manger pour une centaine de personnes, de la musique et des décorations. Ces dépenses n'étaient pas négligeables, mais Eden savait que les filles seraient aux anges.

— En bougeant les tables, nous devrions avoir suffisamment de place dans le réfectoire.

— Oui. En ce qui concerne la musique, je sais que la plupart des filles ont apporté des CD avec elles et nous pourrons demander aux garçons d'en apporter aussi. Pour la déco, nous la ferons nous-mêmes.

Candy nota toutes ses idées sur son bloc-notes.

— Pour les rafraîchissements, nous pourrons faire simple : des biscuits et des jus de fruits feront l'affaire, précisa Eden avant que Candy, dans son élan, n'évoque un buffet gargantuesque.

— Et pourquoi ne pas faire cela la dernière semaine ? Comme une fête d'adieux en somme.

Eden fut prise de panique à cette seule idée. La première semaine du camp avait été éprouvante pour elle, mais aujourd'hui, elle souhaitait que tout cela ne s'arrête jamais. Pourtant, en septembre, il lui faudrait trouver un nouvel emploi, un nouveau but. Candy retrouverait son poste d'enseignante, tandis qu'elle éplucherait les offres d'emploi.

— Eden ? Eden ? Qu'est-ce que tu en penses ?

— De quoi ?

— D'organiser la fête la dernière semaine ?

— Je pense qu'on devrait d'abord voir ce qu'en dit le directeur de la colonie de garçons.

— Ça va, Eden ? Tu es inquiète à l'idée de devoir quitter le camp, c'est ça ?

— Je ne suis pas inquiète, j'y pense, voilà tout.

Candy lui prit la main.

— Quand j'ai proposé de t'héberger, j'étais sérieuse, tu sais. Je peux payer le loyer avec un seul salaire et j'ai quelques économies de côté, ça te laissera le temps de trouver un travail.

— Je t'adore, Candy. Tu es vraiment ma meilleure amie.

— C'est réciproque !

— Il est hors de question que je me tourne les pouces pendant que tu te démènes pour payer le loyer et la nourriture. Tu en as déjà fait suffisamment en me permettant de m'installer chez toi.

— Eden, voyons, tu sais bien que je préfère partager l'appartement avec toi que vivre seule. Ça me fait vraiment plaisir, alors ne considère pas cela comme un service. En plus, tu ne te tournes pas les pouces, tu prépares tous les repas !

— Oui, mais ce n'est pas toujours mangeable !

— C'est vrai, dit Candy en souriant. Ecoute, prends le temps de bien réfléchir à ce que tu veux faire de ta vie.

— Ce que je veux, c'est travailler, dit Eden en riant. Ces dernières semaines, j'ai compris que j'aimais énormément être active. Je compte trouver un emploi dans un centre équestre. Peut-être même dans celui que je fréquentais il y a quelques années. Et si cela ne marche pas…

Elle haussa les épaules.

— Je trouverai autre chose.

— Bien sûr que tu trouveras, ne t'en fais pas. Et puis, l'été prochain, l'effectif du camp aura augmenté et nous ferons peut-être même des bénéfices.

— L'année prochaine, je serai une pro des colliers de nouilles, des masques et autres objets d'art. Avant cela, je vais appeler le directeur du camp de garçons d'Eagle Rock.

— La fête va être très sympa, y compris pour nous. Il y aura des moniteurs, des hommes !

Candy s'étira en soupirant.

— Cela fait une éternité que je n'ai pas parlé à un homme.

— Et l'électricien, la semaine dernière, il ne compte pas ?

— Il aurait pu être mon grand-père ! Je te parle d'un homme qui a encore des dents et des cheveux.

Elle passa sa langue sur sa lèvre supérieure.

— Tout le monde n'a pas la chance de passer ses soirées main dans la main avec un homme charmant dans les écuries.

— Je t'ai déjà dit que je ne lui tenais pas la main.

— Roberta Snow, en parfaite petite espionne, nous a donné une autre version des faits. D'autant plus qu'elle a eu le coup de foudre, apparemment.

Eden toucha les cals qui avaient commencé à se former dans les paumes de ses mains.

— Elle s'en remettra.

— Et toi ?

— Moi aussi.

— Il ne t'intéresse pas ? lui demanda Candy en s'asseyant sur le lit. J'ai eu le temps de bien l'observer lorsque je lui ai demandé l'autorisation d'accéder à son lac. Je pense qu'aucune femme sur cette planète ne peut rester complètement insensible à ses yeux verts.

— Tu te trompes.

Candy éclata de rire.

— Eden, tu ne me feras pas croire qu'il ne te fait ni chaud ni froid. En plus, n'oublie pas que tu lui as fait tellement d'effet qu'il est venu jusqu'aux écuries du camp pour te revoir.

— Peut-être qu'il venait simplement rapporter la casquette de Roberta.

— Oui et peut-être que les poules ont des dents. N'as-tu jamais été tentée d'aller refaire un tour du côté du verger ?

— Non. J'ai vu les pommiers une fois et cela m'a suffi.

Elle mentait. Elle avait voulu y retourner des centaines de fois.

— Tu ne souhaites vraiment plus revoir ce magnifique producteur de pommes qui a l'un des plus beaux visages de la région ?

Elle ne demandait pas cela par simple curiosité. Elle se faisait du souci pour Eden, qu'elle avait vue souffrir par le passé.

— Amuse-toi, Eden, tu mérites d'être heureuse.

— Je ne pense pas pouvoir m'amuser avec Chase Elliot.

Eden pensa au danger, à l'excitation, à l'érotisme et à la tentation. Tout cela n'avait rien à voir avec un quelconque amusement. Elle se leva du lit et alla à la fenêtre.

— Tu es beaucoup trop méfiante, reprit Candy.

— Peut-être.

— Les hommes ne sont pas tous comme Eric, tu sais.

— Je sais.

Elle se retourna en soupirant.

— De toute façon, Eric ne me manque pas.

Candy, étonnée par la remarque d'Eden, haussa légèrement les épaules.

— C'est parce que tu n'as jamais vraiment été amoureuse de lui.

— J'étais sur le point de l'épouser.

— Pas parce que tu l'aimais, parce que c'est ce qu'on attendait de toi. C'était simple, tu ne t'es pas posé de questions.

Eden trouva cette analyse assez drôle. Elle hocha la tête et dit :

— Qu'y a-t-il de mal à cela ?

— L'amour, ce n'est pas ça. L'amour donne le vertige, fait faire des choses incroyables, fait mal aussi parfois. Tu n'as rien connu de tel avec Eric.

Candy parlait en connaissance de cause. Elle était tombée amoureuse plus d'une douzaine de fois.

— Tu te serais mariée avec lui et tu aurais peut-être été satisfaite. Après tout, vous aviez des goûts communs et vous veniez du même milieu social.

Eden arrêta de sourire.

— Vu la façon dont tu présentes la situation, ça n'a rien de très réjouissant.

— Tu ne menais pas une existence trépidante. Mais tu es en train d'évoluer.

Candy se demanda si elle n'était pas allée trop loin en disant cela.

— Eden, tu as reçu une éducation adaptée au milieu social dans lequel tu étais censée continuer à vivre, mais tout autour de toi s'est écroulé. J'imagine le traumatisme que cela a dû être pour toi. Dans l'ensemble, tu as réussi à faire face, mais j'ai l'impression que ton passé te hante toujours un peu. Ne penses-tu pas qu'il est temps pour toi de tirer définitivement un trait sur ta vie d'avant?

— C'est ce que j'essaie de faire.

— Je sais et tu te débrouilles bien, notamment en te concentrant sur le camp et sur ton avenir. Mais je pense qu'il faut aussi que tu cherches à construire de nouvelles relations pour t'épanouir.

— Tu penses à une relation amoureuse?

— Je pense que tu devrais rencontrer quelqu'un qui puisse te tenir compagnie, te donner de l'affection, avec qui tu puisses partager des choses. Je ne dis pas que tu as besoin d'un homme pour être heureuse, mais tu ne devrais pas systématiquement refuser leurs avances sous prétexte que ton ex-fiancé s'est mal comporté envers toi. Tout le monde a besoin d'un compagnon.

— Tu as peut-être raison. Pour l'instant, je cherche simplement à me reconstruire et je me contente d'apprécier ma nouvelle vie. Je fuis toutes les complications, en particulier celles qui mesurent un mètre quatre-vingt-dix.

— Tu es pourtant quelqu'un de romantique, Eden. Tu te souviens des poèmes que tu écrivais?

— Nous n'étions alors que des enfants. Il fallait que je grandisse.

— Grandir ne signifie pas abandonner ses rêves. Ce camp, par exemple, nous en rêvions et il est devenu réalité. Je veux que tu continues à rêver.

— Chaque chose en son temps.

Cette conversation toucha beaucoup Eden. Elle embrassa Candy sur la joue.

— Pour le moment, organisons cette fête, au cours de laquelle nous pourrons rencontrer de charmants moniteurs.

— Nous pouvons aussi inviter certains voisins, non?

— Tu es vraiment incorrigible, dit Eden en riant et en se dirigeant vers la porte. Je vais marcher un peu, puis j'irai voir les chevaux. Laisse la lumière allumée, j'éteindrai en rentrant.

Durant ses premiers jours au camp, Eden avait été angoissée par la quiétude de la nature. Désormais, elle appréciait les sons nocturnes, et ne se lassait pas d'écouter le chant des grillons, le hululement des chouettes, le meuglement des vaches des fermes avoisinantes et les bruits des divers insectes. Au travers de nuages menaçants, la lune et les étoiles diffusaient une lumière douce et les lucioles virevoltaient en laissant sur leur passage des traînées lumineuses éphémères.

Alors qu'elle se dirigeait vers le lac, elle entendit le clapotis de l'eau et les coassements des grenouilles. Elle alla chercher un peu de fraîcheur sous le couvert des arbres qui bordaient la rive.

Eden cueillit une marguerite jaune. Elle pensait encore à la conversation qu'elle venait d'avoir avec Candy. Elle fit tourner la tige de la fleur entre ses doigts et regarda les pétales tourner.

Etait-elle romantique comme Candy semblait le penser? Lorsqu'elle était plus jeune, elle avait écrit des poèmes, en effet. Ils tournaient tous autour du thème de l'amour, pleins de longs regards mélancoliques, de grands sacrifices et de pureté. Elle se dit que le romantisme était incompatible avec la réalité.

En réfléchissant, Eden s'aperçut qu'elle avait cessé d'écrire à partir du moment où elle avait rencontré Eric. La jeune fille rêveuse d'autrefois était devenue une jeune femme conformiste, ayant troqué ses vers contre des couverts en argent.

A présent, elle avait de nouveau changé et n'en était pas mécontente.

Elle jeta sa fleur dans l'eau et la regarda flotter. Candy avait raison. Son histoire avec Eric n'était pas une histoire d'amour. Elle s'était comportée avec lui selon les attentes de son entourage. En réalité, Eric ne lui avait pas brisé le cœur en la quittant, il l'avait blessée dans son amour-propre.

Comme il se devait, Eric lui avait offert un beau diamant, lui avait fait livrer des roses et n'avait jamais manqué de lui faire des compliments et d'être courtois avec elle. Mais dans tout cela il n'y avait pas trace d'amour. Elle ne savait pas ce qu'était l'amour avec un grand A.

Ressemblait-il aux chevaliers et aux belles princesses des contes de fées ? A la musique de Chopin écoutée dans une pièce éclairée de bougies ? A un tour de grande roue ? En riant, Eden mit ses bras autour d'elle-même et contempla les étoiles.

— Vous devriez faire ça plus souvent.

Elle se retourna brusquement, en portant une main à sa gorge.

Chase se trouvait à quelques mètres d'elle, debout à la lisière des arbres. C'était la troisième fois qu'elle le voyait et, chaque fois à son grand regret, il avait surgi près d'elle par surprise.

— Vous ne pouvez pas vous empêcher de faire sursauter les gens ?

— En fait, cela n'arrive qu'avec vous.

En réalité, il avait été aussi surpris qu'elle de la rencontrer ce soir-là. Il marchait depuis le crépuscule et s'était arrêté sur les rives du lac pour regarder l'eau en pensant à elle.

— Vous êtes bronzée, remarqua-t-il.

Le teint hâlé d'Eden faisait paraître plus claire sa chevelure. Il eut envie de toucher ses cheveux pour voir s'ils étaient toujours aussi doux et aussi délicatement parfumés.

— Je passe la majeure partie de mes journées dehors.

Cette nouvelle rencontre, au clair de lune et au bord de l'eau, avait quelque chose de symbolique, comme si le destin les avait réunis. Eden songea pourtant à s'enfuir, mais se força à rester.

Le cœur de Chase battait très fort dans sa poitrine ; il en fut tout étourdi.

— Vous devriez porter un chapeau, dit-il distraitement.

Il se demandait s'il ne rêvait pas. Vêtue d'un simple short et d'un T-shirt blanc, elle était resplendissante.

— Je me demandais si vous viendriez vous balader par ici, poursuivit-il.

Il sortit de l'ombre dans laquelle il se trouvait. Le chant des grillons allait crescendo.

— J'ai pensé qu'il y ferait plus frais.

Chase s'approcha d'Eden et lui dit :

— J'ai toujours aimé les nuits chaudes.

— On étouffe un peu dans les cabanes.

Mal à l'aise, Eden jeta un coup d'œil derrière elle et s'aperçut qu'elle s'était éloignée du camp bien plus qu'elle ne le pensait.

— Je ne me suis pas rendu compte que j'étais sur votre terre.

— Je ne deviens tyrannique que lorsque l'on grimpe dans mes arbres, dit-il en plaisantant. Vous étiez en train de rire à l'instant. A quoi pensez-vous ?

Eden avait l'impression que Chase se rapprochait d'elle à mesure qu'elle s'en éloignait.

— Je pensais à une grande roue.

— Cette grande roue, lorsque vous êtes dedans, vous préférez le moment de la montée ou celui de la descente ?

Il ne résista pas davantage et tendit sa main vers ses cheveux.

Elle fut sur le point de défaillir lorsqu'il la toucha.

— Il faut que je rentre.

— Allons marcher un peu.

Eden repensa à ce qu'il lui avait dit dans l'écurie : « Je veux marcher avec vous au clair de lune », elle hésita quelques secondes puis répondit :

— Non, je ne peux pas, il est tard.
— Il doit être à peine 21 h 30.
Il lui prit la main, la retourna et remarqua les callosités sur sa paume.
— Vous avez beaucoup travaillé.
— C'est ce qu'on fait généralement pour gagner sa vie.
— Ne prenez pas ce ton sarcastique.
Il retourna sa main et caressa ses doigts. Il était décidément doué pour susciter l'émoi chez Eden par de simples caresses.
— Vous pourriez mettre des gants pour protéger vos petites mains de femme de la ville.
— Je ne suis plus une femme de la ville, lui répondit-elle en retirant sa main de la sienne.
Sans se décontenancer, Chase saisit simplement son autre main.
— Je ne sers pas le thé, je ramasse du foin, alors peu importe l'état de mes mains.
— Vous servirez le thé de nouveau à l'avenir.
Il pouvait facilement imaginer Eden vêtue d'un ensemble de soie rose, dans un salon trop décoré, une théière de porcelaine à la main.
— Regardez, la lune se reflète dans l'eau.
Elle tourna la tête et vit que les rayons de la lune illuminaient l'eau sombre du lac et donnaient des reflets argentés aux arbres. La nouvelle Eden, bien que plus terre à terre que l'ancienne, fut charmée par cette atmosphère si particulière.
— C'est magnifique. La lune semble si près.
— Certaines choses sont plus éloignées qu'il y paraît ; d'autres sont en fait bien plus proches.
Il se mit à marcher. Eden l'accompagna, parce qu'il lui tenait toujours la main et parce qu'elle était intriguée.
— Je suppose que vous avez toujours vécu ici.
Elle ne lui avait posé cette question que pour faire la conversation. Elle n'était pas vraiment intéressée par la réponse.
— Quasiment. Le siège de l'exploitation s'est toujours trouvé

ici. La maison a plus de cent ans. Vous aimeriez peut-être la visiter.

Elle pensa à sa propre maison et aux générations de Carlbough qui s'y étaient succédé. Elle songea ensuite avec amertume aux étrangers qui y vivaient à présent.

— J'aime les vieilles demeures.

— Tout se passe bien au camp ?

Eden pensa avant tout à la situation financière de la colonie, mais se retint d'aborder ce sujet.

— Les fillettes ne nous laissent pas le temps de nous ennuyer, dit-elle en riant doucement. Elles ont vraiment de l'énergie à revendre.

— Comment va Roberta ?

— Bien, égale à elle-même.

— Bon.

— Hier soir, elle a peint le visage d'une de ses camarades pendant son sommeil.

— Peint ?

Eden riait.

— Oui. Elle a dû chaparder un ou deux petits pots de peinture dans la salle d'activités manuelles. Quand Marcie s'est réveillée, elle ressemblait à un Indien prêt à attaquer une diligence.

— Notre petite Roberta ne manque pas d'imagination.

— C'est le moins qu'on puisse dire. L'autre jour, elle m'a dit qu'elle voulait devenir la première femme à la tête de la Cour suprême des Etats-Unis.

Chase sourit. L'imagination et l'ambition étaient les deux qualités qu'il admirait le plus.

— Je suis sûr qu'elle réussira.

— Oui, je n'en doute pas.

— Asseyons-nous. Vous verrez mieux les étoiles.

A ces mots, Eden se rappela qu'elle se trouvait seule avec Chase, situation qu'elle cherchait à éviter.

— Je ne pense pas…

Avant qu'elle ait eu le temps de terminer sa phrase, il la poussa à s'asseoir sur un talus d'herbe.

— Voici une manière bien cavalière de mettre en application votre proposition, s'exclama-t-elle.

Il passa son bras autour de ses épaules et elle se raidit instantanément.

— Regardez le ciel. Vous ne verrez jamais un tel spectacle en ville.

Eden céda et contempla les étoiles brillantes tels des diamants incrustés dans le ciel. Elles scintillaient de mille feux.

— Ce n'est pas le même ciel qu'en ville.

— C'est le même, Eden, ce sont les personnes qui changent.

Il s'allongea sur le dos et tendit le bras.

— Voici Cassiopée.

— Où ?

Eden, curieuse, regarda attentivement, mais ne parvint pas à distinguer la constellation.

— On la voit mieux d'ici.

Il la tira vers lui et, avant qu'elle ne proteste, pointa le doigt en direction du ciel.

— Regardez, elle est là. Elle ressemble à un W.

— Oh oui !

Ravie d'avoir réussi à la voir, Eden attrapa le poignet de Chase et dessina avec lui le contour de la constellation.

— C'est la première fois que j'arrive à en repérer une.

— Il suffit de bien observer. Là, c'est Pégase, annonça Chase en changeant son bras de direction. Cette constellation compte cent soixante-six étoiles que l'on peut distinguer à l'œil nu. Vous voyez, juste au-dessus de vous, continua-t-il.

Eden plissa les yeux et se concentra. La lumière de la lune se répandait sur son visage.

— Oui, ça y est, je la vois.

Elle se rapprocha un peu plus de Chase désignant le dessin formé par les étoiles.

— J'ai appelé mon premier poney Pégase. Parfois, j'imaginais qu'il allait déployer ses ailes et s'envoler. Montrez-moi une autre constellation.

Il admira la façon dont les étoiles se reflétaient dans ses yeux et le sourire que formaient ses lèvres.

— Orion, murmura-t-il.

— Où ?

— Il se dresse avec son épée derrière lui et son bouclier en avant. Une étoile rouge, des milliers de fois plus lumineuse que le soleil, forme l'épaule du bras qui tient l'épée.

— Où est-il, je...

Eden se tourna et regarda Chase dans les yeux. Elle oublia les étoiles, le clair de lune et l'herbe douce sur laquelle ils étaient assis. Elle lui serra le poignet jusqu'à ce que leurs deux pouls soient en harmonie.

Elle s'apprêta à l'embrasser, mais les lèvres de Chase ne firent qu'effleurer sa tempe. L'air était empreint d'une douce odeur de chèvrefeuille et une chouette hululait.

— Que faisons-nous ? parvint-elle à demander.

— Nous nous apprécions mutuellement.

Tout doucement, ses lèvres embrassèrent sa joue.

Eden pensa que le terme « apprécier » était un peu faible pour exprimer la force de ses sentiments. Jamais personne ne l'avait mise dans un tel état d'exaltation. Elle se sentait à la fois faible et enflammée, forte et éperdue. Les lèvres de Chase étaient douces et la main qu'il avait laissée sur sa joue était virile. Elle ne pouvait plus contrôler les battements de son cœur. Elle céda au plaisir de s'abandonner.

Elle tourna la tête en poussant un gémissement et ils se retrouvèrent bouche contre bouche. Il la serra dans ses bras. Ses lèvres s'entrouvrirent. Jamais elle n'avait connu un désir aussi intense.

Quant à lui, il n'avait jamais imaginé éprouver des sentiments aussi forts. Il s'était préparé à prendre son temps avec Eden, car l'innocence qu'elle dégageait semblait requérir une certaine lenteur. A présent, c'était elle qui le sollicitait. Elle lui caressait le dos et se mouvait contre son corps. Elle lui donnait des baisers ardents. Il ne pouvait plus lui résister.

Quelle ivresse ! Elle se donnait à lui sous ce ciel étoilé. Il sentait l'odeur de l'herbe et de la terre, et dans sa bouche un goût de feu. Elle soupira lorsqu'il posa ses lèvres sur sa gorge.

Eden passa ses doigts dans les cheveux de Chase et murmura son nom.

Il ne voulait jamais arrêter de la toucher. Il ne voulait plus jamais la quitter. Elle mit sa main sur son visage et il plaça la sienne par-dessus ; il sentit la pierre précieuse de sa bague.

Il voulait tout savoir d'elle. Il y avait tellement d'interrogations. Le désir ne suffisait pas. Il devait savoir qui elle était. Il leva la tête pour l'observer. Qui était-elle et comment avait-elle pu le rendre aussi fou d'elle ?

Il se redressa et lui dit :

— Vous êtes surprenante, Eden Carlbough de la famille Carlbough de Philadelphie.

Pendant un instant, elle fut incapable de répondre. Elle ne put que le regarder fixement. Elle avait eu droit à son tour de grande roue, une attraction folle et vertigineuse.

Elle recouvra brusquement ses esprits.

— Laissez-moi me relever.

— J'ai du mal à vous comprendre, Eden.

— Je ne vous demande pas de me comprendre.

Soudain, elle eut envie de se recroqueviller et de pleurer, sans vraiment savoir pourquoi. Au lieu de cela, elle choisit de se mettre en colère.

— Je vous ai demandé de me laisser me relever.

Il lui tendit une main pour l'aider. Eden se leva toute seule, en l'ignorant.

— Quand on est en colère, il vaut mieux crier, c'est plus constructif.

Elle lui lança un regard brillant. Elle ne voulait pas se sentir humiliée.

— Probablement. Maintenant, veuillez m'excuser.
— Arrêtez ! s'écria-t-il.
Il l'attrapa par le bras et la força à lui faire face.
— Quelque chose s'est passé entre nous ici, ce soir. Je veux savoir où cela nous mènera.
— Nous nous apprécions mutuellement. N'est-ce pas la façon dont vous avez défini la situation ?

Eden tentait de se convaincre qu'il ne se passait rien d'important, rien de plus qu'un petit moment d'ivresse.

— Nous avons terminé maintenant, alors bonne nuit.
— Nous sommes loin d'avoir terminé. Voilà ce qui me préoccupe, lui répondit-il.
— C'est votre problème, Chase, dit-elle avec indifférence.

Au fond, elle pensait comme lui et elle prit peur.

— Oui, c'est mon problème.

Comment avait-il pu passer aussi rapidement du stade de curiosité à celui d'attirance pour ressentir finalement ce désir intense ?

— Puisque c'est mon problème, j'ai une question à vous poser. Je veux savoir pourquoi Eden Carlbough passe son été à travailler dans une colonie de vacances au lieu de faire une croisière dans les îles grecques. Je veux savoir pourquoi elle nettoie les écuries au lieu d'organiser des dîners en compagnie d'Eric Keeton.
— Cela ne vous regarde pas, dit-elle en élevant la voix.

La nouvelle Eden ne contrôlait plus bien ses émotions.

— Mais si cela vous intéresse tant, vous n'avez qu'à appeler les membres de votre famille qui connaissent Eric. Je suis sûre qu'ils n'hésiteront pas à vous donner tous les détails que vous souhaitez.
— C'est à vous que je le demande.
— Je ne vous dois aucune explication.

Elle retira brusquement son bras et se mit à trembler de rage.

— Je ne vous dois absolument rien, continua-t-elle.
— C'est vous qui le dites.

Sa colère l'avait refroidie et lui avait permis de revenir à la réalité.

— Je veux savoir avec qui je vais faire l'amour.

— Vous n'aurez pas besoin de le savoir, je peux vous l'assurer.

— Nous achèverons bientôt ce que nous avons commencé ce soir, Eden.

Il attrapa de nouveau son bras. Un peu effrayée elle comprit que le Chase doux et patient avait disparu.

— Je peux vous l'assurer, répéta-t-il d'un ton presque menaçant.

— Vous prenez vos désirs pour des réalités.

Surprise et contrariée, elle le vit alors sourire. Il lui fit une dernière caresse langoureuse sur le bras. Elle frissonna. Il plaça un doigt sur ses lèvres, comme pour lui rappeler ce qu'elle avait goûté auparavant.

— Pensez à moi, lui glissa-t-il dans le creux de l'oreille avant de lui tourner le dos et de reprendre son chemin.

4

Le temps était idéal pour un feu de camp. Le ciel était relativement dégagé ; seuls quelques nuages masquaient la lune de temps à autre. L'air s'était un peu rafraîchi après le coucher du soleil et il faisait bon, d'autant qu'une légère brise soufflait.

Les branches et les bouts de bois ramassés pendant la journée avaient été empilés et formaient un édifice imposant de plus d'un mètre cinquante au milieu d'une clairière, à l'est du camp. Chaque fillette avait contribué à bâtir cet amas de bois. Elles étaient maintenant toutes réunies autour de l'ouvrage, attendant impatiemment que le feu soit allumé. Un nombre impressionnant de hot dogs et de marshmallows avaient été disposés sur une table de pique-nique ainsi que des brochettes bien affûtées pour planter les denrées à cuire. Par mesure de sécurité, les monitrices avaient placé à proximité du feu un tuyau d'arrosage et une bassine remplie d'eau.

Candy, tenant à la main une grande allumette tel un flambeau, déclara :

— Le premier feu de camp annuel de Camp Liberty peut maintenant commencer. Mesdemoiselles, êtes-vous prêtes à faire rôtir vos saucisses ?

Toutes les filles, y compris Eden, s'écrièrent « oui » en chœur et applaudirent Candy.

Candy craqua l'allumette et la jeta dans le petit bois à la base de l'amas de branchages. De petites flammes se formèrent d'abord et se propagèrent progressivement en suivant la trace d'essence versée pour démarrer le feu. Sous le regard émerveillé des fillettes, les flammes grandirent et le bois se mit à crépiter joyeusement.

— Génial ! s'écria Eden. J'avais peur que le feu ne prenne pas.

La fumée commença à s'élever en tourbillonnant.

— Tu as affaire à une spécialiste, dit Candy en tirant la langue.

Elle piqua une saucisse au bout d'un bâton pointu et contempla le foyer rougeoyant.

— Ma seule crainte était qu'il se mette à pleuvoir, mais regarde-moi ce ciel, c'est parfait !

Eden regarda en l'air. Sans effort et sans concentration, elle aperçut instantanément Pégase. Il chevauchait la nuit étoilée exactement comme il l'avait fait la nuit précédente.

Il s'en était passé des choses la veille sous ce même ciel ! Eden, le visage face au vent et les mains chauffées par le feu, se demanda un instant si l'épisode mouvementé avec Chase s'était réellement produit.

Evidemment qu'il avait eu lieu ! Ses souvenirs étaient bien trop vifs pour n'être que le fruit de son imagination. Elle avait réellement vécu ce moment avec lui et avait vraiment éprouvé des sentiments et des sensations incroyables. Elle détourna délibérément son regard de Pégase et fixa un ensemble d'étoiles diffus.

Toutefois, elle ne cessa pas de penser à Chase. L'épisode de la veille était terminé, mais elle avait l'impression étrange que ce n'était pas fini.

— Candy, pourquoi est-ce que tout semble différent ici ?

— Parce que tout *est* différent ici.

Candy inspira profondément l'air empli des senteurs de fumée, d'herbe sèche et de viande grillée.

— N'est-ce pas merveilleux de ne pas devoir assister à des récitals de piano interminables, à des cocktails ennuyeux et à des conversations sans intérêt dans des salons de thé surchauffés ? Tiens, prends un hot dog.

Eden accepta la saucisse légèrement calcinée que lui tendit

Candy, parce que les bonnes odeurs lui avaient mis l'eau à la bouche.

— Tu tombes dans la caricature, Candy.

Eden déposa une trace de ketchup sur la saucisse avant de la glisser dans un morceau de pain.

— J'aimerais bien avoir le pouvoir d'analyser les choses aussi simplement, ajouta-t-elle.

— Tu y arriveras quand tu seras capable de profiter d'une soirée passée à manger des hot dogs près d'un feu de camp, sans penser que tu es en train de porter atteinte à l'image de ta famille.

Eden ouvrit la bouche et Candy lui donna une tape amicale sur l'épaule.

— Tu devrais goûter les marshmallows, conseilla Candy.

Elle lui tourna le dos et se dirigea vers la table sur laquelle étaient posées les baguettes.

Eden se mit à réfléchir en mangeant. Après tout, peut-être les remarques de Candy n'étaient-elles pas aussi simplistes qu'elles en avaient l'air.

Elle avait vendu la maison qui avait appartenu à sa famille durant quatre générations. Elle avait fait l'inventaire de l'argenterie, de la vaisselle en porcelaine, des tableaux et des bijoux pour les mettre aux enchères. Elle avait liquidé les biens des Carlbough pour rembourser ses dettes et démarrer une nouvelle vie. Elle l'avait fait par nécessité, elle n'avait pas eu d'autre choix. Cependant, elle ne s'était pas tout à fait remise de la perte de ses biens et de la culpabilité qu'elle avait ressentie en s'en séparant.

Eden recula d'un pas et soupira. Les scènes de liesse qui se déroulaient devant ses yeux lui rappelaient les étés de son enfance au Camp Forden. Elle regarda les volutes de fumée qui montaient vers le ciel et le feu qui crépitait. Elle huma l'odeur typiquement estivale des grillades.

Durant quelques secondes, elle regretta de ne pouvoir revenir en arrière et revivre au temps de son enfance, quand la vie était simple et que ses parents étaient là pour régler les problèmes.

— Mademoiselle Carlbough.

Roberta s'était approchée d'Eden.

— Salut Roberta, tu t'amuses bien ?

— Oui, c'est super !

Roberta avait du ketchup sur le menton.

— Vous n'aimez pas les feux de camp ?

— Si, répondit Eden en souriant.

Elle posa une main sur l'épaule de Roberta.

— Je les adore.

— Vous aviez l'air un peu triste, alors je vous ai préparé un marshmallow fondu.

Au bout du bâton, le marshmallow était noirâtre, flétri et dégoulinant. Toutefois, Eden eut la gorge serrée et fut aussi émue par ce geste qu'un peu plus tôt dans la journée, lorsqu'une autre fillette lui avait offert des fleurs.

— Merci, Roberta. Je n'étais pas triste, je repensais à de vieux souvenirs.

Eden retira délicatement le marshmallow du bâton, ou plutôt ce qu'il en restait. La moitié de la friandise tomba par terre lorsqu'elle la porta à la bouche.

— Ils ne sont pas faciles à manger, fit remarquer Roberta. Je vais vous en faire un autre.

Eden fit un effort pour avaler la partie carbonisée du bonbon.

— C'est très gentil mais je n'ai plus très faim, Roberta, merci beaucoup.

— Je vous assure que ça ne me gêne pas.

Elle regarda Eden et lui fit un sourire radieux. Lorsqu'elle souriait ainsi, on oubliait presque toutes les bêtises qu'elle avait commises depuis son arrivée au camp.

— J'aime les préparer, s'exclama-t-elle. Vous savez, mademoiselle Carlbough, reprit-elle, en passant du coq à l'âne, je pensais que le camp allait être ennuyeux, mais ce n'est pas du tout le cas. On s'amuse bien ici, surtout pendant les cours d'équitation.

Roberta se tut un instant, regarda le sol et dit :

— Je sais que je ne suis pas aussi douée que Linda en équitation, mais je me demandais si vous pourriez, euh, si je pourrais passer un peu plus de temps avec les chevaux.

— Bien sûr, Roberta.

Eden frottait son pouce contre son index, tentant en vain de se débarrasser de la matière poisseuse qui collait à ses doigts.

— Inutile pour cela de m'amadouer en m'apportant des marshmallows.

— C'est vrai ?

— Bien sûr. Mlle Bartholomew et moi ajouterons cela dans l'emploi du temps, dit Eden.

— Merci beaucoup, mademoiselle Carlbough.

— Il faudra que tu sois attentive pendant les cours.

— J'aimerais bien aussi apprendre à lancer le lasso à cheval, comme les cow-boys.

— Je ne sais pas si on ira jusque-là, mais on pourra apprendre à faire des petits sauts d'ici à la fin du camp, si tu veux.

Eden eut le plaisir de voir le visage de Roberta s'illuminer de joie.

— Vraiment ?

— Oui, vraiment. Mais il faut d'abord que tu travailles ta posture.

— Je vais progresser et je deviendrai meilleure que Linda ; je pourrai même faire du saut d'obstacles. Youpi !

Elle exécuta une drôle de pirouette.

— Merci, merci, merci, mademoiselle Carlbough !

Elle disparut ensuite en un éclair, sans doute pour aller raconter la nouvelle aux autres filles.

Eden commençait à bien connaître Roberta. La petite fille devait déjà imaginer que ses prouesses équestres lui permettraient de décrocher une médaille d'or aux prochains jeux Olympiques.

En regardant Roberta discuter avec les autres filles, Eden se rendit compte qu'elle avait cessé de penser à son passé. C'était une bonne chose. Elle avait retrouvé le sourire.

Une monitrice prit une guitare et se mit à jouer quelques

accords. Eden lécha le restant du marshmallow qui se trouvait encore sur ses doigts.

— Vous êtes adorable quand vous vous léchez les doigts, on dirait une petite fille.

Eden avait toujours le pouce dans la bouche quand elle se retourna.

Elle aurait dû deviner qu'il viendrait. Peut-être même avait-elle espéré sa venue. Elle dissimula ses mains encore collantes derrière son dos.

Il se demanda si elle savait à quel point elle était belle, assise à côté du feu, les cheveux détachés lui tombant sur les épaules. Elle fronçait les sourcils maintenant, mais il l'avait vue sourire une seconde plus tôt. S'il l'embrassait immédiatement, goûterait-il à la saveur douce et sucrée du marshmallow ? Retrouverait-il la chaleur du baiser qu'il avait connue auparavant ? Son estomac se noua. Il mit ses pouces dans ses poches et détourna son regard d'elle pour contempler le feu.

— C'est une belle soirée pour un feu de camp.

Eden se détendit, car il n'était pas assis trop près d'elle et il y avait beaucoup de monde autour d'eux.

— Nous n'attendions aucune visite, lui dit-elle.

— J'ai vu de la fumée, je me suis demandé ce qui se passait.

Elle leva les yeux et constata que le vent emportait la fumée en direction du verger.

— J'espère que cela ne vous a pas inquiété. Nous avons prévenu les pompiers que nous organisions un feu ce soir.

Trois filles passèrent à toute vitesse derrière Eden et Chase. Chase jeta un coup d'œil dans leur direction et les filles ricanèrent.

Eden sourit et demanda :

— Combien de temps vous a-t-il fallu pour maîtriser ça ?

Chase se retourna vers Eden.

— Pour maîtriser quoi ?

— Ce charme irrésistible qui fait des ravages auprès de toute la gent féminine.

— Ah ce charme ? C'est de naissance.

Il lui fit un large sourire. Eden éclata de rire, sans pouvoir se contrôler. Elle croisa ensuite les bras et recula un peu.

— Il commence à faire très chaud près du feu.

Chase regarda les flammes en se remémorant son passé.

— Tous les ans, pour Halloween, nous faisions un feu de camp. Mon père sculptait la plus grande citrouille qu'il réussissait à trouver et fabriquait des épouvantails à partir de vieilles salopettes et de chemises de flanelle rembourrées de paille. Une année, il s'est déguisé en cavalier sans tête. Tous les enfants du quartier en ont eu la chair de poule.

Il se demanda pourquoi il n'avait jamais pensé avant ce soir à perpétuer cette tradition de Halloween.

— Ma mère donnait une pomme d'amour à chaque enfant, puis nous nous asseyions près du feu et nous racontions des histoires qui font peur. En y repensant, il me semble que mon père s'amusait encore plus que nous.

En imaginant ces fêtes de Halloween, Eden esquissa un nouveau sourire. Les Halloween de son enfance étaient bien différents : elle se souvint de ses déguisements de princesse ou de ballerine et des fêtes costumées. Elle en gardait des souvenirs agréables, mais elle ne put s'empêcher de regretter, l'espace d'un instant, de ne pas avoir assisté à des feux de camp de Halloween en présence du cavalier sans tête.

— Cela va peut-être vous sembler un peu bête, mais j'étais aussi impatiente que les filles de faire le feu de camp ce soir, lui confia-t-elle.

— Non, je ne trouve pas ça bête, bien au contraire.

Il posa sa main sur la joue d'Eden. Elle se raidit. Sa peau était douce et chaude.

— Avez-vous pensé à moi ? demanda-t-il doucement.

Une fois encore, elle fut submergée par des sensations intenses et eut l'impression de flotter dans les airs.

— Je n'en ai pas eu le temps.

Elle se dit qu'elle ferait mieux de s'éloigner de lui, mais ses jambes restèrent immobiles. Elle entendait vaguement les accords de guitare et la voix de la chanteuse ; elle ne se souvenait plus vraiment de la mélodie ni des paroles de la chanson. Elle se sentait un peu désorientée. La seule chose dont elle était sûre, c'était qu'il avait posé sa main sur sa joue.

— C'est gentil de votre part d'être passé, commença-t-elle à dire pour reprendre ses esprits.

— Est-ce là une façon de me congédier ?

Avec désinvolture, il glissa sa main dans les cheveux d'Eden.

— Je suis sûre que vous avez plein de choses à faire.

Il lui caressait maintenant la nuque du bout des doigts, elle avait les nerfs à fleur de peau.

— Arrêtez.

Les ombres et les lumières des flammes dansaient sur son visage. Eden avait beaucoup occupé l'esprit de Chase récemment. Brusquement, une image s'imposa à son esprit, il se vit faisant l'amour avec elle au crépuscule, dans la chaleur du feu et les odeurs de fumée.

— Vous n'êtes pas revenue marcher près du lac.

— Encore une fois, je n'en ai pas eu le temps.

Elle n'arrivait pas à parler du ton ferme et assuré qui aurait convenu dans cette circonstance.

— Je suis responsable des fillettes et du camp, et…

— Vous n'assumez pas seule toutes les responsabilités, n'est-ce pas ?

Il souhaitait tant pouvoir de nouveau se promener avec elle, observer les étoiles et discuter. Il souhaitait tant goûter encore à ces délices, à cette innocence.

— Je suis un homme très patient, Eden. Vous ne pourrez pas m'éviter indéfiniment.

— C'est ce que vous pensez, murmura-t-elle.

Elle soupira ensuite en voyant Roberta se diriger droit vers eux.

— Salut ! s'écria Roberta.

Son visage était rayonnant.

— Bonsoir, Roberta, répondit-il en souriant.

Le sourire de la fillette s'élargit encore. De toute évidence, elle était ravie qu'il se soit souvenu de son prénom.

— Je remarque que tu prends soin de ta casquette à présent, continua-t-il.

Elle rit et releva légèrement la casquette sur son front.

— Mlle Carlbough a dit que si je retournais dans votre verger sans autorisation, elle la confisquerait une bonne fois pour toutes. Mais, vous pourriez peut-être nous inviter à visiter votre pommeraie. Ça serait instructif, non ?

— Roberta.

Eden fronça les sourcils et la foudroya du regard.

— Mlle Carlbough a dit que nous devions proposer des activités intéressantes et je pense que la visite d'une pommeraie constitue une activité intéressante, poursuivit-elle en prenant un ton de petite fille modèle.

— Merci de ton intérêt pour ma pommeraie, dit Chase. Nous allons réfléchir à cette idée.

— D'accord.

Satisfaite de cette réponse, Roberta présenta à Chase une chipolata noire et desséchée.

— J'ai cuit une saucisse pour vous ; il faut que vous mangiez quelque chose.

— Mmm ! Elle m'a l'air délicieuse.

Il mordit dedans à pleines dents et retint une grimace en constatant que l'intérieur n'était pas cuit.

— J'ai aussi pris des marshmallows et des bâtons pour vous deux, reprit la fillette. Je vous laisse les préparer vous-mêmes, c'est plus amusant.

— Merci beaucoup, s'exclamèrent ensemble Eden et Chase.

Roberta était à la transition entre l'enfance et l'adolescence. Elle commençait à voir clair dans le comportement des adultes.

— Si vous voulez être seuls pour vous embrasser et faire des câlins, vous pouvez aller dans les écuries, vous savez, il n'y a personne là-bas.

— Roberta ! Ça suffit ! cria Eden d'un ton autoritaire.

— Je dis ça parce que je sais que mes parents aiment être seuls, parfois, ajouta Roberta, imperturbable.

Elle sourit à Chase et lança avec une nuance de coquetterie dans la voix :

— Au revoir, et à bientôt j'espère.

— A bientôt, petite.

Roberta les quitta et s'en alla rejoindre ses amies en sautillant.

Eden tendit sa brochette de marshmallows vers les flammes. Chase se rapprocha d'elle.

— Voulez-vous que nous allions nous embrasser et faire des câlins ? demanda-t-il tout près de son oreille.

Eden rougit, mettant sa réaction sur le compte de la chaleur dégagée par le feu.

— Cela vous amuserait que Roberta rentre chez elle et raconte à sa famille qu'une des directrices du camp passait son temps dans les écuries avec un homme ? Ne pensez-vous pas que cela nuirait à la réputation de Camp Liberty ?

— Vous avez raison. Allons plutôt chez moi.

— Allez-vous-en, Chase.

— Je n'ai pas fini mon hot dog. Prenez-en un aussi, je déteste manger tout seul.

— Non merci. J'en ai déjà goûté un, ça m'a suffi.

— Venez dîner chez moi un soir prochain. Je vous promets que nous mangerons autre chose que des hot dogs. Si vous voulez vous pouvez me donner votre réponse demain.

— Nous n'en reparlerons pas demain. Ni demain ni jamais, d'ailleurs.

Eden était excédée.

— D'accord, il vaut mieux que nous ne nous voyions pas…
Sans même la laisser finir, il se pencha vers elle et déposa un baiser sur sa bouche. Plusieurs longues secondes s'écoulèrent avant qu'Eden ne reprenne ses esprits et s'éloigne de lui en reculant brusquement.

— Ne vous a-t-on jamais appris les bonnes manières ? dit-elle d'une voix étranglée.

— Pas vraiment.

En admirant une nouvelle fois ses yeux aussi bleus qu'un lac, il décida qu'il redoublerait d'efforts jusqu'à ce qu'elle cesse de réagir aussi négativement à ses travaux d'approche.

— Nous pouvons nous donner rendez-vous demain matin à 9 heures devant le portail d'entrée du verger.

— De quoi parlez-vous ?

— De la visite de la pommeraie. Ce sera très instructif, vous savez.

Il fit un large sourire et lui tendit sa brochette. Bien que l'air fût frais et léger par cette soirée d'été, Eden se sentit brusquement oppressée.

— Nous ne voulons pas vous déranger dans votre travail.

— Cela ne me dérange pas. Je vais également en toucher un mot à l'autre directrice, comme ça, vous pourrez vous organiser entre vous.

Eden prit une grande bouffée d'air.

— Vous vous croyez malin, n'est-ce pas ?

— Non, je suis très sérieux. Attention, Eden, votre marshmallow prend feu.

Il mit ses mains dans ses poches et s'en alla tandis qu'Eden soufflait de toutes ses forces sur sa friandise enflammée.

Elle avait souhaité qu'il pleuve ce matin-là, mais ce ne fut pas le cas, malheureusement. Une belle journée ensoleillée s'annonçait. Elle avait aussi espéré que Candy comprenne que cette idée de sortie ne l'enchantait pas, mais Candy avait trouvé que la visite de la pommeraie la plus prestigieuse du pays était une chance inespérée et elle s'était montrée très enthousiaste. Les filles du camp aimaient les changements de programme. Ainsi, seule Eden se rendait à contrecœur au domaine des Elliot ; le reste du groupe marchait d'un bon pas, dans la bonne humeur générale.

— Arrête de faire cette tête, on dirait que tu vas droit à l'échafaud.

Candy cueillit une petite fleur bleue sur le bord de la route et la mit dans ses cheveux.

— C'est une chance de pouvoir faire cette sortie, c'est super… pour les filles.

— C'est bon. Si tu n'avais pas déjà réussi à me convaincre que cette visite valait le déplacement, je ne serais pas ici.

— Tu es de mauvaise humeur.

— Non, je ne suis pas de mauvaise humeur, répliqua Eden, mais je n'aime pas qu'on me force la main.

Candy se pencha pour ramasser une autre fleur.

— Si un homme essayait de me persuader de faire quelque chose, je lui ferais croire que j'avais de toute façon l'intention d'agir de la sorte avant même qu'il ne tente de me convaincre. Je pense que tu devrais arriver devant lui le sourire aux lèvres et pleine d'entrain pour voir sa réaction.

— Peut-être.

Eden réfléchit et esquissa bientôt un sourire.

— Oui. Peut-être bien.

— Bien. A ce rythme-là, tu finiras peut-être par te rendre compte qu'il faut savoir parfois mentir et mettre son orgueil de côté.

— Si tu ne m'avais pas forcée à venir aujourd'hui, je n'aurais même pas eu à y réfléchir.

— Si tu veux mon avis, notre beau seigneur des pommes aurait fini par te trouver même si tu t'étais cachée. Il t'aurait attrapée et transportée sur ses larges épaules et tu n'aurais pas échappé à cette visite.

Candy s'arrêta de parler un instant et soupira.

— Maintenant que j'y pense, cela aurait été drôle à voir.

Eden imagina elle aussi la scène et cela n'eut pour effet que de la rendre d'humeur encore plus massacrante.

— Moi qui pensais que je pouvais compter sur ma meilleure amie.

— Bien sûr que tu peux compter sur moi.

Candy passa son bras autour des épaules d'Eden.

— Mais je me demande bien pourquoi tu as besoin de mon soutien alors qu'un homme superbe se meurt d'amour pour toi.

— Ça suffit !

Plusieurs fillettes se retournèrent pour regarder Eden, surprises de l'avoir ainsi entendue hausser la voix. Eden baissa aussitôt d'un ton.

— Il n'aurait jamais dû m'embrasser devant tout le monde.

— Oui, je suppose que ce moment magique aurait été encore plus intense en privé.

— Si tu continues à m'énerver, il ne faudra pas que tu t'étonnes de trouver une couleuvre au milieu de tes sous-vêtements.

— Demande-lui s'il a un frère, ou un cousin. Ou même un oncle. Ah, nous sommes arrivées. N'oublie pas : souris et tiens-toi bien, comme une gentille fille.

— Tu me le paieras un jour, lui dit Eden à voix basse, je ne sais pas encore quand ni comment, mais je t'assure que tu me paieras ça.

Le groupe s'arrêta à l'endroit où la route bifurquait. Sur la gauche se trouvait un portail composé de deux piliers en pierre et d'une arche en fer forgé sur laquelle on pouvait lire un nom en grosses lettres : ELLIOT. De chaque côté des deux piliers s'étendait un mur épais d'environ deux mètres de haut. Le mur était ancien et solide. Eden pensa que les générations d'Elliot qui avaient précédé celle de Chase craignaient, elles aussi, qu'on ne respecte pas leur propriété privée.

La route d'accès à la propriété était bien entretenue. Elle sillonnait le flanc d'une colline et disparaissait au loin. Des chênes, encore plus vieux et plus robustes que le mur, bordaient la route.

Eden admira l'aspect symétrique du paysage, comme elle l'avait déjà fait la première fois qu'elle s'était trouvée dans le bosquet. Elle songea que ces pierres, ces arbres et même cette route étaient là depuis des générations. Elle comprenait que Chase soit fier de sa propriété. Il y a peu de temps encore, elle aussi possédait un vaste patrimoine.

Il surgit alors de derrière un arbre. Vêtu d'un T-shirt et d'un jean, il paraissait svelte et très à l'aise. Eden remarqua qu'il avait un peu transpiré. Il avait déjà travaillé ce matin-là, avant que le groupe n'arrive. Eden baissa ensuite son regard vers ses mains, fortes et habiles, et tellement douces quand elles caressaient la peau d'une femme.

Il ouvrit le portail.

— Bonjour, mesdemoiselles.

— Qu'il est beau ! murmura l'une des monitrices.

Eden l'entendit et se souvint des conseils de Candy. Elle redressa la tête et les épaules, et afficha un sourire resplendissant.

— Les enfants, je vous présente M. Elliot. C'est le propriétaire du verger que nous allons visiter aujourd'hui. Merci de nous avoir invitées, monsieur Elliot.

— Tout le plaisir est pour moi, mademoiselle Carlbough.

Une clameur confuse monta du groupe lorsqu'un grand chien au poil beige et brillant apparut brusquement. Il regarda le groupe de ses grands yeux tristes avant d'aller se coller contre la jambe de Chase. Eden se dit qu'un chien de cette taille pourrait facilement renverser un homme plus petit que Chase. Selon elle, il ressemblait plus à un fauve qu'à un animal de compagnie.

— Lui, c'est Squat. Aussi surprenant que cela puisse paraître, c'était le plus faible de la portée. Il est un peu peureux.

— Il n'est pas méchant, n'est-ce pas ? demanda Candy, en regardant Squat donner un énorme coup de queue sur le sol.

— C'est un timide, surtout en présence de filles.

Chase les dévisagea et ajouta :

— En particulier quand elles sont aussi jolies que vous toutes. Si cela ne vous dérange pas, Squat aimerait nous accompagner pendant la visite.

— Il est beau, s'exclama aussitôt Roberta.

Elle s'avança vers le chien et lui donna de petites tapes sur la tête.

— Je vais marcher à côté de toi, Squat.

A ces mots, le chien se leva pour prendre la tête du groupe.

Eden découvrit les multiples facettes de l'activité de récoltant de pommes, qui ne se limitait pas à la cueillette des fruits mûrs et à leur mise en cageots. Chase expliqua que la récolte s'étalait sur plusieurs mois de l'année, du début de l'été à la fin de l'automne, en raison des diverses variétés produites. Les pommes n'étaient pas seulement destinées à être mangées ou cuisinées. Les trognons et les pelures servaient à la fabrication du cidre ou étaient séchés et expédiés en Europe, où ils entraient dans la composition de certains vins mousseux.

Alors que le groupe marchait, le parfum des fruits mûrs parvint aux narines des filles et fit envie à plus d'une d'entre elles. Eden songea au fruit défendu et s'arrangea pour garder un œil sur les fillettes, se souvenant que cette visite avait un but uniquement pédagogique.

Chase expliqua que les arbres à maturité rapide étaient plantés entre ceux au développement plus lent et qu'ils étaient ensuite coupés lorsqu'il était nécessaire de libérer de l'espace. Eden se rendit compte qu'il s'agissait d'une activité bien organisée où tout était prévu pour une productivité maximale. Au printemps, les pommiers en fleur apportaient une touche d'enchantement à cette activité.

Sous les yeux des fillettes, de nombreux saisonniers récoltaient les fruits. Chase répondit aux multiples questions des adolescentes.

— On dirait qu'elles ne sont pas mûres, fit remarquer Roberta.

— Elles ont atteint leur taille maximale.

Chase prit une pomme et appuya son autre main sur l'épaule de Roberta.

— Le processus de maturation du fruit n'est pas encore terminé, mais la pomme n'a plus besoin de l'arbre pour mûrir. Le fruit est encore dur, mais les pépins sont déjà marron, regardez.

Il coupa la pomme en deux à l'aide d'un canif.

— Les pommes que nous récoltons maintenant sont d'une qualité supérieure par rapport à celles qui restent plus longtemps sur l'arbre.

Chase vit que Roberta mourait d'envie de croquer une pomme et il lui tendit la moitié du fruit qu'il venait de couper. Squat se chargea de ne faire qu'une bouchée de l'autre moitié.

— Vous avez peut-être envie de cueillir des pommes vous-mêmes ?

Un chœur d'acclamations joyeuses s'éleva du groupe. Devant un tel enthousiasme, Chase s'approcha d'un arbre afin de leur montrer comment procéder.

— Arrachez la pomme en tordant la tige. Ne cassez pas les branches qui portent les fruits.

Aussitôt, les filles se dispersèrent autour de plusieurs arbres et Eden se retrouva seule face à Chase. Dès lors, elle perdit tous ses moyens. Pourquoi réagissait-elle ainsi ? Etait-ce parce qu'il avait l'air si heureux de se retrouver en sa compagnie ?

— Votre métier est passionnant, lui dit-elle en se reprochant aussitôt d'avoir énoncé une telle banalité.

— Je l'aime beaucoup.

— Je...

Elle chercha une question pertinente à lui poser.

— Je suppose que vous expédiez les fruits très rapidement afin d'éviter qu'ils ne se détériorent.

Chase savait qu'elle ne s'intéressait pas plus aux pommes que lui à ce moment précis, mais il se prêta au jeu des questions-réponses.

— Les pommes sont placées dans un entrepôt réfrigéré. J'aime lorsque vos cheveux sont relevés en arrière comme cela ;

ça me donne envie d'enlever votre barrette pour les voir tomber sur vos épaules.

Elle sentit les battements de son cœur s'accélérer, mais décida de les ignorer.

— Et vous effectuez une série de tests pour contrôler la qualité ?

— Nous ne conservons que les meilleures pommes. Il faut qu'elles soient goûteuses, fermes et tendres à la fois.

Tout en disant cela, il la regardait et lui caressait doucement la nuque.

Eden se concentra sur sa respiration, mais laissa échapper un soupir.

— Restons-en au sujet qui nous intéresse, voulez-vous ?

— De quel sujet s'agit-il ? demanda-t-il en traçant le contour de son menton avec son pouce.

— Les pommes.

— J'aimerais faire l'amour avec vous dans le verger, Eden ; nous serions allongés dans l'herbe fraîche et le soleil se refléterait sur votre visage.

A cette seule évocation, elle sentit la terreur l'envahir.

— Veuillez m'excuser.

— Eden.

Il prit sa main. Il savait qu'il allait trop vite, qu'il allait trop loin, mais il ne pouvait pas s'en empêcher.

— Je vous désire. Peut-être trop.

Il parlait en murmurant, presque à voix basse, mais sa voix résonnait dans la tête d'Eden.

— Vous savez que vous ne devriez pas dire des choses pareilles. Si les enfants…

— Venez dîner avec moi.

— Non.

Elle décida de camper sur sa position. Elle ne se laisserait pas manipuler.

— Chase, mon travail m'occupe pratiquement vingt-quatre heures sur vingt-quatre, et ce pendant encore deux semaines.

Même si je voulais dîner avec vous, ce qui n'est pas le cas, ce serait de toute façon impossible.

Son discours était sensé, mais Chase ne comptait pas en rester là. Il lui était trop facile de trouver sans arrêt des excuses.

— Craignez-vous de vous retrouver seule avec moi ? Vraiment seule ?

C'était la vérité, pure et simple. Toutefois, Eden ne l'admit pas.

— Non mais vous rêvez !

— Je suis étonné que le camp ne puisse pas se passer de vous quelques heures dans la soirée.

— Vous ne savez pas ce que c'est que de diriger un camp.

— Je pense que les filles sont plus que largement encadrées avec votre associée et toutes les monitrices. Et je sais que votre dernier cours d'équitation a lieu à 16 heures.

— Comment...

— J'ai demandé à Roberta, répondit-il simplement. Elle m'a dit que vous dîniez à 18 heures, qu'ensuite il y avait une veillée entre 19 heures et 21 heures et que l'extinction des feux avait lieu à 22 heures. Quand les filles sont couchées, vous allez souvent voir les chevaux. Et parfois, vous montez à cheval la nuit, quand vous pensez que tout le monde dort.

Elle ouvrit la bouche, puis la referma, car elle ne savait plus quoi dire. Elle croyait que personne n'était au courant de ses petites expéditions nocturnes.

— Pourquoi vous promenez-vous seule à cheval la nuit, Eden ?

— Parce que j'en ai envie.

— Eh bien ce soir, j'aimerais que vous ayez envie de dîner avec moi.

Elle tenta de fixer son attention sur les fillettes qui cueillaient des pommes autour d'eux. Elle se dit qu'en se mettant en colère, elle attirerait tous les regards sur elle.

— Lorsque je décline vos invitations poliment, vous ne semblez pas comprendre. Je vous répète pour la dernière fois qu'être en votre compagnie est la dernière des choses dont j'aie envie, que ce soit ce soir ou n'importe quand.

Il haussa les épaules et s'avança d'un pas.

— Dans ce cas, réglons cette histoire ici et maintenant.

— Vous ne...

Elle ne prit même pas la peine de finir sa phrase. Elle le connaissait désormais suffisamment bien pour savoir qu'il n'en ferait de toute manière qu'à sa tête. En jetant un coup d'œil furtif autour d'elle, elle s'aperçut que Roberta et Marcie, appuyées contre le tronc d'un pommier, profitaient joyeusement du spectacle tout en mangeant des pommes.

— Ça suffit. Arrêtez !

Elle avait toujours la ferme intention de lui résister.

— Je me demande vraiment pourquoi vous insistez tant pour dîner avec quelqu'un qui vous trouve aussi énervant.

— Moi aussi, je me le demande. Nous en reparlerons ce soir. Rendez-vous à 19 h 30.

Il tendit une pomme à Eden, puis se dirigea lentement vers Roberta.

L'espace d'une seconde, Eden songea à lancer la pomme sur lui mais elle se retint et préféra croquer dans le fruit à pleines dents.

5

Eden passa nerveusement la brosse dans ses cheveux qui se mirent en place délicatement, ondulant au niveau de ses épaules et formant de petites mèches autour de son visage. Pour ce rendez-vous, elle ne prendrait pas la peine de réaliser une coiffure sophistiquée comme elle en avait l'habitude auparavant lorsqu'elle sortait. Elle laisserait ses cheveux détachés, au naturel. De toute manière, si elle décidait de se coiffer soigneusement, il ne remarquerait probablement pas la différence.

Elle ne prit pas non plus la peine de mettre des bijoux. Elle garda simplement les perles qu'elle portait habituellement aux oreilles. Elle cherchait à paraître à la fois décontractée et présentable. Pour cela, elle avait enfilé un chemisier blanc avec de la dentelle au niveau des poignets, finition superflue à son goût. Elle mit une jupe bleue assortie à la chemise et se regarda dans le petit miroir fixé au mur. Son intention avait été de paraître sérieuse et sûre d'elle, et voilà que cette tenue lui donnait l'air innocent et fragile.

Pour que Chase comprenne qu'elle n'avait pas cherché à se faire belle pour lui, elle ne se maquilla presque pas. Par coquetterie, elle appliqua juste un peu de fard à joues et une touche de brillant à lèvres. Même si elle ne voulait pas paraître séduisante, ce n'était pas une raison pour être complètement négligée. Elle tendit le bras pour attraper un flacon de parfum, mais le reposa. Il se contentera de l'odeur du savon, se dit-elle. Elle se détourna du miroir au moment même où Candy ouvrait la porte de la cabane.

— Eh bien, dis donc !

Candy s'était arrêtée dans l'entrée. Elle examina Eden sous toutes les coutures.

— Tu es magnifique.

— Vraiment ?

Eden se regarda de nouveau dans le miroir, l'air gêné.

— Je ne cherchais pas vraiment à paraître magnifique. Je veux juste être présentable.

— Un rien t'habille. Moi, même si je mettais une tenue avec de la dentelle, je n'aurais pas l'air aussi gracieuse et soignée que toi.

Eden tira sur ses manches.

— Je savais que cette dentelle était ridicule. Je peux peut-être l'arracher.

— Non, surtout pas.

Candy se précipita sur Eden pour l'empêcher d'abîmer son chemisier.

— En plus, ce n'est pas la manière dont tu es habillée qui importe, mais la façon dont tu te comportes, tu ne crois pas ?

Eden tira une dernière fois sur la dentelle.

— Oui, c'est vrai. Candy, tu es sûre que vous n'avez pas besoin de moi ce soir ? Je peux encore inventer une excuse de dernière minute.

— Tout va bien, Eden, nous pouvons nous passer de toi sans problème.

Candy se laissa tomber sur son lit et épluca la banane qu'elle avait à la main.

— Il n'y a aucun problème. Je suis venue dans la chambre pour faire une petite pause et m'empiffrer.

Elle mordit un énorme morceau de banane, comme pour illustrer son propos.

— Nous allons toutes nous réunir dans le réfectoire pour faire le point sur les CD dont nous disposons pour la grande fête. Et les filles veulent déjà commencer à répéter leurs chorégraphies pour le grand soir.

— Ce serait peut-être bien qu'il y ait une monitrice de plus dans le réfectoire pour les surveiller.

Candy secoua sa banane à moitié mangée en signe de désaccord.

— Elles vont toutes rester ensemble dans le réfectoire. Tu n'as pas de souci à te faire. Tu peux aller profiter de ton dîner la conscience tranquille. Vous allez manger où ?

— Je ne sais pas, répondit Eden en mettant des mouchoirs dans son sac, et ça m'est égal.

— Arrête, cela fait six semaines que nous mangeons l'ordinaire de la cantine, équilibré certes, mais pas fameux, il faut bien l'admettre. Tu dois être impatiente de déguster des mets un peu plus sophistiqués, non ?

— Non.

Eden ouvrit et referma son sac plusieurs fois de suite.

— J'ai simplement accepté son invitation pour éviter qu'il ne fasse une scène devant les filles.

Candy avala le dernier morceau de banane.

— En fin de compte, il sait comment s'y prendre pour arriver à ses fins, on dirait.

— Oui, jusqu'à présent il a réussi à obtenir ce qu'il voulait, mais à partir de ce soir, c'est terminé.

Eden referma son sac, d'un geste brusque.

Candy entendit une voiture s'approcher et s'appuya alors sur son coude pour se redresser. Elle remarqua qu'Eden, nerveuse, se mordillait la lèvre inférieure et lui lança d'un ton joyeux :

— Allez, bon courage.

Eden, la main sur la poignée de la porte, hésita un instant.

— Parfois je me demande de quel côté tu es, du sien ou du mien.

— Du tien, Eden, bien sûr.

Candy s'étira et esquissa un pas de danse.

— Je serai toujours de ton côté, tu le sais bien.

— Je ne vais pas rentrer tard, précisa Eden.

Candy sourit, mais se retint de faire un commentaire.

Eden sortit de la cabane, essayant d'adopter une attitude froide et indifférente.

Dès qu'il la vit, Chase eut le souffle coupé. Le soleil, qui ne se coucherait pas avant une bonne demi-heure, posait des reflets dorés dans ses cheveux. La jupe d'Eden tournoyait autour de ses longues jambes bronzées. Elle avait le menton levé, en signe de défi ou de colère, ce qui permit à Chase d'admirer toute l'élégance de son port de tête.

Son désir pour elle s'intensifia dès qu'elle s'approcha de lui.

Eden jeta à Chase un regard surpris. Elle ne s'attendait pas à ce qu'il soit aussi bien habillé et avait sous-estimé ses goûts vestimentaires. La veste qu'il portait mettait en valeur les muscles de ses bras et sa belle carrure. Sa chemise était assortie à la couleur de ses yeux. Il avait laissé les premiers boutons ouverts sur le haut de son torse. Il lui sourit doucement et Eden répondit automatiquement à ce sourire.

— Vous êtes comme je l'avais imaginé, lui dit-il.

En réalité, il avait craint qu'elle change d'avis et ne veuille plus sortir, et il avait réfléchi à la façon dont il aurait dû s'y prendre si elle s'était enfermée dans une cabane et avait refusé de le voir.

— Je suis heureux que vous ne m'ayez pas déçu.

— Je n'ai qu'une parole, lui dit-elle.

Elle se tut lorsqu'il lui tendit un bouquet de fleurs des champs qu'il venait de cueillir au bord de la route. Elle tenta de se maîtriser ; elle ne devait pas succomber à son charme. Pour dissimuler ses émotions, elle enfouit son visage dans les fleurs odorantes.

Chase se souviendrait à jamais de cette vision d'Eden tenant le bouquet de fleurs sauvages à deux mains. Elle semblait à la fois heureuse et confuse, et le regardait discrètement en se cachant derrière le bouquet.

— Merci.

— De rien.

Il prit l'une de ses mains et la baisa. Elle aurait dû l'en empêcher. Toutefois, son geste semblait très naturel, comme dans un rêve. Eden, troublée, s'approcha de lui, mais des petits rires vinrent rompre le charme.

Aussitôt, elle voulut retirer sa main.

— Les fillettes.

Elle jeta un coup d'œil autour d'elle et eut le temps d'apercevoir une casquette, à l'angle d'une cabane.

— Eh bien donnons-leur le spectacle qu'elles attendent, dit Chase en retournant la main d'Eden pour embrasser sa paume.

Eden sentit la chaleur monter en elle.

— Vous faites exprès de compliquer la situation.

Tout en disant cela, elle referma malgré tout sa main, comme pour capturer les sensations de ce baiser.

— Oui.

Il sourit. Il avait envie de la prendre dans ses bras, mais il se retint et savoura simplement l'instant présent.

— Si vous voulez bien m'excuser quelques minutes, je vais aller mettre les fleurs dans un vase, dit Eden.

— Je m'en charge, lança Candy, qui observait la scène depuis le perron.

Le regard furieux que lui jeta Eden n'impressionna pas Candy.

— Elles sont très jolies. Passez une bonne soirée.

— Merci.

Main dans la main, Chase et Eden se dirigèrent vers la voiture. Eden, qui avait le soleil dans les yeux, n'avait pas remarqué la magnifique Lamborghini blanche garée devant la cabane. Elle s'installa côté passager et se promit de rester sur ses gardes tout au long de la soirée.

Chase démarra et ils quittèrent le camp dans un vrombissement de moteur, tandis que les fillettes et les monitrices bien alignées le long du chemin leur faisaient au revoir de la main. Eden émit un petit rire, puis toussa immédiatement afin qu'il passe inaperçu.

— On dirait qu'il s'agit d'un des moments forts du camp de cet été.

Chase baissa la vitre et passa son bras hors de la voiture pour leur faire signe à son tour.

— Espérons que cette soirée sera aussi un événement marquant pour nous deux.

Intriguée par le ton sur lequel il avait prononcé cette phrase, Eden tourna les yeux vers Chase et remarqua son sourire ravageur. A cet instant précis, Eden se promit qu'elle allait rester sur ses gardes et qu'elle ne se laisserait surtout pas intimider par cet homme.

Elle s'appuya confortablement contre le dossier de son siège, décidée à passer malgré tout une bonne soirée.

— Ça fait des semaines que je n'ai pas mangé un repas servi autrement que sur un plateau de cafétéria.

— Il n'y aura pas de plateau ce soir.

— C'est une bonne nouvelle !

Elle rit en songeant qu'elle pouvait se le permettre. Après tout, rire ne voulait pas dire qu'elle était en train de s'amuser en sa présence.

L'air qui s'engouffrait dans le véhicule par la vitre entrouverte était aussi odorant que les fleurs que Chase avait offertes à Eden. Elle inclina légèrement la tête en arrière pour profiter pleinement de la brise qui caressait son visage.

— On est bien dans cette voiture. Il faut dire que je m'attendais à monter dans une camionnette plutôt que dans une voiture de sport.

— Les gens de la campagne savent aussi apprécier les belles voitures.

— Ce n'est pas ce que je voulais dire.

Eden était prête à s'excuser, mais elle vit qu'il souriait.

— De toute façon, je suppose que vous vous moquez bien de ce que je pense, conclut-elle.

— Je sais qui je suis, ce que je veux et ce dont je suis capable.

Il ralentit dans un virage. Leurs regards se croisèrent brièvement.

— Mais l'avis de certaines personnes compte beaucoup pour moi. En tout cas, je préfère vivre au grand air que passer mon temps coincé dans les embouteillages, pas vous Eden ?

— Je ne sais pas, vraiment.

Cette question laissa Eden songeuse. En quelques semaines, ses priorités et ses projets avaient changé du tout au tout. Réfléchissant aux bouleversements qu'avait connus sa vie, elle faillit ne pas remarquer qu'ils venaient de franchir le portail de la propriété des Elliot.

— Où allons-nous ?

— Nous allons dîner.

— Dans le verger ?

— Chez moi.

Il ralentit et roula doucement dans l'allée qui menait à la propriété.

Eden tenta de faire abstraction de la légère appréhension qu'elle ressentait. La soirée n'allait pas se dérouler comme elle l'avait imaginée. Dans un restaurant, elle se serait sentie en sécurité au milieu de nombreuses autres personnes. Mais là…

Elle se reprocha aussitôt sa réaction. Après tout, elle n'allait tout de même pas avoir peur d'un dîner en tête à tête, elle qui avait dû assister à d'innombrables dîners tout au long de sa jeunesse et savait si bien se comporter en société. Pourtant elle n'arrivait pas à se débarrasser du sentiment d'inquiétude qui l'avait saisie. Dîner seule en compagnie de Chase allait être une expérience singulière. Il fallait qu'elle s'y oppose, mais la voiture avait déjà passé le sommet de la colline et la maison était désormais en vue.

Il s'agissait d'une vieille demeure en pierres de la région, extraites des montagnes voisines. Sa façade avait été érodée par le temps. Au premier abord, elle semblait grise, mais en y regardant de plus près, on distinguait des touches de couleurs ambre, brune, rousse et terre de Sienne. Le soleil était encore suffisamment haut dans le ciel pour faire scintiller les éclats de quartz et de mica. La bâtisse comportait trois étages. Au deuxième étage, un magnifique balcon orné de plusieurs pots de géraniums surplombait une rocaille. Eden respira à pleins poumons la bonne odeur qui émanait de ce jardin. La brise du soir faisait danser des pétunias, plantés dans un petit fût en séquoia.

Un grand escalier en pierre, dont les marches étaient plus usées au centre, menait à plusieurs portes-fenêtres donnant sous la véranda. Eden avait imaginé la maison autrement, mais elle n'était pas déçue par ce qu'elle découvrait.

En approchant de la maison, Chase se sentit plus nerveux qu'à son habitude. Près de lui, Eden ne disait pas un mot. Il coupa le moteur de la voiture et elle resta silencieuse pendant qu'il sortait et faisait le tour du véhicule pour venir ouvrir sa portière. Il mourait d'envie de savoir ce qu'elle pensait de sa maison.

Elle lui tendit la main pour descendre de voiture, un geste qui pour elle était naturel, puis elle se tint à ses côtés et regarda la demeure qui appartenait à la famille de Chase depuis toujours.

— Chase, votre maison est magnifique. Je comprends pourquoi vous l'aimez tant.

— C'est mon arrière-grand-père qui l'a bâtie.

La tension qui depuis un moment lui bloquait la nuque se dissipa sans même qu'il s'en aperçoive.

— Il a même extrait une partie des pierres de la carrière lui-même. Il voulait une construction à l'épreuve du temps et qui porterait à jamais son empreinte.

La gorge d'Eden se serra et ses yeux s'emplirent de larmes à la pensée de la maison qui avait appartenu à sa famille durant de nombreuses générations et qu'elle avait été contrainte de vendre. Elle sut que Chase allait lire le chagrin sur son visage et qu'elle allait devoir mettre sa fierté de côté et lui expliquer cet épisode douloureux de sa vie.

En effet, il s'aperçut immédiatement de son changement d'humeur.

— Que se passe-t-il, Eden ?

— Rien.

Elle préféra garder pour elle les raisons de sa tristesse, estimant que ses blessures lui appartenaient en propre.

— Je pensais simplement que certaines traditions sont vraiment précieuses et cela m'a émue.

— Votre père vous manque toujours.

— Oui.

Elle reprit le contrôle de ses émotions.

— J'aimerais voir l'intérieur de la maison.

Il hésita un instant, car il savait qu'elle lui cachait quelque chose et qu'elle était peut-être sur le point de lui en dire plus. Mais il se résolut finalement à attendre, contenant son impatience grandissante. Il faudrait bien qu'à un moment, elle cesse de reculer et fasse enfin un pas vers lui.

Toujours main dans la main, ils gravirent les marches de l'escalier extérieur. A côté de la porte d'entrée, Squat dormait, grosse boule de fourrure couleur abricot. Les bruits de pas ne perturbèrent pas son sommeil et il continua à ronfler.

— Ne devriez-vous pas attacher ce dangereux chien de garde ?

— Je pense que les voleurs n'oseront jamais s'approcher de lui.

Chase attrapa Eden par la taille et contourna le chien en la serrant contre lui.

Il faisait bon dans le vestibule ; les pierres de la façade maintenaient une agréable fraîcheur à l'intérieur de la maison. Le haut plafond aux poutres apparentes donnait une impression d'espace infini à la pièce. Un tableau de Monet attira l'attention d'Eden, mais avant qu'elle puisse faire un commentaire au sujet de la peinture, Chase ouvrit une porte en acajou et la fit entrer dans une vaste pièce éclairée par des fenêtres ouvrant sur l'est et l'ouest.

Eden songea immédiatement qu'il devait être fort agréable de s'asseoir sur le rebord de l'une ou l'autre des fenêtres pour regarder, selon les heures, le soleil se lever ou se coucher. La décoration de la pièce, dont les tons de bleu allaient du plus clair au plus foncé, procurait une intense sensation de bien-être. Des antiquités étaient exposées sur de petits tapis tissés à la main. Un bouquet de fleurs était joliment arrangé dans un très beau vase. Eden ne s'attendait pas à un intérieur aussi soigné chez ce célibataire de la campagne.

Elle traversa la pièce et s'approcha d'une des fenêtres. Les rayons obliques du soleil faisaient de l'ombre au bâtiment dans lequel il les avait emmenées pendant la visite de la pommeraie. Elle se rappela les tapis roulants, les ouvriers s'activant à trier et à emballer les pommes, et le bruit qui montait des machines.

Elle soupira sans trop savoir pourquoi.

— Je suppose que la vue est très plaisante lorsque le soleil commence à se coucher.

— Oui, je ne me lasse pas de l'admirer, répliqua Chase.

Chase se trouvait juste derrière elle. Cette fois, elle resta détendue lorsqu'il mit ses mains sur ses épaules. Il avait été agréablement surpris de la voir se diriger instinctivement vers cette fenêtre et regarder précisément ce qu'il voulait lui montrer. Il n'oubliait pas qui elle était ni d'où elle venait.

— Il n'y a pas de salle de concert ni de musée ici, lui fit-il remarquer.

Il massait doucement ses épaules. Eden eut l'impression qu'il commençait à sembler impatient. Elle se retourna.

— Mais on peut vivre sans, continua-t-il. Et on peut aller en ville de temps en temps si on le souhaite, puis revenir ici.

Machinalement, Eden tendit sa main vers le front de Chase pour remettre en place une mèche de cheveux. Chase attrapa cette main.

— Chase, je…

— Trop tard, murmura-t-il.

Il embrassa chacun des cinq doigts de sa main, un par un.

— C'est trop tard pour vous et c'est trop tard pour moi aussi.

Eden avait du mal à donner libre cours à ses émotions. Pourtant, elle désirait de toutes ses forces le laisser entrer dans son existence et lui faire confiance. Ce qui la terrifiait le plus c'est qu'elle se sentait vulnérable.

— S'il vous plaît, arrêtez. Nous sommes en train de commettre une erreur.

— Vous avez sans doute raison.

Il savait lui aussi que ce n'était pas raisonnable, pourtant il écarta les lèvres et embrassa le poignet d'Eden. Au diable la raison ! pensa-t-il.

— Tout le monde a droit à l'erreur.

— Ne m'embrassez pas maintenant.

Elle leva une main et saisit la chemise de Chase.

— Il faut que je réfléchisse, poursuivit-elle.

— Vous pouvez réfléchir pendant que je vous embrasse.

Il colla sa bouche, si douce, contre la sienne. « Trop tard », avait-il dit. Ces deux mots résonnaient dans la tête d'Eden. Elle posa ses mains sur le visage de Chase et se laissa aller à la tentation, car c'est ce qu'elle désirait vraiment et toutes les excuses auxquelles elle songeait pour étouffer ce désir étaient vaines. Elle voulait se serrer contre Chase et se perdre dans un rêve infini.

Elle passa la main dans les cheveux de Chase. Il se refréna pour ne pas la bousculer. Il avait envie d'elle, mais devait tempérer ses ardeurs pour gagner sa confiance. Lorsqu'il l'avait rencontrée pour la première fois, il avait pensé que la séduire serait pour lui un défi ou un jeu. Désormais, il savait au fond de lui qu'elle comptait énormément et qu'elle ne serait pas qu'une simple aventure d'un été. Il la désirait plus que tout.

Le soleil disparaissait progressivement au loin, derrière les collines.

Eden se serra contre Chase et entrouvrit la bouche.

— Chase.

Les battements de son cœur s'emballaient. Elle tremblait. Un mélange curieux de panique et d'excitation était né en elle et s'était progressivement emparé de tout son être. Comment oublier la peur et laisser monter la fièvre ?

— Chase, s'il vous plaît.

Il dut se résoudre à s'écarter d'elle. Il ne voulait pas que cela aille trop vite ni trop loin entre eux. Peut-être avait-il inconsciemment provoqué ce rapprochement. Peut-être avait-il cherché à obtenir ainsi les réponses aux questions qu'ils se posaient tous les deux.

— Le soleil se couche. La couleur du ciel va bientôt changer.

Il l'invita à se retourner pour regarder par la fenêtre. Elle s'estima heureuse qu'il lui laisse ainsi le temps de se remettre de ses émotions. En y repensant plus tard, elle se rendrait compte de l'effort que cela avait dû représenter pour lui.

Ils restèrent face à la fenêtre un moment sans parler, contemplant les teintes rosées du ciel au-dessus des collines.

Eden sursauta en entendant quelqu'un tousser ostensiblement derrière eux.

— Excusez-moi.

Un homme se tenait dans l'embrasure de la porte. Il était à peine plus grand qu'Eden, mais sa forte corpulence lui donnait une puissance impressionnante. Il avait une barbe grisonnante qui descendait jusqu'au premier bouton de sa chemise rouge à carreaux. Un réseau de fines rides entourait ses yeux qu'il plissa en souriant.

Il s'inclina légèrement pour saluer Eden et dit à l'attention de Chase.

— Le dîner est prêt. Je vous suggère de passer à table avant qu'il ne refroidisse.

— Eden, je vous présente Delaney.

Chase savait que Delaney avait déjà deviné ce qui se passait.

— Delaney sait cuisiner, moi non, c'est pourquoi je ne peux pas me passer de lui.

Delaney rit en entendant ces mots.

— Ce n'est pas pour ça qu'il ne me met pas à la porte. C'est parce que c'est moi qui le mouchais et qui lui nouais ses lacets quand il était petit.

— C'était il y a près de trente ans, tout de même !

Eden sentit le mélange d'affection et d'agacement qui caractérisait l'échange entre les deux hommes. Elle était contente de constater que certaines personnes réussissaient à agacer Chase Elliot.

— Enchantée de faire votre connaissance, monsieur Delaney.

— Appelez-moi Delaney, madame. Pas monsieur Delaney.

Il tira sur sa barbe et dit à Chase en souriant :

— Mademoiselle est bien jolie. Vous avez fait un excellent choix. Voilà une femme dont la beauté vous ravira chaque matin.

Il se détourna en marmonnant :

— Le dîner va être froid.

Puis il se retira.

Par politesse, Eden était restée silencieuse pendant que Delaney parlait. Maintenant qu'il avait quitté la pièce, il lui suffit de regarder le visage de Chase pour pouffer de rire. Chase n'avait qu'une envie : faire avaler sa barbe à Delaney.

— Je suis content que cela vous amuse.

— Je suis ravie parce que c'est la première fois que vous restez sans voix devant moi. En outre, ses propos à mon égard m'ont fait très plaisir.

Elle lui prit la main.

— Allons-y, il ne faut pas le contrarier.

Alors qu'elle se dirigeait vers la salle à manger, Chase la prit par le bras et l'entraîna vers la véranda. Deux grands ventilateurs étaient fixés au plafond, balayant l'air qui entrait par les vitres entrebâillées. De petits carillons tintinnabulaient près des pots de fuchsias.

— Votre maison regorge de surprises, s'exclama Eden en regardant les fauteuils bien rembourrés et la table de verre et d'osier. Chaque pièce semble une invitation à la détente, ajouta-t-elle.

La table avait été dressée avec de la vaisselle en grès coloré. Il ne faisait pas encore tout à fait nuit, mais deux grandes bougies avaient déjà été allumées. Une rose était posée à côté de l'assiette d'Eden.

Comme c'est romantique, songea-t-elle. Jadis, elle avait souvent rêvé d'un moment pareil, mais elle savait qu'il lui fallait se méfier. Quoi qu'il en soit, elle prit la rose et sourit à Chase.

— Merci beaucoup.

Chase tira la chaise d'Eden et l'invita à s'asseoir avant de prendre place à son tour.

Delaney fit alors irruption dans la pièce, un énorme plateau entre les mains.

— J'espère que vous avez faim, lança-t-il. Cela ne ferait pas de mal à mademoiselle de prendre un peu de poids. Personnellement, j'ai toujours préféré les femmes bien en chair.

Tout en parlant, il commença à leur servir une salade composée très appétissante.

— Ensuite, je vous ai préparé ma spécialité, le poulet façon Delaney. En dessert, il y a de la tarte aux pommes et des biscuits.

Il plaça assez brusquement une bouteille de vin dans un seau à glace.

— Voici le vin que vous souhaitiez.

Delaney jeta un dernier coup d'œil en direction de la table et parut satisfait.

— Je crois que tout est là, je vous laisse. Ne laissez pas refroidir le poulet.

Il se dirigea vers la porte et la laissa se refermer derrière lui.

— Delaney est un sacré personnage, n'est-ce pas ?

Chase sortit la bouteille du seau et versa du vin dans leurs deux verres.

— Il est assez surprenant, en effet, convint Eden.

Elle se demandait comment les mains calleuses de Delaney avaient pu produire des mets aussi délicats.

— Il fait les meilleurs biscuits de Pennsylvanie.

Chase leva son verre et trinqua avec Eden.

— Et nul ne sait préparer un meilleur rôti de bœuf en croûte que lui.

Eden but une petite gorgée de vin. Il était frais et légèrement acide. Elle mangea ensuite un peu de salade.

— Ne le prenez pas mal, mais je l'imagine plus en train de faire griller de la viande au barbecue que de réaliser un plat aussi raffiné que de la viande en croûte...

— Les apparences sont parfois trompeuses, conclut Chase.

Eden sembla apprécier ce qu'elle mangeait et Chase en fut heureux.

— Aussi loin que je puisse me souvenir, Delaney a toujours préparé les repas ici. Il vit dans une petite maison qu'il a construite avec l'aide de mon grand-père il y a une quarantaine d'années. Il fait pratiquement partie de la famille.

A cet instant, il lut de nouveau de la tristesse dans les yeux d'Eden. Il avança son bras le long de la table pour toucher sa main et la réconforter.

— Eden?

Rapidement, presque brusquement même, elle déplaça sa main et se remit à manger.

— C'est délicieux. Chez moi, à Philadelphie, ma tante serait prête à kidnapper votre Delaney pour qu'il lui fasse la cuisine.

Chase nota qu'elle disait encore « chez moi » en évoquant Philadelphie.

Tous deux se régalèrent en mangeant le poulet. Le dîner se passa bien. Pourtant, ils semblaient ne pas avoir grand-chose en commun. Elle aimait la poésie et lui les romans policiers. Elle aimait la musique classique et lui préférait le rock. Mais cela avait peu d'importance.

La lumière rose du crépuscule traversait les vitres de la véranda et les bougies se consumaient doucement. La belle robe du vin dans les verres en cristal donnait envie de reprendre une gorgée de ce breuvage.

Ils entendirent le cri d'une caille dehors.

— C'est un joli chant.

Eden semblait apaisée.

— Quand tout est calme le soir au camp, on entend les oiseaux chanter. Un engoulevent a décidé de faire retentir son chant juste devant la fenêtre de notre cabane. Il revient chaque soir et il est aussi ponctuel qu'une horloge.

— Nous avons tous nos petites habitudes, murmura-t-il.

Il se demanda quelles étaient autrefois les habitudes d'Eden et en quoi elle avait changé aujourd'hui. Il prit sa main et la retourna pour regarder sa paume. Les callosités avaient durci.

— Vous n'avez pas suivi mon conseil.
— Lequel ?
— Celui de porter des gants.
— Je n'ai pas jugé cela nécessaire. En plus…

Elle ne finit pas sa phrase et préféra prendre une gorgée de vin.

— En plus quoi ?
— Cela prouve que j'ai fait quelque chose.

Elle pensa aussitôt qu'il allait se moquer d'elle, mais il n'en fit rien. Il passa délicatement son pouce sur sa peau durcie et la regarda.

— Allez-vous repartir ?
— Repartir ?
— A Philadelphie.

Chase ne pouvait pas deviner qu'elle faisait tout son possible précisément pour ne pas y penser. Elle lui répondit simplement :

— Le camp ferme ses portes la dernière semaine d'août. Où irais-je sinon à Philadelphie ?

Il lâcha sa main et elle se sentit un peu abandonnée.

— Il faut parfois bien réfléchir aux différentes opportunités qui s'offrent à nous.

Il se leva et Eden serra les poings. Il s'avança d'un pas vers elle et son cœur fit un bond dans sa poitrine.

— Je reviens tout de suite, dit-il.

Seule, Eden poussa un long soupir. Qu'espérait-elle ? Qu'attendait-elle de lui ? Elle se leva. Ses jambes étaient un peu chancelantes, peut-être à cause du vin. L'alcool aurait dû la réchauffer, or elle frissonnait. Elle frictionna ses bras pour stopper ces tremblements.

A présent, le ciel était devenu bleu foncé, avec une touche de pourpre au loin. Elle fixa l'horizon, en essayant d'oublier que le firmament allait être encore plus beau, dès que les étoiles feraient leur apparition.

Qui sait, peut-être contempleraient-ils de nouveau les astres ensemble. Ils observeraient le ciel et dessineraient dans le vide les figures qu'ils verraient. Alors, elle aurait de nouveau le sentiment que leurs rêves étaient identiques.

Elle posa sa main sur ses lèvres et tenta péniblement de mettre fin à ces pensées. La soirée avait été plus agréable que ce qu'elle n'avait imaginé. Malgré leurs différences, elle trouvait qu'ils avaient tous deux beaucoup de points communs. Il savait se montrer doux et l'attendrir quand elle s'y attendait le moins. Enfin, quand il l'embrassait, c'était comme si plus rien d'autre n'avait d'importance.

D'un coup, elle mit ses mains autour de ses avant-bras et serra fort. Elle venait de se rendre compte qu'elle idéalisait de nouveau la situation. Alors qu'elle commençait à peine à mettre de l'ordre dans sa vie, elle ne pouvait se permettre d'envisager que Chase en fasse partie.

C'est alors qu'elle entendit une douce musique, un morceau qu'elle ne connaissait pas, mais qui suscita en elle une vive émotion. Elle se dit qu'elle ferait mieux de quitter cet endroit au plus vite, car elle s'était laissé charmer par l'atmosphère romantique de la soirée : la belle demeure, le bon vin et le magnifique coucher du soleil… Et par Chase lui-même. Elle entendit ses pas et se retourna. Elle allait lui dire qu'il était temps pour elle de rentrer. Elle allait le remercier pour la soirée et… s'enfuir.

Elle se tenait debout à côté de la table ; les flammes des deux bougies vacillaient et formaient des ombres sur sa peau. La nuit tombait et le parfum des rosiers sauvages embaumait la pièce.

Chase trouva qu'elle ressemblait à un ange et se demanda si elle n'allait pas disparaître une fois qu'elle serait dans ses bras.

— Chase, je crois que je ferais mieux de…
— Chut.

Non, elle était bien réelle et elle n'allait pas disparaître. Il s'approcha d'elle, prit une de ses mains et glissa l'autre autour de sa taille. Elle résista un instant, puis suivit ses mouvements.

— Ce qu'il y a de merveilleux avec la musique, c'est qu'elle nous donne envie de danser.

— Je ne connais pas cet air.

Eden appréciait cet instant d'abandon dans ses bras alors que l'obscurité se faisait de plus en plus intense.

— La chanson parle d'un homme et d'une femme, et de leur passion. Les plus belles chansons sont des chansons d'amour.

Elle ferma les yeux. Elle sentait la main de Chase fermement posée sur sa taille. Il sentait le savon, mais ce savon avait une odeur typiquement masculine. Voulant goûter à ce parfum, elle inclina la tête de sorte que ses lèvres se posent sur son cou.

Elle constata avec surprise que le cœur de Chase battait très rapidement. Oubliant sa réserve, elle se blottit encore plus contre lui et sentit son pouls s'emballer davantage. Ses propres battements de cœur s'étaient accélérés eux aussi. Elle poussa un soupir de plaisir et parcourut le cou de Chase du bout des lèvres.

Il voulut l'empêcher de continuer, car il s'était promis de ne pas laisser leur amour s'enflammer trop vite afin qu'ils puissent tous deux rester maîtres de la situation. Et voilà qu'elle se serrait tout contre lui, en lui frôlant le cou avec sa bouche… Tant pis ! Chase cessa de résister.

Ils s'embrassèrent fougueusement. Elle ressentit l'harmonie parfaite de ce baiser. Elle n'avait pourtant jamais connu une telle sensation auparavant. Elle pencha la tête en arrière pour se livrer à lui. Ses lèvres s'entrouvrirent. Elle voulait désormais savourer tout le feu et la passion des sentiments qu'ils avaient jusqu'à présent refrénés.

Etait-ce lui qui l'avait allongée dans le fauteuil ou elle qui l'avait attiré vers lui ? Toujours est-il qu'ils se retrouvèrent enlacés sur le siège matelassé. Un hibou hulula à deux reprises puis se tut.

Chase n'osait croire à son bonheur. Il avait tant désiré une telle exaltation. Il avait tant souhaité poser ses lèvres sur les siennes et s'enivrer de leur douceur infinie. Ce moment bien réel qu'il vivait avec Eden s'avérait bien plus intense que tout ce dont il avait rêvé.

Il fit glisser sa main le long du corps d'Eden, qui frémit. Elle poussa un gémissement et se cambra. A travers le tissu fin de son chemisier, il sentait sa peau se réchauffer, l'incitant à la toucher encore et encore.

Il ôta le premier bouton de son chemisier, puis le deuxième, et baisa sa peau au fur et à mesure. Eden s'agita. Les revers de ses manches en dentelle frôlèrent les joues de Chase lorsqu'elle leva les mains pour caresser ses cheveux.

De nouvelles sensations envahirent tout son corps ; elles étaient si vives qu'elle pouvait ressentir pleinement chacune d'entre elles.

Les coussins dans son dos étaient moelleux. Le corps de Chase était, lui, d'acier. La brise qui agitait les carillons dégageait un parfum de rose. Malgré ses yeux fermés, elle percevait les tremblements des flammes des bougies. Des milliers de grillons entonnèrent leur chant mélodieux. Au même moment, Eden entendit Chase murmurer son prénom tout en pressant ses lèvres contre sa peau.

Puis, sa bouche rencontra de nouveau la sienne. Eden devina tous les sentiments de Chase à travers ce baiser : ses ardeurs, son désir, sa passion si brûlante qu'elle en était presque gênante. Transportée par sa propre frénésie, elle partageait avec lui ce plaisir enivrant. Eden, toujours plus amoureuse, gémit, savourant l'extase de ce moment. Enlacés, leurs deux corps ne faisaient plus qu'un. Son rêve était devenu réalité.

Soudain, la peur l'envahit. Après avoir pris conscience de la réalité de son amour, elle se rendit compte qu'elle ne voulait pas courir tant de risques. Elle s'était déjà engagée une fois et avait fait confiance à un autre homme. Elle avait été trahie. Si cela se reproduisait, elle ne s'en remettrait jamais, surtout si c'était Chase qui la trahissait.

— Chase, ça suffit.

Elle détourna le visage.

— S'il vous plaît, nous devons arrêter là.

Chase avait encore son goût délicieux sur les lèvres. Le corps d'Eden tremblait d'un désir tout aussi fort que le sien.

— Eden, pour l'amour du ciel !

Il releva la tête pour la regarder. Elle avait l'air effrayée. Il vit immédiatement qu'elle avait peur et il lutta pour refréner ses pulsions.

— Je ne vous ferai aucun mal.

Ces paroles n'eurent pas l'effet escompté. Il pensait vraiment ce qu'il avait dit, elle n'en doutait pas, mais cela ne signifiait pas qu'elle ne souffrirait plus.

— Chase. Ce n'est pas bon pour moi. Ce n'est pas bon pour nous.

— Vraiment ?

Son estomac se noua.

— N'aviez-vous pas l'impression que ça l'était il y a une minute de cela ?

— Si.

Elle se passait les mains nerveusement dans les cheveux. Elle était confuse et effrayée.

— Ce n'est pas ce que je veux. Il faut que vous compreniez que je ne peux pas. Pas maintenant.

— Vous m'en demandez beaucoup.

— Peut-être. Mais vous n'avez pas le choix.

Cette remarque exaspéra Chase. Pour lui aussi, ce ne pouvait être autrement. Il ne pouvait que l'aimer, il n'avait plus d'autre choix. Il ne lui avait pas demandé d'entrer dans sa vie et d'y prendre une place si importante. Elle avait accepté ses baisers et l'avait rendu à moitié fou d'elle. Et voici qu'elle faisait marche arrière et qu'elle lui demandait de se montrer compréhensif.

— Nous jouerons à présent selon vos règles, lui dit-il froidement en se détachant d'elle.

Elle frissonna, car elle se rendait compte de l'état de colère dans lequel il se trouvait désormais.

— Ce n'est pas un jeu.

— Non ? Eh bien on ne le dirait pas.

Elle pinça les lèvres. S'ils en étaient arrivés là, c'était autant sa faute que de celle de Chase.

— S'il vous plaît, ne gâchez pas ce moment.

Il marcha vers la table, souleva son verre et examina le vin.

— Quel moment ?

« Celui où je suis tombée amoureuse de vous », faillit dire Eden spontanément. Toutefois, elle se tut et commença à reboutonner nerveusement son chemisier.

— Je vous le dirai plus tard.

Il reposa son verre de vin. Il était toujours aussi énervé.

— Ce n'est pas la première fois que vous passez ainsi sans raison apparente d'un extrême à un autre. Je vais finir par croire qu'Eric a bien fait d'annuler vos fiançailles.

Elle se figea et devint livide. Même dans la pénombre, il le remarqua.

— Je suis désolé, Eden. C'était déplacé.

Elle réussit à garder son sang-froid, finit de boutonner son chemisier et se leva lentement.

— Si vous tenez vraiment à le savoir, Eric m'a quittée pour des motifs bassement matériels. J'ai apprécié le repas, Chase. C'était très bon. Vous remercierez Delaney de ma part.

— Eden !

Il se dirigea vers elle et elle se raidit aussitôt.

— J'aimerais maintenant que vous me reconduisiez et que vous ne disiez rien. Absolument rien.

Elle s'éloigna du fauteuil et marcha en direction de la porte.

6

Le camp essuya catastrophe sur catastrophe au début du mois d'août. Les moustiques affluèrent et les piqûres se multiplièrent, à tel point que la lotion apaisante vint à manquer. Les démangeaisons étaient difficilement supportables, en particulier par cette chaleur moite.

Il plut pendant trois jours d'affilée. Le sol du camp devint extrêmement boueux et toutes les activités d'extérieur durent être annulées. Les monitrices tentèrent, tant bien que mal, de canaliser l'énergie des fillettes surexcitées qui ne pouvaient plus se défouler en allant courir et jouer dehors. Eden dut mettre fin à deux bagarres en une seule journée. Comme si cela ne suffisait pas, la foudre tomba sur un arbre mais, loin d'effrayer les fillettes, cet incident au contraire les amusa beaucoup.

Lorsque le soleil refit son apparition, elles avaient confectionné suffisamment de coussins, de cache-pots, de colliers de perles et autres objets, pour ouvrir un magasin d'artisanat.

Quelques jours après le retour du beau temps, la gazinière que Candy et Eden avaient achetée d'occasion avant l'ouverture du camp tomba en panne. Il fallut s'arranger pour préparer les repas avec les moyens du bord, le temps de la faire réparer. Elles prirent l'habitude de faire griller des viandes et des légumes au feu de bois.

Puis ce fut Courage, le cheval hongre, qui eut une infection pulmonaire. Tout le monde s'inquiéta et fut aux petits soins pour lui. Le vétérinaire lui administra des antibiotiques. Eden passa trois nuits blanches à le veiller.

Finalement, tout rentra dans l'ordre : le cheval retrouva l'appétit, la boue sécha et la gazinière fut réparée. Selon Eden, le pire était derrière eux.

Cependant, alors que le camp était redevenu tranquille, Eden, un soir, sentit une curieuse agitation monter en elle. Elle était bien trop occupée, ces derniers temps, pour s'en soucier mais ce soir, elle savait qu'elle ne trouverait pas le sommeil.

Dans la semi-obscurité de la nuit tombante, elle s'en alla sans se presser vers les écuries, emportant avec elle un sac de pommes. Elle comptait accorder un peu plus de temps et d'attention à Courage. Il avait été bichonné lorsqu'il était malade et il y avait pris goût. Eden lui donna une pomme et une carotte.

Certes, elle était préoccupée par la santé des chevaux, mais là n'était pas la source de son agitation. Quelque chose d'autre la tracassait, si bien qu'elle n'avait pas vraiment la tête aux activités du camp. Ces deux dernières semaines, elle avait été tellement absorbée par les événements qu'elle n'avait pas eu le temps de souffler et encore moins de réfléchir calmement. A présent, il était temps de reprendre le fil de ses réflexions.

Elle se souvenait de la soirée qu'elle avait passée avec Chase comme si elle avait eu lieu la veille. Elle avait toujours clairement à la mémoire chaque phrase, chaque caresse, chaque geste. Elle était tombée amoureuse de lui ce soir-là et n'avait pas oublié l'intensité de ses sensations, ni la crainte qu'elles lui avaient inspirée.

Elle n'était pas préparée à des sentiments aussi forts. Sa vie avait toujours été réglée comme du papier à musique. Même ses fiançailles n'avaient été qu'un événement attendu de son existence tranquille.

Elle avait désormais appris à franchir les obstacles se trouvant sur sa route, mais Chase était de loin l'obstacle le plus important qu'elle ait rencontré jusque-là.

Peu importe, se dit-elle en finissant de frictionner Patience. Elle réussirait à le contourner et à poursuivre sa route. Personne ne lui dicterait ses choix et elle ne se laisserait pas influencer.

— Je savais bien que je te trouverais ici.

Candy se pencha au-dessus de la porte de la stalle pour caresser la jument.

— Comment va Courage ce soir ?

— Bien.

Eden se rendit au petit évier qui se trouvait dans le coin du box pour se laver les mains.

— Je crois que nous n'avons plus à nous inquiéter pour lui.

— Tant mieux. Je suis heureuse d'apprendre que tu pourras de nouveau dormir dans ton lit plutôt que dans le foin.

Eden s'étira. Ce n'est pas en jouant au tennis qu'elle aurait couru le risque autrefois d'attraper de telles courbatures ! Toutefois, elle ne s'en plaignait pas.

— Je n'aurais jamais cru que le lit de la cabane me manquerait à ce point !

— Maintenant que tu n'es plus inquiète pour Courage, il faut que je t'avoue que moi, je suis inquiète pour toi.

— Pourquoi ?

Eden chercha une serviette et, faute d'en trouver une, s'essuya les mains sur son jean.

— Tu ne te ménages pas assez.

— Ne dis pas de bêtises. Je pourrais faire bien plus.

— Ce n'est pas vrai, depuis la deuxième semaine du camp, tu n'arrêtes pas.

Maintenant qu'elle s'était décidée à aborder ce sujet, Candy prit une grande respiration et se lança.

— Regarde-toi, Eden, tu es épuisée.

— Juste un peu fatiguée, corrigea Eden. Quelques bonnes heures de sommeil et je serai de nouveau d'aplomb.

— Ecoute, tu peux te mentir à toi-même, mais pas à moi.

Candy adoptait rarement un ton aussi ferme. Eden haussa un sourcil et demanda :

— De quoi veux-tu parler ?

— De Chase Elliot, déclara Candy.

Eden sentit son cœur bondir dans sa poitrine.

— Je ne t'ai pas assaillie de questions l'autre soir, quand tu es rentrée de chez lui.

— Et je t'en suis reconnaissante.

— Eh bien, les questions, je te les pose maintenant.

— Nous avons dîné, parlé un peu de littérature et de musique, puis il m'a ramenée.

Candy ferma la porte de la stalle.

— Je croyais être ton amie.

— Oh, Candy, tu sais très bien que tu es mon amie !

Eden soupira et ferma les yeux un instant.

— Bon. En fait, tout s'est déroulé comme je viens de te le dire, mais entre le moment de la discussion et celui où il m'a ramenée, la situation a quelque peu dérapé.

— Sois plus précise.

— Je ne te savais pas aussi indiscrète.

— Et moi, je ne savais pas que tu pouvais te complaire dans la morosité.

— Tu me trouves déprimée ?

Eden souffla sur une mèche de cheveux qui tombait sur ses yeux.

— Tu as peut-être raison, reprit Eden d'un air songeur.

— Disons que j'ai l'impression que tu as dépensé toute ton énergie à résoudre les problèmes du camp afin d'éviter de te pencher sur tes propres ennuis.

Candy s'approcha d'Eden et lui fit signe de s'asseoir sur un banc.

— Le mieux, c'est d'en discuter.

— Je ne suis pas sûre de pouvoir en parler.

Eden joignit ses mains et baissa les yeux. Elle regarda la bague qui avait autrefois appartenu à sa mère.

— Après la mort de papa et toutes les difficultés qui ont suivi, je me suis promis de prendre les choses en main et de toujours trouver le meilleur moyen de résoudre mes problèmes. J'ai vraiment besoin de trouver moi-même des solutions.

— Cela ne signifie pas que tu ne peux pas te reposer un peu sur ton amie.

— Tu en as déjà tellement fait pour moi.

— Ne t'inquiète pas, Eden. Et puis, toi aussi tu as toujours été là pour moi. Nous nous soutenons mutuellement depuis que nous sommes toutes petites. Allez, parle-moi de Chase.

— Il me fait peur.

Eden s'appuya contre le mur et prit le temps de respirer profondément.

— Tout va tellement vite et ce que je ressens pour lui est tellement intense.

Elle tourna la tête vers Candy.

— Si les choses s'étaient passées différemment, je serais mariée à Eric à l'heure qu'il est. Comment puis-je déjà penser être amoureuse d'un autre homme ?

— Ne me dis pas que tu culpabilises et que tu as l'impression d'être volage ?

A la grande surprise d'Eden, Candy se mit à rire à gorge déployée.

— Eden, voyons, de nous deux, c'est moi la fille volage, pas toi. Tu as toujours fait preuve de loyauté. Attends, ne prends pas cet air gêné, écoute-moi.

Candy croisa les jambes avant de poursuivre son raisonnement.

— D'abord, tu as été fiancée à Eric parce cela semblait être dans l'ordre des choses. Etais-tu amoureuse de lui ?

— Non, mais je pensais...

— Peu importe ce que tu pensais, la réponse est non. Ensuite, il a dévoilé sa véritable personnalité. Vous avez rompu vos fiançailles voilà des mois et tu viens de rencontrer un homme fascinant et séduisant. Laisse-moi continuer.

Entrant dans le vif du sujet, Candy changea de position sur le banc.

— Supposons que tu aies réellement été folle amoureuse d'Eric. Une fois que tu aurais découvert sa vraie nature, tu aurais eu le cœur brisé. Avec le temps, tu aurais fini par t'en remettre, n'est-ce pas ?

— J'espère bien.

— Nous sommes d'accord.

— Oui, à peu près.

Candy se contenta de cet « à peu près ».

— Une fois remise, tu aurais très bien pu tomber amoureuse de nouveau sans aucun sentiment de culpabilité.

Candy, satisfaite de ses commentaires, se leva et frotta ses mains sur son jean pour en retirer la poussière.

— Alors, où est le problème ?

Eden baissa le regard. Elle n'était pas certaine de pouvoir expliquer ses craintes à Candy, ni même de pouvoir se les expliquer à elle-même.

— J'ai appris que l'amour était un engagement. Il faut être prêt à s'investir et à faire des compromis. Je ne suis pas sûre d'en être capable pour le moment. Et même si j'en étais capable, je ne suis pas sûre que Chase voie les choses de la même façon.

— Eden, tu dois te fier à ton instinct.

Eden se leva en secouant la tête. Elle se sentait soulagée d'avoir discuté ainsi avec Candy, mais cela ne changeait rien à la nature du problème.

— La vie m'a appris à ne pas me fier à mon instinct, mais à être réaliste. Sur ce, je vais de ce pas me plonger dans les comptes du camp.

— Oh, Eden, arrête un peu !

— Malheureusement, je n'ai pas eu le temps de m'occuper de la trésorerie pendant que nous étions occupées à gérer les catastrophes.

Elle alla vers la porte.

— Tu avais raison, cela m'a fait du bien de parler avec toi, mais le devoir m'appelle maintenant.

— Les comptes ?

— Exactement. J'aimerais vraiment m'en occuper au plus vite. Ensuite, je pourrai dormir tranquille.

Candy ouvrit la porte et haussa les épaules.

— Je vais t'aider.

— C'est gentil, mais connaissant tes talents en calcul, je ne préfère pas. On risque d'y passer encore plus de temps.

— C'est un coup bas, Eden.

— Mais c'est la vérité.

Elle referma la porte derrière elle.

— Ne t'inquiète pas pour moi, Candy. Cette discussion m'a permis d'y voir un peu plus clair.

— C'est un bon début, mais il ne suffit pas de parler, il faut aussi agir. Bon, promets-moi de ne pas travailler trop longtemps.

— C'est promis, une à deux heures, tout au plus.

Eden se rendit dans ce qu'elle appelait le « bureau », qui n'était en fait qu'un réduit situé à côté de la cuisine. Elle alluma la petite lampe qui se trouvait sur la table métallique trouvée dans un magasin de surplus militaires. Elle alluma ensuite le poste de radio et chercha une station de musique classique. Des airs mélodieux, calmes et familiers, l'aideraient à se relaxer.

Elle ouvrit un tiroir et en sortit des factures ainsi que le chéquier et le livre de comptes. Elle commença à trier les papiers et à inscrire toutes les dépenses.

Au bout d'une vingtaine de minutes, ses craintes se confirmèrent : les dépenses supplémentaires des deux dernières semaines avaient épuisé leurs réserves. Eden recompta plusieurs fois, mais obtint toujours le même résultat. Les caisses étaient presque à sec. Elle passa sa main sur son front d'un geste las.

Elle se rassura en se disant que l'argent qui restait leur suffirait. Ça allait être juste, mais elles y arriveraient, à condition qu'il n'y ait pas de nouveaux frais imprévus et qu'elles réduisent encore les dépenses. Elle posa sa main sur la pile de factures. Tout s'arrangerait si elles obtenaient suffisamment d'inscriptions pour le camp de l'été prochain.

Elle soupira. Dans le pire des cas, elle pourrait vendre les quelques bijoux qui lui restaient.

La lumière de la lampe éclairait sa bague, mais elle ne la regarda pas, se sentant coupable à la simple pensée de la vendre. Toujours est-il que, si elle n'avait pas d'autres solutions, elle s'y résoudrait, car elle était décidée à ne pas abandonner.

Elle se mit à pleurer soudainement. Des larmes coulèrent sur le livre de comptes. Elle s'essuya les yeux, mais de nouvelles larmes se formèrent. Comme personne ne pouvait la voir ni l'entendre, Eden posa la tête sur la pile de papiers et fondit en larmes.

Cela ne servait à rien de pleurer. Ce n'était pas ainsi qu'elle trouverait des solutions à ses problèmes. Elle ne retint pourtant pas ses larmes. Elle se sentait à bout de forces.

C'est ainsi, sanglotant sur le bureau, qu'il la trouva. Dans un premier temps, Chase ne bougea pas. Il resta près de la porte, qu'il n'avait pas tout à fait refermée derrière lui. Eden semblait désespérée. Il hésita à aller vers elle, sachant qu'elle serait gênée si quelqu'un, lui en particulier, la surprenait en pleine crise de larmes. Pourtant, il ne put s'empêcher de s'avancer vers elle pour la réconforter.

— Eden.

Elle redressa la tête précipitamment en entendant son prénom. Elle avait les yeux mouillés, mais Chase put y lire toute la stupeur et l'humiliation qu'elle ressentait pour s'être laissé surprendre ainsi. Elle s'empressa de sécher les larmes coulant sur ses joues du revers de la main.

— Que faites-vous ici ?

— Je voulais vous voir.

C'était peu de le dire. Il voulait la serrer dans ses bras pour qu'elle ne soit plus malheureuse. Il mit ses mains dans ses poches et resta debout près de la porte.

— J'ai entendu dire ce matin que le cheval hongre était malade. Son état s'est-il aggravé ?

Elle secoua la tête, puis s'efforça de parler calmement.

— Non, il va mieux. Finalement, ce n'était pas aussi grave qu'on l'imaginait.

— Tant mieux.

Frustré de ne rien trouver de bien intelligent à lui dire, il se mit à arpenter la petite pièce. Comment pouvait-il l'aider à se sentir mieux si elle ne lui disait pas ce qui la chagrinait ? Ses yeux étaient secs maintenant, mais il savait bien que c'était par fierté qu'elle ne pleurait pas devant lui. Il souhaitait plus que tout pouvoir l'aider.

Lorsqu'il se retourna, il fut surpris de voir qu'elle s'était levée.

— Pourquoi ne me dites-vous pas ce qui ne va pas ?

Plutôt que de se confier à lui, elle chercha à se protéger en parlant peu.

— Il n'y a rien de spécial à dire. Les deux dernières semaines ont été difficiles au camp. Je crois que je suis simplement épuisée.

Il reconnut qu'elle semblait très fatiguée, mais pensa que ce n'était pas là l'unique raison de ses pleurs.

— Les fillettes vous posent des problèmes ?

— Non, ça se passe très bien avec elles.

De plus en plus perplexe, il chercha une autre explication. Un morceau lent et romantique passait à la radio. Chase jeta un coup d'œil en direction du poste et remarqua le livre de comptes ouvert sur la table ainsi que la calculatrice.

— Vous avez des problèmes d'argent ? Je pourrais peut-être vous aider.

Eden referma brusquement le livre. L'humiliation lui laissait un goût amer dans la bouche. Une chose était sûre, elle ne pensait plus à pleurer.

— Non, ça va. Veuillez m'excuser maintenant, j'ai encore du travail.

Avant de connaître Eden, Chase n'avait jamais été repoussé ainsi par quiconque. Il inclina la tête et s'efforça de rester impassible.

— Je vous proposais cela pour vous aider, pas pour vous humilier.

Il était décidé à en rester là et à la laisser seule. Toutefois, il la regarda une dernière fois : les pleurs et le manque de sommeil lui donnaient très mauvaise mine. Elle semblait faible et démunie.

— Je suis désolé que vous ayez eu tant d'ennuis l'année dernière, Eden. Je savais que vous aviez perdu votre père, mais j'ignorais que vous aviez aussi perdu vos biens.

Elle mourait d'envie d'aller vers lui et de le laisser lui apporter tout le réconfort dont elle avait besoin. Elle voulait lui demander son avis et écouter ses conseils. Mais cela aurait signifié que tous ces mois passés à se débrouiller seule auraient été vains.

— Vous n'avez pas à être désolé.

— Vous auriez pu m'expliquer la situation vous-même, cela aurait été plus simple.

— Cela ne vous regardait pas.

Cette remarque l'énerva plus qu'elle ne le blessa.

— Vraiment ? J'avais pourtant l'impression qu'il en était autrement. Auriez-vous l'audace de prétendre qu'il n'y a rien entre nous, Eden ?

Elle ne pouvait pas nier qu'il y avait bien des sentiments naissants entre eux, mais tout était trop confus et trop effrayant pour qu'elle puisse avouer la vérité.

— Je ne sais pas exactement ce que je ressens pour vous. Ce que je sais, c'est que je ne veux surtout pas de votre pitié.

Il avait toujours les mains dans les poches. Il serra les poings. Il ne savait pas gérer ses propres sentiments, ses propres désirs. Elle venait d'insinuer que leur histoire n'avait pas d'importance. Il pouvait soit partir, soit la supplier de l'aimer. Le choix s'imposa à lui naturellement.

— Il y a une différence entre la bienveillance et la pitié, Eden. Si vous confondez ces deux sentiments, je ne peux rien pour vous.

Il se tourna et partit. La porte se referma doucement derrière lui.

Au cours des deux jours qui suivirent, Eden s'acquitta de toutes ses tâches : elle donna ses cours d'équitation, surveilla les fillettes au réfectoire et partit en randonnée avec elles. Elle parla, rit et écouta. En somme, elle réussit à ne rien laisser transparaître du vide qu'elle ressentait depuis sa dernière discussion avec Chase, et de la culpabilité et des remords qui la rongeaient.

Elle ne s'était pas comportée comme elle l'aurait dû. Elle s'était très vite rendu compte qu'elle avait réagi de façon excessive aux paroles de Chase, mais sa fierté avait pris le dessus et l'avait empêchée de se conduire raisonnablement. Après tout, il lui avait juste proposé son aide. Il s'était montré attentionné et elle l'avait rejeté. Elle avait l'impression d'être un monstre d'égoïsme.

Elle avait ensuite voulu lui téléphoner, mais elle n'avait pas eu le courage de composer son numéro jusqu'au bout, car toutes les excuses qui lui venaient à l'esprit étaient plates et injustifiées et elle craignait qu'il ne les rejette et se moque de ses explications.

Elle avait réduit à néant ce qui avait commencé à naître entre eux. Elle avait détruit leur relation avant même de lui donner une chance de mûrir et de porter ses fruits. Comment pouvait-elle faire comprendre à Chase qu'elle avait eu peur d'être de nouveau blessée ? Comment lui expliquer qu'elle n'avait pas accepté l'aide qu'il lui avait proposée de peur de perdre son indépendance ?

Elle reprit l'habitude de monter à cheval seule la nuit. Cependant, ces petits moments d'isolement ne lui apportaient plus autant d'apaisement qu'auparavant ; ils lui rappelaient juste que son comportement la condamnait à la solitude.

Les nuits étaient chaudes et les senteurs de chèvrefeuille lui rappelaient la soirée durant laquelle ils s'étaient amusés à dessiner les constellations. Dès qu'elle regardait les étoiles, elle pensait à lui.

C'est d'ailleurs parce qu'elle pensait à lui qu'elle décida un soir de chevaucher en direction du lac pour trouver un coin d'herbe confortable et s'y asseoir. Elle respira à pleins poumons l'air de la nature. Elle aimait particulièrement les parfums des fleurs sauvages. Elle entendait le bruissement d'ailes d'oiseaux qu'elle ne pouvait pas voir dans l'obscurité, mais qui étaient certainement à la recherche de proies ou de compagnons.

Soudain, elle le vit.

Elle ne put distinguer qu'une ombre, car un nuage cachait la lune, mais elle devina que c'était lui et qu'il était en train de l'observer. En réalité, elle avait pressenti qu'elle le verrait ce soir-là. Elle fit en sorte de rester calme et de ne pas gâcher la magie du moment, en faisant abstraction de tout sauf de son amour pour lui. Elle attendrait demain pour se poser des questions.

Elle descendit de cheval et s'approcha de lui en tenant sa monture par la bride. Il crut rêver jusqu'à ce qu'elle le touche et qu'il se rende ainsi compte qu'elle se tenait devant lui, en chair et en os. Sans un mot, elle prit son visage entre ses mains et posa ses lèvres sur les siennes. Si c'était un rêve, songea-t-il, c'était le plus beau et le plus sensuel qui puisse exister.

— Eden...

D'un signe de la tête, elle lui fit comprendre qu'il ne devait pas parler. Elle avait un vide immense à combler et ne souhaitait pas commencer à se perdre en conjectures. Sur la pointe des pieds, elle l'embrassa encore. Il n'y avait aucun bruit autour d'eux, hormis le soupir de soulagement qu'elle émit lorsqu'il mit enfin ses bras autour d'elle. Elle découvrait qu'elle pouvait tout lui donner. Ce qu'ils vivaient était plus que de la passion et du désir. Elle se sentait forte. Elle était bien. Elle saisissait la force immense de cet amour.

Il parcourut son corps et ses cheveux à tâtons, comme pour s'assurer qu'elle n'était pas le fruit de son imagination. Lorsqu'il rouvrirait les yeux, elle serait dans ses bras, il en était certain. Elle frotta sa joue, qui était si douce, contre sa barbe naissante. Elle logea ensuite sa tête dans le creux de son épaule et regarda la lumière des lucioles et des étoiles.

Ils restèrent là, sans parler, à écouter les hululements d'une chouette. Le cheval d'Eden hennit pour lui répondre.

— Pourquoi êtes-vous venue ?

Il voulait savoir à quoi s'en tenir lorsqu'elle s'en irait.

— Pour vous voir.

Elle se pencha légèrement en arrière, afin de voir sa réaction.

— Pour être avec vous.

— Pourquoi ?

La magie du moment commença alors à s'estomper. En soupirant, elle recula. La vie réelle ne se déroule pas comme dans les rêves, pensa-t-elle. Les questions ne restent pas en suspens.

— Je voulais m'excuser de mon comportement de l'autre soir. C'était gentil de votre part d'essayer de me réconforter.

Cherchant ses mots, elle saisit machinalement une feuille sur l'arbre à côté d'elle.

— Je sais très bien que je n'ai pas été aimable et j'en suis désolée. C'est encore douloureux pour moi de…

Elle agita ses épaules assez nerveusement.

— Nous avons cherché à rester discrets après la mort de mon père, mais des rumeurs ont circulé.

Comme il ne disait rien, elle remua encore, mal à l'aise.

— Cela m'a beaucoup affectée et j'ai voulu me prouver que je pouvais prendre les choses en main et réussir dans la vie. Je me rends compte que je prends mes responsabilités très à cœur et c'est pourquoi j'ai mal réagi lorsque vous m'avez proposé votre aide. J'en suis navrée et je vous demande pardon.

Il fit un pas vers elle.

— Ce sont de belles excuses, Eden. Avant de les accepter, j'aimerais savoir si le baiser que vous venez de me donner avait lui aussi pour but de vous faire pardonner.

De toute évidence, il avait décidé de ne pas lui rendre la tâche facile. Elle releva le menton. Elle n'allait pas se laisser démonter aussi facilement.

— Absolument pas.

Il sourit et passa sa main dans le cou d'Eden.

— Pourquoi ce baiser alors ?

Le voir sourire la gêna et elle retira la main qu'il avait posée sur son cou. Elle avait osé faire un pas vers lui ce soir et devait maintenant en assumer les conséquences.

— Faut-il qu'il y ait une raison ?

Elle se mit à marcher vers le bord du lac et poursuivit.

— J'avais envie de vous embrasser et c'est ce que j'ai fait.

Chase soupira malgré lui. La tension qu'il ressentait depuis plusieurs semaines venait de disparaître ; il en fut bouleversé. Maintenant, il avait une envie irrésistible de l'emmener chez lui. L'idée qu'elle puisse un jour partager sa vie lui semblait de moins en moins illusoire.

— Vous faites toujours ce que vous avez envie de faire ?

Elle se retourna. Elle s'était excusée, mais sa fierté était intacte.

— Toujours.

En souriant, il répondit :

— Moi aussi. Nous sommes donc faits pour nous entendre.

Il ajouta, en lui effleurant la joue d'un doigt :

— N'oubliez jamais cela.

— Je ne l'oublierai pas.

Elle s'approcha de son cheval.

— Nous organisons une fête samedi prochain. Aimeriez-vous vous joindre à nous ?

Eden avait attrapé les rênes de sa monture. Il mit ses mains sur les siennes.

— Est-ce un rendez-vous galant ?

Amusée, elle rejeta ses cheveux en arrière d'un geste gracieux de la tête et plaça son pied dans l'étrier.

— Pas du tout. Simplement, nous avons besoin d'adultes pour encadrer les enfants.

Elle prit appui sur sa jambe et sauta sur sa selle, mais il la saisit par la taille, la stoppant dans son élan. Elle resta suspendue dans le vide un instant avant qu'il ne la repose par terre.

— Danserez-vous avec moi à la fête ?

Elle se rappela de la dernière fois qu'ils avaient dansé ensemble et elle sut, en regardant ses yeux, qu'il se souvenait aussi de ce moment. Son cœur se mit à battre plus vite, mais elle leva un sourcil, sourit et lui dit :

— Peut-être.

Les lèvres de Chase s'étirèrent en un large sourire, avant de venir se poser doucement sur la bouche d'Eden.

Elle sentit le monde chavirer autour d'elle, songeant que seuls les amoureux connaissaient cette merveilleuse sensation.

— A samedi prochain, murmura-t-il.

Il la porta et l'installa sur la selle sans effort.

— J'espère que je vais vous manquer, ajouta-t-il.

Il resta au bord de l'eau et attendit qu'elle disparaisse et que tout autour de lui redevienne silencieux.

7

Les dernières semaines de l'été étaient toujours aussi chaudes. Chaque soir, le tonnerre grondait, accompagné d'éclairs, mais il ne pleuvait presque jamais. Eden vivait au jour le jour, en essayant de ne pas se soucier de ce que deviendrait sa vie à partir du mois de septembre. Cet été, elle avait appris qu'elle pouvait changer.

Au début de l'été, elle n'était qu'une jeune femme effrayée et défaitiste, qui venait chercher refuge au Camp Liberty. Au terme de cette saison, elle repartirait du camp la tête haute, confiante en l'avenir et bien décidée à réussir sa vie.

Elle songeait à tout cela en regardant le camp. Elle glissa ses mains dans les poches de son short. Elle se dit que l'année suivante serait forcément meilleure pour le camp, maintenant qu'elles avaient connu les pires difficultés et avaient appris à y faire face. Elle imaginait déjà l'été prochain, sans penser à l'hiver qu'elle redoutait tant. Elle ne voulait pas commencer à songer aux trottoirs enneigés de Philadelphie. Elle préférait continuer à contempler la nature et à réfléchir à la manière dont sa vie avait changé après plusieurs semaines passées dans cet environnement.

Elle aurait aimé trouver le moyen de rester là en attendant le printemps. Elle se rendait compte qu'elle allait retourner dans sa ville natale uniquement par nécessité, car il lui serait plus facile d'y trouver un emploi. Toutefois, elle savait qu'elle ne se sentirait plus chez elle là-bas.

Une fois de plus, elle s'était remise à penser à l'hiver ! Elle parvint à effacer ces pensées de son esprit en regardant les reflets éblouissants du soleil sur la surface du lac de Chase et en pensant à lui.

Elle se demanda ce qui se serait passé si elle l'avait rencontré deux ans plus tôt, quand sa vie était bien organisée et son avenir entièrement planifié. Serait-elle tombée amoureuse de lui, à cette époque ? Si cela n'avait pas été le bon moment, peut-être l'aurait-elle oublié immédiatement après l'avoir rencontré.

Les yeux fermés, elle se remémora chacune des sensations et des émotions qu'il avait fait naître en elle. Tout était encore si présent dans son esprit qu'elle n'avait aucun doute : elle serait immanquablement tombée amoureuse de lui, indépendamment du lieu et du moment de leur rencontre. D'ailleurs, elle avait lutté pour étouffer ses sentiments, ce qui n'avait produit que l'effet inverse.

Toutefois, elle n'oubliait pas qu'elle avait aussi cru aimer Eric. Elle vit un geai voler au-dessus d'elle. Alors que le soleil brillait intensément, elle frissonna en pensant qu'elle devait être bien superficielle et indifférente pour que ses sentiments pour Eric aient changé aussi vite. Si Eric ne l'avait pas laissée tomber, elle l'aurait épousé. Son annulaire gauche porterait son alliance. Elle regarda sa main vierge de toute bague. Son histoire avec Eric l'avait rendue prudente.

Pour se rassurer, elle se dit que ce qu'elle éprouvait pour Eric n'avait rien à voir avec l'amour. Maintenant, elle savait ce qu'était réellement l'amour, quelles sensations il faisait naître en elle, aussi bien sentimentalement que psychologiquement.

Que ressentait vraiment Chase de son côté ? Il tenait à elle et il la désirait, mais elle savait, de sa propre expérience, que cela ne suffisait pas. Si Chase était amoureux d'elle, elle réussirait à oublier le passé. Sa vie prendrait un nouveau départ.

Ne sois pas idiote, se dit-elle soudainement. Elle risquait de perdre son indépendance en s'attachant à lui et en raisonnant ainsi. Tous deux avaient un passé et un futur. En aucun cas elle ne pouvait être sûre que l'avenir ressemblerait à ses rêveries actuelles.

En un sens, elle voulait croire à leur amour. Même si ce n'était que pour quelques semaines, elle souhaitait pouvoir s'abandonner à sa passion, sans aucune retenue. Elle redeviendrait raisonnable plus tard, cet hiver, lorsque les frimas et le loyer à payer la ramèneraient à la dure réalité.

En attendant, elle danserait avec lui et elle lui sourirait dans quelques jours. Elle profiterait pleinement de cette soirée en sa compagnie.

Eden retira ses chaussures et marcha pieds nus jusqu'au ponton du lac. Les fillettes, déjà réparties dans plusieurs groupes, attendaient le signal pour pouvoir commencer à ramer sur le lac.

— Mademoiselle Carlbough !

Roberta, vêtue du T-shirt du Camp Liberty et de sa fameuse casquette, trépignait sur l'herbe, à côté des barques.

— Mademoiselle Carlbough, regardez.

Aussitôt, elle se pencha en avant et fit le poirier.

— Alors, qu'en dites-vous ? demanda-t-elle la tête à l'envers en serrant les dents.

Son visage espiègle était devenu rouge écarlate.

— Magnifique !

— Je me suis beaucoup entraînée, vous savez.

Elle reposa les pieds à terre en poussant un petit cri.

— Quand ma maman me demandera ce que j'ai fait au camp cet été, je pourrai lui montrer que j'ai appris à faire le poirier.

J'espère qu'elle ne se limitera pas à ça lorsqu'elle racontera son été à ses parents, se dit Eden intérieurement.

— Je suis sûre que ta maman sera très impressionnée.

Roberta, qui s'était entre-temps étendue sur l'herbe les bras en croix, observa Eden d'un air admiratif.

— Vous êtes vraiment très jolie aujourd'hui, mademoiselle Carlbough.

Touchée et surprise, Eden tendit la main à Roberta pour l'aider à se relever.

— Merci du compliment, Roberta, toi aussi tu es très jolie.

— Oh, non, je ne suis pas jolie, mais je le deviendrai quand maman me laissera me maquiller et que je pourrai cacher mes taches de rousseur.

Eden pinça gentiment la joue de Roberta.

— Beaucoup de garçons adorent les taches de rousseur.

— Peut-être.

Sans transition, elle changea de sujet.

— J'ai l'impression que vous en pincez pour M. Elliot.

— Comment ça ?

— Vous savez bien ce que je veux dire.

Roberta cligna des yeux et poussa des petits soupirs, imitant ainsi une femme amoureuse. Eden se demanda si elle devait rire ou la jeter dans le lac.

— Arrête tes bêtises.

— Vous allez vous marier ?

— Je ne sais pas pourquoi tu t'imagines tout ça. Maintenant en bateau, tout le monde t'attend.

— Ma maman dit que parfois les gens se marient quand ils en pincent l'un pour l'autre.

— Ta maman a probablement raison. Mais en ce qui concerne M. Elliot et moi, nous nous connaissons à peine. Allez, tout le monde ferme son gilet de sauvetage.

Espérant clore ainsi la conversation, Eden aida Roberta à monter dans la barque, dans laquelle Marcie et Linda avaient déjà pris place.

— Maman m'a dit qu'elle et papa étaient tombés amoureux au premier regard.

Tout en parlant, Roberta enfila son gilet de sauvetage.

— Mes parents s'embrassent tout le temps.

— Très bien. Maintenant...

— Avant, je trouvais ça dégoûtant, mais finalement pourquoi pas.

Roberta s'assit dans l'embarcation et sourit.

— Si vous décidez de ne pas vous marier avec M. Elliot, alors peut-être que je lui proposerai de m'épouser à la place.

Occupée à mettre en place les rames du bateau, Eden écoutait

Roberta d'une oreille distraite, mais la dernière phrase de la fillette attira soudain son attention.

— Ah bon ?

— Oui. Il a un gentil chien et plein de pommiers.

Roberta rectifia la position de sa casquette sur sa tête avant d'ajouter :

— Et il est assez mignon.

Les deux autres filles qui se trouvaient sur le bateau rirent bêtement en acquiesçant.

Eden commença à ramer.

— Très bien. Tu pourras en parler à ta maman quand tu rentreras chez toi.

— D'accord. Est-ce que je peux être la première à ramer ?

Eden pouvait s'estimer heureuse que Roberta change sans arrêt de centre d'intérêt.

— Si tu veux. Toi et moi nous allons ramer à l'aller, et Marcie et Linda au retour.

Ce fut un peu laborieux au début mais Roberta, après force bougonnements, réussit ensuite à ramer au même rythme qu'Eden. Le bateau glissait sur l'eau. Eden se rendit compte qu'elle se trouvait en compagnie des trois fillettes qui, parce qu'elles s'étaient rendues au verger sans autorisation, avaient indirectement provoqué sa rencontre avec Chase. Cette pensée l'amusa. Elle laissa son esprit divaguer.

Que se serait-il passé si elle n'était pas montée dans cet arbre ? Elle passa machinalement sa langue sur sa lèvre inférieure, se souvenant du goût du baiser de Chase. Si cela arrivait aujourd'hui, s'enfuirait-elle aussi rapidement ? Eden sourit. Elle ferma les yeux durant quelques secondes pour se tourner face au soleil qui lui chauffa doucement le visage. Au fond, elle savait bien que si c'était à refaire, elle ne chercherait pas à s'échapper. Elle en était intimement convaincue. Savoir qu'elle ne chercherait désormais plus à fuir Chase ni rien d'autre dans sa vie renforçait la confiance qu'elle avait en elle-même.

Peut-être Roberta avait-elle raison. Peut-être était-elle réellement amoureuse. Elle préférait garder cela pour elle pour le moment. Si la vie était aussi simple que semblait le penser Roberta, tout serait tellement merveilleux : l'amour conduirait au mariage et le mariage au bonheur. Tout simplement. En soupirant, Eden ouvrit les yeux et observa la surface de l'eau. A cet instant, elle voulait se laisser porter par sa rêverie. Eden était une romantique. Ses rêves éveillés étaient encore plus doux et exaltés que ceux qu'elle faisait en dormant.

Depuis quelque temps, elle ne donnait plus libre cours à son imagination. Dans le bateau, les filles bavardaient et appelaient leurs amies assises dans les autres embarcations. Quelqu'un avait entonné une chanson. Les bras d'Eden exécutaient un mouvement régulier et les rames plongeaient et sortaient de l'eau tour à tour.

Elle flottait sur l'eau en rêvant les yeux ouverts. Le lac était tel de la soie et la lumière du soleil sur l'eau ressemblait à une douce lueur de bougie. Dans la tête d'Eden, les croassements des corbeaux se transformèrent en une douce symphonie.

Elle se vit chevauchant Pégase, dont les ailes blanches fendaient la bise dans le ciel nocturne. Elle laissait l'air fouetter doucement son visage, les cheveux au vent. Des nuages en forme de châteaux mystérieux apparurent au loin. Ils étaient d'un gris presque transparent. Elle était libre, plus libre que jamais.

Il était à ses côtés, traversant le ciel entre ombre et lumière. Ils allaient plus haut, toujours plus haut, laissant derrière eux la Terre, petit point minuscule. Les étoiles s'étaient transformées en fleurs. Elle saisit au passage quelques pétales blancs. Puis, ils se retrouvèrent dans les bras l'un de l'autre. Plus aucun obstacle n'existait. Tous les doutes, toutes les difficultés s'étaient envolés.

— Hé, regardez, c'est Squat !

Eden cligna des yeux. Sa rêverie venait de prendre fin. Elle se trouvait sur un petit bateau et ses bras commençaient à la faire souffrir à force de ramer.

Elles avaient traversé le lac sur presque toute sa longueur. Elles pouvaient voir une partie du verger de Chase ainsi qu'une des serres qu'il leur avait fait visiter. Heureux d'avoir de la visite, Squat bondissait avec frénésie dans l'eau peu profonde du bord du lac. Dans sa course, il s'éclaboussa gaiement jusqu'à être complètement trempé.

Les filles crièrent pour appeler le chien et Eden se demanda si Chase était là. Comment occupait-il ses week-ends ? Restait-il chez lui, à lire le journal, une tasse de café à la main ? Regardait-il la télévision ou sortait-il faire de longues balades en solitaire ? A ce moment précis, comme pour répondre à ses interrogations, Chase et Delaney rejoignirent le chien sur la rive. Eden sentit son cœur se mettre à battre la chamade lorsque leurs regards se croisèrent. Elle se demanda si elle continuerait à réagir de façon aussi violente chaque fois qu'elle le verrait. En respirant lentement, elle réussit à retrouver un rythme cardiaque normal.

— Hé, monsieur Elliot ! cria Roberta.

Sans penser aux conséquences, Roberta lâcha sa rame et se mit à sauter dans la barque, tout excitée. L'embarcation vacilla dangereusement.

— Roberta, assieds-toi, tu vas nous faire chavirer !

Eden posa les rames dans le fond du bateau et attrapa la main de Roberta. Malheureusement, les deux autres fillettes imitèrent Roberta et se mirent elles aussi à sauter sur place.

— Bonjour, monsieur Elliot ! s'écrièrent en chœur les trois filles.

Le bateau se renversa juste après.

Eden tomba dans l'eau la tête la première. Après avoir passé plusieurs heures sous le soleil brûlant, il lui sembla que l'eau était glaciale. Elle remonta à la surface en toussant, repoussa la mèche de cheveux qui était devant ses yeux et chercha à repérer les têtes des trois fillettes. Maintenues à flot par leur gilet de sauvetage, elles riaient et faisaient de grands signes de la main à Chase, Delaney et Squat.

Eden s'accrocha au bord de la barque renversée et cria :

— Roberta !

Roberta ne parut pas remarquer la nuance d'exaspération contenue dans la voix d'Eden.

— Regardez, mademoiselle Carlbough, Squat vient vers nous.

— Il ne manquait plus que ça.

En nageant sur place, Eden attrapa Roberta par le bras et tenta de la tirer jusqu'à l'embarcation retournée.

— Souviens-toi des règles de sécurité. Accroche-toi au bateau.

Eden se mit à nager en direction des autres filles. En tournant la tête, elle vit que le chien arrivait droit sur elles. Elle s'inquiéta de le voir approcher ainsi.

Elle voulut crier à Chase de rappeler son chien, mais quand elle se tourna vers la rive, elle remarqua que Delaney et lui étaient en train de commenter l'incident. Elle était trop loin pour pouvoir les entendre, en revanche, elle voyait très bien que Chase riait.

— Vous avez besoin d'aide? cria-t-il.

Eden attrapa le bras d'une deuxième fillette.

— Non, ça va, commença-t-elle à lui répondre.

Elle poussa un cri perçant lorsque Squat plaça sa truffe mouillée sur son épaule. La réaction d'Eden amusa tout le monde, y compris le chien lui-même, qui se mit à aboyer avec enthousiasme dans ses oreilles.

Les fillettes commencèrent alors à s'éclabousser entre elles et à s'amuser avec le chien. Eden ne put éviter de recevoir elle aussi de l'eau dans le visage. Dans les autres barques, les petites filles et les monitrices observaient la scène, en souriant et en criant. Squat continua à s'agiter autour d'Eden qui tentait tant bien que mal de ramener le calme dans le groupe.

— Ça suffit, mesdemoiselles, nous devons maintenant retourner la barque.

— Est-ce que Squat pourra monter avec nous? demanda Roberta en riant car le chien était en train de lui lécher le visage.

— Certainement pas.

— Ce n'est pas juste.

Eden, qui tentait toujours de rétablir l'ordre, ne s'aperçut pas que Chase s'était mis à l'eau lui aussi et se trouvait juste à ses côtés.

— Squat a nagé jusqu'à vous pour vous aider, dit Chase à Eden en saisissant son bras.

Eden avait les cheveux mouillés et plaqués sur la figure. Chase mit son bras autour de sa taille et l'attira contre lui pour qu'elle puisse se reposer un peu.

— Vous devriez retourner le bateau, lança-t-il aux filles.

— Vous préférez visiblement l'équitation à la natation, ajouta-t-il, en s'adressant à Eden cette fois.

Il parlait d'une voix douce et elle perçut la nuance d'amusement dans son ton. Elle voulut nager pour s'éloigner de lui, mais ses jambes se prirent dans les siennes.

— Si vous et votre monstre n'aviez pas été sur la rive…

— Delaney ?

— Non, je ne parle pas de Delaney.

Eden rejeta ses cheveux en arrière. Elle était au bord de la crise de nerfs.

— Vous êtes très belle lorsque vous êtes mouillée. Je me demande pourquoi je n'ai jamais pensé à nager avec vous auparavant.

— Nous ne sommes pas venues au lac pour nager, mais pour faire de la barque.

— En tout cas, vous êtes très jolie.

Pendant ce temps, les fillettes avaient retourné la barque et se hissaient à bord en aidant Squat à en faire autant.

— Roberta, j'ai dit…

Chase plongea la tête d'Eden sous l'eau. Lorsqu'elle refit surface, elle entendit Chase faire un arrangement avec les trois fillettes.

— Mlle Carlbough et moi allons revenir sur la rive à la nage et vous trois, vous ramènerez Squat, d'accord ? Il adore monter en bateau.

— J'ai dit…

Hélas, Eden se retrouva de nouveau sous l'eau avant d'avoir pu terminer sa phrase.

Cette fois, en sortant la tête de l'eau, elle rassembla toutes ses forces et essaya de frapper Chase. Toutefois, son geste manquait de puissance. Il attrapa son poignet et l'embrassa avant qu'elle ait pu porter le moindre coup.

— Le premier arrivé a gagné, lança-t-il.

Eden le repoussa et se mit à nager le plus vite possible. L'eau qui l'entourait étouffait les aboiements de Squat et les encouragements des fillettes. Elle nageait le crawl à bonne allure et réussissait à suivre le bateau sans se laisser distancer.

Arrivé avant elle, Chase s'arrêta à quelques mètres de la rive et l'attrapa par le poignet. Eden se retrouva dans ses bras et se mit à rire tout en se débattant.

— Vous êtes un tricheur.

Ils éclatèrent de rire. Elle plaça ses mains sur son torse nu et humide. Des gouttes d'eau perlaient encore dans ses cheveux et sur son visage, reflétant la lumière du soleil.

— J'ai gagné ! s'exclama-t-elle.

— C'est moi qui ai gagné, protesta-t-il en riant.

Eden sortit de l'eau. Elle reprit un air sérieux pour s'adresser aux filles qui étaient toujours en train de s'époumoner.

— M. Elliot vient de nous faire une magnifique démonstration d'absence de fair-play.

Elle sécha un peu ses cheveux en les tordant entre ses mains, mais ne se rendit pas compte que son T-shirt mouillé moulait son buste. Chase le remarqua et en eut le souffle coupé. Tandis qu'elle remontait vers Delaney, l'eau du lac étincela en milliers de perles sur ses jambes bronzées.

— Bonjour, Delaney.

— Bonjour, lui répondit-il en lui faisant un large sourire. Un temps idéal pour une petite baignade, n'est-ce pas ?

— En effet.

— J'allais cueillir des mûres pour faire de la confiture.

Il s'interrompit pour regarder les trois filles trempées.

— Si on vient m'aider à en ramasser, j'en aurai suffisamment pour pouvoir en offrir quelques pots aux voisines.

Avant qu'elle n'ait eu le temps de dire quoi que ce soit, les filles et Squat faisaient des bonds autour d'elle. Eden dut admettre qu'une pause d'un quart d'heure ne leur ferait pas de mal avant de se remettre à ramer vers le camp.

— D'accord, je vous donne dix minutes.

Elle fit ensuite signe aux autres barques sur le lac.

Delaney s'en alla, entouré des filles qui l'assaillaient déjà de questions. Ils disparurent derrière un bouquet d'arbres, faisant s'envoler une nuée d'oiseaux qui passèrent près d'eux à toute allure. Eden se tourna vers Chase qui ne l'avait pas quittée des yeux.

— Vous êtes une bonne nageuse, dit-il.

Elle s'éclaircit la voix.

— Je crois que j'ai l'esprit de compétition. Peut-être que je ferais bien de garder un œil sur les filles…

— Elles ne risquent rien avec Delaney.

Il s'approcha pour sécher les quelques gouttes d'eau se trouvant encore sur son visage. Elle frissonna lorsqu'il la toucha.

— Vous avez froid ?

Elle secoua la tête.

— Non.

Quand il mit ses mains sur ses épaules, elle fit un pas en arrière.

Il ne portait qu'un short en jean délavé. Il avait retiré son T-shirt avant de plonger dans le lac et l'avait négligemment jeté à terre.

— Votre peau n'est pas froide, murmura-t-il en tenant ses bras.

— Je n'ai pas froid.

Elle entendit des rires qui provenaient de derrière les arbres.

— Nous ne pouvons pas rester plus longtemps, il faut que les filles mettent des vêtements secs.

Chase lui serra la main. Il allait faire preuve de patience.

— Eden, je vais vous jeter de nouveau dans le fond du lac si vous continuez.

Il lui faisait peur. De son côté, Chase avait réellement envie de la repousser dans l'eau. Il se sentait frustré. Chaque fois qu'il pensait avoir réussi à gagner sa confiance, il voyait un éclair d'angoisse dans ses yeux. Il sourit et espéra réussir à ne pas lui montrer la force de son désir.
— Où sont vos chaussures ?
Eden se détendait peu à peu. Elle regarda ses pieds nus.
— Au fond du lac.
En riant, elle secoua ses cheveux mouillés.
— Roberta réussit toujours à mettre de l'animation. Allons les aider à cueillir des mûres, proposa-t-elle.
Avant qu'elle ne bouge, il mit ses mains sur ses épaules.
— Vous fuyez encore, Eden.
Puis il passa ses doigts dans ses longs cheveux.
— C'est difficile pour moi de ne pas craquer lorsque je vous vois, avec ce visage radieux et ces grands yeux légèrement apeurés.
— Chase, arrêtez.
Elle mit sa main sur la sienne.
— Je veux vous toucher.
Il se décala un peu afin que son corps soit collé étroitement contre le sien.
— J'ai besoin de vous toucher.
A travers le coton mouillé de son T-shirt, elle pouvait sentir sa peau.
— Regardez-moi, Eden. Jusqu'où m'autoriserez-vous à aller ?
Elle secoua la tête. Aucun mot ne pouvait décrire ce qu'elle ressentait, ce qu'elle désirait et ce qui l'effrayait encore trop.
— Chase. Ne faites pas ça. Pas ici. Pas maintenant, dit-elle en gémissant, alors qu'il couvrait son visage de baisers.
— Quand et où alors ?
Il prenait sur lui pour rester calme. Il savait bien qu'il ne fallait pas exiger, mais demander, et qu'il ne fallait pas prendre, mais attendre.
Il l'embrassa une nouvelle fois, de manière beaucoup plus

énergique. Eden eut du mal à conserver un comportement rationnel.

— Bon sang, Eden, j'ai besoin de vous. Ne croyez-vous pas que je sais dans quel état vous êtes lorsque nous sommes tous les deux ? Venez chez moi ce soir. Restez avec moi.

Sa voix s'enrouait à mesure que sa patience s'amenuisait.

Oui ! Oui ! Oh oui ! Il serait tellement facile d'accepter, de céder au plaisir sans penser au lendemain. Elle resta blottie contre lui un moment, souhaitant faire en sorte que cela soit aussi simple. Il était là, dans ses bras, si fort, si réel. Mais ses responsabilités aussi étaient bien réelles.

— Chase, vous savez bien que je ne peux pas.

Retrouvant la raison, elle se détacha de lui.

— Il faut que je reste au camp.

Il prit la tête d'Eden entre ses mains avant qu'elle ne parte. Elle crut voir que ses yeux s'étaient assombris. Ils étaient d'un vert plus profond et le soleil y avait apporté une touche dorée.

— Et à la fin de l'été, Eden, que va-t-il se passer ?

Qu'allait-il se passer ? Que répondre à cela ? Savait-il à quel point il lui était douloureux de répondre à cette question ?

— Je retournerai à Philadelphie jusqu'à l'été prochain.

Il devrait se contenter de ne la voir que pendant les étés ? Il n'était plus en colère ; il était paniqué. Lorsqu'elle partirait, sa vie n'aurait plus de sens. Il plaça de nouveau ses mains sur les épaules d'Eden, décidé à ne pas céder à la panique.

— Vous reviendrez chez moi avant de partir.

Il ne s'agissait ni d'un ordre, ni d'une question, mais d'une simple affirmation.

— Chase, qu'est-ce que cela nous apporterait ?

— Vous reviendrez avant de partir, répéta-t-il.

Si vous ne venez pas, je viendrai à vous, pensa-t-il.

8

Le réfectoire était décoré de longues guirlandes de papier crépon blanches et rouges ainsi que de ballons que les fillettes s'étaient amusées à gonfler. Pour la musique, il y avait trois piles de disques à disposition.

Les filles n'avaient plus que quelques heures à attendre avant le début de la grande fête.

Sous l'œil vigilant de Candy, les fillettes et les monitrices poussèrent les tables pour faire de la place. Les jeunes adolescentes n'avaient qu'un sujet de conversation à la bouche ce soir-là : les garçons.

Eden avait accepté de faire partie de l'équipe chargée de la décoration de la salle. Ses talents artistiques laissant à désirer, elle proposa d'accrocher les décorations préparées par d'autres mains plus expertes. En plus des guirlandes en papier crépon et des ballons, des banderoles et des fleurs en papier avaient été confectionnées par les filles et les monitrices les plus douées. Il y avait notamment une banderole rouge de plus de trois mètres de long sur laquelle on pouvait lire en grosses lettres :

BIENVENUE A LA FETE ANNUELLE DU CAMP LIBERTY.

Naturellement, Candy partait du principe qu'il s'agissait de la première d'une longue série de fêtes. Eden s'efforçait de partager son optimisme, mais s'inquiétait pour leurs finances, au point de se demander si elle n'allait pas essayer de convaincre le directeur de la colonie des garçons de participer à l'achat des boissons.

Pour l'heure, elle ne pensait pas à ces problèmes, car son

principal souci était de faire du réfectoire la salle de danse la mieux décorée de la région.

Elle monta sur un escabeau pour accrocher des guirlandes. Juste en dessous d'elle, des filles se chamaillaient au sujet des disques à passer. La chaîne hi-fi située à l'autre bout de la pièce jouait de la musique à plein volume.

Eden prit conscience qu'une fois encore, elle attendait cette soirée avec autant d'impatience que les filles. Elle se dit que c'était ridicule ; elle n'était plus une petite fille, mais une adulte. Son rôle était d'organiser l'événement et de surveiller les enfants. Pourtant, elle n'arrêtait pas d'imaginer le déroulement de la soirée dans cette salle, qui serait, dans quelques heures, pleine de personnes riant, dansant et s'amusant. Comme les fillettes, ses pensées étaient centrées sur la fête. Elle réfléchissait notamment à la tenue qu'elle porterait.

Cette petite fête d'adieux était, aux yeux d'Eden, plus importante que le bal des débutantes auquel elle avait assisté quelques années auparavant. Le bal des débutantes n'avait représenté pour elle qu'une étape incontournable de sa vie déjà toute tracée. En revanche, la fête du Camp Liberty allait être une expérience inédite et pleine de surprises.

Pour Eden, Chase allait évidemment être l'acteur principal de cette soirée. Il fallait bien qu'elle se fasse une raison : il ne quittait plus son esprit.

Une nouvelle chanson démarra. Eden, qui l'avait déjà entendue des dizaines de fois, la fredonna. Sa queue-de-cheval se balançait au rythme de la musique.

— Nous n'avons qu'à demander à Mlle Carlbough.

Eden entendit cette phrase, mais elle n'y prêta pas grande attention, car, debout sur l'escabeau, deux punaises dans la bouche et une banderole dans les bras, elle était absorbée par son activité.

— Elle sait toujours tout.

En entendant cela, elle s'arrêta un instant après avoir enfoncé une première punaise. Elle était heureuse que les filles parlent d'elle ainsi et voient en elle une personne de confiance. C'était le plus beau des compliments qu'elle pouvait espérer.

Elle avait atteint ses objectifs. En moins de trois mois, elle était devenue quelqu'un, sans l'aide de personne. Qui plus est, elle avait changé de sa propre initiative et non pour faire plaisir à qui que ce soit.

Elle n'allait pas s'arrêter en si bon chemin. La fin de l'été approchait, mais la nouvelle vie d'Eden ne faisait que commencer. Où qu'elle aille, elle n'oublierait jamais qu'elle était sortie grandie des épreuves de la vie.

Elle mit dans sa poche les punaises qu'elle tenait encore dans la main. Elle se retourna ensuite et regarda en bas, puis commença à descendre de l'escabeau, curieuse de savoir ce que les filles voulaient lui demander. Sur la deuxième marche, elle s'arrêta net.

Une femme de grande taille venait d'entrer dans le réfectoire. Elle portait un tailleur couleur cerise et un foulard Hermès autour du cou. Ses cheveux, blancs comme neige, étaient impeccablement tirés en arrière pour former un chignon. Une double rangée de perles ornait son décolleté. Nichée au creux de ses bras, une petite chienne blanche observait ce qui se passait autour d'elle.

Eden n'en crut pas ses yeux.

— Tante Dottie !

Ravie, elle sauta de l'escabeau. Dans la seconde qui suivit, elle fut enveloppée du parfum si reconnaissable de Dottie.

— Comme je suis heureuse de te voir !

Après avoir serré sa tante dans ses bras, Eden recula et admira les traits harmonieux du visage de sa tante, qui avait les mêmes yeux et la même bouche que son père.

— Je ne m'attendais pas du tout à te voir ici.

— Ma chérie, qu'est-ce qui pique comme ça ?

— Qui pique ? Oh, je…

Eden enfouit la main dans sa poche.

— Ce sont des punaises. Excuse-moi.

— Ne t'inquiète pas, j'avais tellement envie de te serrer dans mes bras que ce ne sont pas quelques punaises qui allaient m'arrêter.

Dottie prit la main d'Eden et, à son tour, l'examina. Elle poussa un léger soupir de soulagement, tandis que son visage demeurait impassible. Elle avait passé des nuits entières sans dormir, à s'inquiéter au sujet de la fille unique de son frère disparu.

— Tu es magnifique. Un peu maigrichonne, mais tu as bonne mine.

Elle parcourut la salle des yeux.

— Quelle idée as-tu eue de venir passer ton été dans un tel endroit ?

— Tante Dottie.

Eden secoua la tête. Durant les semaines et les mois qui avaient suivi le décès de son père, Dottie s'était obstinée à convaincre Eden de venir s'installer chez elle, ce qu'elle avait toujours refusé.

— Si j'ai bonne mine, c'est grâce au bon air de la campagne.

— Mmm.

Loin d'être convaincue, Dottie continua à inspecter la pièce du regard, tandis qu'un nouveau disque venait de démarrer.

— Je préfère le sud de la France.

— Pourquoi es-tu venue jusqu'ici, tante Dottie ? Tu as dû avoir un mal fou à trouver cet endroit perdu ?

— Ça n'a pas été si difficile que cela. Mon chauffeur sait très bien lire les cartes routières.

Dottie caressa la petite tête de la chienne qu'elle tenait sous le bras.

— Booboo et moi avons eu une soudaine envie d'aller à la campagne.

— Je vois.

Eden savait que sa tante pensait, comme tout le monde dans son entourage, qu'elle s'était lancée dans cette aventure du Camp Liberty sur un coup de tête. Plus d'un été allait être nécessaire pour les convaincre qu'elle avait mûrement réfléchi en s'investissant dans ce projet. Etant donné qu'elle-même avait passé la majeure partie de l'été à s'interroger sur sa vie, elle pouvait comprendre que ses proches se posent eux aussi des questions.

— Et comme j'étais de passage dans le coin…

Dottie ne jugea pas nécessaire de continuer son explication.

— Tu es d'un chic ! commenta-t-elle avec ironie.

Elle regardait la tunique pleine de taches de peinture et les vieilles tennis d'Eden.

— Le style bohémien revient-il à la mode ? Qu'est-ce que c'est que ça ?

— Du papier crépon. C'est pour accrocher ces guirlandes que j'utilise des punaises.

Eden caressa à son tour Booboo.

— Laisse donc tes décorations et tes punaises à ces charmantes jeunes demoiselles et viens voir ce que je t'ai apporté.

— Tu m'as apporté quelque chose ?

Obéissant aussitôt à sa tante, Eden tendit les punaises et le papier à une fillette.

— Commence à mettre des guirlandes autour des tables, Lisa, d'accord ?

Dottie prit le bras d'Eden.

— Sais-tu que la ville la plus proche se trouve à plus de trente kilomètres d'ici ? Si tant est qu'on puisse appeler cela une ville. Arrête de bouger, Booboo, je ne veux pas te poser par terre. Je ne veux pas que tu marches sur ce sol tout sale.

Elle caressa la chienne.

— Booboo est un peu capricieuse quand elle n'est pas à la maison, tu comprends ?

— Oui.

— Qu'est-ce que je disais ? Ah, oui, la ville. Il n'y a qu'une rue principale, un feu tricolore et un petit restaurant. Par curiosité, j'ai failli me rendre dans ce restaurant pour voir à quoi ressemblait la clientèle.

Eden rit, puis se pencha pour embrasser Dottie sur la joue.

— Il y avait sans doute une poignée de personnes attablées,

qui mangeaient des sandwichs et des chips en se racontant les derniers potins du coin.

— Tu y vas souvent ?

— Malheureusement, ma vie sociale est un peu limitée depuis quelque temps.

— Eh bien, cela va peut-être changer grâce à la surprise que je t'ai apportée.

Dottie montra du doigt la Rolls jaune canari garée sur le terrain de jeu du camp.

Eden reçut un véritable choc en apercevant Eric, appuyé sur le capot de la voiture. Elle poussa une exclamation de surprise.

— Eric, mais que fais-tu...

Il sourit et fit un geste de la main pour remettre sa mèche en place. Un groupe de filles s'était attroupées pour admirer la Rolls et le séduisant Eric Keeton.

Eric affichait un sourire resplendissant. Sûr de lui, il s'avançait vers Eden. En constatant à quel point sa démarche était arrogante, Eden le vit sous un nouveau jour. Il ne l'intéressait plus.

Il prit les deux mains qu'elle ne les lui avait pourtant pas tendues.

— Eden, tu es resplendissante.

Les mains d'Eric étaient douces. Elle s'étonna d'avoir oublié ce détail. Elle ne retira pas ses mains, mais lui répondit froidement :

— Bonjour, Eric.

— Elle est plus belle que jamais, n'est-ce pas, Dottie ?

Il ne semblait pas perturbé par l'accueil d'Eden. Il serra ses mains.

— Ta tante s'inquiétait à ton sujet.

— Comme tu peux le voir, elle avait tort de se faire du souci.

Eden retira ses mains avec fermeté et discrétion. Son regard était aussi froid que sa voix.

— Qu'est-ce qui t'a pris de venir jusqu'ici, tante Dottie ? Tu étais inquiète à ce point ?

— Un peu.

Dottie, qui avait perçu le ton avec lequel Eden s'était adressée à Eric, mit sa main sur la joue de sa nièce.

— Et je voulais voir à quoi ressemblait le lieu où tu as passé tout l'été.

— Je vais te faire visiter.

Dottie haussa les sourcils, mimique que faisait souvent Eden.

— Quelle merveilleuse idée !

— Tante Dottie !

Candy arriva précipitamment du réfectoire ; dans sa course, ses boucles rousses sautaient en tous sens autour de son visage.

— Je me doutais que c'était vous.

Candy, qui était essoufflée, prit Dottie dans ses bras, en souriant naturellement.

— Les filles parlaient d'une Rolls jaune garée sur le terrain. A qui d'autre que vous aurait-elle pu appartenir ?

— Tu es toujours aussi pleine d'entrain, Candy.

Dottie avait beaucoup d'affection pour Candy Bartholomew, même si elle ne comprenait pas toujours ses choix et ses comportements.

— J'espère que cette visite surprise ne te dérange pas.

— J'en suis ravie.

Candy se pencha vers la boule de poils qui se trouvait dans les bras de Dottie.

— Bonjour, Booboo.

Elle se redressa et son regard croisa celui d'Eric.

— Bonjour, Eric.

D'un coup, son sourire sembla beaucoup moins naturel.

— Quel long voyage tu as fait !, reprit-elle.

— Bonjour, Candy.

Contrairement à Dottie, Eric n'avait aucune affection pour la meilleure amie d'Eden.

— Tu as des taches de peinture partout sur les mains, fit remarquer Eric.

— Oui, mais rassure-toi, elle est sèche, lança-t-elle.
Si la peinture avait été encore fraîche, elle lui aurait serré la main bien plus volontiers.

— Eden a proposé de nous faire visiter le camp.

Dottie se rendit compte de l'hostilité palpable qui régnait entre Eric et Candy. Elle avait parcouru tous ces kilomètres dans l'unique but de rendre sa nièce heureuse. Elle était prête à tout pour atteindre son objectif et n'hésiterait pas à user de quelques ruses.

— Je pense qu'Eric meurt d'envie de découvrir le camp, mais, si cela ne vous ennuie pas…

Elle prit la main de Candy.

— J'aimerais m'asseoir et boire un thé. Un peu d'eau pour Booboo ne serait pas non plus de refus. Le voyage a été un peu fatigant pour nous.

— Bien sûr.

Ces bonnes manières n'étaient qu'un piège. Candy fit un clin d'œil à Eden pour lui donner du courage.

— Allons dans la cuisine ; elle est un peu en désordre, j'en suis désolée, dit Candy à Dottie.

— Ce n'est pas grave, très chère.

Elle sourit ensuite à Eden, qui, elle, ne souriait plus vraiment.

— Très bien, tante Dottie. Je vais montrer nos installations à Eric.

— Eden, je…

— Va prendre ton thé, nous parlerons plus tard.

Elle embrassa Dottie sur la joue. Puis elle se retourna et se mit en route, sans prendre la peine de vérifier qu'Eric la suivait.

Eric se trouvait juste à côté d'elle. Elle commença son discours de présentation du Camp Liberty.

— Nous avons six cabanes cet été et nous espérons pouvoir en compter deux de plus l'été prochain. Chaque cabane porte un nom indien.

En marchant à côté des cabanes, elle vit que les œillets sauvages étaient toujours en fleur, malgré les intempéries qui s'étaient abattues quelque temps auparavant. Elle se dit qu'elle allait tâcher de se montrer aussi forte et résistante que ces fleurs.

— Chaque semaine, on décerne le prix de la cabane la plus propre. Les vainqueurs ont le droit à une heure supplémentaire de leur activité préférée, telle que la natation, l'équitation, etc. Candy et moi avons une petite douche dans notre cabane. Les filles, elles, se lavent dans la salle de bains commune qui se trouve là-bas, au bout du terrain.

— Eden.

Eric prit Eden par le coude, comme il en avait l'habitude par le passé. Eden grinça des dents, mais ne retira pas son bras.

— Oui?

Cette fois, il fut déconcerté par son regard glacial. Cependant, il se rassura presque aussitôt en se disant qu'elle cherchait simplement à ne pas lui montrer qu'elle avait le cœur brisé.

— Qu'es-tu venue faire ici?

Il montrait du doigt le campement et les collines environnantes.

Essayant de garder son calme, Eden décida de répondre en ignorant les sous-entendus que contenait cette question.

— Nous nous sommes efforcées de faire de ce camp un lieu de vie où les filles respectent la discipline tout en s'amusant et en développant leur créativité. Ces dernières semaines, nous nous sommes rendu compte que nous arrivions à suivre le programme que nous avions préparé, mais aussi que nous devions rester constamment ouvertes à de nouvelles idées et aux envies des fillettes.

Fière de sa réponse, elle continua sur sa lancée.

— Nous nous levons à 6 h 30 et prenons le petit déjeuner à 7 heures tapantes. Ensuite, nous faisons la tournée d'inspection des cabanes et les activités commencent à 8 heures. Je m'occupe essentiellement de l'équitation, mais il m'arrive d'aider d'autres monitrices ici et là.

— Eden.

Eric l'interrompit en pressant son coude. Eden regarda la brise ébouriffer ses cheveux bien coiffés et songea aux cheveux en bataille de Chase.

— C'est difficile de t'imaginer passant tout l'été à dormir dans une cabane et à surveiller un défilé de fillettes à cheval.

— Vraiment ?

Cette remarque la fit sourire. Elle n'était pas surprise qu'il soit étonné, lui qui possédait une écurie, mais qui n'avait jamais soulevé une fourche à foin de sa vie. Eden n'éprouvait pas de ressentiment, mais plutôt un vague sentiment de pitié.

— Et ce n'est pas tout, nous partons aussi en randonnée, nous faisons de la barque, je réponds aux questions que se posent les jeunes adolescentes sur l'amour et la mode, je leur apprends à reconnaître la flore de la région et je veille à ce qu'elles ne s'ennuient jamais. Veux-tu aller voir les écuries ?

Sans attendre sa réponse, elle prit la direction du manège.

— Eden.

Il la retint de nouveau. Elle eut bien envie de lui envoyer son coude dans l'estomac.

— Je comprends que tu sois fâchée, mais je…

— Tu as toujours aimé les chevaux, lui fit-elle simplement remarquer en ouvrant la porte de l'écurie.

Il dut reculer pour ne pas prendre la porte dans la figure.

— Nous avons deux juments et quatre chevaux hongres. L'une des juments est assez âgée. En revanche, je pense faire saillir l'autre. Les fillettes adoreraient s'occuper des poulains et nous aurions ainsi des montures supplémentaires. Voici Courage.

— Eden, s'il te plaît. Il faut que nous parlions.

Elle se raidit quand il lui toucha les épaules. Cependant, elle réussit à se maîtriser et c'est avec calme qu'elle se retourna et ôta les mains d'Eric de ses épaules.

— Nous sommes en train de parler, me semble-t-il.

Connaissant la fierté d'Eden, il n'était pas surpris qu'elle lui réponde avec tant de froideur.

— Nous devons parler de nous, chérie.

— A quel sujet ?

Il voulut lui prendre la main et haussa les épaules lorsqu'elle l'évita. Il s'était préparé à ce qu'elle se montre réticente. Depuis plusieurs jours, il réfléchissait à la façon dont il s'y prendrait pour calmer le jeu lorsqu'il la reverrait. Il était arrivé à la conclusion que le meilleur moyen était de lui exprimer ses regrets et de faire preuve d'humilité.

— Tu as le droit d'être furieuse contre moi et de vouloir me faire souffrir.

En parlant ainsi, d'une voix douce, et en se montrant compréhensif, il essayait ne pas s'attirer les foudres d'Eden. En fait, Eden pensait que jouer la carte de l'indifférence ferait beaucoup plus de mal à Eric que la colère et la critique.

— Peu m'importe que tu souffres ou non.

Cela n'était pas tout à fait vrai. Elle aurait bien aimé le voir souffrir un peu. Elle se rendit compte qu'elle réagissait de la sorte parce qu'il avait eu le culot de revenir en croyant qu'elle l'accueillerait à bras ouverts.

— Eden, je dois te dire que j'ai souffert, beaucoup même. Je voulais venir te voir depuis longtemps, mais je n'étais pas certain que tu en aies envie.

Dire qu'elle avait eu l'intention de passer le reste de sa vie avec cet homme et d'avoir des enfants avec lui. Le fixant à présent droit dans les yeux, elle se demandait si elle devait rire ou pleurer.

— Je suis désolée, Eric. Je ne vois pas pour quelle raison tu as souffert. Tu as simplement suivi ton instinct de conservation.

Rassuré par le calme d'Eden, il s'avança vers elle.

— J'admets que j'ai été indélicat.

Les mains d'Eric glissèrent le long des bras d'Eden, ce qui lui glaça le sang.

— Ces derniers mois, j'ai compris que les préoccupations matérielles ne doivent pas toujours primer sur tout.

— Vraiment ?

Elle lui sourit.

— Quelles sont donc tes nouvelles priorités ?

— La vie privée...

Il passa un doigt sur la joue d'Eden. Il se pencha. Visiblement, il avait l'intention de l'embrasser. Comment pouvait-il se croire aussi irrésistible ? Elle eut envie d'éclater de rire en le voyant se prendre tellement au sérieux et croire qu'il parviendrait à ses fins avec elle.

Elle le laissa l'embrasser, mais ce baiser ne lui fit absolument aucun effet. Pourtant, quelques mois auparavant, ses baisers avaient su la ravir et ils lui avaient même procuré un certain plaisir. A l'époque, elle ne savait pas que les baisers de Chase lui procureraient bien plus de plaisir.

A présent, elle ne ressentait plus rien pour Eric. Cette absence de sentiments fit tomber sa colère. Elle savait qu'il n'exerçait plus aucune influence sur elle. Elle ne faisait qu'attendre la fin de son baiser.

Lorsqu'il releva la tête, Eden mit ses mains sur ses épaules pour le repousser. C'est alors qu'elle aperçut Chase, debout à l'entrée de l'écurie.

Parce qu'il était à contre-jour, Eden n'aperçut que sa silhouette et ne distingua pas l'expression sur son visage. Immédiatement, Eden eut la gorge sèche. Il s'approcha d'eux lentement.

Elle voulait lui donner des explications, mais elle ne parvint qu'à secouer la tête. Chase détourna son attention d'Eden pour dévisager Eric.

— Eric Keeton, dit Eric en lui tendant la main.

Chase fit un signe de la tête, mais ne bougea pas. Il savait que si la main d'Eric se retrouvait malencontreusement dans la sienne, il ne pourrait se retenir de la lui broyer.

— Chase Elliot.

A son tour, Eric le salua d'un signe de tête.

— C'est vrai. J'avais oublié que vous aviez des terres dans le coin.

— Oui.

Chase avait envie de le tuer dans l'écurie, sous les yeux d'Eden. Ensuite, il serait bien capable de s'en prendre à elle aussi.

— Vous avez dû faire la connaissance d'Eden, alors ?

Eric posa sa main sur l'épaule d'Eden, comme pour montrer qu'elle lui appartenait. Chase le regarda faire ce geste avant de chercher le regard d'Eden. Instinctivement, cette dernière avait voulu retirer le bras d'Eric de son épaule, mais lorsqu'elle vit l'expression contenue dans les yeux de Chase, elle resta paralysée. Elle ne savait pas ce qui dominait dans son regard, de la colère ou du dégoût.

— Oui. Eden et moi avons déjà eu l'occasion de nous croiser plusieurs fois.

Il mit ses mains dans ses poches pour ne pas montrer qu'il avait les poings serrés.

— Chase a eu la gentillesse de nous laisser accéder à son lac.

Eden croisa les mains et continua.

— Et il nous a fait visiter son verger.

Elle implorait Chase du regard, laissant sa fierté de côté.

— Vos terres doivent se trouver très près d'ici.

Eric avait remarqué l'échange de regards entre Eden et Chase et avait, de ce fait, serré l'épaule d'Eden un peu plus fort.

— Oui, assez près.

Eric et Chase se toisèrent un moment. Eden sentait qu'elle était au centre d'un conflit et elle ne supportait pas de ne pouvoir intervenir pour apaiser les tensions dont elle était la cause. Pour l'heure, elle était embarrassée lorsqu'elle regardait Chase dans les yeux et gênée de sentir sur son épaule le bras possessif d'Eric. Elle s'en dégagea et fit un pas vers Chase.

— Vous souhaitiez me voir ?

— Oui.

Il souhaitait bien plus encore. En la voyant dans les bras d'Eric, il avait ressenti un grand vide et avait eu des envies de meurtre. Il ne voulait plus y penser.

— Mais ça n'avait rien d'important.

— Chase…

— Bonjour, lança alors Candy d'un ton jovial en entrant dans l'écurie, suivie de tante Dottie.

— Tante Dottie, je vous présente notre voisin, Chase Elliot.

Dottie plissa les yeux.

— Elliot, dis-tu ? Ce nom ne m'est pas inconnu. Oui, j'y suis. Je crois que nous nous sommes déjà rencontrés il y a quelques années. Vous êtes le petit-fils de Jessie Winthrop.

Eden constata que le visage de Chase s'adoucissait. Il esquissa un sourire qui, hélas, ne lui était pas destiné.

— C'est exact. Je me souviens parfaitement de vous, madame Norfolk. Vous n'avez pas changé.

Dottie émit un petit rire.

— Cela doit remonter à plus de quinze ans. A mon avis, nous avons changé tous les deux. Vous mesuriez quelques centimètres de moins en ce temps-là.

Elle le jaugea d'un coup d'œil appréciatif.

— Vous êtes récoltant de pommes si ma mémoire est bonne. Oui, bien sûr, la société Elliot.

Soudain, elle comprit qu'avoir amené Eric avec elle n'avait peut-être pas été une excellente idée. Nul besoin d'être devin pour ressentir le malaise qui régnait dans l'écurie.

Cependant, dans la vie, rien n'est irréparable. En souriant, elle s'adressa à sa nièce.

— Candy m'a parlé de la fête d'adieu du camp. Sommes-nous tous invités ?

Eden reprit ses esprits. Comment ça ? Tante Dottie voulait assister à la fête ? C'était une plaisanterie ? Tante Dottie, avec ses chaussures de marque italienne et son tailleur qui avait dû coûter plus cher qu'un des chevaux du camp ! Elle n'était pas vraiment à sa place au milieu d'une écurie.

— Tante Dottie, tu as l'intention de rester ici ?

Dottie fit une drôle de tête.

— Non, pas vraiment !

Elle se mit à tripoter les perles de son collier en réfléchissant.

Il était hors de question qu'elle dorme dans une cabane, mais elle ne voulait pas manquer les festivités.

— Eric et moi avons réservé des chambres dans un hôtel à quelques kilomètres d'ici, mais cela me ferait de la peine que tu ne nous invites pas à la soirée.

Elle posa sa main sur l'avant-bras de Chase.

— Vous allez venir aussi, n'est-ce pas ?

— Je ne raterais cet événement pour rien au monde, lui répondit-il en entrant dans son jeu.

— Parfait.

Dottie reprit le bras de Candy et conclut :

— Nous sommes donc tous invités.

Candy observait les réactions d'Eric et d'Eden.

— Oui, bien sûr, mais…

— Nous allons passer une soirée merveilleuse, n'est-ce pas, Eden ? questionna Dottie en coupant la parole à Candy.

— Oui. Merveilleuse, dit Eden, tout en se demandant si elle ne ferait pas mieux de fuir le plus loin possible.

9

Avec l'arrivée inattendue d'Eric et sa confrontation avec Chase, Eden se sentait dépassée par les événements. Comme si cela ne suffisait pas, elle devait maintenant s'occuper d'une soixantaine d'enfants réunis dans le réfectoire.

Les garçons arrivèrent en autobus à 20 heures. Ils semblaient aussi nerveux que les filles. Eden se rappela ses premières sorties d'adolescente ainsi que les doutes, l'anxiété et les mains moites, qui caractérisaient, entre autres, les premières danses entre filles et garçons. La musique à plein volume permit de détendre l'atmosphère. Les moniteurs de l'autre colonie encouragèrent les garçons à entrer sans faire les timides.

Une chose était sûre, ils ne seraient pas à court de rafraîchissements. De grands pichets de jus de fruits avaient été posés sur les tables du réfectoire et il y en avait encore des litres en cuisine. Candy fit un petit discours de bienvenue aux adolescents, au milieu des banderoles et des fleurs en papier. On passa un nouveau disque. Toutes les filles se tenaient d'un côté de la salle et les garçons de l'autre côté.

Evidemment, personne n'osait faire le premier pas et se lancer sur la piste de danse. Eden, qui avait pressenti que cela se passerait ainsi, avait placé des morceaux de papier numérotés dans deux boîtes. Elle demanda aux filles de tirer au sort un papier dans l'un des deux récipients et aux garçons de piocher dans l'autre. Ceux qui se retrouvaient avec le même numéro formaient un couple pour la première danse ; un système simple, mais efficace !

Quand la première danse toucha à sa fin, Eden s'éclipsa pour vérifier que tout allait bien en cuisine. Elle laissa Candy superviser le réfectoire et faire connaissance avec les moniteurs.

Lorsqu'elle revint dans la salle de danse, quelques couples avaient déserté la piste, mais de nouveaux couples s'étaient formés, sans l'aide des numéros cette fois.

— Mademoiselle Carlbough ?

Eden, qui posait une assiette de chips sur la table, tourna la tête. Roberta était méconnaissable. Elle avait soigneusement attaché ses cheveux à l'aide d'un joli ruban. Ses boucles d'oreilles, de petites étoiles turquoise, étaient assorties à son chemisier. Une couche de fond de teint estompait ses taches de rousseur. Eden se douta qu'elle avait dû chaparder le maquillage à des filles plus âgées, mais ne la gronda pas.

— Salut, Roberta.

Eden prit deux bretzels et lui en tendit un.

— Tu ne vas pas danser ?

— Si, bien sûr, lui répondit Roberta.

Elle regarda discrètement par-dessus son épaule.

— Je voulais d'abord vous parler.

— Ah bon, et de quoi veux-tu me parler ?

Eden savait très bien que Roberta n'avait pas besoin de ses conseils pour aborder les garçons et elle avait remarqué que la jeune fille semblait déjà avoir un petit faible pour un garçon élancé aux cheveux bruns. Ce jeune homme ne pourrait certainement pas résister au charme de Roberta.

— J'ai vu l'homme qui est arrivé en Rolls.

— Tu veux parler de M. Keeton ? lui demanda Eden sans même prendre le temps d'avaler son morceau de bretzel.

— Certaines filles trouvent qu'il est mignon.

— Mmm.

Eden mordillait son bretzel.

— Certaines disent que vous avez le béguin pour lui. Elles pensent que vous avez eu une dispute d'amoureux, comme dans *Roméo et Juliette* ou quelque chose comme ça. Il est venu vous demander pardon et vous allez vous rendre compte que vous ne pouvez pas vivre sans lui et vous allez partir avec lui et l'épouser.

Eden laissa Roberta terminer son histoire, puis s'éclaircit la voix.

— Eh bien, dis-moi, c'est un vrai scénario de film ce que tu me racontes là !

— Moi, je n'y crois pas, à cette histoire.

S'efforçant de garder son sérieux, elle croqua son bretzel.

— Pourquoi tu n'y crois pas ?

— Parce que vous êtes trop intelligente pour préférer le monsieur de la Rolls à M. Elliot, qui est beaucoup mieux, expliqua-t-elle en attrapant quelques chips.

Roberta regarda par-dessus l'épaule d'Eden.

— En plus, il est plus petit que M. Elliot.

— Oui, dit Eden en se mordant la lèvre, il est plus petit.

— A mon avis, lui il n'est pas du genre à sauter dans le lac pour rigoler.

Eden tenta alors de se représenter Eric plongeant dans les eaux glacées du lac torse nu. Elle essaya aussi de l'imaginer lui offrant un bouquet de fleurs sauvages qu'il aurait fraîchement cueillies, ou encore dessinant avec elle des figures dans le ciel. Elle sourit joyeusement.

— Non, Eric ne ferait pas cela.

— Je savais bien qu'il n'y avait rien entre vous !

Roberta engloutit les dernières chips qu'elle tenait dans la main.

— Quand M. Elliot arrivera, je danserai avec lui, mais, en attendant, je vais aller danser avec Bobby.

Elle sourit à Eden, puis traversa la pièce et prit la main du garçon grand et mince. Eden avait vu juste : il n'avait aucune chance d'échapper à Roberta.

Elle regarda la piste de danse et pensa à Chase. Il était le seul homme qu'elle n'ait pas comparé à son père. Elle était tombée amoureuse de Chase pour ce qu'il était, sans avoir besoin de le comparer à qui que ce soit. Maintenant, il ne lui restait plus qu'à trouver le courage de lui avouer ses sentiments.

— C'est donc ainsi que les jeunes s'amusent de nos jours.

Tante Dottie se trouvait juste derrière Eden. Elle portait une tenue en dentelle mauve. Elle avait remplacé ses perles par un sublime collier de rubis. Booboo, quant à elle, n'était pas en reste, puisqu'elle arborait sur le sommet de sa tête une petite barrette en strass ; Eden espéra du moins qu'il ne s'agissait que d'une imitation de pierres précieuses. Prise d'affection pour sa tante bien-aimée, elle l'embrassa sur la joue.

— Tu es bien installée à l'hôtel ?

— On peut dire ça comme ça.

Dottie accepta le biscuit que lui tendait Eden, puis examina la jeune fille. Elle portait un haut bleu pastel très léger, qui était d'une grande simplicité. Dottie fut satisfaite de constater que même les habits les plus simples allaient à merveille à sa nièce.

— Dieu merci, tu sais encore t'habiller !

Eden rit et l'embrassa de nouveau.

— Tu m'as beaucoup manqué. Je suis tellement heureuse que tu sois venue.

— Vraiment ?

Dottie entraîna alors Eden vers la porte pour lui parler seule à seule.

— J'avais peur que tu ne te réjouisses pas vraiment de ma visite ici.

Elle ouvrit la porte et elles s'arrêtèrent sous le porche.

— Surtout avec la surprise que je t'ai apportée.

— Je suis ravie de te voir, tante Dottie.

— Mais pas Eric ?

Eden s'appuya contre le mur.

— Tu pensais que j'avais envie de le revoir ?

— Oui.

Dottie soupira et épousseta son corsage en dentelle.

— Oui, je le croyais, mais à peine arrivée ici, j'ai compris que je n'aurais pas dû venir avec lui. Ma chérie, j'espère que tu ne m'en veux pas. Je cherchais à t'aider.

— Je ne t'en veux pas le moins du monde. Je sais parfaitement que tes intentions étaient bonnes et j'apprécie tout ce que tu fais pour moi.

— Je pensais qu'avec le temps, les différends qui vous ont séparés auraient disparu.

Dottie donna un morceau de biscuit à Booboo.

— A vrai dire, Eric a réussi à me convaincre que venir ici était la meilleure des choses à faire.

— Il sait se montrer persuasif, murmura Eden.

Dottie haussa les épaules, ce qui fit scintiller les rubis qu'elle portait au cou.

— Eden, tu ne m'as jamais expliqué pourquoi vous avez décidé d'annuler le mariage aussi soudainement.

Eden ouvrit la bouche, mais la referma aussitôt, songeant qu'il ne servait à rien que sa tante connaisse la vérité, qui ne ferait que la blesser ou la mettre en colère.

— Nous nous sommes simplement rendu compte que nous n'étions pas faits l'un pour l'autre, lui dit-elle simplement.

— Moi qui trouvais que vous formiez un si beau couple.

Dans leur dos, la musique se fit plus forte et elles entendirent des éclats de rire. Dottie jeta un coup d'œil par-dessus son épaule.

— Eric a aussi l'air de croire que cela peut marcher entre vous. Il est venu me rendre visite à plusieurs reprises ces dernières semaines.

Eden fit quelques pas et remit en place son épaisse chevelure. Eric avait peut-être découvert que la réputation des Carlbough n'avait finalement pas été aussi ternie qu'il ne l'avait craint. Elle ne cherchait pas à être cynique, mais c'était la seule explication qui lui venait à l'esprit. Il devait sans doute penser qu'elle finirait par récupérer ses richesses perdues grâce à quelque héritage. Elle retourna vers sa tante en ravalant son amertume.

— Il se trompe, tante Dottie. Il croit peut-être m'aimer, mais il n'a pas de véritables sentiments pour moi. En fait, nous nous étions simplement habitués l'un à l'autre.

Elle tendit les bras et prit la main de sa tante.

— Je ne l'ai jamais aimé. Cela m'a pris du temps, mais j'ai compris que j'étais sur le point de l'épouser non pas par amour, mais parce que tout le monde s'attendait à notre union et…

Elle retint sa respiration.

— Parce que je pensais, à tort, qu'il était comme papa.

— Ma pauvre chérie.

— C'est ma faute, j'ai toujours comparé les hommes avec lesquels je sortais à papa. C'était la personne la plus gentille et la plus attentionnée que j'aie connue et je l'aimais et l'admirais énormément, mais je n'aurais jamais dû faire des comparaisons entre lui et mes petits amis.

— Nous aimions tous beaucoup ton père, Eden.

Dottie la prit dans ses bras.

— C'était un homme remarquable. Il était très prévenant. C'était un flambeur mais…

— Peu importe.

Eden esquissa un sourire.

— Et puis, s'il n'était pas mort de façon aussi soudaine, je suis persuadée qu'il aurait regagné sa fortune. Tu sais, tante Dottie, moi aussi j'aime jouer et prendre des risques.

— Tu lui ressembles tellement !

Dottie sortit un mouchoir de son sac à main.

— Lorsque tu as insisté pour venir travailler dans ce camp, je pensais vraiment que tu avais perdu la raison, mais maintenant que j'ai pris le temps de découvrir le site et les activités que vous proposez, et que j'ai vu les fillettes dont tu t'occupes, je m'aperçois que tu as fait les bons choix.

Elle tamponna ses yeux discrètement avant de glisser son mouchoir dans son sac.

— Je suis fière de toi, Eden. Ton père l'aurait été aussi.

A présent, c'était Eden qui avait besoin d'un mouchoir pour s'essuyer les yeux.

— Tante Dottie, tu ne peux pas savoir à quel point ce que tu me dis là me touche. Après sa mort, quand j'ai dû vendre nos biens, j'ai eu l'impression de le trahir, de te trahir, de trahir toute la famille.

— Non, ne dis pas ça.

Dottie prit le menton d'Eden dans sa main.

— Tu t'es montrée très courageuse. J'aurais tant aimé avoir pu t'éviter tous ces soucis.

— Oui, je sais, mais c'était à moi de m'en occuper.

— Sache que je me suis inquiétée pour toi, mais que tu ne m'as jamais fait honte, Eden. Aujourd'hui encore, je te le répète, tu es et tu resteras toujours la bienvenue chez moi.

— C'est très gentil.

— Et j'espère que cette colonie sera bientôt la plus prisée de la région !

— Compte sur moi pour qu'elle le devienne.

Eden rit. Au terme de cette discussion, elle se sentit débarrassée d'un poids qu'elle portait depuis la disparition de son père.

Dottie fit quelques pas en avant afin d'avoir une meilleure vue sur le camp.

— Il manque une piscine ici. Les fillettes devraient pouvoir prendre des cours de natation ; un lac n'est pas un endroit pour apprendre à nager. Je vais faire don d'un bassin au Camp Liberty.

— Tante Dottie…

— Au nom de ton père.

Dottie haussa les sourcils.

— Je pense que tu n'y verras aucun inconvénient. Si je peux me permettre de faire don d'un bloc opératoire à un hôpital, je peux tout aussi bien offrir une piscine à la colonie de ma nièce adorée. D'ailleurs, mon comptable sera ravi de ce geste. Dis-moi, préfères-tu qu'Eric et moi partions maintenant ?

Encore sous le coup du don incroyable de sa tante, Eden soupira.

— Eric ne signifie plus rien pour moi. Cela ne me dérange

pas qu'il soit ici. Tu peux rester aussi longtemps que tu le souhaites.

— Très bien. Booboo et moi apprécions beaucoup ce nouvel environnement.

Dottie s'inclina pour frotter son nez contre le pelage de la petite chienne.

— Booboo est très docile. Eden, je voulais te poser une dernière question. Je jurerais avoir ressenti comme de l'électricité dans l'air en entrant dans l'écurie cet après-midi. Serais-tu amoureuse d'un autre homme ?

— Tante Dottie…

— N'en dis pas plus. Sache simplement que tu as mon entière bénédiction. Booboo aussi semblait charmée par cette personne. Tiens, quand on parle du loup…

Dottie fit un pas de côté alors que la Lamborghini s'arrêtait et elle regarda Chase en sortir.

— Rebonjour ! cria-t-elle.

Puis elle donna une petite tape sur l'épaule d'Eden.

— Je vais à l'intérieur pour goûter le cocktail. Il est bon n'est-ce pas ?

— C'est moi qui l'ai préparé.

— Alors je vais de ce pas le savourer.

Prenant son courage à deux mains, Eden se tourna vers Chase et lui dit :

— Bonsoir. Je suis heureuse que vous…

La bouche de Chase vint se poser sur la sienne si rapidement qu'elle n'eut même pas le temps d'être surprise. Elle réfléchirait plus tard au caractère possessif de ce baiser, mais, pour l'heure, elle se contenta de glisser ses mains le long de son dos musclé, puis de s'accrocher à ses épaules. Instantanément, elle ressentit une émotion vive et excitante.

Jamais elle n'avait connu de telles sensations avec Eric, pensa Chase alors qu'Eden se serrait tout contre lui. A vrai dire, elle n'avait jamais connu cela avec personne d'autre que lui. Brusquement, il se détacha d'elle, comme si la colère venait de prendre chez lui la place du désir.

— Pourquoi..., commença-t-elle.

Elle reprit sa respiration avant de poursuivre.

— Pourquoi ce baiser?

Il saisit à pleines mains ses longs cheveux afin qu'elle s'approche de lui de nouveau. Puis il posa de nouveau ses lèvres sur les siennes et murmura :

— J'avais envie de vous embrasser, y voyez-vous une objection?

Il la défiait. Elle inclina le menton.

— Non, absolument aucune.

— Réfléchissez-y plus longuement et revenez me voir.

Sur ce, il la poussa vers les lumières et la piste de danse.

Ce soir-là, Eden consacra tout son temps aux fillettes et aux moniteurs de la colonie des garçons. Elle savait bien, même si elle n'aimait pas l'admettre, qu'elle cherchait à s'occuper afin d'éviter de se retrouver en présence de Chase. Elle voulait prendre le temps de réfléchir avant de discuter de nouveau en privé avec lui.

Elle le regarda danser avec Roberta. Elle n'avait qu'une envie, se jeter dans ses bras et lui déclarer la force de son amour pour lui. Quel embarras cela causerait! Il ne lui avait posé aucune question au sujet d'Eric et elle se demandait comment elle allait lui expliquer ce qui s'était passé plus tôt dans la journée. S'il n'avait rien demandé, peut-être était-ce parce que cela n'avait pas d'importance pour lui. Dans ce cas, cela signifiait qu'il n'était pas attaché à elle autant qu'elle l'était à lui. Elle avait la ferme intention de mettre les choses au clair avec lui avant la fin de la soirée, que cela lui plaise ou non. Elle attendait simplement le bon moment, lorsqu'elle se sentirait suffisamment forte et prête.

La soirée fut un grand succès et les moniteurs et monitrices parlèrent déjà d'en faire un grand événement annuel. Candy, quant à elle, débordait déjà de nouvelles idées d'activités communes à organiser avec le camp des garçons. Comme toujours, Eden laisserait à Candy le soin d'élaborer les grandes lignes des nouveaux projets, puis elle se chargerait d'en arranger les derniers détails.

Eden réussit à éviter toute confrontation directe avec Eric ou Chase durant la soirée en s'affairant sans cesse à droite à gauche. Ils se dirent quelques mots et dansèrent, mais toujours au milieu d'une foule d'enfants. Elle échangea quelques banalités avec Eric et perçut un certain danger dans les yeux de Chase. Sans doute était-ce ce risque indicible et le souvenir du dernier baiser échangé qui la retenaient et la faisaient retarder le plus possible leur discussion.

— J'ai l'impression que vous aimez beaucoup Eden, s'hasarda à dire Roberta lorsqu'elle vit que Chase la cherchait une fois de plus du regard.

— Pardon ?

Chase reporta son attention sur sa petite partenaire de danse.

— Vous en pincez pour Mlle Carlbough. Elle est tellement belle. Nous l'avons élue la plus belle monitrice du camp, même si Mlle Allison est plus…

Elle se retint d'en dire plus, comprenant soudain qu'il ne convenait pas d'évoquer certaines parties de l'anatomie féminine avec les hommes.

— Plus euh…

— Je vois ce que tu veux dire.

Chase fut amusé, comme toujours, par le franc-parler de la jeune adolescente. Il la fit tourner gracieusement devant lui.

— Certaines des filles disent que M. Keeton est canon.

— Ah oui ?

Le beau sourire de Chase se transforma en un rictus lorsqu'il posa son regard sur l'homme en question.

— Moi, je trouve que son nez est trop fin, ajouta Roberta.

— Son nez a failli être cassé, murmura Chase.

— Et ses yeux sont trop rapprochés, poursuivit la jeune fille, je vous préfère largement.

Touché par cette déclaration et se rappelant son premier béguin, Chase tira doucement sur la queue-de-cheval de Roberta afin qu'elle lève la tête et le regarde.

— Moi aussi je t'aime beaucoup.

Dans son coin, Eden observait Chase et Roberta. Elle vit Chase se pencher et Roberta paraître transportée de joie. Elle poussa un soupir en s'apercevant qu'elle était presque jalouse d'une gamine de douze ans. Elle mit ces pensées négatives sur le compte de la fatigue nerveuse qu'elle commençait à ressentir à force d'éviter Chase.

La fête battait son plein. La chaîne hi-fi diffusait des musiques entraînantes. Les moniteurs faisaient d'innombrables allers et retours en cuisine pour approvisionner le buffet. Les enfants criaient pour se faire entendre à cause du niveau sonore élevé de la musique.

Eden décida de s'accorder une pause de cinq minutes durant lesquelles elle pourrait s'isoler et réfléchir tranquillement. Elle se rendit dans la cuisine et sortit par la porte de derrière. Elle se sentit apaisée dès qu'elle eut franchi le pas de la porte. Elle était enfin libre de respirer calmement l'air doux de l'été et de profiter des senteurs d'herbe fraîche et de chèvrefeuille.

La lune ne formait plus ce soir qu'un très mince croissant dans le ciel. Ces trois derniers mois, elle l'avait regardée croître et décroître plus que jamais auparavant. Elle aussi s'était transformée au rythme de la lune.

Elle scruta le ciel et chercha les constellations que Chase lui avait montrées. Elle se demandait si elle aurait de nouveau le bonheur de partager un instant comme celui-là avec lui. Elle marcha ensuite dans l'herbe. Elle percevait encore la musique et les voix d'enfants derrière elle. Au bout de quelques minutes, elle s'appuya contre le tronc d'un vieux noyer et savoura ce petit moment à l'écart du groupe.

Les nuits d'été se prêtaient parfaitement aux rêveries et aux vœux. Lorsque l'hiver glacial aurait réapparu, elle ne manquerait pas de se remémorer cette douce nuit.

Le grincement de la porte de la cuisine vint perturber sa sérénité. Elle se redressa et ne prit même pas la peine de dissimuler son agacement.
— Eric.
Il s'approcha d'elle et s'arrêta sous le noyer. Le feuillage de l'arbre filtrait la lumière des étoiles.
— Avant, tu ne te serais jamais éclipsée ainsi au milieu d'une soirée.
— J'ai changé.
— Oui. J'ai remarqué.
Eden regarda Eric dans les yeux. Il parut gêné et détourna la tête.
— Nous n'avons pas terminé la conversation que nous avions commencée, murmura-t-il.
— Si. Nous l'avons finie il y a bien longtemps.
— Eden, j'ai fait un long voyage pour te voir et pour que tout redevienne comme avant entre nous.
Il leva doucement un doigt pour lui caresser le menton. Eden détourna simplement la tête.
— Désolée que tu te sois déplacé pour rien, mais nous n'avons plus rien à nous dire.
Etrangement, la colère et l'amertume qui étaient si présentes en elle peu de temps auparavant s'étaient estompées. Elle était restée complètement indifférente au baiser qu'il lui avait donné plus tôt dans la journée. Face à lui, elle avait l'impression d'être en présence d'une personne qu'elle connaissait à peine.
— Eric, ça ne sert à rien de faire traîner cette discussion. Restons-en là.
— J'admets m'être mal comporté.
Il barra la route à Eden, pensant certainement qu'il finirait par la reconquérir en faisant son *mea-culpa*.
— Eden, je t'ai fait du mal et j'en suis désolé, mais je pensais autant à toi qu'à moi lorsque j'ai agi ainsi.
Elle eut envie de rire, mais ne s'en donna même pas la peine.

— Tu pensais à moi, Eric ? Bon, si c'est ce que tu crois...
Merci et adieu.

— Eden, s'il te plaît, dit-il avec un soupçon d'impatience
dans la voix, tu sais comme moi que le mariage aurait été très
compliqué à ce moment-là, car le scandale était encore beaucoup
trop présent dans l'esprit des gens.

A ces mots, elle se figea. Elle prit appui contre l'arbre et attendit.
Tout compte fait, il restait encore quelques traces de colère au
fond d'elle. Peut-être valait-il mieux qu'elle évacue cette colère
une bonne fois pour toutes.

— Est-ce que ce sont les investissements malheureux de mon
père que tu oses qualifier de scandaleux ?

— Eden.

Il se rapprocha de nouveau d'elle pour poser une main réconfortante sur son épaule.

— Ta vie a changé si brusquement et si dramatiquement
lorsque ton père est mort et que...

— Et que j'ai dû gagner ma vie toute seule, termina-t-elle.
Oui, tu as raison. Tout a changé. Et ces derniers mois, j'ai appris
à être heureuse de cette situation.

Elle commençait à être vraiment agacée.

— J'ai appris que je ne pouvais compter que sur moi-même
et que l'argent n'était pas ce qu'il y a de plus important dans la
vie.

En le regardant, elle sut qu'il ne partageait pas son point de
vue, qu'il ne la comprenait pas et n'en serait jamais capable.

— Tu sais, Eric, je me fiche de ce que les gens pensent de moi
à présent. Pour la première fois de mon existence, je mène une
vie qui me satisfait et je n'ai besoin de personne.

— Tu ne vas pas me faire croire que tu aimes travailler dans ce
camp. Je te connais trop bien pour ça. La femme que je connais
préférerait de loin vivre à Philadelphie avec moi qu'être ici.

Il enroula une mèche des cheveux d'Eden autour de son
doigt.

— Peut-être, dit-elle tout en attrapant lentement sa main

afin qu'il lâche ses cheveux, mais je ne suis plus la femme que tu as connue.

— Ne sois pas ridicule.

Eric se sentait de plus en plus anxieux. En venant au camp, il n'avait pas pensé se faire humilier par Eden.

— Rentrons ensemble à l'hôtel ce soir. Demain, nous pourrons retourner à Philadelphie et nous marier, comme nous l'avions prévu.

Elle le regarda avec attention. Eric était-il sérieux ? Se pouvait-il qu'il soit véritablement attaché à elle ? Elle chercha à sonder son propre cœur pour tenter d'y déceler une quelconque trace d'affection et comprit qu'elle ne ressentait plus pour lui que du mépris.

— Pourquoi t'entêtes-tu ainsi ? Tu ne m'aimes pas. Tu ne m'as jamais aimée. Si tu m'avais vraiment aimée, jamais tu ne m'aurais quittée au moment où j'avais le plus besoin de toi.

— Eden…

— Non, laisse-moi finir. Laisse-moi clore cette conversation une bonne fois pour toutes.

Elle le repoussa d'un geste impatient de la main.

— Tes excuses ne m'intéressent pas, Eric. En vérité, tu ne m'intéresses pas.

Sa voix posée et sa franchise semblèrent décontenancer Eric.

— Eden, tu ne penses pas ce que tu dis. Nous étions sur le point de nous marier, souviens-toi.

— Nous allions nous marier pour de mauvaises raisons. Sur ce point, je suis aussi coupable que toi d'avoir envisagé notre union.

— Arrêtons de nous culpabiliser l'un l'autre, Eden. Laisse-moi te démontrer que nous sommes faits l'un pour l'autre.

Eden sentait que la distance entre eux grandissait de minute en minute.

— Je ne suis plus en colère et je ne suis pas blessée, mais je ne t'aime pas, Eric, et je ne veux pas vivre avec toi.

Pendant quelques instants, il ne dit plus un mot. Lorsqu'il finit par reprendre la parole, Eden remarqua non sans surprise une réelle émotion dans sa voix.

— Tu as déjà trouvé quelqu'un pour me remplacer, Eden ?

De qui se moquait-il ? Lui qui avait osé la laisser tomber peu avant la date de leur mariage se permettait maintenant de jouer l'amoureux trahi !

— Cette conversation tourne au ridicule, mais je vais te répondre. Je n'ai pas cherché à te remplacer, Eric, mais j'ai appris à te voir tel que tu es vraiment.

— Dis-moi juste si Chase Elliot est pour quelque chose dans ce changement.

— De quel droit me demandes-tu cela ?

Elle voulut s'éloigner de lui, mais il la saisit par le bras, sans aucune délicatesse. Comme il ne la lâchait pas, elle le regarda dans les yeux. Il était aussi immature qu'un enfant qui, après avoir jeté un jouet, fait un caprice pour le récupérer. Elle sentit la colère monter en elle, mais la contint et conserva une apparence glaciale.

— Ce qui se passe entre Chase et moi ne te regarde pas.

Eric avait déjà vu Eden adopter ce ton hautain et froid. Il adoucit sa voix et lui dit :

— Tout ce qui se rapporte à toi me regarde.

Lassée des remarques affligeantes d'Eric, Eden soupira.

— Eric, tu es pitoyable.

Il la tenait toujours lorsque la porte de la cuisine s'ouvrit de nouveau.

— Visiblement, je vous dérange une fois de plus, lança Chase, les mains dans les poches, en s'avançant vers eux.

— On dirait que cela devient une habitude, répliqua Eric.

Il lâcha Eden pour se placer entre elle et Chase.

— Ne voyez-vous pas qu'Eden et moi sommes en train de discuter en privé. On ne vous apprend pas les bonnes manières à la campagne ?

Chase serra les poings. S'il continuait à se montrer aussi

arrogant, c'est lui qui allait lui apprendre les bonnes manières. Lorsque ce petit-bourgeois de Philadelphie aurait le nez en sang, il réfléchirait peut-être à deux fois avant de le provoquer.

Il s'approcha un peu plus d'Eric. Eden, qui sentait que la situation risquait de dégénérer, prit la parole.

— Nous venions de terminer notre discussion, dit-elle rapidement en s'interposant entre eux.

C'était comme si elle était devenue invisible aux yeux de Chase et d'Eric, trop occupés à s'affronter.

— Il me semble que vous avez eu largement le temps de lui dire tout ce que vous aviez sur le cœur, dit Chase, en ne quittant pas Eric des yeux.

— Je peux parler à ma fiancée autant que je le souhaite. De quoi vous mêlez-vous ?

— Fiancée ! s'exclama Eden, outrée.

Les deux hommes continuèrent à l'ignorer.

— Tu es arrivé trop tard, Keeton. La situation a changé.

Chase parlait calmement. Il avait gardé les mains dans ses poches.

— Comment ça ? interrogea Eden, en se tournant vers Chase.

Pour toute réponse, il lui prit la main et lui dit :

— Vous aviez promis de danser avec moi ce soir.

Aussitôt, Eric attrapa Eden par l'autre bras.

— Nous n'avons pas fini de parler.

— Si, vous avez terminé. Eden va danser avec moi maintenant, lança Chase d'un ton provocateur.

Furieuse, Eden tira d'un coup sec pour se dégager des deux hommes.

— Arrêtez !

Elle ne supportait pas la manière dont tous deux tentaient de se l'accaparer sans lui demander son avis. Pour une fois, elle oublia les bonnes manières et préféra la méthode recommandée par Chase.

— Vous êtes des imbéciles, cria-t-elle. On dirait deux chiens qui se battent pour un même os. Ne pensez-vous pas que j'ai mon mot à dire ? Alors, vous allez bien m'écouter maintenant.

Elle se tourna vers Eric.

— Eric, je pensais vraiment tout ce que je t'ai dit ce soir, est-ce bien clair ? Jusque-là, je suis restée polie, mais si tu refuses de comprendre, j'adopterai un autre ton.

— Eden, chérie…

— Non, non, non !

Elle frappa la main qu'il tendait vers elle.

— Tu m'as quittée alors que j'allais mal. N'espère pas que je revienne un jour vers toi. Tu n'es plus rien à mes yeux. Et ne t'avise surtout pas de me toucher encore une fois.

Chase fut impressionné par les paroles d'Eden. Il fut pris d'une envie urgente de la prendre dans ses bras le plus vite possible et de lui témoigner tout l'amour qu'il ressentait pour elle.

Il sourit mais reprit vite son sérieux en voyant l'expression de son visage tandis qu'elle se tournait vers lui.

— Quant à vous, apprenez que vos manières d'homme des cavernes me sont insupportables…

Tout en parlant, elle enfonçait son doigt dans le torse de Chase, qui ne s'attendait visiblement pas à une telle réaction.

— Eden, voyons, je…

— Taisez-vous, monsieur le macho. Je n'ai pas besoin de vous. Si vous pensiez me faire plaisir en vous mêlant de mes affaires privées, vous vous trompiez. Je n'ai pas besoin de garde du corps.

Elle reprit sa respiration et regarda les deux hommes, tour à tour.

— Même les enfants du camp font preuve de plus de maturité que vous. Vous avez parlé de moi sans vous préoccuper de ce que j'avais à dire. Vous pouvez continuer à vous battre si ça vous amuse, mais moi, je ne veux plus vous voir. Ni l'un, ni l'autre !

Elle leur tourna le dos et s'en alla, les laissant cloués sur place, debout sous le vieil arbre.

10

Lorsque le dernier jour des vacances arriva, le camp était en pleine effervescence. Les fillettes préparaient leurs valises. Certaines fondaient en larmes à l'idée de quitter leurs amies, d'autres étaient occupées à rechercher leurs affaires perdues. On enleva les draps des lits, on les lava et les plia. Les monitrices s'attelèrent ensuite à l'inventaire de tout le matériel avant d'aller le ranger dans un entrepôt jusqu'à l'été prochain.

Eden décida qu'elle rassemblerait ses affaires lorsqu'il n'y aurait plus rien d'autre à faire. Elle envisagea même de passer une nuit supplémentaire au camp et de ne repartir que le lendemain, après tout le monde. Elle se disait qu'il valait mieux que quelqu'un reste pour faire une dernière inspection des lieux une fois tout le monde parti. En vérité, elle ne pouvait se faire à l'idée de quitter le camp.

Lorsqu'elle eut terminé de ranger le linge, elle se dirigea vers les écuries pour procéder à l'inventaire des brides et des selles. Elle tentait de se convaincre que si elle souhaitait partir après les autres, c'était simplement pour vérifier une dernière fois que tout était en ordre.

Malgré ses efforts de concentration, il lui était très difficile de ne pas penser à Chase. Non, ce n'était pas à cause de lui qu'elle voulait rester un jour de plus, se répétait-elle inlassablement. Elle recompta les mors, trouva un chiffre différent du premier, et recommença. Si elle n'avait pas été obsédée par lui de cette manière, elle aurait pu être plus efficace dans son travail ! Elle raya toute une série de chiffres avant d'inscrire le nombre définitif. Elle examina ensuite l'usure des rênes. Elle estima qu'un bon nettoyage au savon glycériné suffirait à les remettre à neuf. Elle s'en chargerait le lendemain : encore une bonne raison pour passer une soirée supplémentaire au camp.

Ces derniers jours, elle n'avait cessé de songer à la confrontation avec Chase et Eric. Elle pensait vraiment ce qu'elle leur avait dit. Il ne s'agissait pas de simples mots lâchés sous le coup de la colère. Elle avait laissé parler son cœur. Des jours et des nuits s'étaient écoulés depuis, pourtant, lorsqu'elle revoyait la scène, elle ne regrettait pas la moindre de ses paroles. Elle était indignée d'avoir été traitée comme un vulgaire trophée qu'ils tentaient tous deux de s'approprier. Rien qu'en y repensant, elle sentait sa colère revenir. Maintenant qu'elle s'était affirmée et avait renforcé sa personnalité, elle ne laisserait plus les hommes lui dicter leurs lois.

Elle alla ensuite inspecter les étriers. Elle se sentait envahie par des pensées négatives. Eric ne l'avait jamais aimée. C'était désormais une évidence pour elle ; elle avait fini par ouvrir les yeux et par voir la réalité en face. Il ne l'aimait pas et ne se souciait pas de son bien-être ; il voulait juste qu'elle soit à lui. « C'est ma fiancée », dit-elle à voix haute en l'imitant.

Sa tante était intervenue et avait contraint Eric à quitter le camp. Sans l'aide de Dottie, elle ne sait pas vraiment comment elle aurait réussi à se débarrasser de lui.

Quant à Chase, il s'était aussi mal comporté qu'Eric. Elle fit tourner son stylo nerveusement entre ses doigts. Il ne lui avait jamais parlé d'amour. Il ne lui avait rien promis. Elle prit sa tête entre ses mains.

Malgré tout, elle aimait Chase. Elle l'aimait follement. Si seulement il lui avait montré plus de respect ce soir-là, tout se serait passé différemment. Le quitter serait extrêmement difficile. Pourquoi n'avait-il pas essayé de la retenir ? Par amour pour lui, elle aurait été prête à faire des sacrifices. Il était inutile d'y songer à présent, car les premières pages de leur histoire avaient été définitivement tournées. Elle devait maintenant aller de l'avant, élaborer de nouveaux projets et repartir, une fois encore, sur de nouvelles bases.

— Des projets, murmura-t-elle en fixant son bloc-notes.

La fin de l'année allait passer à toute vitesse et la préparation du camp de l'été prochain ne tarderait pas.

Elle fit tourner son crayon entre ses doigts en se demandant comment elle allait occuper les périodes d'inactivité des mois à venir sans sombrer dans la nostalgie. Comment ferait-elle pour combler ce vide ? Combien de fois reviendrait-elle marcher au bord du lac dans l'espoir d'apercevoir Chase ?

Non, elle devait faire une croix sur leur histoire. Elle ferma les yeux un instant. Elle ne pourrait avancer dans la vie qu'une fois la page tournée. Il lui fallait oublier Chase. Seulement alors, elle pourrait continuer à construire sa vie.

— Eden, tu es là ?

— Oui.

Eden se retourna et vit Candy surgir dans l'écurie.

— Ouf, je suis contente de t'avoir trouvée !

— Qu'est-ce qui se passe ?

Candy posa la main sur sa poitrine et reprit son souffle.

— C'est Roberta.

— Roberta ? Que lui est-il arrivé ? Elle s'est blessée ?

Son estomac se noua.

— Elle est partie.

— Comment ça ? Ses parents sont venus la chercher plus tôt que prévu ?

— Non, elle a fugué.

Candy se mit à arpenter la pièce en se tordant les mains.

— Ses affaires sont rangées. Sa valise posée dans un coin de la cabane. On l'a cherchée partout dans le camp, elle n'est plus là.

Eden se sentit plus ennuyée qu'inquiète.

— Sa première petite fugue ne lui a donc pas servi de leçon, elle n'a pas pu s'empêcher de s'en aller de nouveau.

— D'après Marcie et Linda, elle leur a dit qu'avant de partir, elle avait quelque chose de très important à faire. Mais, elle n'en a pas dit plus. Peut-être est-elle simplement partie cueillir des fleurs pour offrir un bouquet à sa maman, qui sait…

— Il faut quand même la retrouver au plus vite ! interrompit Eden.

— Trois monitrices sont déjà à sa recherche, mais avant d'alerter tout le monde, je suis venue voir si tu n'avais pas une idée de l'endroit où elle pourrait se trouver.

Candy reprit sa respiration et termina en disant :

— Décidément, elle nous en aura fait voir, cette petite !

Eden repensa aux conversations qu'elle avait eues avec Roberta et se souvint d'une en particulier.

— Attends ! Je crois savoir où elle est allée.

Aussitôt, elle se leva et sortit de l'écurie précipitamment.

— Où vas-tu ? demanda Candy.

— Je vais prendre la voiture, j'irai plus vite.

En toute hâte, Eden se rendit à l'arrière de leur cabane, où une petite voiture d'occasion était garée sous un poirier.

— Je suis pratiquement sûre qu'elle est allée dire au revoir à Chase. Je vais là-bas pendant que tu continues à la chercher.

— D'accord, mais…

— Je serai de retour dans une vingtaine de minutes.

— Eden…

La fin de la phrase de Candy fut couverte par le bruit du moteur.

— Ne t'inquiète pas, cria Eden, je vais ramener ce petit monstre.

Elle ajouta pour elle-même :

— En la tirant par les cheveux s'il le faut.

— Attends…

Encore une fois, Candy ne put terminer sa phrase, car la voiture démarrait.

— Il n'y a presque plus d'essence, dit-elle quand même en soupirant.

Eden remarqua que le ciel était en train de s'assombrir. Elle était certaine de trouver Roberta chez Chase. Les cinq kilomètres qui séparaient le camp de la maison des Elliot n'avaient certainement pas réussi à dissuader la fillette de dire au revoir à Chase.

Arrivée au portail d'entrée de la propriété, Eden commença à songer, le sourire aux lèvres, à ce qu'elle dirait à Roberta. Ses pensées furent brusquement interrompues par un crachotement suspect venu du moteur de la voiture qui cala brusquement. Elle tenta en vain de redémarrer et se rendit compte que la jauge d'essence se trouvait dans le rouge.

— Mince !

Elle frappa de la main le volant et laissa échapper un gémissement ; le volant était plus dur qu'elle ne l'avait imaginé et elle s'était fait mal au poignet. Elle sortit du véhicule au moment même où le premier grondement de tonnerre se faisait entendre. Des torrents de pluie s'abattirent alors sur elle.

Pendant un moment, elle resta simplement debout à côté de la voiture en soufflant sur sa main pour essayer de calmer la douleur lancinante qui persistait dans son poignet. En l'espace de quelques secondes, elle fut trempée jusqu'aux os.

— Génial, grommela-t-elle, merci beaucoup, Roberta !

Après avoir jeté un regard furieux en direction du ciel, elle se mit à courir vers la maison.

Un immense éclair fendit le ciel. Eden tressaillit. En plus, elle commençait à appréhender sa rencontre avec Chase.

Et si elle s'était trompée et que Roberta n'était pas chez lui ? Si la petite fille était perdue, voire blessée, sous l'orage, ruisselante et tremblante ? A présent Eden avait du mal à contenir son anxiété.

Trempée, terrifiée, elle arriva enfin devant la porte de la maison de Chase. Elle frappa à la porte, mais le tonnerre gronda au même instant et elle dut toquer de nouveau pour se faire entendre. Dans son dos, la pluie formait un mur épais. Elle n'osait même plus imaginer Roberta seule sous cette pluie battante.

Lorsque Chase ouvrit la porte, elle faillit s'écrouler contre lui. Il la détailla des pieds à la tête, puis fixa sa figure dégoulinante et ses cheveux ébouriffés. Même dans cet état, il la trouvait sublime.

— En voilà une surprise. Voulez-vous que j'aille vous chercher une serviette ?

Eden saisit la chemise de Chase à deux mains.

— Roberta…, parvint-elle à dire, espérant que ce seul mot suffirait à lui faire comprendre la raison de sa présence chez lui.

— Elle est dans le salon. Détendez-vous, elle va bien.

Il passa doucement sa main sur le front d'Eden et la recoiffa en glissant une mèche de ses cheveux derrière son oreille.

— Dieu merci !

Au bord des larmes, Eden mit ses mains sur ses yeux. Très vite, lorsqu'elle les retira, son visage avait changé d'expression.

— Elle va me le payer ! cria-t-elle. Je vais tuer cette sale gamine !

Avant qu'elle ne puisse mettre sa menace à exécution, Chase lui barra le passage. Il savait à présent qu'Eden pouvait se mettre vraiment en colère et voulait protéger Roberta.

— Je comprends que vous soyez énervée, mais tâchez de ne pas être trop dure avec elle. Elle est venue ici pour me demander en mariage.

— Ôtez-vous de mon chemin ou vous allez payer pour elle.

Elle le repoussa et marcha à grands pas vers le salon. Une fois dans l'embrasure de la porte, elle appela la fillette.

— Roberta !

Cette dernière cessa de caresser le chien et leva la tête.

— Oh, bonjour, mademoiselle Carlbough.

Elle sourit, visiblement heureuse de voir Eden. Toutefois, dès qu'elle surprit l'expression mécontente de son visage, son sourire s'effaça.

— Mademoiselle Carlbough, vous êtes toute mouillée.

— Roberta, répéta Eden d'une voix grave.

Squat dressa les oreilles, s'assit entre elle et Roberta et se mit à remuer joyeusement la queue.

— Appelez votre chien, ordonna-t-elle à Chase, sans même prendre la peine de se retourner pour le regarder.

— Oh, Squat ne vous fera aucun mal, dit Roberta, en s'accroupissant pour passer affectueusement ses bras autour du cou de l'animal. La queue de Squat s'agita alors de plus belle. L'espace d'un instant, Eden eut l'impression de le voir sourire lorsqu'il ouvrit la gueule en grand et montra ses canines blanches.

— Il est très gentil, reprit Roberta, qui tentait toujours de rassurer Eden. Tendez votre main pour qu'il puisse la sentir.

« La sentir, puis la dévorer », pensa Eden, en regardant sa main, qui la faisait encore souffrir.

— Roberta, répéta-t-elle, après toutes ces semaines passées au camp, ne sais-tu pas encore qu'il est interdit de sortir sans autorisation ?

— Si, mademoiselle, mais c'était très important.

La jeune adolescente serra le chien contre elle.

— Je ne veux pas le savoir, dit Eden.

Elle croisa les bras. Elle avait conscience de l'air autoritaire qu'elle avait pris et savait que si elle se retournait, elle surprendrait Chase en train de sourire.

— Les règlements ne sont pas faits pour t'embêter, Roberta, mais pour garantir l'ordre et la sécurité. Tu as enfreint l'une des règles essentielles aujourd'hui et ce n'est pas la première fois. Mlle Bartholomew et moi sommes responsables de toi. Tes parents attendent de nous, à juste titre, que nous...

Eden ne termina pas sa phrase. Elle haussa les épaules, soupira et conclut :

— Roberta, tu m'as fait une peur bleue.

— Je suis désolée, mademoiselle Carlbough.

Roberta se leva et fit un bond en avant pour aller se serrer contre Eden, en mettant ses bras autour de sa taille.

— Je ne voulais pas vous causer de souci. J'ai pensé que je serais de retour avant qu'on ne remarque mon absence.

— Ton absence ne passe pas inaperçue au camp, tu sais !

Eden rit faiblement et posa un baiser sur le front de Roberta.

— Je suis désolée, mademoiselle Carlbough, sincèrement désolée.

Elle recula d'un pas et pencha de côté sa frimousse pleine de taches de rousseur.

— Il fallait que je voie Chase.

Elle fit un clin d'œil à Eden, qui se retourna très rapidement vers Chase.

— Chase ? répéta Eden, pour montrer qu'elle était étonnée de constater que Roberta ne l'appelait plus « Monsieur Elliot ».

— Nous devions nous entretenir en privé, déclara Chase.

Il s'assit sur le bras d'un fauteuil.

Eden se redressa et tenta de faire bonne figure, malgré l'état déplorable de sa tenue.

— Il est parfois difficile pour une fille de douze ans d'agir de façon raisonnable, mais je suis étonné que vous-même vous soyez conduite de manière aussi irresponsable. J'ai appelé le camp, poursuivit-il, l'empêchant ainsi de l'interrompre. Apparemment, vous veniez juste de partir. Les monitrices savent déjà que Roberta va bien.

Il se leva et saisit le bas du T-shirt d'Eden. Il le tordit et des gouttes d'eau formèrent une petite flaque sur le sol.

— Vous êtes venue à pied ?

— Non.

Chase avait fait ce qu'il fallait en prévenant le camp par téléphone et Eden était contrariée de devoir l'admettre. Elle donna une tape sur la main de Chase pour qu'il cesse de la toucher.

— La voiture…, commença-t-elle à expliquer.

Elle hésita à lui raconter la vérité au sujet de la panne d'essence et finit par lâcher simplement.

— La voiture est tombée en panne.

Elle se tourna ensuite vers Roberta.

— Juste au moment où il commençait à tomber des trombes d'eau.

— Je suis désolée que vous ayez été aussi mouillée, s'excusa Roberta.

— J'espère bien que tu es désolée.

— Vous n'aviez pas mis d'essence dans la voiture ? Le réservoir était vide, vous savez, dit encore la petite fille.

Eden eut de nouveau envie de tordre le cou de Roberta. Soudain, quelqu'un klaxonna à l'extérieur.

— Ce doit être Delaney, dit Chase en marchant vers la fenêtre. Il va reconduire Roberta au camp.

— C'est très aimable de sa part, dit Eden.

— Roberta seulement, reprit Chase.

En disant cela, Chase attrapa la main d'Eden. Allait-elle chercher à se débattre maintenant qu'il la tenait ?

— Vous devriez vous changer avant d'attraper froid.

— Je me changerai dès que j'arriverai au camp.

— Ma mère m'a toujours dit que le meilleur moyen d'attraper un rhume était d'avoir les cheveux mouillés.

Roberta alla vers Squat pour lui dire au revoir.

— A l'année prochaine, lança-t-elle, en se tournant vers Chase.

Puis, avec un soupçon de timidité dans la voix, elle demanda :

— Vous allez vraiment m'écrire ?

— Oui, je t'écrirai, c'est promis.

Chase se pencha et l'embrassa sur les deux joues.

Elle rougit tellement qu'on ne vit plus ses taches de rousseur. Elle se retourna et se jeta dans les bras d'Eden.

— Vous allez beaucoup me manquer, mademoiselle Carlbough.

— Oh, Roberta ! Toi aussi, tu vas me manquer.

— Je vais revenir l'année prochaine et je vais dire à ma cousine de venir aussi. On se ressemble tellement elle et moi qu'on nous prend souvent pour des sœurs.

— C'est formidable, dit simplement Eden.

Il lui faudrait refaire le plein d'énergie avant d'accueillir, l'année prochaine, deux fillettes de cette trempe !

— Ç'a été le meilleur été de toute ma vie ! s'exclama Roberta en serrant une dernière fois Eden, dont les yeux commençaient à s'emplir de larmes, tellement elle était émue.

— Au revoir !

Puis la porte d'entrée se referma, avant qu'Eden n'ait pu s'y rendre pour faire un dernier signe de la main.

— Pour moi aussi, ç'aura été le meilleur été de toute ma vie, déclara Chase en prenant la main d'Eden.

— Chase, lâchez-moi. Je dois rentrer.

— Je vais d'abord vous chercher des vêtements secs, même si, comme je vous l'ai déjà dit, vous êtes magnifique quand vous êtes mouillée.

— Je ne veux pas rester ici, protesta-t-elle alors qu'il la dirigeait vers l'escalier.

— Etant donné que Delaney vient de partir et qu'il n'y a plus d'essence dans votre voiture, vous n'avez pas d'autre choix que de rester ici pour l'instant.

A présent, elle grelottait, et il la poussa devant lui.

— Vous laissez des flaques derrière vous.

— Désolée.

Il la fit entrer dans sa chambre. Eden eut à peine le temps de voir les couleurs pastel des murs, car il la conduisit directement dans la salle de bains adjacente.

— Chase, c'est gentil à vous de me proposer votre salle de bains, mais si vous pouviez simplement me reconduire au camp…

— Je vous y conduirai dès que vous aurez pris une douche bien chaude et que vous vous serez changée.

Une douche bien chaude. C'était le plus beau cadeau que l'on pouvait lui offrir à ce moment précis. Elle n'avait pas pris de douche chaude depuis la première semaine de juin.

— Non, je pense vraiment qu'il vaut mieux que je rentre maintenant, assura-t-elle pourtant.

Mais il avait déjà refermé la porte de la salle de bains.

Eden fixa la porte durant quelques secondes, puis, en se mordant la lèvre inférieure, regarda en direction de la baignoire. Jamais un objet ne lui avait semblé si beau, si attirant.

— A quoi bon résister, puisque je suis ici de toute façon, balbutia-t-elle.

Elle commença alors à se déshabiller. Bien vite, elle s'abandonna aux délices du jet d'eau chaude. Elle était aux anges. Elle pencha la tête en arrière et laissa l'eau couler le long de son visage et de son corps.

Une bonne dizaine de minutes plus tard, elle ferma le robinet, non sans regret. Sur l'étagère à côté de la baignoire se trouvait une serviette de bain épaisse. Elle s'y emmitoufla. La serviette était tellement moelleuse et douce qu'Eden apprécia presque autant ce moment que la douche elle-même.

Elle remarqua ensuite que ses vêtements ne se trouvaient plus dans la salle de bains. En fronçant les sourcils, elle vérifia le porte-serviettes sur lequel elle les avait posés. Elle serra la serviette qu'elle avait autour d'elle. Il s'était introduit dans la pièce et avait pris ses affaires pendant qu'elle était sous la douche. En grimaçant un peu, elle examina la porte de la douche de verre dépoli et se demanda ce qu'il avait pu voir à travers.

Elle tenta de se rassurer en se disant que Chase était simplement venu prendre ses habits afin de les mettre à sécher. En agissant ainsi, il se comportait en parfait hôte, rien de plus. Toujours est-il qu'elle se sentit un peu tendue lorsqu'elle décrocha le peignoir bleu marine accroché derrière la porte.

C'était le peignoir de Chase à n'en pas douter. Il était tellement imprégné de son odeur qu'en l'enfilant, elle eut l'impression que Chase se trouvait dans la pièce avec elle. Le peignoir était épais, mais elle frissonna lorsqu'elle noua la ceinture autour de sa taille.

Elle se dit qu'elle empruntait son peignoir uniquement pour ne pas rester nue en attendant que ses vêtements soient secs. Néanmoins, elle ne résista pas à l'envie de frotter sa joue contre le col du peignoir.

S'interdisant de sombrer dans le sentimentalisme, elle s'approcha du miroir et essuya la buée avec la serviette. Lorsqu'elle vit son reflet dans la glace, elle oublia bien vite ses chimères romantiques. L'eau chaude de la douche avait certes donné à ses joues de bonnes couleurs, mais son mascara avait coulé. On aurait dit qu'elle venait d'être sauvée in extremis de la noyade. Le bleu foncé du peignoir faisait ressortir ses yeux. Ses cheveux mouillés formaient de petites mèches folles autour de son visage. Eden passa sa main dans sa chevelure plusieurs fois, mais, sans brosse, elle ne parvint pas à les coiffer convenablement.

« Quelle allure ! » se dit-elle ironiquement en ouvrant la porte de la salle de bains. Elle s'arrêta pour prendre le temps de regarder la chambre de Chase. Elle contempla avec curiosité les objets qui lui appartenaient. Elle secoua la tête et se dépêcha de traverser la pièce et de descendre les escaliers. Lorsqu'elle le vit, à l'entrée du salon, elle se sentit de nouveau nerveuse.

Il était debout à côté d'un meuble du XIXe siècle qui servait de bar. Il tenait une carafe en cristal et était sur le point de verser le liquide ambré qu'elle contenait dans deux petits verres. Il paraissait très décontracté dans sa chemise de travail et son jean. Il semblait plein de contradictions, ce qu'Eden trouvait particulièrement séduisant. Ce soir, elle le trouvait magnifique et elle l'aimait, simplement, sans même chercher à savoir pourquoi. Qu'allait-elle faire de ce dernier moment passé en sa compagnie avant le long hiver ?

Il se retourna et la regarda. Il avait senti sa présence, mais avait préféré attendre quelques instants avant de se retourner. Lorsqu'il était entré dans la salle de bains pour prendre ses vêtements, il l'avait entendue chantonner. Il n'avait vu que sa silhouette à travers le verre, mais il avait eu beaucoup de mal à se retenir d'ouvrir la porte de la douche pour aller se presser contre sa peau humide et chaude, et voir ses grands yeux se poser sur lui.

Maintenant qu'elle se tenait dans l'entrée, emmitouflée dans son peignoir, il la désirait tout autant. Il avait préféré attendre quelques instants avant de se retourner, pour masquer le désir contenu dans son regard.

— Vous vous sentez mieux ? demanda-t-il.

— Oui, merci.

Machinalement, elle saisit le revers du peignoir et se mit à le tourner entre ses doigts. Il traversa la pièce pour venir lui tendre un verre.

— Buvez. C'est radical contre les rhumes.

Elle prit le verre à deux mains et Chase ferma la porte derrière elle. Elle porta doucement la boisson à ses lèvres, en espérant que ce remontant aiderait à lui rendre les idées claires.

— Je tiens à m'excuser pour tout ce dérangement.

Elle veillait à parler poliment, tout en restant aussi distante que possible. Elle se tenait le dos contre la porte.

— Il n'y a aucun problème.

Il avait envie de la serrer très fort contre lui.

— Venez donc vous asseoir.

— Non, je suis bien ici.

Toutefois, comme il restait planté devant elle, elle ressentit le besoin de bouger. Elle marcha vers la fenêtre et vit qu'il pleuvait toujours à torrents.

— Je suppose que la pluie va bientôt s'arrêter.

— Oui, j'imagine.

Chase était d'humeur moqueuse. Elle l'avait remarqué à sa façon de lui répondre. Méfiante, elle se tourna vers lui.

— D'ailleurs, je suis surprise que l'averse dure depuis si longtemps.

Chase posa son verre et s'approcha d'elle.

— Il est temps d'arrêter cela, Eden. Temps pour vous de cesser de reculer.

Elle secoua la tête, puis chercha à s'éloigner de lui.

— Je ne comprends pas ce que vous voulez dire.

— Bien sûr que si, vous comprenez.

Il se retrouva debout derrière elle. Elle n'avait nulle part où aller se réfugier. Il lui prit son verre des mains et fit en sorte qu'elle se retrouve de nouveau face à lui. Doucement, il saisit la chevelure d'Eden et la tint en arrière afin de dégager parfaitement son visage. Il pouvait lire un mélange de crainte et de désir latent dans les yeux d'Eden.

— La dernière fois que nous nous sommes retrouvés ici, je vous ai dit que c'était trop tard, déclara-t-il.

La dernière fois, le soleil entrait par la fenêtre. Le passé et le présent se mêlaient dans la tête d'Eden.

— Nous nous tenions ici et vous m'avez embrassée.

A cet instant, les lèvres de Chase vinrent chercher celles d'Eden. Le baiser fut fougueux. Il pensait qu'elle serait hésitante, mais elle se montra demandeuse. Elle n'était plus apeurée, mais passionnée. Lorsqu'il la serra plus fort, il sut qu'elle le désirait ardemment. Elle l'avait attrapé par les cheveux et l'invitait à l'étreindre encore davantage. Il voulait qu'elle l'accepte dans sa vie. Il voulait lui crier : « Fais-moi confiance. »

La pluie battait contre les vitres. Un éclair surgit. L'esprit d'Eden tourbillonnait, emporté par sa propre tempête intérieure. Elle le désirait, elle souhaitait qu'il lui dénude les épaules, qu'il caresse sa peau nue. Elle voulait lui donner cet amour qu'elle sentait palpiter en elle, mais elle savait qu'elle devait le contenir.

— Chase. Je dois partir. On m'attend au camp.

— Vous n'irez nulle part. Pas cette fois.

Il plaça sa main sur son cou. Eden comprit que sa patience était à bout. Elle se recula et dit :

— Candy va se demander où je suis. J'aimerais récupérer mes vêtements maintenant.

— Non.

— Non ?

— Non, répéta-t-il en reprenant son verre. Candy ne va pas s'inquiéter parce que je l'ai appelée et prévenue que vous ne rentreriez pas ce soir. Elle m'a dit que cela ne posait pas de problème, que tout se passait bien au camp, donc…

Il but une gorgée d'alcool avant de poursuivre.

— Donc, vous n'avez aucune raison de récupérer vos vêtements maintenant. Puis-je vous offrir un autre verre ?

— Vous avez téléphoné à Candy ? l'interrogea-t-elle, sans dissimuler sa colère.

Lorsque son regard s'assombrissait ainsi, elle perdait sa fragilité. Chase eut envie de sourire. Il l'aimait calme, il l'aimait nerveuse ou déterminée, mais la femme en colère était sa préférée.

— Oui. Cela vous dérange ?

— Comment osez-vous prendre des décisions à ma place ?

Elle remonta légèrement la manche du peignoir, qui lui recouvrait la main, et repoussa Chase en lui appuyant sur le torse.

— Vous n'aviez pas à l'appeler. Vous n'aviez aucune raison de croire que je resterais ici avec vous.

— Je ne crois rien du tout. Vous allez rester ici. C'est tout.

— Vous vous trompez.

Elle le poussa de nouveau, mais avec tant de force que cette fois il recula d'un pas. S'il n'avait pas déjà été fou d'elle, ce geste l'aurait rendu irrémédiablement amoureux.

— J'en ai assez d'avoir affaire à des hommes autoritaires qui pensent qu'ils peuvent avoir tout ce qu'ils désirent.

— Arrêtez de parler de moi comme si vous parliez d'Eric, Eden. Arrêtez de me comparer à d'autres hommes. C'est de moi qu'il s'agit, de moi seul.

— Je vous inclus dans cette catégorie. Donnez-moi mes habits.

Il posa son verre doucement.

— Pas question.

« Quel culot ! », pensa Eden.

— Dans ce cas, je vais retourner au camp avec votre peignoir sur le dos.

Prête à s'exécuter, elle s'avança vers la porte et tira d'un coup sec sur la poignée pour l'ouvrir. Squat était allongé à l'entrée de la pièce. Quand il la vit, le chien se redressa et Eden eut l'impression qu'il la regardait méchamment. Elle fit un pas en avant, puis recula et se retourna, tout en se maudissant d'avoir aussi peur du chien.

— Dites à cette bête de libérer le passage !

Chase observa Squat. Il savait pertinemment que le chien ne ferait pas le moindre mal à Eden. Au pire, il baverait sur ses pieds nus. Chase sourit et dit à Eden :

— Il est trop fatigué pour bouger.

— Très bien. Je vais sortir par là dans ce cas, déclara Eden d'un ton plus que déterminé, tout en se dirigeant vers la fenêtre.

Elle s'agenouilla sur le rebord de la fenêtre et essaya de soulever le châssis de la fenêtre à guillotine. Chase vint passer ses bras autour de sa taille. Elle se retourna pour lui faire face.

— Lâchez-moi. J'ai dit que je voulais partir et je partirai.

Elle essaya de le frapper et fut aussi surprise que lui par le coup qu'elle lui porta dans le ventre.

— Et si vous voulez reprendre votre peignoir, ne vous gênez pas. Je rentrerai nue.

Elle commença à dénouer la ceinture du peignoir.

— Je ne vous laisserai pas sortir comme ça.

Il lui prit les mains, à la fois pour éviter qu'elle ne retire le peignoir et pour empêcher qu'elle n'essaie de nouveau de le frapper.

— Si vous partez, nous n'aurons pas le temps de nous expliquer.

— Je n'ai aucune envie de continuer à discuter avec vous.

Elle essaya de se dégager et ils finirent par tomber tous les deux sur la banquette située sous la fenêtre.

— Je n'ai plus rien à vous dire, lui cria-t-elle en lui donnant des coups de pied.

Ce faisant, le peignoir remonta et découvrit ses jambes jusqu'en haut des cuisses.

— J'ajouterai simplement que vous êtes un mufle et que j'ai hâte de mettre le plus de distance possible entre vous et moi. L'autre soir, lorsque j'avais le choix entre Eric, le bel idiot ennuyeux, et vous, le plouc à la tête dure, je me suis dit que je ferais aussi bien d'entrer au couvent. Lâchez-moi maintenant ou je vous jure que je vais finir par vous faire vraiment mal. Je ne laisserai jamais personne, vous m'entendez, personne, me marcher sur les pieds.

Puis elle consacra toute l'énergie qui lui restait à le pousser. Ils se retrouvèrent sur le sol. Comme lorsqu'elle était tombée du pommier à leur première rencontre, il roula avec elle jusqu'à ce qu'elle se retrouve sous lui. Il la fixa des yeux tandis qu'elle essayait de retrouver son souffle.

— Bon sang, Eden, je vous aime.

Il rit puis pressa ses lèvres contre les siennes.

Elle le laissa l'embrasser. Elle ne chercha pas à se débattre, mais s'agrippa à lui. Le simple fait de respirer lui demandait un effort. Lorsqu'elle parvint de nouveau à parler, elle prit soin de choisir les mots justes.

— J'aimerais que vous me répétiez cela, lui dit-elle.

— Je vous aime.

Avant qu'elle ne ferme les yeux, il eut le temps, une fois de plus, de déceler un éclair de panique dans son regard.

— Eden. Je sais par quoi vous êtes passée, mais vous devez me faire confiance. Je vous ai observée et j'ai vu comment vous aviez réussi à vous prendre en charge cet été. Cela n'a pas été facile, mais je me suis forcé à rester en retrait pour vous laisser vous reconstruire librement.

Elle rouvrit les yeux. Son cœur était sur le point d'éclater dans sa poitrine.

— Vraiment ?

— J'ai compris que vous aviez besoin de temps. Je savais que tant que vous n'auriez pas atteint votre objectif, vous ne voudriez rien partager avec moi.

— Chase…

— Ne dites rien.

Il prit sa main et la posa sur sa bouche.

— Eden, vous êtes habituée à un certain style de vie. Si c'est important pour vous, je ferai en sorte que vous puissiez continuer comme avant. Mais si vous m'en laissez la chance, vous verrez que je peux vous rendre heureuse ici.

Elle avala sa salive ; elle n'était pas certaine de l'avoir bien compris.

— Chase, êtes-vous en train de me dire que vous seriez prêt à emménager à Philadelphie si je vous le demandais ?

— J'irais n'importe où pour être avec vous, Eden. Je ne veux pas vous laisser repartir seule. Je ne veux pas me contenter de vous voir uniquement l'été.

Elle respira profondément.

— Qu'attendez-vous de moi ?

— Tout.

Il posa un baiser sur sa main. Il était impatient désormais.

— Je veux une vie entière avec vous, dès aujourd'hui. De l'amour, des disputes, des enfants. Epousez-moi, Eden. Donnez-moi six mois pour vous rendre heureuse. Si vous ne vous plaisez pas ici, nous irons où vous le souhaitez, mais ne m'abandonnez pas.

— Je ne vous abandonnerai pas.

Elle emmêla ses doigts à ceux de Chase.

— Et c'est ici et nulle part ailleurs que je veux être.

Il lui serra la main plus fort et elle vit qu'il la regardait différemment à présent.

— Plus question de faire marche arrière, je vous préviens.

— Vous m'avez déjà dit que c'était trop tard.

Elle l'attira vers elle. La passion et les promesses fusionnèrent, tout comme leurs deux corps.

— Ne me laissez plus jamais partir, Chase. J'avais tellement mal au cœur à l'idée de vous quitter. Je vous aime tant !

— Vous ne seriez pas allée bien loin.

Elle esquissa un sourire.

— Vous seriez venu me retrouver ?

— Oui, et tellement vite que je serais peut-être arrivé à Philadelphie avant vous !

Le sentiment de bien-être grandissait en elle.

— Et vous m'auriez suppliée ?

Il y avait une lueur malicieuse dans le regard d'Eden.

— Disons simplement que j'aurais fait en sorte que vous n'ayez plus le moindre doute quant à l'intensité de mon amour pour vous.

— Vous auriez peut-être rampé à mes pieds, dit-elle en passant ses bras derrière le cou de Chase. J'aurais aimé voir ça ! Peut-être pourriez-vous me montrer maintenant comment vous vous y seriez pris ?

— N'en faites pas trop.

Il lui mordilla l'oreille et Eden se mit à rire.

— Un jour, ils seront gris, murmura-t-elle en lui passant la main dans les cheveux, mais j'aurai toujours autant envie de les caresser.

Elle lui fit redresser la tête pour le regarder. Elle ne riait plus. Elle l'aimait.

— Je vous ai attendu toute ma vie.

Il posa sa tête contre sa poitrine et lutta encore pour ne pas aller trop vite avec elle. Eden représentait pour lui la perfection, la femme dont il avait toujours rêvé. Il lui caressa le visage.

— J'avais envie de tuer Eric lorsque je l'ai vu poser ses mains sur vous.

— Je ne savais pas comment vous expliquer la situation quand je vous ai vu arriver. Après...

Elle fronça les sourcils.

— Après, vous vous êtes mal comporté.

— Vous avez été impressionnante. Vous avez donné une bonne leçon à Eric.

— Et à vous aussi ?

— A moi, vous n'avez fait que me donner encore plus envie d'être avec vous.

Il goûta sa peau douce et savoura le doux frisson qu'elle seule était capable de lui procurer.

— J'envisageais d'aller vous kidnapper au camp. Heureusement, Roberta m'a facilité la tâche.

— J'espère qu'elle ne m'en voudra pas du fait que vous m'épousiez moi plutôt qu'elle. Après tout, vous avez un chien gentil et vous êtes plutôt mignon, comme elle dit.

Elle lui posa un baiser dans le cou.

— Elle s'est montrée très compréhensive. D'ailleurs, elle m'a donné son consentement.

Eden releva la tête.

— Ah bon? Vous voulez dire que vous lui avez fait part de votre intention de m'épouser?

— Bien sûr.

— Avant même de m'en parler à moi?

Chase sourit et se pencha vers elle pour lui mordre tendrement la lèvre.

— Je me suis dit que Squat et moi arriverions à vous convaincre.

— Et si j'avais refusé?

— Vous n'avez pas refusé.

— Je peux encore changer d'avis.

Il colla de nouveau ses lèvres contre les siennes, qui étaient chaudes.

— Bon, dit Eden en soupirant, n'en parlons plus.

Amoureux et ennemis

1

Cent cinquante millions de dollars ! Voilà bien une somme qui ne se refusait pas.

Aucune des personnes réunies ce jour-là dans la vaste bibliothèque de la demeure d'oncle Jolley n'osait rompre le silence quasi religieux derrière lequel chacune s'était retranchée.

Aucune, sauf Pandora qui manifesta sa présence en éternuant bruyamment dans le mouchoir qu'elle tenait roulé en boule dans sa main. Après s'être essuyé le nez, elle s'assit, souhaitant ardemment que les antihistaminiques ingurgités, un moment auparavant, fassent rapidement leur effet. Si seulement elle avait pu se trouver à des milliers de kilomètres de là ! songea-t-elle avec tristesse.

Elle connaissait cette pièce par cœur, pour y avoir passé de longues heures à lire en compagnie de son oncle. Sur les rayonnages qui recouvraient presque tous les murs, étaient alignés quantité de livres, dont certains avaient été lus et des centaines d'autres superbement ignorés. Elle aimait l'odeur des reliures en cuir qui se mêlait étroitement à celle, âcre, de la poussière. Beaucoup plus qu'elle n'aimait le parfum entêtant des bouquets de lilas et de roses placés çà et là dans des vases en cristal.

Elle regarda avec nostalgie l'échiquier en marbre et en ivoire sur lequel elle avait disputé, et perdu, tant de parties mémorables avec l'oncle Jolley. Car le vieux filou cachait sous des airs innocents de redoutables talents de tricheur, que Pandora, magnanime, acceptait sans sourciller. Peut-être était-ce là la raison pour laquelle Jolley prenait tant de plaisir à jouer avec sa nièce. Il savait que, quels que soient les moyens employés, il en sortirait toujours vainqueur.

Une lueur blafarde et sinistre, parfaitement assortie aux circonstances et à l'humeur mélancolique de la jeune femme, s'insinuait par les trois fenêtres en ogive de la pièce.

A croire que c'était ce bon Jolley lui-même qui s'était mêlé de planter le décor pour les événements qui allaient suivre.

Pandora adorait son oncle. Et comme chaque fois qu'elle aimait quelqu'un, elle le faisait sans restrictions, lui témoignant un amour sans limites, acceptant toutes les bizarreries dont ce vieil original de quatre-vingt-treize ans était capable. Il appréciait son caractère entêté et son énergie débordante, elle adorait sa joie de vivre et ses excentricités.

Elle se souvint qu'un mois avant sa mort, tous deux étaient partis pêcher, enfin... braconner plus exactement, car le lac sur lequel ils avaient jeté leur dévolu appartenait à un voisin irascible. De retour, et chargés de plus de truites qu'ils n'en pouvaient manger, ils en avaient nettoyé une bonne demi-douzaine qu'ils avaient ensuite fait parvenir au propriétaire des lieux.

Oncle Jolley allait tellement lui manquer ! D'ailleurs, il lui manquait déjà... Comment imaginer qu'elle ne verrait plus jamais le visage rieur du vieil homme, qu'elle n'entendrait plus sa voix de stentor, qu'elle serait privée de ses innombrables facéties !

Depuis l'immense portrait qui trônait sur l'un des murs, Jolley la fixait de ce regard narquois qui le caractérisait, le même dont il usait pour des transactions de plusieurs millions de dollars ou pour guetter les réactions du vice-président de son entreprise à qui il venait de jouer un tour pendable.

Aucun des membres de sa famille ne la comprenait, ne l'acceptait comme l'avait fait son oncle. Et c'était l'une des raisons pour lesquelles elle l'aimait tant !

Le cœur lourd de chagrin, Pandora écoutait d'une oreille distraite Edmund Fitzhugh débiter d'une voix monocorde les modalités d'usage précédant le testament d'oncle Jolley.

Toute sa vie, Maximilian Jolley McVie avait clamé haut et fort que les choses devaient être faites à fond ou pas du tout. L'épais dossier ouvert devant le notaire semblait refléter au mieux son goût pour la discussion.

Se souciant peu d'afficher le peu d'intérêt qu'elle portait à la lecture de ce testament, Pandora trompait son ennui en observant tour à tour les différentes personnes présentes dans la bibliothèque. La mine contrite qu'ils arboraient tous, sans exception, aurait sans aucun doute réjoui Jolley, heureux du dernier tour qu'il venait de leur jouer.

Il y avait d'abord le fils unique de Jolley, l'oncle Carlson et son épouse, comment s'appelait-elle déjà ? Lona, Mona ? Quelle importance d'ailleurs ? Tous deux se tenaient serrés l'un contre l'autre, bien droits. Vêtus de noir de la tête aux pieds, ils ressemblaient à ces corbeaux qui, sagement alignés sur un fil électrique, attendent la proie qui leur fera quitter leur poste d'observation et jeter aux orties leur attitude compassée.

Venait ensuite la cousine Ginger, si douce, si mignonne, si inoffensive et pourtant si superficielle ! Cette fois, ses goûts changeants lui avaient fait adopter une coupe et une couleur à la Jean Harlow. A ses côtés se trouvait le cousin Biff, sanglé dans son costume strict tout droit sorti de chez Brooks Brothers. Bien calé contre le dossier de son siège, une jambe croisée sur l'autre, il était suspendu aux lèvres du notaire, donnant ainsi l'impression d'assister à un match de polo passionnant. Quant à sa femme — comment s'appelait-elle déjà, Laurie ? —, elle affichait un air guindé qui se voulait respectable et avait pour habitude de n'ouvrir la bouche que pour acquiescer bêtement et en toute occasion aux propos de son mari vénéré. Jolley, qui ne la portait pas dans son cœur, ne la désignait jamais autrement que sous le sobriquet de « l'assommante idiote ».

Il y avait aussi l'oncle Monroe, replet, fier de lui, qui exhalait la fumée d'un gros cigare sous le regard courroucé de sa sœur Patience qui tentait de marquer timidement sa désapprobation en pressant délicatement un petit mouchoir blanc sur son nez.

Mais Monroe, qui adorait embêter sa sœur, faisait mine de ne rien voir.

Le cousin Hank, quant à lui, était tout en muscles, et rivalisait avec sa femme, Meg, aussi athlétique et acharnée de sport que lui. En guise de voyage de noces, tous deux s'étaient offert une randonnée dans le massif des Appalaches, ce qui faisait dire à Jolley, goguenard, qu'à chaque fois qu'ils avaient envie de faire l'amour, ils devaient s'adonner auparavant à une séance de stretching et d'assouplissement.

Cette pensée provoqua chez Pandora un accès d'hilarité qu'elle étouffa dans son mouchoir. Son cousin Michael lui lança un regard étonné. Michael était-il réellement son cousin, d'ailleurs ? se demanda-t-elle soudain. Elle n'avait jamais vraiment saisi le degré de parenté qui les liait à cet homme, hormis le fait que sa mère était une lointaine nièce par alliance de son oncle Jolley. Bref, des liens de sang compliqués pour l'homme compliqué qu'était Michael Donahue.

Pandora et lui ne s'étaient jamais entendus, malgré le fait qu'oncle Jolley, pour une raison inconnue de la jeune femme, aimait beaucoup Michael. Pour Pandora, gagner sa vie en imaginant des scénarios pour une série télé à succès était une activité stupide, digne d'un parvenu, attiré par l'argent facile. Avec une satisfaction mesquine, elle se souvint le lui avoir signifié au cours d'une de leurs rares rencontres.

Sans parler des femmes qui jalonnaient sa vie ! Lorsqu'un homme ne fréquentait que des starlettes sans cervelle, il était bien évident que ce n'était pas pour refaire le monde. Un sourire amusé flotta sur les lèvres de Pandora : elle se rappela le jour où elle s'était ouvertement moquée de Michael à ce sujet au cours d'une de leurs visites chez l'oncle Jolley. Celui-ci riait tant qu'il avait failli tomber de sa chaise !

Oncle Jolley... La gaieté céda le pas à la tristesse. Elle devait bien reconnaître que parmi tous les gens présents dans cette assemblée, Michael Donahue était le seul, hormis elle bien entendu, à avoir témoigné au vieil homme une affection sincère et désintéressée.

Pandora regarda Michael à la dérobée. Elle nota sa bouche parfaitement dessinée et encadrée de deux fines ridules qui en accentuaient la sévérité et l'arrogance naturelles. Les rares fois où elle avait vu ses lèvres s'entrouvrir, c'était uniquement pour lui adresser un ricanement sardonique.

Oncle Jolley aimait l'humour pince-sans-rire de son neveu et n'avait pas caché à Pandora son désir de voir les deux jeunes gens entretenir une relation plus « amicale ». Idée saugrenue que la jeune femme s'était empressée de lui faire oublier. Ou, plus exactement, qu'elle avait tenté, sans y parvenir, de lui faire oublier.

Etant lui-même petit et bien en chair, Jolley admirait, avec une pointe d'envie, la silhouette élancée et le visage racé de Michael. Plus d'une fois, Pandora avait été tentée de détailler le physique avantageux de son cousin, mais le regard froid et détaché dont il la gratifiait invariablement l'en avait dissuadée à jamais.

A ce moment précis, vêtu d'un costume sombre d'une élégance décontractée, négligemment appuyé contre un mur, il paraissait légèrement décalé et ressemblait à l'un des héros de ses scénarios. Avec ses cheveux mi-longs qui retombaient en mèches folles autour de son visage, on aurait pu penser qu'il avait négligé de se recoiffer après une virée en décapotable. Et qu'il se moquait éperdument de l'opinion de ceux qui l'entouraient. Il avait l'air de s'ennuyer prodigieusement et d'attendre le moment propice pour pouvoir, enfin, quitter les lieux.

Quel dommage, songea Pandora, qu'ils ne se soient jamais entendus. Ils auraient pu échanger leurs souvenirs du vieil oncle excentrique, et rire ensemble de ses lubies. Mais cette perspective n'était pas envisageable et l'oncle Jolley, là-haut dans son cadre, ne devait pas l'ignorer. Même s'il le déplorait.

Pandora laissa échapper un petit soupir et se moucha de nouveau, en essayant cette fois de s'intéresser à ce que disait Fitzhugh. Ce dernier était-il réellement en train d'évoquer un legs concernant des baleines ? Peut-être avait-elle mal compris. Il devait s'agir de baleiniers.

Michael de son côté étouffa un bâillement. Encore une heure comme celle-là, se dit-il, et il ne répondrait plus de rien. Et s'il entendait encore une fois Fitzhugh prononcer : « attendu que... »

Il expira profondément et se résigna à attendre patiemment la fin de la séance. S'il avait accepté de venir, c'était uniquement parce qu'il adorait ce vieux fou d'oncle Jolley. Et si la dernière chose à faire pour lui témoigner son affection était de se tenir là, parmi tous ces vautours, à écouter jusqu'au bout la teneur de ce testament qui n'en finissait pas, eh bien, il le ferait ! Lorsque cette corvée serait terminée, c'est en privé qu'il se servirait un verre de brandy et porterait un toast à la mémoire de son oncle qui, de son vivant, avouait un petit faible pour cet alcool.

Michael ne pouvait oublier que lorsqu'il était jeune, Jolley avait été le seul à encourager des rêves que personne, pas même ses parents, ne comprenait. A chacune de ses visites, son oncle lui demandait d'inventer une histoire et de lui expliquer comment il pourrait la mettre en scène. Jolley se carrait alors dans un fauteuil et, les yeux pétillant d'une joie enfantine, piaffant d'une impatience mal contenue, il attendait que son neveu s'exécute.

Lorsque, quelques années plus tard, Michael avait reçu la première des nombreuses récompenses qui allaient jalonner sa carrière de scénariste, il n'avait pas hésité une seconde à se rendre dans le massif des Catskills pour dédier son trophée à son oncle. La statuette trônait toujours en bonne place dans la chambre du défunt.

La voix impersonnelle du notaire ramena Michael à la réalité et avec elle, le besoin impérieux de fumer une cigarette. Cela faisait maintenant deux jours qu'il avait arrêté. Deux jours, quatre heures et trente-cinq minutes exactement, durant lesquels cette envie avait viré à l'obsession.

Il eut soudain l'impression d'étouffer parmi tous ces gens qui, du vivant de Jolley, considéraient ce dernier comme un vieux fou assommant, mais n'avaient néanmoins aucun scrupule à vouloir s'approprier sa fortune colossale. Ses titres de propriété et ses actions en Bourse étant, eux, parfaitement sains ! Depuis l'ouverture du testament Michael avait surpris à plusieurs reprises des regards cupides errant sur le mobilier de style anglais qui équipait la bibliothèque, chacun cherchant à en estimer la valeur. Michael connaissait l'attachement sentimental qui liait Jolley à chacun de ses meubles, chérissant la moindre chaise sans valeur mais qui avait son histoire.

Michael douta que l'un des membres de cette famille soit venu rendre visite à leur parent défunt au cours des dix dernières années. Excepté Pandora qui, elle aussi, il devait bien le reconnaître, adorait leur oncle.

Elle paraissait accablée de chagrin. Michael ne se souvenait pas l'avoir connue un jour aussi malheureuse. Il l'avait déjà vue en colère, exaspérante, méprisante, mais malheureuse, jamais. S'il n'avait craint de se faire repousser sans ménagement, il serait allé s'asseoir à côté d'elle pour tenter de la réconforter. Il aurait essuyé ses beaux yeux bleus rougis et gonflés par trop de larmes.

Son regard glissa sur les boucles fauves qui cascadaient librement sur les épaules de la jeune femme, sans souci de style ou de discipline. La pâleur de son teint faisait ressortir les petites taches de rousseur qui, habituellement, se fondaient dans son teint de porcelaine. Le rose délicat qui colorait si joliment son visage avait déserté ses joues creusées par la tristesse.

Tache bleue éclatante au milieu de sa famille endeuillée, elle se détachait, tel un perroquet au plumage royal parmi un vol de corbeaux sinistres. Michael comprenait parfaitement qu'elle n'ait pas besoin de crêpe noir pour porter le deuil de son oncle chéri.

Avec ses vues tranchantes sur sa façon de mener sa vie privée et sa carrière, Pandora avait le don d'exaspérer au plus haut point Michael. Et lorsqu'elle le provoquait, il s'empressait de la critiquer à son tour. Après tout, elle n'avait pas de leçons à lui donner, elle qui se contentait de créer, certes avec talent, des bijoux fantaisie, plutôt que d'exploiter les diplômes universitaires dont elle était bardée.

Elle le trouvait matérialiste, il la trouvait idéaliste. Elle le traitait de macho, il la traitait de fausse intellectuelle. Jolley, les mains croisées sur le ventre, assistait à leurs joutes verbales sans intervenir, un sourire narquois au coin des lèvres. Mais maintenant que le vieil homme les avait quittés, il n'y avait plus aucune raison pour qu'ils se rencontrent et déversent leur fiel l'un sur l'autre. Curieusement, cette pensée ne fit qu'accentuer un peu plus le vide qu'il ressentait. Ce sentiment tenait probablement au fait que rien ne le liait aux autres membres de sa famille. Pas même à ses propres parents. Son père se trouvait quelque part en Europe en compagnie de sa quatrième épouse et sa mère s'était coulée avec bonheur dans la haute société de Palm Springs à l'occasion de son troisième mariage. Aucun des deux n'avait compris les choix de leur fils, contrairement à Jolley que cette voie enthousiasmait.

Michael eut un sourire amusé lorsque Fitzhugh évoqua un legs consacré à une association baleinière. Sacré Jolley! Cela lui ressemblait tellement! Les grincements de dents de quelques-unes des personnes présentes ne lui échappèrent pas. La peur de voir cent cinquante millions de dollars leur échapper, probablement...

Michael leva les yeux vers le portrait de son oncle. « Tu as toujours mis un point d'honneur à avoir le dernier mot, vieux fou, songea-t-il. Dommage que tu ne sois pas là pour en rire avec nous, cette fois! »

— « A mon fils Carlson... »

Un silence sépulcral se fit, tandis que Fitzhugh s'éclaircissait la gorge avant de poursuivre.

Pandora observa avec intérêt la réaction des membres de l'assistance devenus soudain très attentifs : domestiques et œuvres caritatives ayant reçu leurs miettes du gâteau, restaient les plus grosses parts à se partager.

Fitzhugh lança un bref coup d'œil à l'assemblée avant de reprendre sa lecture.

— « Dont… heu…, la médiocrité a toujours été pour moi un mystère, je lègue ma panoplie complète de magicien. Peut-être, grâce à elle, se découvrira-t-il un jour un sens de l'humour qui jusqu'à présent lui a fait singulièrement défaut. »

Pandora piqua dans son mouchoir en voyant son oncle frôler la crise d'apoplexie. « Bravo, oncle Jolley. Un bon point pour toi ! applaudit mentalement la jeune femme. D'ici que tu lègues toute ta fortune à la S.P.A… ! »

— « A mon petit-fils Bradley ainsi qu'à ma petite-fille par alliance, Lorraine, je souhaite mes meilleurs vœux. Ils ne méritent pas plus. »

Pandora retint les larmes qui lui brûlaient les yeux à l'évocation de ses parents. Elle les avait appelés à Zanzibar quelques heures auparavant. Certainement apprécieraient-ils à sa juste mesure la décision de Jolley.

— « A mon neveu, Monroe, qui n'a jamais eu plus d'un dollar en poche, je lègue le premier billet que j'ai gagné, cadre inclus. A ma nièce Patience, je laisse ma maison de Key West, tout en sachant pertinemment qu'elle ne l'intéresse pas du tout. »

Monroe tirait nerveusement sur son cigare tandis que Patience arborait une mine horrifiée.

— « Ma collection de boîtes d'allumettes revient à mon petit-neveu, Biff. A ma charmante petite-nièce, Ginger, dont la coquetterie n'a d'égale que la frivolité, je lègue mon miroir en argent massif, qui a prétendument appartenu à la reine Marie-Antoinette. Quant à Hank, mon second petit-neveu, il héritera de la somme de trois mille cinq cent vingt-huit dollars, de quoi attendre qu'une idée de génie germe enfin dans son esprit. »

Les murmures outrés qui avaient accueilli la première annonce s'amplifièrent jusqu'à devenir un grondement sourd. Sacré Jolley ! Comme il se serait réjoui du spectacle de tous ces visages décomposés par la haine et le ressentiment !

Pandora commit l'erreur de regarder par-dessus son épaule.

Michael ne paraissait plus si distant ni détaché, à présent. Au contraire, elle crut même lire de l'admiration dans ses yeux posés sur elle.

Croisant son regard, elle laissa éclater le fou rire qu'elle s'évertuait à refouler depuis plusieurs minutes et attira sur elle les regards assassins de l'assemblée.

Carlson se leva soudain de son siège, s'improvisant porte-parole de l'assemblée.

— Monsieur Fitzhugh, le testament de mon père n'est ni plus ni moins qu'une farce grotesque. Il est évident qu'il n'était pas dans son état normal lorsqu'il l'a fait établir. Nous n'en resterons pas là, croyez-moi ! Ce sera à la justice de trancher !

— Monsieur McVie…, avança prudemment Fitzhugh avant de s'interrompre une nouvelle fois.

Au-dehors, un faible rayon de soleil tentait de se frayer un passage à travers l'épaisse couverture des nuages, mais personne n'y prêtait attention.

— Je comprends tout à fait ce que vous ressentez. Néanmoins, je suis là pour certifier que mon client était parfaitement sain de corps et d'esprit lorsqu'il m'a dicté ses dernières volontés. Ce testament est tout ce qu'il y a de plus légal mais libre à vous de le contester si vous le jugez irrecevable. Ce dernier point étant éclairci, je vais vous demander de me laisser poursuivre.

— Foutaises ! enchaîna Monroe en tirant de plus belle sur son cigare. Foutaises ! répéta-t-il tandis que sa sœur lui tapotait le bras et lui murmurait des paroles réconfortantes.

— Qu'est-ce qui ne va pas ? intervint sèchement Pandora en chiffonnant son mouchoir.

Elle se sentait prête à les affronter tous pour défendre la mémoire de son oncle. En outre, sortir de sa réserve lui permettrait d'atténuer sa peine. Elle regarda tour à tour chacun de membres de l'assistance et demanda :

— S'il avait eu envie de léguer sa fortune à « l'Association de la prévention contre la bêtise », c'était son droit le plus strict, non ?

— Tu as parfaitement raison, ma chère, répliqua Biff en polissant machinalement ses ongles sur le revers de sa veste.

Un rayon de soleil fit étinceler le bracelet en or de sa montre de prix.

— Mais tu riras moins si ce vieux sénile t'a fait don d'une bobine de fil en Nylon pour enfiler tes perles!

— Ne te réjouis pas trop vite, mon vieux, intervint Michael d'une voix égale. Tu n'as pas encore palpé tes allumettes, mais lorsque le grand jour sera venu, tâche d'en faire bon usage.

Dix paires d'yeux se braquèrent sur lui.

— Mais enfin, laissez Me Fitzhugh poursuivre sa lecture, intercéda Ginger, enchantée de son héritage. « Le miroir de Marie-Antoinette! se disait-elle, ivre de fierté. Songez un peu! »

— Les deux dernières volontés sont indissociables l'une de l'autre, s'empressa de reprendre Fitzhugh avant d'être de nouveau interrompu. Et, je l'avoue, très peu orthodoxes.

— C'est l'ensemble de ce testament qui n'est pas orthodoxe! protesta Carlson.

Plusieurs personnes acquiescèrent d'un hochement de tête.

Pandora comprit soudain pourquoi elle avait toujours évité les réunions familiales. Tous ces gens l'ennuyaient à mourir. Presque délibérément, elle porta sa main devant sa bouche et se mit à bâiller ostensiblement.

— Pourriez-vous continuer, maître, avant que les membres de ma famille ne finissent par s'entretuer? suggéra-t-elle posément.

Une imperceptible lueur de reconnaissance passa dans le regard atone de Fitzhugh.

— M. McVie a tenu à ce que je retranscrive tels qu'il me les a dits chacun des mots qui vont suivre, précisa-t-il.

Puis il marqua une courte pause afin de ménager son effet. A moins que ce ne soit pour se donner du courage.

— « A Pandora McVie et Michael Donahue, lut-il, les deux seuls membres de ma famille à m'avoir témoigné une sincère affection et à avoir su m'enthousiasmer par leur vision de la vie, je lègue la totalité de mes biens, à savoir : mes comptes bancaires ainsi que mes valeurs, titres et actions, l'ensemble de mes sociétés, mes biens immobiliers et tout ce qui m'appartient en nom propre. Avec toute mon affection. »

Pandora n'entendait même pas les hurlements de protestation que cette dernière décision avait provoqués. Elle bondit de sa chaise, abasourdie et furieuse.

— Je refuse ! Je ne veux pas de cet argent, s'écria-t-elle.

Evoluant entre les sièges, elle se fraya un passage et alla se planter devant Fitzhugh.

L'homme de loi, qui s'attendait à de violentes réactions de la part du clan soudé, dut affronter la riposte imprévue de la jeune femme.

— Je ne saurais pas quoi en faire de toute façon, poursuivit-elle. Cela ne ferait que me compliquer la vie !

Elle agita la main devant l'épais dossier qui se trouvait sur le bureau.

— Il aurait dû m'en parler d'abord.

— Mademoiselle McVie…

Mais Pandora fondait déjà sur Michael, empêchant Fitzhugh de terminer.

— Tu peux tout garder. Je suis sûre que toi, tu sauras gérer tout ça ! Libre à toi d'acheter un hôtel à New York, des appartements à Los Angeles, un casino à Chicago, et même un jet privé pour pouvoir aller de l'un à l'autre, je m'en fiche !

Impassible, Michael glissa ses mains dans ses poches.

— J'apprécie beaucoup ton offre, cousine. Cependant je te suggère d'attendre que M. Fitzhugh ait fini la lecture du testament.

Pandora le considéra un moment en silence, si proche de lui que leurs visages se frôlaient presque. Puis, parce que c'est ainsi qu'on l'avait élevée, elle inspira profondément afin de recouvrer tout son sang-froid et répéta d'une voix radoucie :

— Je ne veux pas de cet argent.

Michael leva un sourcil, avec cet air à la fois cynique et amusé qui avait le don d'exaspérer la jeune femme.

— Bravo ! Ton petit show est parfaitement au point. Ils sont tous fascinés.

Rien n'aurait pu lui faire retrouver plus vite le contrôle d'elle-même. Elle releva fièrement le menton et siffla entre ses dents.

— Très bien.

Puis elle se retourna vers l'assemblée et annonça avec une politesse excessive :

— Je vous prie de bien vouloir m'excuser. Monsieur Fitzhugh, si vous voulez bien terminer…

Ce dernier prit le temps d'ôter ses lunettes et de les essuyer avec un grand mouchoir blanc.

Il avait compris, le jour où Jolley lui avait fait établir son testament, que l'heure venue, il aurait à affronter les foudres d'une famille rongée par la colère. Il avait bien tenté de faire prendre conscience au vieil homme de l'absurdité de ses dernières volontés. Mais il avait eu beau argumenter, raisonner, invoquer toutes les raisons du monde, Jolley était resté intraitable.

— « Je laisse donc tout à Pandora et à Michael, reprit Fitzhugh, l'argent, qui en soi n'est pas grand-chose, mes actions en Bourse qui, bien que nécessaires, sont mortellement ennuyeuses à gérer, et toutes mes sociétés, véritables chaînes aux pieds. Je leur lègue également ma maison et tout ce qui s'y trouve, car eux seuls savent à quel point j'y suis attaché. Je sais que grâce à eux, ce lieu, ainsi que les souvenirs qui le peuplent, me survivront. Je veux que tout ce qui m'a appartenu leur appartienne désormais. Mais pour cela, je leur demande, à chacun, une seule chose en retour. »

Michael, qui avait flairé une dernière farce de son oncle, finit par se détendre.

— Nous y voilà, murmura-t-il avec un petit sourire entendu.

— « Trente jours au plus tard après l'ouverture de ce testament, Pandora et Michael devront emménager dans ma maison des Catskills, plus connue sous le nom de "La Folie de Jolley".

Ils devront y vivre ensemble durant six mois, aucun des deux ne devant s'absenter plus de deux nuits consécutives. A la fin de ces six mois, l'intégralité de mes biens leur reviendra à parts égales. Si l'un des deux refuse cette clause ou la rompt avant le terme échu, je veux que mes biens soient partagés entre mes héritiers et l'Institut pour la recherche des plantes carnivores. Dans l'espoir que vous ne me décevrez pas, recevez, mes enfants, mon entière bénédiction. »

Durant les trente secondes qui suivirent, un silence pesant s'abattit sur l'assemblée. Fitzhugh en profita pour rassembler ses papiers et lever la séance.

— Vieille crapule ! murmura Michael.

En d'autres circonstances, Pandora se serait offusquée. Mais cette fois, elle était entièrement d'accord avec son cousin.

L'ambiance survoltée de la pièce les fit battre tous deux en retraite. Michael prit Pandora par le bras et l'entraîna à sa suite. Ils longèrent le couloir et s'isolèrent dans l'un des nombreux petits boudoirs de la maison. A peine Michael eut-il refermé la porte sur eux que des éclats de voix leur parvinrent de la bibliothèque.

Pandora sortit de sa poche un mouchoir propre, se moucha une nouvelle fois, puis elle se laissa tomber sur le bras d'un fauteuil. La nouvelle l'avait laissée sous le choc.

— Et maintenant, que fait-on ? s'enquit-elle.

Michael palpa machinalement ses poches à la recherche d'un paquet de cigarettes avant de réaliser qu'il avait arrêté de fumer.

— Eh bien, nous devons prendre une décision.

Pandora lui adressa un de ses regards pénétrants qui avaient le don de troubler la plupart des hommes qui croisaient sa route. Mais Michael, lui, s'assit nonchalamment en face d'elle et soutint son regard sans ciller.

— J'étais sincère lorsque j'ai dit que je ne voulais pas de cet argent, affirma Pandora. Une fois cette somme partagée en deux et les impôts payés, il devrait nous rester cinquante millions chacun. C'est ridicule ! ajouta-t-elle en levant les yeux au ciel.

— C'est surtout du Jolley tout craché, dit Michael, remarquant le voile de tristesse qui venait d'assombrir le visage de Pandora.

— Je sais qu'il a toujours adoré jouer. Le problème c'est que cette fois, il est allé trop loin.

Incapable de rester en place, Pandora se leva et alla vers la fenêtre.

— Michael, je t'assure que j'étoufferais si je me retrouvais soudain avec autant d'argent.

— Allons, ce n'est quand même pas si grave que ça, tenta de la rassurer Michael.

Pandora émit un bruit semblable à un ricanement et, d'un petit bond, se percha sur le rebord de la fenêtre.

— Evidemment, je suppose que toi, tu ne refuseras pas une somme pareille !

A ce moment précis, il aurait aimé avoir le pouvoir d'effacer ce sourire irrésistible du visage de Pandora.

— En effet, je ne méprise pas l'argent comme tu sembles le faire.

Pandora haussa négligemment les épaules.

— Eh bien, prends tout, alors. Je te cède ma part.

Michael saisit délicatement un petit œuf en porcelaine bleue, d'une valeur inestimable, qu'il s'amusa à faire passer d'une main dans l'autre. Il apprécia le contact lisse et doux contre sa paume rugueuse.

— Ce n'est pas ce qu'exige le contrat.

Tout en reniflant, Pandora quitta son poste et, d'un geste brusque, lui retira l'œuf des mains.

— « Ils se marièrent et vécurent heureux jusqu'à la fin de leurs jours… » C'est ça ? déclama-t-elle avec cynisme en lui rendant machinalement la petite porcelaine. J'aimerais beaucoup faire plaisir à oncle Jolley, malheureusement, je n'ai pas l'âme d'une martyre, vois-tu. D'ailleurs, je croyais que tu étais fiancé à cette petite danseuse blonde qui te suit partout en ce moment ?

Michael reposa calmement l'œuf pour ne pas céder à l'envie de l'envoyer à la tête de Pandora.

— Pour quelqu'un qui méprise tout ce qui touche de près ou de loin aux séries télévisées, tu sembles bien au courant des ragots de la presse à scandale, dis-moi.

— En effet, j'*adore* les ragots, renchérit Pandora avec une telle exagération que Michael éclata de rire.

— Très bien, Pandora. Et si nous déposions les armes un instant ?

Pourvu que chacun y mette un peu du sien, ils parviendraient peut-être à se parler comme deux adultes civilisés.

— Non seulement je ne suis pas *fiancé,* comme tu dis, mais il n'est absolument pas question de mariage dans la proposition d'oncle Jolley, attaqua-t-il. Tout ce que nous avons à faire, c'est partager le même toit pendant six mois.

Tandis qu'il s'adressait à elle, Pandora ressentit une pointe de déception. Car s'il était certain qu'ils ne s'entendaient pas, elle avait pourtant le plus grand respect pour l'affection qu'il avait toujours témoignée à leur oncle.

— Ta décision est prise ? Tu veux vraiment prendre cet argent ?

Michael fit deux pas en avant et vint se planter devant Pandora qui soutint vaillamment son regard.

— Pense ce que tu veux.

Il parlait calmement, comme si le ton méprisant de Pandora le laissait indifférent.

— Tu ne veux pas de cet argent, c'est ton droit le plus strict. Mais réfléchis bien. Tu vas laisser cette bande de vautours, ou une équipe de chercheurs complètement illuminés, hériter de cette maison à ta place ? Jolley a toujours adoré cet endroit ainsi que tout ce qui s'y trouve. Et je pensais que toi aussi tu y étais attachée.

— Je le suis, riposta Pandora.

« Il ne faisait aucun doute que les autres la vendraient », songeait-elle. Chacune des personnes présentes dans la bibliothèque aujourd'hui s'empresserait de la mettre en vente pour en retirer le plus d'argent possible. C'en serait alors définitivement fini de « La Folie de Jolley », de son charme baroque, de son luxe tapageur.

Oncle Jolley était mort, pourtant il semblait toujours tirer les ficelles.

— Ne dirait-on pas que, de là-haut, il dirige encore nos vies ?

Michael leva un sourcil surpris.

— Ça t'étonne ?

— Pas vraiment, répondit Pandora en éclatant de rire.

Michael regardait la jeune femme aller et venir dans la pièce. Son œil professionnel admirait la crinière de feu qu'incendiait un peu plus le rayon de soleil qui entrait à présent à flots par la fenêtre. Pandora aurait pu faire une carrière à la télévision ou au cinéma si elle l'avait voulu. Sa façon de bouger, son port de reine étaient ceux d'une star, sa chevelure de feu, un peu agressive dans la réalité, aurait pu être atténuée par la magie des filtres. Il s'était d'ailleurs souvent demandé pourquoi elle avait choisi de conserver sa couleur naturelle.

Michael se demanda à quoi Pandora pensait. Lui se moquait bien de l'argent, mais il ne pouvait supporter l'idée que tout ce que Jolley avait construit finisse entre les mains d'une bande de charognards. Il ne laisserait pas une telle chose arriver. Et si, pour cela, il fallait en découdre avec Pandora, eh bien il n'hésiterait pas une seconde ! Cette perspective pourrait même se révéler amusante.

Des millions de dollars. Pandora était persuadée qu'une somme aussi indécente ne pourrait être qu'une source d'ennuis. Comptes bancaires, actions en Bourse, conseils d'administration, fiscalité. A tout cela, elle préférait largement la vie plus simple, bien que bourgeoise, qu'elle s'était choisie. Elle estimait qu'au-dessus, ou en dessous, d'un certain niveau de revenus, la vie quotidienne pouvait se transformer en parcours du combattant. Si l'on choisissait un juste milieu en revanche, elle devenait un long fleuve tranquille. Objectif qu'elle avait presque atteint.

Evidemment, si elle acceptait, l'héritage colossal de son oncle donnerait un sacré coup de pouce à sa carrière. Elle bénéficierait de la liberté artistique dont elle avait toujours rêvé et n'aurait plus à s'inquiéter des fins de mois difficiles. Car si la critique, unanime, reconnaissait en elle une créatrice de talent, Pandora devait bien admettre que l'argent ne coulait pas encore à flots. En dehors du circuit très fermé de Manhattan, ses créations étaient jugées trop originales. Elle devait donc se plier, pour garder la tête hors de l'eau, à des stéréotypes qui l'agaçaient prodigieusement. Avec cinquante ou soixante millions, elle pourrait…

Furieuse contre elle-même, elle chassa cette idée de son esprit. Plutôt mourir que de devenir comme Michael qui, en visant l'héritage et en tournant la situation à son avantage, se rangeait du côté de l'ennemi ! Non, il lui fallait trouver d'autres solutions pour préserver la mémoire d'oncle Jolley.

Il lui suffirait, tout comme pour une partie d'échecs, de choisir la bonne tactique.

Pandora n'avait jamais vécu avec un homme. Elle avait choisi à dessein de mener sa barque en solitaire car, plus que le quotidien, elle ne supportait pas l'idée même de devoir partager son espace vital avec quelqu'un. Si elle acceptait de vivre avec Michael, ce serait la première d'une longue liste de concessions.

Il ne fallait pas écarter non plus le fait que Michael était un homme extrêmement séduisant. Au point que, s'il n'avait pas été aussi ennuyeux, elle aurait pu se laisser prendre à son charme. Elle songea, amusée, au pouvoir qu'elle avait sur lui. Ne s'était-elle pas toujours enorgueillie de le mener par le bout du nez ? Quelquefois, la tâche était ardue, mais cela n'en rendait leurs altercations que plus intéressantes. En outre, ils n'avaient jamais vécu sous le même toit plus d'une semaine.

La seule chose dont elle était sûre c'est qu'elle aimait son oncle de tout son cœur. Comment pourrait-elle se regarder encore dans une glace si elle ne respectait pas ses dernières volontés ? Ou plutôt dans ce cas précis, sa dernière facétie.

Six mois. Son regard accrocha celui de Michael. Cela pouvait se révéler interminable, surtout si elle n'était pas vraiment convaincue du bien-fondé de sa décision.

— A ton avis, Michael, crois-tu que nous puissions vivre six mois sous le même toit sans en venir aux mains?

— Non.

Il avait répondu sans une seconde d'hésitation.

— De toute façon, je suppose que nous nous ennuierions s'il en était autrement, répliqua Pandora en riant. Le temps de régler mes affaires, je serai prête à emménager d'ici trois jours. Quatre, tout au plus.

— C'est parfait.

Michael sentit son corps se détendre. En fait, il avait vraiment redouté un refus de la part de Pandora. Pour le moment, il ne voulait pas s'interroger sur les raisons d'une telle réaction. Il lui tendit sa main ouverte.

— Marché conclu.

Pandora inclina la tête au moment où sa paume touchait celle de Michael.

— Marché conclu, acquiesça-t-elle, étonnée par le contact rugueux de sa peau contre la sienne. Elle s'était attendue à ce que sa main soit douce et souple. Ces six mois à venir risquaient de lui réserver bien d'autres surprises.

— Nous allons annoncer notre décision aux autres? proposa-t-elle.

— Prépare-toi à affronter une meute de hyènes.

Un sourire narquois fleurit sur les lèvres de Pandora, éclairant son visage d'une lumière que Michael ne lui connaissait pas.

— Je sais. Toi, en revanche, essaie de cacher ta joie.

Lorsqu'ils sortirent enfin de la pièce, ils tombèrent nez à nez avec quelques-uns des membres de la famille qui s'étaient repliés dans le couloir. Ils étaient occupés à ce qu'ils savaient faire le mieux: se disputer.

— Oh toi, disait méchamment Biff à Hank, tu gaspillerais ta part en moins de deux! Moi, au moins, je sais ce que je ferais de cet argent.

— Oui, rétorquait tout aussi méchamment Monroe en tirant sur son éternel cigare. Tu le perdrais aux courses. Ou en investissements foireux. Peut-être même en redressements fiscaux, tiens !

— Et toi tu pourrais te payer des cours où tu apprendrais enfin à faire des phrases complètes, intervint Carlson en se dégageant du nuage de fumée que Monroe venait de souffler dans sa direction. Je suis le fils unique de ce vieux fou, c'est donc à moi de prouver qu'il était complètement sénile.

Un mélange égal de frustration et de dégoût fit avancer Pandora vers le petit groupe.

— Oncle Jolley avait certainement plus de tête que vous tous réunis ! Et il a légué à chacun de vous exactement ce qu'il méritait.

Biff sortit négligemment de la poche de sa veste un étui à cigarettes en or.

— Apparemment, notre chère Pandora a changé d'avis au sujet de cet argent qu'elle méprisait tant tout à l'heure. La décision a dû être difficile à prendre, n'est-ce pas, chérie ? insinua-t-il avec perfidie.

Une main ferme agrippa l'épaule de Pandora, empêchant cette dernière de fondre sur l'agresseur.

— Décidément, tu ne changeras jamais, lança Michael dans son dos, il faut toujours que tu te fasses remarquer !

— Notre petit écrivaillon serait-il en train de devenir violent ? poursuivit Biff en allumant sa cigarette. Allons, ne fais pas cette tête ! Je jette l'éponge.

— En effet, je pense que c'est ce que tu as de mieux à faire, approuva la femme de Hank qui venait de les rejoindre.

Elle gratifia les deux jeunes gens d'une accolade sincère et chaleureuse.

— Vous pourriez aménager une salle de gym, vous en profiteriez pour vous muscler un peu. Allons, viens Hank, nous partons.

Avec l'étoffe de sa veste tendue à l'extrême par sa musculature avantageuse, Hank suivit sa femme en silence.

— Décidément, rien dans la tête, tout dans les muscles, ces deux-là, grommela Carlson tandis que le couple s'éloignait. Viens Mona, nous n'avons plus rien à faire ici, nous non plus, ajouta-t-il en ouvrant la voie.

Lorsqu'il arriva à la hauteur de Pandora et de Michael, il s'arrêta devant eux pour les fusiller du regard.

— Nous n'en resterons pas là, jeta-t-il d'un ton menaçant.

Pandora lui adressa en retour son plus beau sourire.

— Rentre bien, oncle Carlson.

— A bientôt devant les tribunaux, rétorqua-t-il en se dandinant sans se retourner.

Ignorant l'ambiance tendue qui régnait autour d'elle, Patience applaudit des deux mains.

— Key West ! s'exclama-t-elle. Je n'en reviens pas ! Moi qui ne suis jamais allée au-delà de Palm Springs !

Ginger posa sa main sur le bras de Michael et battit des cils.

— Quand crois-tu que je vais pouvoir récupérer mon miroir ?

Michael considéra le joli minois en forme de cœur, les yeux aussi bleus que la mer des tropiques. Par chance, ce n'était pas avec elle qu'il allait devoir passer six mois !

— Je suis certain que Me Fitzhugh va faire le nécessaire le plus vite possible, dit-il d'un ton rassurant.

— Allons, Ginger, la rabroua Biff. Il est temps que nous nous rendions à l'aéroport.

Il sourit hypocritement à Pandora, puis se pencha vers Michael et lui dit sur le ton de la confidence :

— Vois-tu, je serais inquiet si je ne vous connaissais pas si bien. Mais avec vos sales caractères, je suis prêt à parier que vous ne tiendrez pas une semaine. Je vous donne deux jours avant de commencer à vous entretuer.

— Et moi, prévint Michael avec un sourire goguenard, je te conseille de ne pas trop dépenser en pensant empocher un jour cet argent. Parce que nous tiendrons six mois. Ne serait-ce que pour vous faire mentir.

L'air supérieur qu'avait affiché Biff s'évanouit aussitôt.

— Nous verrons bien qui sortira vainqueur de ce petit jeu, menaça-t-il.

Drapé dans sa dignité, il s'éloigna à grandes enjambées, suivi de son épouse qui avait écouté sans dire un mot.

— Biff, demanda-t-elle avec candeur en trottinant derrière lui, qu'est-ce que tu vas faire de toutes ces allumettes ?

— Brûler ses vaisseaux, j'imagine, siffla Pandora entre ses dents. Eh bien, reprit-elle à voix haute, il n'y avait déjà pas beaucoup d'amour entre nous tous, mais on peut dire qu'à présent il n'en reste rien du tout !

— Ça te pose un problème de te fâcher avec tous ces vautours ?

La jeune femme haussa négligemment les épaules et, d'un geste machinal, arrangea les roses disposées près d'elle dans un vase.

— A vrai dire, c'est curieux mais je n'ai jamais eu ce genre de problème avec toi. A quoi est-ce dû, à ton avis ?

— Jolley avait coutume de dire que nous nous ressemblions beaucoup.

Pandora haussa un sourcil sceptique.

— Vraiment ? Une fois de plus, je ne suis pas d'accord avec lui. Nous n'avons rien en commun, toi et moi, Michael Donahue.

— Nous verrons bien dans six mois, dit-il.

Il s'approcha de Pandora et prit son menton entre son pouce et son index.

— Tu as de la chance, dis-moi, tu aurais pu tomber sur Biff.

— Plutôt mourir !

— Je suis flatté que tu me préfères à lui, s'exclama Michael, un sourire satisfait aux lèvres.

— Il n'y a vraiment pas de quoi ! riposta sèchement Pandora.

Cependant, elle ne s'écartait pas de lui. Pas encore. Elle trouvait intéressant qu'ils restent si proches sans se disputer.

— La seule différence, c'est que je te trouve un peu moins barbant que lui.

— C'est largement suffisant, commenta Michael en esquissant un petit sourire. Je te le répète, je suis flatté. Même si, je te l'accorde, je me contente de peu.

Il caressa du doigt la joue veloutée de Pandora. Elle était toujours aussi pâle mais ses yeux étincelaient à présent.

— Crois-moi, Pandora, reprit-il d'une voix suave, je n'ai pas l'intention de m'ennuyer au cours de ces six mois. Au contraire, nous les mettrons à profit pour expérimenter un tas de choses agréables.

Mieux valait garder à la mémoire le fait qu'il ne la trouvait pas séduisante et que si, par hasard, il se hasardait à la séduire ce ne serait que pour flatter son ego surdimensionné.

— En tout cas, conclut-elle, je n'ai pas encore compris pour quelle raison tu voulais honorer ce contrat, mais en ce qui me concerne, sache que je n'accepte que pour oncle Jolley. En outre, je pourrai facilement installer un atelier à « La Folie ».

— Quant à moi, que j'écrive là-bas ou ailleurs…

Pandora préleva une rose du bouquet.

— Si toutefois, on peut qualifier d'écriture tes improbables scénarios, asséna-t-elle perfidement.

— Parce que tu crois qu'on peut qualifier d'« œuvres d'art » ces espèces de chaînettes que tu relies les unes aux autres pour en faire des bijoux.

A la grande satisfaction de Michael, les joues de Pandora s'empourprèrent.

— Tu ne reconnaîtrais pas une œuvre d'art, même si on te la mettait sous le nez.

Michael esquissa un petit sourire empreint d'un intérêt poli.

— O.K., changeons de sujet. Quelle place doit-on accorder au sexe durant ce séjour ?

— J'aurais dû me douter que tu poserais la question.

Pandora prit un Kleenex, se moucha puis referma son sac d'un claquement sec.

— J'imagine que les femmes que tu as l'habitude de fréquenter te coûtent cher, ajouta-t-elle avec dédain.

Michael ne cacha pas l'amusement que la réaction de la jeune femme avait provoqué chez lui.

— Bon, continuons à parler travail.

— Mon travail est très honorable, contrairement au tien qui n'est qu'un support d'annonces publicitaires.

— Excusez-moi...

Fitzhugh se tenait sur le seuil de la bibliothèque, visiblement pressé de se débarrasser de sa mission maudite.

— Dois-je comprendre que vous avez décidé d'accepter les clauses particulières de l'héritage ?

« Six mois », se dit Pandora. L'hiver promettait d'être long.

« Six mois », songea Michael. Il aurait l'occasion de voir percer les premières jonquilles.

— Vous pourrez commencer le décompte à la fin de la semaine, annonça-t-il à Fitzhugh. D'accord, *cousine* ?

Pandora releva fièrement le menton.

— D'accord, *cousin*.

2

Le trajet qui conduisait de Manhattan aux monts Catskills était très agréable. Pandora avait toujours aimé cette route qui serpentait le long de la rivière Hudson et qui lui procurait immanquablement une impression de détente. Jusqu'à présent, elle avait toujours géré sa vie comme elle le voulait, faisant les choses à son gré et à son rythme. Cette fois, pourtant, elle agissait sous l'influence de l'oncle Jolley. Et pour la première fois, se sentait prise au piège.

Car ce dernier devait bien se douter que sa nièce se ferait un devoir de respecter ses dernières volontés. Pas pour l'argent, bien sûr. Il était trop intelligent pour croire qu'elle se laisserait entraîner dans un coup monté aussi ridicule pour une vulgaire question d'argent. Non, il savait pertinemment qu'elle se laisserait fléchir pour conserver la maison et les souvenirs qui la rattachaient à elle, et pour perpétuer ainsi la mémoire de la famille. Oncle Jolley connaissait parfaitement ses points faibles.

Et voilà qu'elle se retrouvait obligée de quitter Manhattan pour six mois. Oh, bien sûr, elle serait amenée à y faire un saut de temps en temps, mais ce serait différent que de vivre au cœur bouillonnant de la ville. Elle avait toujours aimé cette vie trépidante, ce mouvement incessant si caractéristique des grandes mégapoles. Tout comme elle aimait se plonger durant de longs week-ends dans la solitude de « La Folie ».

Ses parents l'avaient élevée ainsi et lui avaient transmis cette capacité à se fondre dans l'environnement dans lequel elle se trouvait et surtout à l'apprécier. Eux-mêmes étaient des aventuriers bohêmes qui, s'ils préféraient voyager en première plutôt qu'en classe économique, avaient cependant conservé une âme de baroudeurs.

A l'âge de quinze ans, Pandora avait déjà vécu dans plus de trente pays différents. Elle avait été initiée à la cuisine japonaise, avait sillonné les landes d'Ecosse et marchandé dans les souks de Turquie. Une succession de précepteurs les avaient accompagnés dans leurs pérégrinations, si bien que, si elle faisait le compte, elle n'avait pas passé plus de deux ans sur des bancs d'école avant d'intégrer l'université.

Elle avait gardé de cette enfance exotique et vagabonde un goût prononcé pour l'éclectisme. Elle n'aimait rien tant que varier les saveurs, les styles et même le genre de personnes qu'elle fréquentait. Curieusement, cette ouverture d'esprit et ces horizons divers lui avaient également donné l'envie d'un foyer et d'une famille stables.

Tandis que ses parents sillonnaient le monde, appareils photos et caméras en bandoulière, Pandora se posait des questions essentielles. Où était sa maison ? Une année au Mexique, une autre à Athènes. Jamais assez longtemps pour s'y créer des racines. Elle avait alors compris que le choix de ses parents n'était pas le sien et elle avait décidé de se poser quelque part.

C'est ainsi qu'elle avait jeté son dévolu sur New York et d'une certaine façon sur son oncle Jolley.

Et aujourd'hui, pour l'amour de cet homme qui avait été sa seule famille, elle était prête à passer six mois avec un soi-disant cousin qu'elle supportait à peine, et à hériter d'une fortune dont elle ne voulait pas. Décidément, cette vie qu'elle voulait linéaire se révélait étonnamment tortueuse !

C'était là le dernier clin d'œil de Jolley, songeait-elle en empruntant la longue allée qui menait à la maison. Mais s'il avait réussi l'exploit de les réunir, elle et Michael, sous le même toit, il ne pourrait pas les obliger à rester collés l'un à l'autre toute la journée !

Si encore elle avait su à quoi s'en tenir avec Michael... Mais elle avait du mal à deviner ses motivations. Etait-il poussé par l'appât du gain ou par l'affection qu'il portait à Jolley ? Bien sûr, depuis quatre ans maintenant que Michael connaissait le succès avec sa série télévisée *Logan's Run*, il était à l'abri du besoin, mais l'argent était un moteur si redoutable ! Il n'y avait qu'à voir l'oncle Carlson. Il possédait plus d'argent qu'il ne pourrait jamais en dépenser, pourtant il était prêt à contester le testament de son propre père pour en posséder encore plus.

Ce dernier point d'ailleurs n'inquiétait pas Pandora. Derrière ses airs de savant fou, Jolley savait parfaitement ce qu'il faisait et lui et Fitzhugh avaient certainement pris toutes les précautions nécessaires pour verrouiller ce testament.

Non, ce qui la tracassait, c'était Michael. Ou plutôt le fait que, depuis ces deux derniers jours, elle pensait à lui plus que de raison. Allié ? Ennemi ? Elle ne savait trop à qui elle allait avoir affaire. Il n'en restait pas moins qu'elle devait passer six mois en sa compagnie. Pourvu qu'il respecte son indépendance !

Pandora atteignit enfin la maison, épuisée par le long trajet et ce fichu rhume dont elle n'était pas encore débarrassée. Elle s'apprêtait à sortir ses bagages du coffre de la voiture quand elle s'arrêta, le regard aimanté par la grande demeure.

Construite une cinquantaine d'années auparavant, elle avait été pensée selon une conception anarchique, comme si Jolley n'avait jamais su où la commencer ni où la terminer. Mais c'était un des traits de caractère du vieil homme qui avait un goût prononcé pour l'inachevé.

Si l'on faisait abstraction des ailes rajoutées au fil des années, on avait devant les yeux un manoir sobre et austère du XVIIIe siècle. Avec les parties plus récentes en revanche, il devenait un bloc singulier de façades rectilignes et d'angles droits, un enchevêtrement de hauteurs et de profondeurs. Quelques fenêtres tout en longueur voisinaient avec d'autres tout en largeur, mais Pandora aimait ce manque d'harmonie et de symétrie qui conférait à l'ensemble un charme particulier. Le tout, parfaitement disparate, donnant l'impression que Jolley avait changé ses directives au gré de ses humeurs.

Il avait fait venir la pierre de ses carrières et le bois de ses scieries. Et lorsqu'il avait décidé de faire construire sa maison, il n'avait pas hésité à monter sa propre entreprise de construction. C'est ainsi que la société McVie Construction avait vu le jour avant de devenir la cinquième entreprise du pays.

Pandora se rendit compte soudain qu'elle en possédait la moitié et cette seule idée lui donna le vertige. De combien d'autres encore allait-elle devenir propriétaire pour moitié ? Jolley possédait des intérêts dans les plus grandes firmes américaines : industrie pétrolière, métallurgique, aérospatiale, alimentaire. Pandora souleva une des caisses, maudissant son inconséquence. Dans quelle galère s'était-elle fourrée ?

D'une des fenêtres de l'étage supérieur, Michael observait avec le plus grand intérêt les allées et venues de la jeune femme.

Elle portait une veste ample, bigarrée bleu, jaune et rose. Le vent plaquait son pantalon sur ses longues jambes, et il lui sembla qu'elle affichait une mine contrariée. Tant mieux ! Il ne serait pas tenté de la réconforter comme cela avait été le cas lors des funérailles de l'oncle Jolley. Car il pressentait que montrer de la compassion à une femme comme Pandora pourrait lui causer du tort.

Il la connaissait depuis l'enfance et la considérait alors comme une enfant gâtée qui ne lui inspirait aucune sympathie. Seule l'affection réelle qu'elle portait à Jolley l'avait fait revenir sur ce jugement sévère. Ainsi que, il devait bien l'admettre, l'honnêteté et l'humanité qui transparaissaient derrière son attitude désinvolte.

Il y avait eu une époque, très brève, où il avait éprouvé une certaine attirance pour elle. Mais ce n'était qu'un désir physique, une réaction normale, comme en connaissent tous les adolescents. D'autant qu'il la trouvait d'une beauté singulière, tantôt ingrate, tantôt époustouflante. Mais il avait très vite chassé la jeune fille de son esprit, lui préférant des femmes plus féminines et surtout plus dociles.

Michael interrompit le rangement de son bureau pour descendre accueillir la jeune femme.

— Charles, les transporteurs sont-ils venus livrer mon matériel ? demanda Pandora en retirant ses gants en cuir pour les poser sur une petite table ronde dans le hall d'entrée.

Pandora éprouvait toujours autant de plaisir à retrouver le fidèle majordome qui avait passé toute sa vie au service de son oncle.

— Tout est arrivé ce matin, Mademoiselle.

D'un geste de la main, Pandora empêcha le vieil homme de porter ses valises à sa place.

— Laissez, Charles, je vais m'en occuper. Où ont-ils rangé les caisses ?

— Dans l'abri de jardin, comme vous me l'aviez demandé.

Elle lui sourit tout en effleurant sa joue d'un baiser. Le majordome rougit légèrement.

— Je savais bien que je pouvais compter sur vous. Je n'ai pas encore eu l'occasion de vous le dire, mais c'est un grand bonheur que Sweeney et vous ayez décidé de rester à notre service. « La Folie » n'aurait plus été ce qu'elle était sans vous deux.

Charles redressa fièrement sa vieille carcasse et déclara d'une voix solennelle :

— Nous n'avons pas pensé une seconde à quitter les lieux, Mademoiselle. Monsieur aurait voulu nous voir rester.

Oui, mais en leur faisant don à chacun de trois mille dollars par année de service, il leur avait laissé la possibilité de choisir, songea Pandora. Charles avait été embauché lorsque la construction de la maison avait été achevée, et Sweeney l'avait rejoint une dizaine d'années plus tard. Ils avaient donc, s'ils le souhaitaient, de quoi vivre sereinement jusqu'à la fin de leur vie. Pandora sourit. Certaines personnes n'étaient tout simplement pas faites pour la retraite.

— Charles, j'adorerais une tasse de thé, lui dit-elle gentiment pour faire diversion.

Elle savait qu'autrement, il insisterait pour porter ses lourdes valises dans le grand escalier qui menait aux chambres.

— Dois-je le servir dans le salon, Mademoiselle ?

— Parfait. Et s'il y a de ce gâteau que...

— Sweeney a cuisiné toute la matinée, répondit Charles avant de s'éloigner.

— Je me demande combien de kilos on peut prendre en six mois, murmura-t-elle pour elle-même en songeant aux délicieuses pâtisseries, spécialités de Sweeney.

— Si c'est à toi que tu penses, tu as de la marge, décréta Michael d'un ton ironique. D'ailleurs, les hommes préfèrent les femmes bien en chair.

Pandora se retourna vivement et leva la tête vers Michael qui la toisait depuis la dernière marche du monumental escalier.

— Séduire les hommes n'est pas mon principal souci, vois-tu.

— Je n'en doute pas une seconde.

En le voyant si arrogant, si sûr de lui, et cependant si dangereusement séduisant, Pandora ressentit les premiers signes d'une irritation profonde. S'il voulait jouer au mâle dominant avec elle, il allait vite déchanter !

— Puisque tu es déjà installé, tu pourrais descendre et m'aider à sortir le reste de mes bagages.

Michael ne bougea pas.

— J'ai toujours cru que l'un des rares points sur lesquels nous nous accordions était celui de la parité, commenta-t-il avec ironie.

— Comme tu voudras, mais si tu ne m'aides pas avant le retour de Charles, il va insister pour le faire lui-même. Et tu le connais aussi bien que moi : il est beaucoup trop fier pour reconnaître que ce n'est plus de son âge.

Sans rien ajouter, elle tourna le dos à l'escalier. Elle n'avait pas franchi le seuil de la porte d'entrée que Michael lui emboîtait le pas.

Elle inspira une profonde bouffée d'air frais. Finalement, la journée ne s'annonçait pas si mal.

— Tu es parti tôt ce matin ?

— En fait j'ai pris la route hier soir.

Pandora prit un bagage dans le coffre de sa voiture et lança d'un air de défi :

— Alors, Michael, prêt à démarrer le jeu ?

S'il n'avait pas été aussi déterminé à commencer leur cohabitation paisiblement, il aurait volontiers taquiné la jeune femme sur son ton faussement désinvolte et sur l'anxiété qu'il lisait dans ses yeux. Mais il préféra ignorer la provocation.

— Je voulais que mon bureau soit installé aujourd'hui. Je venais juste de terminer quand tu es arrivée.

— Boulot, boulot, boulot, dit-elle en poussant un profond soupir. Décidément, tu ne penses qu'à ça ! Remarque, c'est le lieu idéal pour passer des heures à faire travailler ton imagination déjà si fertile !

Après tout, si Pandora s'obstinait à vouloir ouvrir les hostilités... Comme elle sortait une autre valise du coffre, Michael lui saisit fermement le poignet. Plus tard, il se souviendrait de la douceur de sa peau, de la finesse de l'attache, mais pour l'heure, il regrettait qu'elle ne soit pas un homme. Il aurait pu lui flanquer une bonne raclée.

— La qualité de mon travail et le temps que j'y consacre ne te regardent pas, Pandora, dit-il le plus calmement possible.

Pandora adorait le sentir prêt à craquer. Les autres membres de sa famille étaient si guindés, si froids, ne laissant jamais transparaître leurs véritables sentiments, qu'elle trouvait Michael très intéressant en comparaison. Elle lui sourit sans chercher à dégager son poignet qu'il tenait toujours prisonnier.

— Je ne pense pas avoir rien dit de tel. Et tu n'imagines même pas à quel point tu es loin de la vérité ! Si nous rentrions boire une bonne tasse de thé bien chaud à présent ? Il commence à faire frais.

Michael avait toujours admiré chez Pandora cette capacité

qu'elle avait à se couler aisément dans la peau d'une jeune fille de bonne famille. En tant que scénariste habitué à écrire des fictions et à fréquenter des acteurs jouant sans cesse la comédie, il appréciait la fraîcheur naturelle de la jeune femme et ses talents d'improvisation.

— Très bonne idée, dit-il.

Il souleva une valise, laissant la dernière à Pandora, et ajouta :

— Cela nous donnera l'occasion d'établir quelques règles de base.

— Vraiment ?

La jeune femme saisit son bagage, referma le coffre avec délicatesse, puis, sans plus de commentaires, se dirigea vers la maison. Elle laissa la porte grande ouverte et dédaigna la valise qu'elle avait laissée dans le hall. Michael se chargerait de la lui monter s'il ne voulait pas fatiguer ce pauvre Charles qu'il adorait !

Sa chambre était située au deuxième étage, dans l'aile est. Jolley lui avait laissé le soin de la décorer et Pandora avait choisi un blanc immaculé qu'elle avait ponctué, ici et là, de taches de couleurs vives : des taies d'oreiller bleu marine, une immense peinture à l'huile représentant un crépuscule flamboyant, un bouquet de plumes de paon dans un vase vermillon.

Pandora posa sa valise sur son lit et nota avec satisfaction le feu qui crépitait joyeusement dans la petite cheminée en marbre. Elle retira sa veste et la jeta négligemment sur un fauteuil ancien.

— J'ai l'impression de mettre les pieds dans un décor d'*Intérieurs de charme*, siffla la voix ironique de Michael tandis qu'il se déchargeait bruyamment de son fardeau.

Pandora fixa les valises qu'il venait de laisser tomber lourdement puis elle lui adressa un regard plein de mépris.

— J'imagine, en effet, que ta chambre genre *Sports et Loisirs* te correspond nettement mieux. Bien, le thé doit être servi à présent.

Michael ne riposta pas, trop occupé à détailler en silence la silhouette de la jeune femme. Le pull en cachemire, jusque-là caché par sa veste, moulait harmonieusement son buste bien proportionné, et il comprit ce qui l'avait attiré chez elle lorsqu'il était adolescent.

Ils descendirent les marches en silence et gagnèrent le salon de style oriental où Charles venait d'apporter un plateau chargé d'un service à thé.

— Oh, vous avez pensé à allumer un feu ! Comme c'est gentil ! s'exclama Pandora en tendant ses mains vers les flammes.

Elle avait besoin de quelques minutes, pas plus, pour chasser de son esprit la lueur de désir qu'elle avait captée dans le regard de Michael. Et pour oublier qu'elle avait ressenti la même chose à son égard.

— Je servirai le thé, Charles, ajouta-t-elle. Et ne vous inquiétez pas pour nous, nous arriverons bien à nous débrouiller tout seuls jusqu'à l'heure du dîner.

Son regard s'attarda sur les lourdes tentures, les canapés de brocart moelleux, les coussins rebondis, les vases en cuivre rutilants.

— J'ai toujours adoré cette pièce, commenta-t-elle en remplissant leurs tasses. Je n'avais que douze ans lorsque mes parents et moi avons vécu en Turquie, mais j'en ai gardé un souvenir vivace que je retrouve dans ce salon. Même les odeurs me rappellent celles des souks. Du sucre ?

— Non, merci.

Michael prit la tasse qu'elle lui tendait, se servit une part de gâteau et alla prendre place près du feu. Lui préférait le petit salon contigu, auquel il trouvait un air de cottage anglais. Et voilà, songeait-il, l'aventure commençait, avec pour seuls témoins, un vieux majordome et une gentille cuisinière. Si tout se passait bien, dans six mois, tous les quatre signeraient un document attestant sur l'honneur qu'ils avaient bien respecté les termes du contrat. Mais d'ici là il allait falloir composer.

— Règle numéro un, attaqua Michael sans préambule. Si nous nous retrouvons ensemble dans l'aile est, c'est par pure commodité, pour faciliter le service de Charles et Sweeney.

Mais, et j'insiste bien sur ce point, chacun devra impérativement respecter l'espace vital de l'autre.

Pandora croisa les jambes et sirota une gorgée de thé brûlant avant de répondre :

— Jusque-là, nous sommes d'accord.

— Pour des questions d'intendance, nous devrons également prendre nos repas à la même table. Je suggère donc, afin que nous ne soyons pas tentés de nous entretuer, d'éviter tout sujet relatif à nos professions respectives.

Pandora mordit dans son gâteau en lui adressant un petit sourire moqueur.

— Mais bien sûr ! Laissons de côté les sujets personnels.

— Sale petite peste !

— Allons, allons, ne prenons pas un mauvais départ, veux-tu ? Règle numéro deux, enchaîna-t-elle, aucun de nous, et ce, quel que soit notre degré d'ennui ou d'excitation, ne devra déranger l'autre durant ses heures de travail. En ce qui me concerne, j'ai pour habitude de travailler de 10 heures à midi, puis de 15 heures à 18 heures.

— Règle numéro trois : si l'un de nous a de la visite, l'autre devra se montrer discret.

Les yeux de Pandora s'étrécirent.

— Dommage. J'aurais tellement voulu rencontrer ta danseuse ! Règle numéro quatre : le rez-de-chaussée est considéré comme terrain neutre. En tant que tel, nous pouvons en jouir également tous les deux à moins que des changements notables n'interviennent. Auquel cas, ils devront être préalablement discutés par les deux parties.

Pandora s'interrompit et pianota sur les bras du fauteuil.

— Si nous nous engageons à respecter ces règles, nous devrions pouvoir y arriver, conclut-elle d'un ton léger.

— Si je me souviens bien, en général, c'est toi qui enfreins les règles.

La voix de Pandora se fit plus lisse, son ton plus mielleux.

— Je ne vois absolument pas à quoi tu fais allusion.

— Canasta, poker, gin-rami…, énuméra Michael.

— Je n'ai jamais rien entendu d'aussi absurde ! D'ailleurs, tu n'as aucune preuve de ce que tu avances.

Elle se leva nonchalamment et alla se servir une nouvelle tasse de thé. Elle aimait ce moment qu'ils étaient en train de vivre dans la quiétude réconfortante de cette pièce. Elle adressa à Michael un sourire renversant.

— Est-ce que par hasard, tu m'en voudrais encore de t'avoir fait perdre un jour cinq cents dollars ?

— Je ne t'en voudrais pas si tu n'avais pas triché.

— J'ai gagné, c'est tout ce qui compte ! riposta Pandora, parfaitement inconsciente de sa mauvaise foi. Si, effectivement j'ai gagné en trichant mais sans que tu puisses le prouver, eh bien alors, conviens que mon habileté méritait d'être récompensée !

— Ton sens de la logique m'étonnera toujours !

A son tour, Michael se leva. Il s'approcha de la jeune femme d'une démarche féline qui ne la laissa pas indifférente.

— En tout cas, lâcha-t-il d'un ton dégagé, sache que désormais, quel que soit le jeu auquel nous jouerons, je ne te donnerai plus l'occasion de tricher.

Elle lui adressa un petit sourire plein de morgue.

— Michael, nous nous connaissons depuis trop longtemps, tu ne m'intimides pas.

Elle tendait la main pour lui caresser la joue, lorsque Michael lui agrippa le poignet une nouvelle fois. Et une nouvelle fois, elle vit danser dans ses yeux la petite flamme dangereuse qui l'avait surprise quelques instants plus tôt.

Ils se rendirent compte tous les deux au même moment que Jolley n'était plus là pour arbitrer leurs petits jeux. Et que les sentiments qu'ils sentaient aujourd'hui affleurer avaient tout un long hiver devant eux pour s'épanouir.

Ni Pandora ni Michael n'étaient prêts à affronter la réalité, mais étant aussi bornés l'un que l'autre, ils refusaient tout autant de s'y dérober.

— Qui sait ? Peut-être commençons-nous juste à nous montrer tels que nous sommes vraiment, murmura-t-il.

Il avait raison, sans aucun doute, mais pour rien au monde Pandora ne l'aurait admis. Il n'était pas comme ce poseur de Biff, ni comme cet idiot de Hank. Il n'était qu'un lointain cousin par alliance, au sang chaud, et qui n'avait rien en commun avec les autres membres de la famille. Elle sentait en lui une violence contenue, un bouillonnement prêt à exploser, dans lesquels elle se reconnaissait. C'était certainement la raison pour laquelle, ayant trouvé en lui un adversaire à sa taille, elle adorait le provoquer, juste pour le plaisir de le voir réagir.

Ils restèrent ainsi un moment, tels deux rivaux se jaugeant, se jugeant. Le plus sage aurait été de s'écarter l'un de l'autre, cependant Pandora, toujours prisonnière, releva fièrement le menton et lâcha d'un ton égal :

— Nous terminerons ce bras de fer un autre jour si tu veux bien. Pour l'instant je me sens un peu fatiguée. Pourrais-tu lâcher mon poignet s'il te plaît ?

— Règle numéro cinq, énonça-t-il en resserrant son étreinte, si l'un de nous critique l'autre, il doit accepter d'en payer les conséquences.

Puis il libéra le bras de la jeune femme et retourna tranquillement vers son siège.

— A plus tard, *cousine*.

Le lendemain, Pandora se réveilla à l'aube, reposée et vibrante d'énergie. Elle ne savait trop si elle devait sa forme éclatante aux six heures de profond sommeil qu'elle venait d'enchaîner ou à l'air pur des montagnes, mais il n'en restait pas moins qu'elle était impatiente de se mettre au travail. Le petit déjeuner pourrait attendre, décida-t-elle après avoir pris sa douche et s'être habillée. Elle allait investir tout de suite son atelier de fortune et retrousser ses manches.

La maison, encore obscure, était plongée dans un profond

silence lorsqu'elle descendit au rez-de-chaussée. Charles et Sweeney ne prendraient pas leur service avant deux heures et Michael, si elle avait bonne mémoire, n'avait pas pour habitude d'émerger avant midi.

Etant tous deux trop fatigués, ou peut-être gênés par la présence des domestiques pour se livrer à une joute verbale, le dîner s'était déroulé sans incident, à la lueur vacillante des bougies d'un chandelier en argent. La conversation était restée neutre, chacun s'étant efforcé de parler de la pluie et du beau temps, puis, le repas terminé, ils s'étaient séparés vers 21 heures. Pandora pour lire jusqu'à ce que le sommeil la terrasse, Michael pour travailler. Du moins était-ce ce qu'il avait affirmé.

L'air piquant du matin fit frissonner la jeune femme. Elle releva frileusement le col de sa veste et traversa la pelouse à grandes enjambées. Chacun de ses pas faisait craquer la fine pellicule de glace qui s'était formée durant la nuit. Pandora adorait ce sentiment de solitude absolue, l'incroyable légèreté de l'air et ces senteurs mêlées de montagne et de rivière.

Elle se rappela qu'au Tibet, elle avait manqué souffrir d'engelures à cause de son amour immodéré pour la neige. Elle ne trouvait pas moins fascinant ce coin reculé de la chaîne des Catskills. Comme elle aimait l'hiver lorsque la neige recouvrait tout de son linceul blanc et que l'air expiré formait de petites bouffées de vapeur !

Pour elle, l'hiver était porteur de valeurs essentielles : chaque individu devait pouvoir se nourrir, se loger, travailler. Des valeurs fondamentales qu'elle tentait de défendre à travers les réunions politiques dans lesquelles elle investissait beaucoup de son temps libre. Le fait était qu'elle raffolait de ces discussions sans fin, de ces moments passés à refaire le monde. Cependant...

Cependant, quelquefois, elle rêvait d'aubes incandescentes sur des paysages prisonniers du gel, de boissons chaudes savourées au coin d'un feu de cheminée. Et d'une épaule solide sur laquelle se reposer. Mais cela, elle rechignait à l'admettre. Car elle avait été élevée dans l'idée que l'indépendance était un devoir et non un choix. Ses parents, eux-mêmes, vivaient une relation parfaitement équilibrée dans laquelle chacun respectait la liberté de l'autre. C'est ainsi qu'à l'âge de dix-huit ans à peine, Pandora était fermement déterminée à ne sacrifier sa liberté qu'à une relation sérieuse et que deux ans plus tard, elle avait décidé que le mariage n'était pas fait pour elle. Elle avait alors consacré toute son énergie et toute la passion qui bouillonnait en elle à son seul travail.

Aujourd'hui, elle pouvait considérer que sa pugnacité était récompensée : ses créations connaissaient un franc succès et elle s'épanouissait dans son travail. Elle s'estimait heureuse. C'était bien plus que ce que la plupart des gens pouvaient espérer.

Pandora ouvrit la porte de ce que Jolley avait l'habitude d'appeler « l'abri de jardin » mais qui était en réalité une grande bâtisse carrée aux murs lambrissés et au sol recouvert d'un parquet de bois précieux. Oncle Jolley aimait son confort.

Pandora alluma l'interrupteur et avisa les caisses soigneusement empilées le long d'un mur. Après une rapide inspection, elle constata avec satisfaction que les étagères avaient été débarrassées des innombrables outils de jardin accumulés au fil des années. La plomberie avait été refaite à neuf comme en témoignaient l'évier en inox flambant neuf et la petite cabine de douche installée au fond de la pièce. Quant aux cinq établis qu'elle avait toujours connus là, ils constitueraient des plans de travail parfaitement adaptés. Elle s'assura enfin que lumières et ventilation étaient en état de marche.

Elle estima qu'il lui faudrait peu de temps pour transformer les lieux en un atelier confortable.

Après trois heures de travail acharné, elle contempla le résultat avec satisfaction.

Sur l'une des étagères, elle avait aligné des boîtes remplies de perles de toutes les couleurs : noires, violettes, dorées, corail, ivoire. Pierres précieuses et semi-précieuses voisinaient pêle-mêle dans une autre boîte, joyeux mélange détonnant de formes et de tailles différentes. A New York, elle gardait ses précieux trésors enfermés dans un coffre mais ici, elle estimait cette précaution inutile. Or, argent, bronze et cuivre avaient trouvé eux aussi leur place dans de petits compartiments tout simples. Elle avait rangé avec soin le nombre incroyable d'outils qu'elle avait à sa disposition : perceuses, marteaux, pinces, tenailles et limes étaient placés à côté des énormes bobines de fil de Nylon.

Pandora avait investi toutes ses économies dans l'achat de ce matériel, mais jamais elle n'avait eu à le regretter. Elle prit une tenaille qu'elle serra dans la paume de sa main. Non, vraiment, elle ne regrettait rien.

Elle avait appris à modeler des matériaux aussi nobles que l'or et l'argent, à mouler des alliages de métaux, à créer des bijoux originaux, osant des mélanges de perles et de coquillages auxquels personne n'avait pensé avant elle. Elle aimait la liberté de création que lui laissait un métier dont les outils étaient pourtant les mêmes depuis plus de deux cents ans, elle aimait ce mélange de modernisme et de tradition.

C'était en grande partie le sentiment d'être le maillon d'une chaîne sans fin qui avait guidé son choix. Ainsi que la diversité d'expression extraordinaire qu'il lui permettait. Quoique toujours chic, ses bijoux étaient parfois d'une sobriété classique, parfois d'une délirante extravagance. Depuis qu'elle pratiquait cet art, elle n'avait jamais reproduit deux fois la même pièce, car pour elle un bijou se devait d'être unique. Les usines étaient là pour fabriquer en série, pas elle. Elle obéissait à son humeur du moment, à la tendance, mais jamais à l'attrait de l'argent.

C'est ainsi qu'elle avait refusé la commande d'un haut fonctionnaire, jugeant celle-ci trop ordinaire, mais accepté celle d'un jeune père qui lui avait soumis une idée originale. Pandora avait su par la suite que la jeune maman, enchantée, n'ôtait plus de son auriculaire les trois anneaux entrelacés qu'elle avait créés pour elle. Trois anneaux. Un pour chacun des triplés à qui elle avait donné naissance.

Pour l'heure, Pandora venait juste d'achever la conception d'un collier commandé par le mari d'une chanteuse populaire.

Emeraude. C'était à la fois le prénom de la jeune femme et l'unique exigence de son client. Celui-ci avait déjà payé pour la douzaine de pierres qu'il avait choisies avant son départ pour New York. Chacune faisant plus de trois carats, et de ce vert profond qui en fait la valeur.

Elle tenait là, elle le savait, une opportunité professionnelle et artistique formidables. Si sa création plaisait, les magazines féminins se chargeraient de lui faire un peu plus de publicité et les commandes qui ne manqueraient pas d'affluer la rendraient encore plus libre de créer sans compromis.

Elle voulait faire de ce collier une œuvre originale et avait pour cela imaginé une toile d'araignée stylisée où chaque pierre symboliserait une goutte de rosée.

Elle travailla l'or durant les deux heures suivantes.

Entre les deux soufflants, situés à chaque bout de la pièce, et les flammèches qu'allumaient les outils sur la matière en fusion, l'air se chargeait d'une moiteur lourde. Pandora était en nage mais, tout à sa tâche, n'y prêtait aucune attention. Sans relâche, elle lissait, pliait, jusqu'à ce que ses doigts de fée ébauchent la forme et la taille souhaitées. Lorsque la tige en or devint aussi fine qu'un cheveu d'ange, elle se mit à la travailler du bout des doigts jusqu'à ce qu'elle ait sous les yeux la reproduction fidèle de l'esquisse qu'elle avait faite.

Elle avait dessiné un bijou d'une élégance simple qui devait mettre en valeur l'éclat des émeraudes.

Le temps passa et, comme par un miracle toujours renouvelé, Pandora tint bientôt entre les mains la première chaîne, d'une rare finesse.

Elle était en train d'étirer ses muscles engourdis lorsque le bruit de la porte qu'on ouvrait accompagné d'un courant d'air frais lui firent tourner la tête.

Le visage dégoulinant de sueur, elle fixa Michael qui venait d'entrer.

— Qu'est-ce que tu viens faire ici ?
— J'obéis aux ordres, répondit Michael avec aplomb.

Il se tenait sur le seuil, les mains enfoncées dans les poches de sa veste dont il avait négligé de fermer le premier bouton. Pandora remarqua également qu'il n'avait pas pris le temps de se raser.

— Il fait chaud comme dans un four, dis-moi !

— Au cas où tu ne t'en serais pas aperçu, je travaille, souligna la jeune femme en s'essuyant le front du bout de son tablier.

Si elle se fichait pas mal qu'il la surprenne en tenue de métallurgiste, elle supportait mal, en revanche, ce qu'elle considérait comme une intrusion dans son territoire privé.

— Tu as déjà oublié la règle numéro trois ?

— Parles-en à Sweeney, rétorqua Michael en s'avançant vers la jeune femme sans prendre la peine de refermer la porte derrière lui. Elle a décrété que si tu avais pu échapper à sa vigilance et sauter le petit déjeuner il n'était pas question que tu sautes aussi le déjeuner.

Michael s'interrompit pour plonger la main dans une boîte qui contenait un mélange de pierres de toutes les couleurs.

— J'ai ordre de te ramener à la maison, précisa-t-il.

— Je n'ai pas fini.

Michael prit un petit saphir qu'il s'amusa à faire scintiller à la lumière du jour.

— J'ai réussi à l'empêcher de venir elle-même, mais si je retourne là-bas sans toi, il y a fort à parier qu'elle ne renoncera pas aussi facilement. Et tu sais à quel point son arthrose la fait souffrir.

Pandora jura entre ses dents.

— Pose ça tout de suite, ordonna-t-elle en retirant son tablier.

— C'est marrant ! Quelques-unes de ces babioles ressemblent à de vraies pierres.

Il reposa le saphir et prit à sa place un diamant rond, étincelant de mille feux.

— C'est certainement parce que certaines de ces babioles, comme tu dis, sont des pierres précieuses.

Elle lui tourna le dos et se baissa pour éteindre le chauffage.

Michael, interloqué, dévisagea la jeune femme.

— Tu es complètement inconsciente de les laisser dans ces boîtes, comme de vulgaires bonbons ! Ces pierres devraient être en sécurité, dans un coffre !

— Pourquoi donc ? demanda Pandora avec désinvolture tout en éteignant le deuxième appareil électrique.

— Pourquoi ? s'exclama Michael, agacé par le flegme de Pandora. Mais parce que quelqu'un pourrait te les voler !

— Quelqu'un ? Pandora se redressa et lui adressa un sourire faussement candide.

— Il n'y a pas grand monde autour de nous, reprit-elle. Et si l'on exclut Sweeney et Charles qui sont au-dessus de tout soupçon, il ne reste que toi.

Michael marmonna quelque chose d'inintelligible et reposa le diamant dans sa boîte.

— C'est ça, moque-toi de moi, *cousine*. En tout cas, moi, si j'étais à ta place, je ne laisserais pas plusieurs milliers de dollars à la portée du premier venu !

En d'autres lieux et d'autres circonstances, Pandora aurait approuvé. Mais Catskills n'était pas Manhattan et ils se trouvaient à des kilomètres de toute civilisation.

— Voilà juste une des nombreuses différences qui existent entre toi et moi, Michael. Mais c'est certainement parce qu'à force de donner vie à des personnages animés de mauvaises intentions, tu vois le mal partout.

— Je me suis beaucoup penché sur la nature humaine, figure-toi, répliqua ce dernier tout en examinant l'esquisse que Pandora avait faite du collier d'émeraudes. Il admira au passage le sens des proportions que n'aurait pas manqué d'apprécier un architecte et celui des formes et des couleurs qui aurait enchanté un artiste. Cependant il laissa tomber avec un brin d'ironie :

— Je me demande bien pourquoi tu ne portes jamais aucune de tes créations, toi qui ne vis que pour ça.

— Tout simplement parce que des bijoux me gêneraient pour travailler. Mais dis-moi, toi qui te vantes de si bien connaître la nature humaine, comment se fait-il que tes personnages se fassent pincer toutes les semaines ?

— C'est parce que j'écris pour des gens qui ont besoin de s'identifier aux héros que je crée.

Pandora s'apprêtait à répliquer mais elle y renonça. Après tout, Michael n'avait pas tort.

— Hum, concéda-t-elle vaguement en éteignant les lumières et en le précédant vers la sortie.

— Tu devrais au moins verrouiller ta porte, conseilla Michael.

— Je n'ai pas de clé.

— Nous en ferons faire une.

— *Nous* n'en avons pas besoin, rétorqua Pandora que l'emploi de ce pluriel agaçait prodigieusement.

Michael claqua la porte derrière eux.

— Eh bien, *tu* en feras faire une.

Pandora haussa négligemment les épaules et traversa la pelouse, Michael sur les talons.

— Michael, t'ai-je déjà dit que je te trouve encore plus grincheux que d'habitude ?

Michael prit le temps de sortir de sa poche un bâton de réglisse qu'il se mit à mâchouiller avant de répondre :

— Normal. J'ai arrêté de fumer.

Le parfum anisé de la réglisse vint chatouiller les narines de Pandora.

— J'avais remarqué. Depuis quand ?

Michael regarda des feuilles sèches tournoyer sur la plaque de verglas.

— Quinze jours. J'ai l'impression de devenir fou.

Pandora éclata de rire et passa un bras compatissant sous celui de Michael.

— Tu survivras, mon chéri. Le premier mois est toujours le plus difficile.

Michael la fixa, surpris.

— Comment le sais-tu ? Tu n'as jamais fumé de ta vie.

— C'est la même chose pour tout. Les premières semaines sont les plus dures, répéta la jeune femme. Il faut simplement que tu penses à autre chose, que tu fasses un peu de sport. Tiens, si tu veux, nous pourrions aller courir après le déjeuner.

— Nous ?

Pandora fit mine de ne pas avoir entendu et poursuivit :

— Et ce soir, après dîner, nous ferons une partie de canasta.

Michael émit une sorte de petit ricanement tout en repoussant derrière l'oreille de la jeune femme une mèche de cheveux qui lui balayait la joue.

— Tu vas encore tricher.

— Peut-être, mais ton esprit serait occupé.

Pandora trouva que la mine renfrognée qu'affichait Michael le rendait encore plus séduisant. Aux physiques parfaits, elle avait toujours préféré un genre de beauté moins évident, fait de charme et de séduction.

— Et puis cela ne te fait pas de mal de renoncer à l'un de tes vices, tu en as tellement !

— Eh bien, je les aime, moi, mes vices, grommela-t-il.

Le sourire qu'elle lui adressa alors lui fit oublier qu'il n'était pas attiré par ce genre de femmes, trop minces, trop rousses, aux allures de bohémiennes chic.

— Mais toi, ajouta-t-il, légèrement troublé, ne me dis pas que tu es parfaite. Je ne le croirais pas.

Pandora fit une drôle de petite moue espiègle.

— Compte tenu de mon emploi du temps, je ne vois pas bien comment je pourrais consacrer du temps à autre chose qu'à mon travail.

— « Et lorsque Pandore souleva le couvercle de la boîte, tous les vices en jaillirent », cita Michael.

Pandora fit une halte dans la véranda.

— J'imagine que c'est la raison pour laquelle je me montre si réticente à ouvrir mes boîtes personnelles.

Michael lui caressa tendrement la joue. Il réalisa que, s'il n'y prenait garde, ce geste pourrait rapidement devenir une habitude. Pandora avait raison. Il fallait que son esprit soit occupé en permanence.

— Pourtant, il faudra bien qu'un jour ou l'autre tu te résignes à regarder la réalité en face.

Bien qu'elle ait senti passer entre eux un mélange fait de tension, de séduction et de désir, Pandora n'avait pas cherché à se soustraire à la caresse de ses doigts.

— Eh bien moi, je pense, au contraire, que certaines choses doivent rester soigneusement verrouillées.

Michael approuva d'un signe de tête. Il ne voulait pas la brusquer.

— Peut-être certains secrets n'ont-ils pas besoin d'être aussi profondément cachés, hasarda-t-il.

Les deux jeunes gens se tenaient face à face, aucun des deux n'osant faire le pas qui les rapprocherait l'un de l'autre et qui, ils le pressentaient, enflammerait leur corps.

Pandora inspira profondément et tourna la poignée de la porte.

— Ne faisons pas attendre Sweeney, dit-elle d'un ton qu'elle voulait dégagé.

3

Les rues sont presque désertes. Une voiture tourne à l'angle de la rue et disparaît. Il bruine. La lumière blafarde des néons se reflète dans les flaques. L'ambiance est sinistre. Un quartier de la ville qui respire la tristesse et la misère. Ruelles sombres, voitures cabossées, clubs miteux. La petite blonde, pimpante, marche rapidement. Elle est nerveuse, hors de son élément, mais en terrain connu. Plan serré sur l'enveloppe qu'elle tient à la main. Celle-ci est trempée. Ses doigts se resserrent sur l'enveloppe. Des pneus crissent. Elle sursaute. L'enseigne bleue du club clignote sur son visage. Elle attend. Elle hésite. Fait passer l'enveloppe d'une main à l'autre. Elle entre dans le club. Panoramique de la rue. Trois plans différents. Ralenti.

Trois petits coups frappés à la porte de son bureau tirèrent Michael de la profonde concentration dans laquelle il était plongé. Avant même d'y avoir été invitée, Pandora déboula dans la pièce.

— Joyeux anniversaire, mon chou ! clama-t-elle joyeusement.

Michael leva les yeux de son clavier. Il avait passé toute la nuit à mettre en forme le scénario qu'il avait imaginé. A 9 heures, il n'avait dans l'estomac qu'un café noir pris à la hâte, la sacro-sainte cigarette qui l'accompagnait habituellement n'étant plus qu'un lointain souvenir.

La scène qui venait de prendre forme dans son esprit en ébullition lui échappa instantanément.

— De quoi diable parles-tu ? s'enquit-il en piochant machinalement dans le bol de pistaches vide qui se trouvait sur son bureau.

— Deux semaines se sont écoulées et nous ne nous sommes pas encore tapés dessus, annonça fièrement Pandora.

Elle fonça dans sa direction, désapprouvant d'un petit claquement de langue le désordre qui régnait un peu partout et alla se percher sur le bras d'un fauteuil. Elle se pencha et essuya partiellement la poussière qui recouvrait la table basse, laissant sur la surface vitrée la trace de ses doigts.

— Je te rappelle que nous étions censés nous entretuer au bout de quelques jours.

Contrairement à Michael qui donnait l'impression d'avoir passé une semaine entière enfermé dans une cave sans avoir vu le jour, Pandora arborait une mine resplendissante. Elle portait un pull et un pantalon trop larges pour elle ; lui avait opté pour un vieux sweat-shirt décousu aux manches mais qu'il ne pouvait se résoudre à jeter, et un jean maculé de taches de peinture rose.

Pandora lui adressa le sourire enthousiaste et encourageant d'une maîtresse d'école. Des effluves d'un parfum boisé parvinrent jusqu'à Michael.

— Il me semble que nous avons instauré une règle destinée à préserver notre espace vital, grommela-t-il.

— Allons, ne sois pas aussi grognon, rétorqua Pandora, toujours souriante. D'ailleurs, je ne m'attendais pas à te trouver en plein travail. D'après ce que j'ai pu constater jusqu'à présent, tu n'as pas l'habitude de te lever tôt.

— Justement, je suis en train d'expérimenter une nouvelle méthode.

— Vraiment ?

Sceptique, Pandora rejoignit Michael et lorgna par-dessus son épaule.

— Mmm, grommela-t-elle d'un air entendu. J'imagine que ça ne va pas durer bien longtemps, de toute façon.

— Laisse travailler les grands et retourne jouer avec tes perles, tu veux bien ?

— Ce n'est pas la peine d'être grossier. Je suis juste venue pour te proposer une petite virée en ville.

Après avoir remonté les manches de son pull, Pandora s'assit sur un angle du bureau. Elle ne savait pas exactement pourquoi elle tenait tant à se montrer aussi amicale. Elle supposait que le fait d'avoir presque terminé le collier d'émeraudes et d'en être particulièrement fière la rendait d'humeur joyeuse. Ou peut-être était-ce parce qu'elle avait découvert en Michael un compagnon charmant dont elle appréciait finalement la compagnie. Plaisir modéré qui n'avait pas besoin d'être crié sur les toits, corrigea-t-elle aussitôt en son for intérieur.

Michael lui adressa un regard soupçonneux.

— En quel honneur ?

— Sweeney m'envoie faire des courses.

Intriguée, elle caressa du bout des doigts une carapace de tortue transformée en abat-jour.

— J'ai pensé que cela te ferait peut-être plaisir de prendre un peu l'air.

Il trouva l'idée séduisante. Depuis deux semaines, il n'avait quasiment pas mis le nez dehors. Il jeta un coup d'œil coupable à son scénario.

— Tu penses en avoir pour longtemps ?

— Deux ou trois heures, pas plus, précisa Pandora en haussant les épaules.

Deux heures de liberté. La tentation était forte. Mais sa page à moitié blanche le rappela à l'ordre.

— Je ne peux pas, décida-t-il à regret. J'ai trop de travail.

— Tant pis pour toi, dit Pandora en se levant, surprise par la pointe de déception qu'elle avait discernée dans la voix de Michael.

Après tout, s'il ne savait pas profiter des bons moments...

— Prends garde à ne pas trop te fatiguer quand même ! ajouta-t-elle d'un ton moqueur.

Michael grommela quelque chose entre ses dents puis, avisant son bol vide, se radoucit.

— Pandora, peux-tu me rapporter un sachet de pistaches ?
Elle s'arrêta sur le seuil de la porte et répéta, surprise :
— Des pistaches ?
— Oui. En vrac. Environ cinq cents grammes.
Tout en parlant, Michael caressait sa barbe naissante. Il rêvait d'une cigarette. Une seule cigarette. Exhaler une longue bouffée de fumée.
Pandora esquissa un petit sourire indulgent. Elle découvrait un nouveau Michael qui, en perdant son arrogance naturelle, gagnait en vulnérabilité.
— D'accord.
— Et le *New York Times* aussi.
— Tu peux me faire une liste, si tu veux.
— Sois gentille, je te revaudrai ça. La prochaine fois, c'est moi qui irai faire les courses pour Sweeney.
Pandora fit mine de réfléchir puis lâcha en soupirant :
— Très bien. Des pistaches et le journal.
— Et des stylos, cria-t-il tandis qu'elle franchissait le seuil.
Seul lui répondit le bruit de la porte qu'elle claqua derrière elle.
Deux heures passèrent avant que Michael ne décide qu'il avait mérité une deuxième tasse de café. Il avait bien avancé son scénario, accouchant aisément de l'histoire pleine d'action et de rebondissements qu'il avait en tête.
Michael se réjouissait d'écrire pour le petit écran. Il aimait l'idée que des millions de fidèles suivaient assidûment, chaque semaine, les aventures de ses héros.
Lui-même était très attaché à Logan, à son héroïsme, son humour et même ses défauts, qui étaient l'essence même du personnage. Il avait choisi d'en faire un homme faillible et plein d'enthousiasme car, depuis l'enfance, c'était l'idée qu'il se faisait d'un homme héroïque.
L'indice d'écoute et le courrier innombrable qu'il recevait étaient la preuve irréfutable qu'il voyait juste. Cette série, ainsi que la seule pièce qu'il ait jamais écrite, lui avaient valu les éloges

de la critique et toutes sortes de récompenses. Mais tandis que sa pièce n'avait été vue que par un public averti, sa série, elle, touchait des millions de foyers.

Il ne considérait pas la télé comme un outil abrutissant mais, au contraire, comme une boîte magique. Pour lui, tout le monde avait droit à sa part de rêve et la télévision était le moyen idéal d'y accéder.

Michael éteignit l'écran de son ordinateur. Le doux ronronnement du moteur mourut et il resta un moment assis, à tenter de percer le silence de la grande maison. S'il avait accepté de venir vivre à « La Folie », c'était en grande partie parce qu'il savait qu'il pourrait y travailler en paix. Bien sûr, ce n'était pas la première fois qu'il s'y trouvait, mais il n'avait jamais séjourné chez son oncle très longtemps. Aussi, était-il enchanté de découvrir qu'il y parvenait si facilement, son imagination paraissant même exacerbée par la quiétude ambiante. En outre, il devait bien admettre que la cohabitation pacifique qu'il vivait avec Pandora le réjouissait. Et même si, quelquefois, leurs caractères respectifs s'affrontaient, le bilan était plutôt positif, songeait-il en mâchonnant machinalement le capuchon d'un stylo. Il en était même arrivé à apprécier les soirées tranquilles au coin du feu, à disputer des parties de cartes avec elle pour le seul plaisir d'essayer de la surprendre en train de tricher. Espoirs restés vains jusqu'alors.

Il devait s'avouer également qu'il n'était plus aussi insensible au charme de la jeune femme. Quelque chose en lui avait changé, qui n'était pas prévu au programme. Quelque chose qu'il parvenait encore à maîtriser, à contrôler, même si quelquefois…

Si quelquefois, poursuivit-il mentalement, il avait envie de lui clouer le bec d'une manière un peu moins conventionnelle. Juste par curiosité. Pour voir quelle serait sa réaction s'il lui fermait la bouche d'un baiser. Deviendrait-elle une poupée de chiffon entre ses bras?

Cette idée le fit rire. Poupée de chiffon, Pandora? Il y avait fort à parier que les femmes de sa trempe ne faiblissaient jamais. Mais tant pis! Même s'il était à peu près certain de prendre un coup de poing dans le ventre, un jour ou l'autre, il prendrait le risque. Il estimait que le jeu en valait la chandelle.

Car il la soupçonnait de ne pas être aussi indifférente que ce qu'elle voulait bien le laisser paraître. Il avait deviné la faille le jour où il était venu la chercher dans son atelier. Quelque chose de fugace dans son regard, dans sa voix, l'avait interpellé. Pourtant, tous deux restaient prudemment à distance, s'observant depuis quinze jours comme deux fauves en cage, prêts à se bondir dessus. « Quinze jours vraiment ? s'interrogea Michael. Ou vingt ans ? »

Jamais il n'avait ressenti pour une femme ce curieux mélange d'embarras, de défi permanent et de colère qu'il ressentait pour Pandora McVie. Pour être honnête, il n'était jamais très à l'aise en compagnie des femmes, même s'il appréciait en elles leur féminité et ce mélange troublant de force et de faiblesse qui les caractérisait. Ce qu'elles prenaient pour de la nonchalance à leur égard expliquait d'ailleurs son succès auprès d'elles. Michael prenait garde à ne vivre que des relations superficielles, choisissant soigneusement ses partenaires selon leur personnalité. Et s'il était exact que Pandora l'intéressait, il n'imaginait pas une seconde vivre une relation amoureuse avec elle. Il était même surpris d'avoir envisagé de la séduire.

Evidemment, la séduction n'avait rien à voir avec de vrais sentiments, mais il était prêt à jurer que s'il lui proposait un dîner aux chandelles ou une promenade au clair de lune ou, pourquoi pas, une folle nuit de passion, elle le rembarrerait à grands coups de remarques sarcastiques. Ce à quoi, piqué au vif, il répondrait vertement, et la ronde infernale recommencerait.

Quoi qu'il en soit, conclut-il avec détermination, ce qui le poussait vers elle n'était que simple curiosité et certainement pas l'envie d'entamer avec elle une relation amoureuse.

Tout à ses réflexions, Michael s'était dirigé vers la fenêtre. En fait, tous deux n'étaient pas si différents que Pandora voulait bien le dire et elle avait beau crier sur tous les tons qu'ils n'avaient rien en commun, ils se rejoignaient sur bien des plans. Jolley, le premier, avait compris à quel point ils étaient semblables : emportés, exigeants et unis par la même passion d'un travail qu'ils considéraient avant tout comme un agréable passe-temps. Tous deux capables d'y consacrer des heures, lui, devant son ordinateur, elle, avec ses outils et ses pierres. Et après tout, le résultat…

Michael interrompit brutalement le cours de ses pensées. Il venait de remarquer que la porte de l'atelier de Pandora était restée grande ouverte. Pourtant, il aurait parié qu'elle n'était pas encore rentrée. Car même s'il lui était impossible, d'où il était, de vérifier que la voiture de la jeune femme était garée à son emplacement habituel, il était sûr qu'elle serait passée lui apporter ce qu'il lui avait demandé d'acheter.

Il haussa les épaules, prêt à quitter son poste d'observation, lorsqu'il vit une silhouette sortir de la bâtisse. Bien que peu reconnaissable, emmitouflée comme elle l'était, il sut immédiatement que ce n'était pas Pandora. Il ne reconnaissait pas, dans la façon de se mouvoir de cette personne, la démarche aérienne de la jeune femme. L'intrus regarda autour de lui, s'assurant que le champ était libre avant de s'éloigner en rasant les murs. Comprenant soudain ce qui se passait, Michael se rua dans l'escalier.

Au détour d'un couloir, il se heurta violemment à Charles.

— Pandora est rentrée ? s'enquit-il, haletant.

— Non, Monsieur, répondit posément le vieux serviteur, trop heureux de ne pas se retrouver les quatre fers en l'air. Mlle Pandora a dit qu'elle resterait faire un peu de shopping en ville et…

Mais Michael ne l'écoutait plus. Charles le regarda reprendre sa course effrénée, saluant une agilité que lui-même ne connaissait plus depuis bien longtemps. Il poussa un profond soupir et gagna le salon pour y allumer un feu.

La bise glaciale du dehors frappa de plein fouet Michael qui se rendit compte, un peu tard, qu'il avait négligé de se couvrir. Mais il n'arrêta pas pour autant sa course folle. Une fois sur place, il ne fut pas étonné de constater que la personne qu'il avait aperçue avait disparu. La forêt n'était qu'à quelques pas et les nombreux sentiers forestiers qui la sillonnaient permettaient de battre facilement en retraite.

S'agssait-il d'un gamin curieux ? se demanda Michael en retournant vers la maison. Pandora devrait s'estimer heureuse s'il n'avait pas farfouillé dans ses jolis trésors. En tout cas, si tel était le cas, elle l'aurait bien cherché !

Mais sitôt la porte ouverte, Michael s'en voulut de sa mesquinerie.

Toutes les boîtes avaient été retournées, et leur contenu s'était répandu sur le sol. Les bobines de fil et de ficelle avaient été dévidées, et le vandale avait pris le temps de les nouer entre elles pour en faire de maigres guirlandes dont il avait décoré la pièce. Michael dut se frayer un chemin parmi les perles et les pierres qui jonchaient le parquet pour avoir une vue d'ensemble sur le chaos qui régnait partout. Les fils d'or et d'argent, brisés lorsqu'ils n'avaient pas été tordus, se mêlaient aux outils jetés sauvagement à terre, dans un désordre indescriptible.

Michael se baissa pour ramasser une émeraude. Elle étincela de tous ses feux dans la paume de sa main. Ils n'avaient donc pas affaire à un voleur. A moins que celui-ci n'ait été totalement stupide ou myope.

— Oh mon Dieu !

Pandora, pétrifiée, livide, contemplait le désastre depuis le seuil.

Michael regretta de ne pas avoir eu le temps de remettre un peu d'ordre avant son arrivée.

— Ne t'en fais pas…, commença-t-il gentiment.

Mais Pandora, semblant ne pas l'entendre, écarta sans ménagement la main réconfortante qui se tendait vers elle. Elle entra dans la pièce. Lorsqu'elle sentit les perles rouler sous ses pieds, une vague de colère la submergea.

— Comment as-tu pu ? gronda-t-elle d'une voix dangereusement sourde.

Elle le fusillait du regard, ses yeux, aussi verts que l'émeraude que Michael tenait encore dans la main, lançaient des éclairs.

Le poing rageur de Pandora faillit atteindre sa cible. Michael entendit l'air siffler à son oreille et n'eut que le temps d'agripper son poignet pour l'empêcher de recommencer.

— Attends une minute, commença-t-il, conscient tout à coup d'être victime d'une méprise.

Mais Pandora, aveuglée par la colère, était déjà sur lui, l'entraînant avec elle pour le plaquer contre le mur. Quelques outils, oubliés ici et là, tombèrent avec fracas des étagères. Il fallut quelques instants à Michael pour maîtriser Pandora.

— Arrête ! ordonna-t-il en retenant ses deux bras derrière son dos.

Pandora le toisait, ivre de rage et de douleur.

— Je comprends que tu sois bouleversée, ajouta-t-il calmement, mais me tuer ne t'avancerait pas à grand-chose.

— Je savais que tu pourrais me porter un coup bas, siffla Pandora, mais je ne t'aurais jamais cru capable d'une chose aussi minable !

— Après tout, crois ce que tu veux ! rétorqua Michael, prêt à renoncer à la convaincre de son innocence.

Mais lorsqu'il sentit la jeune femme frissonner contre lui, sa colère retomba brusquement.

— Pandora, ajouta-t-il d'une voix radoucie, je n'ai rien à voir avec ce qui s'est passé ici. Regarde-moi. Pourquoi aurais-je fait une chose pareille ?

Pandora luttait contre les larmes.

— C'est à toi de me le dire, riposta-t-elle en le défiant du regard.

La patience n'était pas le point fort de Michael mais, jugeant le moment grave, il s'exhorta au calme et reprit :

— Ecoute-moi bien, Pandora. Je suis arrivé dans ton atelier seulement quelques minutes avant toi. De ma fenêtre, j'ai vu quelqu'un sortir d'ici, je me suis précipité mais lorsque je suis arrivé, il était trop tard. La pièce était déjà sens dessus dessous.

Pandora détestait les larmes qui lui brûlaient les yeux. Plutôt mourir que de se couvrir de ridicule devant lui !

— Laisse-moi, parvint-elle à dire d'une voix blanche.

Mais Michael sentait le désespoir percer sous l'apparente froideur. Lentement, il relâcha son emprise et s'écarta de la jeune femme.

— Quelques minutes à peine se sont écoulées entre le moment où j'ai repéré la silhouette et celui où je suis arrivé, précisa-t-il. A mon avis, le coupable s'est enfui par la forêt.

Pandora l'écoutait à peine. Elle tentait de surmonter le choc, de rassembler ses esprits.

— Tu peux partir, maintenant, dit-elle enfin d'une voix étonnamment calme. Il faut que je range et que je fasse l'inventaire de ce qui reste.

Se rappelant sa propre émotion lorsqu'il avait ouvert la porte, Michael refoula l'amertume que ce renvoi faisait monter en lui.

— Je peux appeler la police si tu veux. Mais tant que nous ne saurons pas si quelque chose a été volé...

Il ouvrit la main dans laquelle, durant tout ce temps, il avait serré la précieuse émeraude.

— J'ai du mal à croire qu'un voleur ait pu laisser une pierre pareille derrière lui.

Pandora la lui arracha presque des mains. Son cœur se mit à battre violemment dans sa poitrine tandis qu'elle se dirigeait vers sa table de travail. Là, ne restaient que les débris du collier sur lequel elle s'était échinée pendant quinze jours. Les fines tiges en or avaient été réduites en miettes, les émeraudes dispersées. Comble de l'ironie, le vandale n'avait eu aucun scrupule à utiliser les outils de Pandora pour tout saccager. Cette dernière rassembla dans le creux de sa main les éléments éparpillés et se retint de ne pas hurler.

— C'était celui-ci, n'est-ce pas ? demanda gentiment Michael en ramassant la feuille de papier sur laquelle Pandora avait dessiné le bijou.

Il essaya d'imaginer sa propre réaction si quelqu'un avait réduit à néant un travail de plusieurs jours.

— Tu l'avais presque fini, ajouta-t-il, plein de compassion.

Pandora ne fit aucun commentaire et laissa tomber les précieux petits débris sur l'établi.

— Laisse-moi, répéta-t-elle.

Puis elle s'accroupit et commença à rassembler les pierres et les perles.

— Pandora...

Devant le silence obstiné de la jeune femme, Michael la prit par les épaules et la secoua légèrement.

— Pandora, ne vois-tu pas que je veux t'aider ?

Elle lui adressa un regard vide d'expression.

— Tu en as assez fait, Michael. Maintenant, va-t'en, s'il te plaît.

Michael se raidit, puis se résigna à lui obéir.

— Comme tu voudras, laissa-t-il tomber avant de quitter les lieux à grandes enjambées.

Il s'arrêta au beau milieu de la pelouse, suffoquant de colère et de frustration. Il aurait donné n'importe quoi pour pouvoir allumer une cigarette ! Pandora n'avait pas le droit de l'accuser. Pire : de lui donner l'impression d'être responsable. Car il se sentait envahi d'un sentiment de culpabilité aussi intense que s'il avait été réellement à l'origine de cet acte de vandalisme. Mains dans les poches, il se retourna pour fixer la porte de l'atelier. Une bordée d'injures lui monta aux lèvres.

Comment pouvait-elle le soupçonner d'une telle infamie ? Comment pouvait-elle le croire capable d'un tel acte de destruction ?

Elle avait refusé de l'écouter, de se laisser réconforter. Elle l'avait rejeté, repoussant son aide. Eh bien, songea-t-il avec amertume, qu'elle reste seule, si c'était ce qu'elle souhaitait !

Il s'apprêtait à regagner la maison lorsqu'il revit le visage bouleversé de la jeune femme. Quel idiot il faisait !

Il rebroussa chemin et reprit la direction de l'atelier. Lorsqu'il ouvrit la porte, Pandora était assise par terre, au milieu de cet incroyable chaos, pleurant toutes les larmes de son corps.

Une panique toute masculine s'empara de Michael. Comme la plupart des hommes, il ne savait quelle attitude adopter face à une peine aussi intense. Il était d'autant plus dérouté qu'il ne s'attendait pas à une telle réaction de la part de Pandora. Alors il fit ce que son cœur lui dictait : sans un mot, il s'assit à côté d'elle et passa un bras affectueux autour de ses épaules.

Comme il l'avait prévu, Pandora se raidit instantanément.

— Je t'ai demandé de me laisser seule, hoqueta-t-elle en reniflant.

— En effet. Mais je ne suis pas obligé de t'obéir, répondit-il d'une voix douce en lui caressant les cheveux.

Pandora aurait voulu se fondre dans ses bras et pleurer pendant des heures. Au lieu de cela, elle dit :

— Je ne veux pas que tu restes ici.

— Je sais. Tu n'as qu'à imaginer que ce n'est pas moi qui suis là.

Il l'attira tendrement contre lui.

— Je pleure parce que je suis en colère, dit-elle en se laissant enfin aller contre l'épaule offerte.

— Je comprends, acquiesça Michael en effleurant les boucles rousses de ses lèvres. Alors vas-y, évacue tout ce stress. J'ai l'habitude.

Les larmes redoublèrent tandis que Pandora s'abandonnait totalement dans les bras de Michael. Elle pleura de longues minutes, jusqu'à épuisement.

Puis elle essuya ses yeux et se blottit confortablement contre lui. Un profond sentiment de sécurité l'envahit. Elle ne voulait se poser aucune question pour le moment mais juste profiter de cet instant de plénitude. Elle eut soudain honte de s'être montrée aussi dure avec lui ! Lui qui n'avait pas hésité à revenir sur ses pas pour la consoler et la soutenir ! Contrairement à l'idée qu'elle se faisait de lui, il pouvait donc faire preuve de patience et de gentillesse ?

Pandora laissa échapper un profond soupir et ferma les yeux. Durant quelques secondes, elle se grisa de l'odeur de savonnette dont son pull était imprégné.

— Je suis désolée, Michael.

Michael apprécia le ton inhabituel de sa voix. Il passa sa joue sur la chevelure soyeuse de la jeune femme.

— Tout va bien.

— Ce ne sont pas des paroles en l'air, Michael. Je suis sincèrement désolée !

Alors qu'elle tournait la tête vers lui, ses lèvres effleurèrent la joue du jeune homme. Ce contact intime, réservé à des amis proches ou à des amants, les surprit tous les deux.

— Lorsque je suis rentrée et que j'ai vu les dégâts, je n'avais plus toute ma raison. Je...

Pandora s'interrompit, troublée par le regard de Michael. Elle trouvait fascinant de voir son propre reflet dans les yeux de quelqu'un d'autre. Pour quelle raison ne s'était-elle jamais rendu compte d'un tel miracle auparavant ?

— Bien, il faut que je range tout ça à présent.

— Oui, murmura Michael en promenant un doigt léger sur sa joue.

Sa peau était douce. Plus douce qu'il ne l'avait imaginée.

— Je vais t'aider.

C'était si bon de se nicher dans le creux de ces bras robustes, songeait Pandora sans esquisser le moindre mouvement.

— J'ai du mal à reprendre mes esprits.

— Vraiment ?

Leurs bouches se trouvaient dangereusement proches l'une de l'autre.

— Pourquoi ne pas en profiter quelques instants ?

Lorsque les lèvres de Michael touchèrent celles de Pandora, celle-ci, poussée par la curiosité, ne s'écarta pas. Elle acceptait ce baiser à titre d'expérience, tout comme lui semblait le faire. Chacun d'eux étant conscient de vivre quelque chose d'inévitable.

Les lèvres de Pandora étaient incroyablement douces et chaudes sous les siennes. Il la connaissait depuis si longtemps ! Comment ne s'en était-il pas douté ? Leurs langues se trouvèrent, s'emmêlèrent, jouant à se lâcher pour mieux se reprendre. L'estomac de Michael se noua. Contre toute attente, ce baiser le rendait fou, exacerbant le désir qu'il éprouvait pour elle. Il voulait plus. Plus que cette odeur charnelle qui affleurait, que ce corps à moitié consentant contre le sien. Ses doigts s'enroulèrent autour des boucles rousses puis se mirent à jouer avec, sauvagement.

Michael était tout à fait comme Pandora l'avait imaginé : plein de mystère et d'audace. Ses mains étaient fermes, ses lèvres généreuses. Elle s'était souvent demandé comment les choses se passeraient entre eux, mais chaque fois, elle avait chassé ces pensées de son esprit, refusant d'envisager une telle situation. Michael Donahue était dangereux tout simplement parce qu'il était Michael Donahue. Depuis l'enfance, et sans en comprendre vraiment la raison, elle éprouvait une sorte d'attirance et de fascination qu'aucun des hommes qu'elle avait connus jusque-là ne lui avait inspirée.

C'est en répondant à son baiser qu'elle comprit pourquoi.

Michael était différent. Il avait le pouvoir de faire vaciller ses certitudes. A cet instant précis, elle se fichait éperdument de sa barbe naissante qui lui irritait la peau, de même que de l'inconfort du sol ou du courant d'air glacial qui s'engouffrait par la porte restée entrouverte.

Elle se sentait parfaitement à l'aise, découvrant des terres jusque-là inexplorées, à la fois uniques, exotiques et extraordinaires.

Son corps voulait plus mais la raison l'emporta.

Sans s'être concertés, ils se séparèrent dans un élan commun.

— Bien, balbutia Pandora en tentant de se recomposer une attitude.

Elle posa ses mains bien à plat sur ses cuisses. « Reprends-toi, se chapitra-t-elle tandis que son cœur battait la chamade. Et prends bien garde à ce que tu vas dire. »

Après le traumatisme qu'elle venait de vivre, elle ne pouvait se payer le luxe de lui donner l'occasion de se moquer d'elle. Elle ne le supporterait pas.

— Je suppose que cela nous pendait au nez depuis un moment, reprit-elle d'un ton qu'elle voulait dégagé.

Michael, encore sous le choc des émotions que ce baiser avait déclenchées, tentait de calmer les battements désordonnés de son cœur.

— Je suppose aussi.

Il l'observa un instant avec curiosité. Mais lorsque son regard se posa sur les mains nerveuses de Pandora, un sourire satisfait flotta sur ses lèvres.

— Ce n'est pas exactement ce à quoi je m'attendais.

— C'est rarement le cas d'ailleurs, renchérit Pandora. Je crois que j'ai eu assez de surprises pour aujourd'hui, décréta-t-elle en se levant, chancelante.

Mais elle commit l'erreur de regarder autour d'elle. Le découragement s'abattit sur elle et elle se laissa de nouveau tomber sur le sol.

— Pandora…

La jeune femme secoua la tête tout en se relevant.

— Non, ne t'inquiète pas, ça va aller.

Se concentrant sur sa respiration, elle osa enfin affronter le désastre.

— En tout cas, tu avais raison : j'aurais dû me méfier et fermer la porte à clé. Sache que je te suis reconnaissante de ne pas en avoir rajouté avec des phrases du genre : « Je t'avais prévenue. »

— Ça ne servirait pas à grand-chose, de toute façon.

Michael prit les émeraudes et les fit rouler dans le creux de sa main.

— Sans être expert en la matière, je dirais qu'il y en a pour une petite fortune.

— Donc…, demanda Pandora qui commençait à deviner où Michael voulait en venir. Cela voudrait dire que nous n'avons pas affaire à un voleur, je me trompe ?

A son tour, elle prit une poignée de pierres parmi lesquelles se trouvaient deux diamants de grande valeur.

— Un voleur n'aurait jamais négligé des pierres pareilles, n'est-ce pas ?

Rompu à ce genre d'exercice, Michael commença à assembler mentalement les pièces du scénario. Action, motivations, il connaissait tout cela par cœur.

— Attendons de voir s'il ne manque rien, éluda-t-il. Mais il y a fort à parier que le coupable ne cherchait qu'à détruire et à vandaliser.

Pandora, dubitative, s'assit sur un angle de table.

— Tu penses que ça pourrait être l'œuvre d'un des membres de notre chère famille ?

— « Ils ne tiendront pas le coup », cita-t-il. Tu t'en souviens ? Sans vouloir trop m'avancer, je pense que nous tenons peut-être là une piste. Aucun d'eux ne nous croyait capables de vivre ensemble sans nous entretuer, et pourtant nous venons de franchir le cap des quinze jours sans la moindre anicroche. Il y a de quoi les rendre nerveux, non ? Rappelle-moi un peu quelle a été ta réaction lorsque tu as découvert ce carnage ?

Pandora passa une main nerveuse dans ses cheveux.

— J'ai cru que c'était toi, avoua-t-elle de bonne grâce. Je suppose que c'est exactement ce qu'ils attendaient de moi. Quelle idiote je fais ! Je me déteste d'être aussi prévisible !

— Ne sois pas si sévère avec toi ! Nous venons de les percer à jour.

Pandora lui coula un regard en biais, ne sachant trop si elle devait le remercier ou se confondre de nouveau en excuses. Ni l'un ni l'autre, décida-t-elle finalement.

— Biff. C'est un coup de Biff, j'en suis sûre ! Ça lui ressemble assez, un coup aussi bas, fulmina-t-elle.

— Je ne pense pas. A moins qu'il ne manque des pierres. Il n'aurait pas pu résister à la perspective de les revendre contre un bon paquet de liquide.

— C'est exact, reconnut Pandora. Oncle Carlson alors ? Non,

ce n'est pas son style de se salir les mains. Quant à Ginger, elle aurait été trop fascinée pour songer à faire autre chose qu'à les regarder bêtement.

Pandora s'interrompit et tenta d'imaginer l'un des membres de sa famille en train de manier ses tenailles.

— Enfin, reprit-elle en triturant des petits brins d'or, peu importe qui est l'auteur de ce saccage. Le résultat est le même : à cause d'eux, ma commande est retardée de quinze jours. Et je ne réussirai jamais à reproduire ce collier à l'identique.

— Peut-être feras-tu mieux, au contraire, murmura Michael.

Pandora opina tristement, touchée par sa sollicitude.

— De toute façon, je n'ai pas le choix, je n'ai qu'à recommencer. Dis à Sweeney que je ne déjeunerai pas.

— Je vais t'aider à remettre un peu d'ordre dans tout ça, déclara spontanément Michael.

— Non.

La réponse de Pandora claqua comme un coup de fouet.

— Non vraiment, Michael, répéta-t-elle d'une voix radoucie. J'apprécie beaucoup ton offre mais j'ai besoin de m'occuper l'esprit. Et de rester seule.

Michael renonça à la convaincre. Il comprenait son désir de solitude.

— Très bien. Je te verrai pour le dîner.

Il allait franchir le seuil lorsque la voix de Pandora l'arrêta.

— Michael...

Il se retourna. Pandora semblait avoir repris le dessus.

— Peut-être Jolley avait-il raison.

— A quel sujet ?

— En cherchant bien, on devrait pouvoir te trouver une ou deux qualités.

Un sourire ironique accueillit la plaisanterie de la jeune femme.

— Oncle Jolley avait *toujours* raison, cousine. C'est la raison pour laquelle il continue à mener la danse.

Pensive, Pandora fixa la porte qui venait de se refermer sur Michael.

— Tu mènes peut-être, mais crois-moi, je ne te laisserai pas diriger ma vie, grommela-t-elle à l'intention de son interlocuteur invisible. Je resterai libre et célibataire. Mets-toi bien ça dans la tête !

Pandora n'était pas superstitieuse. Cependant, elle crut entendre le rire tonitruant de son oncle ponctuer son monologue.

Elle secoua la tête puis, après s'être retroussé les manches, se mit énergiquement au travail.

4

Après un long et fastidieux inventaire, il s'avéra qu'il ne manquait aucune pierre. Pandora n'alerterait donc pas la police. Inutile de leur faire constater que, par sa propre négligence, il n'y avait pas eu effraction. En outre, une enquête serait menée, qui donnerait une dimension particulière à ce qui n'était qu'une manœuvre d'intimidation, perpétrée par un membre de sa propre famille.

Elle voyait d'ici les gros titres :

« McVie contre McVie : une famille se dispute le testament d'un vieil excentrique ! »

Pandora cachait, sous une nature honnête et indépendante, une volonté farouche de garder secrètes les affaires de famille. C'est pourquoi si l'un des membres de sa famille, doué de mauvaises intentions, rôdait encore autour de la propriété, elle se chargerait elle-même de lui faire comprendre qu'elle jugeait insignifiant l'acte de vandalisme dont elle venait d'être l'objet. Et elle mettrait un point d'honneur à ce que personne ne sache à quel point cela l'avait, au contraire, affectée. En outre il ne fallait pas que son ennemi sache que désormais, elle resterait vigilante car elle était bien déterminée à trouver le responsable.

Michael, qui rejoignait Pandora sur tous ces points, n'avait pas contesté sa décision. Lui-même avait toujours mené en parallèle carrière et vie de famille, faisant des deux deux blocs bien distincts ; ce qui lui permettait de vivre, comme il le souhaitait, dans l'anonymat le plus absolu. Dans son milieu professionnel on ne le connaissait que comme Michael Donahue, scénariste, sans aucun lien avec le multimilliardaire Jolley McVie. Et il entendait bien conserver cet anonymat.

Chacun des deux jeunes gens s'était bien gardé de livrer à l'autre les raisons de son silence. Et c'est sans se concerter, mais poussés par la même détermination, qu'ils avaient décidé de mener leur propre enquête. Chacun s'estimant, évidemment, plus compétent que l'autre pour résoudre cette énigme. Ils évitaient donc soigneusement le sujet, prenant même garde à ne faire aucune référence à ce qui s'était passé dans l'atelier.

Après deux verres de vin et une délicieuse fricassée de poulet, Pandora se sentait plus optimiste. Après tout, la situation aurait été beaucoup plus grave si on lui avait pris ses pierres ou même ses outils de travail. Elle aurait alors été dans l'obligation de repartir plusieurs jours, voire plusieurs semaines, pour New York. Non, ce qui la dérangeait plus que tout, c'était la certitude d'avoir été épiée. Car elle ne pouvait expliquer autrement la parfaite coïncidence qui existait entre sa courte absence en ville et la mise à sac de son atelier. Cela signifiait également que quelqu'un savait qu'elle était en train de réaliser sa première commande importante.

— Je me demande, attaqua Pandora d'un ton qu'elle voulait désinvolte, si les Sanderson sont chez eux en ce moment.

— Les propriétaires de l'étang?

Michael y avait déjà pensé. Armé d'une bonne paire de jumelles, n'importe qui pouvait facilement surveiller la maison, depuis certains points stratégiques de leur propriété.

— Ils passent pas mal de temps en Europe, non?

— Mmm, opina Pandora en triturant ses couverts. Ils possèdent des hôtels là-bas, alors ils viennent toujours ici à l'improviste.

— Ils ne louent jamais leur maison?

— Pas que je sache. Durant leur absence, ils la laissent à la garde de leurs employés. Maintenant que j'y pense, leur dernier séjour remonte à quelques mois. Je m'en souviens bien, précisa-t-elle en souriant, Jolley et moi avons failli nous faire prendre en train de pêcher dans leur étang. Nous avons juste eu le temps de nous réfugier dans la cabane...

Pandora s'interrompit, soudain pensive.

— La cabane..., murmura Michael. Tu veux parler de cette espèce de hutte en rondins que Jolley utilisait comme abri de chasse ? Je l'avais complètement oubliée celle-là !

Pandora haussa négligemment les épaules, faisant mine de ne pas comprendre où Michael voulait en venir.

— En tout cas, Sanderson ne nous a jamais pris sur le fait ! Oncle Jolley et moi, on se goinfrait d'abord du produit de notre pêche et ensuite on prenait la peine de lui faire parvenir le reste, bien nettoyé. Quand je pense qu'il n'a jamais daigné nous envoyer le moindre mot de remerciement !

— Aucune éducation, renchérit hypocritement Michael.

— J'ai entendu dire que sa grand-mère était serveuse dans un bar de Chelsea. Ceci expliquerait cela... Un peu de vin ?

— Non merci.

Mieux valait garder les idées claires s'il voulait mener à bien le plan qui venait de germer dans son esprit.

Pandora reposa la bouteille et lui sourit.

— Moi non plus, je n'en reprends pas. En fait, je suis très fatiguée.

— C'est bien normal, renchérit Michael, pressé de mettre son plan à exécution. Tu devrais aller te coucher, tu as besoin d'une bonne nuit de sommeil.

— Tu as raison.

Aucun des deux ne paraissait se rendre compte de l'excessive politesse avec laquelle ils se parlaient.

— Je crois que pour une fois je vais me passer de café et aller directement prendre un bon bain, annonça-t-elle en bâillant légèrement. Et toi ? Tu vas retourner travailler ?

— Non, heu... non. Je m'y mettrai tôt demain matin.

Pandora se leva, toujours souriante. Elle allait se donner une heure avant de se risquer dehors.

— Dans ce cas, je monte. Bonne nuit, Michael.

— Bonne nuit, Pandora.

Il attendrait qu'elle éteigne la lumière de sa chambre avant de se rendre sur place.

Pandora resta exactement cinquante minutes dans l'obscurité de sa chambre, à l'affût du moindre bruit. Le plus dur était de sortir sans se faire repérer. Le reste serait facile. La poignée de sa porte tourna avec un petit grincement. Pandora retint son souffle, l'oreille aux aguets. Pas un bruit. C'est maintenant ou jamais, décida-t-elle en s'emmitouflant dans son manteau. Elle fourra dans sa poche une lampe torche, deux boîtes d'allumettes et un pulvérisateur de laque. En cas de nécessité, celui-ci se révélerait aussi efficace qu'une bombe de gaz lacrymogène. Elle se faufila dans le couloir et, dos au mur, descendit lentement les marches.

En avant pour l'aventure ! se dit-elle avec la petite pointe d'excitation mêlée d'appréhension qu'elle avait si souvent connue lorsque, avec son oncle Jolley, ils jouaient à enfreindre les règles. Pandora regretta amèrement qu'il ne soit plus là. Elle inhala une profonde bouffée d'air frais, puis après avoir jeté un bref coup d'œil à la fenêtre de Michael, s'élança dans la nuit étoilée éclairée seulement par le croissant lumineux de la lune ascendante.

Elle avançait lentement, balayant du faisceau de sa lampe l'obscurité épaisse de la forêt. Elle n'avait pas peur. Au contraire, elle jouissait de l'instant, retardant le moment où, forcément bredouille, il lui faudrait regagner la maison. Attentive aux bruits, elle essayait d'en identifier l'origine. Ici, le sifflement de la bise à travers les aiguilles de pin, là le bruissement de feuilles mortes tourbillonnant sur le sol gelé. Et ce drôle de cri ? Etait-ce celui d'un renard, d'un raton laveur ou encore celui d'un ours en mal d'hibernation ?

Elle se gorgeait de cette sortie nocturne en solitaire où chacun de ses pas la guidait vers des trésors d'imagination. Toute gonflée d'une joie enfantine, elle respirait à pleins poumons les odeurs mêlées de sapin, de terre humide et de crachin annonciateur de gel.

Parvenue à un croisement, elle emprunta la voie de gauche. La cabane ne devait plus être loin à présent. Elle s'arrêta soudain, alarmée par la silhouette massive qu'elle venait de discerner. La perspective de se retrouver face à un ours brun ou à un lynx fit momentanément vaciller sa belle assurance. Le cœur battant, elle tendit l'oreille, scruta un peu plus les ténèbres. Rien. Secouant la tête, elle reprit sa marche téméraire.

Que ferait-elle si la cabane était occupée ? Quelle serait sa réaction si elle tombait nez à nez avec l'un de ses chers et dévoués parents ? Elle imagina l'oncle Carlson lisant son journal, confortablement installé au coin du feu, tandis que tante Patience trompait son ennui en essuyant frénétiquement la poussière qui devait recouvrir le mobilier rudimentaire laissé là. Si elle n'avait eu à la mémoire le souvenir de son atelier saccagé par la main haineuse d'un de ses proches, cette vision l'aurait fait rire.

Sourcils froncés, elle avança avec détermination vers la cabane qui se détachait, silhouette incertaine et lugubre, devant elle. Si quelqu'un était là, il faudrait qu'il réponde de ses actes, décida-t-elle.

Manifestement, l'endroit était désert. Elle s'approcha doucement, prenant bien soin de laisser le faisceau de sa lampe raser le sol. Le craquement sinistre des marches sous l'effet de son propre poids la fit sursauter. Elle posa une main sur sa poitrine et attendit. Lorsque les battements désordonnés de son cœur se furent enfin calmés, elle fit tourner la poignée. La porte s'ouvrit avec un grincement lugubre. Pandora compta jusqu'à dix puis, après avoir balayé la pièce de sa lampe torche, fit prudemment un pas en avant. C'est alors qu'un bras robuste lui enserra la gorge, la paralysant totalement. Elle laissa échapper sa lampe qui alla rouler sur le sol, éclairant alternativement dans sa course des pans de mur et la cheminée en pierre. Pandora cherchait à tâtons son arme de fortune dans sa poche lorsque son agresseur relâcha légèrement son emprise pour la faire pivoter.

La jeune femme, le doigt sur le pulvérisateur, regardait fixement le poing de Michael, prêt à s'abattre sur sa joue.

— Bon sang ! s'écria Michael en laissant retomber son bras, qu'est-ce que tu fais là ?

— Et toi ? rétorqua Pandora. Qu'est-ce qui t'a pris de me sauter dessus comme ça ? Je parie qu'en plus tu as cassé ma lampe !

— J'ai plutôt failli te casser le nez, oui !

Pandora rejeta ses cheveux en arrière et alla ramasser sa lampe. Michael ne devait pas voir qu'elle tremblait.

— Tu aurais quand même pu t'assurer de l'identité de l'intrus avant de vouloir le réduire en pâtée ! accusa-t-elle crânement.

— Tu m'as suivi.

Pandora le regarda avec amusement. C'était encore le meilleur remède contre la peur qu'elle venait d'éprouver.

— Ne sois pas aussi prétentieux, veux-tu. Je voulais simplement m'assurer qu'il n'y avait personne ici. Je ne pouvais pas imaginer une seconde que tu te mêlerais de mes affaires.

— Moi ? Je me mêle de tes affaires ?

Indigné par tant d'injustice, Michael braqua le faisceau de sa propre lampe sur le visage de Pandora, obligeant celle-ci à se protéger les yeux de sa main.

— Et d'après toi, que se serait-il passé si tu avais trouvé quelqu'un ? Tu l'aurais neutralisé toute seule peut-être ?

Pandora repensa à la facilité avec laquelle Michael l'avait maîtrisée. Elle releva fièrement le menton.

— Je suis assez grande pour veiller sur moi toute seule, clama-t-elle en le défiant du regard.

Michael, un brin narquois, regarda d'un air moqueur le pulvérisateur que Pandora tenait toujours dans sa main.

— Je n'en doute pas. Mais peux-tu m'expliquer ce que tu fais avec une bombe de laque ?

Devant l'absurdité de la situation, Pandora ne put réprimer un gloussement. Si Jolley avait pu les voir en ce moment !

— En plein dans les yeux, précisa-t-elle de bonne grâce. C'est radical.

Michael proféra un juron avant d'éclater d'un grand rire sonore. Lui-même n'aurait pas inventé scénario plus abracadabrant.

— Si je comprends bien, je dois m'estimer heureux de ne pas avoir été victime de cette arme redoutable ?

— Contrairement à toi, j'ai bien vu que je n'avais pas affaire à un ennemi.

Pandora fourra sa bombe dans sa poche et ajouta :

— Bien, et si nous en profitions pour jeter un coup d'œil dans cette cabane ?

— C'est précisément ce que j'étais en train de faire lorsque j'ai entendu tes pas furtifs.

Pandora plissa le nez dans une moue réprobatrice.

— Il semble bien que quelqu'un soit venu ici il y a peu de temps, ajouta-t-il.

Pour preuve de ce qu'il avançait, Michael désigna la cheminée où fumaient encore des bûches à demi consumées.

— Bien, bien, acquiesça distraitement Pandora qui, ne voulant pas être en reste, se mit à son tour en quête d'indices.

La dernière fois qu'elle était venue ici, une des chaises, celle qui avait un barreau cassé, se trouvait près de la fenêtre. Son oncle s'y était assis afin de surveiller les allées et venues de Sanderson tandis qu'elle ouvrait une boîte de sardines destinée à calmer la faim qui les tenaillait. A présent, la chaise était installée près de la cheminée.

— Un vagabond, probablement, formula-t-elle à voix haute.

Michael la dévisagea un instant en silence puis opina d'un signe de tête.

— Peut-être.

— Mais peu probable, termina Pandora à la place de Michael. C'est ce que tu penses, n'est-ce pas ? Et s'ils revenaient ?

— Difficile à dire.

Tout était bien rangé. Trop bien rangé. Le sol et les meubles qui, logiquement, auraient dû être recouverts d'une épaisse couche de poussière, avaient été soigneusement nettoyés.

— Mais il se peut aussi qu'ils aient terminé ce qu'ils avaient à faire.

Pandora esquissa une moue contrariée puis se laissa tomber sur l'unique banquette qui faisait office de divan.

— J'aurais bien aimé les prendre au piège, avoua-t-elle en posant son menton entre ses mains.

— Ah oui ? ironisa Michael. Avec ta bombe de laque ?

Pandora lui adressa un regard plein de morgue.

— Tu avais une meilleure idée, peut-être ? insinua-t-elle perfidement.

— En tout cas, je pense que moi au moins, je les aurais intimidés.

— A coups de poing, probablement, commenta la jeune femme en faisant claquer sa langue. Quand donc renonceras-tu à user systématiquement de ta force ?

— Parce que toi, tu voulais juste avoir une discussion courtoise avec l'espèce d'ordure qui a mis ton atelier à sac et anéanti des heures de travail ?

Pandora était sur le point de répliquer lorsqu'elle parut changer d'avis et adressa à Michael ce petit sourire irrésistible qui le faisait craquer.

— Non, admit-elle. Ce n'était pas précisément mon intention. Toi qui as l'habitude d'écrire des histoires policières, que dirais-tu d'unir nos forces et de rechercher quelque chose qui pourrait nous mettre sur la voie ?

Michael accueillit la proposition de la jeune femme en ricanant.

— Excuse-moi, j'ai laissé ma loupe à la maison.

— Tu vois bien que tu peux être drôle lorsque tu t'en donnes la peine !

Pandora se leva et commença à balayer la pièce du faisceau lumineux de sa lampe.

— Ils ont probablement laissé traîner quelque chose qui va les trahir.

— Leur signature, peut-être ? ironisa Michael.

— Quelque chose, répéta Pandora en s'agenouillant pour vérifier sous la banquette. Ah! J'avais raison, exulta-t-elle en ramenant un objet de dessous le meuble.

— Qu'est-ce que c'est ? s'enquit Michael soudain intéressé.

— Une chaussure, annonça triomphalement Pandora, avant d'ajouter tristement : une vieille chaussure de Jolley.

Elle apparut si vulnérable à Michael, si perdue, qu'il lui offrit les seules paroles réconfortantes qu'il pouvait prononcer.

— A moi aussi, il me manque, tu sais.

Pandora alla s'asseoir, la vieille basket sur ses genoux.

— Tu sais, quelquefois, ce que je ressens est si fort que j'ai l'impression qu'il est là, avec moi. Qu'il se cache quelque part, prêt à bondir, enchanté du bon tour qu'il nous a joué.

Cette perspective fit rire Michael. D'un geste qui se voulait affectueux et réconfortant, il se mit à frictionner le dos de Pandora.

— Je comprends parfaitement ce que tu éprouves.

La jeune femme le regarda, sceptique.

— Après tout, pourquoi pas ? murmura-t-elle comme pour elle-même.

Elle se leva brusquement et posa la basket sur le siège.

— Je vais jeter un coup d'œil dans les placards.

— Préviens-moi si tu y trouves des biscuits.

Puis croisant le regard perplexe de Pandora, il précisa :

— Il est fortement recommandé aux gens qui s'arrêtent de fumer de trouver des compensations.

— Tu devrais essayer les chewing-gums, conseilla Pandora tout en inspectant des bocaux et des boîtes de conserve soigneusement rangés sur une étagère. Il y avait là du beurre de cacahouète et une énorme boîte de caviar. Du russe. Les deux en-cas préférés de Jolley. Sa torche balaya toute une réserve de sauce tomate et de salade de fruits en conserve. A quatre-vingt-treize ans, le vieil homme avait les goûts alimentaires d'un adolescent de quinze ans.

— Ah, ah ! s'écria-t-elle soudain d'un ton victorieux.

— Tu as trouvé autre chose ?

— Une boîte de thon, dit-elle en agitant celle-ci sous le nez de Michael. C'est une boîte de thon !

— Absolument ! Tu as trouvé la mayonnaise qui va avec ?

— Ce que tu peux être bête quand tu t'y mets ! Je te rappelle qu'oncle Jolley détestait le thon.

Michael retint la remarque sarcastique qu'il s'apprêtait à faire.

— C'est vrai, concéda-t-il, et il n'était pas du genre à stocker dans ses placards quelque chose qu'il n'aimait pas.

— Exact.

— Félicitations, Sherlock. Il ne nous reste plus qu'à trouver qui, au sein de notre famille, raffole du thon en conserve.

— Tu es jaloux parce que j'ai trouvé un indice.

— Justement, c'est juste un indice, commenta Michael, légèrement vexé d'avoir été doublé par un amateur.

— Si tu pensais ne rien trouver, pourquoi es-tu venu jusqu'ici ? interrogea-t-elle avec humeur.

— Parce que j'étais persuadé de trouver quelqu'un, pas quelque chose. D'ailleurs cette boîte de thon prouve bien que j'avais raison d'y croire.

Pandora replaça bruyamment la conserve sur son étagère.

— Nous ne sommes pas plus avancés !

— Tu vois bien, ça ne servait à rien de me suivre.

— Je ne t'ai pas suivi ! riposta Pandora, en braquant sa lampe dans le dos de Michael.

Sa silhouette se détacha, trop sexy, trop dangereuse. L'espace d'une seconde, la jeune femme se surprit à se vouloir irrésistible. Femme fatale aux pieds de laquelle cet homme se traînerait pour l'avoir.

— Tu as la mémoire courte, s'exclama-t-elle. C'est toi qui m'as suivie !

— C'est ça. Et c'est la raison pour laquelle je suis arrivé le premier.

— Ça n'a rien à voir ! répliqua Pandora, avec toute la mauvaise foi dont elle était capable. Si tu avais prévu de venir ici cette nuit, pourquoi ne m'en as-tu pas parlé au dîner ?

Michael ne répondit rien. Il s'approcha d'elle. Quelque chose, semblable à un frisson, lui parcourait l'échine à mesure qu'il s'approchait d'elle.

— Pour la même raison que toi, j'imagine. Tu n'as pas confiance en moi, je n'ai pas confiance en toi, voilà tout.

— Voilà au moins un point sur lequel nous nous rejoignons !

Au moment où elle passait devant lui, Michael la prit par le bras. Le regard de Pandora, glacial, glissa de la main qui la retenait prisonnière au visage de Michael.

— Cela devient une habitude dont tu devrais te débarrasser, Michael.

— Inutile. Il paraît qu'une habitude en chasse une autre.

Le ton sur lequel elle lui répondit contrastait étrangement avec le bouillonnement intérieur de ses veines.

— Vraiment ?

— Tu es plus accessible que je ne pensais, Pandora.

— N'en sois pas si sûr, rétorqua la jeune femme qui, dans un mouvement purement défensif, s'écarta légèrement de lui.

— Certaines femmes ont du mal à assumer leur pouvoir de séduction.

La colère qu'il vit passer dans les yeux de Pandora troubla Michael tout autant que le bref éclair de désir qu'il y avait lu dans l'après-midi.

— En revanche, toi, tu as l'air d'assumer parfaitement ton ego surdimensionné. Mais sache, mon cher Michael, que ce qui marche probablement très bien avec tes nombreuses conquêtes ne me…

— Décidément, ma vie sexuelle semble beaucoup t'intéresser.

Michael lui sourit, satisfait de voir la frustration se peindre sur son visage.

— Autant que peut m'intéresser la vie sexuelle des mammifères marins, rétorqua Pandora.

Elle se maudit de sentir son cœur s'emballer. Mais ce n'était pas de colère. Elle était trop honnête pour prétendre le contraire. Elle qui était venue, poussée par son goût de l'aventure, elle était servie !

— Il est tard, annonça-t-elle soudain sur le ton d'un professeur réprimandant un élève indiscipliné. Tu voudras bien m'excuser...

Elle amorçait un pas en avant lorsque Michael la plaqua sans ménagement dans un angle de mur.

— Je ne me suis jamais permis d'évoquer ta vie sexuelle, moi. Mais laisse-moi deviner... Je suis certain que tu fais partie de ces femmes fréquentant de pseudo-intellectuels qui préfèrent philosopher des heures sur le sexe plutôt que de le pratiquer. Je me trompe ?

— Espèce de sale prétentieux arrogant, de... !

Michael lui ferma la bouche d'un baiser, l'empêchant de poursuivre sur sa lancée.

Cette fois, il ne s'agissait plus de curiosité mais d'un baiser torride, passionné, qui frisait le désespoir. Pourtant, Pandora ne voulait pas y penser. Elle verrait plus tard. Pour l'heure, tout ce qu'elle souhaitait, c'était profiter de l'expérience. La bouche de Michael était chaude et ferme et il l'embrassait avec l'assurance des hommes qui en ont vu d'autres. Elle acceptait de lui cet aplomb machiste qui, chez d'autres, la rendait folle de rage. Elle aimait cette force qui se dégageait de lui, cette brusquerie à laquelle elle était confrontée pour la première fois. Loin des attentions délicates de ses précédents amants, Michael exigeait, attendait, donnait avec la même audacieuse brutalité.

Michael s'était attendu à ce que Pandora le remette à sa place et batte en retraite, indignée. Aussi avait-il été surpris que la jeune femme réponde aussi fougueusement à son baiser. Plus tard, il se souviendrait que jamais un simple baiser n'avait déclenché en lui un tel tumulte.

Le contraste était saisissant entre la fièvre de son corps et la douceur de ses lèvres. Se moquerait-elle de lui si elle soupçonnait le feu qui coulait dans ses veines ? Il préféra ne pas y penser et relégua ces interrogations dans un coin éloigné de sa mémoire. Pour l'heure, tout ce qu'il souhaitait, c'était se laisser guider par ses sens.

Rien n'incitait au romantisme. Le mince croissant de lune avait disparu depuis longtemps, plongeant la cabane dans une obscurité froide. Une odeur âcre de fumée et de poussière flottait dans l'air et un courant d'air glacial filtrait sous la porte. Pourtant aucun d'eux ne prêtait attention à ce qu'ils considéraient comme de petits désagréments.

Lorsqu'ils s'écartèrent l'un de l'autre, Michael vibrait encore d'émotions contenues. Il tira une certaine satisfaction du fait que Pandora semblait dans le même état que lui. Elle aussi, chancelante, avait du mal à recouvrer ses esprits. Cherchant à retrouver un semblant d'équilibre, Michael lâcha sur le mode de la plaisanterie :

— Tu disais donc…

Elle avait envie de le frapper. Elle avait envie d'étouffer sous ses baisers cet air suffisant qu'elle détestait. S'il s'imaginait qu'elle allait se traîner à ses pieds, comme les autres femmes le faisaient probablement, il se trompait lourdement ! Non, elle ne serait pas une victoire facile de plus !

— Crétin !

— J'adore la simplicité avec laquelle tu t'exprimes.

Pandora le fusilla du regard puis lâcha froidement :

— Règle numéro six : pas de relation sexuelle entre nous.

— Pas de relation sexuelle…, renchérit Michael tandis que Pandora se dirigeait dignement vers la sortie. Sauf si les deux parties sont consentantes.

Un sourire satisfait aux lèvres, il regarda Pandora claquer bruyamment la porte derrière elle.

Lorsque deux personnes vivant sous le même toit sont totalement absorbées par leurs professions respectives, il peut arriver qu'elles ne fassent que se croiser. Surtout si la maison est particulièrement grande et les personnes en question particulièrement têtues. Pandora et Michael ne se voyaient donc qu'à l'heure des repas, chacun repartant ensuite vaquer à ses propres occupations. Il ne s'agissait ni de discrétion, ni de respect mutuel. Non, chacun cherchait dans cette frénésie de travail un moyen d'éviter l'autre.

C'est ainsi que le premier mois s'acheva. Tous deux satisfaits qu'il n'en reste plus que cinq.

Au cours du deuxième mois, Michael dut regagner New York pour une journée afin d'y régler un problème professionnel.

Il quitta la maison, raide comme la justice et pestant contre cet imprévu. Pandora, elle, avait bien l'intention de profiter de son absence. Enfin, elle allait avoir la maison pour elle seule et n'aurait pas à rester sur ses gardes pendant des heures. Elle allait pouvoir faire ce qu'elle voulait sans s'inquiéter de savoir si quelqu'un allait venir la surprendre ou commenter ses actes par des piques sarcastiques. Elle s'en réjouissait d'avance !

Pourtant, lorsqu'elle eut fini de picorer dans son assiette, elle ne put s'empêcher d'aller écarter les lourdes tentures de la fenêtre pour vérifier que la voiture de Michael n'était plus là. Pas parce qu'il lui manquait, ou du moins voulait-elle s'en persuader. Simplement parce qu'elle avait pris l'habitude de vivre en sa compagnie et que son absence créait un vide.

C'était d'ailleurs bien là l'une des raisons pour lesquelles elle avait toujours voulu vivre seule. Pour éviter toute sorte de dépendance. Et la dépendance, décréta-t-elle, était inévitable dès que vous partagiez le même espace, fût-ce avec un monstre à deux têtes.

Néanmoins, elle attendait. Bien après que Sweeney et Charles furent partis se coucher, elle était toujours dans le salon, postée derrière la fenêtre, à attendre elle ne savait quoi. Elle n'était pas inquiète. Elle ne souffrait pas de solitude. Elle se sentait simplement désœuvrée. Pour tromper son ennui, et parce qu'elle n'avait pas sommeil, elle déambula un moment dans le couloir. Puis, presque sans qu'elle s'en rende compte, ses pas la conduisirent dans ce qui avait été la tanière de Jolley. « Salle de jeux » aurait été plus approprié. La décoration oscillant entre une vidéothèque de galerie marchande et les salons privés d'une boîte de nuit.

Elle s'installa dans l'un des canapés moelleux qui faisaient face à l'écran géant puis mit la console de jeu en marche. Peu lui importait le thème du jeu qui se trouvait déjà à l'intérieur, le but était de se donner l'impression d'avoir de la compagnie. C'est ainsi qu'elle passa une heure à essayer vainement de battre le précédent score que son oncle avait effectué au flipper. Le jeu suivant simulait une attaque de la planète Zarbo. Le système de défense mis au point par Pandora étant manifestement peu efficace, la planète explosa trois fois au cours de la partie. Vint ensuite un jeu d'échecs auquel la jeune femme renonça, jugeant son esprit trop apathique pour pouvoir se mesurer à un ordinateur.

Elle finit par s'allonger confortablement dans le canapé et alluma la télé pour regarder les images défiler d'un œil distrait. La nuit était bien avancée lorsque son attention fut attirée par la diffusion tardive d'une série policière. Les bras croisés sous la nuque, elle se laissa agréablement entraîner dans des poursuites infernales ponctuées de crissements de pneus et de tirs d'armes à feu.

Elle n'avait même pas remarqué Michael qui, depuis le seuil, l'observait en silence.

Après une journée éreintante et un bon moment passé dans les embouteillages, il avait songé à rebrousser chemin pour regagner New York et accepter l'invitation de son assistante de production, une jolie brune voluptueuse aux yeux de braise. Cependant, il s'était trouvé une bonne demi-douzaine d'excuses pour y renoncer. Sans savoir exactement pourquoi.

Sa première intention avait été de monter l'escalier à pas de loup et de s'écrouler dans son lit jusqu'au lendemain midi. Mais il avait vu les lumières filtrer sous la porte de la salle de jeux et entendu les éclats de voix d'une émission télévisée.

C'est ainsi qu'il avait découvert Pandora, ennemie jurée du petit écran, affalée dans un sofa, en train de suivre avec un intérêt manifeste la rediffusion d'une série policière. Intéressante d'ailleurs, songea-t-il en reconnaissant l'émission. Il se souvenait avoir produit deux ou trois scénarios pour ses producteurs, alors qu'il démarrait dans le métier.

Michael attendit la page publicitaire pour manifester sa présence.

— Sa Majesté serait-elle tombée de son piédestal ?

Pandora sursauta violemment, puis regarda par-dessus son épaule. Elle s'assit, cherchant désespérément une excuse plausible à sa présence tardive dans la salle de jeux.

— Je n'arrivais pas à dormir, dit-elle sans trahir la vérité.

Elle se garda cependant bien de lui avouer que c'était parce qu'il n'était pas là.

— Je parie que la télé a été inventée pour les insomniaques qui ne veulent pas céder aux somnifères, ajouta-t-elle.

Bien qu'épuisé, Michael prit le temps de savourer le revirement d'opinion de la jeune femme. Il s'approcha, se laissa tomber à ses côtés sur le canapé, et posa ses jambes sur la table basse de bois massif.

— Alors, qui est le coupable ? s'enquit-il.

Il soupira d'aise. C'était bon de rentrer à la maison.

— L'associé véreux.

Elle était trop contente qu'il soit rentré pour tenter de se défiler.

— Mais ce n'est pas très difficile de tout comprendre avant la fin.

— Trouver qui est l'auteur du crime n'est pas le but dans cette série, précisa Michael. L'intérêt réside dans la façon dont l'inspecteur va manœuvrer le suspect afin qu'il se trahisse et avoue.

— Alors, comment s'est passée ta journée ? demanda Pandora feignant de se désintéresser de l'écran de télévision.

— Pas mal, répondit Michael en enlevant une de ses chaussures avec le bout de l'autre. Après des heures de discussions stériles, mon scénario reste finalement intact.

Il paraissait exténué. Au point d'être incapable de retirer sa deuxième chaussure.

— Et tout ça pour une malheureuse série d'une heure par semaine ! Il y a là dedans un mystère que je ne comprendrai jamais. Ce doit être typiquement américain, conclut-il, désabusé.

— Mais enfin, je ne vois pas où est le problème, observa Pandora. Un crime est commis, les bons pourchassent les méchants qui finissent toujours par être rattrapés. Tout cela me paraît d'une simplicité enfantine.

— Merci d'éclairer ma lanterne. J'en parlerai au cours de la prochaine réunion de production.

— Non vraiment, insista Pandora, je ne comprends pas. Tu devrais être rodé depuis le temps que tu pratiques ce métier.

— Connais-tu le sens des mots « ego » et « paranoïa » ?

Pandora esquissa un petit sourire ironique à son intention.

— Je crois, oui.

— Eh bien, ajoutes-y le fichu caractère des acteurs, la course à l'Audimat, les budgets toujours plus restreints et les exigences des patrons de chaînes, et tu verras que les choses ne sont pas aussi simples que tu le dis. C'est la triste réalité du monde du spectacle, ma vieille.

Pandora haussa les épaules.

— Drôle de façon de gagner sa vie !

— Tu as raison, approuva Michael avant de fermer les yeux en poussant un soupir.

Pandora le laissa dormir pendant une vingtaine de minutes, le temps de regarder le héros de sa série resserrer les mailles du filet autour du criminel. Satisfaite que justice soit faite, elle alla éteindre le poste de télévision et baissa l'intensité des lumières de la pièce.

Elle était tentée de laisser Michael dormir là. Il paraissait si paisible, tout d'un coup. Portée par un élan de tendresse, elle repoussa doucement une mèche de cheveux qui lui tombait sur le front. Non, s'il passait la nuit dans cette position inconfortable, il se réveillerait d'une humeur massacrante. Peut-être même attraperait-il un torticolis. Mieux valait le réveiller et l'inciter à monter se coucher. Elle lui secoua doucement l'épaule.

— Michael.

— Mmm ?

— Allons nous coucher.

— Je commençais à désespérer que tu me le demandes un jour, marmonna-t-il dans un demi-sommeil en tendant vers elle une main incertaine.

Amusée, Pandora le secoua un peu plus fort.

— Ne prends pas tes désirs pour des réalités. Allons, *cousin*, debout ! Je vais t'aider à monter les marches.

— Ce réalisateur, quel imbécile ! maugréa Michael tandis que Pandora l'aidait à se redresser.

— Je n'en doute pas une seconde. Maintenant, voyons si tu peux mettre un pied devant l'autre. Voilà, c'est bien, dit-elle d'un ton encourageant. Allons-y.

Un bras passé autour de la taille de Michael, elle le guida vers la sortie.

— Il n'a pas arrêté de discuter mon scénario.

— Je comprends que tu sois énervé. Fais attention à la marche.

— « Je verrais bien un peu plus d'émotion dans la deuxième partie. » Qu'il aille au diable ! grommela-t-il en pesant de tout son poids sur le bras de Pandora. Comme s'il y connaissait quelque chose !

— Tu as eu affaire à un débile, ce n'est pas grave.

Hors d'haleine, Pandora le tira vers sa chambre. Il était beaucoup plus lourd qu'il n'en avait l'air !

— Voilà ! Nous y sommes !

Faisant un dernier effort de volonté, elle parvint à le faire basculer sur son lit et le couvrit, tout habillé, d'un plaid qui traînait sur un fauteuil.

— Ça va ? Tu es bien installé ?

— Tu ne m'aides pas à retirer mon pantalon ?!

Pandora lui tapota doucement la tête.

— N'y pense même pas, Donahue !

— Rabat-joie !

— Merci bien ! Je ne tiens pas à faire des cauchemars toute la nuit, vois-tu !

— Ne mens pas. Tu sais bien que tu es folle de moi.

Michael grogna de satisfaction. Son lit avait un avant-goût de paradis. Il allait y passer une semaine entière.

— Tu délires complètement, mon pauvre ami, protesta Pandora. Je demanderai à Charles de te monter une bonne tasse de thé et des tartines de miel demain matin, quand tu auras recouvré tes esprits.

Michael écarquilla soudain ses yeux, pourtant lourds de sommeil, et sourit à la jeune femme.

— Pourquoi ne viens-tu pas te glisser dans mon lit ? Si tu y mets un peu du tien, je te montrerai pourquoi la vie vaut d'être vécue.

Tout doucement, Pandora se pencha vers Michael, jusqu'à ce que leurs bouches se frôlent, que leurs souffles se mêlent. Elle resta ainsi quelques secondes, jouant innocemment avec ses cheveux qui balayaient les joues de Michael.

— Plutôt mourir, susurra-t-elle avec un sourire angélique.

Michael haussa les épaules, bâilla nonchalamment et lui tourna le dos.

— D'accord.

Pandora, vexée, resta un instant dans l'obscurité, les mains sur les hanches, le regard fixé sur la masse sombre du corps de Michael. Le mufle ! Il aurait pu au moins insister !

Elle releva fièrement le menton et sortit en prenant bien soin de claquer violemment la porte derrière elle.

5

Jour après jour, à force de patience et de volonté, Pandora refit le collier d'émeraudes. Sans aucune complaisance, ni fausse modestie, elle jugea le résultat parfait. Il lui arrivait parfois de ne ressentir aucune émotion, aucune fierté particulière à la réalisation d'une pièce. Avec ce collier, les deux sentiments se mêlaient étroitement. Elle l'examina à la loupe, puis l'exposa à la lumière crue d'une lampe afin de procéder à une dernière vérification. Elle n'y décela aucun défaut.

Elle enveloppa alors son œuvre d'un papier de soie et la déposa religieusement dans un écrin de velours rouge. Ce collier était né de son imagination, avait été conçu de ses propres mains, pourtant il ne lui appartenait déjà plus.

Ce travail achevé, qu'allait-elle bien pouvoir faire? Elle balaya l'atelier du regard, à la recherche d'une source d'inspiration. Elle s'était tellement investie dans cette parure, y consacrant tout son talent, toute sa sensibilité! Incapable de rester inactive, elle s'empara de son carnet et réfléchit à ce qu'elle pourrait dessiner.

Des boucles d'oreilles, peut-être. Quelque chose de clinquant, loin du raffinement et du romantisme de sa précédente création. Elle avait envie d'un bijou différent, léger cette fois. Elle entrevoyait des formes géométriques, résolument modernes, sans une once de romantisme.

Du romantisme. D'une main sûre, presque nerveuse, elle commença à esquisser des lignes fortes, définitives. Elle avait passé de longues heures sur un bijou qui incitait au romantisme. Voilà ce qui expliquait son attitude ridicule. Elle s'était tout bêtement laissé gagner par les émotions inspirées par ce travail si particulier. Mais avec cette nouvelle création, qu'elle voulait délibérément tape-à-l'œil, tout rentrerait dans l'ordre, décida-t-elle, satisfaite.

Les mâchoires contractées, pleine d'une franche détermination, elle tourna la page et commença à dessiner. Ses sentiments pour Michael avaient toujours été très clairs. Il ne s'agissait pas entre eux de réelle séduction. Plutôt de curiosité. Oui, c'était cela : une espèce de curiosité malsaine. Le mot était parfaitement choisi. Elle avait manifesté une curiosité toute naturelle à aller voir ce qui, chez un homme qu'elle connaissait depuis l'enfance, attirait tant de femmes. Et elle avait compris.

Il possédait ce don rare de faire croire à une femme qu'elle était unique, qu'elle lui était indispensable et qu'il se soumettait à sa seule volonté. C'était un sentiment nouveau qu'aucun homme ne lui avait fait ressentir et qu'elle n'avait d'ailleurs jamais recherché. Une sorte de talent que Michael s'était appliqué à affûter au fil des années et au gré de ses innombrables conquêtes. Si Pandora ne pouvait le blâmer pour cela, elle possédait, fort heureusement, suffisamment de discernement pour ne pas tomber dans le piège. Inutile que Michael sache, soupçonne même, qu'elle avait eu les mêmes réactions que les autres. Elle ne lui ferait jamais ce plaisir.

L'individualisme était un trait dominant du caractère de Pandora. Pour cette raison, elle refusait de venir grossir le rang des nombreuses maîtresses de Michael. Et à présent que sa curiosité était satisfaite, elle était bien déterminée à franchir le cap des cinq prochains mois sans la moindre complication de ce genre. Avoir découvert en Michael un être humain tout à fait acceptable et un compagnon agréable ne changerait rien à sa volonté farouche de ne pas céder à ses avances.

Pandora considéra avec perplexité la dernière touche qu'elle venait de mettre à son dessin. Le portrait de Michael était criant de vérité. Elle n'avait eu aucun mal à restituer l'arrogance de son regard, la sensualité de ses lèvres. L'intelligence qui émanait du visage qu'elle venait d'esquisser la laissa sceptique. Elle déchira la page et en fit une boule qu'elle lança dans la poubelle. Son esprit avait divagué, voilà tout !

Pandora reprit son crayon, le reposa. Il était grand temps de chasser Michael de ses pensées et de consacrer toute son énergie à son art !

De son côté, Michael tentait sans grand succès de se mettre au travail. Assis à son bureau, il pianotait comme un fou sur son clavier pendant cinq minutes, puis bayait aux corneilles les quinze minutes suivantes. Cela ne lui ressemblait pas. Il mettait habituellement tout son sérieux et sa compétence dans l'écriture de ses scénarios, ne s'arrêtant que lorsque la scène imaginée était bouclée et mise en forme.

Il se renversa dans son siège et laissa courir ses doigts le long d'un stylo. Il n'aurait jamais dû s'arrêter de fumer. Car c'était bien ce qui le rendait si nerveux. En proie à une vive agitation, il se leva et alla jusqu'à la fenêtre. Son regard se porta naturellement sur l'atelier de Pandora, dont le toit était saupoudré d'une fine couche de neige. Les rideaux étaient tirés.

S'il voulait vraiment être honnête, il devait reconnaître que c'était Pandora qui était à l'origine de son extrême nervosité.

Elle était différente de ce qu'il avait imaginé. Plus douce. Plus tendre. Plus chaleureuse aussi. Il la trouvait drôle, même si, quelquefois, son tempérament belliqueux manquait de lui faire perdre patience. Il appréciait même sa conversation, car Pandora ne parlait jamais pour ne rien dire.

Il lui était difficile d'admettre qu'en fait, il aimait beaucoup sa compagnie. Les semaines qu'ils venaient de partager avaient filé à toute allure, sans même qu'il s'en rende compte. Non, il n'était pas facile d'admettre qu'il aimait vivre sous le même toit que Pandora, et encore moins qu'il avait décliné l'invitation de son assistante de production parce que... Parce qu'il n'avait pas voulu passer la nuit avec une femme, quand ses pensées le portaient vers une autre.

Comment allait-il pouvoir gérer cette attirance aussi indésirable qu'inattendue, alors que l'objet de ses pensées n'aspirait qu'à tourner en dérision l'intérêt qu'il lui manifestait ?

Romantique dans l'âme, Michael avait toujours été attiré par des femmes qui lui ressemblaient. Il n'éprouvait aucune honte à avouer qu'il adorait les dîners aux chandelles, la musique douce et les longues promenades au clair de lune. Il courtisait les femmes de manière un brin désuète, même si, paradoxalement, il épousait la cause féministe. Il manifestait en faveur de la parité tout en étant capable de proposer à sa conquête du moment une promenade en calèche.

Un incorrigible romantique mais qui se garderait bien de faire envoyer une douzaine de roses blanches à Pandora. Celle-ci serait bien capable de lui rire au nez.

Michael la désirait. Il était trop sensuel pour prétendre le contraire. Et lorsqu'il voulait quelque chose, il avait deux façons d'y parvenir. Il réfléchissait d'abord au meilleur moyen d'approcher, puis manœuvrait tout en douceur jusqu'à atteindre le but fixé. Si cette tactique ne marchait pas, alors il n'hésitait pas à prendre les choses à bras-le-corps et à se montrer plus direct. Jusqu'à présent, les deux méthodes s'étaient révélées efficaces. Mais il savait que Pandora resterait indifférente à l'une comme à l'autre.

Michael décida en souriant que le défi n'en serait que plus intéressant. Après tout, il n'avait qu'à essayer d'échafauder un nouveau scénario, dont Pandora et lui seraient les personnages principaux.

Les deux héros vivent sous le même toit. En tout bien tout honneur, commença Michael. Même s'ils n'osent s'avouer l'attirance qu'ils éprouvent l'un pour l'autre. Le héros est intelligent, séduisant. Très volontaire aussi : cela fait cinq semaines, trois jours et quatorze heures qu'il a arrêté de fumer. L'héroïne, elle, est têtue et opiniâtre. Confond souvent arrogance et indépendance.

A force de patience, le héros parvient peu à peu à percer la fragile carapace de l'héroïne. A leur grande satisfaction mutuelle.

Michael se carra dans son fauteuil, sourire aux lèvres. Il tenait là sa troisième méthode. Il allait jouer son rapprochement comme dans une pièce, mais tout en laissant la part belle à l'improvisation.

Satisfait et impatient de passer à la scène suivante, Michael se remit au travail avec frénésie, retrouvant tout l'entrain qui lui avait momentanément fait défaut.

Deux heures s'étaient écoulées lorsque de petits coups frappés à la porte le tirèrent de la profonde concentration dans laquelle il était plongé. Il répondit par un grognement.

— Je vous demande pardon, Monsieur Donahue.

Charles se tenait sur le seuil, légèrement essoufflé par la montée des marches.

Michael émit un nouveau grognement sans lâcher des yeux le paragraphe qu'il était en train de rédiger.

— Oui, Charles ? demanda-t-il distraitement.

— Un télégramme pour vous, Monsieur.

Perplexe, Michael fronça les sourcils et fit pivoter son fauteuil. S'il y avait un problème à New York, comme cela arrivait au moins une fois par semaine, le moyen le plus rapide de le régler était de le faire par téléphone.

— Un télégramme ? Merci, dit-il en prenant la missive des mains de Charles. Pandora est toujours dans son atelier ?

— Oui, Monsieur.

Charles saisit l'occasion qui lui était donnée de reprendre son souffle.

— Sweeney est un peu contrariée que Mlle Pandora ait sauté le déjeuner, précisa-t-il. Le dîner sera servi dans une heure. J'espère que cela ne perturbera pas votre emploi du temps.

Michael savait par expérience que, s'il voulait la paix, mieux valait obéir aux ordres de la vieille gouvernante.

— C'est parfait, Charles. Je serai à l'heure.

— Merci, Monsieur. Si je peux me permettre, j'adore votre série. L'épisode de cette semaine était particulièrement passionnant.

— Je suis très touché, Charles.

— J'avais l'habitude de la regarder chaque semaine en compagnie de M. McVie. Il ne la ratait jamais.

— Vous savez, c'est un peu grâce à lui si la série a vu le jour. Il me manque.

— Il nous manque à nous aussi. La maison est si calme sans lui ! Mais je...

Charles rougit légèrement, hésitant à poursuivre.

— Oui, Charles ? l'encouragea Michael qui devinait que le vieil homme craignait de se montrer trop familier.

— Sweeney et moi tenions à vous dire que nous sommes très heureux de rester à votre service et à celui de Mlle Pandora. Nous avons été soulagés d'apprendre que M. McVie vous léguait la maison. Les autres...

Le vieux majordome se raidit un peu et se lança d'un trait.

— ... Les autres n'auraient pas convenu. Sweeney et moi avions décidé de donner notre démission si toutefois M. McVie avait laissé « La Folie » à d'autres héritiers que vous.

Charles croisa ses doigts noueux et conclut sur un ton solennel :

— Y a-t-il quelque chose que je puisse faire avant le dîner, Monsieur ?

— Non, Charles. Merci.

Télégramme en main, Michael regarda le vieil homme se retirer sans bruit. Il le connaissait depuis l'enfance et se souvenait avec précision du jour où Charles avait cessé de l'appeler « Monsieur Michael ». Il venait d'avoir seize ans et était venu à « La Folie » pour les vacances d'été. Charles lui avait alors donné du « Monsieur » tout court, le faisant brutalement basculer du monde de l'adolescence dans celui des adultes.

Il était étrange de voir à quel point sa vie était liée à cette demeure et aux gens qui y vivaient. C'était Charles, encore, qui lui avait solennellement servi son premier whisky lors de son dix-huitième anniversaire. Quant à Sweeney, c'est elle qui, des années auparavant, lui avait administré sa première correction. Ses parents ne s'étant jamais préoccupés de son éducation et ses précepteurs n'ayant jamais osé lever la main sur lui, cette marque d'intérêt, aussi cuisante fût-elle, lui avait donné l'impression de s'être trouvé une famille.

Il se souvenait de Pandora comme d'une véritable peste doublée d'une adolescente pleine d'originalité et de fantaisie. Deux traits de caractère qu'elle avait manifestement gardés.

Quant à Jolley...

Jolley avait été le père, le grand-père, l'ami, le frère, le fils, même. Jolley était Jolley et Michael était sincère lorsqu'il avait dit à Charles que son vieil oncle lui manquait. Il lui manquerait d'ailleurs toujours.

Plongé dans ses souvenirs, Michael ouvrit distraitement le télégramme.

« Votre mère gravement malade. Médecins pessimistes. Prendre premier vol pour Palm Springs. L. J. KEYSER. »

Sceptique, Michael fixa le télégramme. C'était impossible. Sa mère n'était *jamais* malade. Elle considérait même la maladie comme un fléau social. Michael encaissa le choc, encore perplexe.

Lorsque Pandora le rejoignit dans sa chambre quinze minutes plus tard, il était en train d'entasser des vêtements pêle-mêle dans un sac de voyage. La jeune femme leva un sourcil étonné et s'adossa contre le chambranle de la porte.

— Où vas-tu ? s'enquit-elle après s'être éclairci la gorge.

Michael fourra hâtivement sa trousse de toilette dans son sac.

— A Palm Springs.

Pandora croisa négligemment les bras sur sa poitrine.

— Vraiment ? Une envie subite de climat plus clément, peut-être ?

— C'est ma mère. Je viens de recevoir un télégramme.

Instantanément, Pandora laissa tomber le ton sarcastique

qu'elle avait adopté. Elle entra dans la chambre et demanda, pleine de compassion :

— Elle est malade ?

— D'après le télégramme, c'est grave, mais je n'en sais pas plus.

— Oh, Michael, je suis désolée ! Je peux faire quelque chose ? Veux-tu que j'appelle l'aéroport ?

— Merci, c'est fait. J'ai un vol dans deux heures.

Se sentant bêtement impuissante, Pandora regardait Michael fermer nerveusement son sac.

— Je peux te conduire à l'aéroport, si tu veux, proposa-t-elle d'une voix douce.

— Je vais me débrouiller. Merci quand même.

Il passa machinalement une main dans ses cheveux et regarda la jeune femme comme s'il venait soudain de remarquer sa présence. Elle paraissait sincèrement inquiète, bien qu'elle n'ait rencontré sa mère qu'une fois, il y avait de cela dix ou quinze ans.

— Pandora, le voyage jusqu'à Palm Springs va me prendre une bonne partie de la nuit. Et ensuite, je ne sais pas...

La voix de Michael se brisa. Il était incapable d'envisager le pire.

— Il est possible que je ne sois pas de retour à temps. Je veux dire... d'ici vingt-quatre heures, précisa-t-il.

Pandora secoua la tête.

— Je t'interdis de penser à ça, Michael. J'appellerai Fitzhugh et je lui expliquerai. Peut-être pourra-t-il faire quelque chose. Après tout, il s'agit d'un cas de force majeure. Et si ce n'est pas possible, eh bien tant pis !

A cause de lui, Pandora allait peut-être perdre des millions de dollars. Des millions de dollars et une maison qu'elle chérissait par-dessus tout. Bourrelé de remords, Michael s'approcha d'elle et posa une main affectueuse sur son épaule. Elle était si mince ! Il avait oublié à quel point les femmes qui se veulent fortes peuvent être fragiles.

— Je suis vraiment navré, Pandora. Crois bien que si je pouvais faire autrement…

— Michael, je t'ai déjà dit que je me fichais pas mal de cet argent ! C'est la vérité !

Il l'observa un instant en silence. Il reconnut sur ses traits ce mélange de force, d'obstination et de bonté qu'il avait si facilement oublié et qui faisait d'elle un être à part.

— Je sais, murmura-t-il.

— Quant au reste, nous verrons plus tard. Vas-y vite avant de rater ton avion.

Attentive, elle l'accompagna jusqu'à l'escalier de l'étage.

— Si tu peux, passe-moi un coup de fil pour me tenir au courant.

Michael opina, amorça un pas vers la première marche et s'arrêta net. Il posa son sac par terre, revint vers Pandora et la serra contre lui. Le baiser qu'il lui donna fut aussi bref que passionné. Puis brusquement, il la lâcha et lui tourna le dos.

— A bientôt.

— A bientôt, répéta Pandora, la gorge nouée par l'émotion.

Telle une statue de sel, elle resta figée dans la même posture jusqu'à ce qu'elle entende claquer la porte d'entrée.

Rêveuse, elle repensa au baiser de Michael durant son dîner en solitaire, puis, plus tard devant le feu qui crépitait joyeusement dans la cheminée. Il lui sembla avoir ressenti, dans cette brève étreinte, plus de passion qu'elle n'en avait jamais connu avec ses amants de passage. Etait-ce parce qu'elle avait toujours volontairement limité sa passion à son seul métier ?

Ce qu'elle avait éprouvé dans les bras de Michael n'était peut-être que de la compassion pour un homme qu'elle avait senti désemparé. Car il était bien connu que, des émotions, naissent d'autres émotions. Mais comment expliquer alors ce sentiment de solitude qui l'étreignait pour la deuxième fois, alors que Michael était absent ? Pourtant, le feu était joyeux, le livre ouvert sur ses genoux, passionnant, et le sherry qu'elle sirotait, réconfortant. Malgré cela, elle se sentait seule. En un peu plus d'un mois, elle était devenue ce qu'elle avait toujours redouté : une femme dépendante. Aussi étrange que cela puisse paraître, elle avait fini par goûter à la compagnie de son colocataire. Elle appréciait sa présence à ses côtés durant les repas, les discussions interminables au cours desquelles ils n'arrivaient jamais à se mettre d'accord. Pandora adorait tout particulièrement le pousser à bout, sachant qu'il suffisait pour cela d'orienter la conversation vers son métier. Perverse ? Peut-être. Mais la vie était si ennuyeuse si on ne la pimentait pas un peu ! En outre, elle avait trouvé en Michael Donahue le partenaire idéal pour ces joutes verbales.

Elle se demanda quand elle le reverrait. Et s'ils allaient passer l'hiver ensemble. En effet, si les termes du contrat étaient rompus, quelles raisons auraient-ils de rester sous le même toit ? D'ailleurs, ils n'auraient légalement plus le droit d'habiter « La Folie ». Tous deux regagneraient New York et leurs occupations respectives et ne se reverraient sans doute jamais. Pandora comprit alors à quel point elle souhaitait que cela ne se produise pas.

Elle ne voulait pas perdre cette demeure. Tant de souvenirs importants y étaient liés ! Ne s'effaceraient-ils pas à jamais de sa mémoire si on lui retirait le droit d'arpenter les pièces de cette maison, comme elle l'avait toujours fait ? Elle ne voulait pas non plus perdre Michael. Enfin, plus exactement sa compagnie, se corrigea-t-elle trop vivement. Car il était bien plus agréable qu'elle ne l'imaginait d'avoir quelqu'un sous la main en toutes circonstances. La vie redeviendrait d'une terrible monotonie si elle perdait ce goût du défi permanent. Et comme celui-ci était lié à Michael, il était normal qu'elle ne veuille pas se séparer de lui.

Pandora poussa un profond soupir et referma son livre. Une longue nuit de sommeil lui serait plus profitable que de vaines suppositions. Alors qu'elle tendait la main vers l'interrupteur, la lampe s'éteignit d'elle-même, plongeant la pièce dans une quasi-obscurité trouée seulement par les flammes vacillantes du feu.

Bizarre, se dit-elle en actionnant en vain l'interrupteur. C'est peut-être propre à cette pièce.

Mais lorsqu'elle parvint dans le couloir, là aussi, l'obscurité était totale. Les lampes de l'escalier, qui restaient habituellement allumées, étaient éteintes. Elle fit une nouvelle tentative qui resta aussi vaine que les autres.

Il devait s'agir d'une coupure de courant, décida-t-elle, ne sachant trop quoi faire. Pourtant, il n'y avait pas d'orage. Et s'il était vrai que le compteur électrique disjonctait facilement en cas de tempête de neige ou de gros orage, il suffisait de quelques secondes à peine pour que le groupe électrogène prenne le relais. Pandora attendit quelques minutes. Rien. La maison restait désespérément plongée dans le noir. Elle s'apprêtait à aller chercher une bougie pour pouvoir rejoindre sa chambre lorsqu'elle se souvint que le chauffage était électrique. Si elle ne tentait pas quelque chose, la température allait devenir rapidement intolérable. Elle ne pouvait décemment pas laisser deux personnes âgées mourir de froid sous son propre toit !

Contrariée, elle alla fouiller dans la grande armoire du salon et, par chance, y dénicha une boîte de bougies. Elle en sortit deux qu'elle alluma. Inutile de réveiller Charles pour le traîner à sa suite dans la cave. Elle arriverait bien à changer seule quelques fusibles ! Une bougie dans chaque main, Pandora emprunta les couloirs qui menaient au sous-sol.

Elle ne craignait pas de descendre seule à la cave. Du moins, la main sur la poignée, essayait-elle de s'en persuader. Après tout, ce n'était qu'une pièce comme une autre. Si elle avait bonne mémoire, c'était là que Jolley reléguait les objets dont il avait fini par se lasser. Et là aussi que se trouvait le disjoncteur. Elle l'avait repéré un jour où elle avait aidé Jolley à entreposer des cartons renfermant le matériel photographique sophistiqué dont il n'avait plus besoin, ayant abandonné l'idée de devenir un grand photographe.

Elle allait donc descendre, changer les fusibles, puis dès que la lumière et le chauffage seraient rétablis, elle se coulerait dans un bain bien chaud et irait se coucher.

Pandora prit une profonde inspiration et ouvrit la porte.

Comme elle s'y attendait, comme dans toute cave qui se respecte, les marches étaient trop hautes et trop étroites. La lumière vacillante des bougies projetait sur les murs les ombres inquiétantes de tout le bric-à-brac hétéroclite entreposé là. Il lui faudrait demander à Michael de l'aider à mettre un peu d'ordre dans tout ça, songea-t-elle en atteignant la dernière marche.

Elle savait que les souris affectionnaient l'obscurité des caves froides et humides et redoutait de croiser la route de l'une d'entre elles. Elle contourna précautionneusement deux énormes caisses, se heurta au vélo d'appartement que Jolley avait acheté un jour pour se maintenir en forme. Elle distingua face à elle les étagères sur lesquelles étaient pieusement conservées des bouteilles qui avaient contenu des nectars hors de prix. A côté de l'une d'elles se trouvait le disjoncteur. Soulagée, elle plaça ses bougies sur une pile de cartons et ouvrit la grosse boîte métallique. Aucun des fusibles n'était à sa place.

Comment était-ce possible ? En s'approchant un peu plus, elle sentit quelque chose rouler sous son pied. Elle sursauta et réprima son envie de hurler et de prendre ses jambes à son cou. Elle retint son souffle, puis ayant retrouvé un semblant de sang-froid, elle s'accroupit et éclaira le sol de sa bougie. A ses pieds étaient dispersés une douzaine de fusibles. Elle en prit un qu'elle fit rouler dans la paume de sa main. Ça n'était certainement pas l'œuvre des souris !

Elle ignora le frisson qui lui parcourut l'échine et s'activa à rassembler tous les fusibles. Quelqu'un avait voulu lui jouer un mauvais tour. Ce n'était pas drôle, certes, mais en tout cas moins destructeur que celui qu'on lui avait réservé dans son atelier. Quelle blague idiote ! songea-t-elle en replaçant chaque fusible dans son compartiment. N'importe quel attardé mental aurait su faire ça ! Le coupable, quel qu'il soit, n'avait fait que perdre son temps. Ni plus ni moins.

Lorsqu'elle eut terminé, elle ne s'attarda pas et grimpa les marches quatre à quatre. Mais elle s'était réjouie trop vite. La porte qu'elle avait pris soin de laisser grande ouverte, était à présent verrouillée. L'espace de quelques secondes, elle refusa d'y croire. Elle fit tourner la poignée, s'arc-bouta contre la porte, la poussa de toutes ses forces, fit de nouveau jouer la poignée. Pandora céda soudain à la panique : on l'avait enfermée là, dans cette cave humide et obscure. Elle hurla, implora, tambourina en vain sur la porte. Personne ne pouvait l'entendre. Sweeney et Charles se trouvaient à l'autre bout de la maison. Elle se laissa tomber sur la dernière marche, le corps secoué de sanglots. Le froid, devenu plus intense, la fit frissonner de plus belle. Elle était seule. Toute seule dans ce lieu hostile où on ne la retrouverait pas avant le lendemain. D'ici là… Les bougies se seraient consumées et elle devrait rester dans l'obscurité totale. Cette perspective lui donna du courage. D'un revers de main rageur elle essuya ses larmes. Quelle idiote elle faisait ! Ne venait-elle pas de remettre les fusibles en place ? Elle actionna l'interrupteur qui se trouvait en haut des marches. Mais rien ne se produisit. Elle leva sa bougie vers la douille qui pendait du plafond. L'ampoule avait été retirée. Finalement, la plaisanterie n'était pas si innocente que ça ! Elle refoula la nouvelle vague de panique qu'elle sentait monter en elle et tenta de réfléchir. Le ou les malfaiteurs voulaient la rendre folle ? Eh bien, elle ne leur ferait pas ce plaisir ! Et lorsqu'elle mettrait la main sur le membre de sa famille qui jouait à des jeux aussi malsains, alors…

Mais pour l'heure, il lui fallait trouver un moyen de sortir de ce trou à rats. Elle mit ses tremblements sur le compte de la colère. Il y avait des circonstances où se mentir à soi-même était utile. Elle rassembla tout son courage et se força donc à redescendre les marches, à la lueur des deux bougies.

Cette cave était deux fois plus grande que son appartement de New York. Elle chassa les images d'insectes et de mammifères hostiles qui lui traversaient l'esprit puis, tentant de garder son calme, plongea dans l'immensité de la pièce, à la recherche d'une sortie possible. La cave, creusée à plusieurs mètres sous terre, ne possédait aucune porte donnant sur l'extérieur. Comme un tombeau. Terrifiée par cette comparaison, Pandora chercha à se concentrer sur autre chose et à ignorer la moiteur de ses mains.

Elle commençait à se détendre légèrement lorsqu'elle sentit sur sa peau la caresse repoussante d'une toile d'araignée. Elle poussa un cri puis, plus dégoûtée qu'effrayée, brossa de la main les fils de l'insecte indésirable. Cette fois, elle renonça à se moquer d'elle-même. Il fallait qu'elle trouve une solution. Et vite !

C'est alors qu'elle vit la lucarne, à environ deux mètres du sol. Pandora chancela presque de soulagement. Elle posa délicatement ses bougies à proximité, puis entreprit de traîner des caisses jusque sous l'ouverture. Elle fit plusieurs allers-retours, tirant, empilant, ignorant ses muscles douloureux et son dos meurtri. Lorsque son échelle de fortune fut achevée, elle s'adossa contre le mur, en nage, pour reprendre des forces. Maintenant, il ne lui restait plus qu'à grimper. Munie d'une des deux bougies, elle se hissa sur la première caisse. Puis sur la deuxième. La flamme vacilla, le bois craqua. Si elle tombait, elle se romprait le cou et devrait rester sur ce sol en béton gelé jusqu'à ce qu'on vienne la sortir de là. Pandora gravit la troisième caisse, rejetant farouchement une telle éventualité.

Lorsque, en équilibre précaire sur la dernière caisse, elle atteignit enfin le vasistas, ce fut pour constater que le petit verrou rouillé qui le fermait résistait à sa pression. Jurant, priant, elle posa sa bougie à ses pieds et poussa de ses deux mains. Le loquet bougea légèrement. Si au moins, elle avait eu l'idée de prendre un outil avec elle ! Elle songea un instant à redescendre pour en chercher un, mais le coup d'œil qu'elle jeta par-dessus son épaule l'en dissuada. D'où elle était, son échafaudage paraissait encore plus instable !

Pandora redoubla alors d'efforts surhumains, jusqu'à ce qu'enfin, dans un grincement sinistre, le verrou glisse dans son pêne. Impuissante, elle n'eut que le temps de voir sa bougie tomber et s'écraser sur le sol, sa minuscule flamme s'éteignant aussitôt à terre. Pandora faillit prendre le même chemin, mais parvint, au prix d'un ultime effort, à se maintenir en équilibre. Elle était perchée à plusieurs mètres du sol, dans l'obscurité la plus totale !

Elle ne tomberait pas ! Elle s'en faisait le serment ! se dit-elle dans un accès de rage.

D'une main, elle agrippa fermement le rebord de la fenêtre, tandis que de l'autre, elle relevait la vitre. Se fiant à ses sens aiguisés, elle se faufila à l'aveuglette dans l'étroite ouverture. La bouffée d'air frais qu'elle reçut en plein visage lui fit presque tourner la tête. Le cri perçant d'un oiseau nocturne déchira le silence de la nuit. Ivre de joie, elle songea qu'elle n'avait jamais rien entendu de plus beau !

Elle empoigna la cime d'un rhododendron et se hissa dehors jusqu'à la taille, juste avant que la pile de caisses ne s'effondre avec fracas sous ses pieds. Elle rampa un peu plus jusqu'à sentir enfin sur sa joue la douce caresse de l'herbe froide. Elle s'allongea sur le dos et contempla le ciel étoilé.

Transie de froid, contusionnée, épuisée, elle gisait, inerte, s'appliquant juste à retrouver son souffle. Lorsque, enfin, elle s'en sentit la force, elle se releva et se dirigea vers les portes des terrasses est.

Elle se vengerait. Mais dans l'immédiat, elle allait se plonger dans un bain.

Après avoir transité dans trois aéroports différents et changé deux fois d'avion, Michael arriva enfin à Palm Springs. Rien n'avait changé dans la petite ville de son enfance. Il fut soudain assailli de remords en songeant à sa mère malade.

Il avait le sentiment qu'elle et lui n'avaient fait que se croiser tout au long de leur vie. En vérité, elle ne s'intéressait pas plus à lui qu'il ne s'intéressait à elle. Mais elle était sa mère. Du plus loin qu'il s'en souvenait, ils ne s'étaient jamais compris. Très tôt, elle s'était déchargée de ses responsabilités maternelles, payant un personnel qu'elle jugeait plus compétent qu'elle en la matière. C'est ainsi que Michael avait grandi, sevré d'une affection indispensable au bon équilibre d'un enfant.

Muni de son sac de voyage, Michael dépassa la foule qui patientait déjà devant le tapis roulant des bagages et sortit de l'aérogare. Il héla un taxi et, après avoir indiqué l'adresse au chauffeur, s'enfonça dans son siège tout en consultant nerveusement sa montre. Il avait probablement raté l'heure des visites. Tant pis ! Il parviendrait bien à convaincre le personnel en place de l'urgence de sa requête. Restait à savoir dans quel hôpital était sa mère. Si son beau-père était à son chevet, les domestiques sauraient bien le renseigner.

Michael n'arrivait toujours pas à croire à la gravité de son cas. Après tout, sa mère était encore jeune. Il réalisa brutalement qu'il ne connaissait même pas son âge exact. En d'autres circonstances, il aurait trouvé ça drôle.

A bout de patience, il regarda défiler par la vitre les grilles qui délimitaient la propriété. Des raisons professionnelles l'avaient longtemps obligé à rester en Californie, mais il avait toujours préféré Los Angeles à Palm Springs. La ville, tentaculaire, vibrait d'un mouvement perpétuel. Pourtant, c'est à New York qu'il aimait vivre. Il se sentait en parfaite osmose avec la vie frénétique qu'elle avait à offrir.

Il repensa à Pandora. Elle aussi habitait New York, pourtant ils ne s'y croisaient jamais. Et c'était ce qui plaisait tant à Michael : l'anonymat qu'offrait cette mégapole qui pouvait vous avaler ou vous cacher des autres. N'était-ce pas la raison qui l'avait poussé à s'y installer ? Ce besoin viscéral d'échapper à l'éducation rigide qu'il avait reçue, de fuir le manque de foi en la race humaine ?

New York lui apportait un sentiment de sécurité semblable à celui qu'il ressentait lorsqu'il séjournait à « La Folie ». En outre, il pouvait s'y perdre, s'il en éprouvait le besoin. Il passait le plus clair de son temps à imaginer des histoires où le héros était un homme souvent primaire mais pourvu d'un sens aigu de la justice. Car Michael, élevé dans l'illusion qu'offre l'argent, était devenu un adulte sensible aux vraies valeurs. Très tôt, il avait rompu avec ce monde superficiel qui ne lui correspondait pas pour vivre selon ses propres valeurs. New York lui avait permis de gommer à jamais cette éducation qu'il avait toujours rejetée.

Le taxi remonta lentement l'allée bordée de palmiers qui conduisait à l'imposante demeure blanche où sa mère avait choisi de vivre. Michael revit soudain la mare tapissée de nénuphars dans laquelle vivaient des poissons rouges aussi gros que des mérous.

— Attendez-moi ici, ordonna-t-il au chauffeur.

Il gravit quatre à quatre les marches qui menaient au perron et tambourina à la porte. Il n'avait jamais vu le majordome qui vint lui ouvrir. Sa mère avait coutume de changer les membres de son personnel avant, disait-elle, « qu'ils ne sombrent dans une familiarité vulgaire ».

— Je suis Michael Donahue, le fils de Mme Keyser, annonça-t-il précipitamment.

Le majordome toisa d'un regard perplexe le nouvel arrivant.

— Bonsoir, Monsieur. Etes-vous attendu ? s'enquit-il d'un ton obséquieux.

— Où est ma mère ? Il faut que j'aille tout de suite à l'hôpital !

— Madame s'est absentée, Monsieur Donahue. Si vous voulez bien patienter un instant, je vais voir si Monsieur peut vous recevoir.

Peu décidé à supporter les manières affectées du majordome, Michael fit un pas dans l'entrée.

— Je sais bien que ma mère n'est pas là ! rétorqua-t-il à bout de patience. Je veux juste connaître le nom de l'hôpital où on l'a emmenée !

Impassible, le serviteur inclina légèrement la tête.

— Quel hôpital, Monsieur Donahue ?

— Jackson, que fait ce taxi devant la maison ?

Vêtu d'une veste de smoking rose pâle, un cigare dans une

main et un verre dans l'autre, Lawrence Keyser venait d'apparaître en haut du monumental escalier de marbre.

— Manifestement, vous n'avez pas l'air de trop vous en faire, attaqua Michael, furieux du peu de cas que son beau-père semblait faire de la situation. Où est ma mère ?

— Vous êtes… Vous êtes… Matthew ! C'est bien ça ?

— Non. Michael.

— Michael, bien sûr ! Jackson, allez payer le taxi de M., M… Donovan.

Michael arrêta le majordome d'un geste de la main. En d'autres circonstances, il aurait trouvé drôle que son beau-père ne sache même pas son nom.

— Non merci, Jackson. J'en ai besoin pour me rendre à l'hôpital. Je ne voudrais surtout pas vous déranger, conclut-il d'un ton sarcastique à l'adresse de Lawrence.

— Mais vous ne me dérangez pas du tout !

Le visage de Keyser se fendit d'un large sourire.

— Veronica va être ravie de vous voir, surtout qu'elle ne s'attend pas à votre visite. Combien de temps comptez-vous rester ?

— Aussi longtemps qu'elle aura besoin de moi. Je suis parti dès que j'ai reçu votre télégramme, mais vous avez oublié de mentionner le nom de l'hôpital.

Michael gratifia son beau-père d'un regard désapprobateur avant de poursuivre :

— Dois-je comprendre que son état s'est amélioré ?

— Son état ?

Keyser éclata d'un rire jovial.

— Eh bien je ne sais pas comment elle va le prendre, mais vous lui poserez la question vous-même.

— C'était bien mon intention. Où est-elle ?

— Elle est allée jouer au bridge chez les Bradley. Elle sera de retour d'ici une heure environ. Que diriez-vous d'un petit digestif en attendant ?

Michael fit un pas vers son beau-père et agrippa les revers de sa veste.

— Comment ça, elle est allée jouer au bridge ?

Surpris par la violence de la réaction de Michael, Keyser hasarda prudemment :

— Moi, je ne supporte pas ce jeu, mais votre mère, elle, est une véritable mordue.

— Vous voulez dire que vous ne m'avez jamais envoyé de télégramme au sujet de ma mère ?

— Un télégramme ?

Keyser tapota le bras de Michael, dans un geste qui se voulait amical.

— Je ne vois pas vraiment l'intérêt de vous tenir au courant de ce genre de choses, mon garçon, précisa-t-il d'un ton compatissant.

— Ma mère n'est pas malade ?

— Vous plaisantez ? Elle est en pleine forme !

Michael lâcha un juron et pivota sur ses talons.

— Ils me le paieront ! marmonna-t-il.

Déjà, il s'élançait vers le taxi.

— Mais où allez-vous ? lui cria son beau-père.

— A New York, répondit Michael par-dessus son épaule.

Soulagé, Keyser le laissa repartir sans protester.

— Y a-t-il un message pour votre mère ?

Une main sur la poignée de la portière, Michael se tourna vers lui.

— Oui. Dites-lui que je suis content qu'elle aille bien. Et que j'espère qu'elle a gagné.

Keyser regarda le taxi s'éloigner dans l'allée.

— Drôle de garçon, murmura-t-il.

Puis s'adressant au majordome, il crut bon de préciser :

— Il écrit pour la télé.

6

Pandora fut tirée du profond sommeil dans lequel elle était plongée à 7 heures, le lendemain matin. Michael venait de s'écrouler à côté d'elle, en faisant rebondir les ressorts du matelas. Il enfouit son visage dans l'oreiller et ferma les yeux.

— Les ordures! marmonna-t-il.

Pandora s'assit puis, se rendant compte qu'elle était nue, tira le drap sur elle.

— Michael! protesta la jeune femme. Tu es censé te trouver en Californie! Alors peux-tu m'expliquer ce que tu fais dans mon lit?

— Je me mets en position horizontale. Pour la première fois depuis vingt-quatre heures.

— Eh bien, va faire ça dans *ton* lit! lui ordonna-t-elle avant de remarquer ses traits tirés par la fatigue. Ta mère…

Pandora prit la main de Michael dans la sienne.

— Oh, Michael! Ta mère est-elle…?

— Ma mère se porte comme un charme.

De sa main libre, Michael se frotta le visage.

— J'ai traversé le pays au péril de ma vie, à bord de vieux coucous antédiluviens, tout ça pour apprendre qu'elle était en train de jouer au bridge en sirotant un verre de cognac.

— Elle va mieux, alors?

— Elle n'a jamais été malade. C'était un canular.

Michael bâilla et étira ses muscles engourdis.

— Bon sang! Quelle nuit!

— Tu veux dire…

Pandora tira un peu plus sur son drap et fronça les sourcils.

— Les ordures! répéta-t-elle.

— Comme tu dis. Après s'être acharnés sur ton atelier, ils ont dû estimer que c'était à mon tour de payer. Nous sommes à égalité, mon chou.

— Non, j'ai un tour d'avance.

Pandora s'adossa contre la tête de lit, le drap fermement serré contre sa poitrine, sa chevelure tombant en cascade sur ses épaules nues.

— La nuit dernière, pendant que tu volais au chevet de ta mère, quelqu'un m'a enfermée dans la cave.

Michael détourna le regard des épaules offertes à sa vue.

— Quelqu'un t'a enfermée dans la cave? Comment ça?

Pandora croisa les jambes et narra les faits à Michael.

— Tu as grimpé sur des caisses? Pour passer par cette minuscule lucarne? Mais elle est au moins à trois mètres du sol!

— Je te le confirme. J'ai eu le temps de m'en rendre compte.

Michael fronça dangereusement les sourcils. Il imaginait Pandora escaladant un échafaudage brinquebalant, puis suspendue dans le vide. La colère qui l'habitait depuis sa folle nuit redoubla d'intensité.

— Les salauds! Tu aurais pu te rompre le cou!

— Oui. Heureusement, j'ai eu plus de peur que de mal. Je m'en suis tirée avec un pantalon déchiré, des genoux écorchés et une épaule contusionnée.

Michael lutta pour ne pas céder à la fureur qui le submergeait. Il se laisserait aller lorsque le moment serait venu. Qui pouvait bien leur en vouloir à ce point?

— Tu as raison, cela aurait pu être pire, approuva-t-il d'un ton qu'il voulait léger.

Offensée par la désinvolture de Michael, Pandora répliqua vertement :

— Peut-être, mais pendant que toi, tu sirotais tranquillement un whisky à dix mille mètres d'altitude, moi j'étais prisonnière dans une cave humide pleine de souris et d'araignées!

— Nous devrions appeler la police.
— Pour quoi faire ? Nous n'avons aucune preuve. Nous ne savons même pas qui s'acharne ainsi sur nous.
— Nouvelle règle, annonça sentencieusement Michael. A partir d'aujourd'hui, nous ne nous séparons plus. Si l'un de nous doit quitter la maison, l'autre devra l'accompagner. Du moins, tant que nous n'aurons pas trouvé le coupable.

Pandora allait protester mais elle se souvint de la peur qui l'avait étreinte dans la cave, et avant elle, de la solitude qu'elle avait ressentie lorsque Michael était parti.

— D'accord.

Elle maintint le drap en place puis se tourna vers son compagnon.

— Je pencherais pour Carlson. Il connaît la maison mieux que les autres, il y a vécu.
— C'est une hypothèse qui tient la route. Mais ça reste une hypothèse.

Michael fixa un point invisible du plafond.

— Biff aussi connaît bien la maison. Il y a passé six semaines lorsque nous étions enfants.
— C'est exact, concéda Pandora en contemplant dans le miroir le reflet de leurs deux corps, allongés côte à côte. J'avais oublié. Il avait détesté son séjour ici !
— Il n'a jamais eu le sens de l'humour, ce pauvre garçon.
— En effet. Je me souviens qu'il ne t'aimait pas beaucoup.
— Probablement à cause de l'œil au beurre noir dont j'étais responsable.
— Au fait, pourquoi l'avais-tu frappé ? Tu ne nous l'as jamais dit.
— Tu te souviens des grenouilles dans le tiroir de ta commode ?

Pandora renifla et passa la main sur le drap qui la protégeait, sans grand effet, du regard de Michael.

— Je ne risque pas d'oublier ! C'était si puéril de ta part ! lui reprocha la jeune femme.

— Oui. Sauf que ce n'était pas moi, mais Biff.
— Biff ?
Pandora fixa des yeux étonnés sur Michael.
— Tu veux dire que c'est Biff qui avait mis ces bestioles dans mes petites culottes ?
Une deuxième pensée, plus plaisante celle-là, lui traversa l'esprit.
— C'est pour ça que tu l'as frappé ?
— Ça n'a pas été très difficile.
— Mais pourquoi n'as-tu rien dit quand je t'ai accusé ?
— Je trouvais plus satisfaisant de lui casser la gueule que d'essayer de me justifier. De toute façon, pour en revenir à ce qui nous préoccupe, n'importe quel membre de cette joyeuse petite bande est venu, à un moment ou à un autre, passer plusieurs jours ici. Et trouver un disjoncteur dans une cave n'est pas un exploit extraordinaire. A mon avis, nous avons six suspects possibles. Sept, en comptant l'œuvre caritative. Cent cinquante millions de dollars, c'est un motif suffisant de nous en vouloir, tu ne crois pas ? Chacun d'eux a donc une bonne raison de nous voir rompre les termes du contrat. Et apparemment, ils ont l'intention de nous donner un petit coup de pouce.
— J'avais raison de ne pas vouloir de cet argent, murmura Pandora. Jusqu'à présent, ajouta-t-elle à voix haute, ils n'ont fait que nous pourrir la vie, mais bon sang ! Je jure qu'ils vont me le payer !
— L'héritage n'entrera en vigueur que dans cinq mois. Jusque-là, il ne nous reste plus qu'à patienter.
Machinalement, Michael passa son bras autour des épaules de Pandora.
— Tu imagines un peu la tête de Carlson quand le notaire lui remettra pour tout héritage une baguette magique et un chapeau de magicien ?
Pandora se laissa aller contre Michael. Comme son épaule était solide… Beaucoup plus qu'elle ne l'aurait imaginé.

— Et celle de Biff, avec ses trois boîtes d'allumettes ! pouffa-t-elle.

— Nous verrons ça dans quelques mois.

— Il me tarde d'y être. Michael, je te signale que tu es couché sur mon lit avec tes chaussures.

— Oh, désolé ! dit Michael en se penchant pour les retirer.

— Ce n'est pas vraiment ce que je voulais dire. Tu pourrais peut-être regagner ta chambre maintenant ?

— Je préfère la tienne. Ton lit est plus grand que le mien. Tu dors toujours toute nue ?

— Non.

— J'ai de la chance, alors.

Il bougea légèrement et effleura de ses lèvres l'épaule meurtrie de Pandora.

— Tu as mal ?

Pandora haussa les épaules, dans un geste qu'elle voulait désinvolte.

— Un peu.

— Pauvre petite Pandora. Moi qui croyais que tu étais coriace !

— Je...

— Ta peau est douce, l'interrompit-il en lui caressant le bras. Si douce ! D'autres contusions ailleurs ?

Il murmurait tout en cueillant des baisers légers au creux de son cou.

Leurs deux corps à l'unisson frissonnèrent.

— Pas que je sache.

— Je suis très observateur, précisa-t-il en roulant contre le corps de la jeune femme.

Il était fatigué. Fatigué et un peu groggy par le décalage horaire, mais à aucun moment le désir qu'il éprouvait pour Pandora ne l'avait déserté. Son corps souple contre le sien, ses joues encore rosies de sommeil, lui rappelaient à chaque seconde à quel point il avait envie d'elle.

— Je pourrais vérifier, si tu m'y autorises.

Ses doigts coururent jusqu'à la lisière du drap qui enserrait la poitrine de Pandora.

La jeune femme retint son souffle. Elle ne devait pas laisser voir ses émotions, elle ne devait pas se laisser aller à quelque chose d'illusoire. Michael était un être instable et s'il était là à ses côtés, c'était tout simplement parce qu'il n'avait personne d'autre sous la main. Etait-il si difficile de garder cela à la mémoire ?

Le visage de Michael était si proche du sien qu'elle pouvait distinguer tous les petits détails qu'elle s'était jusque-là interdit de voir. Comme cette délicate ligne grise qui encerclait l'iris bleu de ses yeux. Ou l'arête aristocratique de son nez qui avait miraculeusement échappé aux nombreuses bagarres auxquelles il avait participé. Et sa bouche… Sa bouche aux contours si doux qu'elle en devenait presque émouvante. Sa bouche qui, pressée contre la sienne, s'était montrée si chaude, si inventive !

— Michael…

Pandora hésita puis, maladroitement, prit la main de Michael.

Cette vulnérabilité que Michael venait de déceler chez la jeune femme le toucha, puis l'agaça.

« Sois réaliste, se dit Pandora. Garde les pieds sur terre. »

— Michael, il nous reste encore cinq mois à passer ensemble, commença-t-elle.

— Tant mieux.

Il avait besoin d'elle. De sa chaleur. Le moment était peut-être bien choisi pour prendre le risque. Il se pencha vers ses lèvres et se mit à les mordiller.

— Ne les gâchons pas.

Elle le laissait faire. « Juste un moment », se promit-elle. Elle aimait tant la douceur de ses mains, le velouté de sa bouche ! Et la nuit qu'elle avait passée avait été si longue, froide et effrayante ! Elle se détestait d'être aussi faible, mais tant pis, elle avait besoin de lui ! Le soleil déversait ses rayons généreux dans la chambre et Michael était là, si proche, si rassurant !

Ses lèvres s'ouvrirent contre celles de Michael.

Il n'avait eu aucune arrière-pensée en venant la rejoindre. La décision s'était imposée d'elle-même. Il avait tout simplement obéi à l'envie de s'allonger à côté d'elle et de lui parler. Comme un besoin pressant de se retrouver à la maison. En sa compagnie. Il n'était alors guidé ni par l'envie ni par la passion. C'est lorsque Pandora s'était blottie contre lui, les cheveux défaits et les yeux encore lourds de sommeil, que le désir s'était peu à peu infiltré en lui.

Pour Pandora, la passion ne se déclarait pas du jour au lendemain. Non, au contraire, elle gagnait peu à peu. Une marche, puis une autre, et elle changeait, s'enrichissait, s'intensifiait. Dégageant, au fil du temps, des liens plus puissants. Elle voulait s'abandonner au désir, aux prémices de la volupté. Mais si elle cédait, plus rien ne serait comme avant. Ce changement, quel serait-il ? Elle ne pouvait le prévoir, ni même le deviner, seulement l'anticiper. Aussi allait-elle résister à leur désir, à ce qui pourrait se passer entre eux.

— Michael…

Ses doigts s'attardèrent dans l'épaisse chevelure de son compagnon.

— Ce n'est pas très intelligent.

Michael embrassa doucement les paupières closes de la jeune femme.

— Au contraire. C'est la chose la plus intelligente que nous ayons faite depuis des années.

Elle voulait acquiescer. Allait acquiescer.

— Michael, la situation est assez compliquée comme cela. Imagine une seconde que nous devenions amants et que les choses se gâtent entre nous, comment pourrons-nous continuer à vivre sous le même toit ? Je te rappelle que nous avons conclu une sorte de pacte moral à la mémoire d'oncle Jolley.

— Je ne vois pas bien ce que ce testament vient faire dans ce lit, entre toi et moi.

Comment avait-elle pu oublier l'intensité de son regard posé sur elle ? Et par quel miracle avait-elle pu rester aussi longtemps indifférente à son pouvoir de séduction ?

— Eh bien, tout, justement ! Si nous couchons ensemble et que notre relation change, nous aurons à gérer pas mal de problèmes et de complications.

— Comme quoi, par exemple ?

— Ne te moque pas de moi, Michael ! Je suis sérieuse !

— Moi aussi.

Il ne se lassait pas de contempler son visage aux traits délicats, sa chevelure de feu, la moue adorable de sa bouche. Par quel miracle ne l'avait-il jamais vue ainsi ?

— J'ai envie de toi, Pandora. Et il n'y a rien de drôle là-dedans.

Il avait raison. Il n'y avait rien de drôle à ce que des mots aussi simples, soufflés contre sa peau nue, la touchent à ce point. Il était sincère. Elle voulait croire qu'il était sincère. Mais alors, elle était perdue.

— Nous ne pouvons pas devenir amants comme ça, plaida-t-elle sans grande conviction. Il faut que nous en discutions d'abord.

Michael pressa ses lèvres sur celles de Pandora, jusqu'à ce qu'il sente son corps fléchir contre le sien.

— Je ne veux pas en discuter. Il ne s'agit pas d'une fusion d'entreprises, Pandora, mais de deux adultes consentants qui veulent faire l'amour.

— Justement, tu te trompes, protesta Pandora qui cherchait désespérément à lutter contre le désir qui l'enveloppait. Que tu le veuilles ou non, nous sommes des associés. Pire, nous sommes des associés liés par des affaires de famille. Et si nous changeons quoi que ce soit à…

— Si…, l'interrompit brutalement Michael. Avec de telles conditions, effectivement, tout peut arriver.

L'irritation commençait à gagner la jeune femme.

— Il me paraît en effet plus raisonnable de considérer la situation sous tous les angles.

— C'est dans tes habitudes de demander à tes amants potentiels de remplir un formulaire avant de commencer ?

Les lèvres de Pandora se mirent à trembler. Dans un certain sens, il n'était pas loin de la vérité.

— Ce n'est pas la peine de te montrer grossier !

Poussé à bout, Michael la regarda fixement.

— Je préfère être grossier que posséder un tel sens du réalisme !

— Ne parle pas de ce que tu ne connais pas, riposta Pandora en se raidissant. Tu n'as jamais possédé la moindre notion de bon sens ! Il n'y a qu'à voir la façon dont tu t'affiches avec tes bimbos décolorées ! Tu n'as même pas la décence d'être discret !

— C'est donc ça !

Michael entraîna Pandora avec lui, la forçant à s'asseoir. Les yeux de la jeune femme lançaient des éclairs.

— Mais tu oublies les brunes. Et puis les rousses aussi, ajouta-t-il avec perfidie.

Elle n'oublierait pas. Ivre de rage, elle s'en fit le serment.

— Le sujet est clos.

— Certainement pas ! C'est toi qui l'as abordé, nous irons jusqu'au bout. Oui, je couche avec des femmes, et oui, vois-tu, j'aime ça !

Pandora releva fièrement le menton et rejeta ses cheveux derrière ses épaules.

— Je n'en doute pas une seconde.

— Et nous ne fixons pas de règles avant. Contrairement à toi, certaines femmes préfèrent le romantisme. Et ne se torturent pas l'esprit avant de prendre du plaisir.

— Du romantisme ! Ce n'est pas le terme que j'emploierais !

— Pour ce que tu l'apprécies, le romantisme ! Mais ma pauvre fille, tu ne sais même pas de quoi il s'agit ! Et d'ailleurs, qui es-tu, toi, pour me juger ainsi. Crois-tu plus honorable de prendre des amants en cachette ? De prêcher la fidélité à un homme quand tu en cherches un autre ? Ce que tu appelles « discrétion », je l'appelle, moi, hypocrisie ! Et laisse-moi te dire une chose : je n'ai jamais eu à rougir des femmes qui ont croisé ma route. Que ce soit dans mon lit ou ailleurs.

— Je me fiche bien de ce qui te fait honte ou pas ! Sache seulement que je n'ai absolument pas l'intention de figurer sur la liste déjà longue de tes maîtresses. Garde tes caresses passionnées pour le genre de femmes que tu as l'habitude de fréquenter !

— Décidément, tu es aussi snob qu'*eux*.

Pandora se raidit sous ce qu'elle considérait comme l'insulte suprême.

— C'est faux. C'est simplement que je n'ai pas envie de faire partie de ton harem.

— Tu me flattes, *cousine*.

— Pour ça aussi, il y a un autre mot.

Tremblant d'une rage froide, Michael secoua la jeune femme, plus rudement qu'il n'en avait l'intention.

— Ecoute-moi bien, Pandora. Je n'ai jamais fait l'amour à une femme que je ne respectais pas.

Michael préféra renoncer avant de perdre totalement son sang-froid. Il se leva et se dirigea vers la porte sous le regard furibond de Pandora qui avait resserré le drap sur elle, telle une armure dérisoire.

— Apparemment, tu en respectes beaucoup.

La main sur la poignée, Michael se tourna vers Pandora et darda sur elle un regard glacial.

— En tout cas, elles ne sont pas aussi tordues que toi, elles !

La guerre froide qui s'était instaurée entre Pandora et Michael était pesante certes, mais compte tenu du caractère des deux parties, préférable à une franche bataille. Durant les jours qui suivirent leur altercation, ils prirent soin de s'éviter. Dès que l'un des deux faisait une remarque sarcastique, l'autre ripostait invariablement sur le même registre. Cependant personne n'attaquait de front, chacun préférait aiguillonner son adversaire de petites piques assassines. Le tout en présence des deux vieux serviteurs, qui assistaient, impuissants et désolés, à ces joutes verbales.

— Quelle bêtise ! s'exclama un jour Sweeney en étalant une pâte brisée destinée à la confection de deux tartes aux pommes.

C'était une femme robuste, au visage aussi rond que celui de Charles était anguleux. Elle avait fait deux mariages de raison, puis lorsque son deuxième époux était mort, elle avait décidé de se placer comme cuisinière. De sa cuisine, toujours étincelante de propreté, s'échappaient d'alléchantes odeurs qui vous faisaient monter l'eau à la bouche.

— Des enfants gâtés, commenta-t-elle en levant les yeux au ciel. Voilà ce qu'ils sont ! Des enfants gâtés qui mériteraient une bonne correction !

Charles, assis à table devant une tasse de thé fumante, suivait les opérations avec le plus vif intérêt.

— Quand je pense qu'ils ont encore quatre mois à tenir ! Ils n'y arriveront jamais !

Sweeney abaissa bruyamment son rouleau à pâtisserie sur une nouvelle boule de pâte.

— Ils y arriveront, affirma-t-elle avec conviction. Ils sont peut-être têtus mais je n'ai pas dit mon dernier mot.

— Monsieur voulait qu'ils gardent la maison. Tant qu'ils seront là, nous ne la perdrons pas non plus.

— Qu'est-ce que nous ferions tous les deux dans cette grande maison s'ils repartaient en ville ? Combien de fois aurions-nous droit à leur visite maintenant que Monsieur n'est plus là ? Il voulait que la maison leur revienne, c'est vrai. Mais il voulait aussi que ces deux ânes tombent amoureux l'un de l'autre. Cela ne dépend que de nous de les y aider un peu. Cette maison a besoin d'une famille pour la remplir.

— Ça me semble mal parti. Si tu les avais entendus au petit déjeuner !

Charles sirota une gorgée de thé tout en regardant Sweeney recouvrir la pâte d'une espèce de compote de pommes.

— Ça ne veut rien dire, ces chamailleries. Moi, j'ai bien vu les regards qu'ils se lancent, en douce. Fais-moi confiance, ils ont juste besoin d'un petit coup de pouce.

D'un geste sûr, elle recouvrit la deuxième pâte de la même mixture.

— Et nous allons le leur donner.

Sceptique, Charles étendit ses jambes sous la table.

— Nous sommes trop vieux pour ce genre de manigances.

Sweeney émit un petit grognement et posa ses mains potelées sur ses hanches.

— Justement, ça tombe bien. Tu ne te sens pas très bien depuis quelques jours.

— Non, non, ça va même plutôt mieux ces temps-ci.

— Tu ne te sens pas très bien, répéta Sweeney, péremptoire. Ah, voilà ma Pandora. Tais-toi et prends l'air fatigué.

La neige était tombée durant la nuit, recouvrant le sol d'une couche épaisse que Pandora prenait un plaisir puéril à fouler. Elle était satisfaite : son travail avait bien avancé. Les boucles d'oreilles étaient achevées et le résultat lui plaisait tellement qu'elle avait décidé de leur assortir un collier. Elle n'avait pas lésiné : l'abondance des modules géométriques en cuivre et en or en ferait une parure originale qui ne laisserait pas indifférent. Si elle continuait sur ce rythme-là, elle aurait une jolie collection à présenter à la boutique avec laquelle elle travaillait. Pile pour la période de Noël, songea-t-elle avec une pointe de fierté.

L'estomac dans les talons mais d'excellente humeur, Pandora ouvrit la porte de la cuisine à la volée.

— … Si tu te sens mieux dans un jour ou deux, était en train de dire Sweeney qui fit mine d'être surprise par l'arrivée de Pandora. Oh, le temps a filé à toute allure ! C'est déjà l'heure du déjeuner et je viens tout juste de terminer les tartes.

— Des tartes aux pommes ? s'enquit Pandora qui salivait déjà.

Mais Sweeney voyait bien que, déjà, la jeune femme s'inquiétait pour Charles.

— Il reste de la compote ? interrogea celle-ci en trempant son doigt dans le saladier.

Sweeney l'arrêta d'une petite tape sur le dos de la main.

— Voulez-vous bien aller laver ces mains qui ont travaillé toute la matinée ? Le repas sera servi dès que je pourrai.

Docile, Pandora obtempéra.

— Charles est fatigué ? demanda-t-elle à Sweeney en chuchotant.

— Rien de grave. Ses rhumatismes le font un peu souffrir en ce moment. Avec ce froid, ça n'a rien d'étonnant ! En fait, le vrai problème, c'est la vieillesse.

D'un geste machinal, elle passa la main sur ses lombaires, comme pour soulager une douleur imaginaire.

— Moi non plus, je n'y échappe pas ! soupira-t-elle en adressant un pauvre sourire à Pandora. Il ne fait pas bon vieillir, vous pouvez me croire !

— Taratata ! s'exclama Pandora en se savonnant les mains avec énergie. Vous en faites beaucoup trop, tous les deux, voilà tout !

— Avec les fêtes qui arrivent…

Sweeney s'interrompit pour disposer artistiquement un bout de pomme sur sa tarte.

— Il va falloir songer à décorer la maison, reprit-elle. C'est un gros travail, mais c'est très satisfaisant. D'ailleurs, dès que nous aurons fini de déjeuner, Charles et moi irons chercher les cartons au grenier.

— Il n'en est pas question ! décréta Pandora en séchant ses mains à un torchon. C'est moi qui irai.

— Non, non, Mademoiselle Pandora, protesta Sweeney. Ils sont beaucoup trop lourds pour une jeune femme toute menue comme vous ! C'est à nous de le faire. N'est-ce pas, Charles ?

La perspective de monter et descendre une bonne douzaine de fois l'escalier qui menait au grenier fit soupirer Charles. Mais le regard furibond de Sweeney le ramena à l'ordre.

— Ne vous inquiétez pas, Mademoiselle McVie, Sweeney et moi allons nous en occuper.

— Certainement pas ! répéta Pandora en replaçant le torchon sur son crochet. Michael et moi descendrons tout ça cet après-midi, ce n'est plus la peine d'en discuter. Je vais lui dire de venir déjeuner.

Sweeney attendit que Pandora ait refermé la porte derrière elle pour afficher un sourire éclatant de satisfaction.

Pandora frappa deux coups à la porte du bureau de Michael et entra dans la pièce sans même attendre son autorisation.

Voyant qu'il ne levait même pas la tête de son ordinateur, Pandora ravala sa fierté et alla se planter devant lui, bras croisés sur la poitrine.

— Il faut que je te parle.

— Reviens plus tard. Je suis occupé.

De nouveau, Pandora prit sur elle et étouffa le juron qui lui brûlait les lèvres.

— C'est important.

Puis dans un ultime effort, elle parvint à ajouter :

— S'il te plaît.

Surpris par cet accès de politesse, Michael daigna interrompre son travail.

— Qu'y a-t-il ? Un nouveau tour de notre charmante famille ?

— Non, ce n'est pas ça. Michael, nous devons décorer la maison pour Noël.

Il la fixa un instant, laissa échapper un juron et recentra son attention sur son clavier.

— J'ai sur les bras l'enlèvement d'un enfant de douze ans qui sera rendu à ses parents contre une rançon d'un million de dollars. Ça, c'est important.

— Michael, pourrais-tu, juste pour un instant, quitter ton monde imaginaire et revenir à la réalité ?

— Demande un peu à mon producteur si les millions de dollars qui dépendent de ce scénario ne sont pas réels !

— Michael ! protesta Pandora avec tant de véhémence que ce dernier s'interrompit de nouveau. Il s'agit de Sweeney et de Charles.

Un éclair d'intérêt s'alluma soudain dans le regard de Michael.

— Qu'est-ce qu'ils ont ?

— Charles a une crise de rhumatisme et Sweeney ne m'a pas l'air en meilleure forme que lui. Elle m'a paru si… comment dire ? Si vieille, tout d'un coup !

— Elle *est* vieille. Crois-tu qu'il faille appeler un médecin ?

— Non, ils seraient furieux !

Pandora contourna le bureau, faisant mine de ne pas s'intéresser à ce qui s'affichait sur l'écran de l'ordinateur.

— Je vais garder un œil sur eux pendant quelques jours et veiller à ce qu'ils n'en fassent pas trop. C'est la raison pour laquelle j'ai parlé de la décoration de la maison.

— Si tu veux t'en occuper, vas-y. Moi, je n'ai pas de temps à perdre avec ces futilités !

— Moi non plus, figure-toi ! Mais Sweeney et Charles se sont mis en tête de le faire. Alors, si nous ne voulons pas les voir s'éreinter à trimballer des caisses dans l'escalier du grenier, il faut que nous le fassions à leur place.

— Nous avons encore trois semaines avant Noël.

— Je sais, merci !

Frustrée, Pandora se mit à arpenter nerveusement la pièce.

— Ils sont âgés mais ils n'en démordront pas ! Du temps de Jolley, ils décoraient la maison juste après Thanksgiving. C'est la tradition.

— Très bien, très bien. Tu as gagné. Allons-y ! dit Michael en se levant.

— Allons déjeuner d'abord.

Satisfaite de son succès, Pandora quitta la pièce, Michael sur les talons.

Quarante-cinq minutes plus tard, ils poussaient la porte du

grenier. Comme toutes les autres pièces de la maison, celle-ci avait été étudiée pour une famille nombreuse.

— J'avais oublié à quel point cet endroit est merveilleux ! s'exclama Pandora.

Oubliant les querelles qui les opposaient, Pandora prit Michael par la main et l'entraîna à l'intérieur.

— Regarde cette table ! Elle est vraiment trop moche !

Le meuble, surchargé de guirlandes décorées d'angelots avait été relégué dans un coin et disparaissait presque sous un amoncellement d'objets hétéroclites.

— Oh, et cette volière ! Oncle Jolley avait mis six mois à la fabriquer mais il n'a jamais eu le courage d'y enfermer le moindre oiseau !

— Heureusement pour le pauvre piaf ! murmura Michael qui, à son tour, se laissait prendre par la magie du lieu. Tiens, ses guêtres. Tu te souviens lorsqu'il les portait ?

— Et ce chapeau, renchérit Pandora en exhibant une large capeline en paille, piquée de fleurs artificielles toutes défraîchies. Il était à tante Katie. J'aurais tellement aimé la rencontrer ! Mon père disait qu'elle était aussi excentrique que Jolley.

Michael regarda Pandora incliner le bord du chapeau extravagant sur ses yeux.

— Je veux bien le croire. Et moi, comment me trouves-tu ?

Il arborait un chapeau melon qu'il avait négligemment penché sur le côté.

— Il te va à merveille, dit Pandora en éclatant de rire. Il ne te manque plus qu'un col blanc et une canne. Viens voir.

Elle le guida devant une psyché complètement piquée. Côte à côte, ils regardèrent leur reflet dans le miroir.

— Pas mal, estima Michael malgré son pull trop large et la poussière qui recouvrait le nez de Pandora. Il te faudrait une de ces longues jupes étroites qui balayaient le sol et un corsage lacé avec des épaulettes.

— Oui et un camée enfilé sur un ruban de velours, renchérit Pandora qui essayait de s'imaginer en élégante du début du siècle.

Non, finalement je crois que j'aurais porté des pantalons et que j'aurais défilé pour l'émancipation des femmes.

— En tout cas, ce chapeau te va à ravir, commenta Michael en corrigeant son inclinaison. Surtout avec tes cheveux défaits. J'ai toujours eu un faible pour tes cheveux. Quoique, tu étais très séduisante aussi lorsque tu les as fait couper. Tu avais l'air d'un oiseau perdu avec tes grands yeux.

— J'avais quinze ans.

— Oui et tu rentrais tout juste des îles Canaries. Tu avais les jambes les plus longues et les plus bronzées que j'aie jamais vues ! J'ai failli en avaler ma tasse lorsque je t'ai vue débarquer dans le salon.

— Et toi tu étais au lycée et tu te pavanais, avec ta majorette accrochée à ton bras.

— Tu avais de plus jolies jambes qu'elle.

Pandora feignit la désinvolture, mais elle se souvenait parfaitement de cette rencontre.

— Je suis surprise que tu te souviennes de ça.

— Je te l'ai dit : je suis très observateur et j'ai une excellente mémoire.

Pandora préféra s'abstenir de tout commentaire. Mieux valait ne pas s'aventurer sur un terrain qu'elle jugeait dangereux.

— Commençons à chercher les cartons. Si j'ai bien compris, ils devraient se trouver contre le mur de gauche.

Sans plus attendre, elle pivota et entama ses recherches.

— Seigneur ! gémit-elle au bout de quelques minutes.

Michael s'approcha d'elle et, enfonçant ses mains dans ses poches, considéra la vingtaine de boîtes soigneusement empilées sur deux colonnes.

— Si nous faisions appel à des déménageurs ?

Pandora laissa échapper un profond soupir.

— Retrousse plutôt tes manches.

Ils en oublièrent de se disputer. Cela leur aurait demandé trop d'énergie.

Ereintés et ruisselants de sueur, ils posèrent enfin le dernier carton dans le salon. Indifférente à la poussière qui recouvrait son pantalon, Pandora s'écroula sur la chaise la plus proche.

— Quand je pense qu'il va falloir faire la même chose en sens inverse après les fêtes !

— On aurait pu mettre un sapin artificiel, tu ne crois pas ?

— En effet, ç'aurait été une bonne idée.

Rassemblant toute son énergie, Pandora alla s'agenouiller devant le premier carton et l'ouvrit.

— Allons, courage !

Ils mirent tout leur cœur à l'ouvrage, tirant des mètres de guirlandes, vérifiant chaque ampoule, n'hésitant pas à faire plusieurs essais de décoration. Lorsque les salons, les couloirs et le hall d'entrée furent parés, Pandora resta un long moment devant la porte pour juger de l'effet obtenu. Elle décida que l'épaisse guirlande blanche et argent qu'ils avaient entortillée autour de la balustrade était du meilleur effet et que les cloches rouges et or suspendues au plafond par un ruban de satin vert étaient tout simplement parfaites.

— C'est bien, conclut-elle avec fierté. Vraiment bien. Si nous laissons à Charles et à Sweeney le soin de décorer leurs appartements, il ne nous restera plus que la salle à manger. C'est un bon début, non ?

— Un début ? répéta Michael en s'asseyant sur une marche. Je n'ai même plus la force de discuter de ça, *cousine*.

— Allons ! Quant à faire les choses, autant les faire à fond. Je me demande si mes parents vont décorer leur maison, eux aussi, dit-elle, soudain rêveuse. Si...

Dans quel coin du globe avaient-ils élu domicile, cette fois ? Elle secoua la tête, bien décidée à ne pas succomber à la tristesse qui l'envahissait.

— Il ne nous reste plus qu'à aller chercher un sapin.

— Tu veux vraiment aller en ville maintenant ?

— Bien sûr que non, répondit-elle en sortant leurs manteaux du placard de l'entrée. Nous irons le prendre dans la forêt.

— Nous ?

— Oui. Je déteste l'idée d'acheter un arbre coupé qui finira sa vie dans une décharge publique. La forêt est remplie d'adorables petits sapins. Nous allons en déterrer un que nous replanterons après les vacances.

— Tu sais manier la pelle ? ironisa Michael.

— Ne sois pas rabat-joie, veux-tu ?

Pandora tendit à Michael son manteau puis enfila le sien.

— D'ailleurs, cela nous fera beaucoup de bien de sortir un peu, après avoir passé l'après-midi dans un grenier. Et lorsque nous aurons fini, nous boirons un bon grog bien chaud.

— Avec beaucoup de rhum, alors !

Ils firent une halte dans l'abri de jardin pour y prendre les outils nécessaires. Michael trouva deux pelles et en tendit une à Pandora. La jeune femme s'en saisit, impassible, puis emboîta le pas à Michael. L'air était vif, chargé du parfum de résine que dégageaient les sapins.

— J'adore la neige, annonça gaiement Pandora avant de foncer vers les bois, sa pelle sur l'épaule. Tout est si calme, si paisible ! Tu sais, quelquefois, je me dis que je préférerais vivre ici et faire des sauts à New York plutôt que le contraire.

C'était étrange de la part d'une fille comme Pandora, songeait Michael.

— Vraiment ? Pourtant je croyais que tu adorais la vie trépidante des grandes villes.

— En fait, j'aime les deux. Comment trouves-tu celui-ci ?

Pandora désignait un épicéa.

— Non, le tronc n'est pas droit.

La jeune femme reprit son chemin.

— Tu vois, je me demande si ça ne serait pas plus excitant de passer une semaine de temps en temps à New York en sachant qu'on a un endroit aussi paradisiaque où vivre. Et puis j'ai l'impression de mieux travailler ici. Regarde celui-là, là-bas.

— Trop grand. Il vaut mieux déterrer un jeune, ce sera plus facile. Ta vie sociale ne te manquerait pas trop ?

— Quoi ? demanda-t-elle distraitement en observant l'arbre en question.

Il avait raison. Il était trop grand.

— Oh, ma vie sociale n'est pas ma priorité ! Je préfère privilégier mon travail. Et puis, je suis certaine que je ne m'ennuierais pas ici.

Michael avait toujours eu d'elle l'image d'une jeune femme aimant à passer de longs week-ends en compagnie d'artistes un peu bohèmes qui se gargarisaient de poèmes de Keats.

— Regarde celui-ci, il me paraît bien.

Elle contemplait un épicéa d'environ un mètre cinquante. Derrière elle, Michael luttait contre l'envie d'émettre un nouveau commentaire.

— Il a juste la bonne taille pour le salon, ajouta Pandora.

— Parfait, commenta sobrement Michael en plantant sa pelle dans le sol gelé. Toi, attaque de l'autre côté.

Alors qu'il se penchait pour commencer à creuser, Pandora prit une pelletée de neige qu'elle lui lança en plein visage.

— Zut, dit-elle en battant des cils, un sourire hypocrite aux lèvres, je crois bien que j'ai raté mon coup.

Puis elle se remit à creuser en chantonnant gaiement.

Michael ne réagit pas, probablement parce qu'il admirait l'aplomb de la jeune femme et regrettait de ne pas avoir eu cette idée le premier.

Quinze minutes plus tard, le trou était creusé. Pandora, légèrement essoufflée, s'appuya sur le manche de sa pelle.

— Et voilà ! Rien de tel que la satisfaction du travail accompli ! Il n'y a plus qu'à le ramener à la maison, à l'installer et… mince ! Il nous faut de quoi envelopper les racines. Il y a de la toile d'emballage dans l'abri de jardin.

Ils se regardèrent, chacun attendant de l'autre qu'il prenne la décision d'aller la chercher.

— Très bien, dit Michael après un moment. Je veux bien me dévouer mais c'est toi qui nettoieras les aiguilles de pin et la terre que nous rentrerons dans la maison.

— Marché conclu.

Satisfaite, Pandora tournait la tête, attirée par le chant d'un cardinal, lorsqu'une boule de neige l'atteignit dans la nuque.

— Désolé, dit Michael, je crois que j'ai raté mon coup.

Puis sur ces mots, il s'éloigna en sifflotant négligemment.

Pandora attendit qu'il soit hors de vue, puis elle s'agenouilla et commença à préparer un tas de boules de neige. Lorsqu'il reviendrait, elle aurait un véritable arsenal à sa disposition. Elle ne lui laisserait aucune chance de s'en tirer. Elle prit son temps, roulant, lissant la neige entre ses doigts jusqu'à en faire des projectiles qu'elle jugeait redoutables. Sûre de l'avance qu'elle s'était donnée, elle sursauta violemment en entendant un bruit derrière elle. Une boule de neige en main, elle se retourna, prête à ouvrir les hostilités. Personne. Le cœur battant, elle attendit. Il lui semblait bien avoir vu des branches bouger. C'était tout à fait le style de Michael de se planquer pour prendre l'ennemi par surprise. Elle suivit des yeux le vol du cardinal qui s'éloignait vers d'autres horizons.

— Allez, Michael, ne sois pas si lâche! Sors de ta cachette!

Elle serra un peu plus la boule de neige dans sa main, prête à le bombarder dès qu'il montrerait le bout de son nez.

— Tu montes la garde? demanda Michael qui, arrivé par le chemin, laissa tomber la bâche aux pieds de Pandora.

De surprise, la jeune femme glissa et se retrouva les fesses dans la neige. Elle regarda derrière elle. Comment pouvait-il se trouver là quand elle le croyait ailleurs?

— Mais tu n'étais pas…? Tu as fait le tour?

— Non, mais compte tenu de ta provision de projectiles, je pense que j'aurais mieux fait. Tu veux la guerre?

— Simple système de défense, commença-t-elle avant de regarder de nouveau, sceptique, par-dessus son épaule. J'ai cru t'entendre avant que tu n'arrives. J'aurais juré qu'il y avait quelqu'un, là-bas, sous les arbres.

— Ce n'était pas moi. J'ai fait l'aller-retour directement entre la remise et ici.

Il regarda par-dessus l'épaule de la jeune femme.

— Tu as vu quelque chose ?

— Michael, si c'est une blague…

— Ce n'est pas une blague, confirma-t-il en tendant la main à Pandora pour l'aider à se relever. Viens, allons jeter un coup d'œil.

Main dans la main, ils s'enfoncèrent dans les bois.

— J'étais peut-être un peu nerveuse.

— Evidemment, si tu me crois aussi sournois…

— Ça devait être un lapin.

— Un lapin avec de grands pieds alors, murmura Michael en repérant des traces de pas dans la neige.

Les empreintes se détachaient clairement, témoignant des allées et venues impatientes de l'espion.

— Et qui portait des bottes.

— Ils vont recommencer, alors. Moi qui pensais qu'ils avaient abandonné la partie.

Pandora parlait d'une voix qu'elle voulait égale mais qui trahissait néanmoins l'angoisse des gens qui se savent étroitement surveillés.

— Peut-être est-il temps de parler à Fitzhugh, Michael.

— Tu as raison. Cependant…

Michael s'interrompit, attentif au bruit d'un moteur que l'on venait de mettre en marche. Comprenant tout de suite de quoi il retournait, il se rua en direction du bruit, talonné de près par Pandora. Lorsqu'ils arrivèrent sur place, hors d'haleine, ils ne purent qu'observer les traces de pneus qu'une conduite énergique avait profondément marquées dans le sol.

— Une jeep, conclut Michael en se baissant.

Il laissa échapper un juron et, furieux contre lui, enfonça ses mains dans ses poches. S'il avait réagi plus vite, il aurait pu, sinon mettre la main sur l'intrus, du moins voir à quoi il ressemblait.

Pandora, elle, ne supportait pas l'idée d'être manipulée en permanence par un adversaire invisible.

— Qui que ce soit, de toute façon il perd son temps, annonça-t-elle avec conviction.

— Je ne supporte pas d'être espionné ! maugréa Michael, frustré de ne pouvoir donner libre cours à l'instinct de vengeance qui l'animait. Crois-moi, je n'ai pas l'intention de jouer au chat et à la souris durant tout le temps qu'il nous reste à passer ici.

— Qu'allons-nous faire ?

Un sourire éclaira son visage tandis qu'il regardait les traces de pneus qui rejoignaient la route principale.

— Nous allons faire savoir à Fitzhugh que des intrus, animés de mauvaises intentions, nous pourrissent la vie. Et que, compte tenu des objets de valeur qui se trouvent dans la maison, nous avons décidé d'employer les grands moyens. Nous n'hésiterons donc pas à ressortir la carabine de Jolley.

— Michael ! s'indigna Pandora. Quoi qu'ils fassent, ce sont des membres de notre famille !

Sceptique, elle tenta de deviner si Michael était sérieux.

— De toute façon, tu serais bien incapable de tirer sur qui que ce soit.

— Sur des étrangers, certainement. Sur nos chers parents, je n'hésiterais pas une seconde.

Il haussa négligemment les épaules avant de poursuivre.

— S'ils ne veulent pas prendre une décharge de chevrotine dans les fesses, ce dont je ne doute pas un instant, ils réfléchiront à deux fois avant de revenir nous importuner.

— Je n'aime pas les armes à feu, Michael.

— Tu as une meilleure idée ?

— Achetons un chien. Un bon gros chien de défense.

— Mmm. Pas mal aussi le coup des crocs plantés dans les mollets. Reste à savoir s'ils préféreront ça à la carabine.

— Nous ne sommes pas non plus obligés d'acheter une bête féroce.

— Eh bien c'est facile ! Nous emploierons les deux méthodes !

— Michael...

— Allez, viens. Allons prévenir Fitzhugh.
— Oui, il sera peut-être de bon conseil.
— Cela m'étonnerait.

Pandora était sur le point de protester mais elle y renonça, préférant éclater de rire. La situation était tellement surréaliste ! Un peu à l'image des scénarios de Michael.

— Tu as raison, concéda-t-elle, conciliante.

Elle glissa son bras sous celui de Michael avant d'ajouter :

— Mais d'abord, occupons-nous de notre sapin.

7

— Je sais bien que c'est le réveillon, Darla.

Michael se leva pour aller dans la cuisine et se servir une nouvelle tasse de café.

— Bien sûr, ce sera une fête merveilleuse, mais je ne peux pas m'absenter pour le moment.

Ce n'était pas précisément la vérité, songeait Michael tout en écoutant d'une oreille distraite les commentaires de Darla. La réception se passerait à Manhattan et *tout New York* serait là, expliquait la jeune femme. Ce qui, en clair, signifiait une foule compacte bruyante venue se soûler jusqu'à plus soif.

Michael, en avance sur son planning, pourrait faire un aller-retour pour boire une coupe ou deux avec ses amis. Mais à vrai dire, il ne voulait pas quitter « La Folie ».

— Sois gentille, souhaite un joyeux Noël à tout le monde de ma part. Oui, j'aime vivre à la campagne. Tu trouves ça curieux ? Oui... Peut-être.

Darla, noctambule invétérée, ne pouvait concevoir la vie en dehors de l'île de Manhattan.

— Je viendrai pour le nouvel an, si je peux me libérer. D'accord, mon chou. Oui, Oui. *Ciao*.

Michael poussa un soupir de soulagement et raccrocha le combiné. Darla avait beau être charmante et drôle, elle n'en restait pas moins une maîtresse occasionnelle à laquelle il ne reconnaissait pas le droit de le harceler. Mais en vérité, la jeune femme était plus intéressée par le réseau relationnel de Michael que par Michael lui-même. Ce dernier ne lui en tenait pas rigueur et lui trouvait même des circonstances atténuantes. Elle avait de l'ambition, du talent, il lui suffirait d'un peu de chance pour percer dans le métier. Il se promit de passer quelques coups de fil et de voir ce qu'il pourrait faire pour elle, après les vacances.

Depuis le seuil, Pandora regardait Michael se passer la main sur la nuque. « Darla », répéta-t-elle à voix basse. Evidemment, il ne pouvait être attiré que par des Darla, des Robin ou bien encore des Candy. Le genre de créatures affectées, sophistiquées, et de préférence idiotes.

— La rançon de la gloire est difficile, n'est-ce pas, mon chéri ?

Michael sursauta légèrement, fit pivoter sa chaise.

— On ne t'a donc pas appris qu'écouter aux portes était très grossier ?

Pandora, toujours immobile sur le seuil, haussa négligemment les épaules.

— Si tu ne voulais pas qu'on t'entende, tu n'avais qu'à la fermer, ta porte.

— Même si je m'étais barricadé tu te serais débrouillée pour écouter.

Sourcils relevés, tête légèrement inclinée, Pandora affichait un air hautain.

— Tes conversations téléphoniques ne m'intéressent absolument pas ! Et si je suis montée jusqu'ici, c'est uniquement pour rendre service à Charles. Un colis est arrivé pour toi.

— Merci, répondit laconiquement Michael, sans chercher à dissimuler l'amusement qui le gagnait.

Car il y avait fort à parier que contrairement à ce qu'elle assurait, Pandora n'avait pas perdu une miette des propos qui venaient de s'échanger.

— Mais comment se fait-il que tu ne sois pas en train de travailler à cette heure-ci ?

— Tout le monde n'est pas comme toi, Michael, attaqua Pandora. Figure-toi qu'il existe des gens suffisamment organisés pour pouvoir prendre quelques jours de repos.

Puis, semblant vouloir couper court à leurs chamailleries habituelles, elle ajouta précipitamment :

— Si nous faisions une trêve ? Après tout, nous avons de quoi nous réjouir : nous ne sommes qu'à quelques jours de Noël et nos ennemis paraissent avoir renoncé à nous faire la guerre. Qu'en dis-tu ?

Michael prit le temps d'étudier le sourire éblouissant qu'elle lui offrait. Pouvait-il vraiment s'y fier ?

— En fait, je suis en train de me demander à quoi est dû ce revirement d'humeur, dit-il encore méfiant.

— Disons que l'ambiance de fête y est pour beaucoup. Et qu'en outre, je suis soulagée que nous n'ayons pas à nous équiper d'un chien de garde, ni à nous approvisionner en chevrotine.

— Pour le moment, précisa Michael, encore sur ses gardes. Le fait que Fitzhugh ait marché dans notre combine en répandant la rumeur qu'une enquête policière était menée, ne signifie pas que nos chers amis ont renoncé. A mon avis, ils font une pause mais ils ne vont pas tarder à se manifester de nouveau.

— On dirait vraiment que tu n'attends que ça, commenta Pandora d'un ton désapprobateur.

Puis elle leva une main en signe de renonciation.

— Moi, en tout cas, j'ai bien l'intention de profiter de mes vacances et de ne plus penser à eux une seule seconde.

Elle sembla hésiter un instant, jouant avec le collier en or qu'elle portait.

— Darla a dû être déçue, non ? finit-elle par demander.

Michael regarda les améthystes scintiller joliment autour du cou de la jeune femme.

— Elle s'en remettra, répondit-il distraitement.

Etonné, il regardait Pandora tripoter nerveusement sa chaîne.

— Michael, tu n'es pas obligé de rester. Pars rejoindre tes amis pour les fêtes si tu en as envie. Je t'assure que cela ne me pose aucun problème.

— Règle numéro six, lui rappela-t-il. Nous ne nous séparons

sous aucun prétexte. Et d'ailleurs, tu as toi-même refusé une demi-douzaine d'invitations.

— C'est mon choix. Elle lâcha enfin son collier et laissa retomber ses bras le long de son corps. Mais toi, je ne veux pas que tu te croies obligé de…

— C'est mon choix également, l'interrompit Michael. Qu'est-ce que tu t'imagines ? Que je suis devenu soudain moins égoïste, plus attentionné ?

— Certainement pas ! riposta Pandora. Je préfère croire que tu es trop paresseux pour effectuer le trajet.

Michael secoua la tête, puis renonça à se défendre.

— Tu as parfaitement raison.

Pandora hésita un instant.

— Tu ne deviendras pas trop prétentieux si je te dis que je suis contente de te voir rester ?

Michael étudia en silence la tenue élégante de la jeune femme, en total contraste avec sa crinière rousse indomptée.

— Je ne peux pas te le promettre.

— Alors, je ne te le dirai pas.

Sans ajouter un mot, Pandora tourna les talons et s'éloigna.

Quelle femme pleine de contradictions ! se disait Michael en fixant pensivement la porte. Il se sentait devenir fou d'elle. Et il pesait ses mots. Pandora et lui se tournaient autour, saisissant cependant la moindre occasion de se rapprocher. Il ne pouvait imaginer deux personnes aussi peu faites l'une pour l'autre, aussi peu compatibles. Et pourtant… Il laissa son travail en plan et partit la rejoindre.

Il la trouva dans le salon, occupée à arranger les paquets déjà disposés au pied du sapin.

— Alors ? Combien en as-tu secoués pour tenter de deviner leur contenu ?

— Tous, répondit spontanément Pandora.

Mais elle ne se retourna pas. Elle ne voulait pas qu'il voie à quel point elle était heureuse qu'il soit venu la retrouver.

— Jusqu'à présent, aucun n'a ma préférence. Mais j'ai un problème...

Elle choisit un paquet à l'emballage élégant et ajouta :

— Je n'ai pas de cadeau pour toi.

— Et qui te dit que moi, j'en ai un pour toi ? rétorqua Michael, impassible.

— Si c'était le cas, ce serait vraiment grossier de ta part. Et la preuve d'une monstrueuse indifférence.

Michael s'accroupit à côté de la jeune femme et se mit à son tour à étudier la pile de paquets.

— De toute façon, d'autres ont pensé à toi, dit-il en faisant négligemment tourner entre ses doigts une petite boîte recouverte de papier argent. Qui est ce Boris ?

— Un réfugié politique russe. Il est violoncelliste et fervent admirateur de mon travail.

— Je n'en doute pas une seconde. Et Roger ?

— Roger Madison.

Michael écarquilla les yeux de surprise.

— Le joueur de l'équipe des Yankees ? Celui qui a frappé trois cent quatre coups l'année dernière ?

— Lui-même. Je ne sais pas si tu as remarqué le bracelet en argent qu'il porte en permanence au poignet droit. C'est moi qui l'ai créé spécialement pour lui au printemps dernier. Il est assez superstitieux et le considère comme un porte-bonheur.

Pandora soupesa doucement le lourd paquet jaune et or que le joueur lui avait envoyé.

— Apparemment, il s'est montré très généreux.

— Je vois, commenta Michael après avoir jeté un regard éloquent à toutes les étiquettes qui accompagnaient les cadeaux. Enfin... je vois surtout que tes amis sont exclusivement masculins.

— Vraiment ?

A son tour, Pandora inspecta la pile de cadeaux réservée à Michael.

— Et les tiens exclusivement féminins. Chichi ? s'étonna-t-elle en détaillant une grosse boîte ornée d'un énorme nœud rose.

— Une amie biologiste, répondit Michael, un sourire narquois au coin des lèvres.
— Fascinant ! Et Magda ? Elle est bibliothécaire, peut-être ?
— Juriste.
— Mmm. Et celle-ci ? interrogea encore Pandora en exhibant une bouteille de champagne dont le ruban rouge portait pour toute inscription « Joyeux Noël Michael ». Quel que soit l'expéditeur, en tout cas, il est particulièrement timide.
— Certaines personnes ne veulent pas faire étalage de leur générosité, voilà tout.

Pandora releva fièrement le menton et, défiant Michael du regard, lui demanda :
— Et toi, Michael ? Sauras-tu te montrer aussi généreux et partager ce magnum ?
— Avec qui ?
— J'aurais dû deviner que tu étais mesquin !

Elle lui agita sous le nez un paquet marqué à son nom.
— Puisque c'est comme ça, je mangerai toute seule ces excellents chocolats suisses.

Michael avisa la boîte d'un œil sceptique.
— Comment sais-tu que ce sont des chocolats ?

La jeune femme lui adressa un petit sourire supérieur.
— Henri m'offre *toujours* des chocolats.

Michael tendit la main, paume vers le haut.
— Moitié-moitié ?
— Moitié-moitié, acquiesça Pandora en tapant la paume offerte.

Quelques heures plus tard, alors que les étoiles scintillaient dans le ciel et qu'un feu flambait dans l'âtre, Pandora éclaira la guirlande électrique. Elle songeait sans regrets aux fêtes prestigieuses auxquelles elle ne se rendrait pas. Elle était au bon endroit, là où elle avait choisi de se trouver. Il ne lui avait fallu que quelques semaines pour réaliser qu'elle était moins attachée qu'elle ne le pensait à la vie trépidante de New York. « La Folie » était son véritable foyer. Mais ne l'avait-il pas toujours été ? Plus le temps passait, moins elle songeait à regagner New York. Pourtant, elle ignorait ce que serait sa vie, seule dans cette grande maison.

Michael serait reparti. Car même si « La Folie » lui appartenait pour moitié dans quelques mois, sa vie, sociale et professionnelle, se trouvait à New York. Il serait reparti, se répétait-elle et elle se retrouverait seule avec ses regrets. Pour quelle raison resterait-il, d'ailleurs ? Elle se leva et, machinalement, attisa le feu. Ils ne pouvaient vivre indéfiniment sous le même toit. Tôt ou tard, elle lui parlerait de sa décision de s'installer ici. Mais pour cela, il faudrait qu'elle lui explique ses raisons. Ce qui s'annonçait difficile.

Elle était néanmoins reconnaissante à son oncle de lui avoir permis de se surpasser. D'accomplir quelque chose dont elle s'était crue incapable : vivre dans un endroit retiré de tout, loin de ce qu'elle avait toujours connu et dont elle pensait ne pouvoir se passer. Certes, elle avait dû gérer au quotidien sa relation avec Michael, mais elle avait découvert là une vie plus riche et plus intense que celle qu'elle avait vécue au cours des derniers mois. Elle détestait l'idée de devoir renoncer à cela.

Elle avait même réussi, en partie, à maîtriser l'attirance qu'elle éprouvait pour lui. Même si, à vrai dire, il n'était pas plus son type d'homme qu'elle n'était son type de femme. D'après ce qu'elle savait, il lui préférait un genre plus exotique : des actrices, des danseuses, des mannequins. Elle, de son côté, préférait les intellectuels. Des hommes capables de discuter durant des heures des œuvres de romanciers obscurs ou d'apprécier des pièces de théâtre ésotériques. Des hommes qui n'auraient pas été capables de dire si *Logan's Run* était une émission de télé ou un restaurant dans Soho.

Pandora considérait donc le désir qu'elle éprouvait pour Michael comme un accident de parcours sans importance.

Elle en était à ce stade de ses réflexions lorsqu'un bruit la fit se retourner. Un petit chien blanc était en train de foncer vers elle. Il glissa sur le tapis d'Aubusson, se cogna contre la table en poussant quelques petits cris plaintifs, puis, nullement découragé, reprit sa course effrénée en direction de Pandora. Il faillit rouler deux fois sur lui-même mais parvint à se rétablir maladroitement avant d'atteindre enfin son but, hors d'haleine.

Pandora s'accroupit et accueillit sur ses genoux le petit animal qui se mit à lui lécher le visage à grands coups de langue.

— D'où sors-tu, toi ? demanda la jeune femme en riant aux éclats.

Se défendant comme elle pouvait des assauts répétés dont elle était l'objet, elle examina la carte qui était accrochée au collier du chiot.

« Je m'appelle Bruno.
Je suis un affreux jojo prêt à défendre sa maîtresse. »

— Bruno, hein ? répéta Pandora toujours riant sous les coups de langue du petit chien.

Elle caressa ses drôles d'oreilles, trop longues pour sa petite taille.

— Comment ça, « affreux jojo » ?

— Il a été spécialement dressé pour attaquer les cohéritiers mécontents, répondit Michael qui venait de faire son entrée en poussant un chariot sur lequel trônait une bouteille de champagne dans un seau à glace. Il est prêt à bondir sur quiconque portera un costume de chez Brooks Brothers.

— Et des mocassins en cuir, renchérit Pandora.

— Et des mocassins en cuir, bien sûr.

Très émue, la jeune femme concentra son attention sur le chiot. Elle n'avait aucune idée de la façon dont elle pouvait remercier Michael sans se couvrir de ridicule.

— Il n'est même pas affreux, murmura-t-elle.

— On m'a promis qu'il le deviendrait.

Pandora enfouit son visage dans le pelage de l'animal.

— *On ?* Où l'as-tu trouvé ?

— A la fourrière.

Sans quitter la jeune femme des yeux, Michael entreprit d'ouvrir la bouteille de champagne.

— Tu te souviens de la dernière fois où nous sommes allés faire des courses en ville ? Je t'ai abandonnée un moment.

— Oui. Je croyais que tu étais parti acheter des magazines pornographiques !

— Je vois que ma réputation me précède, ronchonna Michael à voix basse, comme pour lui-même. Enfin bref, c'est bien à la fourrière que je suis allé et là, j'ai vu Bruno. Dès qu'il m'a repéré, il a mordu un autre chien heu… dans une partie sensible de son anatomie afin d'arriver le premier jusqu'à la grille. Et lorsqu'il m'a souri de tous ses crocs, sans aucune dignité, j'ai su que ce serait lui et pas un autre.

Comme pour ponctuer ce que venait de dire Michael, le bouchon sauta, libérant des flots de champagne qui se répandirent sur le sol. Bruno bondit des genoux de sa maîtresse et se mit à laper goulûment le liquide pétillant.

— Il manque un brin d'éducation, peut-être, commenta Pandora, déjà conquise. Mais il a des goûts très sûrs.

Elle se leva et attendit que Michael ait rempli leurs deux coupes.

— En tout cas, c'est une attention très délicate.

Michael sourit en lui tendant sa coupe.

— Tout le plaisir est pour moi.

— Finalement, je préfère lorsque tu te montres grossier et insupportable.

— Je fais pourtant de mon mieux, rétorqua Michael en portant un toast.

— Parce que lorsque tu es gentil, poursuivit Pandora, j'ai plus de mal à contrôler mes pulsions.

Michael, qui s'apprêtait à boire une gorgée de champagne, interrompit son geste.

— Quel genre de pulsions ?

— Ce genre-là, répondit Pandora en ondulant vers lui.

Elle posa sa coupe sur un petit guéridon, débarrassa Michael de la sienne, et lui mit les bras autour du cou.

Elle planta son regard dans le sien, puis très lentement, effleura ses lèvres de sa bouche.

Comme elle s'y attendait, elles étaient douces et chaudes sous les siennes. Les mains de Michael vinrent se poser, aussi légères que des plumes, sur les épaules de la jeune femme. Peut-être avait-il compris, inconsciemment, que la force n'y ferait rien. Car, lorsque Pandora se donnait, elle le faisait totalement, de son plein gré, refusant toute forme de pression ou de soumission. Dans une relation, Michael avait toujours vainement recherché l'égalité des forces. Et contre toute attente, c'est chez Pandora qu'il l'avait trouvée.

Il se grisait de son parfum, du goût fruité de sa bouche qui exacerbait ses émotions. Son corps, à la fois souple et ferme sous ses mains, exigeait autant qu'il offrait.

Pandora ne pouvait résister aux mains de Michael. A ses doigts courant sur ses hanches, puis sur sa taille. C'était exactement comme elle se l'autorisait dans ses rêves. Elle sentait que le moment était venu d'accepter, de céder au plaisir. Elle ne retarderait pas plus le moment de se donner. L'heure n'était plus aux interrogations.

Elle s'écarta légèrement de lui et lui murmura en souriant doucement :

— Lorsque je t'embrasse, tu n'es plus du tout mon cousin Michael.

— Vraiment ?

Il lui mordillait les lèvres, qu'elle avait incroyablement sensuelles.

— Qui suis-je alors ? susurra-t-il en l'enlaçant à son tour.

Cette fois ce n'était plus un étau douloureux mais une étreinte légère.

— Je ne sais pas encore.

— Je peux essayer de te mettre sur la voie, chuchota-t-il en pressant de nouveau son corps contre le sien.

Pandora résista.

— Puisque tu as rompu la tradition en m'offrant mon cadeau avant l'heure prévue, je suis obligée d'en faire autant.

Elle quitta à regrets le doux cocon des bras de Michael et alla chercher, au pied du sapin, un paquet carré et plat qu'elle lui tendit.

— Joyeux Noël, Michael.

Celui-ci s'assit sur le bras d'un fauteuil et déchira l'emballage tandis que Pandora buvait une gorgée de son champagne. Elle observait Michael, guettant nerveusement une réaction sur son visage. Il n'y avait pourtant pas de quoi se mettre dans des états pareils ! Son cadeau pour Michael n'était qu'une bricole improvisée à la hâte. Aussi lorsqu'il l'eut découvert, se crut-elle obligée de dire en haussant négligemment les épaules :

— Evidemment, ce n'est pas aussi original qu'un chien de garde.

Emu, Michael fixait en silence le portrait de leur oncle. Celui-ci se détachait dans un cadre en argent grossièrement martelé, création de la jeune femme que Jolley aurait appréciée. Pandora avait dessiné le vieil homme tel que Michael se le rappelait, le dos légèrement voûté par les ans, ses cheveux devenus rares encadrant son visage éclairé d'un large sourire. Elle avait mis dans ce portrait tout l'amour, le talent et l'humour qui la caractérisaient ; les trois qualités essentielles que Jolley admirait chez sa nièce.

Lorsque Michael leva enfin les yeux vers la jeune femme, elle faisait tourner avec nervosité la coupe qu'elle tenait à la main.

Jusqu'à présent, il n'avait eu d'elle que l'image d'une femme de tête, affichant même un brin d'arrogance dans son travail. Ainsi que dans sa vie privée. Les pans secrets de cette personnalité qui se révélaient peu à peu à lui le troublaient plus que de raison.

— Jamais aucun cadeau ne m'a fait plus plaisir, Pandora.

La petite ride d'anxiété qui s'était creusée entre les sourcils de Pandora s'effaça instantanément tandis qu'un sourire fleurissait sur ses lèvres. Elle s'en voulut de ne pouvoir cacher ce ridicule sentiment qui la remplissait de fierté.

— C'est vrai ?

Michael lui sourit à son tour avant de fixer de nouveau le portrait de Jolley.

— C'est vrai, confirma-t-il en enlaçant ses doigts à ceux de la jeune femme. Il est exactement comme dans la réalité.

— Je l'ai dessiné tel que je me le rappelais.

L'espace d'un instant, Pandora se demanda si l'attirance qu'ils éprouvaient l'un pour l'autre n'était pas encore un des tours dont leur oncle avait le secret.

— J'ai pensé que c'était aussi le souvenir que tu avais de lui. Le cadre est un peu kitch, tu ne trouves pas ?

— Il est parfaitement adapté, renchérit Michael en l'étudiant de plus près.

Le métal brillait de tous ses feux, son éclat encore rehaussé par les courbes géométriques que Pandora y avait imprimées. On aurait pu le croire tout droit sorti d'un héritage familial.

— J'ignorais que tu faisais ce genre de choses.

— Cela m'arrive de temps en temps. La boutique m'en a pris quelques-uns.

— C'est si différent de tes créations habituelles !

Pandora releva fièrement le menton.

— J'avais pensé t'offrir un bon gros collier en or serti de strass, juste pour t'embêter.

— J'avoue qu'effectivement, tu aurais réussi.

— L'année prochaine peut-être. A moins que je n'en fasse un pour Bruno.

Elle balaya la pièce d'un coup d'œil circulaire.

— Où est-il passé ?

— Probablement sous le sapin, en train de s'occuper des paquets. C'est sa spécialité. Durant son bref séjour dans le garage, il s'est débrouillé pour ruiner une de mes chaussures de golf.

— Nous allons mettre tout de suite un terme à ces mauvaises habitudes, déclara Pandora en partant à la recherche du jeune chiot.

Michael, à présent confortablement installé dans un siège, ne pouvait détacher son regard du portrait de Jolley.

— Je ne savais pas que tu dessinais aussi bien. Pourquoi ne te lances-tu pas dans la peinture ?

— Et toi, pourquoi n'écris-tu pas « Le Grand Roman du Siècle » ?

— Parce que j'adore ce que je fais.

— Exactement, lâcha Pandora qui, n'ayant trouvé trace de Bruno sous l'arbre, regardait à présent sous les meubles. Bien que quelques peintres se soient essayés avec succès à la création de bijoux, Dali pour n'en citer qu'un, je crois, moi, que... Michael !

Michael reposa précipitamment la coupe qu'il s'apprêtait à porter à ses lèvres pour aller rejoindre Pandora, à genoux près du canapé.

— Qu'est-ce qui se passe ? s'enquit-il en s'agenouillant à son tour.

Bruno, couché sur le flanc, gisait sur le carrelage, les yeux fermés, la respiration saccadée. Lorsque Pandora le tira vers elle, il laissa échapper de petites plaintes de douleur.

— Oh, Michael, il est malade ! Il faut l'emmener tout de suite chez un vétérinaire.

— Il est trop tard. Nous ne trouverons pas de vétérinaire, à minuit, le soir du réveillon.

Doucement, il posa une main sur le ventre du chiot qui se mit à gémir.

— Je vais quand même essayer de joindre quelqu'un au téléphone.

— Tu crois que c'est à cause de quelque chose qu'il a mangé ? s'enquit Pandora au comble de l'inquiétude.

— Non, Sweeney a veillé à sa nourriture, comme si c'était un nouveau-né.

Comme pour donner raison à Michael, le chiot se remit péniblement debout, sur ses pattes flageolantes puis, à force de spasmes violents, réussit à se soulager de ce qui encombrait son petit estomac. Exténué par un tel effort, il se recoucha et s'endormit profondément.

— C'est ce qu'il a bu, murmura Michael.

Le cajolant, le caressant, Pandora prit le petit corps apaisé dans ses bras.

— Ça ne peut tout de même pas être les quelques gouttes de champagne qu'il a léchées. Eh bien, Bruno, je crois que Charles ne va pas être très content que tu aies sali son tapis. Il vaudrait mieux que je…

Michael l'agrippa soudain par le bras, interrompant brutalement son monologue.

— Combien de champagne as-tu bu ?

— Juste une gorgée. Mais pourquoi…

Cette fois, elle s'interrompit d'elle-même, réalisant où Michael voulait en venir.

— Le champagne. Tu crois qu'il y avait un problème avec la bouteille ?

— Je crois surtout que je suis un imbécile de ne pas m'être méfié d'un cadeau anonyme !

Au comble de l'angoisse, il prit le menton de Pandora entre ses doigts, la forçant à le regarder dans les yeux.

— Tu n'as pris qu'une gorgée ? Tu en es sûre ? Comment te sens-tu ?

Si Pandora sentait son sang se glacer dans ses veines, elle n'en laissa rien paraître.

— Je me sens bien, répondit-elle calmement. Regarde ma coupe, je l'ai à peine touchée.

Tous deux tournèrent la tête dans la même direction.

— Tu… tu crois qu'il y a du poison ?

— Nous le saurons très vite.

Pandora secoua la tête, refusant d'admettre une telle éventualité.

— Mais comment serait-ce possible, Michael ? La bouteille était bouchée. Et le bouchon intact.

— Dans la première série des « Logan », j'avais imaginé un

scénario dans lequel le meurtrier injectait du cyanure dans une bouteille, à l'aide d'une seringue.

— Mais il s'agissait d'une fiction, protesta Pandora en frissonnant.

— En tout cas, en attendant de pouvoir prouver le contraire, nous allons faire comme si c'était la réalité. Je vais faire analyser ce qu'il reste de la bouteille par les laboratoires Sanfield.

— Analyser? répéta machinalement Pandora, complètement sonnée par la nouvelle. Tu as raison, je suppose que nous nous sentirons mieux lorsque nous serons sûrs. Tu connais quelqu'un dans ce labo?

— Nous en sommes propriétaires.

Il jeta un coup d'œil au jeune chiot, toujours profondément endormi dans les bras de sa maîtresse.

— Ou plutôt, nous le deviendrons dans quelques mois. Et à mon avis, c'est l'une des raisons pour lesquelles notre expéditeur anonyme nous a fait parvenir ce charmant cadeau.

— Michael, si cette bouteille contient du poison...

Pandora s'interrompit, essayant d'imaginer l'impossible.

— Si, effectivement cette bouteille contient du poison répéta-t-elle, cela voudra dire que ce n'est plus un simple jeu.

Michael tenta d'imaginer ce qui se serait produit si leur attention n'avait pas été détournée à temps.

— Non, ce ne sera plus un simple jeu.

S'exhortant au calme, Pandora quitta son siège.

— Mais enfin, c'est insensé! Le vandalisme, passe encore, les petites mesquineries aussi, mais je ne peux pas croire qu'un membre de ma famille soit capable d'aller aussi loin! Nous sommes en train de nous faire des idées, Michael. Bruno a vomi sous le coup de l'excitation, voilà tout! Ou alors il était déjà malade lorsque tu es allé le chercher à la fourrière.

— Un vétérinaire l'a vu et lui a fait tous les vaccins nécessaires avant que je ne le récupère.

Michael s'appliquait à parler calmement mais ses yeux trahissaient son extrême nervosité.

— Il était en parfaite santé jusqu'à ce qu'il lape ces quelques gouttes de champagne, conclut-il avec fermeté.

Toute tentative de rationalisation déserta alors Pandora.

— Très bien. Alors nous ferons analyser le contenu de cette bouteille. Mais tant que nous n'aurons pas la certitude qu'elle contient du poison, je ne veux plus y penser.

— Tu préfères ne pas affronter la réalité ?

— Non, mais tant que nous n'avons pas la preuve du contraire, je refuse de croire qu'un des membres de ma famille a voulu me tuer.

Elle caressa tendrement le pelage soyeux du petit chien avant d'ajouter :

— Je vais essayer de lui faire boire un peu de lait chaud. Et je le prendrai avec moi dans ma chambre, je veux pouvoir veiller sur lui cette nuit.

Michael, resté près de la cheminée, tentait de combattre le sentiment de frustration mêlé de colère qui l'assaillait.

— Parfait.

Il était plus de minuit lorsque Michael, en panne d'inspiration et de sommeil, alla jeter un coup d'œil par la porte de Pandora, restée entrouverte. Une lampe de chevet restée allumée diffusait sa lumière tamisée à travers la pièce. Au-dehors, la neige tombait, drue. Pandora dormait, recroquevillée dans son grand lit, les couvertures remontées jusqu'au menton. Sur un tapis en face du feu sommeillant, Bruno ronflait doucement. Pandora avait pris soin de le recouvrir d'un châle en mohair et elle avait installé à sa portée un bol de ce que Michael prit pour du thé. Il s'accroupit auprès du petit animal.

— Mon pauvre vieux, murmura-t-il en lui caressant doucement la tête.

Bruno s'étira et laissa échapper une petite plainte dans son sommeil.

— Je crois qu'il va mieux.

Michael regarda par-dessus son épaule. Comme Pandora était belle et désirable avec ses cheveux épars et son visage doux qu'accentuait encore son teint diaphane ! Il s'attarda sur les épaules nues qui émergeaient du drap soigneusement tendu sur sa poitrine avant de reporter toute son attention sur le chiot. Mais qu'est-ce qui lui prenait ? Pandora ne correspondait pourtant pas aux critères de beauté qui le faisait habituellement craquer.

— Oui, il a juste besoin de dormir à présent.

Ressentant le besoin de se donner une contenance, Michael alla puiser dans le coffre à bois une bûche qu'il ajouta aux braises encore rougeoyantes.

— Merci, dit Pandora. Tu ne pouvais pas dormir ?
— Non.
— Moi non plus.

Ils restèrent un moment assis en silence, elle dans son grand lit, lui sur le tapis à côté du chien. Le feu crépitait de nouveau joyeusement, projetant des ombres mouvantes sur les murs.

Pandora remonta ses jambes sous sa poitrine.

— Michael, j'ai peur.

Ce n'étaient pas des paroles en l'air. Michael savait à quel point il en coûtait à la jeune femme de lui faire un tel aveu. Il se donna le temps de tisonner le feu avant de répondre d'un ton qu'il voulait léger :

— Nous pouvons partir, si tu le souhaites. Dès demain, nous pouvons rentrer à New York. Oublier ce pari insensé et profiter des fêtes de fin d'année.

Pandora garda le silence, scrutant le visage de Michael dans l'espoir d'y trouver une réponse à sa question.

— C'est vraiment ce que tu veux ?

Michael pensa à Jolley, puis à Pandora. Tous ses muscles en tension se raidirent un peu plus.

— Oui. Il faut que je pense un peu à moi.
— Tu es un bien piètre menteur, pour quelqu'un qui passe sa vie à inventer des histoires auxquelles tout le monde croit.

Elle attendit un instant puis reprit en l'épinglant du regard :

— Tu ne veux pas rentrer à New York. Non. En vérité, tu brûles de leur casser la figure.

— Tu me vois frapper tante Patience ?

— A quelques exceptions près, je te l'accorde. Mais avoue que, pour rien au monde, tu ne voudrais jeter l'éponge.

— Tu as raison, concéda Michael qui s'était mis à faire les cent pas devant la cheminée. Mais toi ? Depuis le début, tu ne voulais pas être mêlée à cette histoire ! C'est moi qui t'ai forcé la main. Je me sens responsable, Pandora !

Pour la première fois depuis bien longtemps, Pandora retrouva le sens de l'humour qui la caractérisait.

— Je détesterais froisser ton ego, Michael, mais tu ne m'as absolument pas forcé la main. Je suis seule responsable de mes choix. Et je ne céderai pas à leurs minables manœuvres d'intimidation. C'est vrai, j'ai dit que je ne voulais pas de cet argent. J'ai dit aussi que je n'en avais pas besoin, ce qui est moins vrai. Mais je fais de toute cette affaire une question de fierté. Et même si je crève de peur, je ne renoncerai pas ! Et puis, cesse de tourner comme un lion en cage et viens t'asseoir près de moi.

L'ordre, lancé avec une pointe d'impatience et de colère fit sourire Michael. Docilement, il obéit à la jeune femme.

— Tu te sens mieux ? s'enquit-il gentiment.

Elle le fixa intensément puis répondit :

— Oui. Michael, ça fait des heures que je suis allongée là, à retourner le problème dans tous les sens. Et cela m'a permis de réaliser deux ou trois choses. Il n'y a pas si longtemps, tu m'as traitée de snob, et d'une certaine façon, tu avais raison. Mais si je n'ai jamais fait grand cas de l'argent, c'est parce qu'en fait, je ne m'autorisais pas à le faire. Quand l'oncle Jolley les a tous écartés de son testament, j'ai considéré ça comme un dernier clin d'œil, une dernière blague qui allait, certes, provoquer des grincements de dents, mais rien de grave. Ce n'était que de l'argent, et aucun d'eux n'en manque.

— Tu n'as jamais entendu parler de cupidité, ou du désir de toujours vouloir plus ?

— Bien sûr que si, mais je ne les croyais pas animés d'intentions aussi hostiles. Mais après tout, je les connais si peu ! Je les ai toujours trouvés ennuyeux, je n'ai donc jamais cherché à les fréquenter.

Pandora passa une main nerveuse dans ses cheveux, indifférente au drap qui retombait sur sa taille.

— Regarde Ginger, par exemple. Elle a à peu près le même âge que moi et pourtant, nous n'avons rien en commun. Je la croiserais dans la rue, c'est tout juste si je la reconnaîtrais.

— Et moi, c'est à peine si je me souviens de son prénom, renchérit Michael.

— C'est bien où je voulais en venir : nous ne les connaissons quasiment pas. Lorsqu'on parle de « famille », on évoque un bloc indissociable, mais chaque membre pris individuellement, qui est-il vraiment ? De quoi est-il capable ? J'essaie de trouver une réponse. Ce n'est pas une plaisanterie, Michael.

— Je sais.

— Je voudrais me battre mais je ne sais pas comment m'y prendre.

— La meilleure façon est de rester, suggéra Michael en lui prenant la main.

Elle était froide et douce dans la sienne.

— Et peut-être, ajouta-t-il, de leur livrer une bataille psychologique.

— Comment cela ?

— Eh bien, pourquoi ne pas envoyer, à notre tour, une bouteille de champagne à chacun d'eux ?

Un sourire mauvais vint fleurir sur les lèvres de Pandora.

— Oui. Un magnum, par exemple.

— Naturellement. Je me demande quelle serait leur réaction.

— C'est un sale coup, non ?

— Mmm, marmonna Michael.

— J'avoue que j'avais sous-estimé ton imagination fertile. Ça me paraît être une excellente idée.

Elle se tut, consciente des doigts de Michael qui jouaient avec une mèche de ses cheveux.

— Nous devrions dormir un peu à présent.

— Tu as raison, approuva Michael tandis que ses doigts effleuraient maintenant la nuque de la jeune femme.

— Remarque, je n'ai pas très sommeil.

— Nous pourrions faire une partie de canasta.

— Pourquoi pas ? chuchota Pandora, attentive aux mains de Michael qui faisaient glisser sur ses épaules les fines bretelles de sa chemise de nuit. Ou de gin-rami.

— Si tu veux.

— Ou alors... nous pourrions terminer ce que nous avons commencé dans le salon tout à l'heure, lui susurra-t-elle à l'oreille.

Michael porta à ses lèvres les mains de Pandora.

— Tu as raison. C'est toujours mieux de finir quelque chose avant d'entamer autre chose. Et si j'ai bonne mémoire, il me semble que nous en étions... là.

Il se pencha pour prendre les lèvres de Pandora. Avec un geste plein de tendresse et de douceur, la jeune femme noua ses bras autour du cou de Michael.

— C'est exactement ça.

Puis cédant à l'urgence de leur désir, ils roulèrent, enlacés, sur le lit.

Leurs deux corps, parfaitement imbriqués l'un dans l'autre, se mouvaient au même rythme langoureux, se satisfaisant de caresses légères, de regards pénétrants, de parfums enivrants. Puis peu à peu la passion s'infiltra, les rendant impatients l'un de l'autre. Ils avaient attendu trop longtemps. Leurs doigts, leurs bouches, exploraient la moindre parcelle de chair, le moindre recoin intime.

Pandora se révéla moins inhibée qu'il ne l'avait supposé. Plus généreuse aussi. N'hésitant pas à donner autant qu'elle recevait, à partir à la découverte de ce corps inconnu sans fausse pudeur. Leurs bouches se prenaient, ne se lâchant que pour mieux se reprendre. Et lorsque la langue de Michael joua avec celle de Pandora, celle-ci fixa sur lui un regard trouble de volupté mais où filtrait une lueur d'amusement. La jouissance d'un jeu partagé. Michael enfouit son visage dans la chevelure épaisse de la jeune femme, se grisant de l'odeur animale qui s'en dégageait. Enfin, ils étaient ensemble, sur le point de devenir amants !

Si les mains de Pandora restaient fermes tandis qu'elle ôtait son pull à Michael puis caressait son torse puissant, son cœur, lui, battait la chamade. Elle acceptait les règles du jeu, même si elle pressentait des conséquences inévitablement néfastes. Il serait toujours assez tôt pour remettre les choses en question. Pour l'heure, elle ne voulait voir que ce moment de bonheur, ponctué du seul crépitement romantique du feu dans la cheminée.

Leurs deux corps à l'unisson rivalisaient d'imagination et de volupté. Michael apprenait à aimer comme il ne l'avait encore jamais fait, ne se rassasiant pas de ce corps menu, de ce parfum charnel qui émanait de chaque centimètre de sa peau et dans lequel il se noyait avec bonheur.

Il sentit le moment où le rythme langoureux bascula en danse effrénée. Et lorsque Pandora commença à gémir, il se pressa un peu plus contre elle, la rejoignant sur les vagues ondulantes du plaisir.

Pandora, au bord de l'extase, léchait à petits coups de langue la peau moite de son amant. Etait-ce cela la passion ? Cette faim de l'autre qui ne cessait jamais ? Ce mélange de plaisir extrême et de douleur, de crainte et de certitude, de bonheur intense et de désespoir ?

Un éclair de vulnérabilité s'abattit sur elle tandis que son corps s'arc-boutait vers plus de plaisir encore. Jamais encore elle ne s'était sentie aussi psychologiquement nue, aussi fragile. Le souffle court, elle débarrassa Michael de son pantalon, les deux amants donnant alors libre cours à leurs instincts sauvages, aux zones d'ombres jusque-là bridées. Michael s'installa à califourchon sur elle tandis qu'elle l'enserrait de ses bras et de ses jambes. Lorsque, enfin, il se glissa en elle, il lut dans les yeux de la jeune femme ce que lui-même ressentait : un mélange d'étonnement et de joie profonde. Ensemble, ils étaient arrivés là où, sans se concerter, chacun aspirait à parvenir. Un port d'attache.

Lorsque, bien longtemps après, leurs sens furent enfin apaisés et que les battements désordonnés de leurs cœurs se furent calmés, ils restèrent un long moment silencieux, écoutant le feu crépiter dans l'âtre. Tous deux se connaissaient trop bien pour éprouver le besoin de parler.

Michael remonta les couvertures sur leurs corps nus.

— Joyeux Noël, murmura-t-il.

Pour toute réponse, Pandora émit ce qui ressemblait à un petit ricanement, puis se blottit tendrement contre lui.

8

Michael et Pandora quittèrent « La Folie » au petit matin, le lendemain de Noël. La neige scintillait sous l'effet des rayons du soleil naissant. Une bise glaciale soulevait des tourbillons de poussière blanche, donnant au paysage des allures de carte postale.

Ils avaient décidé, au terme d'une courte discussion, que Pandora conduirait à l'aller et Michael au retour. Celui-ci s'installa donc confortablement sur le siège du côté passager tandis que Pandora prenait le volant et entamait la longue descente qui menait à la route principale.

— Que ferons-nous s'ils ne veulent pas nous recevoir ?
— Pourquoi ne nous recevraient-ils pas ? demanda Michael que le spectacle du paysage qui défilait ne parvenait plus à divertir.

Pour la première fois, il s'ennuyait, trouvant interminable le trajet qui reliait « La Folie » à New York.

— Parce que nous vendons la peau de l'ours avant de l'avoir tué.

Pandora s'interrompit pour baisser le chauffage et déboutonner son manteau, puis ajouta :

— Nous n'avons encore hérité de rien, que je sache.
— Simple formalité.
— Je te trouve un peu trop sûr de toi, Michael.
— Et moi, je te trouve toujours aussi pessimiste.
— Je ne suis pas pessimiste, j'essaie d'être objective. Il faut bien que l'un de nous deux le soit.
— Ecoute…, commença Michael, sur le point de riposter.

Mais les mains de la jeune femme, crispées sur le volant, le dissuadèrent de poursuivre. D'ailleurs, et même s'il tentait de ne rien laisser paraître, lui aussi était au comble de la nervosité. Mais ses raisons n'étaient pas les mêmes que celles de Pandora. Comment aurait-il pu deviner que se réveiller à ses côtés le troublerait autant ? Qu'il se sentirait responsable de ce qui était arrivé, et du désir qu'il éprouvait encore pour elle ?

Il prit une profonde inspiration, fixa quelques minutes son attention sur le paysage enneigé.

— Ecoute, reprit-il d'un ton plus léger, si, pour le moment en effet, nous ne possédons rien, il n'empêche que nous faisons, nous aussi, partie de la famille de Jolley. Pourquoi donc nous refuserait-on une simple analyse dans un laboratoire qui lui appartient ?

— Nous verrons bien, dit Pandora, encore sceptique.

Elle effectua une quinzaine de kilomètres en silence puis reprit :

— Michael, quelle différence cela fera-t-il d'apprendre que cette bouteille contenait du poison ?

— Appelle ça de la curiosité mais moi, j'ai besoin de savoir si un membre de ma famille me déteste au point de vouloir ma mort.

— Très bien. Mais si les résultats des analyses confirment nos doutes, ils ne nous donneront pas pour autant l'identité du coupable.

— Ce sera l'étape suivante.

Il coula à la jeune femme un regard en biais.

— Nous pourrions tous les inviter pour le jour de l'an et tenter de les mettre sur le gril.

— C'est une plaisanterie, j'espère ?

— Pas du tout. Le moment ne serait peut-être pas très propice, mais j'y pense très sérieusement, au contraire.

Il marqua une pause, le regard de nouveau fixé sur les doigts gantés de Pandora qui s'agitaient nerveusement sur le volant.

— Pandora, peux-tu me dire ce qui te contrarie vraiment ?

— Mais rien ! protesta la jeune femme qui pourtant, n'avait pas réussi à véritablement recouvrer ses esprits depuis vingt-quatre heures.

— Tu en es sûre ?
— Oui. Je suis comme toi, Michael ! Légèrement contrariée à l'idée que quelqu'un cherche à m'éliminer !

Elle releva crânement le menton et ajouta :

— N'est-ce pas une raison suffisante ?

Michael devina l'angoisse derrière le sarcasme.

— C'est également pour cette raison que tu es restée terrée dans ta chambre toute la journée d'hier ? insista-t-il.

— Je n'étais pas « terrée », comme tu dis. Je voulais surveiller l'état de santé de Bruno. Et j'étais fatiguée.

— Tu as à peine touché à l'énorme dinde que Sweeney avait passé des heures à cuisiner spécialement pour nous.

— Je n'aime pas particulièrement la dinde.

Sans raison apparente, Pandora mit son clignotant et changea de file.

— Disons que je n'étais pas en forme, voilà tout.

— Je me demande quand même comment tu fais pour oublier si vite ce qui s'est passé entre nous, attaqua Michael sans préambule.

Sa voix, dure, tranchante ne laissait rien deviner du tumulte intérieur qui l'agitait.

— C'est absurde ! Je n'ai rien oublié, protesta vivement Pandora.

Comment pouvait-il la soupçonner d'indifférence, elle que la pensée de leurs deux corps enlacés obsédait ?

— Mais il se trouve simplement que nous avons couché ensemble, dit Pandora en haussant négligemment les épaules. J'imagine que nous savions tous les deux que cela arriverait tôt ou tard.

C'était mot pour mot ce dont avait voulu se persuader Michael. Jusqu'à ce qu'il renonce à le croire.

— C'est tout ?

Le ton de Michael était dangereusement calme, mais Pandora, elle-même trop nerveuse, semblait ne pas y prêter attention.

— Quoi d'autre ?

Il ne fallait pas qu'elle craque sur une impulsion. Elle n'allait tout de même pas perdre le bon sens qui la caractérisait, pour une relation purement sexuelle qui ne les mènerait nulle part !

— Michael, ce n'est pas la peine d'en faire une montagne.

— Si tu le dis…

Pandora eut soudain l'impression d'étouffer. Elle baissa le chauffage et chercha vainement à se concentrer sur sa conduite.

— Nous sommes deux adultes…, commença-t-elle, mais sa voix s'étrangla dans sa gorge.

— Et ?

— Bon sang, Michael ! Je ne vais tout de même pas te faire un dessin !

— Si, justement.

— Nous sommes deux adultes, reprit-elle d'une voix à présent teintée de colère, qui ont des désirs d'adultes. Nous avons donc couché ensemble pour les satisfaire.

— Cela me semble d'une logique implacable ! ironisa Michael avec sarcasme.

— Je *suis* d'une logique implacable !

La colère céda la place au désespoir. Les yeux de Pandora se remplirent soudain de larmes qu'elle s'appliqua à refouler.

— Suffisamment, en tout cas, pour ne pas me faire d'illusions sur un homme qui aime les femmes par douzaines. Ni pour envisager l'avenir avec lui, qui n'a été qu'un amant d'un soir. Et encore moins pour transformer en romance ce qui ne restera qu'une attirance purement physique.

— Gare-toi, gronda soudain Michael d'une voix sourde.

— Il n'en est pas question !

— Gare-toi tout de suite ou je tourne le volant moi-même !

Pandora hésita un instant, ne sachant si Michael bluffait ou non. Mais compte tenu de la circulation, dense à cette heure, elle ne pouvait se permettre de prendre le moindre risque. Elle obtempéra, dans un léger crissement de pneus. La voiture à peine immobilisée, Michael retira la clé du contact et, saisissant Pandora par le revers de son manteau, la plaqua contre le dossier de son siège et pressa ses lèvres contre celles de la jeune femme.

Passion et colère se mêlèrent en un sentiment unique. Il voulait lui faire payer le pouvoir qu'elle avait de l'exciter, de le rendre fou, de lui faire mal, selon son bon vouloir. C'était trop pour un seul homme ! Il la relâcha, aussi brutalement qu'il l'avait enlacée.

— Et ça, c'est d'une logique implacable ? lança-t-il en la défiant du regard.

Le souffle court, ses yeux lançant des éclairs, Pandora remit le moteur en marche et redémarra sur des chapeaux de roues.

— Pauvre idiot !

— Ouais, renchérit Michael en se carrant négligemment dans son siège. Sur ce point, au moins, nous sommes d'accord.

La fin du trajet leur parut interminable. Un silence lourd de ressentiment avait pesé entre eux, qui ne fut interrompu que lorsqu'ils eurent atteint Manhattan et que Pandora dut suivre les instructions données par Michael pour se rendre au laboratoire d'analyses.

— Comment sais-tu où il se trouve ? s'enquit la jeune femme après avoir garé la voiture dans un parking souterrain.

Elle resserra son manteau contre elle, frissonnant sous l'effet de la bise glaciale qui balayait la ville.

— J'ai cherché l'adresse dans les dossiers de Jolley, hier soir.

Il marchait à grands pas, son manteau largement ouvert, la bouteille de champagne bien calée sous le bras, paraissant indifférent à la température polaire qui régnait dans les rues. D'un geste brusque, il poussa la porte pivotante d'une tour de verre et d'acier, et s'effaça pour laisser passer Pandora.

— Cet immeuble lui appartenait en totalité.

Pandora balaya du regard le luxueux sol en marbre de l'entrée avant de fixer son attention sur les allées et venues incessantes qui donnaient à l'endroit des allures de ruche bourdonnante.

— Tout l'immeuble, vraiment ?

— Les soixante-douze étages.

De nouveau, Pandora fut saisie de vertige. Combien de sociétés pouvaient bien abriter leur siège ici ? Combien de centaines de personnes y travaillaient ? Elle se sentait bien incapable d'assumer un jour ce genre de responsabilités ! Ah, si elle pouvait mettre la main sur oncle Jolley ! Il devait bien rire à l'heure qu'il était ! Cette pensée fit doucement sourire la jeune femme.

— Et que serai-je censée faire de soixante-douze étages, en plein centre de New York ?

— Ne t'inquiète pas pour ça. Des gens sont grassement payés pour s'en occuper.

Michael déclina leurs identités auprès du liftier qui, comprenant à qui il avait affaire, appuya promptement sur le numéro de l'étage à atteindre.

— Des gens ? reprit Pandora tandis qu'ils étaient propulsés au quarantième étage.

— Oui. Des comptables, des avocats, des directeurs... bref, toute une armée de personnes compétentes, chargées de faire tourner la boîte à ta place.

— Je vois, dit Pandora, dubitative.

— Pense un peu à Jolley, ajouta Michael dans le but de rassurer la jeune femme. Gérer sa fortune ne l'a jamais empêché de profiter de la vie. Il en faisait même une sorte de jeu !

Pandora regarda le numéro de l'étage s'afficher sur la bande lumineuse.

— Un jeu, dis-tu ?

— Exactement ! Et cette fois, la balle est dans notre camp, Pandora !

Cette dernière croisa les bras sur sa poitrine, encore réticente aux arguments de son compagnon.

— Eh bien vois-tu, je ne sais pas si je dois être reconnaissante à Jolley de ce qu'il a fait.

Michael posa sur l'épaule de Pandora une main qui se voulait réconfortante.

— Envisage-le sous un autre angle. Crois-moi, si Jolley ne nous avait pas crus capables de gérer sa fortune, il ne nous en aurait pas livré les clés.

Cette pensée rasséréna un peu Pandora. Cependant, elle trouvait bizarre la perspective de se trouver dans l'ascenseur d'un gigantesque building qui, bientôt peut-être, serait sa propriété.

— Savons-nous à qui nous devons nous adresser ? demanda-t-elle en désignant du menton la boîte rectangulaire contenant la bouteille de champagne.

— Il semblerait que ce soit un certain Silas Lockworth.

— Tu as bien travaillé, ironisa la jeune femme.

— Espérons surtout que j'aie vu juste !

La porte de l'ascenseur s'ouvrit soudain sur le bureau de réception des Laboratoires Sanfield. Michael et Pandora foulèrent une moquette rose pâle, longèrent des murs crème. Deux énormes philodendrons encadraient une porte coulissante de verre qui s'ouvrit sur leur passage. Assise derrière un bureau rutilant, une femme les accueillit, un large sourire aux lèvres.

— Bonjour. Que puis-je faire pour vous ?

— Nous aimerions voir M. Lockworth, répondit Michael.

— M. Lockworth est en réunion. Mais laissez-moi vos noms, son assistant pourra peut-être vous aider.

— Je suis Michael Donahue, et voici Pandora McVie.

— McVie ? répéta la secrétaire en haussant un sourcil sceptique.

— Oui. Maximilian McVie était notre oncle.

De polie et efficace, la réceptionniste devint empressée.

— Je suis sûre que M. Lockworth aurait tenu à vous accueillir lui-même s'il avait été prévenu de votre visite. Je vous en prie, asseyez-vous. Je vais l'informer de votre venue.

Cinq minutes plus tard, un homme qui ne correspondait en rien à l'idée que Pandora se faisait d'un scientifique faisait son entrée dans la pièce.

Voyant sa silhouette d'athlète et son physique irrésistible de cow-boy, Pandora l'aurait plus volontiers imaginé dans un ranch que dans un laboratoire médical.

— Mademoiselle McVie, dit-il en se dirigeant vers la jeune femme, main tendue.

Puis, se tournant vers Michael.

— Monsieur Donahue, je suis Silas Lockworth. Votre oncle était parmi mes meilleurs amis.

— Merci, dit Michael en acceptant à son tour la main que ce dernier lui tendait. Veuillez excuser notre arrivée pour le moins impromptue.

— Je vous en prie. Vous savez, votre oncle avait l'habitude de débarquer à l'improviste. Mais suivez-moi, nous serons mieux dans mon bureau.

Il les conduisit, à travers un dédale de couloirs, jusqu'à une pièce somptueuse, dont le mobilier contemporain et les peintures abstraites qui ornaient les murs témoignaient d'un goût sûr pour la décoration. Un bureau de bois précieux qui occupait tout un angle de mur disparaissait presque totalement sous un amoncellement de paperasse, tandis qu'un énorme aquarium laissait voir le ballet incessant de poissons exotiques multicolores.

— Voulez-vous un café ? Il doit être encore chaud.

— Non merci, répondit Pandora en tirant nerveusement sur ses gants, nous ne voulons pas abuser de votre temps.

— Vous ne me dérangez absolument pas. Au contraire, c'est un plaisir de vous rencontrer enfin ! Jolley me parlait si souvent de vous ! Il vous adorait, vous pouvez me croire.

— Nous aussi, nous l'aimions beaucoup, assura Pandora.

— J'imagine que vous n'êtes pas venus me rendre une visite de courtoisie, déclara Lockworth en prenant place derrière son bureau. Alors, que puis-je faire pour vous ?

— Nous avons là quelque chose que nous aimerions faire analyser expliqua Michael. Si possible, dans la plus grande discrétion.

— Je vois, dit Silas. Je vais voir ce que je peux faire.

Sans dire un mot, Michael sortit la bouteille de son emballage.

— Nous aimerions faire analyser le contenu de cette bouteille. Et, si possible, avoir les résultats aujourd'hui.

Lockworth prit la bouteille des mains de Michael.

— Soixante-douze, lut-il à haute voix. Bonne année. Vous comptez acheter un vignoble ?

— Nous voulons savoir s'il y a autre chose que du champagne, là-dedans.

Lockworth ne manifesta aucune surprise. Il se renfonça dans son siège et demanda d'une voix neutre :

— Vous avez des raisons de penser cela ?

Michael soutint sans ciller le regard que Silas fixait sur lui.

— Nous ne serions pas là, sinon.

— Très bien. Je m'en occuperai moi-même.

Pandora, qui jusque-là avait gardé le silence, crut bon de mettre un terme aux manières un peu expéditives de Michael.

— Sachez que nous apprécions beaucoup votre aide, monsieur Lockworth. Nous n'ignorons pas à quel point vous êtes débordé de travail, mais ces analyses sont d'une importance capitale pour Michael et moi.

Lockworth décida qu'il essaierait d'en comprendre la raison une fois les résultats obtenus.

— Pas de problème. Je vais vous montrer où se trouve la cafétéria du personnel. Vous pourrez m'attendre là-bas.

— Tu n'avais aucune raison de te montrer aussi grossier, attaqua Pandora tout en étudiant la carte qu'une serveuse venait de lui présenter.

— Je n'ai pas été grossier, riposta Michael.

— Si ! M. Lockworth s'est montré très amical avec nous et toi, tu as été irascible et revêche. Je crois que je vais prendre une salade de crevettes.

— Je n'ai pas été revêche, j'ai été prudent. Et je ne vois pas pourquoi je devrais déballer nos histoires de famille à un étranger !

Pandora ignora la réponse de Michael. Elle croisa les mains sur la table et sourit à la serveuse venue prendre la commande.

— Pour moi, ce sera une salade de crevettes et un café.

— Deux cafés, rectifia Michael. Et un plat du jour.

— Il ne s'agissait pas de « déballer » nos histoires, comme tu dis. Mais si nous ne pouvons faire confiance à Lockworth, autant acheter la panoplie du parfait petit chimiste et faire nos analyses nous-mêmes !

Michael la regarda s'appliquer à mettre une goutte de lait dans sa tasse.

— Tu crois qu'il y en a pour longtemps ? finit-elle par demander.

— Comment veux-tu que je le sache ? Je ne suis pas Lockworth, répliqua Michael avec humeur.

— Au fait, tu ne trouves pas qu'il n'a pas le physique de l'emploi ?

— Le portrait type du cow-boy de l'Ouest américain, ricana Michael en sirotant une gorgée de son café. Je me demande si Carlson ou un de ses acolytes ont des intérêts dans cette boîte.

Pandora reposa la tasse qu'elle s'apprêtait à porter à ses lèvres.

— Tiens, je n'avais pas pensé à ça. Effectivement il me semble que Jolley avait cédé Tristar Corporation à Monroe, il y a une vingtaine d'années. Je me souviens avoir entendu mes parents en parler à l'époque.

— Tristar…, chercha vainement Michael. C'est quoi, exactement ?

— Une usine spécialisée dans le plastique, précisa Pandora. Je sais que Jolley a lâché de petites parts du gâteau, par-ci, par-là. Il voulait donner une chance à chacun des membres de la famille avant de « les rayer définitivement de la liste », comme il disait.

Pandora sembla réfléchir un instant puis reprit :

— De toute façon, quelle différence cela ferait-il que quelqu'un possède des parts dans les Laboratoires Sanfield ?

— Cela changerait la confiance que nous pourrions porter à Lockworth.

— C'est curieux, j'ai l'impression que tu le trouverais plus sympathique s'il était petit, chauve et moche ?

— C'est possible, en effet.

— Je l'aurais parié ! En fait, tu es jaloux parce qu'il a des épaules plus larges que les tiennes.

Pandora battit des cils et ajouta avec une pointe de coquetterie :

— Voilà ton plat.

Ils mangèrent en silence, commandèrent un dessert et burent un peu plus de café. Au bout d'une heure et demie d'attente, ils étaient à bout de nerfs.

— Dieu merci, le voilà ! s'exclama soudain Pandora en voyant Lockworth passer la porte.

En saluant ses employés au passage, ce dernier vint poser plusieurs feuillets imprimés sur leur table.

— Je vous ai fait faire une copie des résultats, annonça-t-il en rendant à Michael la boîte rectangulaire.

Il s'installa à côté d'eux et commanda un café.

— Mais j'ai bien peur que ce ne soit pour vous qu'un charabia hermétique.

Pandora fronça les sourcils devant la longue liste de termes techniques qu'elle tentait vainement de décrypter. Il lui paraissait peu probable que le « trichloréthanol » ou autres substances aux noms tout aussi barbares, ait un quelconque rapport avec du champagne.

— En clair, qu'est-ce que cela veut dire ?

— C'est la question que je me suis posée, répondit Lockworth en sortant de la poche de sa blouse un paquet de cigarettes que Michael lorgna avec envie.

— Je me suis en effet demandé, poursuivit-il, pour quelle raison quelqu'un avait injecté du pesticide dans du champagne millésimé.

— Du pesticide ? s'exclama Michael. Alors j'avais raison, on a bien essayé de nous empoisonner !

— Scientifiquement oui. Mais le dosage a été étudié pour vous rendre malade juste un jour ou deux. L'un de vous deux s'est-il senti mal ?

— Nous non, répondit Pandora en levant les yeux vers lui,

mais mon petit chien oui. Lorsque nous avons ouvert la bouteille, quelques gouttes sont tombées sur le sol et il les a lapées. Il a été malade avant même que nous ayons eu le temps d'en boire une gorgée.

— Heureusement pour vous ! Mais comment en avez-vous déduit que le champagne était empoisonné ?

Michael plia les feuillets puis les glissa dans la poche de son manteau avant de rétorquer d'un ton brusque :

— Un sixième sens, sans doute.

— Veuillez excuser mon cousin, intervint Pandora. Il a quelquefois tendance à oublier les bonnes manières. Croyez bien que nous vous sommes reconnaissants de ce que vous avez fait, monsieur Lockworth. Et même si nous devons garder secrets certains points de cette affaire, sachez que nous avions de bonnes raisons de penser que cette bouteille était suspecte.

D'un petit signe de tête Lockworth lui signifia qu'il comprenait.

— En tout cas, si vous avez besoin de renseignements supplémentaires, n'hésitez pas. Je dois bien ça à ce bon vieux Jolley !

Les deux hommes se levèrent en même temps.

— Je vous dois des excuses, dit Michael en tendant à Lockworth une main amicale.

— J'avoue que je serais moi-même un brin nerveux si j'apprenais que quelqu'un en voulait à ma vie. Aussi, je vous le répète, n'hésitez pas à m'appeler si vous avez besoin de moi.

— Bien, commença Pandora lorsqu'ils furent seuls. Et maintenant, que faisons-nous ?

— Que dirais-tu d'un petit tour chez un négociant en vins ? Nous avons quelques cadeaux à faire.

Une heure plus tard, ils envoyaient à chacun des héritiers potentiels de Jolley, une bouteille de champagne millésimée identique. Sur la carte qui l'accompagnait, Michael avait écrit :

« Tel est pris qui croyait prendre. »

— Voilà un geste qui nous coûte cher ! commenta Pandora qui, saisie par le froid mordant du dehors, enfila ses gants et resserra son manteau sur elle.

— Considère-le comme un investissement, lui recommanda Michael.

Ce n'était pas tant l'argent que la futilité de ces agissements qui dérangeait Pandora. Le découragement s'abattit soudain sur ses épaules.

— Michael, à quoi sert tout ceci ? Nous ne serons même pas là pour voir leur tête quand ils ouvriront leur colis !

— Tu crois ça ?

Pandora lui agrippa le bras, le forçant à s'arrêter.

— Que veux-tu dire par là ?

— Simplement que lorsque quelqu'un fait une bonne blague, il a envie de voir comment réagit sa victime.

Indifférente aux passants qui les bousculaient, Pandora tenta de garder son calme.

— Peux-tu me dire en quoi le fait de vouloir empoisonner quelqu'un est une bonne blague ?

— Question de vengeance.

— Ah, je vois ! Et on peut dire que tu es expert en la matière !

A son tour, Michael agrippa fermement le bras de Pandora puis il l'entraîna sur le trottoir, quelques mètres plus loin.

— Peut-être le suis-je, en effet, grinça-t-il entre ses dents. Il me suffit même d'imaginer la peur dans leurs yeux pour être satisfait. Toi, en revanche, tu prends bien garde à ne pas laisser tes émotions te trahir, n'est-ce pas ?

— Ne t'occupe pas de mes émotions, s'il te plaît.

— C'est bien là tout le problème, déplora Michael en la plantant là.

En trois enjambées, Pandora l'avait rattrapé. Elle affronta son regard, les joues rougies par le froid et la colère.

— En vérité, tu te fiches pas mal de Lockworth, de cette bouteille de champagne ou de tes prétendus désirs de vengeance ! Non, ce qui te dérange, c'est le fait que j'aie défini notre relation dans des termes pratiques qui ne te conviennent pas.

Michael soutint sans ciller le regard de la jeune femme.

— Parfait, finit-il par conclure en lui tournant le dos pour reprendre sa route.

Mais de nouveau, Pandora était sur lui, le stoppant dans sa course.

— Tu tiens vraiment à ce que nous en parlions là, au milieu du trottoir? lui dit-il en la défiant du regard.

— Je ne te laisserai pas me détruire, juste parce que j'ai rompu avant que tu ne saisisses la première occasion de le faire!

— J'aurais voulu rompre, moi? gronda Michael en agrippant le revers de son manteau.

Tous deux se jaugeaient, ivres d'une rage contenue. En d'autres circonstances, il l'aurait trouvée superbe.

— Je n'ai pas eu le temps de réaliser ce qui m'arrivait que déjà, tu me congédiais! Dieu seul sait pourquoi tu m'attires autant, d'ailleurs!

— Toi aussi tu me plais, Michael, et je n'aime pas ça du tout!

— Il semble donc que nous avons le même problème, je me trompe?

— Oh, Michael, qu'allons-nous devenir? gémit Pandora.

Michael devina la pointe d'angoisse derrière l'agressivité de Pandora. Si l'un d'eux devait faire le premier pas, eh bien ce serait lui!

Il lui prit la main et l'entraîna à sa suite.

— Où allons-nous?

— Au Plazza.

— Tu veux dire à l'hôtel Plazza? Mais pourquoi?

— Nous allons prendre une chambre, nous enfermer à double tour et faire l'amour pendant vingt-quatre heures. Et après, nous verrons ce que nous déciderons.

— Michael, nous n'avons aucun bagage!

— Ma réputation va en prendre un sale coup, mais tant pis!

Pandora éclata de rire et se laissa traîner derrière lui.

Lorsqu'ils pénétrèrent dans l'élégant hall de l'hôtel, la chaleur qui y régnait frappa Pandora de plein fouet. Elle redoubla de nervosité. Encore une fois, elle allait agir sur un coup de tête. Et peut-être en payer les conséquences. Michael, devinant les pensées qui l'agitaient, la retint fermement par le bras.

— Espèce de lâche, lui murmura-t-il à l'oreille.

Le mot était parfaitement choisi pour désigner ce qu'elle ressentait.

— Bonjour, dit Michael en gratifiant la réceptionniste d'un sourire éblouissant. Nous voudrions une chambre.

Pandora se demanda s'il aurait usé du même sourire avec un homme.

— Vous avez une réservation ?

— Oui. Je suis Michael Donahue.

L'employée tapa sur le clavier de son ordinateur et fixa un instant l'écran.

— Je ne trouve personne à ce nom, finit-elle par dire sur un ton professionnel. J'ai bien peur que vous ne soyez pas enregistré pour le vingt-six.

— C'est encore Katie, soupira Michael en cherchant à accrocher le regard de Pandora. Je savais bien que je ne pouvais pas lui faire confiance !

Comprenant où Michael voulait l'amener, Pandora saisit la balle au bond.

— Il va bien falloir que tu te sépares d'elle un jour, mon chéri, lui dit-elle d'un ton compatissant en lui tapotant affectueusement la main. Je sais bien qu'elle est au service de ta famille depuis des décennies, mais elle approche tout de même les soixante-dix ans !

Elle s'interrompit pour laisser Michael conclure.

— Nous verrons ça à notre retour.

Puis, s'adressant de nouveau à la jeune employée.

— Apparemment, il y a eu un malentendu entre ma secrétaire et la réception. Nous ne sommes ici que pour une nuit, vous n'auriez pas une chambre de libre ?

La réceptionniste interrogea de nouveau l'écran de son ordinateur. Manifestement, Michael avait su s'attirer sa sympathie.

— Ça va être difficile, nous sommes en pleine période de fêtes. Ah! annonça-t-elle triomphalement, il me reste une suite.

— C'est parfait, déclara Michael en remplissant le formulaire que la jeune femme lui avait donné.

Il prit la clé qu'elle lui tendait et lui adressa un nouveau sourire.

— Merci beaucoup, mademoiselle.

Il glissa ensuite un pourboire dans la main du chasseur qui s'était empressé vers eux.

— Nous nous débrouillerons, merci.

L'employé nota l'absence de bagages puis fixa d'un air entendu le billet de vingt dollars.

— Il doit croire que nous sommes un couple illégitime, chuchota Pandora en entrant dans l'ascenseur.

— C'est bien ce que nous sommes, non?

Les portes ne s'étaient pas encore refermées sur eux que déjà Michael prenait Pandora dans ses bras et écrasait ses lèvres sur les siennes, ne lâchant sa bouche qu'une fois l'ascenseur arrêté au douzième étage.

— Nous ne nous connaissons pas, lui suggéra-t-il d'une voix rauque de désir. Nous venons juste de nous rencontrer, nous n'avons aucun souvenir d'enfance en commun.

Il introduisit la clé dans la serrure.

— Nous ne savons rien l'un de l'autre.

— Est-ce censé nous rendre les choses plus faciles?

Michael l'entraîna à l'intérieur.

— Nous allons bien voir.

Il ne lui laissa pas le temps d'émettre une objection ou de se débattre. A peine avait-il refermé la porte derrière eux qu'il la serrait dans ses bras, refoulant les choix, les interrogations. Pandora, de son côté, acceptait pour la première fois de s'abandonner totalement, sans arrière-pensées.

Ils oublièrent ce qui les préoccupait pour se perdre dans le désir qu'ils avaient l'un de l'autre, chacun désirant tirer de l'autre le maximum.

Ils se déshabillèrent à la hâte, jetant pêle-mêle leurs vêtements par terre, riant comme deux adolescents lorsque leurs corps emmêlés glissèrent lentement sur la moquette.

Ce fut un acte désespéré où amour et haine se mélangeaient étroitement. Ils avaient l'impression de se découvrir pour la première fois. Leurs mains, leurs bouches, exploraient des zones qu'ils pensaient inconnues. Les caresses qu'ils se prodiguaient faisaient frissonner un peu plus leurs corps en fusion. Leurs bouches, chaudes, avides, se cherchaient, se trouvaient, ne se lâchaient que pour mieux se reprendre.

Le cœur de Pandora n'avait jamais battu aussi vite. Son corps ne s'était jamais tendu aussi désespérément vers le plaisir, vers Michael. Pour la première fois, il voulait plus, il voulait tout. Elle se plaqua un peu plus contre son amant, dévorant de baisers chaque parcelle de peau qui s'offrait à sa bouche, promenant ses mains fébriles sur chaque courbe, chaque angle, jusqu'à le rendre fou d'excitation.

Michael répondait avec passion aux exigences de Pandora, jouant de tous ses sens aiguisés. Pas un centimètre du corps palpitant de la jeune femme qu'il n'eût voulu goûter, toucher, sentir. Elle s'offrait, splendide, impudique, comme jamais aucune femme ne s'était offerte.

Pandora, elle, ignorait qu'un homme pouvait donner autant. Ivre de désir et de volupté, elle cambra les reins, invitant Michael à plus de plaisir. Il se grisa longtemps du goût sucré salé de ses cuisses, de son intimité moite. Et lorsqu'il la sentit au bord de l'extase, il se glissa en elle, l'entraînant dans un tourbillon passionné.

Pandora s'abandonnait, telle une poupée de chiffon, vulnérable, docile. A cet instant précis, Michael aurait pu lui demander n'importe quoi, elle se serait pliée à ses exigences. Mais il ne demandait rien. Il donnait.

Ils ondulèrent ainsi, sur la crête du plaisir, durant de longues heures. Et lorsque la nuit fut tombée, plongeant la pièce dans l'obscurité, Pandora ferma les yeux pour tenter de retenir à l'infini ce bonheur intense qui la submergeait.

Ils restèrent longtemps imbriqués l'un dans l'autre, avec pour seul matelas leurs vêtements épars. Le jour filtrait par les tentures épaisses lorsque Pandora reprit mollement pied dans la réalité. L'odeur animale de leurs corps toujours emmêlés emplissait la pièce. Une mèche de cheveux de Michael lui chatouillait la joue, elle entendait son cœur battre contre le sien.

Tout avait été si vite ! Ou peut-être avait-elle perdu toute notion du temps ? La seule chose dont elle était sûre c'était que jamais aucun homme ne lui avait donné autant de plaisir. Ou plutôt, jamais ne s'était-elle autorisé autant de plaisir. Tant de sentiments étranges pouvaient vous assaillir lorsque vous souleviez le couvercle de la passion ! Des sentiments comme l'affection… la tendresse. Peut-être même l'amour.

Elle passa une main tendre dans les cheveux de Michael, puis la laissa retomber. Elle ne devait pas tomber dans le piège de l'amour. Car Michael n'était pas le genre d'homme que l'on pouvait aimer de manière pragmatique. Il ne suivrait pas les règles du jeu.

Elle serait sa maîtresse, mais elle s'interdirait de l'aimer. Car il était bien évident que leurs tempéraments volcaniques empêcheraient désormais toute relation platonique. Elle ne risquerait donc pas son cœur dans l'aventure. Elle songea, l'espace d'une seconde, qu'il était déjà trop tard. « Foutaises », se chapitra-t-elle en repoussant cette pensée de toutes ses forces. Ce que Michael et elle vivaient n'était ni plus ni moins qu'une relation basée sur le sexe. Une sorte d'arrangement qui les satisfaisait tous les deux.

Michael bougea à peine, juste de manière à ce que sa bouche effleure la gorge de la jeune femme.

— Tu as trouvé ? murmura-t-il.

— Que veux-tu dire ?

— As-tu défini les règles de notre relation ?

Il quitta la gorge de Pandora pour la regarder dans les yeux. Il ne souriait pas mais la jeune femme sut déceler la lueur d'amusement qui dansait au fond de ses prunelles.

— Je ne vois pas de quoi tu veux parler, éluda-t-elle.

— Allons, Pandora ! Je lis en toi comme dans un livre ouvert, et je sais exactement ce qui se passe dans cette jolie tête.

Troublée par tant de perspicacité, Pandora esquiva de nouveau.

— Je croyais que nous venions juste de nous rencontrer, rappela-t-elle sur le ton de la plaisanterie.

— Justement ! Tu ignores donc que je suis devin. Tu étais en train de te dire que…

Sa bouche mordillait à présent les lèvres de Pandora.

— Qu'il y avait sûrement un moyen de garder notre relation sur un terrain neutre, reprit-il à mi-voix. Tu essayais de trouver un moyen de ne pas tomber amoureuse de moi. Tu as donc décidé que notre relation resterait purement sexuelle et que nous éviterions tout débordement romantique.

Cet homme la rendait folle, se disait Pandora, attentive aux caresses qui faisaient frémir son corps.

— Oui, comme tu vois, je n'ai pas perdu le bon sens qui me caractérise !

— Moi, je préfère quand ton corps devient ardent et que tu perds la tête, lui susurra-t-il. Mais…

Il lui ferma la bouche d'un baiser.

— Nous ne pourrons passer notre vie au lit. Et je ne crois pas à ce genre de relation. Je ne pense pas que deux amants puissent indéfiniment brider leurs sentiments.

— Tu en parles en connaissance de cause !

— C'est exact.

Il s'assit, forçant Pandora à faire de même.

— Aussi, laisse-moi te dire ceci : tu peux museler tes sentiments à mon égard, tu peux qualifier notre relation « d'arrangement » si ça te chante, tu peux cracher sur le romantisme, ça n'a aucune importance.

Il marqua une pause, saisit la crinière de Pandora entre ses mains, obligeant ainsi la jeune femme à le fixer et poursuivit d'une voix étonnamment calme.

— Mais je t'aurai, *cousine*. Je t'aurai jusqu'à ce que ma pensée t'obsède, nuit et jour. Jusqu'à ce que je te sois devenu indispensable et que tu me supplies de ne pas te quitter.

Pandora réprima le tremblement qui la secouait. Elle savait, avec certitude, qu'il avait raison.

— Et moi, laisse-moi te dire ceci : je te trouve arrogant, égocentrique et d'une rare naïveté !

— Tu as parfaitement raison. Quant à toi, sache que tu es bornée, orgueilleuse et un brin perverse. Mais peu importe, Pandora. Il n'en reste pas moins qu'il faudra bien que l'un de nous remporte la partie.

Assis sur la pile de leurs vêtements, ils se jaugèrent un instant en silence.

— Dois-je comprendre qu'il s'agit là des règles d'un nouveau jeu ? murmura Pandora.

— Qui sait ? répondit Michael.

Il se leva, puis après avoir aidé Pandora à faire de même, il la porta dans ses bras.

— Michael, tu n'as pas besoin de me porter ! protesta faiblement la jeune femme.

— Si.

Chargé de son précieux fardeau, il traversa la pièce et se dirigea vers la chambre.

Pandora fit mine de se débattre, puis renonça. « Juste pour cette fois », décida-t-elle.

Forte de cette résolution, elle se détendit et laissa sa tête rouler contre le torse de son amant.

9

Janvier s'installa, porteur de bourrasques de vent glacial et de chutes de neige quotidiennes, chaque jour paraissant encore plus froid que le précédent. C'était le mois des températures polaires qui emmenait avec lui son lot de canalisations gelées ou éclatées. Les chaudières tournaient à plein régime, les voitures refusaient de démarrer. Pandora adorait cette ambiance hivernale et ne quittait son atelier, pourtant frais malgré le chauffage électrique poussé à fond, que lorsque ses doigts étaient engourdis d'avoir trop travaillé. Elle se perdait alors dans la contemplation des esquisses que le givre avait dessinées sur les vitres, se plaisant à en interpréter les formes improbables.

En cette saison, les routes étaient souvent impraticables, isolant un peu plus « La Folie » et ses occupants du reste du monde. Mais Pandora s'en réjouissait. Les placards regorgeaient de provisions, du bois était stocké en quantité, tout avait été prévu pour que tous quatre ne manquent de rien. Les journées s'étiraient, courtes et productives ; les nuits, longues et reposantes. Et depuis le malaise de Bruno, l'hiver égrenait tranquillement ses jours, aucun incident notable n'étant jusque-là venu troubler l'ordre des choses.

Vraiment ? songeait Pandora tout en martelant dans des gestes précis le cuivre d'un bracelet. Elle ne pouvait pourtant pas faire comme si rien ne s'était passé.

Qu'avait donc essayé de lui prouver Michael en déposant sur son oreiller un bouquet de violettes ? Et par quel miracle avait-il réussi à trouver ces délicates petites fleurs en plein hiver ? Elle avait bien tenté de l'interroger mais il avait souri et lui avait répondu que les violettes n'étaient pas hérissées d'épines. Quel genre de réponse était-ce là ? se demandait-elle encore en examinant à présent le fermoir du bracelet. Elle reposa sa loupe, satisfaite du résultat.

Une autre fois, elle avait trouvé sa chambre décorée d'une douzaine de petites bougies multicolores. Lorsqu'elle avait demandé à Michael s'il y avait eu une panne de courant, de nouveau il avait souri, puis il l'avait entraînée sur le lit.

A plusieurs reprises également, Michael avait pris les mains de la jeune femme entre les siennes et, jusqu'à l'aube, serré contre elle, il lui avait murmuré des mots doux à l'oreille. Une autre fois encore, il s'était invité à la rejoindre sous sa douche, faisant taire ses objections par des caresses auxquelles elle ne pouvait résister.

Elle avait vu juste : Michael ne suivait pas les règles.

Il ne s'était pas trompé : Pandora était en train de craquer.

D'un geste machinal, Pandora commença à polir le cuivre. Au cours des quinze derniers jours, elle avait réalisé une demi-douzaine de bracelets du même genre. Clinquants à souhait, incrustés de grosses pierres ou martelés grossièrement. Ces créations seyaient à son humeur : audacieuses, un peu folles. Elle se fiait à son instinct, et son instinct lui disait qu'elle allait les vendre plus vite qu'elle ne pourrait les fabriquer. Et elle serait copiée tout aussi rapidement.

Peu lui importait qu'on reproduise, à quelques nuances près, son modèle d'origine. Le principal étant qu'on sache qu'il s'agissait d'imitations.

Satisfaite du résultat, elle fit tourner le bracelet entre ses doigts. Non, personne ne pourrait ignorer que ce bracelet sortait de l'atelier de la jeune créatrice. Car une fois encore, elle n'avait obéi à aucune règle, poussée par sa seule passion. Elle ne réfléchissait jamais en termes de profit, ne calculant sa marge bénéficiaire qu'une fois son œuvre achevée.

Pandora laissa échapper un soupir. Oui, de ses créations émanait toute l'honnêteté qui la caractérisait. Mais que restait-il de cette honnêteté dans sa vie personnelle ? S'y montrait-elle aussi sincère que dans son travail ? Combien de fois au cours des semaines passées avait-elle feint de ne ressentir aucune émotion à l'égard de Michael ? Elle qui se vantait de ne jamais mentir ! Et pour qui, sur l'échelle des valeurs qui étaient les siennes, l'intégrité figurait en première place !

Il était temps d'affronter la réalité, se dit-elle. D'affronter ses sentiments, de sonder son cœur et ses pensées.

Depuis quand était-elle amoureuse de Michael ?

Incapable de tenir en place plus longtemps, elle se leva et se mit à arpenter la pièce. Des semaines ? Des mois ? Des années ? Elle ne savait pas exactement. Mais elle était sûre de la force de ses sentiments pour lui. Elle l'aimait. Comme jamais elle n'avait aimé un homme. Ne se fixant, pour la première fois de sa vie, aucune limite à l'amour qu'elle lui portait. Elle l'admettait, même si elle savait qu'un tel renoncement à son indépendance était suicidaire. Et tant pis si elle se trouvait ridicule !

Pandora essuya la buée sur les vitres et regarda les gros flocons s'écraser au sol. Elle avait cru qu'en acceptant la vérité, elle se sentirait délivrée d'un poids. Il n'en était rien.

En effet, quelles solutions se présentaient à elle ? Elle pourrait en parler à Michael. Et prendre le risque de le voir s'esclaffer avant de passer à une autre conquête ? Non merci ! Car elle était bien consciente que sa liaison avec Michael ne résisterait pas au temps. D'ailleurs, elle-même n'y tenait pas. Du moins essayait-elle de s'en persuader en rangeant nerveusement ses outils. La deuxième solution serait de rompre et de quitter la maison. Mais dans ce cas, ce serait donner satisfaction à sa famille. Ce qu'ils s'acharnaient à faire sans résultat depuis le début de leur installation, elle le leur apporterait sur un plateau, juste en écoutant la voix de la raison. Car la raison lui dictait de partir. De fuir, plus exactement. Et ainsi, elle ferait non seulement preuve de lâcheté, mais aussi de traîtrise. Non, elle ne laisserait pas tomber l'oncle Jolley. Elle ne prendrait pas la fuite. Ce qui ne lui laissait plus qu'une solution : continuer et faire comme si de rien n'était.

Elle allait rester avec Michael, elle continuerait à faire l'amour avec lui, à partager ses nuits, ses repas. Mais elle fermerait son cœur à cette relation. Et lorsque le moment serait venu, elle le quitterait. Sans regrets.

Oui, il l'avait eue, comme il disait. Et c'est pour cette raison qu'elle l'aimait et le détestait à la fois.

Encore sous le choc de cette introspection, Pandora ferma à clé la porte de l'atelier et traversa la pelouse enneigée à grandes enjambées.

— La voilà ! s'écria Sweeney qui, loin de renoncer, avait déjà élaboré un nouveau plan d'attaque.

Elle s'éloigna de la fenêtre et alla rejoindre Charles.

— Ça ne marchera jamais, grommela ce dernier.

— Mais bien sûr que ça va marcher ! Et pour le plus grand bien de ces deux amoureux qui s'ignorent. Quelle pitié ! Ils devraient être mariés depuis longtemps, ces deux-là !

— Sweeney, nous nous mêlons de ce qui ne nous regarde pas !

— Ce que tu peux être rabat-joie ! commenta la vieille servante en venant s'asseoir à côté de lui. Si nous ne les aidons pas, qui le fera ? Tu peux me le dire ? Rappelle-toi que personne ne viendra plus frapper à cette porte s'ils perdent la maison. Alors maintenant, fais ce que je te dis ! Prends ce torchon et évente-moi. Et surtout, aie l'air fatigué !

— Ça sera facile. Je *suis* fatigué ! ronchonna Charles en prenant le torchon des mains de Sweeney.

Lorsque Pandora entra dans la cuisine, la vieille servante était affalée sur une chaise, la tête renversée en arrière, les yeux clos tandis que Charles agitait vainement un torchon devant son visage.

— Mon Dieu ! Que se passe-t-il, Charles ? Est-elle évanouie ?

Mais déjà Pandora était auprès de Sweeney, donnant des ordres.

— Charles, appelez Michael. Vite ! Sweeney, c'est Pandora. Avez-vous mal quelque part ?

Sweeney réprima un petit sourire de satisfaction puis elle battit des cils, faisant mine de revenir à elle.

— Ce n'est rien, Mademoiselle Pandora. C'est encore ces maudits vertiges. De temps en temps mon vieux cœur a tendance à s'emballer...

— J'appelle un médecin tout de suite.

Mais d'une main étonnamment ferme, Sweeney empêcha la jeune femme de bouger.

— Ce n'est pas la peine, dit-elle d'une voix qu'elle voulait mourante. Je l'ai vu il y a quelques mois et il m'a assuré que ce n'était pas grave.

— Et moi, je crois au contraire que ça l'est. Vous travaillez trop, Sweeney, il faut que ça cesse !

Une pointe de culpabilité vrilla le cœur de Sweeney. Elle voyait bien ce que Pandora entendait par là.

— Je vous assure, Mademoiselle Pandora, il n'y a pas de quoi vous tracasser.

Arrivé en trombe dans la cuisine, Michael se précipita à son tour au chevet de Sweeney. Il s'agenouilla auprès d'elle et lui prit la main.

— Qu'y a-t-il ? demanda-t-il au comble de l'inquiétude. Sweeney ?

— Regardez-moi un peu tout ce dérangement, gémit la vieille femme. Ce n'est rien, répéta-t-elle. Le docteur a juste dit qu'il fallait que je me ménage un peu.

Elle lança un regard entendu à Charles qui comprit que le moment était venu pour lui d'intervenir.

— Et tu sais ce qu'il a ajouté.

— Charles..., feignit de protester Sweeney.

— Tu dois te reposer et garder le lit deux ou trois jours, précisa-t-il.

Satisfaite du jeu de son complice, Sweeney poursuivit sur le même mode.

— Des sornettes, tout ça! J'irai très bien d'ici à quelques minutes. D'ailleurs j'ai le dîner à préparer.

La voix de Michael s'éleva, autoritaire, tranchante.

— Vous ne préparerez rien du tout!

Puis l'aidant à se lever, il ajouta, non moins sévère.

— Au lit, et il n'y a pas à discuter!

— Mais qui va s'occuper de mon travail? feignit de s'indigner Sweeney. Je ne veux pas que Charles vienne rôder dans ma cuisine.

Michael venait de franchir le seuil, Sweeney dans les bras, lorsque Charles se souvint de la dernière partie de son rôle. Il se mit à tousser, affichant un air souffreteux.

— Non mais écoutez-moi ça! râla Sweeney. Pour sûr qu'en plus il m'infecterait cet endroit!

— Charles, s'enquit Pandora, depuis quand toussez-vous ainsi?

Au bout de quelques secondes de réponses oiseuses, Pandora se leva d'un bond.

— Ça suffit! Tous les deux au lit! Michael et moi nous nous chargerons de tout.

Prenant le vieil homme par le bras, elle lui montra la porte.

— Allez, et je ne veux entendre aucune protestation! Je vais vous préparer du thé. Michael, assure-toi que Charles ne manque de rien, je m'occuperai de Sweeney.

Une demi-heure plus tard, le plan de Sweeney avait réussi : Michael et Pandora étaient enfin réunis.

— Bon, dit Pandora en se servant une tasse de thé. Ils sont bien installés et n'ont pas de fièvre. Ils devraient aller mieux d'ici à quelques jours. Tu en veux? demanda-t-elle en désignant la théière.

Michael eut une moue de dégoût et alla brancher la cafetière électrique.

— Tu as raison, ils ont besoin d'être dorlotés. Nous veillerons sur eux à tour de rôle.

— Mmm, acquiesça Pandora en faisant l'inventaire du réfrigérateur.
— Comment allons-nous nous organiser ? s'enquit-elle. Pourras-tu te charger des repas ?
— Bien sûr, certifia Michael en allant chercher une tasse dans le placard. Je n'ai rien d'un cordon-bleu mais je me débrouille. Et toi ?
— Moi ?
Pleine d'espoir, Pandora souleva le couvercle d'une boîte hermétique avant de répondre.
— Je sais cuire un steak et brouiller des œufs. Autre chose serait hasardeux.
— La vie ne vaut rien sans risques, plaisanta Michael en allant rejoindre la jeune femme. Regarde, il nous reste une moitié de tarte aux pommes.
— Ça n'est pas vraiment un repas.
— Ce sera parfait pour moi.
Joignant le geste à la parole, il prit la part de tarte et alla chercher une cuillère. Pandora le regarda s'asseoir à table et commencer à manger.
— Tu en veux ?
Elle s'apprêtait à refuser mais décida finalement de ne pas bouder son plaisir.
— Et nos malades ?
— Soupe, répondit Michael entre deux bouchées. Je ne connais rien de meilleur qu'une bonne soupe chaude pour vous remettre sur pied. Mais laissons-les d'abord se reposer.
Pandora approuva d'un léger signe de tête et vint s'asseoir en face de Michael.
— Michael…, commença-t-elle.
Elle chipota dans son assiette, hésitant à poursuivre. Elle réfléchissait depuis des jours à la façon d'aborder le sujet. Le moment lui parut bien choisi.
— Je pensais à quelque chose, reprit-elle enfin. Dans deux mois, nous hériterons des biens d'oncle Jolley puisque les avocats

de Carlson lui ont fortement déconseillé de contester le testament de son père.

— Et alors ?

— Et alors nous devrons nous partager l'héritage.

— C'est exact.

Pandora reposa sa cuillère.

— Pourquoi me regardes-tu en souriant ?

— Parce que le spectacle est charmant. Je me sens bien là, dans cette cuisine, en ta compagnie. Je me sens… Comment dire ? Détendu.

C'était exactement le genre de déclarations que Pandora ne voulait pas entendre. Elles la rendaient trop vulnérable. Elle le fixa un instant, puis baissa les yeux sur son assiette.

— Je préférerais que tu ne dises rien, dit-elle dans un souffle.

— C'est faux, affirma Michael. Tu disais donc…

Pandora prit le temps d'avaler une deuxième bouchée de tarte.

— Oui, je disais donc que nous allons hériter pour moitié de cette maison mais que nous n'y vivrons plus ensemble. Sweeney et Charles y seront seuls et après ce qui vient de se passer, il n'en est plus question. Je me ferais beaucoup trop de souci pour eux.

— Tu as parfaitement raison. Et… tu as trouvé une solution ?

— Eh bien… j'envisageais de vivre ici une partie de l'année.

Elle décida que finalement, elle n'avait pas faim et repoussa son assiette.

— En fait, je voudrais m'y installer définitivement, lâcha-t-elle précipitamment.

Michael devina une pointe de nervosité sous l'apparente assurance de la jeune femme.

— A cause de Charles et de Sweeney ? demanda-t-il, sceptique.

— En partie.

Elle but une gorgée de thé, reposa délicatement sa tasse, picora de nouveau dans son assiette. Elle n'avait pas pour habitude de justifier ses décisions. Mais parce que la situation s'avérait délicate, elle décida de faire une exception. En outre, elle ressentait le besoin de parler à Michael et de se racheter en faisant preuve d'honnêteté envers lui.

— Je me suis toujours sentie chez moi ici, mais je n'avais jamais compris à quel point j'ai un besoin viscéral de cette maison. Tu comprends, Michael, ça ne m'est jamais arrivé d'avoir une maison rien qu'à moi.

Surpris. Le mot était faible pour qualifier ce que Michael ressentait. Il avait toujours considéré Pandora comme une enfant gâtée, une carriériste ambitieuse sachant saisir les opportunités qui s'offraient à elle, mais certainement pas comme une grande sentimentale.

— Mais tes parents...
— Sont merveilleux, je sais, termina Pandora. Je les adore et il n'y a rien en eux que je changerais. Mais...

Comment lui expliquer ? Il fallait qu'elle trouve les mots.

— Nous n'avons jamais eu de cuisine comme celle-ci. Un endroit chaleureux où se retrouver pour partager des repas en famille. Une pièce dont on sait qu'elle gardera son âme. Bien sûr, tu ne peux pas comprendre. Ça te paraît idiot, n'est-ce pas ?

Michael prit les mains de la jeune femme entre les siennes.

— Pas du tout.
— Je veux un foyer bien à moi, dit-elle simplement. Je veux « La Folie ». Et je veux rester ici après la fin de notre contrat.
— Pourquoi me racontes-tu tout ça, Pandora ?

Il y avait tant de raisons ! Mais elle ne lui donnerait que celle qui la gardait à l'abri.

— Dans deux mois, répéta-t-elle, la maison t'appartiendra aussi bien qu'à moi. Selon les termes du testament...

Michael lâcha un juron et, d'un geste brusque, lâcha la main de Pandora. Il se leva brutalement de sa chaise et, les mains enfoncées dans les poches de son jean, alla à grands pas jusqu'à la fenêtre. L'espace d'un instant, d'un tout petit instant, il l'avait crue sur le point de flancher. Sa voix lui avait paru si douce ! Un effet de son imagination, sans doute ! « Selon les termes du testament ! » Cela ressemblait bien à l'idée qu'il s'était faite d'elle. Il avait assez attendu.

— Qu'espères-tu, Pandora ? Ma permission ?

Troublée par ce revirement, la jeune femme garda les yeux obstinément baissés sur la table.

— Je voulais que tu me comprennes. Que tu m'approuves.

— Eh bien je te comprends et je t'approuve, déclara Michael d'un ton sec.

— Je ne vois pas pourquoi tu te montres soudain si désagréable ! Après tout, tu n'avais pas l'intention de t'installer dans cette maison, que je sache !

— Je n'ai fait aucun projet, moi, murmura-t-il. Mais peut-être le moment est-il venu d'en faire.

— Michael, je ne voulais pas te contrarier.

Il se retourna lentement vers elle et lui sourit.

— Je sais.

Quelque chose dans sa voix alarma Pandora. Elle préféra avancer prudemment.

— Cela t'ennuierait tant que ça, que je veuille vivre ici ?

Il fut surpris de la voir se lever et se diriger vers lui, main tendue vers la sienne. Elle lui manifestait si peu de gestes de tendresse.

— Non, pourquoi ?

— Parce que tu vas hériter de la moitié de cette maison.

— Nous pourrions essayer de trouver un compromis.

— Et si je rachetais ta part ? Cela simplifierait les choses.

— Non.

Le ton était tranchant, sans appel.

— Ce n'était qu'une suggestion, hasarda-t-elle timidement.

— Oublie-la.

Il se détourna brusquement pour se mettre en quête d'un sachet de soupe.

Pandora resta un moment sans bouger, fixant les muscles de Michael tendus à l'extrême. Elle se rapprocha de lui et passa tendrement ses bras autour de sa taille.

— Excuse-moi, Michael, je suis maladroite. Je ne dis jamais ce qu'il faudrait. Finalement, les choses étaient plus simples lorsque nous nous chamaillions sans cesse.

Michael se tourna vers elle et prit son visage entre ses mains. L'espace de quelques secondes, ils furent amis. Amants.

— Pandora...

Comment lui dire qu'il ne pouvait envisager de la perdre ? Comment réagirait-elle s'il lui avouait qu'il voulait continuer à vivre avec elle ? Comment pourrait-elle accepter l'idée qu'il l'aimait depuis des années, quand lui-même ne l'avait pas encore acceptée ? Il déposa un baiser chaste sur son front et conclut simplement :

— Allons préparer la soupe de nos malades.

Ils découvrirent au fil des jours qu'ils pouvaient partager les tâches quotidiennes de la maison, en toute harmonie. Ils cuisinaient, faisaient la vaisselle, le ménage, dorlotaient leurs serviteurs, les invitant même à s'installer près du feu tandis qu'eux-mêmes leur servaient le thé. Il y avait bien des moments où Sweeney brûlait d'impatience de sortir de son lit pour reprendre son travail et où Charles ruminait sa mauvaise conscience, mais tous deux s'accordaient à dire qu'ils agissaient pour le bien des deux jeunes gens.

Michael n'était pas sûr de s'être senti un jour aussi heureux. Il raffolait de ce rôle, nouveau pour lui, de maître de maison. Il consacrait des heures à son travail, enfermé dans son bureau, son imagination bouillonnant d'idées nouvelles, puis la réalité reprenait ses droits et avec elle ses odeurs de cire et de cuisine. Il avait un foyer, une femme, et il entendait bien les garder.

En fin d'après-midi, il allumait un feu dans la cheminée du salon où Pandora et lui avaient pris l'habitude de s'installer pour boire un café après le dîner. Quelquefois, ils discutaient tranquillement, d'autres fois ils disputaient d'âpres parties de rami.

Une petite vie paisible, qui aurait pu paraître ordinaire sans la présence de Pandora.

Ce soir-là, Michael était en train d'allumer le feu lorsque Bruno déboula dans la pièce, renversant un guéridon sur son passage. Des bibelots en porcelaine se brisèrent sur le sol avec fracas.

— Toi, tu mériterais qu'on t'inscrive dans un centre de dressage ! tonna Michael en ramassant les morceaux épars.

En un mois à peine, Bruno avait déjà doublé de taille. Sans doute allait-il devenir un chien énorme. Les dégâts à peine réparés, Bruno se faufila sous le canapé, manifestement en quête d'une nouvelle bêtise à faire.

— Qu'est-ce que tu as trouvé là-dessous ? demanda Michael, soupçonnant le jeune chien d'un nouveau larcin.

— Je te préviens, menaça Michael, si c'est le poulet prévu pour le dîner, je t'enferme toute la nuit dans le garage !

Michael se mit à quatre pattes et regarda sous le sofa. Bruno était en train de mâchouiller consciencieusement une de ses chaussures.

— Bon sang ! s'écria Michael en lançant la main dans le vide pour attraper le chien. Mais celui-ci, croyant à un jeu, s'était mis à ramper un peu plus loin sans lâcher sa proie.

— Cette chaussure vaut cinq fois plus que toi, sale bête ! Rapporte-la immédiatement !

Michael s'aplatit sur le sol et se glissa le plus loin possible sous le canapé.

— Quel tableau charmant ! s'exclama Pandora en entrant dans la pièce. Mais dis-moi, Michael, tu es en train de jouer avec Bruno ou de faire la poussière ?

— Je vais en faire une carpette, de ce chien !

— Allons, allons, mon chéri ! Tu me sembles un peu à cran ce soir. Bruno, viens ici, mon bébé.

Au son de la voix de sa maîtresse, le chiot sortit de sa cachette et, son trophée serré fièrement entre les crocs, caracola dans sa direction.

— Est-ce ce que tu cherchais ? demanda Pandora en exhibant la chaussure d'une main tandis que de l'autre elle félicitait l'animal.

A son tour, Michael sortit de dessous le canapé et vint prendre sa chaussure couverte de bave des mains de Pandora.

— C'est la deuxième qu'il me bousille ! Et évidemment, il n'a même pas l'intelligence de prendre les deux chaussures d'une même paire, fulmina Michael.

Pandora baissa les yeux sur ce qui avait été un beau cuir italien.

— D'habitude, tu ne portes que des baskets ou de vieilles bottes avachies.

Michael ignora la remarque de Pandora et frappa sa chaussure contre la paume de sa main. Bruno, la langue pendante, le fixait avec vénération.

— Tu peux bien faire ton cinéma ! Tu iras au centre de dressage, mon vieux !

— Oh, Michael ! gémit Pandora. Nous ne pouvons nous séparer de notre enfant ! Ce n'est qu'une mauvaise passe.

— Cette mauvaise passe, comme tu dis, m'a coûté deux paires de chaussures et mon dîner d'hier soir. Et je ne te parle même pas du pull qui a disparu la semaine dernière !

— C'est ta faute aussi, si tu ne laissais pas traîner tes affaires. Quant à ton pull, il était tellement usé que Bruno a dû penser que c'était un vieux chiffon.

— C'est quand même bizarre qu'il ne prenne jamais tes affaires.

— C'est vrai, dit Pandora en lui souriant.

Michael regarda longuement la jeune femme et vit danser dans ses yeux une telle flamme d'excitation qu'il estima clos le chapitre de la chaussure.

— Qu'y a-t-il, Pandora ? Tu as l'air bien contente !

— J'ai reçu un coup de fil cet après-midi.

— Et… ?
— De Jacob Morison.
— Le producteur ?
— Oui ! Lui-même !
Pandora laissa éclater sa joie.
— Il va tourner un film avec Jessica Wainwright !
Jessica Wainwright. Une des plus grandes comédiennes de sa génération. Brillante. Excentrique.
— Je croyais qu'elle s'était retirée de la scène. Elle n'a rien joué depuis cinq ans.
— C'est exact, mais elle a accepté ce nouveau rôle lorsqu'elle a appris que le metteur en scène serait Billy Mitchell.
— Je vois qu'ils ont mis tous les atouts de leur côté.
— Jessica va tenir le rôle d'une vieille comtesse à moitié folle, cloîtrée dans sa propriété, et qui, peu à peu, reprendra pied avec la réalité grâce à sa petite-fille. Et devine qui va jouer la petite-fille ? Cass Barclay !
— Voilà un oscar en perspective. Mais vas-tu me dire à la fin, pourquoi Morison t'a téléphoné ?
— Figure-toi que Wainwright est une grande admiratrice de mes créations ! Et elle veut que je dessine tous les bijoux de la comtesse ! Tous ! Tu te rends compte !
Elle éclata de rire et fit une petite pirouette.
— Morison m'a avoué qu'il avait réussi à sortir Jessica de sa retraite en lui promettant de lui offrir tout ce qu'il y aurait de mieux pour elle, précisa-t-elle. Et elle m'a choisie. Moi !
Michael prit Pandora dans ses bras et l'entraîna dans une valse échevelée. Bruno, qui voulait être de la fête, se mit à bondir autour d'eux en aboyant joyeusement.
— Nous allons fêter ça dignement, annonça Michael sans lâcher la jeune femme. Ce soir, champagne avec notre poulet !
Pandora se serra un peu plus contre Michael.
— J'ai quand même un peu honte.
— Pourquoi ?
— Parce que j'ai toujours dénigré le star-système. Et que

tout en parlant à Morison j'entrevoyais les opportunités qui m'étaient offertes. C'est pour moi un tremplin inespéré. Lorsque j'ai raccroché, je n'en revenais toujours pas ! Jessica Wainwright, Jacob Morison ! Tout d'un coup, je me suis sentie l'âme d'une midinette.

— Cela prouve au moins que tu n'es pas aussi snob que tu le laisses paraître, commenta Michael. Je suis fier de toi, ajouta-t-il en l'embrassant tendrement.

Pandora en fut saisie de surprise. La joie intense qu'elle ressentait fut éclipsée par ces quelques mots. A l'exception de Jolley, personne ne lui avait jamais témoigné de fierté. Ses parents avaient l'habitude de lui exprimer leur amour d'une petite tape affectueuse sur la tête. Pour elle, la fierté qu'on éprouvait pour quelqu'un était indissociable de l'affection qu'on lui portait.

— C'est vrai ? demanda-t-elle d'une voix tremblante.

Surpris, Michael la serra un peu plus contre lui et l'embrassa de nouveau.

— Bien sûr !

— Pourtant, j'avais l'impression que tu ne portais pas grande estime à mon travail.

— Tu te trompes. J'ai toujours admiré tes créations mais je trouvais simplement dommage que tu travailles à une si petite échelle. Je ne suis quand même pas aveugle, Pandora, et même si certains de tes bijoux ne sont pas à mon goût, j'ai toujours su reconnaître en toi une grande créatrice.

Pandora laissa échapper un profond soupir.

— Eh bien ! C'est un jour à marquer d'une pierre blanche ! J'ai toujours cru que tu me considérais comme une gamine capricieuse qui jouait à enfiler des perles parce qu'elle ne voulait pas affronter ce qui, à tes yeux, était un vrai métier. D'ailleurs, tu me l'as dit un jour.

Michael lui adressa un sourire espiègle.

— C'est parce que je savais que cela te rendrait furieuse. Et tu es si belle quand tu es en colère !

Pandora hésita un instant puis se lança.

— Tu sais, moi aussi j'ai une confidence à te faire.

Le corps de Michael se raidit imperceptiblement, puis il lâcha d'un ton qu'il voulait dégagé :

— Vas-y, je t'écoute.

— Eh bien, j'ai regardé la cérémonie des « Emmy Awards » chaque fois que tu étais nominé.

L'appréhension céda la place à une incrédulité totale puis Michael éclata d'un grand rire sonore.

— Peux-tu répéter ce que tu viens de dire ? demanda-t-il lorsqu'il eut retrouvé son sérieux.

— Chaque fois, confirma Pandora, les joues en feu. Et j'étais folle de joie lorsque tu remportais le trophée.

Elle marqua une pause pour s'éclaircir la gorge puis reprit d'une petite voix.

— J'ai même suivi plusieurs épisodes de *Logan's Run*.

Michael, attendri, écoutait la jeune femme, comme si elle était en train de confesser un péché de la plus haute importance.

— Pourquoi ?

— Oncle Jolley m'en rebattait sans cesse les oreilles. Alors j'ai voulu juger par moi-même. Evidemment, ce n'était que pure curiosité intellectuelle, crut-elle bon de rajouter.

— Evidemment ! Et alors… ?

Pandora haussa négligemment les épaules avant de répondre.

— Dans son genre…, commença-t-elle évasivement.

Michael tira légèrement une mèche des cheveux de la jeune femme.

— Certaines personnes n'avouent que sous la torture.

Pandora se mit à rire de bon cœur, cherchant à se soustraire à l'emprise de Michael.

— C'est bon, c'est bon, j'avoue ! dit-elle tandis que Michael tirait un peu plus fort. Moi aussi, j'ai adoré.

— Pour quelles raisons ?

— Michael, tu me fais mal !

— « Nous avons les moyens de vous faire parler ! », dit-il d'un ton gentiment moqueur.

— J'ai aimé parce que les personnages sont crédibles, parce que l'intrigue est bien menée. Et parce que… tu as un vrai style, qui n'appartient qu'à toi.

Lorsqu'il la libéra pour déposer un baiser sonore sur sa joue, elle fit mine de le repousser.

— Je te préviens, si tu t'avises de répéter ce que je viens de te dire, je nierai tout en bloc !

— Ce sera notre petit secret, murmura Michael en l'embrassant, cette fois plus sensuellement.

Pandora commençait à s'habituer à l'étrange sensation qu'elle éprouvait au simple contact des lèvres de Michael sur les siennes. Elle se plaqua plus étroitement contre lui, jouissant de leurs corps parfaitement imbriqués l'un dans l'autre, de leurs deux cœurs qui battaient à l'unisson. Elle guetta dans ses yeux la flamme de son désir puis, à son tour, prit sa bouche avec avidité.

Il y aurait des conséquences, inévitables. Mais ne les avait-elle pas déjà acceptées ? Il y aurait de la souffrance. Mais ne souffrait-elle pas déjà ? Si elle sentait les rênes de son destin lui échapper dangereusement, du moins se sentait-elle maîtresse de l'instant présent. Elle devait s'en satisfaire. Elle fit passer dans ce baiser tous ses espoirs, toutes ses craintes, toutes ses émotions contradictoires.

Elle faisait souvent preuve d'une passion sauvage, érotique. Mais Michael n'avait jamais ressenti en elle cette émotion pure, presque désespérée, qu'elle lui transmettait à travers ce baiser. Un mélange de force et de vulnérabilité, d'urgence et de langueur. A son tour, il se pressa contre la jeune femme, lui offrant ce que son corps ondulant exigeait.

Pandora rejeta la tête en arrière, le pénétrant de son regard ardent, l'invitant à aller plus loin. Les doigts fébriles de Michael s'enfoncèrent alors dans l'épaisse chevelure tandis que son corps électrisé recherchait celui de Pandora. Lentement, ils se laissèrent glisser sur le sofa.

Parce qu'elle était docile, il se montra tendre. Parce qu'elle était douce, il fut patient. Pour la première fois depuis qu'ils étaient amants, ils firent l'amour sans hâte, attentifs aux désirs de l'autre, chacun donnant autant qu'il recevait. Leurs mains effleuraient, leurs bouches se frôlaient, leurs corps, patients, franchissant lentement les étapes qui mènent au plaisir.

De façon insidieuse, la passion se mua en amour.

La nuit venait de tomber, seul le crépitement du feu dans la cheminée ponctuait le silence de la pièce. Tout invitait au romantisme.

Lorsqu'ils plongèrent ensemble dans un océan de plaisir et de volupté, Pandora sentit la carapace de son indépendance se craqueler. Pour la première fois, elle n'éprouva pas le sentiment de vulnérabilité qui accompagnait ses moments d'extase. Elle ne ressentait qu'un bonheur pur et sans limites.

Leurs sens apaisés, leurs corps repus d'amour, ils tentaient de reprendre pied dans la réalité lorsque le téléphone sonna. Michael laissa échapper un grognement puis tendit mollement le bras vers le combiné.

— Allô, marmonna-t-il en décrochant.

— Je voudrais parler à Michael Donahue, s'il vous plaît.

— C'est lui-même.

— Michael, c'est Penny.

Michael se frotta les yeux, tentant de mettre un visage sur ce nom. Penny... Ah oui! La petite blonde qui habitait à côté de chez lui et voulait devenir mannequin. Il se souvint vaguement de lui avoir communiqué le numéro de « La Folie », au cas où une livraison urgente serait effectuée à son domicile.

— Salut.

Pandora battit des cils, semblant émerger enfin de la douce torpeur dans laquelle elle était plongée.

— Michael, je suis désolée de vous déranger mais il s'agit d'un cas de force majeure. J'ai appelé la police, elle ne va pas tarder à arriver.

Perplexe, Michael se dégagea de la tendre étreinte de Pandora.

— La police ? Mais pour quoi faire ?

— Votre appartement a été cambriolé.

— Quoi ?

Michael se leva d'un bond.

— Quand ?

— Je n'en sais rien. En rentrant chez moi tout à l'heure, j'ai remarqué que votre porte était entrouverte. Je croyais que vous étiez rentré, alors j'ai frappé. Mais comme vous ne répondiez pas, je suis entrée et là j'ai compris tout de suite. Je me suis précipitée chez moi pour prévenir les flics. Ils m'ont demandé de vous prévenir et de rester chez moi.

Les questions affluaient, sans réponses.

— Merci, Penny. Je vais essayer d'être là ce soir.

— D'accord, dit la jeune femme. Et encore désolée.

— Je passerai vous voir en arrivant.

D'un geste tendre, Pandora posa la main sur le bras de Michael.

— Michael, que se passe-t-il ?

— Mon appartement a été cambriolé.

— Oh non !

Le moment qu'elle redoutait depuis l'empoisonnement de Bruno était donc arrivé !

— Crois-tu que c'est… ?

— Je l'ignore, répondit Michael qui savait à quoi Pandora faisait allusion. Quelqu'un a dû remarquer que mon appartement était inhabité.

Pandora se sentait impuissante à calmer la colère qui gagnait Michael.

— Il faut que tu y ailles, lui dit-elle d'une voix qu'elle voulait réconfortante.

Michael opina d'un signe de tête puis lui prit la main.

— Tu viens avec moi.

— Michael, je dois rester auprès de Charles et de Sweeney.

— Je ne pars pas sans toi.

— Il faut que tu y ailles, Michael, répéta la jeune femme. Si c'est encore un coup d'un des membres de notre famille, tu trouveras peut-être des preuves de leur culpabilité. Et ne t'inquiète pas pour moi, tout ira bien.

— Comme la dernière fois...

Pandora fronça les sourcils.

— Fais-moi confiance, Michael.

— Ce n'est pas une question de confiance. Je ne veux pas te laisser seule ici.

— J'ai Bruno, dit Pandora. Et cesse de me regarder de cette façon ! Il n'est peut-être pas très offensif mais il sait aboyer. Et je te promets de bien barricader portes et fenêtres.

Michael secoua la tête.

— Ça n'est pas suffisant.

— Nous allons appeler la police. Fitzhugh les a mis au courant de ce qui s'était passé. Nous leur expliquerons que je vais être seule cette nuit et nous leur demanderons de venir faire une ronde.

— C'est mieux, concéda Michael en arpentant nerveusement la pièce. Mais si c'est encore un coup monté...

— Cette fois, nous y sommes préparés.

Michael hésita un instant puis capitula.

— Je vais prévenir la police.

10

Michael à peine parti, Pandora tira l'énorme verrou qui fermait la porte d'entrée. Elle était reconnaissante à Michael d'avoir passé près d'une heure à vérifier avec elle tous les systèmes de fermeture de la maison.

Mais à présent qu'elle était seule, elle trouvait le silence pesant.

Elle se rendit dans la cuisine. Ce n'était pas parce qu'elle était seule qu'elle devait renoncer à accomplir les tâches quotidiennes. Elle aurait tant voulu accompagner Michael !

Inutile de s'éterniser sur de faux regrets, se dit-elle en sortant des ustensiles du placard. Il y avait là deux personnes âgées qui comptaient sur elle. Et qui avaient besoin d'être nourries.

Elle alla allumer la radio et chercha une station locale dispensant de la musique country. Lorsque la voix chaude de Dolly Parton se fit entendre, Pandora sourit, satisfaite, et retourna à ses casseroles. Elle ouvrit le livre de cuisine de Sweeney et chercha dans l'index la recette des beignets de poulet.

Elle avait encore les mains dans la farine lorsque la sonnerie du téléphone retentit. Elle s'essuya rapidement à un torchon et alla décrocher le combiné.

— Allô ?

— Pandora McVie ? interrogea une voix inconnue à l'autre bout du fil.

— Oui, répondit-elle distraitement.

— Ecoutez attentivement ce que je vais vous dire.

— Pourriez-vous parler plus fort ? demanda Pandora qui s'était mise en quête d'un pilon. Je ne vous entends pas bien.

— Je dois vous prévenir et je n'ai pas beaucoup de temps, continua la voix. Vous êtes en danger, seule dans cette maison.

Pandora laissa échapper le pilon qui tomba sur le sol avec fracas.

— Allô ? Qui est à l'appareil ?

— Ecoutez-moi. Vous vous retrouvez seule parce que quelqu'un l'a voulu. Tout a été manigancé à l'avance et quelqu'un va tenter de s'introduire chez vous cette nuit.

— Quelqu'un ? répéta Pandora qu'une onde de panique submergea.

Ce n'était pas un canular. Son mystérieux interlocuteur était bien trop nerveux. Pandora était certaine qu'il s'agissait d'un homme.

— Si vous essayez de me faire peur…

— J'essaie juste de vous mettre en garde, coupa la voix. Quand j'ai compris…

L'homme sembla hésiter à poursuivre.

— Vous n'auriez pas dû envoyer ces bouteilles de champagne. Je n'aime pas avoir à vous le dire, mais rien ne les arrêtera. Et j'ai peur de ce qui pourra arriver par la suite.

Pandora sentit la peur s'insinuer en elle. Elle tenta de scruter l'obscurité par la fenêtre. Mais la nuit était d'encre. Elle était seule dans cette maison immense. Seule avec deux personnes âgées et malades.

— Qui êtes-vous ? répéta Pandora. Et si vous voulez vraiment m'aider, pourquoi ne mettez-vous pas un terme à toutes ces manigances ?

— Je prends déjà énormément de risques en vous prévenant. Vous ne comprenez donc pas ? Allez vous-en ! Quittez cette maison avant qu'il ne soit trop tard !

C'était du bluff. Un coup de bluff pour la pousser à partir. Pandora redressa fièrement les épaules.

— Je n'irai nulle part, annonça-t-elle crânement. Et dites-moi plutôt qui est derrière tout ceci.

— Allez vous-en, répéta la voix avant de raccrocher brutalement.

Pandora resta quelques instants interloquée, le récepteur à la main. Elle entendit vaguement l'huile grésiller dans la poêle, la radio égrener ses notes de musique. L'oreille aux aguets, elle regarda de nouveau en direction de la fenêtre, puis alla raccrocher le combiné.

C'était une mauvaise blague. Mais elle ne se laisserait pas impressionner par un petit plaisantin. D'ailleurs, Michael avait prévenu la police qu'elle était seule et elle n'avait qu'un coup de fil à passer pour que celle-ci vienne lui prêter main-forte.

Les jambes tremblantes, Pandora retourna à ses fourneaux. Elle mit à frire les morceaux de poulet qu'elle avait préalablement panés puis testa la cuisson des pommes de terre. Elle décida enfin qu'un petit verre de vin l'aiderait à se détendre. Elle était sur le point de se servir lorsque Bruno déboula dans la pièce et vint tourner autour d'elle.

— Mon chien! dit-elle en lui grattant la tête. Je suis bien contente de t'avoir avec moi.

Michael lui manquait tant, tout d'un coup!

Bruno lui lécha les doigts, fit de petits bonds autour du plan de travail puis alla se poster devant la porte en aboyant.

— Tu veux vraiment sortir maintenant? demanda Pandora que cette perspective n'enchantait guère. Oui, évidemment, tu ne peux pas attendre jusqu'à demain matin, n'est-ce pas?

Bruno se rua de nouveau vers sa maîtresse avant de regagner sa place devant la porte. Pandora fit glisser le verrou. Ce coup de fil n'était qu'une plaisanterie de mauvais goût, se disait-elle le cœur battant. Et de toute façon, elle ne risquait rien à ouvrir et à jeter un coup d'œil aux alentours.

Dès qu'elle eut ouvert la porte, Bruno bondit dehors et se mit à gambader dans la neige. Pandora, transie de froid et de peur, le regardait, depuis le seuil, s'ébattre gaiement. Tout paraissait normal. La neige scintillait sous le ciel étoilé ; des bois tout proches ne parvenaient que les hululements d'un hibou. C'était une paisible soirée d'hiver à la montagne. Pandora inspira une profonde bouffée d'air frais et rappela son chien. Tous deux virent la forme bouger au même moment. Une silhouette indistincte qui se détachait d'un arbre, à la lisière de la forêt.

Avant que Pandora n'ait eu le temps de réagir, Bruno fondait dans sa direction en aboyant frénétiquement.

— Non, Bruno ! hurla Pandora. Reviens ici tout de suite !

Sans réfléchir une seconde de plus, elle saisit le vieux manteau qui était accroché derrière la porte, l'enfila à la hâte, et après s'être armée d'une lourde poêle en fonte, s'élança à la poursuite de son chien.

— Bruno !

L'animal, les sens en alerte, semblait suivre une piste. Pandora, réconfortée par la présence de son chien, s'enfonça à sa suite dans les bois, soudain indifférente au danger. Hors d'haleine, elle fit une pause durant laquelle elle tendit l'oreille et scruta l'obscurité. Elle allait reprendre sa course lorsqu'elle entendit sur sa droite les aboiements de Bruno.

— Ne les lâche pas Bruno ! J'arrive !

Se prenant au jeu, grisée par l'aventure, Pandora encourageait son chien à distance. Des branches surchargées de neige se délestaient de leur fardeau sur son passage. Dans sa précipitation, Pandora trébucha sur une racine et s'étala de tout son long dans l'épaisse couche de neige. Elle s'apprêtait à se relever lorsque Bruno fondit sur elle, la renversant sur le dos.

— Pas moi, Bruno ! râla la jeune femme en tentant vainement de repousser l'animal. Bon sang, si tu ne…

Elle s'interrompit net à la vue de Bruno qui, le poil hérissé, grognait en montrant ses jeunes crocs acérés. Pandora leva les yeux sur la silhouette qui se mouvait entre les arbres.

Elle se releva et, serrant fermement la queue de la poêle entre ses doigts engourdis de froid, se dirigea droit vers la forme.

Luttant contre la peur qui l'étreignait, elle se campa sur ses deux jambes, prête au combat.

— Qu'est ce que c'est que ça, encore ?

— Michael !

Pandora lâcha son arme dérisoire et, ivre de soulagement, se précipita dans les bras de Michael.

— Oh, Michael ! Si tu savais comme je suis contente de te voir ! s'exclama-t-elle en couvrant son visage de baisers.

— Je vois, oui. Et c'est pour ça que tu t'apprêtais à me massacrer à coups de poêle à frire ?

— C'est tout ce que j'ai trouvé pour me défendre, plaida la jeune femme qui, d'un coup, s'écarta des bras protecteurs de Michael. Bon sang, Michael, j'étais morte de peur ! Que fais-tu ici, à rôder dans ces bois alors que je te croyais en route pour New York ?

— Et toi ? Je te rappelle que tu étais censée ne pas mettre le nez dehors !

— C'est ce que j'aurais fait si Bruno ne t'avait pas repéré. Alors, que fais-tu ici ?

D'un geste plein de douceur, Michael essuya quelques flocons plaqués sur le visage de Pandora.

— J'ai fait à peu près cinquante kilomètres mais je n'arrivais pas à me débarrasser d'un mauvais pressentiment. Alors je me suis arrêté à une station-service et j'ai passé un coup de fil à ma voisine.

— Mais... Ton appartement ?

— J'ai pu parler aux policiers et je leur ai dressé une liste des biens susceptibles d'avoir disparu. Nous irons à New York ensemble dans deux ou trois jours.

Michael résista à l'envie de secouer la jeune femme pour l'imprudence dont elle avait fait preuve. S'il lui était arrivé quelque chose...

— Décidément, je ne peux pas te laisser seule cinq minutes !

— Je vais finir par croire que tu es mon preux chevalier,

murmura-t-elle en l'embrassant encore. Tu ne m'as toujours pas expliqué pourquoi tu te trouvais dans ces bois ?

— Une intuition.

Il se baissa pour ramasser la poêle. Un simple coup de cette massue sur la tête et il aurait été neutralisé pour un bon moment !

— La prochaine fois que tu as une intuition, ne reste pas comme un voleur à la lisière des bois à épier la maison.

— Je n'ai pas épié la maison, protesta Michael en prenant la jeune femme par le bras.

Il voulait la mettre en sécurité, derrière des portes bien verrouillées.

— Je t'ai vu.

— Ce n'était pas moi.

Michael jeta un coup d'œil réprobateur à Bruno.

— Et si tu n'avais pas laissé sortir ce fichu chien, à l'heure qu'il est nous connaîtrions l'identité de notre mystérieux rôdeur. Lorsque je suis arrivé, j'ai voulu m'assurer que tout allait bien et j'ai fait un petit tour aux alentours. J'ai repéré des traces de pas et je les ai suivies.

A cette pensée, Michael, encore sous tension, jeta un coup d'œil par-dessus son épaule.

— J'étais sur le point de rattraper notre homme lorsque Bruno, lancé à ses trousses, n'a pu m'éviter et m'a fait tomber. Evidemment, l'autre en a profité pour s'enfuir.

— Zut, échouer si près du but ! Si tu m'avais tenue au courant, nous aurions pu nous épauler.

— J'ignorais ce qui allait se passait. Et je te rappelle que tu devais rester sagement enfermée dans la maison.

— Bruno avait besoin de sortir, plaida Pandora. Et puis il y a eu ce coup de fil...

A son tour, Pandora jeta un regard inquiet par-dessus son épaule.

— Quelqu'un m'a appelée pour me prévenir d'un danger.

— Qui était-ce ?

— Je ne sais pas. J'ai cru reconnaître une voix d'homme mais je n'en suis pas sûre.

La main de Michael se referma sur le bras de Pandora.

— Il t'a menacée ?

— Non, non. Mais la personne en question savait ce qui se tramait et a voulu m'avertir. Elle m'a dit que quelqu'un essaierait de s'introduire dans la maison et qu'il valait mieux que je m'en aille.

— Et évidemment, gronda Michael, tu n'as rien trouvé de mieux à faire que de te promener seule dans la forêt avec une poêle à frire pour te défendre ! Bon sang, Pandora, pourquoi n'as-tu pas appelé la police ?

— Parce que j'ai cru à une plaisanterie et que sur le coup ça m'a rendue folle de rage ! riposta Pandora en soutenant sans ciller le regard réprobateur de Michael. Je déteste qu'on cherche à m'intimider et lorsque j'ai aperçu cette silhouette je n'ai eu qu'une envie : lui donner une bonne correction !

— Bravo ! commenta Michael en secouant Pandora par les épaules. Je te félicite de ton inconséquence !

— Je te signale que tu as pris les mêmes risques !

— Oui, mais je pèse un peu plus lourd que toi. Tu imagines un peu ce qui serait arrivé si le rôdeur t'avait agressée ?

— Je me serais défendue ! marmonna Pandora, butée.

— Tu te serais défendue ? répéta Michael, goguenard.

Pour preuve de ce qu'il pensait, il fit à Pandora un croche-pied et l'envoya rouler sans ménagement dans la neige. Il ne lui laissa pas le temps de riposter et brandit au-dessus d'elle, menaçant, la poêle à frire. Bruno, croyant à un jeu, se mit à lécher bruyamment le visage de sa maîtresse.

— Si j'étais rentré demain, comme prévu, je t'aurais retrouvée à moitié ensevelie sous la neige.

Il lui tendit la main pour l'aider à se relever.

— Ce n'est pas juste ! Tu m'as attaquée par surprise ! protesta la jeune femme.

— Tais-toi ! ordonna-t-il en l'agrippant fermement par les

épaules. Je tiens trop à toi pour prendre le moindre risque. Nous avons assez joué avec le feu. Dès que nous serons rentrés, nous appellerons la police et nous lui raconterons tout.

— Et que feront-ils ?

— Nous verrons bien.

Résignée, Pandora appuya la tête contre le torse de Michael et laissa échapper un profond soupir. Si la poursuite avait eu quelque chose d'excitant, il n'en restait pas moins que ses jambes tremblaient encore.

— Tu as peut-être raison, après tout. Nous en sommes au même point qu'au début.

— Faire appel à la police ne veut pas dire que nous renonçons, la rassura Michael. Cela change simplement les données du problème.

Michael s'interrompit pour prendre les mains de Pandora entre les siennes et les porter à ses lèvres.

— Je ne laisserai personne te faire de mal, murmura-t-il.

Troublée par la satisfaction qu'elle retirait de cet aveu, Pandora tenta de libérer ses mains.

— Je peux prendre soin de moi toute seule, tu sais, déclara-t-elle d'un ton qu'elle voulait dégagé.

— Je n'en doute pas, dit-il avec un petit sourire. Et si nous rentrions ? Je meurs de faim !

— Tout à fait masculin de penser à son estomac dans un moment pareil ! plaisanta Pandora, désireuse de détendre l'atmosphère. Bon sang ! Le poulet !

Elle se dégagea des bras de Michael pour se précipiter vers la maison.

— Je n'ai quand même pas si faim que ça ! riposta Michael en la rattrapant.

Il l'arrêta dans sa course pour la serrer une nouvelle fois contre son cœur. Lorsqu'il l'avait entendue crier dans les bois, son sang s'était glacé dans ses veines.

— En fait, susurra-t-il d'une voix enjôleuse en reprenant sa marche, je crois que je peux attendre encore un peu.

— Michael ! protesta faiblement Pandora en faisant mine de se dégager. Si tu ne me lâches pas immédiatement, je crains que nous n'ayons rien à nous mettre sous la dent ce soir.

— Nous irons manger ailleurs, poursuivit Michael sur le même ton.

— J'ai laissé la poêle sur le feu. Le poulet doit être carbonisé.

— Eh bien, nous nous rabattrons sur de la soupe. Il en reste tout un stock, décréta-t-il en ouvrant la porte de la cuisine.

Ils restèrent sans voix devant les assiettes débordant de frites moelleuses et de beignets dorés à point. Le plan de travail débarrassé et nettoyé, la vaisselle faite.

— Sweeney ! s'écria Pandora sur un ton lourd de reproches, que faites-vous ici ?

— Mon travail, répondit placidement la vieille cuisinière.

Elle nota avec satisfaction que Pandora était encore prisonnière des bras de Michael. Manifestement, son plan avait l'air de marcher ! Elle se plut à imaginer que le jeune couple était allé faire une courte promenade pendant que le dîner cuisait et que, tout à leurs roucoulades, ils n'avaient pas vu le temps passer.

— Vous devriez être au lit ! la réprimanda encore Pandora.

— J'y suis restée plus qu'assez, dans mon lit. Ça suffit comme ça !

En effet, Sweeney ne supportait plus ces longues journées d'inactivité où elle s'ennuyait à mourir. Mais la seule vue de Michael et Pandora enlacés la récompensait de son sacrifice.

— Je me porte comme un charme maintenant. Je vous assure. D'ailleurs, je n'ai pas tout à fait terminé.

Les deux jeunes gens, sceptiques, observèrent Sweeney à la dérobée. Ses joues étaient roses, ses yeux pétillants. Ils la regardèrent reprendre ses droits, s'activant fébrilement d'un coin de la cuisine à un autre.

— Ne vous fatiguez pas trop quand même, décida Michael. Ménagez vos forces.

— Michael a raison. Vous en avez assez fait, retournez vous

reposer. Nous nous occuperons du reste. D'ailleurs nous y avons pris goût, n'est-ce pas, Michael ?

Ce dernier opina en silence.

Michael et Pandora en ayant décidé ainsi, maîtres et serviteurs se retrouvèrent à la même table pour le dîner. Charles, assis à côté de Sweeney et ne sachant trop s'il devait continuer à tousser, s'éclaircissait la gorge de temps en temps. D'un accord tacite, les deux jeunes gens avaient décidé de garder secrets les événements des dernières heures, tous deux estimant que l'annonce d'un rôdeur épiant la maison pourrait retarder le rétablissement de Charles et de Sweeney.

A plusieurs reprises, Pandora surprit Sweeney en train de les regarder, Michael et elle, un sourire béat aux lèvres. Quelle adorable vieille dame ! se disait-elle, croyant innocemment que Sweeney affichait sa satisfaction d'avoir réintégré ses fonctions. Cela ne fit que renforcer la volonté de la jeune femme de les tenir à l'écart des manigances de sa famille. Il était près de 21 heures lorsqu'elle rejoignit Michael dans le petit salon où ils avaient l'habitude de se retrouver.

— Ils sont montés ? s'informa Michael d'une voix légèrement nerveuse.

Pandora opina d'un signe de tête tout en se servant un verre de liqueur.

— Ils sont un peu comme deux enfants qui ont besoin d'être dorlotés. Je les ai laissés devant un bon vieux film avec Gary Grant.

Elle sirota une gorgée d'alcool et attendit que ses muscles tendus se relâchent un peu.

— J'aurais dû le regarder avec eux, d'ailleurs.

— N'y pense plus. Je viens d'appeler la police, elle ne va pas tarder à arriver.

Pandora reposa son verre.

— Ça m'ennuie de repasser l'affaire à des étrangers. Après tout, tout ceci n'est qu'un faisceau de suppositions.

— Eh bien, laissons la police supposer à notre place. C'est son boulot.

Pandora laissa échapper un petit rire nerveux.

— Ton Logan, il arrive à dénouer l'intrigue tout seul, lui !

— Si j'ai bonne mémoire, lui rappela Michael, quelqu'un que je connais bien m'a dit récemment que tout cela n'était que pure fiction.

Il se servit à son tour et leva son verre en direction de Pandora avant de boire.

— En outre, j'ai découvert que je n'aimais pas te voir figurer dans le scénario.

La chaleur de l'alcool dans leurs veines, doublée à celle du feu qui crépitait dans la cheminée, donnait à la soirée un air de normalité qu'elle était loin d'avoir.

— Tu n'aurais pas développé le syndrome de « l'homme-qui-doit-à-tout-prix-protéger-la-faible-femme-sans-défense » par hasard ? ironisa-t-elle. Pourtant, ça ne te ressemble pas.

Michael vida son verre d'un trait.

— Ça me ressemble, lorsqu'il s'agit de *ma* femme.

Pandora fixa Michael, sourcils froncés. Quelle idiote elle était de se sentir flattée par un terme aussi possessif !

— *Ta femme ?* répéta-t-elle avec une pointe de nervosité.

— Oui, confirma Michael en lui caressant la nuque. Ça te pose un problème ?

Le cœur de Pandora se mit à battre la chamade, sa gorge se noua. Elle était sa femme, le temps de son séjour à « La Folie ». Mais il l'oublierait bien vite, cette ennuyeuse cousine, dès qu'il aurait replongé dans le tourbillon de la vie new-yorkaise !

— Je n'en sais rien, à vrai dire.

Michael se pencha vers elle et baisa tendrement ses lèvres.

— Alors, je te propose d'y réfléchir. Nous en reparlerons.

Il la laissa à ses interrogations pour aller ouvrir à l'officier de police qui frappait à la porte.

Lorsqu'il revint, Pandora affichait un calme qu'elle était loin de ressentir.

— Lieutenant Randall, voici Pandora McVie.

— Enchanté, répondit le policier en fourrant tant bien que mal son écharpe en laine dans la poche de son manteau.

Pandora lui trouva l'air bonhomme d'un grand-père tranquille.

— Sale temps, dit-il en s'approchant du feu.

— Voulez-vous une tasse de café, lieutenant ? proposa Pandora.

Ce dernier lui adressa un regard plein de gratitude.

— Avec plaisir.

— Je vous en prie, asseyez-vous. J'en ai pour une minute.

Pandora mit plus de temps qu'il n'en fallait pour préparer du café et disposer tasses et soucoupes sur un plateau. Elle n'avait jamais eu affaire à la police sinon pour de banales questions de tickets de parking. Et là, brutalement, elle allait devoir parler de sa famille et de sa relation avec Michael avec un parfait inconnu.

Sa relation avec Michael, se disait-elle. Voilà la véritable raison pour laquelle elle s'attardait ainsi dans la cuisine. Elle n'avait pas encore surmonté le choc que les mots employés par Michael avaient provoqué. Elle n'arrivait pas à chasser de ses pensées la passion qu'elle avait lue dans son regard.

Pandora trouva des serviettes en lin qu'elle prit le temps de plier en triangle. Elle ne voulait être la femme de personne, décida-t-elle avec détermination. C'était la nervosité liée aux événements de la soirée qui l'avait fait réagir comme une adolescente à qui son amoureux aurait offert une bague de pacotille. Mais elle n'était plus une adolescente. Elle était une adulte qui se suffisait à elle-même. Une adulte amoureuse, reconnut-elle à regret.

Elle prit une profonde inspiration, plaqua un sourire sur ses lèvres et, les mains crispées sur son plateau, regagna le salon.

— Messieurs, dit-elle en déposant son chargement sur la table basse qui faisait face à la cheminée. Lieutenant, du lait, du sucre ?

— Je prendrai des deux, merci.

Il plaça un bloc-notes sur ses genoux tandis que Pandora lui tendait sa tasse.

— M. Donahue m'a rapidement mis au courant. Il semblerait donc que vous ayez quelques petites contrariétés ?

Le terme choisi la fit sourire. Tout comme son physique, sa voix inspirait la confiance.

— Oui, répondit-elle simplement.

— Je ne vais pas me lancer dans un cours de morale mais vous auriez dû nous prévenir dès le premier incident. Les actes de vandalisme sont des délits, vous savez.

— Nous pensions qu'en n'y prêtant pas attention, nous dissuaderions les vandales de recommencer, expliqua Pandora. Manifestement, nous avions tort.

— Je vais vous demander de me confier votre bouteille de champagne. Bien que vous en ayez déjà fait analyser le contenu, je voudrais le faire vérifier par nos propres labos.

Michael se leva.

— Je vais la chercher, dit-il en quittant la pièce.

— Mademoiselle McVie, commença Randall lorsqu'ils furent seuls, d'après les dires de votre cousin, les termes du testament de votre oncle seraient pour le moins… particuliers.

— En effet.

— Toujours d'après votre cousin, il semblerait que ce soit lui qui vous ait un peu forcé la main.

— Michael a toujours pris ses désirs pour des réalités, lieutenant, lâcha négligemment Pandora en sirotant son café. Il n'a pas encore compris que j'étais assez grande pour décider moi-même des choses.

L'officier Randall opina et consigna les paroles de Pandora dans son carnet.

— Néanmoins vous êtes d'accord avec M. Donahue pour dire que les incidents survenus sont liés et qu'ils sont le fait de l'un des membres de votre famille ?

— Je ne vois aucune raison de croire le contraire.

— Vos soupçons se portent-ils sur une personne en particulier ?

— Non, répondit Pandora avec franchise. Voyez-vous, nous ne sommes pas, à proprement parler, une famille unie. Et en fait, je les connais très peu.

— A l'exception de M. Donahue, bien sûr ?

— C'est exact. Michael et moi étions les seuls à rendre visite à notre oncle et il arrivait parfois que nous nous retrouvions ensemble ici même, dans cette maison. Les autres n'y venaient quasiment jamais.

— La bouteille, lieutenant, annonça Michael en revenant. Je vous ai apporté aussi le rapport d'analyses des Laboratoires Sanfield.

Randall le parcourut rapidement avant de le placer dans la boîte.

— Le notaire de votre oncle, M. Fitzhugh, a déjà fait allusion, dans un précédent rapport qu'il nous a fait parvenir, à une intrusion ici-même. Aussi j'espère que vous ne verrez aucun inconvénient à ce qu'un de nos hommes vienne patrouiller ici régulièrement.

— Je vous le demande, appuya Michael.

Voyant que la tasse de Randall était vide, Pandora se leva pour la remplir.

— Je contacterai Fitzhugh, promit-il en vidant sa tasse d'un trait. Je vais avoir besoin de tous les noms qui figurent dans ce testament.

Il se leva pour prendre congé, prêt à affronter le rude trajet sous la neige qui l'attendait.

— Nous nous efforcerons de mener cette enquête aussi discrètement que possible. Toutefois, si quelque chose d'anormal se produisait, n'hésitez pas à m'appeler. Je vous envoie un de mes hommes dès demain matin.

— Merci, lieutenant, dit Michael en l'aidant à enfiler son manteau.

Avant de partir, Randall balaya la pièce d'un regard circulaire.

— Vous n'avez jamais songé à faire installer un système d'alarme?

— Non.

— Pensez-y, conclut-il en franchissant la porte.

— Eh bien! Les dés sont jetés maintenant, s'exclama Pandora.

— Quand je pense que nous étions si près du but, ce soir! dit Michael en délaissant son café pour se servir un verre de brandy. J'ai bien failli mettre la main sur ce salaud!

— Il serait peut-être plus raisonnable d'envisager cette chasse à l'homme comme une partie d'échecs que comme un match de boxe, tu ne crois pas? suggéra Pandora.

Elle s'approcha de lui et, tout en l'enveloppant de ses bras, pressa sa joue contre son épaule. Un témoignage de tendresse d'autant plus précieux qu'il était rare, songea Michael. Quand les choses avaient-elles basculé? Depuis quand ne voyait-il plus en Pandora une jeune femme trop rousse, trop mince, trop exubérante? Il se laissa aller contre elle et décida, un sourire satisfait aux lèvres, que leurs deux corps s'accordaient parfaitement.

— Je n'ai jamais eu assez de patience pour les échecs.

— Alors, laissons faire la police, décréta Pandora en resserrant son étreinte.

Le besoin de protéger cet homme surgit aussi soudainement que celui d'être protégée.

— J'ai repensé à ce qui aurait pu se passer ce soir, Michael. Je ne veux pas qu'il t'arrive quoi que ce soit.

Michael se retourna vers elle et lui releva le menton, la forçant à le regarder dans les yeux.

— Pourquoi?

— Parce que..., commença-t-elle.

Non, il ne fallait pas qu'elle se laisse influencer par ce regard pénétrant qui la faisait fondre! Elle avait sa fierté, tout de même!

— Parce qu'il faudrait que je fasse la vaisselle toute seule !

Michael sourit. S'il était vrai que la patience n'était pas son fort, il était des circonstances où il savait se montrer aussi doux qu'un agneau. Il effleura les lèvres de Pandora d'un baiser.

— C'est tout ? chuchota-t-il.

Il pouvait bien insister, elle ne tomberait pas dans son piège !

— Non. S'il t'arrivait quelque chose, tu ne pourrais plus travailler et je serais obligée de supporter ton sale caractère toute la journée.

— Pourtant, tu le supportes déjà.

— Ce serait pire !

A présent, Michael embrassait les paupières de Pandora.

— Essaie encore, lui susurra-t-il d'une voix enjôleuse. Je suis sûr qu'il y a une autre raison.

Pandora ouvrit les yeux et le défia du regard.

— Cela te pose vraiment un problème de ne pas le savoir ?

— Non.

Le baiser qu'il donna à Pandora n'était plus si tendre cette fois. Il la plaqua un peu plus contre lui, désireux de la faire plier.

— Je voudrais juste que tu le dises.

— Après tout, tu es un membre de la famille toi aussi, insinua Pandora sur le mode de la plaisanterie.

Michael éclata de rire puis se mit à mordiller le lobe velouté de son oreille.

— N'essaie pas de te défiler.

Il sentit Pandora se raidir d'indignation.

— Me défiler, moi ?

— Parfaitement. Comme chaque fois que les choses échappent à ton contrôle.

Il posa les mains sur ses seins.

— Tes liens avec les autres membres de la famille n'ont rien à voir avec ceux-là, Pandora.

— Qu'attends-tu de moi, Michael ? chuchota-t-elle.

— Tu m'as habitué à plus de vivacité.

— Ne plaisante pas.
— Je suis sérieux, Pandora.
Il s'écarta d'elle et la prit par les épaules.
— Non, je ne te forcerai pas à avouer. J'attendrai le temps qu'il faudra. Tu finiras bien par me dire que nous voulons la même chose.
— Toujours aussi arrogant ! dit Pandora, mi-figue, mi-raisin.
— Pas arrogant, corrigea Michael. Sûr de moi.
Viendrait le jour où elle rendrait les armes. Il le savait.
— J'ai envie de toi, dit-il dans un souffle.
Une onde électrique parcourut l'échine de la jeune femme.
— Je sais.
Michael enlaça ses doigts.
— Tu vois, quand tu veux…

11

L'hiver s'installa un peu plus et, avec lui, des tourmentes de neige qui obligeaient Pandora à pelleter tous les matins la courte allée qui menait à son atelier. Elle aimait cette activité physique intense qui lui permettait, durant de longues minutes, de faire paisiblement le point sur sa vie.

C'est ainsi qu'elle avait compris que celle-ci ne serait plus jamais la même. Elle avait longtemps cru que son art avait évolué au gré de ses émotions. En vérité, il n'en était rien. C'était même le contraire qui se produisait. Elle utilisait son art pour tenir à distance le tumulte intérieur qui l'agitait. Elle s'y raccrochait comme un naufragé à son radeau.

La prise de conscience brutale du fait que sa santé, sa vie même, était en danger, lui avait fait prendre ses distances. Elle s'appliquait désormais à apprécier tous ces petits plaisirs que la vie lui offrait et qu'elle avait tenus, jusque-là, pour acquis. Se réveiller dans un lit douillet, regarder la neige tomber, écouter le feu crépiter dans la cheminée. Ces quelques mois à « La Folie » lui avaient appris à quel point chaque minute de son existence était précieuse.

Elle avait pris la décision de faire un saut à New York pour rapporter de son appartement les choses qui lui paraissaient essentielles. Ce serait là l'occasion d'effectuer un véritable travail de tri, une façon d'établir sa vie sur de nouvelles bases. Et d'accepter la nouvelle femme qu'elle était devenue.

Le bail de son appartement et celui de son atelier arrivant à terme, elle ne les reconduirait pas. Et plutôt que de vivre seule, elle vivrait en compagnie des vieux serviteurs de son oncle et veillerait sur eux. L'époque où seuls comptaient sa petite personne et la vie linéaire qu'elle s'était tracée lui semblait à des années lumière de là. Et elle qui ne pouvait se passer de la vie trépidante de New York, elle s'installerait définitivement à la campagne. Sans le moindre regret.

Quant à Michael…

D'ici à quelques semaines, tout serait terminé. Le long hiver qu'ils auraient partagé deviendrait un lointain souvenir qui alimenterait d'autres longues soirées d'hiver. Elle ne devait rien regretter. Une nouvelle vie l'attendait. Pourtant, elle ne pouvait s'empêcher d'imaginer… La vie réservait parfois de ces surprises.

La police avait commencé son travail d'investigation et imposé sa loi. Pandora devait désormais arrêter de travailler à la nuit tombée et veiller à tout refermer soigneusement derrière elle. Quant aux promenades en solitaire dans les bois, elles lui étaient formellement interdites. Elle s'était pliée au rituel qui consistait à vérifier chaque soir toutes les fermetures des portes et des fenêtres qui, du temps de Jolley, restaient allègrement déverrouillées.

Souvent, lorsque après sa journée de travail elle regagnait la maison, elle voyait la silhouette de Michael se détacher de la fenêtre de son bureau. Il l'observait. Elle savait qu'il attendait qu'un miracle se produise.

Depuis leur retour de New York où ils s'étaient rendus pour la déposition de Michael, celui-ci se montrait plus réservé à l'égard de la jeune femme et témoignait d'une nervosité inhabituelle. Bien que tous deux aient compris la nécessité d'être protégés par une patrouille de police, il n'en restait pas moins que leur intimité pâtissait de cette intrusion permanente dans leur vie quotidienne.

L'enquête piétinait, tous les membres de la famille ayant présenté de solides alibis pour chacun des incidents survenus. Toujours est-il qu'il n'y avait plus de coups de fil anonymes, de rôdeurs autour de la maison, de faux télégrammes. Cependant, tout comme l'avait prévu Pandora, la réaction de ses proches ne s'était pas fait attendre. Carlson, au comble de la colère, l'avait appelée pour l'accuser de vouloir saper le cours de l'instruction. Ginger avait envoyé une lettre dans laquelle elle disait que « La Folie » était hantée. Morgan, lui, leur avait reproché à grands coups d'insultes la présence de la police dans leurs affaires familiales. Quant à Biff, il s'était manifesté au travers d'un bref message aussi nébuleux que ses discours : « Au jeu du gendarme et du voleur, vous me semblez être en bonne position. »

Hank s'était abstenu de tout commentaire.

Le laboratoire de la police avait confirmé les analyses déjà effectuées et Randall poursuivait son enquête à sa manière, calme et précise.

Michael se demandait comment Pandora pouvait supporter tout ce bouleversement avec une telle résignation. Lui qui rongeait son frein en permanence pour ne pas ruer dans les brancards ! Il ne lui avait fallu que quelques jours pour réaliser que le pire était l'attente. Devoir assister, passif, à l'enquête, le rendait fou de rage. Il ne s'accorderait aucun répit tant qu'il saurait Pandora en danger, tant que le coupable serait en liberté.

Depuis la porte de l'atelier de Pandora devant laquelle il se tenait, Michael observait la silhouette imposante de la maison qui se détachait dans la semi-obscurité. Avec ses murs hérissés de tourelles, ses gouttières anciennes desquelles pendaient de longues stalactites scintillantes, elle donnait l'impression d'un château gothique effrayant, tout droit sorti d'un conte pour enfants. Peut-être un jour écrirait-il une histoire dont elle serait le décor. Mais pour l'heure, si sinistre soit-elle en apparence, elle était tout simplement son foyer. En contemplant les volutes de fumée blanche qui s'échappaient des hautes cheminées, il lui vint à l'esprit que cette maison était la sienne et qu'il l'avait toujours aimée. Il se demanda comment Pandora réagirait lorsqu'il lui annoncerait que lui aussi avait l'intention de rester, une fois leur contrat honoré.

Il s'apprêtait à mettre le point final au dernier scénario de la saison et il ne restait qu'un épisode à tourner avant que la série ne s'interrompe jusqu'à l'automne. Ensuite il aurait la possibilité, comme il en avait l'habitude, de prendre quelques semaines de vacances sur une île à la mode où il pourrait pêcher, se détendre et rencontrer de jolies filles. Mais il savait qu'il n'en ferait rien.

Parallèlement à l'écriture de son scénario, il avait sérieusement réfléchi à une idée de film. Il avait l'intention de rester à « La Folie » pour donner vie à son projet. Avec Pandora à ses côtés, il se sentirait plus fort, plus déterminé. Ses critiques constructives ne pourraient que le stimuler. Mais pour en arriver là, il lui fallait s'armer encore de patience et attendre que Pandora lui ouvre son cœur.

Ses poings, qu'il tenait machinalement serrés au fond de ses poches, se relâchèrent. Il abaissa la poignée de la porte de l'atelier et constata avec satisfaction que Pandora obéissait aux consignes strictes de l'inspecteur Randall.

— Pandora ! appela-t-il en frappant doucement.

Elle vint lui ouvrir, une tenaille à la main. Attendri, Michael avisa ses cheveux ébouriffés, ses joues rouges. Il leva les bras, paumes tendues vers elle.

— Je ne suis pas armé, dit-il sur le mode de la plaisanterie.

— Et moi, je suis occupée, rétorqua-t-elle, faussement irritée.

— Je sais bien que j'empiète sur tes heures de travail mais j'ai un motif valable.

— Entre, il fait froid, dit-elle en refermant la porte derrière eux.

— Brrr, il ne fait pas beaucoup plus chaud à l'intérieur.

— C'est la température idéale pour ce genre d'activité. Et j'étais justement en train de travailler, souligna-t-elle de nouveau.

— Tu n'as qu'à t'en prendre à Sweeney. Elle m'envoie faire des courses et elle tient absolument à ce que tu m'accompagnes. Elle trouve que tu passes trop de temps dans ce trou à rat et que tu as besoin de prendre l'air.

L'idée de faire un tour en ville était séduisante. Et puis ce serait l'occasion de prendre contact avec le joaillier du centre commercial.

— D'accord, finit-elle par dire. Mais je dois d'abord terminer ce que j'ai commencé.

— Je ne suis pas pressé.

— Parfait. J'en ai pour une demi-heure.

Michael, visiblement intéressé par le laminoir qui était à proximité, ne semblait pas disposé à quitter les lieux.

— Michael ! reprocha Pandora avec une pointe d'exaspération.

— Vas-y, prends ton temps.

— Michael, tu n'as vraiment rien de mieux à faire ?

— Rien du tout.

— Tu as terminé ton scénario ?

— Presque. J'ai envie de voir comment tu t'y prends.

— Et moi je ne supporte pas d'avoir quelqu'un derrière moi. Ça me rend nerveuse.

— Eh bien, c'est le moment de t'entraîner, ma chérie. Tiens, tu n'as qu'à imaginer que je suis ton apprenti !

Puis, sans lui laisser le temps de protester, il pointa du doigt l'établi sur lequel travaillait Pandora.

— C'est quoi, ça ?

— *Ça*, comme tu l'appelles, commença Pandora avec raideur, est l'ébauche d'un pendentif. Je le fais avec ce qu'il reste de cuivre et d'argent d'un bracelet.

— Aucune perte, murmura Michael. Toujours l'esprit pratique.

Pandora sourit. Elle terminerait à son retour. Peut-être même, s'ils ne rentraient pas trop tard, aurait-elle le temps d'attaquer sa prochaine création.

Elle retira son tablier et enfila son manteau.

— Tu m'invites à déjeuner ?

— Justement, j'allais te poser la même question.

— Trop tard ! C'est moi qui l'ai posée en premier.

Elle ferma la porte à clé et inspira une profonde bouffée d'air frais.

— La neige commence à fondre, constata-t-elle.

— Oui, dans quelques semaines, les douzaines de bulbes que Jolley a plantés vont sortir de terre.

— Des jonquilles, murmura Pandora, le regard soudain voilé de tristesse.

Il lui parut impossible que malgré le froid et l'épaisse couche de neige, le printemps soit néanmoins si proche.

— L'hiver a si vite passé !

Michael enlaça tendrement la jeune femme.

— Je n'aurais jamais imaginé que les cinq mois que nous venons de traverser ensemble puissent filer à une telle rapidité. Et sans même que nous essayions de nous entretuer !

Pandora éclata de rire et régla son pas sur celui de son compagnon.

— Ce n'est pas fini, il nous reste encore un mois !

— Je crois qu'il faut que nous nous tenions correctement. Le lieutenant Randall nous a à l'œil, lui rappela-t-il sans toutefois relâcher son étreinte.

Ignorant la remarque de Michael, Pandora se tourna vers lui et noua ses bras autour de sa nuque.

— Il y a pourtant eu des moments où je t'aurais volontiers étripé, murmura-t-elle d'un ton espiègle.

— C'est drôle. Moi aussi, chuchota à son tour Michael en se penchant pour prendre les lèvres de la jeune femme.

Sweeney, qui, postée derrière la fenêtre de la cuisine, n'avait rien raté de la scène, ouvrit grand les rideaux.

— Regardez-moi ça ! dit-elle, toute rouge d'excitation. Je t'avais bien dit que ça marcherait, caqueta-t-elle à l'intention de Charles. Et d'ici à quelques semaines, je te prédis un beau mariage !

— Tu ferais bien de ne pas mettre la charrue avant les bœufs, laissa tomber ce dernier en regardant Pandora bombarder Michael de boules de neige.

Dans une volonté désespérée d'échapper aux représailles,

Pandora courut à perdre haleine jusqu'au garage. A peine avait-elle atteint la porte qu'un projectile vint s'y écraser.

— Encore raté! clama-t-elle avec provocation.

Elle rassembla toutes ses forces pour soulever le lourd panneau de fer puis elle se précipita dans la voiture de Michael et se carra fièrement dans le siège du passager. Il n'oserait pas souiller son bel intérieur en cuir! Contre toute attente et sans hésiter une seconde, Michael ouvrit la portière et écrasa une énorme boule de neige sur la tête de Pandora.

— Je suis bien meilleur au corps à corps, énonça-t-il posément.

Pandora essuya tout aussi posément les petits cristaux de neige qui étoilaient son manteau. Elle jugeait déplacé de se montrer indignée, elle qui avait lancé l'offensive.

— Il me semblait à moi que quand on possédait une voiture aussi luxueuse, on y faisait plus attention, déclara-t-elle.

— Figure-toi que j'ai acheté cette voiture parce que j'adore rouler à grande vitesse. Et… parce qu'elle va bien aux rousses.

— Ainsi qu'aux blondes et aux brunes, ironisa Pandora.

— Aux rousses, assura fermement Michael en enroulant une mèche des cheveux de Pandora autour de ses doigts. J'ai découvert que ce sont celles que je préfère.

Pandora afficha un sourire béat. Elle l'avait toujours lorsque Michael attaqua la longue descente tortueuse qui menait à Catskills.

Elle se pencha vers la chaîne stéréo en quête d'une station plus proche de ses goûts.

— La plupart des hommes ont un équipement de ce genre dans leur garçonnière.

— Je n'ai pas de garçonnière.

— Si j'ai bonne mémoire, tu n'as plus non plus de télévision.

Michael fit mentalement l'inventaire de ce qui lui avait été volé.

— L'assurance me remboursera.

— A condition qu'il s'agisse d'un véritable cambriolage, comme te l'a signifié la police.

— Sinon, je...

Michael s'interrompit net. La pédale de frein, qu'il était en train de presser pour prendre une courbe, n'offrait plus aucune résistance.

— Michael, si tu essaies de m'impressionner avec tes talents de pilote, c'est raté, annonça Pandora qui, pressentant instinctivement le danger, s'agrippait à la poignée de la portière.

Dirigeant le volant d'une main, Michael tira d'un coup sec le frein à main de l'autre. Mais rien ne se produisit. Il jeta un coup d'œil au compteur de vitesse : celui-ci affichait une vitesse de soixante-dix kilomètres/heure.

— Plus de freins, conclut-il.

Livide, Pandora s'accrocha un peu plus à la poignée.

— Nous ne nous en sortirons pas, n'est-ce pas ? s'enquit-elle d'une voix blanche.

— Non, répondit Michael avec franchise.

Il parvint à négocier la courbe suivante dans un crissement de pneus sinistre, puis alors que le contrôle lui échappait totalement, la voiture alla buter contre la barrière de sécurité avant de reprendre sa course folle.

Pandora vit, comme dans un mauvais rêve, le panneau indiquant trente kilomètres/heure. La voiture était lancée à soixante-quinze. Elle ferma les yeux et découvrit, en les rouvrant, l'énorme congère qui se profilait devant eux. Elle poussa un cri. Michael n'eut que quelques secondes pour donner le coup de volant qui leur fit faire une embardée. La voiture dérapa, soulevant derrière elle une épaisse poussière blanche.

Les mâchoires crispées, Michael fixait intensément la route, anticipant chaque virage. Des gouttes de sueur ruisselaient sur son visage. Il connaissait cette route comme sa poche. Dans moins de deux kilomètres l'inclinaison de la route allait s'accentuer et à la vitesse à laquelle ils roulaient, il ne pourrait plus rien faire. La voiture plongerait tout droit dans l'abîme. Et ce qui, au départ, n'avait été qu'un clin d'œil de leur oncle Jolley allait se terminer en drame.

Une onde de panique submergea Michael, qu'il refoula tout aussi vite.

— Il nous reste une chance de nous en sortir, annonça-t-il d'une voix blanche. C'est de prendre l'embranchement qui mène à la vieille auberge. Il est juste après ce virage.

Michael regretta de ne pouvoir quitter la route des yeux une seconde. Il aurait tant voulu regarder Pandora une dernière fois ! Ses mains se crispèrent sur le volant.

— Accroche-toi, Pandora.

Elle allait mourir. Elle en était persuadée. Elle entendit les pneus crisser tandis que Michael tournait désespérément le volant. La voiture pencha, manquant de se retourner. Elle retrouva son équilibre et avec lui, sa vitesse. L'espace d'un bref instant, Pandora eut l'impression que les roues adhéraient enfin à la route. Mais le virage s'annonçait trop serré, la vitesse était trop importante. Résignée à mourir, elle regardait les arbres défiler à une allure vertigineuse.

— Je t'aime, murmura-t-elle en posant sa main sur la cuisse de Michael.

Les mots pénétrèrent lentement l'esprit de Michael. Des mots tant attendus qui le faisaient atrocement souffrir. Puis il y eut un bruit effroyable de tôle froissée.

Lorsqu'il ouvrit les yeux, après quelques secondes qui lui parurent une éternité, il vit un jeune garçon tambouriner à la vitre. La panique se lisait dans son regard.

— Monsieur ! Hé, monsieur ! Tout va bien ?

Sonné, Michael ouvrit sa portière.

— Allez chercher de l'aide, parvint-il à articuler tout en luttant pour ne pas s'évanouir.

Il aspira avidement quelques goulées d'air frais tandis que le garçon détalait à travers bois.

« Pandora. » La peur s'insinua dans ses veines. En deux secondes il fut auprès d'elle. Ses doigts tremblants tâtaient le cou de la jeune femme, cherchant fébrilement des signes de vie. Lorsque, enfin, il trouva le pouls, il s'autorisa à s'attarder sur la blessure de son front. Du sang coulait sur son visage et sur ses mains. Il sortit de la boîte à gants la trousse de secours puis après avoir désinfecté et pansé la plaie, il palpa doucement les membres de la jeune femme qui se mit à gémir.

— Ne bouge pas, lui murmura-t-il tandis qu'elle tentait de sortir de son siège. Tout va bien, à présent.

Tendrement, il prit son visage entre ses mains et continua à lui chuchoter des paroles réconfortantes à l'oreille. Peu à peu le voile qui troublait la vue de Pandora disparut. Elle chercha la main de Michael.

— Les freins…, ânonna-t-elle péniblement.

Michael pressa légèrement sa joue contre celle de Pandora.

— N'y pense plus. Nous nous en sommes sortis.

Encore sous le choc, Pandora regarda lentement autour d'elle. La voiture semblait encastrée dans un arbre. Ils devaient à l'épaisse couche de neige d'avoir suffisamment freiné la voiture pour leur éviter une issue fatale.

Les larmes se mirent à rouler sur ses joues.

— Nous… Tu vas bien ? hoqueta-t-elle en lui caressant à son tour le visage. Michael, tu vas bien ?

— Formidable ! clama-t-il, désireux de taire les élancements spasmodiques de son poignet et la violente migraine qui lui martelait les tempes. Ne bouge pas, répéta-t-il en empêchant Pandora de sortir. On ne sait jamais. J'ai envoyé un garçon chercher de l'aide.

— Ma tête…, commença la jeune femme.

Elle s'interrompit, tremblante, en remarquant les traces de sang sur les mains de Michael.

— Mon Dieu, Michael, tu saignes ! Où es-tu blessé ?

— Ce n'est pas moi, Pandora. C'est toi. Tu as une blessure à la tête.

Pandora porta ses mains fébriles à son bandage. Elle souffrait, mais au moins était-elle en vie.

— J'ai cru que j'allais mourir.

Elle ferma les yeux, les larmes ruisselant de plus belle entre ses cils baissés.

— J'ai cru que nous allions mourir tous les deux.

— Pourtant, tu vois, nous allons bien, la rassura Michael.

Ils entendirent, au loin, le hurlement des sirènes qui se rapprochaient.

— Michael, que s'est-il passé ?

Malgré la douleur fulgurante qui lui vrillait les tempes, elle gardait les idées claires.

— C'était une tentative de meurtre, n'est-ce pas ? ajouta-t-elle, connaissant déjà la réponse.

Michael opina, indifférent à l'ambulance qui venait d'arriver.

— J'en ai assez d'attendre, Pandora, dit-il en serrant les mâchoires. J'en ai assez d'attendre.

Le lieutenant Randall trouva Michael dans la salle d'attente des urgences. Il déroula sa longue écharpe, déboutonna son manteau et alla s'asseoir à côté de Michael, sur une inconfortable banquette de bois.

— Apparemment, vous avez eu un sérieux problème ? attaqua-t-il sans préambule.

— Apparemment, oui.

Randall désigna d'un signe de tête le bandage qui entourait le poignet de Michael.

— Ça va ?

— Vu l'état de la voiture... Je me dis que j'ai eu de la chance. Je m'en sors avec une simple entorse et quelques contusions.

— Vous avez une idée de ce qui a pu se passer ?

— Les freins ont lâché. Je n'en avais déjà plus lorsque j'ai attaqué la descente.

— Quand aviez-vous utilisé votre voiture la dernière fois? interrogea Randall, son éternel bloc-notes à la main.

— Il y a environ dix jours. J'avais dû me rendre à New York pour signer une déposition au sujet du cambriolage de mon appartement.

— Où garez-vous habituellement votre voiture?

— Dans le garage.

— Vous le fermez à clé?

Michael fixait le couloir où Pandora se trouvait avant d'être emmenée loin de lui.

— Le garage? dit-il en revenant péniblement sur terre. Heu... Non. Mon oncle y avait fait installer un système de télécommande à distance il y a quelques années. Mais il l'avait fait retirer et depuis... La voiture de Pandora! Si...

— Ne vous inquiétez pas, intervint Randall de sa voix égale. Nous allons la faire vérifier. Mlle McVie se trouvait-elle avec vous au moment de l'accident?

Michael mourait d'envie de griller une cigarette.

— Oui. Les médecins sont en train de la soigner.

Au souvenir du sang de Pandora sur ses mains, Michael sentit une rage froide l'envahir.

— Je trouverai le salaud qui a fait ça, inspecteur! Et quand je l'aurai trouvé...

— Ne me dites rien qui pourrait se retourner un jour contre vous, monsieur Donahue, le prévint Randall.

Il savait que ce n'était pas seulement des paroles en l'air, destinées à soulager de trop fortes tensions.

— Et laissez-moi faire mon travail.

Michael l'épingla de son regard métallique.

— Quelqu'un joue à un jeu dangereux avec une personne qui m'est très chère. Si vous étiez à ma place, vous attendriez tranquillement en vous tournant les pouces?

Randall esquissa un petit sourire compréhensif.

— Vous savez, Donahue, je ne rate jamais un épisode de votre série. C'est toujours un grand moment. Et les événements que vous traversez en ce moment me font bigrement penser à l'un d'eux.

Il marqua une légère pause et reprit :

— Le problème, c'est que dans la réalité les choses ne se passent jamais comme à la télévision. Ah, je crois que voici votre *cousine*.

Michael, feignant d'ignorer le ton ironique du lieutenant, se précipita vers Pandora.

— Je vais bien, le rassura-t-elle avant même qu'il ne la questionne.

— Pas tout à fait comme je le voudrais, corrigea le médecin qui l'accompagnait. Mlle McVie souffre d'une commotion cérébrale qu'il serait bon de surveiller.

Pandora glissa son bras sous celui de Michael et adressa un sourire angélique à l'homme en blanc.

— Il n'est pas question que vous me gardiez prisonnière ici, déclara-t-elle fermement. Viens, Michael, rentrons à la maison.

— Une minute, répondit Michael en se tournant vers le médecin. Vous vouliez la garder à l'hôpital ?

— Michael...

— Tais-toi, coupa Michael d'un ton péremptoire.

— Une commotion cérébrale ne doit pas être prise à la légère. Il serait donc plus sage que Mlle McVie passe la nuit dans notre établissement.

— Je refuse de rester à l'hôpital pour une simple bosse à la tête, riposta Pandora.

Elle avisa soudain Randall et le salua gentiment.

— Bonjour lieutenant.

— Mademoiselle McVie.

Puis, relevant fièrement le menton, Pandora reprit à l'intention du médecin :

— Et maintenant docteur... ?

— Barnhouse.

— Docteur Barnhouse, sachez que je suivrai vos conseils

à la lettre. Je vais me reposer, éviter toute forme de stress et au moindre signe alarmant de nausée ou de vertiges, je serai à votre porte. Je peux vous certifier que je ne cours plus aucun risque, maintenant que Michael est persuadé que je suis invalide. Il sera là pour veiller personnellement sur moi, soyez-en assuré.

Loin d'être convaincu, le médecin se tourna vers Michael.

— Je ne peux pas la forcer à rester, bien sûr.

— Si vous croyez que, moi, je le peux, c'est que vous avez encore beaucoup à apprendre sur les femmes.

Barnhouse ne pouvait que capituler.

— Je veux vous revoir dans une semaine, lui enjoignit-il avec sévérité. Plus tôt, si survient l'un des symptômes que nous avons évoqués. Et je vous ordonne de garder le lit pendant vingt-quatre heures. Ce qui signifie sans mettre le pied par terre.

— Bien, docteur, acquiesça Pandora en lui tendant une main amicale. Merci de votre gentillesse.

Les lèvres de Barnhouse se pincèrent.

— Une semaine, répéta-t-il en s'éloignant à grandes enjambées.

— Pour un peu, je le soupçonnerais de te trouver à son goût.

— Il m'a certainement trouvée irrésistible, le visage dégoulinant de sang et un trou dans la tête, se moqua Pandora.

— Je n'en doute pas, murmura Michael en lui embrassant tendrement la joue.

Il en profita pour examiner les six points de suture qui disparaissaient à demi dans la foison de boucles rousses.

— Allons, décida-t-il avec détermination, rentrons à la maison que je puisse te dorloter.

— Je vous ramène, décréta Randall. J'en profiterai pour jeter un coup d'œil au garage.

Ils n'avaient pas franchi le seuil depuis cinq minutes que Sweeney avait pris Pandora sous son aile protectrice. Elle ne laissa pas à la jeune femme le temps de protester et la guida d'une main ferme jusque dans son lit. Là, elle la borda puis elle redescendit lui préparer une soupe chaude et une tasse de thé.

Bien qu'épuisée, Pandora n'arrivait pas à trouver le sommeil. Elle dessinait, tentant d'éloigner de son esprit les pensées horribles qui affluaient.

Un meurtre. Ils avaient été victimes d'une tentative de meurtre. Un oncle, une tante, un cousin était prêt à les tuer pour une vulgaire question d'argent. Mais qui ? Qui aimait l'argent au point de vouloir sacrifier des vies humaines ? Monroe le hâbleur, Biff le fanfaron, Ginger la coquette ?

Pour la première fois Pandora regretta de ne pas les connaître assez. Peut-être aurait-elle eu la réponse à sa question.

Lorsque Michael entra dans la chambre, elle avait croqué une demi-douzaine de visages.

— Jolies gueules de repris de justice, commenta-t-il avec sarcasme.

Il revenait du garage où Randall et lui avaient trouvé la quasi-totalité du liquide de freins répandue sur le sol. Le coupable ayant juste laissé de quoi effectuer normalement les premiers kilomètres.

— Qu'est-ce que tu vois ? s'enquit Pandora.

— Que tu possèdes des talents de dessinatrice exceptionnels et que tu ferais bien de t'essayer à la peinture.

— Je voulais dire, dans leurs visages. Parce que moi, je ne leur trouve rien de particulier. Rien qui fasse d'eux des criminels, en tout cas.

— Oh n'importe qui est capable de tuer, tu sais !

Michael ne laissa pas le temps à la jeune femme de s'indigner. Il poursuivit.

— Oui, n'importe qui. Tout dépend ensuite du motif, de la personnalité, des circonstances. Quelqu'un qui se sent menacé est un meurtrier en puissance.

— Mais c'est complètement différent !

— Non, affirma Michael en s'asseyant sur le lit. Certaines

personnes tuent pour se protéger, d'autres par cupidité, mais le résultat est le même.

— Alors tu crois qu'une personne ordinaire, sans histoires, peut tuer pour parvenir à ses fins ?

En guise de réponse, Michael pointa du doigt les portraits qu'il avait sous les yeux.

— L'un d'eux a essayé. Peut-être est-ce tante Patience à qui pourtant on donnerait le bon Dieu sans confession.

— Michael ! Tu ne peux pas croire sérieusement…

— Elle voue sa vie à Morgan. De façon obsessionnelle, quasi psychotique. Tu trouves normal qu'elle ne se soit jamais mariée pour vivre dans l'ombre de son frère ? Et lui, justement ? Si arrogant, si présomptueux ! Et qui a toujours clamé haut et fort que Jolley n'était qu'un vieux fou sénile.

— De toute façon, ils le pensaient tous !

— C'est exact. Mais Carlson ? Son fils unique, prêt à contester les dernières volontés de son père.

— Quant à Biff…

Michael éclata de rire en découvrant le portrait criant de vérité qu'en avait fait Pandora.

— Lui, commenta la jeune femme, je ne l'imagine pas en train de se salir les mains.

— Même pour cinquante millions de dollars ? Et Ginger, poursuivit Michael. Que cache-t-elle sous cette apparente douceur ? Et Hank.

Pandora l'avait dessiné, les biceps exagérément saillants.

— Pourquoi se satisferait-il d'une somme infime quand il pourrait toucher le gros lot ?

— Je ne sais pas, avoua sobrement Pandora. C'est bien là le problème. Même lorsque je les vois tous là, alignés devant moi, je ne sais pas.

— Alignés, murmura Michael. Peut-être tenons-nous là la réponse. Je crois qu'il est temps que nous organisions une petite réunion de famille.

— Tu veux les inviter tous ici ?

— Ça me semble l'endroit idéal.
— Ils ne viendront pas.
— Oh si, ils viendront ! Tu peux me croire !

Michael réfléchissait à toute allure à l'idée qui venait de germer dans son esprit.

— Il suffit de leur faire savoir que les choses ne se passent pas très bien entre nous et tu les verras rappliquer pour donner le coup de pouce final. Tu vois le médecin dans une semaine. Si Barnhouse donne son feu vert, nous pourrons démarrer un nouveau petit jeu.

— Quel jeu, Michael ?
— Dans une semaine, répéta-t-il, énigmatique.

Il prit le visage de la jeune femme entre ses mains et l'étudia attentivement.

— Tu es pâlichonne.
— On le serait pour moins, non ? Et si tu me dorlotais un peu, maintenant ?

Le sourire qu'il affichait disparut au souvenir du drame qu'ils venaient de vivre. Il serra Pandora un peu plus fort contre lui.

— Seigneur ! Quand je pense que j'ai failli te perdre.

Pandora devina une telle note de désespoir dans la voix de Michael qu'elle ressentit le besoin de le rassurer.

— Nous aurions été perdus tous les deux si tu n'avais pas aussi bien maîtrisé la situation.

Elle se blottit avec bonheur contre l'épaule solide que Michael lui offrait. Elle se surprit à rêver que ce pourrait être pour toujours.

— Je ne pensais vraiment pas que nous pourrions nous en sortir.

Il s'écarta légèrement d'elle pour la regarder. Ses traits étaient tirés mais il sentait sous l'extrême fatigue la grande force qui l'animait.

— Et si nous reparlions plutôt de ce que tu m'as dit juste avant l'accident ?

— J'ai poussé un hurlement ?

— Non.
— Si j'ai critiqué ta conduite, je m'en excuse.
Michael lui releva un peu plus le menton.
— Tu m'as dit que tu m'aimais.
Il regarda la bouche de la jeune femme s'arrondir de surprise. Un autre que lui, dénué d'humour, aurait pu se sentir blessé.
— Disons que j'ai eu la chance de recueillir ce que tu pensais être tes dernières paroles, ajouta-t-il.
Michael bluffait-il ? Elle avait beau fouiller sa mémoire, elle ne se souvenait que de sa main tendue vers lui et de sa volonté éperdue de mourir dans ses bras.
— J'étais hystérique, tenta-t-elle de se justifier.
— Pourtant, tu semblais avoir toute ta raison.
— Michael, tu as entendu le Dr Barnhouse, je ne dois subir aucun stress. Et, si tu tiens vraiment à te rendre utile, descends me chercher une tasse de thé.
— J'ai une meilleure idée pour te détendre, lui dit-il en se glissant à ses côtés après l'avoir renversée sur l'oreiller.
De ses lèvres, tendrement, il effleura la ligne de ses pommettes.
— Je veux que tu me le redises, Pandora, lui chuchota-t-il.
— Michael..., protesta la jeune femme, en essayant de lui échapper.
— Reste tranquille. J'ai juste besoin de te sentir près de moi, de te toucher. Nous aurons toute la vie pour le reste.
Il était si gentil, si patient ! Elle s'était souvent demandé comment un homme aussi volage pouvait se montrer aussi rassurant.
Michael retira ses chaussures et s'allongea à côté d'elle. Il l'attira tout contre lui, la caressant jusqu'à ce qu'il la sente apaisée.
— Je vais prendre soin de toi, promit-il avec une infinie douceur. Et lorsque tu iras mieux, nous veillerons l'un sur l'autre.
— J'irai mieux demain, lui assura-t-elle d'une voix lourde de sommeil.
— Bien sûr. Mais, tu ne me l'as pas redit. M'aimes-tu, Pandora ?

Elle était si fatiguée ! Elle fit néanmoins l'effort de relever la tête pour regarder Michael dans les yeux.

— Quelle importance, de toute façon ? Les gens tombent amoureux tout le temps.

— Les gens, répéta-t-il songeur. Mais, toi, Pandora ? Cela te rend furieuse, n'est-ce pas ?

— Oui, dit-elle en fermant les yeux. Mais je fais de mon mieux pour que ça change.

Michael se blottit contre elle, décidé à se satisfaire de cette réponse. Un jour il parviendrait à ses fins.

12

Michael étudiait les taches sombres qui maculaient le sol du garage avec une fascination mauvaise. Vider le liquide de freinage d'une voiture dans le but de la faire s'écraser contre un arbre, était une méthode aussi vieille que le monde. Lui-même y avait eu recours des centaines de fois dans l'élaboration de ses scénarios. Il connaissait par cœur, pour les avoir déjà imaginés, chacun des desseins meurtriers utilisés à leur encontre. D'ailleurs, il se maudissait de ne pas s'être suffisamment méfié.

De retour à la maison, Michael se dirigea d'un pas ferme vers le téléphone. Il était temps de mettre son plan à exécution.

Il venait de passer son dernier coup de fil lorsque Pandora fit son apparition.

— Michael, il faut que je te parle de Sweeney.

Michael détaillait avec satisfaction la mine reposée de la jeune femme.

— N'est-ce pas l'heure de ta sieste ? demanda-t-il.

— C'est justement ce dont je veux te parler, répondit-elle, les sourcils froncés, en tripotant nerveusement l'extrémité du ruban qui retenait ses cheveux. Je n'ai plus besoin de me reposer, la semaine est écoulée. J'ai vu le médecin et il m'a trouvée en pleine forme. D'ailleurs, il semblait très contrarié que j'aie recouvré la santé sans son aide. Mais si Sweeney continue à me couver comme elle le fait, je sens que je vais rechuter !

Elle se tenait devant lui, les poings sur les hanches, le menton fièrement relevé, affichant une détermination qui n'entendait pas être discutée.

— Que veux-tu que je fasse ?

— Parle-lui. Elle t'écoutera, toi. Je ne sais pour quelle raison obscure elle trouve ton jugement infaillible. C'est toujours « M. Donahue par-ci, M. Donahue par-là ». Elle me chante sans arrêt tes louanges !

Michael se rengorgea, mais déchanta tout aussi vite. Cet excès de flatteries pourrait lui nuire.

— Ce n'est que son point de vue. Cependant... Et parce que je ne peux rien te refuser, je vais m'en occuper.

— Comment comptes-tu t'y prendre ? s'enquit Pandora, méfiante.

— Sweeney va être si débordée dans les semaines à venir qu'elle n'aura plus de temps à nous consacrer. Je te rappelle qu'elle a le dîner de famille à organiser.

— De quel dîner parles-tu ?

— Celui que nous allons donner en l'honneur des chers membres de notre famille.

Pandora se souvint que Michael était occupé à téléphoner lorsqu'elle l'avait retrouvé.

— Jusqu'où as-tu été ? demanda-t-elle, au comble de la curiosité.

— J'ai juste planté le décor, répondit-il évasivement. Nous allons demander à Sweeney de sortir sa plus belle vaisselle, même si je doute que nous l'utilisions.

Pandora ne voulait pas passer pour une lâche mais l'accident lui avait appris à se montrer méfiante.

— Michael, l'un d'eux a voulu nous tuer.

— Et il a échoué. Mais il ne s'arrêtera pas pour autant, il essaiera encore et encore. La police ne pourra pas patrouiller chez nous indéfiniment.

Il effleura du regard la cicatrice sur le front de Pandora qu'une mèche de ses cheveux dissimulait à demi.

— Nous allons donc régler le problème. Mais à ma façon.

— Michael, je n'aime pas ça du tout.

Michael lui adressa un sourire réconfortant et lui pinça gentiment la joue.

— Fais-moi confiance.

Pandora laissa échapper un profond soupir puis glissa sa main dans celle de Michael.

— Allons dire à Sweeney de mettre les petits plats dans les grands, décida-t-elle avec fermeté.

Jusqu'au dernier moment, Pandora resta persuadée que personne ne viendrait.

Michael et elle avaient passé de longues heures à discuter son plan puis, se pliant à son sens de la stratégie, elle avait fini par capituler. Elle avait hérité de Jolley son goût du spectacle et de la dérision et finalement, se réjouissait à l'idée de participer activement à la scène finale. Elle avait endossé pour le rôle qu'elle avait à jouer une stricte robe noire qu'elle avait rehaussée d'un collier en argent. Une paire de boucles d'oreilles assorties apportait la touche parfaite à sa tenue. Curieusement, à mesure que l'heure approchait, la tension nerveuse se transformait en farouche détermination.

Lorsque Michael la vit, il en resta pétrifié d'admiration. Pourquoi avait-il cherché à se convaincre, tout au long de ces années, que Pandora était dépourvue d'une réelle beauté ? A ce moment précis, elle éclipsait toutes les autres femmes qu'il avait connues. Pourtant, et pour échapper à l'ironie grinçante de Pandora, il se borna à marquer son appréciation par un léger signe de tête.

— Tu es parfaite, commenta-t-il sobrement.

Lui-même, dans un élégant costume sombre à la coupe impeccable, dégageait une impression de force tranquille. Il s'approcha de Pandora et lui prit la main.

— Tu es aussi sophistiquée et sexy qu'une héroïne de Hitchcock. Il aurait pu faire de toi une star.

— Rappelle-toi ce qui est arrivé à Janet Leigh.

Michael éclata de rire.

— Nerveuse ?

— Moins que je ne l'aurais cru. Mais si ton plan échoue...

— Ce ne sera pas pire que ce que nous endurons depuis des semaines. Bien, tu sais ce que tu as à faire.

— Michael ! Nous avons répété au moins une demi-douzaine de fois.

Michael se pencha et déposa un baiser sur les épaules dénudées de la jeune femme.

— Je dois reconnaître que tu joues avec un naturel époustouflant. Et lorsque tout ceci sera fini, nous jouerons notre propre scène.

Il serra un peu plus la main de Pandora, l'empêchant ainsi de lui échapper.

— Il est trop tard pour reculer, Pandora, ajouta-t-il. Beaucoup trop tard.

Pandora se raidit légèrement, sentant la tension nerveuse la regagner.

— Tu es bien sérieux tout à coup, dit-elle sur un ton qu'elle voulait désinvolte.

— Je suis sérieux, tu es pragmatique, nous devrions former une bonne équipe.

— Tu crois ça ? ironisa Pandora.

— J'en suis certain. La vie serait bien trop monotone sans une pointe de piment. Nous devrions y aller à présent, j'entends nos premiers invités arriver.

Il lui donna un dernier baiser qui se voulait encourageant.

— Bonne chance.

En moins d'une demi-heure, toutes les personnes qui étaient présentes à l'ouverture du testament de Jolley se trouvèrent de nouveau réunies dans la bibliothèque. Ils paraissaient aussi nerveux que six mois auparavant.

Pandora fixa le portrait de son oncle, s'attendant presque à ce que ce dernier lui adresse un clin d'œil complice. Il était temps que le jeu commence.

Pandora s'approcha en premier de Carlson et de sa femme qui, maussades, se tenaient près des rayonnages.

— Oncle Carlson, je suis si contente que tu aies pu venir ! Je trouve que nous ne nous voyons pas assez.

— Pas d'hypocrisie, je te prie, rétorqua Carlson en faisant tourner son whisky dans son verre. Si tu t'imagines que tes belles paroles vont me dissuader de contester cet absurde testament, tu te trompes.

Pandora lui adressa un sourire éblouissant.

— Ne t'inquiète pas, lui dit-elle, je n'en espérais pas autant. Sache cependant que d'après Fitzhugh, tu n'as aucune chance de l'emporter. Mais tu as raison sur un point, ce testament est absurde. M'obliger à vivre sous le même toit que Michael pendant six mois était une idée complètement loufoque.

Elle fit négligemment courir ses mains sur son collier puis reprit :

— Je dois t'avouer, oncle Carlson, qu'à plusieurs reprises j'ai failli renoncer. Il m'a rendu la vie impossible pendant six mois. Une fois, il a prétendu que sa mère était malade, une autre fois, il m'a enfermée dans la cave. Un vrai gamin !

Elle accompagna ses paroles d'un regard dédaigneux en direction de Michael. Carlson l'écoutait parler en sirotant nerveusement son whisky.

— Heureusement, le contrat arrive à son terme, ajouta-t-elle avec un sourire faussement ingénu. Et pour fêter cela, Michael va déboucher la bouteille de champagne qu'il a reçue pour Noël et qu'il conservait jalousement pour une pareille occasion.

Pandora entendit le verre de Mona tomber sur le tapis persan.

— Ce n'est rien, lui dit-elle d'une voix doucereuse. Je vais envoyer quelqu'un nettoyer cela. Veux-tu que je te resserve ?

— Non, cela ira, répondit Carlson à la place de son épouse. Excuse-nous, ajouta-t-il en prenant celle-ci par le coude pour l'entraîner à l'écart.

Pandora ressentit un intense sentiment d'excitation. Ainsi donc, c'était Carlson !

— J'ai arrêté de fumer depuis six mois, disait de son côté Michael à Hank et à sa femme qui approuvaient d'un signe de tête.

— Tu verras, tu n'auras qu'à t'en féliciter, affirma Hank de sa voix traînante. Après tout, nous sommes seuls responsables de notre santé.

— C'est en effet ce que je me disais récemment, rétorqua sèchement Michael. Mais, vivre avec Pandora pendant six mois n'a pas été facile. Elle a fait de ma vie un enfer. Figure-toi qu'elle m'a fait envoyer un télégramme bidon qui m'a obligé à me rendre en Californie, au chevet de ma mère, soi-disant mourante.

Il jeta un coup d'œil par-dessus son épaule, fronçant les sourcils dans le dos de Pandora.

— Si tu as réussi à passer le cap des six mois sans fumer…, reprit Meg désireuse de réorienter la conversation sur le terrain plus neutre de la santé.

Michael l'interrompit, feignant de ne pas l'avoir entendue.

— Enfin, d'ici à quelques jours, nous aurons honoré notre contrat et je ne serai plus obligé de vivre avec cette femme impossible !

Il adressa un sourire hypocrite à Hank.

— Et ce soir, pour fêter ça, pas question de jus de carottes ! J'ai réussi à sauver une bouteille de champagne qu'un admirateur anonyme m'a envoyée pour Noël. Ce sera l'occasion idéale pour l'ouvrir.

Les doigts de Hank se crispèrent sur son verre, tandis que le visage de Meg devenait blême.

— C'est-à-dire…, balbutia-t-il en cherchant de l'aide dans le regard de sa femme, que… que nous ne buvons jamais d'alcool.

— On ne peut pas dire que le champagne soit de l'alcool, insista Michael qui faisait preuve d'une jovialité excessive. Si vous voulez bien m'excuser…

Il se dirigea vers le bar où il attendit que Pandora le rejoigne.

— C'est Hank, chuchota-t-il à la jeune femme.

— Non, décréta cette dernière en ajoutant un trait de vermouth dans son verre, c'est Carlson.

Reprenant consciencieusement son rôle, elle ajouta à voix haute, afin de se faire entendre de l'assemblée :

— Tu es vraiment insupportable, mon pauvre Michael ! Toutes les fortunes du monde ne valent pas que je passe un jour de plus en ta compagnie !

— Espèce de snob intellectuelle ! clama-t-il en levant son verre dans sa direction. Moi, je compte les jours.

Dans un bruissement de soie, Pandora alla rejoindre Ginger.

— Je ne sais pas comment je fais pour garder mon sang-froid avec un type pareil.

Ginger vérifia la tenue de son maquillage dans un ravissant miroir de poche avant de répondre :

— Oui, mais qu'est-ce qu'il est beau !

— On voit bien que ce n'est pas toi qui vis avec lui. Une semaine à peine après que nous sommes venus nous installer ici, il a vandalisé mon atelier. Et il a eu le culot d'essayer de faire croire à l'acte d'un vagabond.

Ginger fronça les sourcils et se repoudra légèrement le nez.

— Ce n'est pas possible ! Je me disais...

Elle s'interrompit, soudain fascinée par les boucles d'oreilles que portait sa cousine.

— Elles sont magnifiques !

De son côté, Michael feignait de s'intéresser au discours nébuleux que lui tenait Monroe sur les cours de la Bourse. Il attendit patiemment le moment propice pour intervenir.

— Lorsque tout sera terminé, je ferai appel à tes conseils. J'ai l'intention de m'impliquer activement dans les usines chimiques de Jolley. Il y a beaucoup d'argent à faire dans le domaine des fertilisants et des pesticides.

Il regarda Patience applaudir à son annonce et se soustraire au regard noir de son frère.

— En ce moment, il vaut mieux investir dans l'informatique, commenta brièvement Morgan.

Michael esquissa un petit sourire.

— Je vais me renseigner là-dessus.

Pandora ne tira rien d'intéressant de Ginger. Les cinq minutes de conversation qu'elle eut avec elle ne lui apportèrent qu'un début de migraine. Elle décida alors de tenter sa chance avec Biff.

— Tu me parais en pleine forme, attaqua-t-elle, souriante.

— Toi, en revanche, je te trouve un peu pâle.

— Les six derniers mois n'ont pas été de tout repos, précisa-t-elle sur le mode de la confidence. Je comprends maintenant pourquoi tu l'as toujours détesté. Je me demande bien ce qu'oncle Jolley pouvait lui trouver. Peut-être son goût prononcé pour les farces stupides. Tu te rends compte, il est allé jusqu'à m'enfermer dans la cave !

— Cela ne m'étonne qu'à moitié. Il n'a jamais vraiment appartenu à notre monde.

Pandora se mordit la langue avant d'acquiescer.

— Et un soir, ajouta-t-elle, il m'a appelée en déguisant sa voix. Il a tenté de m'effrayer en me racontant que quelqu'un allait essayer de m'assassiner.

Les sourcils de Biff se joignirent en une mimique surprise.

— C'est affreux.

— Enfin, les choses se sont à peu près calmées. Au fait, as-tu aimé le champagne que je t'ai envoyé ?

Les doigts de Biff se crispèrent sur son verre.

— Du champagne ?

— Oui, je te l'ai envoyé juste après Noël.

— Ah, oui, dit-il en scrutant le visage de Pandora d'un air suspicieux. C'était donc toi ?

— Oui. J'ai eu cette idée juste après que Michael en a reçu une bouteille. D'ailleurs, il a promis de l'ouvrir ce soir. Excuse-moi, je dois aller vérifier le dîner.

Son regard croisa celui de Michael tandis qu'elle quittait la pièce. Dans la cuisine, Sweeney mettait la touche finale au repas.

— S'ils ont faim, ronchonna-t-elle, il faudra qu'ils attendent encore dix minutes.

— Sweeney, il est temps d'y aller.

— Je sais, je sais, mais le jambon n'est pas tout à fait cuit.

Pandora avait demandé à Sweeney de descendre à la cave, de couper le compteur électrique et d'attendre exactement une minute avant de le remettre en marche. La vieille servante s'était tout d'abord montrée réticente, puis avait accepté de participer au plan des jeunes gens. Elle s'essuya les mains à son tablier puis descendit les marches qui menaient à la cave. Soulagée, Pandora regagna la bibliothèque.

Comme il l'avait prévu, Michael se tenait près du bureau. Il adressa un léger signe de tête à Pandora lorsqu'elle entra dans la pièce.

— Le dîner sera servi dans dix minutes, annonça-t-elle gaiement.

— Cela nous laisse juste assez de temps, dit Michael en s'adressant à l'assemblée. Vous vous demandez certainement pourquoi je vous ai fait venir ici ce soir, ajouta-t-il, en dévisageant tour à tour ses invités.

C'est alors que la pièce fut plongée dans le noir le plus complet. Des verres se brisèrent, des cris fusèrent. Lorsque la lumière revint, tous tremblaient, les yeux fixés sur le corps de Pandora, allongée face contre terre, un coupe-papier ensanglanté à ses côtés. En moins d'une seconde, et avant que quiconque ait pu réagir, Michael était près d'elle. Dans un silence de mort, il la prit dans ses bras et disparut avec elle. Lorsqu'il revint, plusieurs minutes après, il était seul. Il épingla de son regard dur chaque visage présent.

— Elle est morte, annonça-t-il.

— Comment ça, elle est morte ? s'écria Carlson en se frayant un chemin jusqu'à Michael. A quel nouveau jeu êtes-vous en train de jouer ? Je veux voir Pandora.

— Personne ne s'approchera d'elle, riposta Michael d'une voix menaçante en lui barrant le chemin. Personne ne l'approchera, répéta-t-il, ni ne quittera cette pièce avant l'arrivée de la police.

— La police !

Pâle et tremblant, Carlson jeta un regard paniqué autour de lui.

— Il n'en est pas question ! Nous allons nous débrouiller sans elle. Je suis sûr que Pandora n'est qu'évanouie.

— Et ce sang partout ? interrogea Michael en désignant l'arme du crime.

— Non ! hurla Meg qui craqua la première. Personne ne devait être blessé. On devait juste vous faire peur. Hank, gémit-elle en se blottissant contre son mari, ça ne devait pas se passer comme ça.

— C'est vrai, murmura-t-il. Nous voulions juste vous jouer un sale tour.

— Nous tuer, tu appelles ça un sale tour ?

— Nous n'avons jamais…, balbutia-t-il, choqué, serrant sa femme aussi fort qu'elle le serrait. Pas un meurtre, non !

— J'imagine que tu ne veux pas non plus boire de champagne, n'est-ce pas, Hank ?

— Je leur avais dit d'arrêter, hoqueta Meg. J'ai même téléphoné à Pandora pour la prévenir. Je savais bien que c'était une folie mais nous avions besoin d'argent. Nous pensions qu'en vous montant l'un contre l'autre, vous finiriez par craquer et par rompre les termes du contrat. Mais je te jure que c'est tout ! J'ai aidé Hank à faire le guet dans la cabane et c'est lui qui est allé saccager l'atelier de Pandora. Nous voulions faire croire que c'était toi.

— Elle ne l'aurait jamais cru, intervint Ginger, les joues ruisselantes de larmes. Tout cela était si… excitant !

Perplexe, Michael fixa sa si jolie cousine.

— Alors, toi aussi, tu étais dans le coup ?

— En réalité, je n'ai pas fait grand-chose. Mais lorsque tante Patience m'a expliqué…

— Patience !

Mais Michael, qui n'en croyait déjà pas ses oreilles, n'était pas au bout de ses surprises.

— Monroe méritait sa part, commenta la vieille femme en joignant les mains comme en prière.

Son regard de fouine balaya la pièce, évitant soigneusement le coupe-papier couvert de sang. Elle avait la certitude d'avoir bien fait.

— Nous voulions que l'un de vous s'en aille, plaida-t-elle. Et tout serait rentré dans l'ordre.

Puis, se tournant vers Carlson, elle ajouta :

— C'était son idée.

— C'est tout de même le monde à l'envers, tonna Carlson en essuyant son front ruisselant de sueur. Ces avocats ! Tous des incapables ! Ils n'ont même pas été fichus de trouver une solution. Ce sont eux qui m'ont poussé à vouloir protéger mes droits.

— En voulant nous assassiner ?

— Ne sois pas ridicule ! dit-il en retrouvant sa suffisance coutumière. Le plan visait juste à vous faire quitter la maison. Je n'ai fait qu'enfermer Pandora dans le cellier. Lorsque j'ai entendu parler du champagne, j'ai eu quelques doutes mais après tout, vous n'en êtes pas morts !

C'était le moment qu'attendait Michael.

— Qui l'a envoyé ?

— C'est Biff, répondit Meg. Mais il avait promis que les choses se passeraient bien.

Résigné, Biff haussa négligemment les épaules.

— Ce n'était que justice, cousin. Tout le monde a trempé dans cette affaire, mais moi, je n'ai pas de sang sur les mains.

Michael fit un pas dans sa direction.

— C'est toi aussi qui as trafiqué ma voiture ? Après tout, ce n'est un secret pour personne que tu me détestes.

— Nous sommes tous responsables, éluda-t-il, mais je ne suis pour rien dans le meurtre de Pandora.

Sa respiration s'accéléra, des gouttes de sueur perlèrent à son front, tandis qu'il s'adressait à l'assemblée.

— C'est évident, quelqu'un a paniqué ce soir, mais ce n'est pas moi.

— Lorsque quelqu'un a fait une tentative, il est facile d'imaginer qu'il puisse recommencer.

— Tu ne pourras rien prouver. N'importe qui dans cette pièce aurait pu saboter les freins de ta voiture. Tu n'as aucune preuve contre moi.

— Je n'en ai pas besoin.

D'un mouvement leste, il envoya son poing dans le visage de Biff. Il le rattrapa de justesse par le col et lui dit d'une voix menaçante :

— Comment sais-tu que ce sont les freins ?

Sentant le piège se refermer sur lui, Biff tenta d'échapper à Michael. Les deux hommes roulèrent au sol, chacun luttant pour prendre le dessus. Sur leur passage, une lampe Tiffany explosa en une myriade de couleurs, une table se renversa.

L'assistance, impuissante, sous le choc, reculait machinalement pour leur céder la place.

C'est alors que la voix de Pandora s'éleva, irréelle. Tel un fantôme, la jeune femme fit son apparition.

— Michael, je crois que cela suffit. Nous avons de la compagnie.

Pantelant, Michael se releva, entraînant Biff à sa suite.

Charles choisit ce moment pour faire son entrée, annonçant avec toute la dignité exigée par sa fonction :

— Le dîner est servi.

Deux heures plus tard, Pandora et Michael se partageaient le festin dans la bibliothèque.

— Je ne pensais pas que ça marcherait, commenta Pandora la bouche pleine. Le lieutenant Randall n'avait pas l'air satisfait, lui.

— C'est normal. Il aurait aimé conclure l'enquête à sa façon.

Ses soupçons se portaient déjà sur Biff, ce n'était plus qu'une question de jours.

— Peux-tu imaginer à quel point il est difficile de jouer les mortes ? demanda-t-elle soudain en se massant la nuque.

Michael se pencha vers elle pour l'embrasser.

— Tu as été formidable. Une véritable star !

— Que va-t-il se passer maintenant ?

— Oh, je crois que mon cher cousin n'est pas près de reporter des costumes de chez Brooks Brothers. Il va devoir s'habituer à l'uniforme des prisonniers.

— Quand je pense que tu l'as gratifié d'un nouvel œil au beurre noir ! ricana Pandora.

Michael vida sa coupe d'un trait en souriant à ce souvenir.

— Voilà, nous n'avons plus qu'à passer tranquillement les deux semaines restantes.

— Alors, c'est fini.

Michael prit la main de la jeune femme entre les siennes avant qu'elle ne se lève.

— Non, ça ne fait que commencer, dit-il en la renversant sur les coussins. Dis-moi, combien de temps cela fait-il ?

Pandora lutta pour cacher le trouble qui l'envahissait.

— De quoi parles-tu ? éluda-t-elle.

— Depuis combien de temps es-tu amoureuse de moi ?

— Si tu crois que je vais m'abaisser à flatter ton ego..., riposta la jeune femme, néanmoins dépitée qu'il s'écarte d'elle.

— Parfait, alors c'est moi qui vais commencer. Je crois que je suis tombé amoureux de toi à ton retour des îles Canaries, lorsque je t'ai vue entrer dans le salon. Tu étais toute en jambes et tu m'as regardé d'un air dédaigneux. A partir de ce jour-là, je n'ai plus été le même.

— J'en ai assez de ce petit jeu, Michael ! protesta Pandora en se raidissant.

Michael lui caressa tendrement la joue.

— Moi aussi. Tu as dit que tu m'aimais, Pandora.

— Je l'ai dit sous le coup de la pression.

— Alors, je vais être obligé de maintenir cette pression parce que je n'ai pas l'intention de te laisser m'échapper. Que dirais-tu de m'épouser ?

— Quoi ?

— Oui, nous pourrions nous marier ici, dans cette bibliothèque.

— Je ne vois pas de quoi tu veux parler.

— C'est très simple. Tu m'aimes, je t'aime.

— Justement, ça n'est pas aussi simple, parvint-elle enfin à avouer. Je n'ai été pour toi qu'une liaison confortable, mais dès que tu retrouveras tes danseuses blondes et tes starlettes, tu...

— Quelles danseuses blondes ? Je ne supporte pas les blondes !

— Michael, je n'ai pas envie de plaisanter !

— Je ne plaisante pas. Je te verrais très bien dans une robe blanche, avec un voile en dentelle. Oui, un voile t'irait très bien. Il y aurait des fleurs partout, ce serait une cérémonie de mariage traditionnelle. Ensuite, nous nous installerions à « La Folie », chacun poursuivant sa carrière. Dans un an, deux tout au plus, nous donnerions à Charles et à Sweeney notre enfant à garder.

Il s'interrompit pour lui mordiller gentiment l'oreille.

— Michael, commença Pandora, la vie n'est pas un de tes scénarios.

— Je suis fou de toi, Pandora. Regarde-moi.

Il releva son menton et la fixa d'un regard pénétrant.

— En tant qu'artiste, tu devrais être capable de voir au-delà des apparences. Ça devrait être d'autant plus facile que tu m'as toujours reproché d'être superficiel.

Pandora voulait y croire. Son cœur bondissait dans sa poitrine comme un oiseau en cage.

— J'avais tort. Michael, si tu joues avec moi, je te tuerai de mes propres mains.

— Les jeux sont faits désormais. Je t'aime, c'est aussi simple que ça.

— Simple, murmura la jeune femme, songeuse. Tu veux vraiment m'épouser ?

— Oui, vivre avec toi est si facile !

Pandora était tiraillée entre l'envie de rire et de pleurer.

— Facile ?

— Absolument.

Il l'allongea sur le canapé, son corps plaqué contre le sien. Lorsqu'il prit ses lèvres, il le fit sans patience, sans douceur. Pour la première fois, il sentit que Pandora s'abandonnait corps et âme. Peut-être avait-il raison, songeait-elle. Peut-être était-ce facile, après tout.

— Je t'aime, Michael.

— Nous allons nous marier.

— C'est ce qu'il nous reste de mieux à faire.

— Mais je te préviens, je vais te mener la vie dure, plaisanta-t-il d'une voix faussement grave. Ce sera le prix à payer pour vivre avec une femme aussi exaspérante que toi. Nous sommes-nous bien compris ?

Un sourire radieux vint fleurir sur les lèvres de Pandora.

— Comme toujours.

Michael embrassa son front, le bout de son nez, sa bouche.

— Lui aussi, il nous comprend, dit-il en désignant d'un signe de tête le portrait de Jolley.

— Finalement il aura réussi à nous mener là où il le voulait. J'imagine qu'il doit bien rire de là-haut.

Un voile de tristesse assombrit le regard de la jeune femme.

— J'aurais tant aimé qu'il soit là pour notre mariage !

— Qui te dit qu'il ne sera pas là ?

Ils reprirent tous deux leur coupe de champagne et trinquèrent en l'honneur du vieil homme.

— A la mémoire de Maximilian Jolley McVie.

— A oncle Jolley.

Pandora choqua son verre contre celui de Michael.

— Et à nous.

Les amants de minuit

1

L'avion se posa en douceur sur la piste de l'aéroport international d'Honolulu et, quelques minutes plus tard, Laine Simmons descendit la passerelle. Sur le tarmac, plusieurs jeunes filles à la peau dorée, vêtues de sarongs aux vives couleurs, accueillaient les passagers.

Laine poussa un léger soupir. Elle aurait préféré se mêler directement à la foule mais, ayant voyagé en classe touriste, elle était étiquetée comme telle. Elle accepta le baiser de bienvenue des jeunes femmes et le collier de fleurs qu'elles lui offraient, puis elle marcha vers le bureau d'informations, ralentie dans sa marche par un homme de forte corpulence. A en juger par sa chemise fleurie jaune et orange, et les jumelles qui pendaient autour de son cou, il était bien résolu à prendre du bon temps pendant ses vacances. Laine fronça les sourcils. Dans des circonstances différentes, l'apparence un peu ridicule de cet inconnu l'aurait amusée, mais le nœud qui s'était formé dans son estomac lui ôtait toute envie de sourire. Elle n'avait pas mis les pieds sur le continent américain depuis quinze ans. Avec ses falaises et ses plages, le paysage qu'elle avait découvert pendant la descente de l'avion ne lui avait pas paru particulièrement accueillant. Elle n'avait pas eu l'impression d'être la bienvenue, ni de revenir chez elle.

L'Amérique qu'elle connaissait apparaissait en visions sporadiques dans sa mémoire. Ce pays, qu'elle avait quitté à sept ans, prenait la forme d'un orme noueux se dressant en sentinelle devant la fenêtre de sa chambre, et d'une étendue d'herbe verte illuminée par les boutons d'or. C'était aussi une boîte aux lettres située au bout d'un long sentier sinueux. Mais par-dessus tout, l'Amérique avait le visage de l'homme qui l'avait emmenée dans des jungles africaines et des îles désertes imaginaires. Cependant, les immenses fougères et les gracieux palmiers d'Honolulu lui étaient aussi étrangers que le père pour lequel elle venait de traverser la moitié de la planète. Une vie entière semblait s'être écoulée depuis que le divorce de ses parents l'avait arrachée à ses racines.

Laine soupira. Elle n'avait eu aucune garantie en entreprenant ce voyage. L'adresse qu'elle avait retrouvée, enfouie dans les papiers de sa mère, allait-elle la conduire vers le capitaine James Simmons ? Rien n'était moins sûr. Cette petite feuille pliée et repliée plusieurs fois sur elle-même était un peu jaunie par le temps, mais c'était la seule chose qu'elle avait repêchée. Aucune correspondance, rien pour indiquer si l'adresse était toujours valable. Son père vivait-il encore sur l'île de Kauai ? Sa première impulsion avait été de lui écrire. Mais après une semaine d'indécision, elle avait fini par rejeter cette idée. Elle préférait le rencontrer. Ses économies lui permettraient tout juste de se nourrir et de se loger pendant huit jours sur l'île. Elle avait bien imaginé que ce voyage serait éprouvant, mais elle n'avait pas pu y renoncer. Outre les doutes qu'elle avait quant au succès de ce voyage, elle était taraudée par la peur qu'il se solde par un rejet.

« Je n'ai aucune raison de m'attendre à ce que mon père m'accueille à bras ouverts », songea-t-elle en accélérant le pas. Pourquoi l'homme qui n'avait pas cherché à la revoir pendant toute son enfance se soucierait-il de la femme qu'elle était devenue ?

Resserrant sa main sur la poignée de sa valise, Laine se répéta pour la énième fois qu'elle acceptait le dénouement de ce déplacement, quel qu'il soit. Après tout, elle avait appris depuis longtemps à se contenter de ce que la vie pouvait lui offrir.

D'un geste vif, elle ajusta son chapeau blanc à bord mou sur ses boucles blondes et releva le menton. Il était hors de question de laisser voir à qui que ce soit l'anxiété tapie tout au fond d'elle.

* * *

Au bureau d'information, l'hôtesse d'accueil était plongée dans une discussion avec un homme. Leur conversation semblait agréablement animée. Laine observa leur tête-à-tête. L'homme était brun, et d'une taille intimidante. Avec un petit sourire, elle songea à ses élèves. Ils lui auraient certainement attribué le qualificatif de « séduisant ». Son visage aux contours rudes, mais très réguliers, était surmonté d'un halo de boucles noires en bataille. Sa peau bronzée le classait définitivement parmi les habitués du soleil hawaïen. Il avait un petit air canaille, une sensualité animale. Peut-être avait-il eu le nez cassé. Ce qui était loin de gâcher son profil, bien au contraire. Cela créait une légère dissymétrie, qui ajoutait à son charme. Il était vêtu d'un jean un peu râpé, effiloché, et d'une chemise en jean à manches courtes, qui laissait voir un torse et des avant-bras aussi bronzés que musclés.

Vaguement agacée, Laine poursuivit son examen. L'homme s'appuyait au comptoir avec désinvolture, un petit sourire taquin au coin des lèvres.

« Je connais ce genre d'individu », songea-t-elle avec une soudaine rancœur. Elle en avait vu plus d'un comme celui-ci tourner autour de sa mère comme un prédateur autour de sa proie. Et quand la beauté de Vanessa était devenue l'ombre d'elle-même, la meute s'était tournée vers une proie plus tendre. Laine soupira. Heureusement, elle-même avait eu la chance d'avoir des contacts très limités avec les hommes.

L'inconnu se tourna vers elle et leurs regards se rencontrèrent. Laine ne détourna pas les yeux. Une colère subite commença à monter en elle. L'homme releva un sourcil et la parcourut des yeux de la tête aux pieds, avec un petit sourire d'autosatisfaction.

Elle était vêtue d'un ensemble de soie bleu irisé qui révélait la souplesse de ses lignes gracieuses et son élégance naturelle et décontractée. Le bord de son chapeau jetait une ombre légère sur son visage à l'ovale parfait, au nez fin, très droit, aux pommettes hautes. Ses lèvres pulpeuses, bien dessinées, avaient une expression sérieuse, et ses immenses yeux bleu lavande étaient ourlés de cils épais et dorés. Il eut un petit sourire en coin. Ces cils-là étaient bien trop longs pour être authentiques. Quoi qu'il en soit, cette femme devait avoir une totale maîtrise d'elle-même, ses yeux ne cillaient pas.

Lentement, avec une insolence délibérée, il sourit. Laine soutint son regard et lutta pour empêcher une rougeur inopportune de lui monter au visage. Voyant que son interlocuteur ne lui prêtait plus attention, l'hôtesse tourna la tête vers elle. Aussitôt, elle troqua un bref instant son expression charmeuse contre une mine renfrognée.

— Puis-je vous aider ? interrogea-t-elle en retrouvant aussitôt son sourire professionnel.

Ignorant l'homme qui continuait de la dévisager, Laine s'approcha du comptoir.

— Merci. Je voudrais me rendre à Kauai.

Elle parlait avec un léger accent français.

— Il y a un charter qui part pour Kauai dans…

L'hôtesse consulta sa montre et afficha un nouveau sourire.

— … vingt minutes.

— Moi, je pars immédiatement ! dit l'homme.

Laine lui jeta un bref coup d'œil par-dessus son épaule. Il avait des yeux aussi verts que le jade chinois.

— Inutile d'attendre à l'aéroport, continua-t-il.

Son sourire s'élargit.

— Ma carlingue n'est pas aussi encombrée que le charter, et le voyage à bord est beaucoup moins onéreux.

Jusqu'à présent, elle avait toujours réussi à dissuader les gêneurs en tous genres par un regard dédaigneux et un sourcil arqué. Mais aujourd'hui, apparemment, elle n'avait pas cette chance.

— Vous avez un avion ? demanda-t-elle froidement.

— Vous avez tout compris.

Il avait mis les mains dans ses poches. Bien qu'il soit accoudé au comptoir dans une attitude désinvolte, il la dominait encore d'une tête.

— Je ne dédaigne pas la menue monnaie que me rapportent les touristes qui vont sur l'île.

— Dillon..., coupa l'hôtesse.

Mais il l'interrompit avec un sourire et un petit signe de tête dans sa direction.

— Rose se porte garante pour moi. Je travaille pour Canyon Airlines, sur Kauai.

Il présenta Rose en arborant un large sourire. Elle se mit à fouiller dans une pile de papiers.

— Dillon... je veux dire, M. O'Brian est un excellent pilote.

Rose s'éclaircit la voix et envoya à Dillon un regard éloquent.

— Si vous ne voulez pas attendre le prochain charter, je vous garantis que le vol sera tout aussi agréable dans son petit avion.

Laine se tourna vers lui. Il affichait un sourire effronté, et l'amusement se lisait dans son regard. Il y avait de fortes chances pour que le voyage ne soit pas « agréable » du tout. Cependant, elle n'avait pas vraiment le choix. Il lui restait peu d'argent et il fallait absolument qu'elle le dépense au compte-gouttes.

— Très bien, monsieur O'Brian, j'accepte vos services.

Il lui tendit une main, paume levée. Laine baissa les yeux sur elle. Furieuse, elle les releva aussitôt. Cet homme était vraiment un grossier personnage.

— Si vous me parliez de vos tarifs, monsieur O'Brian, je serais heureuse de vous payer une fois que nous aurons atterri, dit-elle sèchement.

— Pouvez-vous me donner le ticket pour retirer vos bagages ? dit-il sans se départir de son sourire. Cela fait partie de mon travail, chère madame.

Baissant la tête pour cacher son embarras, Laine fouilla dans son sac.

— Parfait. Allons-y !

Empochant le ticket, il lui prit le bras et l'entraîna en criant à l'hôtesse :

— A la prochaine, Rose !

— Salut ! Bienvenue à Hawaii, madame, lança Rose.

Avec une petite moue désappointée, elle les regarda s'éloigner.

Peu accoutumée à être guidée d'une main si ferme, et gênée par la rapidité à laquelle O'Brian marchait, Laine fit de son mieux pour adapter son pas au sien.

— Monsieur O'Brian, j'espère que je ne serai pas obligée d'aller jusqu'à Kauai en courant.

Faisant une pause, il se mit à rire. Laine lui décocha un regard noir. Elle était essoufflée, et furieuse qu'il s'en rende compte. O'Brian se servait de son rire comme d'une arme, étrange et puissante, contre laquelle elle n'avait pas encore développé de défense.

— Je croyais que vous étiez pressée, mademoiselle...

Il jeta un coup d'œil sur le ticket, et son sourire s'évanouit aussitôt. Le front rembruni, il leva les yeux. L'expression amusée qu'elle y avait lue quelques instants plus tôt les avait désertés. Instinctivement, Laine tenta d'échapper à sa poigne, mais il resserra son étreinte.

— Vous êtes Laine Simmons ?

C'était plus une accusation qu'une question.

— Elle-même.

Dillon la regarda en fronçant les sourcils.

— Vous allez voir James Simmons ?

Les yeux de Laine s'élargirent. Un court instant, elle eut un éclair d'espoir. Cependant, l'expression de Dillon restait hostile. Elle refréna une envie de lui poser une avalanche de questions tandis qu'elle sentait ses doigts se resserrer sur son bras jusqu'à lui faire mal.

— Je ne vois pas en quoi cela vous concerne, monsieur O'Brian. Mais je veux bien vous répondre. Oui, je vais le voir. Connaissez-vous mon père ?

Elle prononça le dernier mot d'une voix chancelante. C'était un mot qu'elle n'avait plus utilisé depuis si longtemps. Le fait de le retrouver était doux-amer.

— Oui, je le connais... beaucoup mieux que vous ne le connaissez. Eh bien, Duchesse...

Il la lâcha brusquement, comme si son contact lui était soudain désagréable.

— Je doute que quinze ans de retard soient mieux que de ne jamais revenir, mais nous nous en rendrons compte bien assez tôt. Canyon Airlines est à votre disposition !

Inclinant la tête, il fit une demi-révérence.

— Le voyage vous est offert par la compagnie. Je ne vais pas faire payer la fille prodigue de son propriétaire.

Dillon retira ses bagages et sortit du terminal sans ajouter un mot. Laine lui emboîta le pas. Elle était abasourdie, autant par son hostilité que par l'information qu'il venait de lui donner.

Son père possédait une compagnie d'aviation ? Dans son souvenir, James Simmons était pilote, et le fait de posséder des avions n'était qu'un rêve qui lui semblait inaccessible. Quand était-il devenu réalité ? Et pourquoi l'homme qui se trouvait devant elle et qui enfournait dans la soute à bagages les luxueuses valises qu'elle avait empruntées à sa mère se montrait-il si odieux depuis qu'il avait appris son nom ? Comment savait-il que quinze années s'étaient écoulées depuis la dernière fois qu'elle avait vu son père ? Elle ouvrit la bouche pour lui poser toutes ces questions pendant qu'il contournait le nez de l'avion. Mais comme il se tournait vers elle et la dévisageait d'un regard haineux, elle préféra s'abstenir.

— Vous pouvez monter, Duchesse ! Il va falloir nous supporter mutuellement pendant vingt minutes.

— Je m'appelle Laine Simmons !

Faisant comme s'il n'avait rien entendu, il s'approcha d'elle et posa les mains sur sa taille. Il la hissa avec la même facilité que si elle avait été un simple coussin de plumes. Puis il se glissa dans le cockpit. Laine poussa un soupir imperceptible. Il lui était pénible d'être à ce point consciente de la virilité de Dillon. Elle feignit de l'ignorer et se concentra sur la fermeture de sa ceinture de sécurité. Puis elle observa Dillon du coin de l'œil pendant qu'il allumait le tableau de bord. Bientôt, le moteur se mit à vrombir.

Quelques secondes plus tard, la mer étalait ses bleus et verts transparents sous leurs yeux. Les plages de sable blanc étaient couvertes d'adorateurs du soleil. Des montagnes aux sommets déchiquetés apparurent. Alors qu'ils gagnaient de la hauteur, les couleurs du paysage devinrent encore plus intenses. Laine n'en croyait pas ses yeux. Elles paraissaient presque artificielles. Bientôt, les teintes se fondirent entre elles. Les bruns, les gris et les bleus s'adoucirent avec la distance. Des éclats écarlates et jaunes se mélangèrent avant de s'évanouir. L'avion s'éleva dans un puissant grondement, puis ses ailes s'inclinèrent quand il traça un arc incurvé, et il fila dans le ciel.

— Kauai est un paradis naturel, commença Dillon du ton d'un guide touristique.

Il s'appuya au dossier de son siège et alluma une cigarette.

— Sur la côte Nord, vous trouverez des kilomètres de plages, de champs de canne à sucre et d'ananas ; la végétation est exceptionnelle. La rivière Wailua, qui se termine à la grotte des Fougères, les chutes d'Opaekaa, la baie d'Hanalei et la côte Na Pali, valent aussi le détour.

Laine fit un effort pour l'écouter attentivement.

— Sur la côte Sud, continua-t-il, nous avons le parc de Kokie State et le canyon Waimea. Olopia et les jardins de Menehune sont remplis de fleurs et d'arbres tropicaux. Il est possible de pratiquer un sport nautique presque partout, sur cette île.

Il fit une courte pause et la regarda du coin de l'œil.

— Pourquoi diable êtes-vous venue ?

La question tomba si abruptement que Laine sursauta. Elle posa sur lui un regard effaré.

— Pour... voir mon père.

— Vous y avez mis le temps, grommela Dillon.

Il tira longuement sur sa cigarette. Tournant la tête vers elle, il la dévisagea.

— Je suppose que vous étiez très occupée à suivre les cours de cette école pour gosses de riches.

Laine fronça les sourcils. Pendant près de quinze ans, l'école dans laquelle elle avait été pensionnaire avait représenté pour elle à la fois un foyer et un refuge. Décidément, Dillon O'Brian disait n'importe quoi. Mais ce n'était pas la peine de le contredire. A voir son agressivité, il devait lui manquer une case.

— C'est dommage que vous n'ayez pas bénéficié de cette expérience, rétorqua-t-elle d'un air faussement désinvolte. Je vous assure que cette école fait des miracles avec les gens mal dégrossis dans votre genre. Elle sait admirablement adoucir les mœurs de certains.

— Merci, Duchesse.

Voyant qu'elle se raidissait, il eut un sourire en coin et souffla un panache de fumée.

— Mais je préfère la vulgarité honnête, continua-t-il.

— Il semble que vous n'en manquiez pas !

— La vie sur l'île est un peu sauvage, parfois.

Il lui décocha un regard ironique.

— Je doute qu'elle s'accorde à vos goûts.

— Je suis capable de m'adapter, monsieur O'Brian.

Laine haussa légèrement les épaules.

— Je peux aussi ignorer un certain manque de courtoisie pendant de courtes périodes. Il se trouve que vingt-huit minutes est juste au-dessous de mes limites.

— Fantastique. Mais dites-moi, mademoiselle Simmons, continua-t-il avec un respect exagéré, comment est la vie sur le continent ?

— Merveilleuse.

Délibérément, elle inclina la tête et le regarda par-dessous le bord de son chapeau.

— Les Français sont si bien élevés, tellement civilisés. On se sent...

Essayant d'imiter le vernis facile de sa mère, elle fit un large geste du bras et prit l'accent français.

— On se sent tellement *chez soi*, avec des gens qui vous correspondent.

— Admirable ! dit-il, de plus en plus narquois en gardant les yeux fixés sur le ciel. Je crains que vous ne trouviez pas beaucoup de personnes qui vous correspondent sur Kauai.

— Je ne vois pas en quoi cela vous concerne.

Laine repoussa la pensée de son père et secoua la tête.

— Mais une fois de plus, je pense que je peux trouver cette île aussi agréable à vivre que Paris.

— Je suis sûr que là-bas, vous trouvez les hommes à votre goût.

Dillon écrasa son mégot d'un mouvement rapide. Laine poussa un soupir imperceptible. Sa colère remontait, revigorée. Le nombre d'hommes qu'elle avait eu l'occasion de côtoyer était ridicule. Elle eut un petit sourire amer.

— Les hommes de ma connaissance — elle s'excusa mentalement auprès du père Rennier, le plus âgé — sont cultivés, élégants et de bonne origine. Ce sont des intellectuels qui ont beaucoup de discernement, d'excellentes manières et une sensibilité que je ne trouve pas chez les Américains.

— Vraiment ? fit doucement Dillon.

— Absolument, monsieur O'Brian, dit-elle d'une voix glaciale.

— Eh bien, je vais tâcher d'être à la hauteur de cette réputation...

Il enclencha le pilotage automatique et se tourna sur son siège. En un clin d'œil, il la prit dans ses bras. Le souffle coupé, elle sentit ses lèvres sur les siennes avant de comprendre ce qui lui arrivait.

Prisonnière de ses bras vigoureux, elle ne pouvait pas se débattre. Cependant, les battements fous de son cœur étaient là pour lui rappeler que d'autres liens la ligotaient : ses propres sens. Qu'elle le veuille ou non, le baiser de Dillon la déstabilisait complètement. Sa tête lui disait qu'elle aurait dû réagir, mais elle en était incapable. Bientôt, Dillon lui fit entrouvrir les lèvres du bout de la langue, disséminant dans tout son corps des sensations d'une violence inimaginable. Prise de vertige, elle s'accrocha des deux mains à sa chemise.

Dillon prit son visage entre ses mains et plongea un regard pénétrant dans le sien. Il fronça aussitôt les sourcils. Les yeux de Laine trahissaient une intense émotion, et une vulnérabilité qu'il n'avait pas soupçonnée. A contrecœur, il la libéra lentement et se tourna vers le tableau de bord. Il reprit le pilotage manuel.

— On dirait que vos amants français ne vous ont pas préparée à la technique américaine, dit-il d'un ton narquois.

Piquée au vif, et furieuse contre elle-même d'avoir montré sa faiblesse, Laine se tourna vers lui.

— Votre technique, monsieur O'Brian, est aussi grossière que vos manières.

Haussant les épaules, il eut un large sourire.

— Soyez reconnaissante, Duchesse, que je ne vous aie pas jetée par la portière. Voilà vingt minutes que je lutte contre cette envie.

— Cela prouve que vous êtes capable de sagesse, ce que je n'aurais pas cru, rétorqua-t-elle.

Sa mauvaise humeur commençait à prendre des proportions alarmantes. Mais elle devait la combattre, coûte que coûte. Il n'était pas question de laisser comprendre à cet homme odieux et arrogant que son baiser lui avait mis les nerfs à vif.

L'avion plongea subitement. La mer se rapprocha d'eux à une vitesse terrifiante. La mer et le ciel formaient maintenant une étendue de bleus interchangeables, et de blancs, celui des nuages et celui de l'écume qui se mélangeaient. Agrippée aux accoudoirs, Laine ferma les yeux tandis que l'avion entamait quelques manœuvres acrobatiques. Elle ne pouvait même pas protester. Elle avait perdu sa voix, et son cœur avait chaviré dès la première boucle. Elle s'accrocha en priant silencieusement que son estomac veuille bien en faire autant. L'avion se stabilisa, mais la même sensation de tourbillon ne la quitta pas pendant plusieurs secondes. Dillon éclata de rire.

— Vous pouvez ouvrir les yeux, mademoiselle Simmons. Nous allons atterrir dans une minute.

Se tournant de nouveau vers lui, elle lui asséna quelques commentaires peu flatteurs sur sa personnalité. Quelques instants plus tard, elle fit une pause et prit une profonde inspiration. Elle avait parlé en français !

— Vous êtes l'homme le plus détestable que j'aie jamais rencontré, monsieur O'Brian, termina-t-elle en anglais.

— Merci, Duchesse !

Ravi, il se mit à fredonner.

Laine se força à garder les yeux ouverts quand il recommença à descendre. Elle eut une brève vision de verts et de bruns qui se fondaient avec le bleu, puis les montagnes se dressèrent, et le train d'atterrissage se posa sur l'asphalte. Après avoir roulé quelques secondes, l'avion s'immobilisa. Stupéfaite, Laine examina les hangars, les avions, les bimoteurs et les jets.

« Il doit y avoir une erreur, songea-t-elle. Mon père ne peut pas posséder tout cela. »

— Ne vous faites pas d'illusions, Duchesse, fit remarquer Dillon en voyant son expression.

Il pinça les lèvres.

— Rien de tout cela ne vous reviendra, pas la plus petite partie. Et même si le capitaine était enclin à la générosité, son associé rendrait les choses très difficiles. Il faudra aller chercher fortune ailleurs.

Il sauta à terre. Sans bouger, Laine posa sur lui un regard incrédule. Avec un soupir, elle finit par déboucler sa ceinture et se prépara à descendre de la carlingue. Mais Dillon la saisit par la taille avant qu'elle n'ait mis les pieds par terre. Un bref instant, il la maintint au-dessus du sol. Leurs visages étaient à deux doigts l'un de l'autre. Encore une fois, elle sentit son cœur battre trop vite. Les yeux verts de Dillon étaient envoûtants.

— Faites attention où vous mettez les pieds, conseilla-t-il avant de la poser.

Laine recula, dans un réflexe de protection contre l'hostilité qu'elle sentait dans sa voix. Prenant son courage à deux mains, elle releva le menton et soutint son regard.

— Monsieur O'Brian, pourriez-vous me dire, s'il vous plaît, où je puis trouver mon père ?

Il la dévisagea un instant. Il allait certainement refuser de la renseigner et la planter là, songea-t-elle. Mais il finit par désigner de la main un petit bâtiment blanc.

— Dans son bureau ! dit-il d'un ton rude avant de tourner les talons.

2

Le bâtiment était de taille moyenne. Des palmiers et des hibiscus flamboyants flanquaient la porte principale. La gorge serrée, Laine entra. Ses jambes menaçaient de l'abandonner. Qu'allait-elle dire à l'homme qui l'avait laissée se débattre dans la solitude pendant quinze ans ? Quels mots allait-elle trouver pour jeter un pont au-dessus du ravin qui s'était creusé entre eux, et pour exprimer le besoin qu'elle n'avait jamais cessé d'éprouver ? Serait-il nécessaire de poser des questions, ou pourrait-elle oublier les raisons de cet abandon et se contenter d'accepter ?

Elle avait une vision de son père aussi précise et vivante que si elle l'avait vu la veille. L'ombre du temps ne l'avait pas ternie. Cependant, il était beaucoup plus âgé maintenant, et elle aussi. Elle n'était plus une petite fille qui suivait son idole à la trace, mais une femme qui allait rencontrer l'homme qui l'avait engendrée. Ils avaient changé, elle et lui. Et qui sait ? Peut-être cela serait-il un avantage pour tous les deux ?

La première pièce dans laquelle elle entra était meublée en rotin, et plusieurs tapis tissés laissaient voir le sol en carreaux rouges. Jetant un coup d'œil autour d'elle, elle éprouva une étrange sensation de solitude et d'insécurité. Soudain, une voix masculine se fit entendre par une porte entrouverte. Laine s'approcha. L'homme était assis derrière son bureau. Il téléphonait.

Malgré la marque des ans sur son visage, elle le reconnut aussitôt. Le soleil avait tanné sa peau, mais ses traits étaient ceux qu'elle avait gardés à la mémoire. Ses épais sourcils grisonnaient, ainsi que sa chevelure, encore abondante. Elle reconnaissait son nez assez fort et très droit, ses lèvres minces. Tout en parlant, il se passa une main dans les cheveux. C'était un geste qu'il avait l'habitude de faire, et qu'elle n'avait pas oublié non plus.

Les yeux rivés sur lui, elle attendit que sa conversation téléphonique soit terminée. Quand il posa enfin le récepteur, elle fit un pas dans le bureau. Après avoir péniblement avalé sa salive, elle dit doucement :

— Bonjour, Cap'taine !

Dès que James Simmons eut tourné la tête vers elle, l'étonnement se peignit sur son visage. Une vague d'émotion teintée de douleur passa dans son regard. Quand il se leva, elle eut un léger choc. Il n'était pas aussi grand que dans son souvenir.

— Laine ?

Il avait une voix hésitante, et une réserve qui la retint de se précipiter vers lui. C'était bien ce qu'elle avait redouté : il ne la recevait pas à bras ouverts. Mais il ne fallait pas qu'elle se laisse abattre.

— C'est bon de te voir, dit-elle d'une voix émue.

Détestant l'inanité de ces paroles, elle entra dans la pièce et lui tendit la main.

Après quelques secondes, James Simmons la prit dans la sienne et la garda un instant.

— Tu as grandi.

Il la scrutait lentement, arborant un sourire figé.

— Tu ressembles à ta mère. Plus de queue-de-cheval ?

Il observa son visage brusquement illuminé par un large sourire, et sa propre expression se réchauffa.

— Non. Il n'y avait plus personne pour la tirer ! répondit-elle.

James Simmons retrouva vite son attitude réservée, et la gêne se réinstalla entre eux. Laine chercha désespérément un sujet de conversation.

— Tu as ton aéroport, tu dois être très heureux. J'aimerais le visiter.

— Nous allons organiser ça.

Le ton poli, impersonnel, qu'il adopta lui fit l'effet d'un coup de fouet en plein visage.

Laine s'approcha de la fenêtre et regarda dehors à travers un brouillard de larmes.

— C'est très impressionnant, commenta-t-elle d'une voix aussi ferme que possible.

— Merci, nous en sommes très fiers.

Il toussota pour s'éclaircir la gorge.

— Combien de temps vas-tu rester à Hawaii ?

Laine s'agrippa à l'appui de la fenêtre. Même quand elle avait envisagé le pire, ses angoisses les plus profondes ne l'avaient pas préparée à souffrir à ce point. Mais elle devait tenir bon et lui répondre sur le même ton.

— Quelques semaines, peut-être... je n'ai pas d'emploi du temps très défini. Je suis venue... je suis venue directement ici.

Se retournant, elle se mit à parler très vite pour remplir le vide vertigineux qui s'était installé entre eux.

— Je pense qu'il y a un tas de choses à voir. Le pilote qui m'a amenée ici m'a dit que Kauai est une île magnifique, avec des jardins et...

Elle essaya de se rappeler les particularités dont Dillon lui avait parlé. Mais ce fut en vain.

— Et des forêts.

Sans se départir de son sourire crispé, elle continua :

— As-tu un hôtel à me recommander ?

James Simmons la dévisageait. Elle lutta pour ne pas éclater en sanglots.

— Tu es la bienvenue chez moi, finit-il par dire après quelques secondes de silence.

Oubliant sa fierté, elle accepta. Si elle descendait à l'hôtel, elle serait peut-être obligée de repartir plus tôt que prévu.

— Merci. Cela me fait très plaisir.

Il hocha la tête et feuilleta quelques papiers sur son bureau.

— Comment va ta mère ? demanda-t-il sans la regarder.

— Elle est morte il y a trois mois, murmura-t-elle.

Levant sur elle un regard acéré, son père ne fit rien pour cacher la douleur qui se lisait sur son visage. Il s'assit lourdement.

— Je suis désolé, Laine. A-t-elle été malade ?

— Elle a eu...

Elle ravala le nœud qui lui obstruait la gorge.

— Elle a eu un accident de voiture.

— Je vois.

Il hocha lentement la tête et reprit un ton impersonnel.

— Si tu m'avais écrit, j'aurais pris l'avion pour venir t'aider.

Laine ne dit rien. Plongée dans ses pensées, elle secoua la tête et retourna près de la fenêtre. Elle avait éprouvé une véritable panique à la mort de sa mère. Puis une espèce d'engourdissement s'était emparé d'elle, et elle s'était sentie incapable de traiter les affaires que Vanessa avait laissées en suspens, notamment une montagne de dettes à régler, et quelques actions de peu de valeur à vendre.

— Je me suis débrouillée, dit-elle doucement.

— Laine, pourquoi es-tu venue ?

Il était retourné derrière son bureau, dont il tenait le bord des deux mains. Sa voix s'était radoucie.

— Pour voir mon père, répondit-elle d'un ton curieusement dépourvu d'émotion.

— Cap'taine !

L'interpellation lui fit faire volte-face. Dillon était sur le seuil. Il la déshabilla encore du regard avant de poser ses incroyables yeux verts sur James.

— Chambers part vers le continent. Il veut te voir avant de jeter l'ancre.

— J'arrive ! dit James. Laine...

Il gesticula maladroitement avant de faire les présentations.

— Je te présente Dillon O'Brian, mon associé. Dillon, voici ma fille, Laine Simmons.

— Nous nous sommes déjà rencontrés.

Dillon eut un bref sourire. Laine arriva à hocher vaguement la tête.

— Oui, M. O'Brian a eu la gentillesse de m'amener ici depuis l'aéroport d'Oahu. Le voyage a été vraiment… fascinant.

— Merci, Dillon, dit James.

S'approchant de lui, il lui posa une main amicale sur l'épaule.

— Tu veux bien conduire Laine chez moi ? Et veiller à ce qu'elle s'installe ? Elle doit être fatiguée.

Laine ne quittait pas son père des yeux. Il échangea avec Dillon un regard complice, dont le sens lui échappa. Dillon acquiesça d'un signe de tête.

— Avec plaisir, dit-il.

— Je reviens dans deux heures, continua James.

Il se tourna vers Laine et resta silencieux.

— D'accord, fit-elle d'un air faussement enjoué.

Elle commençait à en avoir assez de son sourire forcé, aussi le laissa-t-elle s'éteindre.

— Merci, ajouta-t-elle.

Son père hésita une fraction de seconde, puis il sortit, la laissant seule avec Dillon.

« Il ne faut pas que je pleure, se dit-elle. Pas devant cet homme. » Si elle ne possédait pas grand-chose, du moins lui restait-il son amour-propre.

— Quand vous voudrez, mademoiselle Simmons ! dit Dillon d'une voix railleuse.

Passant devant lui, elle lui jeta un coup d'œil par-dessus son épaule.

— J'espère que vous conduisez plus tranquillement quand vous êtes en voiture que lorsque vous pilotez un avion, monsieur O'Brian.

Il lui opposa un haussement d'épaule énigmatique.

— Vous allez bientôt le savoir.

Laine regarda ses bagages, qui les attendaient à côté d'un coupé décapotable. Elle leva les yeux sur lui.

— Décidément, vous êtes très efficace.

Il commença à les mettre dans le coffre.

— En réalité, j'avais espéré les renvoyer en même temps que vous à la destination d'où vous venez. Mais visiblement, c'est inenvisageable pour l'instant.

Il se glissa au volant et fit démarrer le moteur. Laine s'installa à côté de lui. Il n'avait pas pris la peine de lui ouvrir la portière. Dès qu'elle l'eut refermée, il fit bondir la voiture en avant à une vitesse qui la plaqua contre le dossier confortablement rembourré.

Tandis qu'il manœuvrait habilement dans la circulation de l'aéroport, il demanda sans se soucier de faire des préliminaires :

— Que lui avez-vous dit ?

— Le fait que vous soyez l'associé de mon père ne vous donne pas le droit de connaître nos conversations privées, rétorqua-t-elle d'une voix pleine de rancœur.

— Ecoutez, Duchesse, je ne vais pas rester les bras croisés pendant que vous venez semer la perturbation dans la vie du capitaine. Je n'ai pas aimé l'expression qu'il avait quand je suis arrivé dans son bureau. Je vous ai laissée dix minutes, et pendant ces dix minutes, vous vous êtes débrouillée pour le blesser. Ne m'obligez pas à arrêter la voiture et à vous convaincre de me répondre.

Il fit une courte pause puis, baissant la voix :

— Vous trouveriez mes méthodes peu raffinées.

La menace vibrait dans ses paroles prononcées d'une voix tranquille.

Soudain, Laine se sentit trop fatiguée pour se battre. Après plusieurs nuits blanches et des journées de pression et d'anxiété, sans parler du long voyage fastidieux qu'elle venait de faire, elle n'en pouvait plus. D'un geste las, elle ôta son chapeau et se laissa aller contre l'appui-tête en fermant les yeux.

— Monsieur O'Brian, je n'avais aucunement l'intention de blesser mon père. Pendant ces dix minutes, nous nous sommes dit très peu de choses. Peut-être est-ce l'annonce de la mort de ma mère qui l'a bouleversé. Quoi qu'il en soit, il aurait fini par l'apprendre.

Elle parlait d'une voix blanche. Il lui jeta un coup d'œil en biais. C'était surprenant de la voir si fragile, maintenant que son visage n'était plus partiellement caché par le chapeau. Elle avait les cheveux clairs, une peau d'ivoire. Pour la première fois, il vit des traces violettes sur ses paupières.

— Il y a combien de temps ?

Troublée, Laine ouvrit les yeux. Ne venait-elle pas de discerner une marque de sympathie dans son ton ?

— Trois mois, répondit-elle.

Elle tourna la tête vers lui pour le regarder en face.

— Elle a eu un accident de voiture. Elle est rentrée dans un poteau téléphonique. Il paraît qu'elle est morte sur le coup.

« Et sans souffrir, anesthésiée par les nombreuses coupes de champagne qu'elle avait absorbées avant de prendre le volant », ajouta-t-elle mentalement.

Dillon resta silencieux. Laine poussa un léger soupir. Elle était soulagée. Dieu merci, Dillon ne se croyait pas obligé de lui sortir des fadaises en signe de sympathie. Elle avait eu sa dose de formules toutes prêtes. Son silence était beaucoup plus appréciable. Du coin de l'œil, elle étudia son profil aux contours précis, sa bouche ferme, qui semblait toujours avoir un petit sourire ironique. Comment cet homme, qui avait un comportement si peu raffiné, pouvait-il être doté de ce profil parfait ? C'était un mystère.

Laine tourna les yeux vers le paysage.

L'air était imprégné de l'odeur du Pacifique. Les couleurs étaient étourdissantes. Des pins tortueux, d'un vert velouté très profond, se laissaient bercer par la brise légère. Le bleu de l'eau étincelante contrastait avec le sable blanc. D'immenses arbres en forme de dômes étendaient leur ombre, semblant inviter le passant à venir s'y reposer.

De la voiture, Laine n'avait que de brefs aperçus de la mer. Le soleil tombait en nappes de lumières, offrant sa chaleur, de sorte que les fleurs n'avaient pas à se tendre vers lui mais baignaient paresseusement dans son éclat.

Dillon tourna dans une allée bordée de palmiers au tronc

massif. En voyant la maison carrée, à deux étages, Laine sourit. Une agréable impression de fraîcheur s'en dégageait, avec ses lignes simples et ses murs blancs. Malgré ses nombreuses fenêtres, riantes sous les rayons du soleil, elle donnait une impression de robustesse. Laine eut un petit soupir de plaisir. Pour la première fois, elle avait l'impression d'être la bienvenue.

— Elle est adorable.

— Pas aussi luxueuse que vous deviez l'imaginer, objecta Dillon en garant la voiture au bout de l'allée. Mais Cap'taine l'aime telle qu'elle est.

Laine se raidit imperceptiblement. Apparemment, la trêve était déjà terminée. Dillon descendit du véhicule et alla prendre les bagages dans le coffre.

Sans faire de commentaire, elle ouvrit sa portière et se glissa dehors. Abritant ses yeux du soleil, elle examina la demeure de son père. Quelques marches d'escalier conduisaient à un porche arrondi. Dillon les grimpa prestement et entra sans s'annoncer. Laine le suivit.

— Fermez la porte ! Je n'aime pas les insectes ! dit une voix féminine au fort accent de l'île.

Levant les yeux, Laine resta muette de stupeur et d'admiration. Une femme très corpulente descendait l'escalier intérieur avec la vélocité et la grâce d'une fillette de dix ans. Elle était vêtue d'un sarong de soie moirée, noué à la taille. Ses magnifiques cheveux noirs tirés en arrière étaient attachés sur la nuque. Sa peau avait la nuance du miel de châtaignier et ses yeux noirs, veloutés, étaient largement espacés. Il était difficile de lui donner un âge. Elle baissa les yeux et examina longuement Laine, sans la moindre inhibition.

— Qui est-ce ? demanda-t-elle à Dillon en croisant les bras sur son imposante poitrine.

— C'est la fille de Cap'taine Simmons.

Posant les valises, il s'accouda à la rampe et observa les deux femmes.

— La fille de Cap'taine Simmons…

Elle fit une petite moue et plissa les yeux.

— Mon Dieu ! Elle est ravissante, mais bien trop pâle et trop maigre. Vous ne mangez jamais ?

S'approchant de Laine, elle prit ses poignets entre le pouce et l'index.

— Eh bien, oui, je mange…

— Pas assez, apparemment !

Lui lâchant le bras, la femme lui tripota une boucle de cheveux, qu'elle étudia avec intérêt.

— Mmm… très jolis, très jolis. Mais pourquoi les porter si courts ?

— Je…

— Vous auriez dû venir des années plus tôt. Enfin, vous êtes là maintenant.

Hochant la tête, elle lui caressa la joue.

— Vous devez être épuisée. Je vais préparer votre chambre.

— Merci, je…

— Mais vous allez commencer par manger, ordonna la femme avant de hisser deux valises au premier étage.

— C'est Miri, déclara Dillon en fourrant les mains dans ses poches. Elle dirige la maison.

— Oui, c'est ce que j'ai cru comprendre.

Incapable de s'en empêcher, elle porta une main à ses cheveux. Etaient-ils vraiment trop courts ?

— N'auriez-vous pas dû monter les bagages vous-même ? interrogea-t-elle.

— Miri pourrait m'emporter sur son dos en haut de l'escalier sans même prendre le temps de ralentir. De plus, il ne faut pas se mêler de ce qu'elle considère comme son devoir.

Il l'attrapa par un bras et lui fit traverser le hall.

— Venez, je vais vous servir un verre.

Aussi à l'aise que s'il était chez lui, Dillon ouvrit un placard à double porte. Laine observa la pièce aux murs blanc cassé. La simplicité régnait à l'intérieur comme à l'extérieur. A voir l'état impeccable de la cuisine, il était clair que Miri était d'une rare efficacité. Cependant, il n'y avait vraisemblablement pas de place pour une femme dans cet univers typiquement masculin.

— Que voulez-vous boire ?

La question de Dillon la tira de ses réflexions. Laine secoua la tête et posa son chapeau sur une petite table, où il parut ridicule, complètement déplacé.

— Rien, merci, répondit-elle.

— Mettez-vous à l'aise.

Il versa une mesure de liqueur dans un verre et s'assit sur une chaise.

— Nous n'avons pas l'habitude de faire des formalités, Duchesse. Tant que vous résiderez ici, vous devrez vous contenter d'un mode de vie tout ce qu'il y a de plus rustique.

Laine posa son sac près de son chapeau.

— Est-il malgré tout permis de se laver les mains avant de passer à table ?

— Pas de problème, dit-il, ignorant le sarcasme. Nous ne manquons pas d'eau.

— Où vivez-vous, monsieur O'Brian ?

— Ici.

Il allongea les jambes et lui adressa un sourire satisfait. Laine fronça les sourcils.

— Pour une ou deux semaines, précisa-t-il. Pendant que je fais faire quelques travaux dans ma maison.

— Comme c'est dommage ! Pour vous comme pour moi ! commenta-t-elle en allant et venant dans la pièce.

— Ne vous inquiétez pas, vous allez survivre, Duchesse.

Levant son verre, il dit d'une voix narquoise :

— Je suppose que vous avez déjà eu une foule d'expériences dans le domaine de la survie.

— Vous ne croyez pas si bien dire, monsieur O'Brian. En revanche, j'ai le sentiment que vous, vous n'en avez pas la moindre.

Il éclata de rire.

— Vous ne manquez pas de cran, chère madame !

Il but d'un trait. Quand elle se retourna pour lui faire face, il se renfrogna.

— Votre opinion est dûment notée et classée, ironisa-t-elle.

— Avez-vous fait ce voyage pour avoir encore plus d'argent ? Est-il possible que vous soyez cupide à ce point ?

Il se leva d'un mouvement souple, traversa la pièce et la saisit par les épaules avant qu'elle puisse échapper à sa colère.

— N'avez-vous pas suffisamment pressé votre père comme un citron ? Sans jamais rien lui offrir en retour, ni prendre la peine de répondre à ses lettres ! En laissant les années s'accumuler sans donner le moindre signe de vie ! Bon sang, qu'espérez-vous encore lui soutirer ?

Il reprit son souffle, le regard rivé sur elle. Livide, Laine avait les yeux arrondis de stupeur. La voyant chanceler, il la soutint et l'observa d'un air confus.

— Qu'êtes-vous venue faire ici ? dit-il plus doucement.

— Je... monsieur O'Brian, finalement, je boirais bien quelque chose, s'il vous plaît.

Dillon fronça les sourcils. Il l'accompagna vers une chaise avant de lui remplir un verre. Laine accepta la boisson en murmurant un vague remerciement. La première gorgée la fit grimacer. Elle n'était pas habituée à la brûlure du cognac. Cependant, la pièce se stabilisa bientôt autour d'elle et la brume qui s'était étendue devant ses yeux s'éclaircit.

— Monsieur O'Brian, je... dois-je comprendre...

Faisant une pause, elle ferma un instant les yeux.

— Etes-vous en train de me dire que mon père m'a écrit ?

— Vous le savez parfaitement ! répondit-il d'un ton furieux. Il est venu dans ces îles juste après que vous et votre mère l'avez quitté, et il vous a écrit régulièrement. La dernière lettre date de cinq ans. A partir de ce moment-là, il s'est découragé. Mais il a continué à vous envoyer de l'argent.

Dillon alluma son briquet.

— Oui, les mandats sont partis jusqu'à ce que vous ayez vingt et un ans, au début de l'année, précisa-t-il.

— Vous mentez ! s'écria Laine en bondissant de sa chaise.

Dillon lui jeta un coup d'œil étonné. Elle avait les joues en feu, les yeux étincelant de rage.

— Tiens, tiens, on dirait que la jeune fille de glace a fondu ! dit-il en ricanant.

Il souffla un panache de fumée et se remit à parler d'un air sérieux.

— Je ne mens jamais, Duchesse. Je trouve la vérité beaucoup plus intéressante.

— Il ne m'a jamais écrit ! Jamais !

Elle se dirigea vers lui.

— Pas une seule fois pendant toutes ces années. Toutes les lettres que je lui ai envoyées me sont revenues, parce qu'il avait déménagé sans même me dire où il allait.

Lentement, Dillon écrasa son mégot et se leva. Il se planta devant elle.

— Croyez-vous me faire avaler cette salade ? Vous vous trompez d'interlocuteur, mademoiselle Simmons. J'ai vu les lettres que le Cap'taine envoyait, *ainsi que* les chèques, chaque mois.

Tendant la main vers elle, il fit courir un doigt le long de sa manche.

— Apparemment, vous avez fait bon usage de son argent.

— Je vous ai dit que je n'avais jamais reçu le moindre courrier, avec ou sans chèque !

Laine repoussa sa main et pencha la tête en arrière pour le regarder dans les yeux.

— Je n'ai plus reçu la moindre nouvelle de mon père depuis que j'ai eu sept ans.

— Mademoiselle Simmons, j'ai mis moi-même plus d'une lettre à la poste. Ce n'était pourtant pas l'envie qui me manquait de les jeter dans le Pacifique. Des cadeaux, aussi. Les premières années, c'étaient des poupées. Vous devez avoir une sacrée collection de poupées en porcelaine. Ensuite, ce furent les bijoux. Je me souviens très précisément du cadeau que Cap'taine vous a envoyé pour vos dix-huit ans : des boucles d'oreilles en opale, en forme de fleurs.

— Des poupées, des boucles d'oreilles, murmura Laine.

Soudain, la pièce recommença à tourner autour d'elle. Elle prit une profonde inspiration.

— Exactement, confirma-t-il d'une voix rude.

Il se servit un autre verre de cognac.

— Tous ces cadeaux sont partis à la même adresse : 17, rue de la Bourse, à Paris, précisa-t-il.

Sentant de nouveau le sang se retirer de son visage, elle leva une main vers sa tempe.

— L'adresse de ma mère...

Elle alla s'asseoir avant que ses jambes ne la trahissent.

— Moi, j'étais en pension. Mais ma mère vivait à cette adresse.

Dillon but une petite gorgée avant de revenir s'asseoir sur le canapé.

— Vos études ont été longues et coûteuses.

Laine hocha vaguement la tête. La pension dans laquelle elle avait passé toutes ces années n'avait rien de luxueux, avec sa nourriture simple mais saine, ses draps de coton et ses fuites dans le toit. Laine pressa ses paupières du bout des doigts.

— Je ne savais pas que c'était mon père qui finançait mes études.

— Ah oui ? Vous ne vous demandiez pas qui payait pour que vous puissiez porter des vêtements à la mode et suivre des cours de peinture ?

Laine soupira. Pourquoi fallait-il qu'il prenne ce ton terriblement blessant ? Elle agita légèrement les mains avant de les laisser retomber sur ses genoux.

— Vanessa... je veux dire, ma mère, me disait qu'elle avait des revenus. Je ne posais pas de questions. Elle ne m'a jamais parlé des lettres de mon père, répondit-elle d'une voix morne.

Dillon se leva, horripilé.

— C'est la chanson que vous voulez chanter à votre père ?

Quelle comédienne vous faites ! Si je ne connaissais pas la vérité, je pourrais vous croire !

— Non, monsieur O'Brian. Mais au point où nous en sommes, cela n'a plus beaucoup d'importance, n'est-ce pas ? De toute façon, je doute qu'il soit plus enclin que vous à m'écouter. Je vais lui faire une brève visite et je retournerai en France.

Prenant son verre, elle plongea son regard dans le liquide couleur d'ambre. Elle l'examina un instant d'un air rêveur. Etait-ce l'alcool qui lui paralysait ainsi les méninges ?

— J'aimerais rester une semaine ou deux. J'apprécierais que vous ne parliez pas de notre conversation à mon père. Cela ne ferait que compliquer les choses.

Dillon eut un rire bref, puis il sirota sa boisson.

— Rassurez-vous, je n'avais aucunement l'intention de lui dévoiler le moindre détail de ce petit conte de fées.

— Donnez-moi votre parole, monsieur O'Brian.

Surpris, Dillon la dévisagea. L'anxiété était presque palpable dans la voix de Laine Simmons.

— Je veux votre parole ! répéta-t-elle.

Elle planta les yeux dans les siens, et soutint son regard.

— Vous avez ma parole, mademoiselle Simmons, finit-il par dire à voix basse.

Hochant la tête, elle prit son sac et son chapeau et se leva.

— Je vais aller dans ma chambre maintenant. Je suis très fatiguée.

Dillon ne broncha pas. Il fronçait les sourcils en regardant son verre de cognac. Sans jeter un coup d'œil derrière elle, Laine quitta la pièce.

3

Laine étudia son visage, dans le miroir. Il était pâle, avec des yeux élargis et cernés. Attrapant son poudrier, elle se passa un peu de poudre sur les joues.

Elle connaissait depuis longtemps les défauts de sa mère, notamment son égoïsme et sa superficialité. Naturellement, pendant son enfance, il était facile d'ignorer ses failles et de la mettre sur un piédestal quand elle venait la voir. Ses visites étaient rares, mais toujours excitantes. Elle la voyait comme un personnage de conte de fées. Les crèmes glacées et les robes de soirées offraient un tel contraste avec le porridge et l'uniforme quotidiens. Cependant, à mesure qu'elle grandissait, les visites s'espaçaient de plus en plus. Elles devenaient plus courtes, aussi. Et progressivement, elle s'était habituée à passer ses vacances dans le giron des bonnes sœurs. Elle avait commencé à comprendre, avec une certaine lucidité, l'attitude égoïste de sa mère, qui souhaitait par-dessus tout garder éternellement sa beauté et sa jeunesse. Une fille ne pouvait que lui faire de l'ombre. En grandissant, elle lui rappelait trop son âge, et le fait qu'elle n'était pas éternelle.

Vanessa avait toujours eu peur d'être perdante. De perdre son apparence, sa jeunesse, ses amis, ses amants, malgré les tonnes de crèmes et de potions, de teintures et de lotions qu'elle utilisait.

Fermant les yeux, Laine poussa un soupir. Oui, elle se souvenait très bien de la collection de poupées en porcelaine. Elle avait toujours cru qu'elle appartenait à sa mère. Il y en avait douze, chacune provenant d'un pays différent. La poupée espagnole était particulièrement belle, avec son grand peigne et sa mantille.

Laine ferma les yeux. Quant aux boucles d'oreilles... Rouvrant les yeux, elle posa violemment sa brosse et se mit à arpenter fébrilement la chambre. Ces adorables boucles en opale qui paraissaient si fragiles aux oreilles de sa mère, elle les revoyait aussi précisément que si elle les avait sous les yeux. Mais elle se rappelait aussi les avoir inscrites sur une liste, avec les douze poupées de porcelaine, pour une vente aux enchères. Laine secoua la tête. Sa mère s'était-elle encore approprié d'autres choses qui lui appartenaient à elle ?

Laine regarda par la fenêtre. La vue imprenable sur les îles, qui commençaient à se couvrir de fleurs, ne lui mit aucun baume sur le cœur. Au contraire, ce paysage idyllique semblait la narguer.

Accablée, elle détourna les yeux. Comment Vanessa avait-elle pu prendre ce qui lui appartenait pour satisfaire son propre plaisir ? Elle avait dû utiliser les chèques pour payer son appartement parisien, pour s'acheter des robes luxueuses et organiser de folles soirées. Mais le pire, c'est qu'elle l'avait laissée croire, année après année, que son père l'avait oubliée. C'était elle qui les avait séparés. Laine serra les dents. Elle lui en voulait terriblement. Pas pour l'argent, mais pour ses mensonges et pour l'avoir éloignée de son père.

Ecœurée, elle serra très fort les paupières. Du moins savait-elle maintenant pourquoi Vanessa l'avait emmenée avec elle en France : pour avoir la garantie de recevoir régulièrement des sommes rondelettes. Pendant près de quinze ans, elle avait vécu en volant sa propre fille. Et cela ne lui suffisait même pas. Laine serra très fort ses paupières gonflées de larmes. Dieu, comme son père devait la haïr pour son ingratitude et sa froideur ! Jamais il ne la croirait.

Elle soupira. Ne l'avait-il pas déjà assimilée à sa mère ? Ne lui avait-il pas déjà dit, en la voyant : « Tu ressembles à ta mère » ?

Ouvrant les yeux, elle retourna s'examiner dans le miroir.

Son père avait raison. Elle fit courir le bout de ses doigts sur ses joues. La ressemblance était là, dans l'architecture du visage, dans la nuance de la peau. Elle fronça les sourcils. Cet héritage ne lui apportait aucun plaisir. Cap'taine n'avait qu'à la regarder pour voir la femme qu'il avait aimée. Il n'avait qu'à la regarder pour se souvenir. Il allait penser exactement la même chose que Dillon O'Brian. Comment aurait-elle pu espérer autre chose ? Pendant quelques instants, elle resta immobile, les yeux rivés sur son propre reflet.

Faisant une petite moue, comme chaque fois qu'elle se plongeait profondément dans ses réflexions, elle se murmura à elle-même :

« Peut-être qu'en une ou deux semaines, j'arriverai à retrouver quelque chose de ce qui existait entre nous, une petite part de l'amitié que nous partagions, lui et moi. Je m'en contenterais. Mais pour cela, il ne doit absolument pas croire que je suis venue pour réclamer de l'argent. Je dois faire en sorte qu'il ne sache pas que j'en ai très peu. Et surtout, je dois me méfier de cet O'Brian. »

Elle éprouva un bref accès de colère. Quel homme arrogant ! C'était certainement le plus mal élevé qu'elle ait jamais rencontré. Il était mille fois pire que le pire des amants de Vanessa. Eux, au moins, se débrouillaient pour afficher un semblant de respectabilité. Mais Dillon ! Son père avait dû le ramasser sur la plage et en faire son associé par pitié.

Laine commença à se brosser énergiquement les cheveux.

Ce Dillon O'Brian l'avait regardée avec un regard insolent, comme s'il savait la sensation qu'il aurait en la tenant dans ses bras. Ce n'était qu'un macho.

Posant brutalement la brosse sur la table, elle regarda d'un air furieux la femme qui lui faisait face dans le miroir. « Cet homme est une brute, un sale type arrogant », fulmina-t-elle entre ses dents. Il n'y avait qu'à voir la façon dont il s'était conduit dans l'avion !

Son regard courroucé s'adoucit. Elle passa lentement un doigt sur ses lèvres. Le souvenir de leur turbulente capture venait de l'assaillir. Laine redressa les épaules. « Du calme ! se dit-elle, ce n'est pas la première fois qu'un homme t'embrasse. » Elle secoua la tête pour chasser les sensations qui montaient en elle. « Oui, mais aucun ne t'a embrassée de cette façon, murmura une petite voix dans sa tête. Jamais comme cela ! »

— Oh, allez au diable, Dillon O'Brian ! dit-elle à voix haute.

Elle lutta contre l'envie de faire claquer la porte en sortant de la chambre.

En haut de l'escalier, elle hésita. Des voix masculines résonnaient au rez-de-chaussée. C'était un son nouveau pour elle, habituée à un entourage féminin. Un son plutôt agréable. Il y avait un mélange de voix graves et d'accent un peu laconique, celui de Dillon. Entendant un petit rire, suivi d'un grand éclat de rire, très séduisant, elle fit une grimace. C'était le rire de Dillon. Prenant une profonde inspiration, elle descendit silencieusement l'escalier.

— Ensuite, quand j'ai enlevé le carburateur, il l'a regardé en marmonnant un flot d'imprécations, puis il a secoué la tête. Finalement, c'est moi qui l'ai posé.

— Et en quatrième vitesse !

Le rire de Cap'taine résonna quand elle pénétra dans la pièce.

Ils étaient confortablement installés, Dillon affalé sur le canapé, son père assis sur une chaise. Ils paraissaient parfaitement détendus, et si heureux d'être en compagnie l'un de l'autre qu'elle eut envie de faire demi-tour pour ne pas les déranger. Elle avait l'impression d'être une intruse. Avec un bref pincement d'envie, elle recula d'un pas.

Son mouvement attira l'attention de Dillon. Avant qu'elle puisse retourner dans sa chambre, elle se trouva clouée par son regard, aussi sûrement que s'il l'avait prise dans ses bras.

Dillon l'observa longuement. Elle avait changé ses vêtements sophistiqués contre une robe blanche toute simple, qui soulignait la finesse et l'innocence de ses lignes.

Suivant le regard de Dillon, dont le sourire s'était évanoui, Cap'taine se leva. Son assurance se transforma en maladresse.

— Salut, Laine. Tu es bien installée ?

Laine se força à porter son attention sur son père.

— Oui, merci.

Nerveuse, elle s'humecta les lèvres.

— La chambre est très agréable. Je suis vraiment désolée de vous avoir dérangés.

— Pas du tout. Entre, nous allons bavarder un peu !

Elle hésita encore un instant, avant d'obtempérer.

— Veux-tu boire quelque chose ? demanda son père en marchant vers le bar.

Pendant tout ce temps, Dillon avait gardé le silence.

— Non, merci.

Laine se força à sourire.

— Ta maison est magnifique. Je suis heureuse de voir la mer de ma fenêtre.

Prenant la place qui restait sur le canapé, elle laissa la plus grande distance possible entre Dillon et elle.

— Ce doit être merveilleux d'avoir la mer si près quand on a envie de se baigner.

— J'aime moins l'eau qu'autrefois, déclara son père.

Il revint s'asseoir.

— J'ai souvent fait de la plongée. Maintenant, c'est lui qui adore ça, dit-il en jetant à Dillon un regard souriant et chargé d'affection.

Sa voix était devenue chaleureuse.

— Je trouve que le ciel et la mer ont beaucoup de points communs, commenta Dillon.

Il tendit la main vers son verre.

— Liberté et défi, continua-t-il en adressant un sourire complice à James. J'ai appris au Cap'taine à explorer les profondeurs. Lui, il m'a appris à fendre les airs.

— Je crois que je suis plutôt terrienne, répliqua Laine en se forçant à le regarder dans les yeux. Je n'ai d'expérience ni en l'air, ni dans la mer.

Dillon fit tourner son verre dans sa paume, mais son regard plein de défi soutenait le sien.

— Vous savez nager ?

— Je me débrouille.

Il but une gorgée.

— Je vous apprendrai à plonger.

Posant son verre, il reprit sa position désinvolte.

— Nous commencerons demain, de bonne heure, dit-il sans lui demander son avis.

Laine ravala une protestation. Mais elle rétorqua d'un ton froid et dissuasif :

— Je ne voudrais pas vous faire perdre de temps, monsieur O'Brian.

Indifférent à sa voix glaciale, Dillon insista :

— Pas de problème. Je n'ai rien de prévu pour demain matin.

Il tourna la tête vers James Simmons.

— Vous avez bien du matériel à lui prêter, Cap?

— Oui, il y a tout ce qu'il faut dans l'arrière-salle.

James parut soulagé. Laine ferma brièvement les yeux.

— Tu vas bien t'amuser, Laine. Dillon est un excellent professeur. Et il connaît ces fonds comme sa poche.

Laine adressa à Dillon un sourire poli. Peut-être serait-il capable de deviner ses pensées ?

— Croyez bien que j'apprécie vraiment votre offre, monsieur O'Brian.

Il arqua les sourcils. Apparemment, leur communication silencieuse se déroulait dans la plus parfaite compréhension.

— J'en suis sûr, mademoiselle Simmons.

— Le dîner est servi! vint annoncer abruptement Miri.

Laine sursauta.

Miri pointa vers elle un doigt accusateur qu'elle replia ensuite dans un geste autoritaire.

— Vous! continua-t-elle d'une voix rieuse. Venez à table! Et attention! Je ne veux pas vous voir picorer!

Faisant demi-tour dans une envolée de jupons chatoyants, elle marmonna :

— Elle est bien trop maigre, cette petite.

Laine se leva du canapé en poussant un soupir. Miri était tombée à point pour mettre un terme à cet échange pénible. Laine se dirigea vers la salle à manger. Cependant, elle n'avait pas fait trois pas qu'elle se sentit saisie par le bras. Dillon la fit ralentir et ils se retrouvèrent seuls dans le corridor.

— Je vous félicite pour votre entrée. Digne d'une jeune fille de bonne famille qui n'a rien à se reprocher.

— Je ne doute pas un seul instant de votre désir de m'envoyer à tous les diables, monsieur O'Brian. Mais peut-être me permettrez-vous de savourer mon dernier repas en paix.

— Mademoiselle Simmons…

Lui faisant la révérence avec une fausse galanterie, il augmenta la pression de la main sur son bras.

— Même moi, je peux me surpasser à l'occasion, pour accompagner une dame à un dîner.

— En vous concentrant très fort, il vous serait certainement possible de ne pas me casser le bras ?

Elle serra les dents tandis qu'ils pénétraient dans la salle à manger aux parois de verre. Dillon lui tira sa chaise. Elle lui jeta un coup d'œil glacial.

— Merci, monsieur O'Brian, murmura-t-elle en se glissant sur son siège.

Ses yeux flamboyaient de colère. Dillon O'Brian était vraiment insupportable !

Inclinant poliment la tête, Dillon contourna la table et se laissa tomber sur une chaise.

— Dis donc, Cap'taine, le petit bimoteur dans lequel j'ai amené Mlle Simmons m'a l'air d'avoir besoin d'une sérieuse révision. J'aimerais l'inspecter avant le prochain vol.

— Mmm… à ton avis, quel est le problème ?

Ils entamèrent une discussion technique. Pendant ce temps, Miri arriva avec un grand plat de poisson, qu'elle déposa devant Laine. Avant de s'éloigner, elle lui fit signe de se servir.

Tandis que James et Dillon continuaient leur conversation, Laine fit honneur au plat de Miri. Gardant un silence quasi absolu, elle mangea en observant discrètement les deux hommes. Apparemment, l'attitude indifférente de son père n'était pas délibérée. Elle était plutôt due à des années de solitude, et au fait qu'il avait davantage l'habitude de côtoyer des hommes que des femmes. Oui, indubitablement, il était à l'aise en leur compagnie. En présence des femmes, il devait se sentir intimidé. En revanche, la grossièreté de Dillon à son égard était intentionnelle, cela crevait les yeux. Cependant, c'était son père qui la faisait souffrir.

Profitant d'une petite pause dans leur conversation, elle se leva.

— Vous ne m'en voudrez pas si je vous fausse compagnie ?

Une expression embarrassée traversa aussitôt les yeux de James Simmons, et elle regretta aussitôt ses paroles.

— Je suis un peu fatiguée, dit-elle pour se justifier.

Elle lui sourit.

— Ne te dérange pas, je connais le chemin.

Alors qu'elle sortait, elle eut l'impression que l'atmosphère de la pièce s'allégeait considérablement.

Une fois dans sa chambre, Laine essaya de se détendre. Elle étouffait. Cette maison était trop calme. La lune trônait au firmament, et les rideaux se soulevaient légèrement sous les tendres assauts d'une brise parfumée. Mais cette solitude entre quatre murs était insupportable.

Elle descendit l'escalier à pas de loup et sortit dans la nuit. Elle se mit à marcher au hasard. Les oiseaux nocturnes s'interpellaient, perçant le silence de leur étrange musique. Le murmure des vagues semblait inviter à les rejoindre. N'y tenant plus, elle se débarrassa de ses chaussures et traversa la fine couche de sable blanc pour s'approcher de la plage.

L'eau formait un grand arc en arrivant sur la grève, caressant le sable avant de retourner dans le sein de l'immensité bleue. Sa surface scintillait du reflet des étoiles. Laine prit une profonde inspiration, savourant ses senteurs qui se mêlaient à l'air embaumé.

Soudain, elle secoua la tête. Ce paradis n'était pas pour elle. Son père et Dillon l'en avaient bannie. C'était toujours la même histoire. Combien de fois ne s'était-elle pas sentie exclue lors de ses visites à sa mère, dans son appartement parisien ? Et voilà qu'à des milliers de kilomètres, elle n'était encore qu'une intruse.

Aurait-elle la force de jouer pendant une semaine cette mascarade en offrant des sourires forcés à un père qui ne voulait plus entendre parler d'elle ? Sa place n'était pas plus avec lui qu'elle ne l'avait été auprès de Vanessa. Se laissant tomber sur le sable, elle ramena ses genoux sous son menton et se mit à sangloter pour toutes ces années perdues.

— Je n'ai pas de mouchoir. Il faudra vous débrouiller sans !

Laine tressaillit. Elle serra plus fort ses genoux entre ses bras.

— Allez-vous-en, je vous en prie !

— Quel est le problème, Duchesse ? interrogea Dillon d'une voix sèche, impatiente.

Il n'avait pas voulu se montrer brutal mais il ne supportait pas de voir une femme pleurer.

— On dirait que rien ne va comme vous l'aviez prévu, continua-t-il. Mais ce n'est pas en pleurant sur la plage que les choses vont s'arranger. Surtout s'il n'y a personne pour vous consoler.

— Allez-vous-en ! répéta-t-elle sans relever la tête. Je veux que vous me laissiez tranquille. Je veux être seule !

— Au fond, pourquoi pas, il vaut mieux commencer à vous y habituer, rétorqua-t-il sans ménagement. J'ai bien l'intention de vous avoir à l'œil jusqu'à ce que vous retourniez en Europe. Cap'taine est trop doux pour résister trop longtemps aux larmes, même si ce sont des larmes de crocodile.

Laine ne fit qu'un bond et se jeta sur lui. Il chancela un bref instant sous l'impact de ce petit missile inattendu.

— C'est mon père, est-ce que vous comprenez ? Mon *père* ! J'ai le droit d'être avec lui ! J'ai le droit de le connaître !

Prise de fureur, elle se mit à lui frapper le torse à grands coups de poing. Ebahi par cette soudaine attaque, Dillon finit par réagir. La prenant par les bras, il l'attira contre lui.

— Eh bien ! Il y a du feu sous cette apparence de glace ! s'exclama-t-il d'un ton plein de dérision. Vous pouvez toujours essayer de convaincre votre père en lui racontant que ses lettres ne sont jamais arrivées.

— Je ne veux pas de sa pitié, vous m'entendez ?

Elle essaya de le repousser de toutes ses forces et se débattit pendant qu'il la maintenait en fournissant un minimum d'efforts.

— J'aimerais mieux qu'il me haïsse plutôt que de se désintéresser de moi. Mais je préférerais encore son indifférence à sa pitié !

— Tenez-vous tranquille, bon sang ! ordonna Dillon.

Cette scène commençait à lui faire perdre patience.

— Je n'ai pas envie de me tenir tranquille ! Arrêtez de me traiter comme une gamine qui a fait une bêtise. Je vais passer deux semaines ici, et je ne laisserai personne me les gâcher.

Elle rejeta la tête en arrière. Les larmes ruisselaient sur ses joues, mais maintenant, son regard n'était plus triste. Il lançait des éclairs.

— Laissez-moi ! Je ne veux pas que vous me touchiez !

Elle se remit à tambouriner sur ses pectoraux avec une énergie renouvelée, tout en lui donnant des coups de pied. Elle faillit les faire tomber tous les deux dans le sable.

— Vous ne croyez pas que ça suffit ?

D'un geste vif, il l'attira contre lui et la réduisit au silence en la bâillonnant d'une main.

Il commença à la faire tourner, l'entraînant dans un véritable tourbillon et bientôt, toute notion du temps et de l'existence se fondit dans ce mouvement. Elle sentit le goût de ses larmes mêlé à une senteur piquante, vitale, qui venait de lui. Une vague de chaleur se répandit sur sa peau. Elle lutta contre ces sensations nouvelles aussi désespérément que contre les bras qui l'emprisonnaient. Quelques instants plus tard, la bouche de Dillon prit la sienne. D'un seul coup, sa résistance s'évanouit et elle fondit dans ses bras. Ses lèvres s'adoucirent. Elle était vaincue. Quand Dillon s'écarta d'elle, elle posa la tête contre sa poitrine. Elle tremblait. Il passa une main légère sur ses cheveux, tandis qu'elle se blottissait contre lui. Brusquement réchauffée, elle ferma les yeux et laissa un torrent d'émotions l'envahir.

— Qui êtes-vous, Laine Simmons ? demanda Dillon d'une voix plus douce.

La maintenant à bout de bras, il posa une main ferme sous son menton et lui releva la tête, qu'elle s'obstinait à baisser.

— Regardez-moi !

Les paupières plissées, il la dévisagea.

Laine avait les yeux élargis et brillants. Des larmes tremblaient encore au bout de ses cils. Elles avaient eu raison de l'attitude farouche qu'elle affichait quelques instants plus tôt, pour ne laisser paraître que sa vulnérabilité.

Dillon finit par conclure avec un juron impatient :

— La glace, le feu, et maintenant les larmes... Non ! s'écria-t-il comme elle voulait baisser de nouveau la tête. Ne me poussez pas à bout !

Il poussa un profond soupir.

— Vous n'allez apporter que des complications, ici. J'aurais dû m'en rendre compte tout de suite. Mais puisque vous êtes là, il faudra bien trouver un terrain d'entente.

— Monsieur O'Brian...

— Bon sang, vous ne pouvez pas m'appeler Dillon, comme tout le monde ? Inutile de vous rendre plus ridicule que nécessaire.

— Dillon..., répéta-t-elle à contrecœur.

Elle renifla, furieuse contre elle-même. Comment pouvait-elle capituler ainsi devant un étranger, grossier de surcroît ?

— ... je ne crois pas être assez cohérente ce soir pour discuter efficacement. Laissez-moi partir. Nous pourrons toujours établir un contrat demain.

— Inutile. Les conditions seront simples car c'est moi qui vais les poser.

— Voilà qui me paraît excessivement raisonnable.

Elle redressa la tête. Dieu merci, elle retrouvait son ironie. C'était mieux que ces larmes stupides.

Dillon ne fit pas de commentaire.

— Pendant votre séjour, continua-t-il, nous allons être amenés à nous trouver souvent côte à côte. Je vous servirai d'ange gardien jusqu'à ce que vous repartiez en Europe. Si vous faites un faux pas avec Cap'taine, je vous tomberai dessus avec une telle rapidité que vous n'aurez même pas le temps de cligner vos yeux de petite fille.

— Mon père est-il tellement sans défense qu'il ait besoin de quelqu'un pour le protéger de sa propre fille?

Elle essuya d'une main furibonde les larmes qui recommençaient à couler.

— Aucun homme vivant ne peut se passer d'une protection contre vous, Duchesse.

Inclinant la tête, il étudia son visage mouillé.

— Si vous êtes une comédienne, tant mieux pour le théâtre. Vous êtes excellente. Si vous êtes sincère, j'aurai toujours la possibilité de vous présenter des excuses le moment venu.

— J'espère qu'elles vous étoufferont!

Dillon éclata de rire. Ce rire, elle l'avait déjà entendu tout à l'heure, en descendant dans le salon. Il produisit sur elle le même effet perturbant. Excédée par sa propre réaction autant que par l'attitude odieuse de Dillon, elle leva la main pour le gifler.

— Quelle idée! dit-il en lui attrapant le poignet. Ne gaspillez pas vos forces.

Faisant une pause, il l'examina encore d'un œil à la fois admiratif et narquois.

— Savez-vous que vous êtes fabuleuse quand vous crachez des flammes? Je vous préfère mille fois ainsi que dans le rôle de la froide demoiselle débarquée de Paris. Ecoutez-moi, Laine…

Elle tressaillit légèrement. Dillon avait prononcé son nom d'une façon extrêmement troublante.

— Si nous observions une trêve ? Du moins en public, continua-t-il. Dans le privé, nous pourrons toujours entamer un autre round, avec ou sans gants de boxe.

— Cela vous conviendrait, naturellement. Vous auriez tout de suite l'avantage, avec votre taille et votre poids.

Dillon relâcha légèrement son étreinte. Elle se débattit et parvint à libérer son bras.

— Oui...

Il sourit et haussa les épaules.

— J'ai appris à vivre avec. Venez !

Il lui prit la main dans un geste amical qui la déconcerta.

— Au lit ! continua-t-il. Vous devrez vous lever tôt demain matin. J'ai horreur de gâcher une belle matinée.

— Je n'ai aucune intention de vous accompagner, demain, affirma-t-elle en dégageant sa main.

Elle enfonça ses talons dans le sable.

— Vous aurez probablement l'idée de me noyer et de cacher mon corps.

Dillon soupira, faussement horripilé.

— Laine, si je dois vous tirer du lit demain matin, ce n'est pas uniquement la plongée que vous allez apprendre. Maintenant, êtes-vous prête à rentrer à la maison, ou faut-il que je vous porte sur mon dos ?

— Votre arrogance n'a d'égale que votre muflerie, Dillon O'Brian !

Sur ces mots, elle lui tourna le dos et se mit à courir. Dillon la regarda jusqu'au moment où l'obscurité engloutit sa silhouette blanche. Puis il se baissa lentement pour ramasser ses chaussures.

4

Comme d'habitude, Laine se réveilla de bonne heure. Un soleil éblouissant entrait par les persiennes entrouvertes. Clignant des paupières, elle observa la chambre. Les murs avaient une teinte vert clair, et aucun rideau n'habillait les fenêtres. Chez elle, elle avait un bureau tout simple, mais ici trônait une belle table en acajou sur laquelle était posé un vase rempli de roses rouges. Un silence absolu régnait. Pas le moindre rire, pas de bruits de pas ou de voix devant la maison. Ce calme troublant n'était interrompu que par les trilles intermittent d'un oiseau, qu'elle ne voyait pas.

Avec un soupir, elle se laissa retomber contre son oreiller. Si au moins elle pouvait se rendormir ! Mais l'habitude de se lever tôt était trop enracinée en elle. Chassant les souvenirs qui affluaient à sa mémoire, elle bâilla et s'étira. Puis elle alla prendre une douche rapide et s'habiller.

Une amie lui avait prêté un maillot de bain plus approprié que celui qu'elle portait à la piscine. Elle se glissa dans le minuscule Bikini. Le bleu argenté lui allait très bien, il soulignait ses courbes subtiles, mais il n'y avait décidément pas assez de tissu. Laine haussa les épaules. Au fond, ce n'était pas si grave.

— Quelle idiote ! marmonna-t-elle en ajustant ses bretelles de soutien-gorge. Toutes les femmes portent ce genre de maillot, et après tout, je n'ai pas de quoi attirer l'attention.

Trop maigre, avait décrété Miri. Faisant une petite grimace, elle ajusta une dernière fois le soutien-gorge. Puis elle enfila un jean blanc et un T-shirt rouge à l'encolure ovale. Elle n'avait pas besoin de décolleté pour affronter Dillon O'Brian.

Alors qu'elle descendait l'escalier, la maison commença à se réveiller doucement. Dans la salle à manger, le soleil entrait à flots. Laine alla se planter devant la fenêtre et contempla les jeunes fougères et les pavots multicolores aux pétales luisants. La scène était charmante. Elle poussa un soupir imperceptible. Après tout, pourquoi n'essaierait-elle pas de jouir au maximum de cette belle journée ? Il ne tenait qu'à elle que rien ne vienne la gâcher. Elle aurait bien le temps, plus tard, quand elle aurait retrouvé ses habitudes, de se pencher sur les rejets et autres humiliations qu'elle avait subis. Aujourd'hui, le soleil éclatant était plein de promesses.

— Vous êtes prête pour le petit déjeuner ! s'exclama joyeusement Miri en entrant dans la pièce.

Laine se tourna vers elle en souriant. Malgré son embonpoint, Miri arrivait à se déplacer avec une grâce et une discrétion peu courantes.

— Bonjour, Miri. Quel temps superbe !

— Il va vous donner quelques couleurs, ce ne sera pas du luxe.

Miri s'approcha d'elle et passa un doigt sur son bras.

— Du rouge, déjà, si vous ne prenez pas de précautions. En attendant, venez vous asseoir, et je vais faire venir un peu de chair sur ces bras maigrichons.

Elle tapota d'un geste impérieux le dossier d'une chaise. Laine obtempéra en riant.

— Miri, cela fait longtemps que vous travaillez chez mon père ?

— Dix ans.

Secouant la tête, elle versa du café brûlant dans une tasse.

— Ah, je le lui ai dit souvent. Ce n'est pas bon pour un homme de rester aussi longtemps sans femme.

Tournant la tête vers elle, elle continua :

— Votre mère était aussi maigre que vous ?

— Euh... je ne dirais pas... c'est-à-dire...

Elle fit une pause. A partir de combien de kilos Miri considérait-elle qu'une femme était présentable ?

Miri éclata d'un rire chaleureux qui fit trembler les fleurs roses et orange de son boubou.

— Vous n'osez pas dire qu'elle était moins enrobée que moi ! dit-elle.

Elle regarda ses hanches bien arrondies. Et brusquement, de façon inattendue, elle déclara en prenant une boucle des cheveux de Laine :

— Vous êtes une très jolie fille. Et bien trop jeune pour être triste.

Laine resta sans voix. Elle n'était pas habituée aux démonstrations d'affection. La regardant de ses grands yeux noirs pleins de chaleur, Miri soupira.

— Je vais chercher votre petit déjeuner, et vous me ferez le plaisir de ne pas en laisser une seule miette.

— Apportez-en deux, Miri ! cria Dillon en entrant.

Il était vêtu d'un jean bien coupé et d'une chemise blanche qui mettait son magnifique bronzage en valeur.

— Bonjour, Duchesse. Vous avez bien dormi ?

Dillon s'installa en face d'elle et se servit une tasse de café. Il avait les gestes déliés, le regard vif. Rien dans son comportement ne trahissait la léthargie que ressentent la plupart des gens quand ils se lèvent tôt. Laine poussa un soupir silencieux. Apparemment, Dillon O'Brian faisait partie de cette espèce rare d'humains qui passaient instantanément de l'état de sommeil à l'éveil le plus alerte. Cependant, d'autres remarques s'imposaient à son esprit, beaucoup moins intéressantes. Non seulement Dillon était l'homme le plus séduisant qu'elle ait jamais connu, mais également le plus fascinant. Luttant contre un désir aussi soudain que malvenu, elle essaya de se concentrer sur son aspect décontracté.

— Bonjour, Dillon, répondit-elle de sa voix la plus neutre. J'ai l'impression que cette journée va être radieuse.

— Ce n'est pas exceptionnel de ce côté de l'île.

— De ce côté ?

Dillon se passa une main dans les cheveux, d'un geste qui ajouta encore une petite note à son charme.

— Mmm... de l'autre côté, il pleut presque tous les jours, expliqua-t-il.

Rivant ses yeux verts sur elle, il avala plusieurs gorgées de café. Laine contempla ses mains aux longs doigts dorés. Elles paraissaient fortes et efficaces et contrastaient avec la douce couleur crème de la faïence. Soudain, elle se rappela la sensation qu'elle avait éprouvée quand elles s'étaient posées sur son visage.

— Quelque chose ne va pas ? s'enquit Dillon.

— Pardon ?

Clignant des paupières, elle détourna les yeux.

— Non, j'étais en train de réfléchir... je veux faire le tour de l'île pendant mon séjour, improvisa-t-elle en parlant à toute vitesse. Est-ce que votre... votre maison est près d'ici ?

— Pas très loin.

Dillon leva de nouveau sa tasse, et continua de la regarder par-dessus le bord. Laine plongea les yeux dans son café avec une concentration excessive. Elle s'était bien juré de ne pas le boire, elle avait gardé un trop mauvais souvenir du café américain bu dans l'avion.

— Voici le petit déjeuner ! annonça Miri en se glissant dans la pièce avec un plateau débordant de victuailles. Bon appétit !

Les sourcils froncés, elle remplit une assiette qu'elle tendit à Laine.

— Quand vous aurez fini, je ne veux plus vous voir dans ma cuisine. J'ai le ménage à faire.

Elle dirigea sa cuillère vers Dillon, qui remplissait sa propre assiette avec une délectation évidente.

— Et vous ! ajouta-t-elle, si vous revenez encore ici avec vos chaussures pleines de sable, vous allez m'entendre !

Il lui répondit d'une brève phrase en dialecte local, accompagnée d'un sourire en coin. Miri quitta la salle à manger, laissant son rire perlé ricocher derrière elle.

— Dillon, commença Laine en fixant d'un regard ébahi la montagne de nourriture posée devant elle. Je ne pourrai jamais manger tout cela !

Haussant les épaules, Dillon enfourna une bouchée d'œufs brouillés.

— Essayez toujours. Miri a décidé de vous faire grossir.

Il avala sa bouchée et ajouta d'un air sérieux, en se beurrant une tartine :

— Même si vous pensez ne pas en avoir besoin — ce qui n'est pas le cas — il ne faut pas la contrarier, sinon elle se fâche tout rouge. Imaginez que c'est de la bouillabaisse ou des escargots, conseilla-t-il en riant.

Laine se raidit instinctivement, sur la défensive.

— Je ne me plains pas de la qualité de la nourriture, mais de sa quantité ! rétorqua-t-elle.

Dillon haussa encore les épaules. Agacée, elle attaqua son petit déjeuner. Quelques instants plus tard, elle jeta un regard découragé sur son assiette. Où allait-elle trouver la place de loger une autre bouchée d'œufs ? Brusquement, Dillon se leva et contourna la table pour lui tirer sa chaise.

— J'ai l'impression que vous allez vous sentir mal si vous avalez une bouchée de plus. Je vous emmène avant que Miri ne revienne.

Laine serra les dents. Peut-être cela l'aiderait-il à garder une attitude humble.

— Merci.

Alors que Dillon l'entraînait vers la porte d'entrée, James Simmons descendit l'escalier. Tous les trois firent une pause. James les regarda longuement.

— Bonjour. C'est une belle journée pour ta première leçon de plongée, Laine.

— Oui, je suis impatiente de commencer.

Elle sourit, faisant un violent effort pour paraître enjouée.

— Tu ne seras pas déçue. Tu vas voir, Dillon est comme un poisson dans l'eau, dit James.

Son sourire se fit plus chaleureux quand il tourna les yeux vers son associé.

— En rentrant, cet après-midi, jette un coup d'œil au nouveau biplan, dit-il. Je crois que les modifications que tu as conseillées sont au point.

— D'accord. Je vais travailler sur cet avion. Laisse Tinker à l'écart.

Cap'taine se mit à rire à cette plaisanterie qu'eux seuls pouvaient comprendre. Posant de nouveau les yeux sur sa fille, il lui adressa un vague sourire et un petit salut de politesse.

— A ce soir. Amuse-toi bien.

— Merci.

Elle le regarda s'éloigner et, un court instant, les larmes lui montèrent aux yeux. Elle se retourna vers Dillon qui l'observait d'un air sombre.

— Venez, dit-il avec une soudaine vigueur en lui prenant la main.

Dans le hall, il s'empara d'un sac de toile aux couleurs passées, qu'il jeta sur son épaule.

— Où est votre maillot ? s'enquit-il.

— Je l'ai sur moi.

Dillon partit à grandes enjambées sans se soucier d'elle. Laine fit de son mieux pour le suivre.

Il emprunta un sentier plein d'ornières, bordé de fleurs et de fougères. Laine était émerveillée. Y avait-il un autre endroit dans le monde où les couleurs étaient si vives, où le vert offrait un tel éventail de nuances ? L'héliotrope ajoutait une note vanillée à l'odeur des embruns. Avec un cri aigu, une alouette zébra le ciel et disparut.

Ils marchèrent en silence sous le soleil qu'aucun nuage ne venait rafraîchir.

Dix minutes plus tard, Laine déclara, essoufflée :

— J'espère que ce n'est plus très loin. Je n'ai pas couru le décathlon depuis des années.

Dillon tourna la tête. Elle se prépara à entendre une réplique cinglante. Mais contre toute attente, il ralentit. Laine lui accorda un léger sourire de satisfaction. C'était même une petite victoire d'avoir réussi à lui parler sans qu'il la remette à sa place. Cependant, quelques instants plus tard, elle oublia tout devant le spectacle que la baie leur offrait. C'était éblouissant. Bordée de palmiers et d'hibiscus aux pétales satinés, elle étalait sa beauté exotique, étincelante comme un diamant. C'était époustouflant. Il avait dû tomber quelques gouttes de pluie, ce matin, car elle brillait et scintillait comme sous une multitude de gouttelettes.

Poussant un petit cri d'admiration, Laine s'engagea entre les palmiers. Tout l'enchantait. Le soleil, le sable, ce paysage de rêve.

Elle fit rapidement deux fois le tour de la plage, comme pour s'assurer qu'aucune merveille ne lui échappait.

— C'est splendide. Et parfait ! Absolument parfait !

Le rire de Dillon éclata comme une brise fraîche, chassant les nuages. Un court instant, la complicité remplaça la tension qui était entre eux, rebondissant de l'un à l'autre avec une aisance aussi inattendue qu'apaisante. Mais Dillon ne tarda pas à se rembrunir. Il s'accroupit pour fouiller dans son sac, d'où il sortit les tubas et les masques. Sans préambule, il se mit à lui parler de la plongée.

— C'est facile, une fois que vous avez appris à respirer. L'important, c'est de se détendre, et d'être toujours très vigilant.

En termes simples, il lui expliqua la technique de respiration, tout en ajustant son masque.

— Ce n'est pas la peine de prendre un ton si professoral, finit-elle par dire, irritée par ses airs de supériorité et son air renfrogné. Je vous assure que j'ai un cerveau qui fonctionne. Inutile de me répéter dix fois la même chose.

— On ne sait jamais ! commenta-t-il en lui adressant un sourire en coin.

Laine le fusilla des yeux.

Il lui tendit le masque et le tuba.

— Faisons un essai !

Il ôta sa chemise et la laissa tomber sur son sac. Puis il mit son masque. Laine resta pétrifiée.

Des poils bruns ombraient le torse athlétique de Dillon. Son jean délavé tombait sur ses hanches minces. Abasourdie, Laine se força à détourner les yeux. Une sensation qu'elle n'avait jamais éprouvée lui titilla le ventre et lui réchauffa les veines. Elle baissa les yeux sur le sable, qu'elle regarda attentivement, comme si elle y cherchait quelque chose.

— Déshabillez-vous !

Elle sentit ses yeux s'élargir et fit vivement un pas en arrière.

— A moins que vous n'ayez l'intention de nager tout habillée, ajouta Dillon.

Ses lèvres se retroussèrent légèrement, puis il lui tourna le dos et marcha vers la mer.

Ne sachant plus où se mettre, elle fit de son mieux pour paraître aussi décontractée que lui. Timidement, elle se débarrassa de son T-shirt, puis de son jean. Elle les plia, les posa sur sa serviette et suivit Dillon vers la baie. Les jambes dans l'eau, il la regarda approcher.

Il la parcourut des yeux sans manquer un centimètre carré de peau. Puis il leva les yeux vers son visage.

— Ne vous éloignez pas, recommanda-t-il quand elle fut près de lui. Nous allons nager un moment à la surface jusqu'à ce que vous ayez pigé.

Il lui glissa son masque sur le visage et l'ajusta.

Ils commencèrent à se déplacer tranquillement le long des trous d'eau, où les rayons du soleil atteignaient le fond sablonneux. Oubliant les instructions qu'il lui avait données, Laine aspira plus d'eau que d'air et sortit rapidement la tête de l'eau. Elle se mit à cracher et à tousser.

— Qu'est-ce qui vous arrive ? Faites un peu attention !

Lui donnant une bonne claque dans le dos, il lui remit son masque en place.

— Prête ?

Après trois profondes inspirations, Laine retrouva sa voix.
— Oui, fin prête !

Progressivement, elle se mit à plonger plus profondément, sans s'éloigner de Dillon. Il nageait avec une aisance et une confiance en lui innées. Bientôt, elle sut traduire les signaux aquatiques qu'il lui faisait avec la main, et elle commença à improviser les siens. De curieux poissons aux yeux ronds, sans paupières, filaient sous eux, se livrant à un véritable ballet aquatique.

Les rayons du soleil donnaient à l'eau une apparence féerique, caressant les algues, faisant luire les coquillages et les rochers lisses. Bien que le fond de la mer soit grouillant, c'était un monde silencieux. Les doigts rose pâle des coraux se rassemblaient pour offrir une cachette à de petits poissons bleu électrique. Fascinée, Laine regarda un bernard-l'hermite se glisser hors de son abri d'emprunt et s'éloigner à toutes pattes. Deux étoiles de mer orangées s'accrochèrent à un rocher, et un oursin se nicha dans une solitude épineuse.

Laine était ravie. C'était une découverte extraordinaire. Et comme il était agréable de nager près de cet homme étrange et taciturne. Elle était heureuse de partager avec lui le plaisir que lui causait cette nouvelle expérience. Le changement dans leurs relations s'était passé en douceur, elle ne s'en était même pas rendu compte au moment où il s'était produit. Depuis qu'ils étaient dans l'eau, ils n'étaient plus qu'un homme et une femme baignant dans un univers silencieux. Impulsivement, elle souleva un gros coquillage conique, dont l'habitant avait dû être expulsé depuis longtemps. Elle le tendit vers Dillon pour le lui montrer, puis elle remonta vers la surface étincelante.

Une fois la tête hors de l'eau, elle repoussa son masque et s'ébroua. Debout, de l'eau jusqu'au ventre, elle s'exclama :
— C'est merveilleux. Je n'ai jamais rien vu d'aussi beau !

Elle coinça quelques mèches de cheveux derrière ses oreilles.
— Toutes ces couleurs, ces nuances de bleus et de verts qui se fondent. J'avais l'impression que plus rien d'autre n'existait !

Sans rien dire, Dillon ôta son masque et l'observa, un sourire ambigu aux lèvres. Laine était très belle. L'excitation rosissait ses joues, et ses yeux semblaient avoir emprunté leur teinte indigo à la mer. Ses cheveux blonds entouraient son visage comme un casque. Sans la douceur de ses boucles, ses traits semblaient encore plus fins et plus fragiles.

— Je n'avais jamais rien fait de semblable. Il me semble que je pourrais passer ma vie sous l'eau. Il y a tant de choses à voir, à toucher. Regardez ce que j'ai trouvé. C'est magnifique ! dit-elle.

Elle lui tendit le coquillage qu'elle tenait à deux mains, et passa un doigt sur ses lignes couleur d'ambre. Comme Dillon ne bougeait pas, elle interrogea :

— Qu'y a-t-il ?

Sans répondre, il prit le coquillage, le retourna et l'examina avant de le lui rendre.

— C'est une volute musicale. Il y en a des quantités sur ces côtes.

— Est-ce que je peux le garder ? Cet endroit appartient-il à quelqu'un ?

Dillon se mit à rire. L'enthousiasme de Laine faisait plaisir à voir.

— C'est une baie privée, mais je connais le propriétaire. Je pense que ça lui sera égal.

— Il paraît qu'on entend la mer dans ces coquillages. C'est vrai ?

Elle le porta à son oreille. Et aussitôt, ses yeux s'élargirent.

— Oh ! C'est incroyable ! s'écria-t-elle.

De surprise, elle avait parlé en français.

Accompagnant ses paroles de gestes de sa main libre, elle riva ses yeux dans ceux de Dillon.

— On entend le bruit des vagues ! C'est incroyable. Dillon, écoutez ! continua-t-elle, toujours en français.

Elle lui tendit le coquillage. Elle voulait partager cette découverte. Mais Dillon éclata de rire, ce rire qu'elle avait entendu la veille, quand il parlait avec son père.

— Désolé, Duchesse, mais j'ai quelques phrases de retard !

— Oh, je suis désolée. L'enthousiasme m'a fait automatiquement retrouver le français.

Passant la main sur ses cheveux mouillés, elle sourit.

— C'est vrai, on entend la mer !

Elle ne quittait pas Dillon des yeux. Et brusquement, sa voix faiblit. La lueur d'amusement qu'elle avait lue dans son regard s'était envolée. Maintenant, elle était remplacée par une émotion qui lui fit bondir le cœur. Sa raison lui conseilla aussitôt de battre en retraite ; mais son corps et sa volonté fondirent quand les bras de Dillon se glissèrent autour de sa taille. Chassant toute pensée, elle releva la tête, lui offrant délibérément ses lèvres.

Dillon caressa sa peau nue. Il n'y avait rien d'autre entre eux que des gouttelettes d'eau. Sous le soleil brûlant, son cœur s'ouvrait, et ses lèvres répondaient aux lèvres exigeantes de l'homme qui lui faisait tourner la tête. Son corps vibrait sous ses mains. S'ils avaient pu ne faire qu'un seul être, au moins jusqu'au coucher du soleil, songea-t-elle, éperdue.

Dillon desserra lentement son étreinte, comme à regret. Elle poussa un soupir mêlé de plaisir et de déception. Pourquoi la privait-il déjà de ce trésor qu'il venait de lui offrir ?

Dillon la regarda droit dans les yeux.

— Soit vous êtes une actrice hors pair, soit vous sortez du couvent, marmonna-t-il.

Laine sentit ses joues s'empourprer. Elle lui tourna le dos pour s'éloigner, mais il la retint par un bras.

— Attendez un peu !

La faisant pivoter vers lui, il la dévisagea. Laine était devenue écarlate. Il fronça les sourcils.

— Voilà un hommage dont je n'avais pas été gratifié depuis des années, Duchesse. Vous me stupéfiez !

Il eut un sourire moqueur, mais qui n'avait rien à voir avec les airs narquois qui semblaient lui être habituels quand il lui parlait.

— Quoi qu'il en soit, que vous soyez innocente ou calculatrice, vous m'étonnez vraiment !

Il la prit dans ses bras.

Cette fois, il lui donna un baiser tendre. Cependant, elle avait encore moins de défense contre la tendresse que contre la passion, et son corps répondait dangereusement à celui de Dillon. Elle se sentit prise de vertige. Soudain, Dillon mit fin à leur baiser. Il examina longuement ses yeux embrumés, ses lèvres gonflées. Jouait-elle l'innocence ou était-elle sincère ? Il n'aurait su le dire mais, innocemment ou non, elle se conduisait comme une véritable tentatrice.

— Vous êtes une femme étonnante, dit-il dans un souffle. Allons nous asseoir un moment au soleil.

Sans attendre son accord, il la prit par la main et l'entraîna vers la plage. Après avoir étendu une grande serviette sur le sable, il s'assit. Voyant Laine hésiter, il la tira vers lui.

— N'ayez pas peur, je ne mords pas, je me contente de grignoter ! dit-il avec un sourire charmeur.

Il prit une cigarette dans son sac et l'alluma, puis il s'appuya sur un coude. Sa peau luisait d'eau et de soleil.

Mal à l'aise, Laine resta assise, très droite, le coquillage dans les mains. Elle voulait comprendre pourquoi elle avait réagi ainsi dans les bras de Dillon. Ce qui venait de se passer entre eux était important pour elle, et resterait important jusqu'à la fin de ses jours, elle le savait. C'était un cadeau auquel elle ne pouvait pas encore donner de nom. Les yeux rivés sur le coquillage, elle sentit une joie immense lui soulever la poitrine. Elle était aussi heureuse qu'au moment où le coquillage avait chanté à son oreille.

— Vous traitez ce coquillage comme si c'était votre premier nouveau-né, railla Dillon.

Elle tourna la tête vers lui. Il lui fit un sourire étincelant. Oui, c'était bien vrai, elle n'avait jamais été si heureuse.

— C'est mon premier souvenir. Et c'est la première fois que je plonge pour rapporter des trésors engloutis, dit-elle.

— Pensez un peu à tous les requins que vous avez dû repousser pour mettre la main sur lui ! plaisanta-t-il.

Il souffla la fumée de sa cigarette vers le ciel tandis qu'elle plissait le nez.

— Vous êtes jaloux parce que vous n'en avez pas trouvé. Je suis égoïste de ne pas vous en avoir rapporté un.

— Ne vous inquiétez pas, je survivrai.

— On ne trouve pas de coquillage à Paris, continua-t-elle, soudain très à l'aise. Les enfants vont être ravis.

— Les enfants ?

Laine couvait son trophée des yeux, le caressant du bout des doigts.

— Mes élèves. La plupart n'ont jamais vu une chose pareille, excepté dans les livres.

— Vous êtes enseignante ?

Trop absorbée par la contemplation des sinuosités du coquillage, elle ne remarqua pas son ton ébahi. L'esprit ailleurs, elle répondit :

— Oui. J'enseigne l'anglais aux pensionnaires françaises, et le français aux Anglaises. J'ai commencé à travailler là où j'ai obtenu mes diplômes. Je ne voyais pas d'autre endroit où aller, et je me sentais chez moi.

Faisant une pause, elle tourna la tête vers lui.

— Dillon, croyez-vous que je pourrais revenir ici pour essayer de trouver un ou deux autres coquillages ? Les filles seraient fascinées, elles ont si peu de distractions.

— Où était votre mère ?

— Pardon ?

Elle arqua les sourcils. Il plongea un regard pénétrant dans le sien.

— Qu'avez-vous dit ? demanda-t-elle.

Pourquoi avait-il si brusquement changé d'humeur ?

— J'ai dit : où était votre mère ?

La colère était presque palpable dans la voix de Dillon. Que lui arrivait-il ?

— Quand... quand j'étais à l'école ? Elle était à Paris.

Affolée, elle essaya de changer de sujet.

— J'aimerais revoir l'aéroport. Croyez-vous...

— Arrêtez ! cria-t-il.

Laine sursauta. Puis, suivant son vieil instinct, elle se réfugia dans son armure invisible.

— Vous n'avez pas besoin de crier ! Je vous entends très bien à cette distance.

— Ne recommencez pas à prendre vos grands airs, Duchesse. Je veux des réponses.

Il jeta sa cigarette. Son visage reflétait une détermination mêlée de rage.

— Je suis désolée, Dillon, mais...

Elle se leva et fit quelques pas.

— ... je ne suis vraiment pas d'humeur à subir un interrogatoire.

Marmonnant un juron, Dillon bondit sur ses pieds et lui prit le bras avec une rapidité qui la laissa abasourdie.

— Vous êtes un drôle de numéro, dit-il d'une voix sifflante. Vous changez si souvent. Je n'arrive pas à comprendre cette petite mascarade. Qui êtes-vous, à la fin ?

— J'en ai assez de vous dire qui je suis, répondit-elle calmement. Que voulez-vous que je vous raconte ? Je ne sais pas ce que vous aimeriez que je sois.

Sa réponse et sa voix douce exacerbèrent sa fureur. Resserrant sa main sur son bras, il la secoua.

— Vous passez votre temps à faire du cinéma. Qu'est-ce que ça signifie ?

Avant de pouvoir répondre, elle se retrouva attirée contre lui dans un nouvel accès de colère. Cependant, elle n'eut pas le temps de connaître la nature de sa punition. Quelqu'un appela Dillon. Serrant les dents, il la lâcha et se tourna vers la personne qui arrivait entre deux rangées de palmiers.

Laine suivit son regard et resta bouche bée devant l'apparition mythique qui semblait glisser sur le sable fin. La peau de la jeune femme avait la couleur mordorée du miel. Elle portait un sarong pourpre et bleu nuit. Une avalanche de cheveux noir d'ébène cascadaient jusqu'à sa taille, et dansaient au rythme de ses mouvements gracieux. Ses yeux en amande, couleur d'ambre, étaient frangés de velours noir. Un sourire pulpeux illuminait un visage exotique et parfait. Elle leva la main pour accueillir Dillon, qui répondit :

— Bonjour, Orchidée !

Laine avala la boule qui venait de se former dans sa gorge. Non, ce n'était pas une déesse, mais une femme en chair et en os, comme le prouvait le baiser qu'elle posa sur les lèvres de Dillon.

— Miri m'a dit que tu étais parti faire de la plongée. Je savais que je te trouverais là.

Sa voix flotta comme une musique légère.

Voyant l'attitude figée de Laine, Dillon fit les présentations avec sa désinvolture coutumière.

— Je te présente Laine Simmons. Orchidée King.

Laine marmonna quelques paroles inintelligibles. Elle se sentait brusquement aussi déplacée qu'un cheveu dans le potage.

— Laine est la fille de Cap'taine, expliqua-t-il.

— Oh, je vois.

Laine dut subir un examen plus approfondi. Visiblement, Orchidée se posait des questions, malgré le sourire composé qu'elle affichait.

— C'est bien que vous soyez enfin venue. Allez-vous rester longtemps ?

— Une ou deux semaines.

Laine retrouva son aplomb. Ses yeux rencontrèrent brièvement ceux de Dillon, puis elle se tourna vers la jeune fille.

— Est-ce que vous vivez sur l'île ?

— Oui, répondit Orchidée. Mais je passe le plus clair de mon temps ailleurs. Je suis hôtesse de l'air. J'ai quelques jours de congé. J'avais envie d'échanger le ciel contre la mer. J'espère que vous aviez prévu de retourner dans l'eau ?

Adressant un sourire éblouissant à Dillon, elle passa une main sous son bras.

— J'apprécierais beaucoup un peu de compagnie.

Laine observa Dillon. Son charme filtrait naturellement. Il n'avait rien d'autre à faire que sourire, et la magie opérait.

— Pas de problème. J'ai deux heures devant moi.

— Je vais rentrer à la maison, dit vivement Laine.

Elle se sentait de nouveau une intruse.

— Je préfère ne pas rester trop longtemps au soleil, le premier jour, dit-elle pour se justifier.

Elle prit son T-shirt et l'enfila promptement.

— Merci pour la leçon, Dillon.

Elle se baissa pour ramasser son jean et ses chaussures avant de dire :

— Ravie de vous avoir rencontrée, mademoiselle King.

— J'espère que nous nous reverrons !

Otant son sarong, Orchidée révéla un Bikini très sexy, et un corps époustouflant.

— L'île est petite, n'est-ce pas, cousin ?

C'était la façon dont les habitants s'adressaient les uns aux autres, Laine le savait. Cependant, la manière dont Orchidée prononça le mot « cousin » évoquait une relation beaucoup plus intime. Dillon se mit à rire.

— En effet.

Visiblement, il la connaissait bien. Il était tellement à l'aise avec elle ! Sans doute était-il également coutumier de ses charmes. Laine murmura un vague « au revoir » et se dirigea vers la palmeraie. Elle entendit le rire d'Orchidée, puis sa voix. La jeune fille parlait dans la langue musicale de l'île. Laine jeta un coup d'œil par-dessus son épaule avant que les feuilles se referment sur elle. Et juste à temps pour voir des bras dorés enlacer le cou de Dillon.

5

Elle retourna à la maison à pas lents. C'était un excellent moyen de réfléchir aux diverses émotions provoquées par l'associé de son père depuis son arrivée. Pour commencer, elle avait ressenti de l'agacement, de la rancœur mêlée à de la colère, auxquels s'ajoutait maintenant une inquiétude causée par son manque d'expérience avec les hommes. Cependant, ce matin, il y avait eu quelques instants harmonieux avec Dillon. Elle s'était même sentie très bien en sa compagnie. C'était une nouveauté. Jusqu'à présent, elle n'avait jamais été vraiment à l'aise lorsqu'elle se trouvait en tête à tête avec un représentant du sexe masculin.

Elle poussa un profond soupir. Tout cela était si troublant. Mais peut-être était-ce simplement l'excitation causée par cette petite aventure aquatique qui était responsable de sa réaction par rapport à lui, quand il l'avait embrassée ? Cela avait paru si naturel. Leurs bouches semblaient être créées l'une pour l'autre. Elle s'était subitement sentie libre dans ses bras, totalement en éveil. Comme si les murs de verre qui l'emprisonnaient avaient explosé, la laissant pour la première fois aux prises avec une foule de sensations.

Faisant une pause, Laine cueillit un hibiscus rose foncé. Elle l'examina un instant en souriant. Puis, reprenant sa marche, elle fit tourner la tige entre ses doigts. Ses sentiments ténus avaient commencé à se dissiper devant la colère inexplicable de Dillon. L'apparition de la jeune beauté à la peau sombre avait fait le reste.

Orchidée King, se répéta-t-elle, songeuse. Puis un autre prénom lui revint à la mémoire : *Rose*. Celui de l'hôtesse qui flirtait avec Dillon, au bureau d'accueil. Apparemment, il aimait les femmes portant des noms de fleurs. Laine fronça les sourcils, puis elle secoua la tête. Après tout, que lui importait ? Inconsciemment, elle se mit à effeuiller l'hibiscus. Visiblement, il était aussi vital pour Dillon de recevoir et de donner des baisers que pour une souris de grignoter du fromage. Elle-même, il avait dû l'embrasser parce qu'il n'avait pas d'autre femme sous la main. Haussant les épaules, elle jeta un pétale. A l'évidence, Orchidée King avait beaucoup plus de trésors à lui offrir qu'elle-même n'en aurait jamais.

Continuant d'arracher les pétales de la fleur sans s'en rendre compte, elle soupira. Face à la jeune insulaire, elle s'était sentie aussi attirante qu'une volaille pâle et informe face à un superbe flamant rose aux couleurs vibrantes. Même si Dillon ne la détestait pas déjà, elle n'avait aucune chance de lui plaire.

Elle haussa encore les épaules. Après tout, elle n'avait aucune envie de plaire à cet homme insupportable. C'était même la dernière chose qu'elle souhaitait ! Elle regarda sans le voir l'hibiscus mutilé. Puis, avec un petit gémissement, elle le jeta et accéléra le pas.

Une fois arrivée chez son père, elle monta déposer le coquillage dans sa chambre. Elle prit une douche et se changea, puis redescendit au rez-de-chaussée. Elle se sentait sans énergie et complètement désemparée. En France, elle n'avait pas le temps de se pencher sur ses états d'âme. Avec l'enchaînement des cours, des repas et des activités secondaires, elle avait un emploi du temps toujours très chronométré. Ici, personne ne lui demandait de faire quoi que ce soit, ce qui était très pénible. Dire que la plupart du temps, elle rêvait d'une heure de liberté pour s'offrir un moment de lecture ou, tout simplement, de solitude ! Maintenant, la journée entière s'étirait devant elle, et elle n'avait qu'une envie : trouver une occupation. Elle soupira. Le problème quand on ne faisait rien, c'est qu'on avait trop de temps pour réfléchir.

Décidée à ne pas gâcher son séjour, Laine redressa les épaules.

Au fond, il ne tenait qu'à elle de repousser les pensées qui la dérangeaient. En particulier, sa situation, et son avenir.

Pour commencer, elle allait visiter la maison. Il était inutile de faire perdre du temps à quelqu'un pour cela. Elle pouvait le faire seule. Elle découvrit bientôt que son père vivait simplement, mais confortablement. Il avait beaucoup de livres, et une incroyable quantité de magazines d'aéronautique. A en juger par la façon dont ils étaient écornés, ils devaient faire partie de ses lectures favorites.

Dans chaque pièce, les rideaux traditionnels étaient remplacés par des persiennes en bambou, et les tapis par des nattes.

Son père semblait se contenter d'une existence sans surprises, remplie d'habitudes, et organisée autour de son principal centre d'intérêt : l'aviation. Laine hocha pensivement la tête. Maintenant, elle commençait à comprendre pourquoi le mariage de ses parents avait tourné court. Le mode de vie de son père était proportionnellement aussi modeste que celui de sa mère était prétentieux. Aucun des deux n'aurait pu se satisfaire de ce que l'autre avait à lui offrir. Laine fronça les sourcils. Elle-même ne se voyait vivre ni à la mode maternelle ni à la mode paternelle.

Elle prit dans sa main une photographie au cadre noir posée sur le bureau. Un portrait de son père, quand il était jeune. Il souriait, un bras passé autour des épaules de Dillon. Celui-ci était encore adolescent, mais il avait déjà le même sourire, à la fois malicieux et effronté. Laine observa attentivement le cliché. L'affection qui rapprochait les deux hommes ne lui aurait pas paru plus réelle s'ils avaient été en chair et en os sous ses yeux. Leur regard et leur attitude révélaient une grande complicité et une compréhension mutuelle. Laine eut un coup au cœur. En fait, ils ne s'entendraient certainement pas mieux s'ils étaient père et fils. Elle secoua tristement la tête. Elle ne connaîtrait jamais cela avec son père.

— Ce n'est pas juste, murmura-t-elle en prenant le cadre à deux mains.

Elle eut un léger frisson et ferma les yeux. Au fond, à qui

faisait-elle des reproches ? A son père, parce qu'il avait eu besoin de quelqu'un ? A Dillon, qui avait été là pour lui ? Ce n'était pas cette attitude qui allait l'aider, et la recherche du passé était inutile. Il était temps qu'elle tourne les yeux vers l'avenir, vers une nouvelle vie.

Poussant un profond soupir, elle remit le cadre à sa place et sortit dans le hall. Elle se retrouva bientôt dans la cuisine, entourée d'appareils ménagers d'une propreté impeccable et d'ustensiles de cuivre accrochés aux murs. Miri se trouvait devant la cuisinière. L'entendant entrer, elle se retourna et lui adressa un sourire satisfait.

— Vous êtes rentrée pour le déjeuner, j'aime mieux cela !

Elle inclina la tête et plissa les yeux.

— Vous avez déjà des couleurs.

Laine baissa les yeux sur ses bras nus. Ils avaient pris un léger hâle.

— C'est vrai ! Mais en fait, je ne suis pas rentrée pour déjeuner.

Elle sourit et fit un large geste du bras.

— Je visitais la maison.

— C'est parfait, mais cela ne vous empêche pas de manger. Asseyez-vous ici ! décréta Miri.

Elle désigna un siège du bout de son couteau.

— Et demain, je ne veux pas que vous fassiez votre lit. C'est mon travail.

Elle posa un verre de lait devant elle.

— Est-ce que vous faisiez votre lit vous-même dans cette école pour riches ?

— Ce n'est pas vraiment une école pour riches, corrigea Laine.

Elle leva les yeux sur Miri, qui préparait un gigantesque sandwich.

— En réalité, c'est un pensionnat religieux qui se trouve près de Paris.

— Vous viviez dans un pensionnat ?

Miri fit une pause. Elle paraissait sceptique.

— Oui. Sauf quand j'allais voir ma mère. Miri...

Elle lui jeta un regard affolé. Miri venait de placer le sandwich devant elle sur une assiette.

— Je ne pourrai jamais avaler tout ça !

— Mangez, Petit Osselet. Et cette matinée avec Dillon, elle s'est bien passée ?

— Très bien.

Mal à l'aise, Laine se concentra sur son sandwich tandis que Miri venait s'asseoir en face d'elle.

— Je n'aurais jamais cru qu'il y ait tant de choses à voir sous l'eau. Dillon est un excellent guide, dit-elle.

— Ah, celui-là...

Miri secoua la tête.

— Quand il n'est pas sous l'eau, il est dans le ciel. Il devrait avoir plus souvent les pieds sur la terre.

Se renversant contre son dossier, Miri la regarda manger.

— Il ne vous quitte pas des yeux, dit-elle après quelques secondes de silence.

Laine faillit avaler une bouchée de travers.

— J'en ai bien peur, marmonna-t-elle.

Elle but une gorgée d'eau avant de continuer en haussant la voix :

— J'ai fait la connaissance de Mlle King. Elle est venue dans la baie.

— Orchidée King...

Miri grommela quelques paroles inintelligibles en hawaïen. Laine arqua les sourcils.

— Elle est très jolie, pleine de vie et... frappante. Je suppose que Dillon la connaît depuis longtemps ?

Elle avait parlé du ton le plus neutre possible, mais ce petit commentaire la surprenait. Il était sorti de sa bouche avant même qu'elle y ait pensé.

— Depuis assez longtemps, oui. Mais ses appâts n'ont pas encore pris le poisson dans son filet.

Elle eut un sourire complice.

— Comment trouvez-vous Dillon ?

— Comment je le trouve ? répéta Laine en fronçant les sourcils malgré elle. Eh bien, il est très séduisant. Du moins, je suppose… je n'ai pas rencontré énormément d'hommes jusqu'à présent.

— Vous devriez lui sourire plus souvent, conseilla Miri avec un hochement de tête. Une femme intelligente se sert de ses sourires pour faire comprendre son état d'esprit à un homme.

— Il ne m'a pas donné beaucoup de raisons de lui sourire, répliqua Laine entre deux bouchées. Quoi qu'il en soit, les femmes doivent se bousculer autour de lui.

— Il y en a beaucoup auxquelles il s'intéresse. C'est un homme très généreux, dit Miri en gloussant.

Laine rougit.

— Il n'a pas encore rencontré une femme qui pourrait le rendre égoïste, continua Miri. Maintenant, vous…

Elle se tapota une aile du nez en réfléchissant.

— Vous seriez bien avec lui. Il pourrait vous apprendre des choses, et vous lui en apprendriez d'autres.

— Moi, apprendre des choses à Dillon ?

Secouant la tête, Laine eut un petit rire.

— Que voulez-vous que je lui enseigne, Miri ? Et puis, je connais Dillon depuis hier. Tout ce qu'il a fait jusqu'à maintenant, c'est me troubler l'esprit. D'une minute à l'autre, je ne sais jamais s'il va être agréable ou s'il va me faire tourner en bourrique.

Elle soupira.

— Je trouve les hommes très bizarres. Je ne les comprends pas du tout.

— Les comprendre ?

Le rire de Miri explosa dans la cuisine.

— Quel besoin avez-vous de les comprendre ? Il vous suffit de les apprécier. J'ai eu trois maris, et je n'en ai compris aucun des trois. Cela ne m'a pas empêchée d'être bien.

Elle eut soudain un sourire de jeune fille.

— Vous êtes très jeune. Rien que cela, c'est attirant pour un homme habitué aux femmes averties, continua-t-elle.

— Je ne sais pas... je veux dire, bien sûr, je ne voudrais pas qu'il le fasse, mais...

Laine se mit à bégayer lamentablement. Ses pensées étaient trop confuses.

— Je suis sûre que Dillon ne s'intéresse pas à moi. Apparemment, il s'entend très bien avec Mlle King. De plus...

Sentant la déprime s'abattre sur elle, elle haussa les épaules.

— ... il ne me fait pas confiance, termina-t-elle.

— Vous voulez que je vous dise ? C'est stupide de laisser le passé interférer avec le présent.

Miri se renversa contre son dossier.

— Vous voulez l'amour de votre père, Petit Osselet ? Le temps et la patience vous le donneront. Vous voulez Dillon ?

Voyant que Laine allait protester, elle leva une main impérieuse.

— Si vous le voulez, vous apprendrez à vous servir des armes d'une femme.

Elle se leva, faisant trembler sa généreuse poitrine.

— Bien, maintenant, je vous chasse. J'ai du travail.

Obéissante, Laine se leva et gagna la porte.

— Miri..., dit-elle en se retournant.

Elle se mordilla la lèvre.

— Vous êtes très proche de mon père depuis longtemps. Est-ce que...

Elle hésita, puis elle se dépêcha d'ajouter :

— Est-ce que vous m'en voulez de réapparaître comme cela après toutes ces années ?

— Vous en vouloir ?

Songeuse, Miri se passa lentement la langue sur les lèvres.

— Je n'en veux jamais à personne, parce que la rancœur, c'est une perte de temps. Mais surtout, je ne pourrais pas en vouloir à un enfant.

Elle prit une grande cuillère et s'en tapota la paume.

— Quand vous êtes partie, vous étiez petite, et c'est votre mère qui vous a emmenée. Maintenant, vous n'êtes plus une enfant, et vous êtes là. De quoi pourrais-je bien vous en vouloir ?

Miri haussa les épaules en secouant légèrement la tête, puis elle se tourna vers la cuisinière.

Laine sentit les larmes lui monter aux yeux. Elle prit une profonde inspiration.

— Merci, Miri, murmura-t-elle.

De retour dans sa chambre, elle s'assit au bord du lit. Les pensées tourbillonnaient dans sa tête. Les baisers de Dillon avaient éveillé en elle des sensations inconnues, et les paroles de Miri avaient ouvert une porte sur des pensées endormies. « Du temps et de la patience », se répéta-t-elle silencieusement. Miri lui avait prescrit du temps et de la patience pour qu'elle voie clair dans son cœur troublé. Laine soupira. Elle avait si peu de temps, et encore moins de patience. Comment pourrait-elle retrouver l'amour de son père en quelques jours ? Elle secoua la tête. C'était une question sans réponse. Et Dillon ? murmura son cœur tandis qu'elle se jetait sur le lit et rivait ses yeux au plafond. Pourquoi fallait-il qu'il complique une situation qui était déjà assez difficile ?

« Pourquoi m'a-t-il embrassée ? se demanda-t-elle. Pourquoi a-t-il révélé en moi des sensations de femme avant de me repousser en me faisant des reproches ? »

Il pouvait être si doux quand elle était dans ses bras, si tendre. Et l'instant d'après...

Frustrée, elle roula sur le ventre et posa sa joue sur l'oreiller. Pourquoi était-il devenu soudain si froid, avec ce regard dur ? Si au moins elle avait pu cesser de penser à lui, de se rappeler ce qu'elle avait éprouvé quand il l'avait embrassée. Le problème, c'est qu'elle n'avait aucune expérience, alors que lui était loin d'en manquer. Elle se retourna encore sur le lit. Ce qu'elle ressentait ne devait être qu'un attrait physique, un éveil de ses sens. Il était impossible que ce soit autre chose...

Le coup frappé à la porte la fit sursauter. Se redressant sur le lit, elle repoussa ses cheveux en arrière et se leva pour aller ouvrir. Dillon avait troqué son bermuda contre un jean. Il paraissait en pleine forme, alors qu'elle devait avoir une mine épouvantable, avec ses paupières gonflées. Elle le regarda sans rien dire, incapable de mettre de l'ordre dans ses pensées. Les sourcils froncés, il la dévisagea. Elle avait les joues rouges et les yeux embrumés de sommeil.

— Je vous réveille ?

— Non, je...

Elle jeta un coup d'œil à la pendule. C'était incroyable, mais une heure entière s'était écoulée depuis qu'elle s'était allongée sur le lit.

— En fait, oui... Je suppose que je ne suis pas encore remise du décalage horaire.

Elle se passa une main dans les cheveux, luttant pour retrouver son aplomb.

— Je ne me suis même pas rendu compte que j'avais dormi.

— Ils sont bien réels ?

— De quoi parlez-vous ? demanda-t-elle en clignant des paupières.

— Vos cils.

Le cœur battant à coups redoublés, Laine se força à soutenir son regard pénétrant.

Avec sa désinvolture coutumière, Dillon s'appuya au chambranle de la porte et poursuivit son examen.

— Je vais à l'aéroport. J'ai pensé que vous auriez envie d'y aller. Vous m'avez dit que vous vouliez le revoir.

— C'est vrai.

Sa courtoisie était surprenante.

— Alors, c'est par ici..., dit-il en faisant un geste pour qu'elle le suive.

— J'arrive. Laissez-moi une minute pour me préparer.

— Vous avez l'air tout à fait prête.

— Je dois me recoiffer.

— Inutile. Vos cheveux sont très bien comme ils sont.

Il la prit par la main et l'entraîna avant qu'elle puisse protester.

Devant la maison, Dillon lui fourra un casque dans les mains. Voyant la moto qui semblait les attendre, Laine hésita.

— Nous y allons… là-dessus ?

— Oui. Je prends rarement la voiture quand je dois aller à l'aéroport.

— Je ne suis jamais montée sur un engin comme celui-ci, dit Laine, mais je suppose qu'il n'est jamais trop tard pour commencer.

— Duchesse, la seule chose que vous avez à faire, c'est vous asseoir et vous accrocher fermement.

Dillon lui prit le casque des mains et le lui fixa sur la tête.

Puis il mit le sien, enfourcha le véhicule et démarra.

— Allez hop, montez !

Avant même d'avoir eu le temps de dire ouf, Laine se retrouva à cheval sur la selle, crispée contre Dillon, les bras lui enlaçant la taille. Très vite, elle se détendit. Après tout, il ne roulait pas très vite, et la moto semblait tenir parfaitement la route.

Ils empruntèrent une petite voie qui longeait une rivière. Laine sourit. C'était très excitant de rouler ainsi à l'air libre, de sentir les muscles durs de Dillon sous ses mains. Une impression de liberté l'envahit. En vingt-quatre heures, Dillon lui avait déjà fait vivre des expériences qu'elle n'aurait peut-être jamais connues. Brusquement, plus rien ne comptait que cette randonnée. Peu importait ce qui allait suivre. Elle aurait bien le temps de réfléchir plus tard.

En arrivant devant l'aéroport, Dillon zigzagua dans la circulation. Il s'arrêta devant un hangar.

— Terminus, Duchesse ! Il faut descendre.

Elle obéit et tenta d'ôter son casque.

— Attendez !

Dillon le lui enleva et le rangea sur la moto avec le sien.

— Entière ?

— Absolument. Je me suis régalée ! dit-elle.
— C'est un moyen de transport qui a ses avantages.

Il lui caressa les bras, avant de la prendre par la taille. Laine retint son souffle quand il se pencha sur elle et lui effleura les lèvres de sa bouche. Des frissons de plaisir coururent sur sa peau.

— Nous continuerons cela plus tard, dit-il en reculant. J'ai l'intention de terminer ce que j'ai commencé avec vous. Mais pour l'instant, j'ai du travail.

Ses doigts tracèrent lentement des cercles sur ses hanches.

— Cap'taine va vous faire faire la visite. Il vous attend. Pourrez-vous retrouver le chemin ?

— Je crois que oui.

Affolée par les battements précipités de son cœur, elle s'écarta de lui. Mais cela ne changea rien.

— Il m'attend dans son bureau ?

— Oui, là où vous êtes allée la première fois. Il vous montrera tout ce que vous voudrez. Attention à ce que vous dites, Laine !

Son regard perdit soudain sa chaleur, et sa voix devint plus grave.

— Tant que je ne suis pas sûr de vous, vous ne pourrez pas vous permettre la moindre erreur.

Laine eut un frisson, et son pouls affolé ralentit. Pendant un court instant, elle se contenta de le regarder fixement.

— J'ai bien peur d'en avoir déjà fait une, dit-elle d'une voix triste.

Elle tourna les talons et s'éloigna.

6

Laine se dirigea vers le petit bâtiment blanc dont l'entrée était flanquée de palmiers. Les événements des vingt-quatre heures qu'elle avait passées sur l'île se bousculaient dans sa tête. Elle avait revu son père après quinze ans de séparation, et appris la trahison de sa mère. Sans parler de Dillon. C'était vertigineux. Et maintenant, il fallait qu'elle essaie de savoir ce qu'elle souhaitait vraiment. La donne avait changé.

Pendant le court laps de temps qu'il faut au soleil pour se lever et se coucher, elle avait aussi découvert des plaisirs et des exigences de femme. Dillon lui avait offert des sensations nouvelles, magiques. Le cœur battant, elle essaya encore une fois de se raisonner. Ce qu'elle éprouvait n'était que le résultat d'une attraction physique, rien de plus. Cela ne pouvait pas être autre chose. On ne tombait pas amoureuse du jour au lendemain, et surtout pas d'un individu comme Dillon O'Brian. Il était dur, mal élevé. Elle et lui étaient vraiment aux antipodes l'un de l'autre. Dillon était extraverti, parfaitement bien dans sa peau. Laine soupira. Elle l'enviait. Mais elle avait tort de s'inquiéter. C'était la nouveauté de la situation qui lui jouait des tours, et cet éternel soleil, auquel elle n'était pas habituée. Voilà pourquoi elle ne savait plus où elle en était. Sa réaction était purement physique. Elle n'avait aucune raison d'être amoureuse.

Avec un soupir de soulagement, elle poussa la porte de l'immeuble.

Alors qu'elle entrait, son père sortit de son bureau. Il jeta un coup d'œil par-dessus son épaule à une jeune fille métisse armée d'un bloc-notes.

— Vérifiez la commande de fuel avec Dillon avant d'envoyer cette lettre. Il va aller en réunion dans une heure. Si vous ne le trouvez pas dans son bureau, essayez au hangar numéro quatre.

Laine s'immobilisa. Quand il la vit, il sourit et accéléra le pas.

— Bonjour, Laine. Dillon m'a dit que tu voulais visiter les lieux.

— Oui, j'aimerais beaucoup ça, si tu as le temps.

— Bien sûr.

Il se tourna vers la jeune fille qui l'accompagnait.

— Sharon, je vous présente ma fille. Laine, voici ma secrétaire, Sharon Kumocko, dit-il avec un enjouement forcé.

Laine lui serra la main. Elle sentit son père hésiter un bref instant, puis, visiblement un peu mal à l'aise, il la prit par le bras et la fit sortir dans la chaleur et la lumière. Elle poussa un soupir résigné. L'affection qui les liait quand elle était petite n'existait-elle que dans ses souvenirs ?

— Ce n'est pas un grand aéroport, dit-il. Nous transportons principalement des produits de consommation pour les touristes des îles. Nous avons aussi une école de pilotes. Ce qui est surtout l'œuvre de Dillon.

— Papa…

Impulsivement, elle lui coupa la parole et tourna la tête vers lui.

— Je sais que je t'ai mis dans une situation embarrassante. Je me rends compte maintenant que j'aurais dû t'écrire et te demander si je pouvais venir, plutôt que de tomber du ciel comme je l'ai fait. J'ai manqué de jugeote.

— Laine…

— Je t'en prie, écoute-moi…

Elle secoua la tête et reprit :

— Je me rends compte aussi que tu as ta vie, ta maison,

tes amis. Tu as eu quinze ans pour te créer des habitudes. Je ne veux pas perturber ton emploi du temps. Crois-moi, je n'ai aucune envie de bouleverser ta vie, je ne veux pas que tu te sentes obligé de…

Elle eut un geste d'impuissance.

— J'aimerais simplement que nous soyons amis.

James ne l'avait pas quittée des yeux pendant qu'elle parlait. Le sourire qu'il lui adressa quand elle eut fini lui apporta plus de chaleur que les précédents.

— Tu sais…

Il soupira et se peigna les cheveux du bout des doigts.

— C'est un peu terrifiant de se retrouver face à une fille adulte. Toutes les étapes, tous les changements m'ont échappé. Je crois que je continuais à te voir comme une gamine au caractère emporté, coiffée d'une queue-de-cheval, avec des genoux éternellement écorchés. La jeune femme élégante qui est entrée dans mon bureau hier et qui m'a parlé avec l'accent français est une étrangère pour moi. De plus…

Il lui tripota un instant les cheveux.

— C'est une femme qui me rappelle des souvenirs que je croyais à jamais enfouis.

Faisant une pause, il enfonça les mains dans ses poches.

— Je connais mal les femmes, je crois que je ne les ai jamais bien connues. Ta mère était la femme la plus belle, la plus troublante que j'aie jamais rencontrée. Quand tu étais petite, et que nous vivions encore tous les trois ensemble, j'avais avec toi la complicité qui n'a jamais existé entre ta mère et moi. Tu étais la seule personne de sexe féminin que je comprenais. Je me suis toujours demandé si ce n'était pas une des raisons pour lesquelles les choses n'avaient pas marché dans mon couple.

Inclinant la tête, Laine l'observa longuement.

— Papa, pourquoi l'as-tu épousée ? Apparemment, vous n'aviez aucun point commun.

Il secoua la tête avec un rire bref.

— Tu ne te rappelles pas comment elle était lorsque tu étais petite. Elle a beaucoup changé avec le temps, Laine. Il y a des gens qui changent plus que d'autres.

Il hocha doucement la tête, les yeux perdus dans le vague.

— Je l'aimais. Je l'ai toujours aimée.

— Je suis désolée.

Les larmes commençaient à lui piquer les yeux. Elle baissa les yeux.

— Je ne veux pas te rendre les choses plus difficiles.

— Ne t'inquiète pas, ce n'est pas le cas. Nous avons eu quelques belles années.

Il resta un instant silencieux, les yeux perdus dans le vague.

— J'aime me les rappeler de temps à autre, reprit-il.

Lui prenant le bras, il se remit à marcher.

— Ta mère a-t-elle été heureuse, Laine ?

— Heureuse ?

Elle réfléchit. Vanessa était d'humeur changeante, et même quand elle paraissait joyeuse, le mécontentement n'était jamais loin sous la surface.

— Je suppose qu'elle l'était autant qu'elle en était capable. Vanessa adorait Paris, elle avait choisi sa vie.

— Vanessa...

James fronça les sourcils.

— Est-ce sous ce nom que tu penses à elle ?

— Je l'ai toujours appelée par son prénom.

Levant la main, elle se protégea les yeux du soleil pour regarder un charter atterrir.

— Elle disait que le mot « maman » la vieillissait. Elle détestait l'idée de vieillir... Je me sens mieux, maintenant que je te vois heureux, menant la vie que tu as choisie. Est-ce que tu pilotes encore des avions, papa ? Je me rappelle que tu adorais ça.

— Oui, j'effectue encore quelques heures de vol par semaine. Et toi, Laine...

Il la prit par les deux bras et la fit pivoter vers lui.

— Juste une question, ensuite, nous n'en parlerons plus. Es-tu heureuse ?

Cette question directe et le regard scrutateur de son père firent détourner les yeux à Laine. Elle regarda sans les voir les passagers qui descendaient du charter.

— J'ai beaucoup travaillé. Les bonnes sœurs ne plaisantent pas en matière d'éducation.

Il fronça ses sourcils broussailleux.

— Tu ne réponds pas à ma question.

— Je suis contente, dit-elle en souriant. J'ai appris beaucoup de choses, et ma vie me convient. Je crois que c'est suffisant.

— Pour quelqu'un de mon âge, oui, mais pas pour une jeune femme adorable comme toi.

Le sourire de Laine fit place à la perplexité.

— Non, ce n'est pas suffisant, Laine. Et je suis étonné que tu t'en contentes.

Il parlait d'une voix grave, teintée de désapprobation. Elle se sentit aussitôt sur la défensive.

— Papa, je n'ai pas eu la chance de…

Elle fit une pause. Mieux valait faire attention à ce qu'elle disait.

— Je n'ai pas pris beaucoup de temps pour m'amuser, corrigea-t-elle.

Elle leva les mains, les paumes tournées vers le ciel.

— Peut-être le moment est-il venu pour moi de commencer à y songer.

James eut un sourire.

— Bon, laissons tomber le sujet pour l'instant.

Laissant de côté les souvenirs, James l'emmena voir un hangar. Les avions étaient bien alignés. Il donna à chacun une petite tape amicale, comme s'il s'agissait d'un animal de compagnie. Puis il lui expliqua les particularités de chaque appareil, en vibrant de fierté, mais dans un langage incompréhensible pour une néophyte comme elle. Cependant, elle ne l'interrompit plus, heureuse de le voir évoluer dans son élément, comme un poisson dans l'eau. De temps à autre, elle risquait un commentaire qui le faisait rire. Son rire était si précieux.

Les bâtiments s'étalaient, bien entretenus mais sans prétention : hangars et entrepôts, bureaux de recherches et de comptabilité. Une tour de contrôle entourée de verre dominait le tout.

— Tu m'as dit qu'il n'était pas grand, dit-elle. Moi, je le trouve gigantesque.

— C'est plutôt un aérodrome, mais nous faisons de notre mieux pour qu'il fonctionne aussi bien que l'aéroport international d'Honolulu.

Bientôt, elle ne put s'empêcher de poser une question. Mais ce n'était que pure curiosité, elle en était convaincue.

— Et Dillon, que fait-il dans tout cela ?

— Oh, il s'occupe un peu de tout, répondit James d'un air vague.

C'était frustrant.

— Il a un don pour tout organiser. Il est capable de résoudre un problème avant même que je ne sache qu'il existe, et il sait si bien s'y prendre avec les gens qu'ils ne se rendent jamais compte qu'ils ont été manipulés. Il sait aussi démonter et remonter un avion.

Souriant, James secoua légèrement la tête.

— Je me demande ce que j'aurais fait sans lui. Sans son dynamisme, je me serais peut-être contenté de piloter un avion qui pulvérise les cultures.

— Son dynamisme ? répéta Laine. Oui, je suppose qu'il n'en manque pas quand il a décidé d'obtenir quelque chose. Mais n'est-il pas plutôt…

Elle chercha le mot juste.

— Plutôt désinvolte ?

— La vie sur l'île est propice à une certaine désinvolture, Laine, et Dillon est né ici.

Il l'emmena vers un autre bâtiment.

— Un homme bien dans sa peau, et sans prétention, ne manque pas forcément d'intelligence et de capacités. En tout cas, pas Dillon. Mais simplement, il réalise ses ambitions à sa manière.

Plus tard, alors qu'ils retournaient vers les hangars surmontés d'un dôme d'acier, Laine se détendit. Elle venait d'installer un nouveau mode de relation avec son père. Lui aussi était plus tranquille, ses sourires et ses discours étaient plus spontanés. Cependant, si elle avait mis de côté son bouclier, elle n'en était devenue que plus vulnérable.

En entrant dans le hangar, James consulta sa montre.

— J'ai un rendez-vous dans quelques minutes, annonça-t-il. Je vais te laisser avec Dillon maintenant, sauf si tu veux que je te fasse raccompagner à la maison ?

— Pas du tout. Je vais peut-être me balader toute seule. Je ne veux pas vous déranger.

— Tu ne m'as pas dérangé. Je suis content de t'avoir fait faire cette visite. Tu as gardé ta curiosité d'enfant. Je ne l'avais pas oubliée. Tu voulais toujours connaître le pourquoi et le comment des choses, et tu écoutais attentivement les réponses. Je crois que tu avais trois ans quand tu m'as demandé de t'expliquer comment fonctionnait le tableau de bord d'un Boeing 707 !

Il eut un petit rire, le même que celui qu'elle aimait tant, quand elle était petite.

— Tu prenais un air très sérieux, continua-t-il en souriant. J'aurais juré que tu comprenais tout ce que je te disais.

Il lui tapota la main, puis il sourit en regardant par-dessus sa tête.

— Dillon, je savais bien que nous te trouverions ici. Prends soin de Laine. J'ai un rendez-vous.

Laine se retourna. S'appuyant nonchalamment contre un avion, Dillon s'essuyait les mains sur sa salopette.

— Tout s'est bien passé avec les représentants du syndicat ? s'enquit James.

— Comme sur des roulettes. Tu pourras lire le rapport demain.

— Alors à ce soir.

James tourna les yeux vers Laine et, après une brève hésitation, lui caressa brièvement la joue avant de s'éloigner à grands pas.

En souriant, elle fit demi-tour et rencontra le regard sombre de Dillon. Avec un vague haussement d'épaules, celui-ci se tourna vers l'avion.

— La visite vous a plu ? interrogea-t-il d'un air faussement indifférent.

— Oui, beaucoup. J'ai bien peur de ne pas avoir compris le dixième de ce qu'il m'a expliqué, mais j'ai trouvé cela passionnant. Et c'était bon de le voir si enthousiaste.

— Quand il parle d'avions, c'est là qu'il est le plus heureux, commenta Dillon, l'air absent. Il se fiche pas mal que vous compreniez, tant que vous l'écoutez. Passez-moi une clé dynamométrique.

Laine regarda d'un air affolé l'assortiment d'outils, cherchant quelque chose qui ressemblerait le plus à une clé.

— Est-ce que c'est celle qu'il vous faut ?

Dillon tourna la tête et jeta un coup d'œil sur l'outil qu'elle lui tendait. Amusé malgré lui, il la regarda dans les yeux en secouant la tête.

— Non, Duchesse.

Il trouva lui-même l'outil adéquat.

— Voilà.

— Je n'ai pas dû passer assez de temps sous une voiture ou sous un avion, marmonna-t-elle.

Brusquement, elle se sentit horripilée. Il était peu probable que Dillon ait jamais demandé à Orchidée King de lui donner une clé dynamo… quelque chose.

— Mon père m'a dit que vous aviez créé une école de pilotes. Est-ce que c'est vous qui vous chargez des cours ?

— En partie.

Rassemblant son courage, elle demanda précipitamment :

— Vous m'apprendrez ?

— Pardon ?

Dillon jeta un coup d'œil par-dessus son épaule.

— Pourriez-vous m'apprendre à piloter un avion ?

Elle se mordit la lèvre inférieure. Bon sang, qu'est-ce qui lui arrivait ? Sa question paraissait-elle aussi ridicule à Dillon qu'elle l'était pour elle ?

— Peut-être, répondit-il sans cacher sa stupéfaction.

Il la regarda un instant dans les yeux. Elle paraissait très déterminée.

— Peut-être, répéta-t-il lentement. Mais pouvez-vous m'expliquer pourquoi ?

— Mon père m'avait dit qu'il m'apprendrait. Naturellement...

Elle écarta les bras.

— Je n'étais qu'une enfant, mais...

Poussant un soupir d'impatience, elle releva le menton.

— Parce que je trouve que ce serait amusant, voilà pourquoi !

Dillon observa son changement d'attitude, et sa petite moue obstinée. Il se mit à rire.

— Je vous emmènerai là-haut demain.

Il termina avec la clé, qu'il lui tendit pour qu'elle la range dans la boîte à outils. Elle contempla le manche noirci par le cambouis. Voyant sa répugnance, Dillon marmonna quelque chose qu'elle n'eut pas envie de mémoriser, puis il s'éloigna et prit une salopette à un crochet.

— Tenez, mettez ça. J'en ai encore pour un moment, autant que vous vous rendiez utile.

— Vous vous en sortirez mieux sans moi.

— Sans aucun doute, mais mettez-la quand même.

Laine soupira. Il était inutile de discuter. Dillon avait prouvé qu'il pouvait être encore plus obstiné qu'elle. Elle fit ce qu'il lui demandait, sous son regard attentif.

— Bon sang, elle est immense !

S'accroupissant, il se mit à rouler le bas des jambes.

— Je suis sûre que je vais être plus une gêne qu'une aide ! déclara-t-elle fermement.

— C'est probable, répliqua-t-il d'un ton jovial tout en lui roulant plusieurs fois le bas des manches.

D'un mouvement vif, il fit glisser la fermeture Eclair jusqu'à son cou. Quand il en eut fini avec la salopette, il plongea son regard pénétrant dans le sien. Laine retint son souffle. L'expression pleine d'assurance de Dillon se modifia. Un bref instant, elle crut y voir un éclair de tendresse, mais il laissa vite échapper un soupir d'impatience.

Poussant un juron, il s'engouffra dans le ventre de l'avion.

— Très bien, se hâta-t-il de dire, passez-moi un tournevis. Celui qui a un manche rouge ! Dépêchez-vous !

Connaissant cet outil, Laine farfouilla dans la boîte et ne tarda pas à le trouver. Elle le posa dans sa main tendue.

Il travailla quelques minutes en silence, ne parlant que pour demander tel ou tel outil.

Laine finit par lui poser quelques questions sur le travail qu'il était en train de faire. Elle n'était pas obligée d'écouter ses réponses. Mais elle aimait entendre le son de sa voix. De plus, comme il était très absorbé, elle pouvait l'observer tranquillement sans qu'il s'en rende compte. Dans ses yeux luisait une expression étrange, très intense. Son menton et ses joues avaient une ligne ferme, et les muscles jouaient sur ses bras bronzés tandis qu'il les faisait travailler. Son menton était ombré d'une barbe naissante. Il n'avait pas dû se raser ce matin. Ses cheveux retombaient en boucles souples sur son col, et son sourcil droit remontait un peu plus haut que le gauche sous l'effet de la concentration.

Dillon se tourna vers elle pour lui demander quelque chose, mais elle resta pétrifiée. Ce qu'elle venait de comprendre était affolant. Non, elle se trompait certainement.

— Vous avez un problème ? interrogea-t-il en fronçant les sourcils.

Secouant la tête, elle avala péniblement sa salive.

— Non. Qu'avez-vous demandé ? Je n'ai pas fait attention.

Elle se pencha sur la boîte à outils pour cacher son désarroi, mais Dillon se servit lui-même et se remit au travail. Laine ferma les yeux. Heureusement, il n'avait pas vu à quel point elle était perplexe.

Elle posa une main sur sa poitrine. Son cœur battait à grands coups. Pourquoi l'amour arrivait-il avec une telle rapidité et une telle intensité ? Il devrait s'épanouir lentement, en commençant par de la tendresse, des sentiments doux. Il ne devrait pas vous poignarder sans pitié, et sans prévenir. Comment pouvait-on aimer quelqu'un que l'on n'arrivait pas à comprendre ? Dillon O'Brian était une énigme, un homme dont l'humeur semblait toujours changer sans qu'elle sache pourquoi. Et le savait-il lui-même ? Elle ne le connaissait pas. Tout ce qu'elle savait de lui, c'est qu'il était l'associé de son père, qu'il connaissait aussi bien le ciel que la mer, et qu'il se déplaçait aussi facilement dans l'un que dans l'autre. Mais elle n'ignorait pas que c'était un homme qui connaissait les femmes et qui pouvait leur donner du plaisir.

Et comment pouvait-on lutter contre l'amour quand on n'en avait pas la moindre connaissance ? C'était peut-être une question d'équilibre.

Laine redressa les épaules. Il fallait qu'elle trouve le moyen de marcher sur la corde raide qui s'étirait devant elle sans pencher ni à droite ni à gauche. Le tout était d'éviter de tomber.

— On dirait que votre voyage prend une tournure inattendue, commenta Dillon en sortant un chiffon de la poche de sa salopette.

Tirée de ses pensées, Laine sursauta. Il lui adressa un sourire malicieux.

— Vous faites vraiment un mécanicien déplorable, Duchesse, et plutôt débraillé, si vous me permettez.

Il lui frotta la joue avec le chiffon, faisant disparaître une tache noire.

— Il y a un évier, là-bas, si vous voulez vous laver les mains, continua-t-il. Je finirai ces ajustements plus tard. Ce moteur commence à m'énerver.

Sautant sur cette occasion pour se ressaisir, Laine marcha lentement vers l'évier. Puis elle se débarrassa de la salopette, qu'elle suspendit à un crochet. Pendant que Dillon se nettoyait, elle fit un tour dans le hangar. Quelques minutes plus tard, elle consulta sa montre et fronça les sourcils. Le temps avait passé à vive allure pendant qu'elle assistait bien maladroitement Dillon. Maintenant, un petit voile masquait la clarté du jour. Le long des pistes de roulement, les lumières clignotaient comme de petits yeux rouges. Laine se retourna. Dillon la regardait. S'humectant les lèvres, elle fit de son mieux pour prendre un ton décontracté.

— Vous avez fini ?

— Pas encore. Venez ici.

Laine recula de quelques pas. La voix de Dillon était dure, autoritaire. Elle soupira, furieuse. Pour qui se prenait-il pour lui parler sur ce ton ? Voyant qu'elle restait immobile, Dillon releva un sourcil, puis il réitéra son ordre en ajoutant une nuance menaçante.

— Je vous ai dit de venir ici !

Le cœur battant la chamade, elle se mit à marcher malgré elle, comme poussée par une force qui la dépassait. Les jambes en coton, elle traversa l'espace qui les séparait. L'écho de ses pas résonnait comme le tonnerre et semblait rebondir d'un mur à l'autre. Pourvu que Dillon n'entende pas son cœur tambouriner dans sa poitrine, songea-t-elle. Elle se planta devant lui. Il l'examina longuement, comme s'il la voyait pour la première fois. Sans mot dire, il finit par poser les mains sur ses hanches et l'attirer contre lui. Leurs cuisses s'effleurèrent. Il la maintint fermement, sans la quitter des yeux. Prisonnière de ce regard brûlant, Laine tressaillit.

— Embrassez-moi, dit-il simplement.

Incapable de détourner les yeux, elle secoua la tête.

— Laine, je vous ai dit de m'embrasser.

Il l'attira encore plus près de lui, moulant son corps au sien. Son regard était devenu exigeant, sa bouche, tentante. Timidement, elle leva les bras et posa les mains sur ses épaules en se hissant sur la pointe des pieds. Elle soutint son regard tandis que leurs visages se rapprochaient et que leurs souffles commençaient à se mêler. Doucement, elle posa les lèvres sur les siennes.

Dillon attendit qu'elle devienne plus audacieuse et qu'elle lui enlace le cou. Bientôt, Laine soupira sous son baiser, plus pressant. Dillon glissa une main sous son chemisier et caressa sa peau douce, explorant lentement son dos, faisant naître de délicieux frissons sous ses doigts. Murmurant son nom contre sa bouche, elle s'arqua contre lui. Elle le désirait de tout son être. Une chaleur dévorante s'était emparée d'elle. Ses lèvres semblaient apprendre plus vite que ses neurones. Elles se mirent à chercher, à demander un plaisir qu'elle ne comprenait pas encore. Tout ce qui l'entourait s'évanouit. En cet instant précis, plus rien n'existait pour elle que Dillon et le désir qu'il faisait naître au plus profond d'elle.

Il finit par relâcher son étreinte. Muet, il scruta son regard, comme s'il y cherchait un message. Puis il écarta une mèche folle de sa joue.

— Je ferais mieux de vous ramener à la maison, dit-il d'une voix rauque.

— Dillon…

Elle fit une pause. Que pouvait-elle dire? Tout cela était si affolant. Elle ferma les yeux.

— Allons, venez, Duchesse, vous avez eu une rude journée.

Il lui passa une main autour du cou et lui massa brièvement la nuque.

— Nous ne jouons pas sur un terrain d'égalité en ce moment. La plupart du temps, je préfère les combats à armes égales.

— Les combats? répéta Laine d'une voix presque inaudible.

Faisant un violent effort, elle ouvrit les yeux.

— C'est cela pour vous, Dillon ? Un combat ?
— Le plus vieux de tous les temps, rétorqua-t-il.
Il eut un léger sourire, qui s'évanouit aussitôt. Brusquement, il la prit par le menton.
— Ce n'est pas terminé, Laine. Au prochain round, c'est le diable qui mènera le jeu.

7

Le lendemain matin, quand Laine descendit prendre son petit déjeuner, elle ne trouva que son père dans la maison.

— Bonjour, Petit Osselet ! cria Miri avant que James ne la voie. Asseyez-vous et déjeunez. Je vais vous faire du thé, puisque vous n'aimez pas mon café.

Partagée entre l'embarras et l'amusement, Laine sourit.

— Merci, Miri.

— Elle t'aime beaucoup, dit James en arrivant derrière elle.

Laine se retourna.

Son père avait une lueur joyeuse dans les yeux.

— Depuis que tu es là, elle n'a qu'une idée : te faire grossir, continua-t-il en riant. Du coup, elle ne me fait plus de commentaire sur mon prétendu besoin de trouver une épouse.

Avec un petit sourire ironique, Laine le regarda se servir du café.

— Heureuse de t'aider, dit-elle. J'ai été un peu envahissante, hier. J'espère que je ne t'ai pas trop dérangé.

— Bien sûr que non.

Il eut un sourire contrit.

— C'est moi qui aurais dû te montrer la maison. J'ai manqué à tous mes devoirs.

— Ce n'était pas gênant. En réalité…

Inclinant la tête, elle lui rendit son sourire.

— … le fait de découvrir la maison toute seule m'a permis de voir notre histoire sous un autre angle. Tu m'as dit que tu avais manqué toutes les étapes et que tu pensais toujours à moi comme si j'étais encore une petite fille. Je crois...

Elle écarta les doigts, comme si cela pouvait l'aider à clarifier ses pensées.

— Moi aussi, je les ai manquées, les étapes. Je veux dire que l'image que j'ai gardée de toi, c'est celle que j'avais dans mon enfance. Hier, j'ai commencé à voir James Simmons en chair et en os.

— Déçue ? dit-il d'un ton amusé.

— Impressionnée, corrigea-t-elle. J'ai vu un homme satisfait de lui et de sa vie, qui a l'amour et le respect des gens qui l'entourent. Je pense que mon père est un homme bien.

Le sourire qu'il lui adressa exprimait à la fois la surprise et le plaisir.

— C'est un sacré compliment, venant d'une fille adulte.

Il remplit sa tasse de café. Un silence complice s'installa quelques instants entre eux. Laine ne fit rien pour le rompre. Quelques instants plus tard, ses yeux glissèrent sur la chaise vide de Dillon.

— Dillon... n'est pas là ?

— Mmm ? Oh, il avait un déjeuner d'affaires. Il a un emploi du temps très chargé ce matin.

Il sirota son café. Laine l'observa. Il avait soudain un air radieux.

— Je vois, commenta-t-elle en faisant de son mieux pour cacher sa déception. Vous devez être surchargés de travail, tous les deux.

— La plupart du temps, oui.

James jeta un coup d'œil à sa montre et secoua lentement la tête d'un air plein de regret.

— En fait, moi aussi j'ai un rendez-vous. Je suis désolé de te laisser seule, mais...

— Je t'en prie, coupa Laine, je n'ai pas besoin que quelqu'un me distraie, et je pensais ce que je t'ai dit hier. Je ne veux pas contrecarrer tes projets. Je suis sûre que je peux trouver une foule de choses à faire.

— Très bien. Alors à ce soir.

Il se leva et se dirigea vers la porte. Au lieu de l'ouvrir, il se retourna.

— Miri peut demander une voiture si tu veux aller faire un peu de shopping en ville.

— Merci.

Laine secoua la tête. Ses fonds très limités ne lui donnaient guère les moyens de faire des achats.

— J'irai peut-être, dit-elle.

Elle le regarda s'éloigner, puis elle soupira en voyant de nouveau le siège vide de Dillon.

Elle passa une matinée paresseuse. Miri avait repoussé toutes ses tentatives pour l'aider à mettre la maison en ordre, lui conseillant plutôt de profiter de sa liberté pour se promener.

Laine prit son sac de plage et partit en direction de la baie. Ses impressions de la veille ne l'avaient pas trompée, l'endroit était vraiment paradisiaque. L'eau transparente était d'un turquoise parfait, le sable blanc était aussi pur que si aucun être humain ne l'avait jamais foulé. Elle étala sa serviette de bain et s'assit. Puis elle sortit un bloc pour jeter ses impressions sur le papier. Elle écrivit plusieurs lettres pour la France, longues et détaillées, sans toutefois faire la moindre allusion à la situation troublante dans laquelle elle se trouvait.

Pendant qu'elle écrivait, le soleil atteignit le zénith. L'air était chaud et humide. Bercée par le doux clapotis des vagues et le calme qui régnait dans ce lieu, elle finit par s'endormir.

Elle avait les membres lourds, et derrière ses paupières closes s'étalait un brouillard rouge. Comment la mère supérieure faisait-elle pour que le vieux fourneau dégage une telle chaleur? se demanda-t-elle dans sa demi-torpeur. A contrecœur, elle lutta pour se réveiller tandis qu'une main la secouait par l'épaule.

— Un instant, ma sœur, marmonna-t-elle en français.

Elle soupira, comme si ces paroles l'avaient épuisée.

— J'arrive ! dit-elle dans la même langue.

Forçant ses yeux à s'ouvrir, elle resta interdite. Elle n'était pas au pensionnat, mais sur une plage déserte. Déserte, à l'exception de Dillon qui se tenait penché au-dessus d'elle.

— Décidément, j'ai pris l'habitude de vous réveiller, dit-il.

Il s'assit sur les talons et regarda ses yeux embrumés de sommeil.

— On ne vous a jamais dit de ne pas dormir en plein soleil, surtout avec votre peau claire ? Vous avez de la chance de ne pas avoir rôti complètement.

— Oh !

Chassant les dernières images de son rêve, elle s'assit, l'air penaud. Elle avait toujours la même sensation de culpabilité quand on la prenait en flagrant délit de sieste.

— Je ne sais pas pourquoi je me suis endormie. Ce doit être le calme.

— Ou la fatigue, rétorqua Dillon en fronçant les sourcils. Vous commencez à avoir les yeux moins cernés.

Laine posa sur lui un regard mi-étonné, mi-perturbé.

— Mon père m'a dit que vous étiez très occupé, ce matin.

Apparemment, Dillon était toujours là pour la surveiller, même quand il était censé se trouver ailleurs. C'était déconcertant. Elle s'empressa de ranger son papier à lettres.

— Mmm... Oui. Vous avez fait du courrier ?

Elle leva les yeux sur lui, puis elle se tapota la bouche du bout de son stylo.

— Mmm... Oui.

Il eut un petit sourire en coin en l'aidant à se mettre debout.

— Je croyais que vous vouliez apprendre à piloter un avion ?

— Oh ! s'exclama-t-elle, le visage illuminé de plaisir. Vous n'avez pas oublié ! Vous êtes sûr d'avoir le temps ? Mon père m'a dit...

— Non, je n'ai pas oublié, et oui, j'ai le temps.

Il ramassa sa serviette de bain.

— Cessez de babiller comme si vous aviez douze ans et comme si je vous emmenais au cirque manger de la barbe à papa.

— Bien sûr, répondit-elle avec un petit sourire amusé.

Dillon poussa un soupir d'exaspération avant de la saisir par la main et de l'entraîner à travers la plage. Il marmonna quelques paroles peu flatteuses à l'encontre des femmes en général.

Une heure plus tard, Laine était installée dans l'avion.

— Bon. C'est un monoplan tout simple. Un jour, je vous emmènerai dans le jet, pas…

— Vous avez un autre avion personnel ?

— Il y a des gens qui collectionnent les chapeaux, rétorqua sèchement Dillon.

Il désigna du doigt les différents indicateurs.

— Ce n'est pas plus compliqué de piloter un avion que de conduire une voiture, commença-t-il. La première chose indispensable, c'est de connaître les instruments et apprendre à les lire.

— Il y en a beaucoup…

Elle posa un regard dubitatif sur les chiffres et les aiguilles du tableau de bord.

— Pas tant que ça. Ce n'est pas un X-15.

Voyant son air affolé, il eut un petit rire et il fit démarrer le moteur.

— On y va ! Pendant que l'avion montera, je veux que vous observiez cette jauge. C'est l'altimètre, il…

— Il indique la hauteur de l'avion au-dessus de la mer ou du sol, termina Laine.

— Bravo.

Quand Dillon eut prévenu la tour de contrôle, il fit rouler l'avion sur la piste.

— Vous avez dévoré un des magazines de Cap'taine, cette nuit ? interrogea-t-il d'un ton narquois.

— Non, je me souviens de mes premières leçons. J'ai dû engranger tout ce que mon père disait quand j'étais petite.

Elle pointa une main fine et manucurée vers le tableau de bord.

— Ça, c'est le compas, et ça...

Elle fronça les sourcils pour se rappeler le nom exact.

— C'est un indicateur pour opérer un virage, mais je ne me souviens plus du terme précis.

Dillon poussa un petit sifflement.

— Je suis impressionné ! Mais vous êtes censée observer l'altimètre.

— Oh oui.

Plissant le nez, elle reporta les yeux sur l'appareil.

— Très bien.

Dillon lui adressa un bref sourire, qu'elle capta du coin de l'œil, puis il tourna son attention vers le ciel.

— La plus grande aiguille va faire un tour complet du cadran chaque fois que nous aurons pris trois cents mètres d'altitude. La plus petite fait la même chose tous les mille trois cents mètres. Une fois que vous connaîtrez les jauges et la façon de les lire, vous verrez que c'est moins compliqué qu'une voiture, et en général, il y a moins de circulation.

— Vous pourrez ensuite m'apprendre à conduire, suggéra Laine en observant la grande aiguille qui achevait son second tour complet du cadran.

— Vous ne savez pas conduire ? s'écria Dillon, incrédule.

— Non. C'est un crime, dans ce pays ? Je vous jure que d'après certaines personnes, j'ai une intelligence au-dessus de la moyenne. Je suis sûre que je vais apprendre à piloter cet engin aussi vite que n'importe lequel de vos élèves.

— C'est possible, marmonna-t-il. Mais comment se fait-il que vous n'ayez jamais passé votre permis de conduire ?

— Parce que je n'ai jamais eu de voiture. Cette réponse vous satisfait ? Et vous, dites-moi comment vous vous êtes cassé le nez ?

Dillon la regarda d'un air stupéfait. Elle eut un sourire contrit.

— Ma question est aussi peu pertinente que la vôtre, conclut-elle.

Dillon éclata de rire. Laine poussa un léger soupir de satisfaction. C'était agréable d'avoir remporté cette petite victoire.

— Quand ? demanda-t-il.

Cette fois, c'est elle qui lui jeta un coup d'œil perplexe.

— Je l'ai cassé à deux reprises, expliqua Dillon. La première, à dix ans. J'essayais de faire voler un avion en carton que j'avais monté moi-même. J'avais grimpé sur le toit du garage. Le système de propulsion n'était pas très au point. Je ne me suis cassé que le nez et le bras, mais on m'a dit que j'aurais pu me casser le cou.

— Et la seconde fois ?

— J'étais un peu plus âgé. C'était pendant une bagarre au sujet d'une fille. J'ai reçu un coup de poing sur le nez, et mon adversaire a perdu deux dents.

— Vous étiez plus vieux en âge, mais pas en sagesse, commenta Laine. Qui a eu la fille ?

Dillon lui adressa un sourire aussi bref qu'étincelant.

— Ni l'un ni l'autre. Nous avons conclu qu'après tout, elle ne valait pas la peine que nous nous bagarrions pour elle. Nous avons pansé nos blessures autour d'une bière.

— Quelle galanterie !

— Oui, je savais bien que vous aviez remarqué ce trait particulier qui me caractérise ! ironisa-t-il. C'est plus fort que moi. Maintenant, ne quittez pas des yeux votre fameux indicateur, et je vais vous expliquer comment il fonctionne.

Pendant une demi-heure, il se transforma en professeur accompli, répondant patiemment à ses questions. Laine n'en revenait pas. Dillon faisait preuve d'une patience vraiment inattendue.

Dans un ciel parsemé de petits nuages tout ronds, ils survolèrent les montagnes et la bouche béante du canyon Waimea aux teintes multiples. Ils tournoyèrent au-dessus de l'océan aux vagues moutonnantes. Laine était enchantée. Elle commençait à voir la similarité entre la liberté offerte par le ciel et celle de la mer. Et à comprendre la fascination à laquelle Dillon avait fait allusion, ainsi que le besoin de relever un défi, d'explorer. Elle l'écouta avec la plus extrême concentration, bien résolue à ne rien oublier de son enseignement.

— Un petit orage arrive derrière nous, annonça Dillon une heure plus tard. Nous n'allons pas y échapper.

Il se tourna vers elle en souriant.

— Vous allez être un peu secouée, Duchesse.

— Ah oui ?

Essayant d'adopter le même état d'esprit, Laine tourna la tête pour étudier les nuages noirs qui approchaient.

— Vous pouvez passer dans les nuages ? interrogea-t-elle d'un ton plus léger que son estomac, qui commençait à se nouer.

— Pourquoi pas ?

Laine tourna rapidement la tête vers lui. Dillon la regardait d'un air taquin. Elle poussa un soupir de soulagement.

— Vous avez un sens de l'humour très particulier ! dit-elle. Unique, en fait !

Elle retint son souffle. Les nuages les enveloppaient maintenant comme une couverture floconneuse. Subitement, ils se retrouvèrent dans l'obscurité, la pluie battant furieusement l'avion. A la première turbulence, Laine ravala un cri de frayeur.

— Je suis toujours fasciné quand je me trouve dans les nuages, dit tranquillement Dillon. Ce n'est rien d'autre que de la vapeur et de l'humidité, mais ils sont fabuleux.

Il parlait d'une voix calme, sereine. Laine sentit son cœur affolé se calmer un peu.

— Les cumulus d'orage sont les plus intéressants, mais il vaut mieux qu'ils soient accompagnés d'éclairs, continua-t-il d'un ton toujours dégagé.

— Je pense que je pourrais m'en passer, marmonna-t-elle.

— Vous dites cela parce que vous n'en avez jamais vu d'ici. Quand vous volez au-dessus des éclairs, vous pouvez les voir traverser les nuages. Les couleurs sont incroyables.

— Avez-vous traversé beaucoup d'orages en avion ?

Elle regarda par les hublots. Les cumulus noirs comme de l'encre se déplaçaient à toute allure.

— Plus que ma part, répondit-il. Celui-là, nous allons le retrouver en atterrissant. Mais il ne va pas durer longtemps.

L'avion tressauta de nouveau dans la tourmente. Les yeux élargis par l'angoisse, Laine resta muette. Dillon eut un large sourire.

Elle était furieuse. Dillon avait dû sentir qu'elle avait peur. Il fallait qu'elle se reprenne, sinon, il n'avait pas fini de se moquer d'elle. Prenant une profonde inspiration, elle se força à parler.

— Vous aimez ce genre de sensations, n'est-ce pas ? L'excitation que donne le sens du danger ?

— Cela permet de garder ses réflexes, Laine.

Il lui adressa un sourire dépourvu de cynisme.

— Et cela empêche la vie d'être ennuyeuse.

Il plongea les yeux dans les siens. Laine soutint un instant son regard, tandis que son cœur dansait dans sa poitrine.

— La vie est faite essentiellement de stabilité, dit-il en ajustant son pilotage pour compenser les effets du vent. Le travail, les factures, les polices d'assurance... c'est ce qui en assure l'équilibre. Mais parfois, on a envie de chevaucher des montagnes russes, de faire une course, de partir sur les déferlantes. C'est ce qui fait le sel de la vie. Naturellement, il est préférable d'éviter que cet aspect prenne le pas sur l'autre.

Laine hocha vaguement la tête. Oui. C'est ce qui avait manqué à sa mère. Vanessa n'avait jamais été capable d'assurer cet équilibre. Elle passait son temps à se lasser de ce qu'elle avait, à convoiter toujours quelque chose de nouveau. Laine poussa un soupir imperceptible. Peut-être elle-même avait-elle surcompensé ce manque de stabilité en forçant trop dans la sécurité. Elle avait trop lu, et pas assez vécu. Elle commença à se détendre. Un léger sourire sur les lèvres, elle se tourna vers Dillon.

— Il y a longtemps que je ne suis pas allée sur les montagnes russes. Oh, regardez !

Pressant le nez contre la vitre, elle regarda en bas.

— On se croirait dans *Macbeth*, avec ce ciel sinistre, et cette brume. J'aimerais voir ces éclairs, Dillon, j'aimerais vraiment les voir !

Dillon se mit à rire. Elle avait parlé avec un tel enthousiasme !

— Je vais voir ce que je peux faire, dit-il en entamant la descente.

Les nuages parurent tourbillonner et se dissoudre tandis que l'avion perdait de l'altitude. Leur épaisseur se transforma en minces filaments gris pâle. En dessous, le paysage réapparut, ses couleurs ravivées par la pluie. Alors qu'ils atterrissaient, Laine fit une petite moue de déception. Elle éprouvait déjà une vague sensation de manque.

— Si vous voulez, je vous emmènerai de nouveau dans deux ou trois jours, déclara Dillon.

L'avion s'immobilisa sur la piste.

— Oh, oui ! J'aimerais beaucoup cela. Je ne sais pas comment vous remercier pour...

— Faites vos devoirs, dit-il en ouvrant sa portière. Je vais vous prêter quelques livres, vous pourrez vous familiariser avec les instruments.

— Oui, prof, dit-elle d'un air espiègle.

Dillon la regarda fixement quelques secondes avant de sauter de l'avion. Mais Laine manquait d'habitude en la matière. Il lui fallut plus de temps. Elle se sentit enlevée avant de terminer le processus.

Sous la pluie battante, ils restèrent face à face, les mains de Dillon posées sur sa taille. Elle sentait leur chaleur à travers son chemisier humide. Des mèches de cheveux noirs retombaient sur le front de Dillon. Sans y penser, elle leva une main pour les rejeter en arrière. Et elle se retrouva dans ses bras. Cela commençait à devenir une douce habitude, songea-t-elle, le cœur battant. Comme si c'était un endroit où elle se serait déjà trouvée une multitude de fois, avec la promesse que cela recommencerait éternellement. Le cœur gonflé, elle ravala un cri de plaisir.

— Vous êtes trempé, dit-elle en posant la main sur sa joue.

— Vous aussi.

Il resserra ses mains autour de sa taille, mais il ne l'attira pas plus près de lui.

— Cela m'est égal.

En soupirant, Dillon posa le menton sur le haut de sa tête.

— Miri va me passer un savon si je vous laisse attraper un rhume.

— Je n'ai pas froid, murmura-t-elle.

Elle éprouvait un plaisir indescriptible dans ses bras.

— Vous frissonnez.

Sans préambule, il la prit par un bras et l'entraîna à son côté.

— Allons dans mon bureau, vous pourrez vous sécher avant que je vous ramène.

Pendant qu'ils marchaient, la pluie se transforma en bruine. De timides rayons dorés la transpercèrent, et quelques minutes plus tard, un soleil éclatant effaça les dernières gouttes. Laine leva les yeux sur les bâtiments. Elle se rappelait celui dans lequel se trouvait le bureau de Dillon. En souriant, elle repoussa une mèche de cheveux derrière l'oreille et s'écarta de lui.

— J'arriverai avant vous! le défia-t-elle en s'élançant sur le pavé mouillé.

Il la rattrapa à la porte. Laine était radieuse, et essoufflée. Ils éclatèrent de rire. Soudain très à l'aise, elle lui enlaça le cou. Elle se sentait prête à toutes les folies, et désespérément amoureuse.

— Vous êtes rapide, remarqua Dillon.

Elle renversa la tête en arrière pour le regarder dans les yeux.

— Si vous ne l'êtes pas, vous apprenez vite à le devenir, quand vous dormez en dortoir. Arriver la première à la salle de bains est une vraie compétition.

Elle aurait juré que le sourire de Dillon s'était évanoui avant que leur tête-à-tête ne soit interrompu.

— Dillon, je suis désolée de vous déranger...

Laine jeta un coup d'œil par-dessus son épaule. C'était une jeune femme à la beauté classique, aux cheveux corbeau ramenés en chignon sur sa nuque gracile. Elle la regarda avec une curiosité qu'elle ne chercha pas à cacher. Laine se fit violence pour s'extraire des bras de Dillon.

— Pas de problème, Fran. Je vous présente Laine Simmons, la fille de James. Laine, voici Fran, ma comptable.

— Il veut dire, sa secrétaire, corrigea Fran avec un soupir d'exaspération. Mais cet après-midi, j'ai plutôt l'impression d'être transformée en répondeur téléphonique. Vous avez une douzaine de messages sur votre bureau.

— Sont-ils urgents ? s'enquit Dillon en entrant dans une petite pièce adjacente au bureau.

— Non.

Laine était restée dans l'entrée. Fran lui adressa un sourire amical.

— Les personnes qui ont appelé ne veulent pas prendre de décision avant d'avoir l'avis du seigneur et maître, railla-t-elle. Je leur ai dit que vous n'étiez pas là aujourd'hui et que vous les rappelleriez demain.

— Parfait.

Ressortant dans le hall, Dillon lança une serviette-éponge à Laine avant d'entrer dans le bureau.

— Je croyais que vous deviez prendre quelques jours de congé, marmonna Fran tandis qu'il consultait les messages.

— Mmm, apparemment, il n'y a rien d'urgent dans tout ça.

— Je vous l'ai déjà dit !

Fran les lui arracha des mains.

Dillon sourit et lui tapota la joue.

— Savez-vous ce que voulait Orchidée ?

Laine se séchait les cheveux. Elle fit une pause, puis elle recommença.

— Non, répondit Fran. Mais je crains bien d'avoir été un peu abrupte avec elle à son troisième appel.

— Elle devrait pouvoir survivre, plaisanta Dillon.

Il se tourna vers Laine.

— Prête ?

— Oui.

Brusquement découragée, elle traversa la pièce et lui rendit la serviette.

— Merci.

— Pas de quoi !

D'un geste désinvolte, il jeta la serviette vers Fran.

— A demain, cousine.

— Oui, monsieur ! dit Fran en riant.

Elle leur adressa un petit geste amical. Dillon prit Laine par un bras et ils sortirent.

Pendant le trajet de retour, Laine fit un effort surhumain pour chasser Orchidée King de sa pensée. Après le dîner, elle s'installa sur la terrasse en compagnie de son père et de Dillon. Le soleil commençait à passer sous la ligne d'horizon. La luminosité du ciel était magnifique. Le bleu intense des Tropiques laissait la place à des nuances dorées et pourpres, et les nuages bas étaient zébrés de roses et de mauves. Ce crépuscule avait quelque chose de magique et d'apaisant. Assise dans un fauteuil en rotin, Laine se régala de ce spectacle. Pendant que les hommes parlaient affaires, elle passa sa journée en revue. Elle se sentait dans une douce torpeur. Pour la première fois de son existence, elle était détendue à la fois physiquement et mentalement. Sans doute était-ce dû aux aventures de ces derniers jours, à la nouveauté des sensations et émotions multiples qu'elle avait éprouvées.

Marmonnant au sujet d'une tasse de café, James se leva et se glissa dans la maison. Laine lui fit un sourire absent quand il passa près d'elle. Repliant les jambes sous ses fesses, elle contempla les premières étoiles qui clignotaient.

— Vous êtes très silencieuse ce soir, fit remarquer Dillon en se renversant dans son fauteuil.

Il eut un petit rire, qui ricocha dans la nuit.

— Je me disais que c'est un pays merveilleux.

Elle poussa un soupir de contentement.

— Je suis sûre que c'est le plus bel endroit de la planète.
— Plus beau que Paris ? questionna Dillon avec une petite pointe de provocation dans la voix.

Laine tourna vers lui un regard interrogateur.

— Ce n'est pas comparable, finit-elle par répondre. Certains quartiers de Paris sont beaux, avec leurs vieux immeubles patinés par le temps. D'autres sont élégants, et chic. Cette ville ressemble à une femme qui aurait souvent entendu dire qu'elle était charmante. Mais la beauté est plus primitive, ici. Cette île est en même temps innocente et sans âge.

— Beaucoup de gens se lassent de l'innocence, fit remarquer Dillon en haussant les épaules.

Il tira longuement sur sa cigarette.

— Je suppose que c'est vrai, admit-elle.

Elle fit une pause. Pourquoi Dillon paraissait-il tout à coup distant et cynique ?

— Dans cette lumière, vous ressemblez beaucoup à votre mère, dit-il brusquement.

Laine tressaillit.

— Comment pourriez-vous le savoir ? Vous ne l'avez jamais vue.

— Cap'taine a une photographie.

Il se tourna vers elle, mais son visage resta dans l'ombre.

— Vous lui ressemblez vraiment beaucoup, insista-t-il.

— C'est l'exacte vérité ! renchérit James.

Il réapparut sur la terrasse, portant un plateau, qu'il posa sur la petite table ronde de verre. Puis il la regarda attentivement.

— Oui, c'est renversant. La lumière tombe sous un certain angle, ou bien tu as une certaine expression, et tout d'un coup, c'est ta mère vingt ans plus tôt.

— Je ne suis pas Vanessa !

Laine bondit de son siège. Sa voix vibrait de fureur.

— Je ne lui ressemble pas !

Sentant les larmes gonfler ses paupières, elle se mordit la lèvre inférieure. Elle n'allait certainement pas pleurer devant eux. Son père l'observa d'un air étonné.

— Je ne lui ressemble pas, répéta-t-elle, la gorge serrée. Je ne veux pas qu'on me compare à elle !

Folle de rage contre eux et contre elle-même, elle tourna les talons et entra en trombe dans la maison. En se précipitant vers l'escalier, elle entra en collision avec Miri. Bafouillant une excuse, elle grimpa les marches quatre à quatre et alla s'enfermer dans sa chambre.

Elle faisait les cent pas depuis cinq minutes quand Miri entra.

— Qu'est-ce qui se passe dans cette maison ? demanda-t-elle en croisant les bras sur son ample poitrine.

Secouant la tête, Laine s'assit sur le lit. Plus furieuse que jamais contre sa faiblesse, elle fondit en larmes. Miri fit claquer sa langue avant de parler doucement en hawaïen, puis elle s'approcha d'elle et, sans rien dire, la prit dans ses bras et la serra contre son cœur.

— C'est la faute de Dillon, n'est-ce pas ? finit-elle par murmurer en la berçant.

— Non, ce n'est pas sa faute, objecta Laine, subjuguée par ce réconfort nouveau pour elle. Enfin, si… c'est… leur faute à tous les deux.

Eprouvant soudain un besoin désespéré d'être rassurée, elle continua d'une voix entrecoupée de sanglots :

— Je ne suis pas du tout comme elle, Miri. Pas du tout !

— Bien sûr, bien sûr, dit Miri d'une voix apaisante en caressant ses boucles blondes. Mais de qui parlez-vous ?

— De Vanessa.

Laine essuya ses larmes du revers de la main.

— Ma mère. Ils me regardaient tous les deux en disant que je suis son portrait tout craché.

— Mais qu'est-ce que ça veut dire ? Toutes ces larmes parce que vous ressemblez à votre mère ?

Miri la repoussa doucement en la tenant par les épaules.

— Pourquoi pleurer pour ça ? Je croyais que vous étiez une fille intelligente, et voilà que vous versez toutes ces larmes inutiles.

— Vous ne pouvez pas comprendre.

Ramenant ses genoux contre sa poitrine, Laine y posa son menton.

— Je ne veux pas être comparée à elle. Vanessa était égoïste, égocentrique et malhonnête.

— C'était votre mère, dit Miri en la foudroyant du regard.

Laine resta bouche bée.

— Vous devez parler d'elle avec respect. Elle est morte, et quoi qu'elle ait fait, c'est terminé maintenant. Vous devez oublier.

Elle la secoua doucement.

— Sinon, vous ne serez jamais heureuse. Dillon et votre père vous ont-ils dit que vous étiez égoïste, égocentrique et malhonnête ?

— Non, mais...

— Qu'est-ce que votre père vous a dit ?

Laine poussa un profond soupir.

— Il m'a dit que je ressemblais à ma mère.

— C'est vrai ? Ou est-ce qu'il dit n'importe quoi ?

— Oui, je crois que c'est vrai.

— Eh bien, votre mère était une jolie femme, vous êtes une jolie femme.

Lui prenant le menton entre deux doigts, elle lui fit relever la tête.

— Savez-vous qui vous êtes, Laine Simmons ?

— Oui, je crois.

— Alors, je ne vois pas où est le problème.

Miri lui tapota affectueusement la joue.

— Oh, Miri !

Laine se mit à rire en s'essuyant les yeux.

— J'ai l'impression de m'être comportée de façon ridicule.

— C'est la vérité.

Laine hocha la tête.

— J'imagine que je dois aller leur présenter des excuses.

Elle se dirigea vers la porte, mais Miri croisa les bras et lui bloqua le passage.

— Vous ne le ferez pas !

Laine la regarda dans les yeux.

— Mais vous venez de dire…

— J'ai dit que vous étiez stupide de pleurer. Mais M. Simmons et M. Dillon le sont autant que vous. Aucune femme ne devrait être comparée à une autre. Vous êtes spéciale, vous êtes unique. Parfois, les hommes ne voient que l'apparence.

Miri lui tapota les joues du bout des doigts.

— Cela leur prend du temps pour voir ce qu'il y a à l'intérieur. Alors…

Elle lui adressa un sourire étincelant.

— Vous n'allez certainement pas vous excuser. C'est eux qui vont le faire.

— Je vois, dit Laine.

Elle secoua la tête. Et soudain, elle éclata de rire et retourna s'asseoir sur son lit.

— Merci, Miri, je me sens beaucoup mieux.

— Tant mieux. Et maintenant, au lit ! Moi, je descends voir Dillon et Cap'taine. Je vais leur frotter les oreilles !

Laine sourit. Miri semblait se réjouir à l'avance, c'était très perceptible dans sa voix.

8

Le lendemain matin, Laine enfila sa robe couleur tilleul, l'une de ses préférées. Le tissu soyeux était comme une seconde peau. Mal à l'aise à cause de l'incident de la veille, elle descendit lentement l'escalier et fit une pause sur le seuil de la salle à manger. Dillon et son père avaient commencé leur petit déjeuner. Ils étaient plongés dans une conversation animée.

— Si Bob a besoin de sa semaine, je peux le remplacer sur les charters, annonça Dillon en remplissant une tasse de café.

— Non, tu as assez de boulot. Mais au fait, tu devais bien prendre quelques jours ? Tu as changé d'avis ?

James accepta la tasse qu'il lui tendait. Il lui jeta un coup d'œil sévère.

— Je n'ai pas été beaucoup au bureau la semaine dernière, fit remarquer Dillon en souriant.

Comme l'expression de James ne changeait pas, il haussa les épaules.

— Je prendrai une semaine le mois prochain.

— Où ai-je déjà entendu ces paroles ? demanda James en regardant le plafond.

Dillon sourit encore.

— Je ne t'ai pas dit que je prenais ma retraite l'année prochaine ? dit-il d'un ton taquin.

Il sirota lentement son café.

— Pendant que tu continueras à suer sang et eau, je commencerai à faire du deltaplane, continua-t-il. Qui vas-tu asticoter si je ne suis pas là toute la journée ?

— Quand tu pourras t'éloigner d'ici plus d'une semaine, il sera temps que je prenne ma retraite. Le problème avec toi…

Il leva vers Dillon une cuillère accusatrice.

— … c'est que tu es trop malin et que tu l'as montré à trop de gens. Maintenant, tu es coincé. Tu n'aurais jamais dû dire que tu avais ce diplôme d'ingénieur aéronautique.

Il se mit à rire.

— Du deltaplane… !

Voyant Laine, il leva sa tasse.

— Bonjour, Laine !

Elle sursauta.

— Bonjour !

Pourvu que sa petite démonstration de fureur ne lui ait pas coûté une partie des minuscules progrès qu'elle avait faits avec son père !

— Est-ce que je peux me permettre de t'inviter à entrer ?

Il avait un sourire penaud, mais il lui fit signe d'avancer.

— Je me souviens que tes colères étaient fréquentes, violentes, mais de courte durée.

Laine poussa un imperceptible soupir de soulagement. Dieu merci, il ne s'était pas cru obligé de lui présenter des excuses en prenant un air guindé.

— Ta mémoire est bonne, mais je t'assure que ça arrive de moins en moins souvent.

Elle tourna vers Dillon un pâle sourire. Elle avait décidé d'aborder ce sujet avec le maximum de détachement.

— Bonjour, Dillon.

— Bonjour, Duchesse. Du café ?

Avant qu'elle ait le temps de refuser, il lui remplit une tasse.

— Merci, murmura-t-elle. C'est difficile à croire, mais il me semble que cette journée est encore plus belle qu'hier. Je crois que je ne m'habituerai jamais à vivre au paradis.

— Tu n'en as vu qu'une infime partie, commenta James. Tu devrais aller dans la montagne. Ou au centre de l'île. C'est l'un des points les plus humides de la planète. La forêt tropicale est une merveille qu'il ne faut pas rater.

— Le paysage semble très varié, dit-elle en remuant son café. J'ai du mal à imaginer qu'il existe un endroit encore plus beau que celui où nous sommes.

— Demain, je vous emmènerai voir du pays, annonça Dillon.

Laine lui jeta un coup d'œil acéré.

— Je ne veux pas que vous changiez votre emploi du temps pour moi. Je vous ai déjà fait perdre beaucoup de temps.

Elle n'avait pas encore retrouvé sa sérénité par rapport à lui. Elle se sentait à la fois méfiante et vulnérable.

— J'en ai encore plus à partager, affirma-t-il.

Il se leva brusquement.

— Je vais régler deux ou trois affaires. Je serai de retour vers 11 heures. A tout à l'heure, Cap'taine.

Il sortit à grands pas sans attendre qu'elle lui fasse part de son accord.

Miri entra en portant une assiette débordante de fruits, qu'elle posa devant elle. Baissant les yeux sur sa tasse, elle fronça les sourcils.

— Pourquoi prenez-vous du café puisque vous n'en buvez pas ?

Avec un profond soupir, elle prit la tasse et sortit de la salle à manger. Laine choisit un fruit, et fit de son mieux pour ne pas se laisser dominer par l'anxiété. Que lui réservait cette journée ? Elle aurait aimé le savoir à l'avance.

En fait, la matinée passa très vite.

Comme si elle lui octroyait une faveur royale, Miri accepta qu'elle change l'eau des fleurs. Entre deux vases à rafraîchir, elle fit un tour dans le jardin. Il n'était pas comme celui de son enfance en Amérique, ni comme le petit jardin du pensionnat dans lequel elle avait grandi. C'était une étendue luxuriante, qui offrait une infinie variété de verts et d'autres couleurs éclatantes. Les plantes n'étaient pas disposées en rangées bien tracées mais semblaient pousser où bon leur semblait. Ce désordre apparent formait un ensemble envoûtant. Elle ne put s'empêcher de penser aux jonquilles qui devaient commencer à fleurir sous sa fenêtre, au collège. C'était curieux, mais elle n'éprouvait absolument pas le mal du pays. Elle n'avait aucune hâte de retrouver la voix douce des religieuses, ni les voix parfois suraiguës de ses élèves. C'était probablement très dangereux, mais elle commençait à se sentir chez elle à Kauai.

A l'idée de retourner en France et de retrouver le cours normal de sa vie, elle frissonna.

Elle posa le vase de frangipanier sur le bureau de son père et examina la photographie sur laquelle il posait avec Dillon. La vie était vraiment étrange. Ils allaient bientôt lui manquer terriblement. Poussant un soupir, elle enfouit son visage dans le bouquet.

— Les fleurs vous rendent triste ?

Faisant volte-face, elle faillit renverser le vase. Pendant un instant, elle fixa Dillon sans parler. Elle sentait la tension qui s'installait entre eux, mais elle n'aurait su en dire la cause ni la signification. Elle finit par répondre par une autre question.

— Bonjour. Il est déjà 11 heures ?
— Il est bientôt midi. Je suis en retard.

La dévorant des yeux, Dillon fourra les mains dans ses poches. Derrière elle, le soleil tombait à flots sur ses cheveux, les enveloppant d'un halo doré.

— Vous avez faim ?
— Non, répondit-elle en secouant la tête.

Un sourire passa dans le regard de Dillon.

— Alors, on y va ?
— Oui. Je vais dire à Miri que je ne déjeune pas.
— Elle le sait déjà.

Traversant le bureau, Dillon fit glisser la porte coulissante qui donnait sur l'extérieur. Il se retourna vers Laine et attendit qu'elle le précède.

Il conduisait sans parler. Respectant son silence, Laine

contempla le paysage. Des montagnes verdoyantes se dressaient de chaque côté de la route. La voiture longeait maintenant un précipice. Quelques kilomètres plus loin, la mer apparut au fond du ravin.

— Autrefois, on jetait des torches enflammées par-dessus les falaises pour vénérer les divinités, dit brusquement Dillon. D'après la légende, le peuple des lutins vivait ici, il y a plusieurs milliers d'années. Vous voyez, là-bas ?

Il arrêta la voiture et montra un profond précipice surmonté de bosquets.

— C'était leur escalier. Ils construisaient des bassins à poissons à la clarté de la lune.

— Où sont-ils maintenant ? demanda Laine en riant.

Dillon ouvrit la portière.

— Oh, ils sont toujours là. Mais ils se cachent.

Ils descendirent de voiture et marchèrent au bord de la falaise. Laine sentit son cœur chavirer. La hauteur était vertigineuse. Des vagues écumantes venaient se fracasser tout en bas contre les rochers. Un bref instant, elle eut l'impression qu'elle allait tomber.

Ne souffrant pas de vertige, Dillon regardait tranquillement la mer. La brise taquinait ses cheveux, emmêlant ses boucles noires.

— Vous avez la remarquable capacité de savoir à quel moment il faut rester silencieuse, fit-il remarquer.

— Vous paraissiez préoccupé.

Le vent lui envoya des mèches dans les yeux. Elle les repoussa d'une main légère.

— J'ai pensé que vous réfléchissiez peut-être à un problème.

— Et vous ?

Il tourna la tête vers elle. Il avait à la fois l'air amusé et agacé.

— Je veux vous parler de votre mère.

Cette déclaration était si inattendue que Laine resta un instant interdite.

— Et moi, je n'en ai aucune envie, finit-elle par rétorquer.

Il la prit par le bras.

— Vous étiez furieuse, hier soir. Pourquoi ?

Elle secoua la tête, faisant danser ses cheveux blonds.

— J'ai mal réagi. C'était ridicule. Il m'arrive de me laisser emporter par ma mauvaise humeur. Heureusement, c'est plutôt rare.

Elle le regarda dans les yeux. Visiblement, Dillon n'était pas satisfait de sa réponse. Elle aurait tant aimé lui dire à quel point elle s'était sentie blessée, mais elle se rappela leur première conversation dans la maison de son père, et le jugement glacial qu'il avait porté sur elle.

— Dillon, toute ma vie j'ai été acceptée pour ce que je suis.

Elle parlait lentement, choisissant prudemment ses mots.

— Je ne veux pas être comparée à Vanessa parce que nous partageons quelques traits physiques.

— Croyez-vous que votre père vous comparait à elle sur un autre plan ?

— Peut-être, peut-être pas.

Elle releva le menton un peu plus haut.

— Mais vous, c'est ce que vous avez fait.

— Vraiment ?

C'était une question qui ne demandait pas de réponse. Laine ne dit rien.

— Pourquoi êtes-vous si amère à son sujet, Laine ?

Elle haussa légèrement les épaules et se tourna vers la mer.

— Je ne suis pas amère, Dillon, du moins, je ne le suis plus. Vanessa est morte, et cette partie de ma vie est derrière moi. Je ne veux pas parler d'elle tant que je n'arriverai pas à analyser mes sentiments.

— Comme vous voulez.

Ils restèrent quelques instants immobiles dans la brise parfumée.

— J'ai beaucoup plus de problèmes avec vous que je n'avais craint, finit-il par marmonner.

— Je ne vois pas de quoi vous parlez.
— Bien sûr.
Il plongea un regard pénétrant dans le sien. Laine tressaillit. C'était comme s'il lisait jusqu'au plus profond d'elle.
— Je suis sûr que vous êtes sincère, continua-t-il.
Il s'éloigna, puis il fit une pause. Après une seconde d'hésitation, il se tourna vers elle et lui tendit la main. Laine ne bougea pas. Que cherchait-il exactement ? Elle haussa imperceptiblement les épaules. Après tout, ne s'était-elle pas promis de ne plus rêvasser à son sujet ? C'était trop dangereux. Dans huit jours, elle serait loin.

Avançant vers lui, elle lui prit la main.

Ils marchèrent encore quelques minutes, puis ils remontèrent en voiture. Dillon avait retrouvé sa décontraction coutumière. Laine se détendit. Le paysage était un enchantement. Les fleurs s'épanouissaient, formant un véritable feu d'artifice. La mousse, d'un vert vibrant, s'accrochait aux falaises, aux pierres. Ils passèrent les oreilles d'éléphant, dont les feuilles étaient assez larges pour protéger de la pluie ou du soleil. Là, les frangipaniers étaient plus variés, et plus brillants. Quand Dillon arrêta encore la voiture, Laine n'hésita pas à prendre sa main.

Il la conduisit le long d'un sentier abrité du soleil par des palmiers. Il semblait connaître très bien le chemin. Laine entendit l'eau cascader avant même qu'ils soient entrés dans la clairière. La vue lui coupa le souffle. Un étang rond, entouré de gros arbres, était alimenté par une cascade qui scintillait sous les rayons tamisés du soleil.

— Oh, Dillon, quel paysage de rêve ! Il ne doit pas y avoir deux endroits au monde comme celui-ci !

Elle courut jusqu'au bord du lac, puis elle trempa ses mains dans l'eau, chaude et douce comme de la soie.

— Si je pouvais, je viendrais prendre un bain de minuit, dit-elle.

En riant, elle fit éclabousser l'eau.

— Avec des fleurs dans mes cheveux et rien d'autre !

— C'est la seule façon de prendre un bain de minuit qui soit permise selon les lois de l'île ! renchérit Dillon en riant.

Enchantée, Laine se tourna vers un massif et cueillit un hibiscus écarlate.

— Je suppose que je n'ai pas besoin d'avoir de longs cheveux bruns et la peau mate pour y être autorisée ?

Lui prenant la fleur, Dillon la lui posa sur l'oreille. Après avoir examiné le résultat, il lui adressa un sourire ensorcelant en passant un doigt sur sa joue.

— L'ivoire et le miel suffisent amplement. Il y a une époque où vous auriez été adorée avec toute la pompe et les cérémonies d'usage, puis jetée par-dessus une falaise en offrande à des dieux jaloux.

Laine éclata de rire.

— Mmm, je ne crois pas que cela m'aurait convenu...

Elle regarda autour d'elle.

— Est-ce que c'est un lieu secret ? C'est l'impression que j'ai depuis que nous sommes arrivés ici.

Otant ses chaussures, elle s'assit au bord du lac et plongea les pieds dans l'eau.

— Pourquoi pas, si vous le voyez ainsi !

Dillon s'assit en tailleur à côté d'elle.

— Mais ce n'est pas indiqué sur la carte touristique, reprit-il.

— Je suis sûre que c'est un lieu magique, exactement comme cette petite baie. Vous ne le sentez pas, Dillon ? Vous rendez-vous compte à quel point tout cela est merveilleux et rafraîchissant, ou êtes-vous complètement blasé ?

— Je ne suis pas blasé devant la beauté.

Il lui prit la main et l'effleura de ses lèvres. Laine posa sur lui des yeux élargis par le plaisir. Le baiser de Dillon avait provoqué un petit picotement le long de son bras. Souriant, il retourna sa main et embrassa longuement sa paume.

— Vous ne pouvez pas avoir vécu à Paris pendant quinze ans sans qu'on vous baise au moins une fois la main. J'ai vu cela dans des films, dit-il, mi-sérieux, mi-railleur.

Il parlait avec légèreté. Prenant une profonde inspiration, Laine essaya de retrouver ses esprits.

— En fait, tout le monde me baise la main gauche. Vous m'avez décontenancée en embrassant la droite !

Elle fit gicler de l'eau avec ses pieds et regarda les gouttes briller dans le soleil avant d'être englouties par le lac.

— Quand la pluie tombera, à l'automne, et que l'humidité se faufilera par les fenêtres, je penserai à cet endroit.

Sa voix avait changé, elle était devenue mélancolique, et vibrante de désir.

— Et quand ce sera le printemps et que les fleurs embaumeront l'air, je penserai aux parfums d'ici. Et le dimanche, quand le soleil brillera, je marcherai le long de la Seine en me rappelant cette merveilleuse cascade.

La pluie arriva sans prévenir, véritable douche irisée de soleil. Prenant la main de Laine, Dillon se remit debout et l'entraîna à l'abri d'un massif de palmiers.

— Oh, comme elle est chaude ! s'exclama-t-elle en offrant son visage au ciel.

Se penchant hors du toit de verdure, elle mit ses mains en coupe pour récolter quelques perles de pluie.

— On dirait qu'elle vient tout droit du soleil.

— Ici, les gens l'appellent le soleil liquide.

Il la tira par la main pour qu'elle se remette à l'abri.

— Vous allez être trempée. On dirait que vous aimez prendre une douche en restant habillée.

Il lui ébouriffa les cheveux, envoyant une multitude de fines gouttelettes dans l'air.

— Oui, je crois que j'aime beaucoup cela.

Elle contempla les couleurs changeantes du ciel. Les fleurs tremblaient sous la pluie.

— Il y a tant de choses qui n'ont pas été souillées sur cette île, comme si personne ne les avait jamais approchées.

Elle poussa un profond soupir de contentement.

— Tout à l'heure, quand nous étions sur la falaise et que

nous regardions le gouffre, j'avais peur. J'ai toujours été lâche. Mais c'était si beau, si incroyablement beau que je n'ai pas pu détourner les yeux.

— Lâche ? répéta Dillon d'un ton sceptique.

Il s'assit sur le sol moelleux et l'incita à en faire autant. Elle posa la tête dans le creux de son épaule.

— Je dirais plutôt que vous avez été remarquablement intrépide, corrigea-t-il. Vous n'avez même pas paniqué pendant l'orage, hier.

— Non, mais je ne suis pas passée loin de la panique.

Il se mit à rire.

— Vous n'avez pas bronché non plus dans l'avion, quand nous sommes venus d'Oahu.

— Parce que j'étais en colère.

Elle rejeta en arrière ses cheveux mouillés, les yeux rivés sur le rideau de pluie translucide.

— A cause de vous, continua-t-elle. Vous étiez vraiment désagréable.

— Oui, il m'arrive souvent d'être désagréable, reconnut-il avec un sourire faussement innocent.

— Je crois que le plus souvent, vous êtes agréable. Mais je parierais que vous n'aimez pas qu'on vous colle cette étiquette.

— C'est une opinion vraiment bizarre de la part de quelqu'un qui me connaît depuis peu.

Pour toute réponse, elle haussa les épaules. Dillon fronça les sourcils.

— Cette école où vous travaillez, dit-il. Comment est-elle ?

— Comme une autre. Une école de filles, avec des règlements comme partout ailleurs.

— C'est un pensionnat ? demanda-t-il.

Elle haussa de nouveau les épaules.

— Oui... Dillon, je n'ai pas envie de parler de cela ici. Je serai obligée d'y penser bien assez tôt. Pour l'instant, je préfère croire que ma place est dans ce lieu merveilleux.

Faisant une pause, elle releva la tête et s'exclama en français :

— Oh, regardez ! Un arc-en-ciel !

— Je crois avoir compris de quoi vous parlez !

Il examina le ciel, puis il reporta les yeux sur son visage radieux.

— Il y en a deux. Comment est-ce possible ? demanda-t-elle.

Ils s'étiraient, très haut, d'une cime de la montagne à une autre, en deux demi-cercles parfaits. Tandis que le soleil faisait étinceler les gouttes de pluie, les couleurs augmentèrent en intensité, transformant le ciel en une palette d'une richesse infinie.

— Les arcs-en-ciel doubles sont courants ici, expliqua Dillon.

Il s'appuya au tronc du palmier.

— En soufflant contre la montagne, les vents créent une frontière pluvieuse. Il pleut d'un côté de l'île pendant que le soleil brille de l'autre. Le soleil frappe les gouttes d'eau, et…

— Non, ne me dites rien, coupa Laine en agitant la main. Cela va enlever toute la magie.

Elle sourit. Les choses précieuses devraient rester inexpliquées, songea-t-elle.

— Je ne veux pas le savoir !

Elle voulait accueillir ce merveilleux spectacle comme elle accueillait son amour pour Dillon, même s'il était voué à l'échec, sans se poser de questions, sans avoir recours à la logique.

— Je veux juste me régaler les yeux.

Renversant la tête en arrière, elle lui offrit sa bouche.

— Voulez-vous m'embrasser ?

Plongeant un regard pénétrant dans le sien, il lui caressa doucement la joue. En silence, il explora du bout des doigts l'architecture parfaite de son visage. Et bientôt, sa bouche rejoignit ses doigts. Laine ferma les yeux. Elle n'avait jamais rien connu d'aussi doux que les lèvres de Dillon sur sa peau. Toujours avec une grande douceur, il lui effleura la bouche dans un baiser léger comme un murmure, qui mit tous ses sens en alerte. Il savourait lentement le satin de sa peau. Ses lèvres se promenèrent sur son cou, et il lui mordilla le lobe de l'oreille.

Quand sa langue lui taquina les lèvres, elle les entrouvrit dans un soupir béat. Son cœur tambourinait dans ses oreilles. Dillon l'emporta aux limites de la raison avec des caresses tendres mais sensuelles. Le désir commençait à la submerger. Elle se serra contre lui, remuant contre son corps dans un mouvement plein de tentation.

Brusquement, Dillon poussa un juron et la repoussa. Elle garda les bras autour de son cou, les doigts dans ses cheveux bruns et bouclés. Il posa sur elle un regard affolé. Laine avait les yeux embrumés de passion. Apparemment, elle ne se rendait pas compte de ses pouvoirs de séduction. Elle poussa un petit soupir et l'embrassa sur les deux joues.

— J'ai envie de vous, murmura-t-il d'une voix rauque.

Il la bâillonna de ses lèvres avant qu'elle puisse répondre. Laine s'arqua contre lui comme un jeune saule dans le vent.

Dillon fit courir ses mains sur son corps, dans un besoin désespéré de connaître la moindre surface, de découvrir tous ses secrets. Laine renversa la tête en arrière avec un léger râle de plaisir. Elle se sentait fondre sous les doigts de Dillon, mais en même temps, un volcan s'éveillait en elle, exigeant, menaçant de déborder. Elle frémissait sous ses mains. Les mains de Dillon lui apprenaient ce qu'elle n'avait encore jamais connu. Tremblante, elle chuchota son nom, à la fois exaltée et effrayée par les sensations inconnues qu'il provoquait en elle.

Dillon écarta ses lèvres et les posa sur ses cheveux. Elle sentait son cœur battre aussi violemment que le sien. Avec un profond soupir, il finit par la repousser doucement. Il se leva et lui tourna le dos en fourrant les mains dans ses poches.

— Il ne pleut plus, dit-il d'une voix à peine audible.

Il prit une profonde inspiration avant de tourner la tête vers elle.

— Nous ferions mieux d'y aller.

Il avait une expression insondable. Désespérée, Laine chercha vainement les mots susceptibles de combler le fossé qui s'était soudain creusé entre eux. Elle plongea les yeux dans les siens, posant silencieusement des questions que ses lèvres n'arrivaient pas à prononcer. Dillon ouvrit la bouche pour parler, mais il la referma aussitôt et se pencha vers elle, la main tendue pour l'aider à se lever. Elle ne put soutenir son regard. Dillon lui prit le menton entre deux doigts et traça le contour de ses lèvres, encore gonflées de ses baisers. Puis il secoua la tête. Sans un mot, il l'embrassa tendrement et l'entraîna sur le sentier.

9

Pendant le trajet du retour, Dillon parla à bâtons rompus, comme si son attitude passionnée ne pouvait s'exprimer qu'à proximité d'un lac protégé d'un rideau de pluie. Faisant de son mieux pour paraître aussi détendue que lui, Laine soupira intérieurement. Visiblement, les hommes se débrouillaient mieux avec les exigences du corps que les femmes avec celles du cœur. Dillon la désirait, c'était évident. Il n'avait pas besoin de le lui dire pour qu'elle le sache. Elle sentit ses joues s'empourprer en se rappelant sa propre réaction. Elle détourna les yeux vers sa vitre. Le paysage défilait, d'une beauté toujours inégalée. Et si sa vue continuait de provoquer en elle une joie qu'elle n'aurait jamais crue possible, elle ne chassait pas de ses pensées la question qui lui tournait impitoyablement dans la tête : qu'allait-elle faire ?

Elle devait quitter Kauai dans une semaine. Non seulement elle allait quitter le père qui lui avait manqué pendant toute sa jeunesse, mais aussi l'homme qui avait fait battre son cœur comme jamais auparavant. Peut-être était-elle vouée à un amour impossible ? Miri lui avait conseillé de lutter avec ses armes de femme, mais par où commencer ? Elle fronça les sourcils. Peut-être par l'honnêteté, songea-t-elle. Elle devrait trouver le temps et le lieu adéquats pour parler de ses sentiments à Dillon. S'il savait qu'elle n'attendait rien d'autre de lui que son affection, ce serait déjà une bonne base. Elle pourrait trouver le moyen de rester un peu plus longtemps. Prendre un travail. Avec le temps, elle commencerait peut-être à compter pour lui un peu plus que physiquement.

Légèrement rassérénée par cette idée, elle s'offrit le plaisir de contempler tranquillement le paysage.

— Dillon, est-ce que ce sont des bambous ?

Ils longeaient un champ de tiges très hautes aux touffes cylindriques et dorées.

— De la canne à sucre, répondit-il sans regarder.

— C'est une vraie jungle. Je ne savais pas que les cannes à sucre étaient si hautes.

— En général, elles font un peu plus de cinq mètres, mais ici, elles ne poussent pas aussi vite que dans la jungle. Pour atteindre leur hauteur maximum, il faut attendre entre un an et demi et deux ans.

— Ce champ est immense !

Laine tourna la tête vers lui. L'esprit ailleurs, elle repoussa des boucles qui lui chatouillaient les joues.

— Je suppose que c'est une plantation, bien que j'aie du mal à concevoir qu'une seule personne puisse posséder tant de terres. Il doit y avoir une main-d'œuvre abondante pour les récoltes.

— Mmm...

Dillon sortit de la route principale pour emprunter une petite route à deux voies.

— Il faut dix machines pour couper les cannes, expliqua-t-il. Les couper à la main prend trop de temps. Et les ouvriers sont payés une misère.

— L'avez-vous déjà fait ? interrogea-t-elle.

Dillon eut un bref sourire.

— Une ou deux fois. Ce qui explique pourquoi je préfère être aux commandes d'un avion.

Laine regarda autour d'eux l'infinité des cultures. Aurait-elle le temps de voir les machines à l'œuvre avant de repartir ? Au détour d'un virage, la vue détourna ses pensées. Une grande maison blanche se dressait au loin, avec ses gracieuses lignes coloniales et ses fines colonnes. Des pelouses d'un vert profond l'entouraient. Les balustrades des balcons étaient habillées de plantes grimpantes aux fleurs orange et rouges ; les fenêtres, hautes et étroites, étaient protégées du soleil par des persiennes gris perle. Cette maison avait la patine du temps, et paraissait particulièrement accueillante. Elle faisait penser à une maison de planteur en Louisiane.

— Elle est superbe. Et on doit avoir une vue imprenable des balcons.

Dillon arrêta encore une fois la voiture.

— Croyez-vous que nous puissions aller la voir de plus près ? s'enquit-elle.

Il hocha vaguement la tête.

— Bien sûr, elle est à moi, dit-il en se penchant pour lui ouvrir la portière.

Il se glissa dehors et s'appuya contre le capot. Laine resta muette de stupeur.

— Avez-vous l'intention de rester assise bouche bée ou de venir avec moi ? demanda-t-il.

Secouant sa torpeur, Laine s'empressa de le rejoindre. Il tourna vers elle un regard malicieux.

— Je suppose que vous vous attendiez à trouver une hutte en paille et un hamac ?

— Eh bien, non, pas du tout… je ne sais pas très bien à quoi je m'attendais, pour tout vous dire.

Faisant un ample geste du bras, elle regarda autour d'elle. Une sourde inquiétude commençait à monter en elle.

— Tous ces champs de canne à sucre, ils sont… à vous ?

— Ils vont avec la maison.

Laine hocha lentement la tête. Sans rien dire, elle suivit Dillon, et ils se retrouvèrent bientôt devant une grande porte en acajou. A l'intérieur, un escalier de bois dominait le hall. Laine aperçut des aquarelles accrochées aux murs, et des sculptures tandis qu'elle marchait dans les pas de Dillon. Il la fit entrer dans un salon.

Les murs étaient d'une riche couleur crème qui mettait en valeur les vieux meubles de bois foncé. Un tapis aux délicats points de broderie recouvrait en partie le plancher ciré. Des auvents de toile étaient relevés, dégageant la vue sur une pelouse verdoyante.

Dillon lui indiqua une chaise.

— Asseyez-vous, je vais chercher des boissons fraîches.

Laine hocha encore la tête. Ces quelques secondes de solitude allaient peut-être lui permettre de remettre de l'ordre dans ses pensées. Elle entendit les pas de Dillon s'éloigner de l'autre côté du hall.

Assise sur une chaise à haut dossier, elle parcourut lentement la pièce du regard. L'ambiance était cossue. Elle n'aurait jamais imaginé Dillon dans ce genre d'environnement. Mais surtout, elle n'aurait jamais imaginé que Dillon était si riche. Et cette découverte était écrasante. Elle s'avérait être un obstacle insurmontable. Dillon ne la croirait pas quand elle lui jurerait que son amour était dépourvu de tout intérêt terre à terre. Tel qu'elle commençait à le connaître, il penserait qu'elle s'intéressait surtout à ses biens. Poussant un petit gémissement, elle ferma les yeux. Puis elle se leva et se dirigea vers la fenêtre, essayant bravement d'accepter l'effondrement de ses espoirs.

Avec un sourire amer, elle posa le front contre la vitre fraîche. Que ne pouvait-elle revenir quelques jours en arrière ! Si elle avait su ce qu'elle rencontrerait en venant ici, elle aurait annulé son billet d'avion, tout simplement. Les pas de Dillon se firent entendre. Elle redressa la tête et se tourna vers lui, un pâle sourire aux lèvres.

— Dillon, votre maison est absolument superbe.

Après avoir pris le grand verre qu'il lui offrait, elle retourna à sa chaise.

— Elle n'est pas mal, reconnut-il.

S'asseyant en face d'elle, il arqua légèrement un sourcil. Pourquoi Laine prenait-elle ce ton officiel ?

— L'avez-vous construite vous-même ? s'enquit-elle.

— Non, c'est mon grand-père.

Avec sa nonchalance habituelle, il croisa les jambes, sans cesser de l'observer.

— Il était marin. Un jour, il a compris qu'après la mer, c'était Kauai qu'il aimait le plus.

— Cette maison a donc abrité plusieurs générations.

Laine sirota son verre.

— Mais vous, vous avez trouvé les avions plus tentants que la mer ou les champs de canne à sucre, continua-t-elle du même ton distant.

— Les champs ont leur utilité.

Il fronça les sourcils. Décidément, Laine avait décidé de se croire en visite chez le président de la République.

— Ils fournissent un rendement intéressant, et du travail pour les insulaires. C'est une culture profitable, qui n'occupe qu'une partie de mon temps.

Il posa son verre sur la table.

— Mon père est mort quelques mois avant que je rencontre Cap'taine. Lui et moi traversions une mauvaise période, mais moi, j'étais plein de colère, alors que lui…

Faisant une pause, il haussa les épaules.

— Il était comme il a toujours été. Nous nous entendions bien. Il avait un petit avion, avec lequel il emmenait les touristes sur l'île. Je n'arrivais pas à apprendre assez vite le pilotage, mais Cap'taine avait besoin d'enseigner. Et moi, j'avais besoin de trouver un équilibre. Quelques années plus tard, nous avons décidé de créer cet aéroport.

Laine baissa les yeux sur son verre.

— C'est avec l'argent de la canne à sucre que vous avez construit l'aéroport? s'enquit-elle d'une petite voix.

— Comme je vous l'ai dit, la canne a son utilité.

— Et la baie où nous avons nagé?

Prise d'une brusque intuition, elle le regarda dans les yeux.

— Elle vous appartient aussi?

— Oui, répondit-il sans changer d'expression.

— Et la maison de mon père?

Laine avala la grosse boule qui s'était formée dans sa gorge.

— Fait-elle également partie de votre propriété?

Pour la première fois depuis le début de cette conversation, Dillon montra un signe d'agacement. Il répondit d'une voix neutre :

— Cap'taine avait eu un coup de cœur pour cette bande de terre, alors il l'a achetée.

— A qui ? A vous ?

— Oui, à moi. Est-ce que c'est un problème ?

— Non... Mais je commence à y voir plus clair. Beaucoup plus clair.

Elle posa sa boisson et croisa les mains sur ses genoux.

— Il se trouve que vous êtes davantage le fils de mon père que je ne serai jamais sa fille.

— Laine...

Poussant un léger soupir, il se leva et se mit à arpenter nerveusement la pièce.

— Cap'taine et moi, nous nous comprenons. Cela fait bientôt quinze ans que nous nous connaissons, et dix ans qu'il fait partie de ma vie.

— Je ne vous demande pas de vous justifier, Dillon. Je suis désolée si j'ai pu vous laisser croire que c'était ce que je voulais.

Faisant un violent effort pour garder une voix calme, elle se leva.

— Quand je retournerai en France la semaine prochaine, ce sera bon de savoir que mon père peut compter sur vous.

— La semaine prochaine ?

Dillon se leva.

— Vous avez l'intention de partir la semaine prochaine ?

— Oui, répondit-elle simplement.

Ce n'était pas le moment de penser à quelle vitesse ces sept jours allaient passer.

— Nous étions d'accord pour que je reste deux semaines. Ma vie est là-bas. Il sera temps que je la reprenne.

— Vous êtes triste parce que votre père n'a pas réagi comme vous l'espériez par rapport à vous.

Surprise par la gentillesse de ses paroles et la douceur de sa voix, elle leva les yeux vers lui. Le mince fil qui la retenait de s'effondrer menaçait de rompre. Elle fit un violent effort pour rester calme et soutenir son regard.

— J'ai changé d'avis... par rapport à beaucoup de choses, dit-elle doucement.

Comme il ouvrait la bouche, elle secoua la tête.

— Je vous en prie, Dillon... Je préférerais ne pas en parler. Cela ne fait qu'ajouter aux difficultés...

— Laine.

Il posa les mains sur ses épaules pour l'empêcher de se détourner.

— Nous avons beaucoup de sujets à aborder, vous et moi, qu'ils soient difficiles ou non. Vous ne pouvez pas continuer à vous refermer sur vous comme vous le faites. Je voudrais...

La sonnette de la porte lui coupa la parole. Poussant un juron, il laissa retomber ses mains et se dirigea à grands pas vers l'entrée.

Une voix légère, musicale, s'éleva. Quand Orchidée King entra dans le salon au bras de Dillon, Laine lui adressa un sourire figé. Elle garda les yeux rivés sur eux. C'était frappant de voir à quel point ils allaient bien ensemble. Ils formaient un couple parfait. La beauté exotique d'Orchidée répondait à l'aspect un peu rude de Dillon, et ses formes pulpeuses étaient encore plus évidentes comparées à la minceur de son partenaire. Ses cheveux d'ébène cascadaient jusqu'à sa taille fine sur son dos nu. Laine poussa un soupir silencieux. Face à Orchidée, elle se sentait maladroite et provinciale.

— Bonjour, mademoiselle Simmons !

La jeune fille resserra sa main sur le bras de Dillon dans un geste possessif.

— C'est bon de vous revoir déjà ! dit-elle avec un sourire forcé.

— Bonjour, mademoiselle King, dit Laine d'un ton plus sec qu'elle n'aurait souhaité.

Horripilée par le sentiment d'insécurité qu'elle éprouvait, elle plongea un regard froid dans les yeux de la jeune Hawaïenne.

— Vous avez pu visiter l'île ? demanda celle-ci.

Ce fut Dillon qui répondit.

— Je lui ai fait faire un tour ce matin.

Les yeux d'Orchidée flamboyèrent.

— Vous n'auriez pas pu avoir un meilleur guide !

Se tournant vers Dillon, elle lui adressa son sourire le plus sensuel.

— Je suis si heureuse de te trouver chez toi. Je voulais m'assurer que tu viendrais à la fête, demain soir. Sans toi, elle serait gâchée.

— Je viendrai, promit Dillon.

Un léger sourire retroussa le coin de ses lèvres.

— Tu danseras ? interrogea-t-il.

— Bien sûr ! Tommy y compte bien, répondit Orchidée d'une voix ronronnante.

Tendue comme un arc, Laine les regardait tour à tour. Orchidée lui faisait de plus en plus penser à un jeune félin.

Le sourire de Dillon s'élargit. Il leva les yeux par-dessus la tête d'Orchidée pour rencontrer les siens.

— Tommy est le neveu de Miri, expliqua-t-il. J'espère que vous viendrez. Je suis sûr que cela vous plaira.

— Oh, oui, renchérit Orchidée avec un sourire forcé. Aucun touriste ne doit quitter l'île sans avoir participé à cette fête. Avez-vous l'intention de voir les autres îles ?

— Je ne pense pas en avoir le temps. Je suis désolée, mais je n'ai pas vraiment vécu en touriste. Le but de ma visite était de revoir mon père.

D'un geste impatient, Dillon se dégagea du bras d'Orchidée.

— Je dois voir le contremaître, annonça-t-il. Peux-tu tenir compagnie à Laine quelques minutes ?

— Certainement.

Orchidée rejeta une mèche de cheveux derrière ses épaules.

— Comment se passent les réparations ? s'enquit-elle.

— Très bien.
Inclinant la tête en direction de Laine, il sortit de la pièce.
— Mademoiselle Simmons, faites comme chez vous !
Assumant son rôle d'hôtesse, Orchidée fit un geste gracieux de la main.
— Voulez-vous une boisson fraîche ?
Horripilée par cette situation, Laine fit un effort pour masquer sa mauvaise humeur.
— Non, merci. Je n'ai pas fini le verre que Dillon m'a offert.
— Vous avez passé beaucoup de temps en sa compagnie, commenta Orchidée en s'asseyant.
Elle croisa ses longues jambes fines. Elle faisait penser à une publicité vantant les attractions fascinantes de Kauai.
— Surtout pour quelqu'un qui est venu rendre visite à son père, continua-t-elle.
— En effet. Dillon m'a généreusement accordé une grande partie de son temps, répliqua Laine d'un ton glacial.
— Oh, Dillon est un homme très généreux !
Elle eut un sourire indulgent et possessif.
— Il est très facile de mal interpréter sa générosité tant qu'on ne le connaît pas très bien. Il peut être si charmant.
— Charmant ?
Laine la regarda d'un air sceptique.
— Comme c'est curieux ! Charmant n'est vraiment pas l'adjectif que j'emploierais pour le décrire.
Faisant une pause, elle haussa imperceptiblement les épaules.
— Mais il est vrai que vous le connaissez beaucoup mieux que moi.
Orchidée joignit les mains devant son visage et la regarda par-dessus.
— Mademoiselle Simmons, nous pourrions peut-être nous dispenser de cette conversation polie pendant que nous sommes seules.
Laine hocha lentement la tête.

— Comme vous voudrez, mademoiselle King.
— J'ai l'intention d'épouser Dillon.
— C'est un projet formidable, rétorqua Laine, le cœur serré. Je suppose que Dillon est au courant ?
— Il sait que je le veux.

Orchidée ne cacha pas son irritation.

— Je n'apprécie pas que vous ayez passé tout ce temps avec lui.
— Quel dommage, mademoiselle King !

Prenant son verre, Laine sirota sa boisson.

— Mais à mon avis, ce n'est pas avec moi qu'il faut discuter. Je pense qu'il serait plus productif d'en parler avec Dillon.
— Je ne crois pas que ce soit nécessaire.

Orchidée lui adressa un sourire faussement amical, qui révéla ses petites dents blanches.

— Je suis sûre que nous pouvons mettre les choses au point toutes les deux. Ne trouvez-vous pas que c'était un peu ridicule de faire croire à Dillon que vous aviez envie de piloter un avion ?

Laine faillit bondir de sa chaise, mais elle réussit à se contenir. Pourquoi Dillon lui en avait-il parlé ?

— Ridicule ? répéta-t-elle d'une voix coupante.

Orchidée eut un geste d'impatience.

— Dillon est attiré par vous, sans doute parce que vous êtes différente du type de femmes qui l'attire habituellement. Mais le genre lait et miel ne le passionnera pas longtemps.

Sa voix musicale se durcit.

— La sophistication n'entretient pas la passion chez un homme, et Dillon est vraiment un homme.
— Oui, c'est ce que j'ai cru comprendre, ironisa Laine.
— Je vous préviens une bonne fois pour toutes ! Gardez vos distances. Je peux vous rendre la situation très pénible.
— Je n'en doute pas.

Laine haussa encore les épaules.

— Mais les situations pénibles, je connais.
— Je vous préviens, Dillon peut être très vindicatif quand il

croit qu'on s'est moqué de lui. Vous risquez de perdre beaucoup et de repartir encore plus pauvre que lorsque vous êtes arrivée.

— Arrêtez, ça suffit ! hurla Laine en français.

Se levant, elle fit un geste méprisant de la main.

— Je ne suis venue que pour voir mon père, pour rien d'autre ! Je trouve que cette scène est ridicule ! Dillon n'en vaut pas la peine !

Orchidée s'enfonça sur son siège. Visiblement, elle était ravie de la voir sortir ainsi de ses gonds.

— Vous feriez mieux de partir. Je n'ai pas envie de vous supporter plus longtemps, dit-elle.

— Me supporter ?

Laine fit une pause. Elle tremblait de rage.

— Personne, mademoiselle King, ne m'a jamais parlé ainsi ! Mais je ne vois pas pourquoi vous vous inquiétez à cause de moi. Dans quelques jours, je serai à des milliers de kilomètres d'ici. Votre manque de confiance en vous est aussi pitoyable que vos menaces !

Visiblement folle de rage, Orchidée se leva à son tour, les poings serrés.

— Qu'attendez-vous de moi ? interrogea Laine. Voulez-vous que je vous garantisse que je ne vous mettrai pas des bâtons dans les roues ? Très bien. Je vous en donne ma parole, et avec plaisir ! Dillon est à vous.

— Quelle générosité !

Laine fit volte-face. Dillon était là, adossé à la porte. Il avait les bras croisés, les yeux sombres.

— Oh, Dillon, tu as été rapide ! dit Orchidée d'une voix faible.

— Apparemment, pas assez !

Il avait les yeux rivés à ceux de Laine.

— Quel est le problème ?

Reprenant ses esprits, Orchidée se glissa vers lui.

— Une petite discussion entre femmes. Nous faisions connaissance, Laine et moi.

— Laine, que se passe-t-il ?

— Rien d'important. Si c'est possible, j'aimerais rentrer immédiatement, répondit-elle.

Sans attendre une réponse, elle ramassa son sac et se dirigea vers la porte d'entrée.

Dillon l'arrêta en la prenant par le bras.

— Je vous ai posé une question !

— Et je vous ai donné la seule réponse que j'aie envie de vous donner.

Elle se libéra et lui fit face.

— Je ne veux pas subir encore votre interrogatoire. Vous n'avez aucune raison de me harceler ainsi. Je ne suis rien pour vous ! Vous n'avez pas le droit de me critiquer comme vous l'avez fait depuis la première minute.

Sa colère était mêlée de désespoir.

— Et je ne vous autorise pas non plus à m'embrasser juste parce que cela vous amuse !

Elle s'élança et claqua la porte derrière elle.

10

Dès qu'ils arrivèrent chez son père, Laine alla s'enfermer dans sa chambre. Ravalant les larmes qui lui brouillaient la vue, elle fouilla dans son sac. Elle ne voulait pas s'appesantir sur la scène qui avait eu lieu chez Dillon, ni sur le silence qui avait régné dans la voiture pendant qu'ils retournaient chez son père. Apparemment, Dillon et elle n'arrivaient pas à s'entendre plus que quelques heures consécutives. Il était grand temps qu'elle s'en aille.

Commençant à préparer son retour en France, elle fit ses comptes et fronça les sourcils. Elle avait tout juste de quoi se payer un billet d'avion. Ensuite, elle n'aurait plus un centime. Elle soupira. Ses économies avaient été sérieusement entamées quand elle avait remboursé les dettes de sa mère, et le billet pour venir ici avait fait le reste. Mais elle ne pouvait tout de même pas retourner en France sans un sou en poche. Que ferait-elle en cas de problème ?

Elle se passa une main lasse sur le front. Pourquoi n'avait-elle pas réfléchi avant de se lancer dans cette expédition ? Maintenant, elle se trouvait dans une situation impossible.

Elle se frotta les tempes du bout des doigts pour chasser une migraine naissante. Elle devait réfléchir sérieusement. Il était hors de question qu'elle demande à son père de lui prêter de l'argent. Elle n'allait pas non plus téléphoner à des amies pour se faire dépanner. Son amour-propre l'en empêchait. Elle regarda le petit paquet de billets de banque, qui semblait la narguer. Elle aurait beau les contempler, ils ne proliféreraient pas tout seuls. C'est elle qui devait trouver le moyen de les multiplier.

Elle sortit une petite boîte de la penderie et en examina le contenu pendant quelques secondes. C'était un médaillon en or, que son père avait offert à Vanessa. Puis sa mère le lui avait transmis pour son seizième anniversaire. Laine le caressa du bout du doigt. Elle avait été si heureuse de recevoir un cadeau de son père, même indirectement ! Elle l'avait porté chaque jour, jusqu'au moment où elle avait pris l'avion pour venir ici. Craignant qu'il cause du chagrin à son père, elle l'avait soigneusement déposé dans une boîte qu'elle avait cachée, avec l'espoir que les souvenirs douloureux seraient enfouis avec lui. C'était le seul objet de valeur qu'elle possédait, et maintenant, elle était obligée de le vendre.

Brusquement, sa porte s'ouvrit en grand. Laine sursauta et cacha la boîte dans son dos. Miri entra dans un tourbillon de tissus colorés. Les sourcils arqués, elle observa ses joues rouges.

— Vous avez cassé quelque chose ? interrogea-t-elle.

— Non.

— Alors pourquoi prenez-vous cet air coupable ?

Elle étala un tissu soyeux sur lit.

— C'est pour vous ! Vous le mettrez pour la fête !

— Oh !

Laine contempla la ravissante étoffe bleue et blanche. Elle sentait déjà son contact sur sa peau.

— Il est magnifique. Mais…

Elle leva un regard plein de désir et de regret sur Miri.

— … Mais je ne peux pas le prendre.

— Vous n'aimez pas mon cadeau ? demanda Miri d'un ton à la fois impérieux et déçu.

— Oh, ce n'est pas ça !

Désolée de l'avoir offensée, Laine chercha désespérément une explication.

— Je le trouve vraiment superbe. C'est seulement que…

— Vous feriez mieux d'apprendre à dire merci et à ne pas discuter. Cela vous ira très bien !

Miri accompagna ses paroles d'un petit hochement de tête satisfait.

— Demain, je vous montrerai comment il faut le mettre.

N'y tenant plus, Laine s'approcha du lit et passa sa main sur le sarong. Avec un soupir, elle capitula.

— Merci, Miri, vous êtes vraiment adorable.

Miri lui caressa brièvement les cheveux.

— Vous êtes une jolie fille. Mais vous devriez sourire plus souvent. Quand vous souriez, toute votre tristesse s'envole.

Laine hocha la tête. La petite boîte pesait comme une pierre au creux de sa main. Elle la ramena devant elle et l'ouvrit.

— Miri, pourriez-vous me dire où je pourrais vendre ce bijou ?

Miri étudia longuement le médaillon, puis elle leva ses yeux aussi noirs et brillants que le jais. Elle fronçait si fort les sourcils qu'une ligne verticale lui partageait le front en deux.

— Pourquoi voulez-vous vendre un si joli petit bijou ? Il ne vous plaît pas ?

— Oh si, je l'aime beaucoup.

Mal à l'aise sous le regard scrutateur de Miri, elle haussa légèrement les épaules.

— Mais j'ai besoin d'argent.

— D'argent ? Pour quoi faire ?

— Pour mon billet d'avion…

— Vous vous ennuyez à Kauai ? demanda-t-elle d'un air indigné.

Laine ne put s'empêcher de sourire. Elle secoua la tête.

— Kauai est une île de rêve. J'adorerais rester ici toute ma vie. Mais je dois reprendre mon travail.

Miri s'assit et croisa les bras.

— Qu'est-ce que c'est, votre travail ?

— Je suis professeur.

Laine s'assit au bord du lit et referma la boîte.

— Vous n'êtes pas payée ? dit Miri en faisant une petite moue réprobatrice. Qu'avez-vous fait de votre argent ?

Laine rougit jusqu'aux oreilles. Elle avait l'impression d'être une gamine venant de dépenser tout son argent de poche en bonbons, prise en flagrant délit.

— Il y avait... des dettes et j'ai...

— Vous avez des dettes ?

— Eh bien, non, pas moi...

Faisant une pause, elle rentra les épaules. C'était accablant. Comment expliquer tout cela à Miri ? Cependant, Miri semblait bien décidée à s'incruster dans la chambre tant qu'elle n'aurait pas une réponse satisfaisante. Laine hocha la tête. Lentement, elle se mit à parler de la montagne de dettes qu'elle avait dû affronter à la mort de sa mère, de la nécessité de liquider des actions, des ponctions continuelles dans ses propres ressources. En se confiant à Miri, qui l'écouta sans l'interrompre, elle sentit fondre son amertume.

— Ensuite, quand j'ai trouvé l'adresse de mon père dans les papiers de ma mère, j'ai pris le peu d'argent qui me restait et je suis venue ici. J'ai bien peur d'avoir oublié de réfléchir. Et pour repartir...

Elle haussa encore les épaules. Miri hocha pensivement la tête.

— Pourquoi n'avez-vous rien dit à James Simmons ? Il ne laisserait pas sa fille vendre ses bijoux. C'est un homme bon, il n'aimerait pas savoir que vous comptez le moindre centime dans un pays que vous ne connaissez pas.

— Il ne me doit rien.

— C'est votre père ! s'exclama Miri en redressant le menton et en la regardant droit dans les yeux.

— Oui, mais il n'est pas responsable de la situation. Il risque de croire...

Elle secoua la tête.

— Non, je ne veux pas qu'il le sache, continua-t-elle. C'est très important pour moi qu'il ne soit pas au courant. Promettez-moi de ne rien lui dire.

Miri fronça les sourcils.

— Ce qui est sûr, c'est que vous êtes bougrement entêtée ! marmonna-t-elle.

Elle la regarda d'un air mécontent. Laine soutint son regard.

— Très bien ! finit par dire Miri en poussant un gros soupir. Faites ce que vous avez à faire. Demain, vous rencontrerez Tommy, mon neveu. Demandez-lui de venir examiner votre bijou. Il est joaillier. Il vous en donnera un bon prix.

— Merci, Miri.

Laine sourit. Une partie de son fardeau s'était envolée.

Miri se leva dans un bruissement soyeux.

— Vous avez passé une bonne journée avec Dillon ?

— Il m'a montré sa maison, répondit Laine évasivement. Elle est très impressionnante.

— Oui, c'est une belle maison, admit Miri.

Elle chassa un microscopique grain de poussière du dossier de la chaise.

— Mon cousin fait la cuisine chez lui. Mais pas aussi bien que moi !

Laine sourit.

— Mlle King est passée pendant que nous étions là-bas, dit-elle en se forçant à prendre un ton indifférent.

Miri releva les sourcils.

— Mmm…

Elle lissa son sarong.

— Nous avons eu une discussion très désagréable pendant que Dillon nous avait laissées seules. Et quand il est revenu…

Laine fit une pause et fronça les sourcils.

— Je lui ai crié après !

Miri éclata de rire. Pendant plusieurs secondes, son hilarité emplit la pièce.

— Alors comme ça, vous êtes capable de crier, Petit Osselet ? J'aurais aimé entendre ça !

— Je ne crois pas que Dillon ait trouvé cela très amusant, dit Laine avec une moue réprobatrice.

Mais elle finit par sourire malgré elle.

— Oh, celui-là ! fit Miri.

Retrouvant son sérieux, elle s'essuya les yeux et secoua la tête.

— Il est trop habitué à faire ce qu'il veut avec les femmes. Il est trop séduisant, et il a trop d'argent ! Il faut reconnaître que c'est un patron honnête, et il n'hésite pas à travailler dans les champs quand on a besoin de lui. Il a beaucoup de diplômes, et beaucoup de neurones, dit-elle en se tapotant la tempe du bout du doigt.

Mais elle ne paraissait pas impressionnée.

— Si vous l'aviez vu quand il était petit. C'était un sale garnement. Il en a fait, des bêtises !

Elle ne put ravaler un sourire.

— Il est resté un sale garnement. Ce qui ne l'empêche pas d'être très intelligent, et très important, dit-elle avec un ample geste des deux bras.

Sa voix avait une note critique, toute maternelle.

— En tout cas, il connaît mille fois moins les femmes que les avions.

Elle lui tapota la tête et pointa un doigt vers le tissu de soie.

— Demain, vous allez porter cela et mettre une fleur dans vos cheveux. Ce sera la pleine lune.

C'était une nuit de velours et d'argent. De la fenêtre de sa chambre, Laine contemplait les reflets étincelants de la mer qui dansaient sous la lune. Elle savoura longuement la douceur de la brise caressant ses épaules nues. La nuit était idéale pour faire la fête sous les étoiles.

Elle n'avait pas revu Dillon depuis la veille. Il était rentré tard, le soir, bien après qu'elle se fut retirée dans sa chambre. Et quand elle s'était réveillée, il était déjà reparti. Laine soupira. Elle avait pris une décision et comptait bien s'y tenir. Elle ne laisserait pas leur dernière rencontre gâcher la beauté de cette soirée. Si elle devait passer encore quelques jours près de lui, elle ferait tout ce qui serait en son pouvoir pour qu'ils soient agréables.

S'éloignant de la fenêtre, elle jeta un dernier coup d'œil dans le miroir. Ce n'était pas si mal. Le bleu brillant du sarong s'harmonisait avec ses yeux, formant un camaïeu très réussi. Elle avait pris un peu de hâle depuis son arrivée, comme en témoignaient ses épaules et ses bras nus.

Elle donna un dernier coup de brosse à ses cheveux et sortit de la chambre. Elle fit aussitôt une pause. Dillon parlait au bas de l'escalier. Laine frémit. Elle avait l'impression que des années s'étaient écoulées depuis la dernière fois qu'elle avait entendu sa voix.

— Nous commencerons la récolte le mois prochain, mais si je connais le programme des réunions à l'avance, je pourrai...

La voyant arriver, il se tut et se servit un verre. Puis il leva la tête sur elle et l'observa. Laine sentit son cœur s'emballer. Bientôt, les yeux de Dillon rencontrèrent les siens.

James était en train de bourrer sa pipe. Il la regarda intensément.

— Eh bien, Laine! dit-il d'un ton admiratif.

Elle sourit. A sa grande surprise, son père se leva et traversa le salon pour lui prendre les mains.

— Tu es magnifique!

— Tu trouves? Je ne suis pas habituée à ce genre de vêtement.

— Ça te va merveilleusement bien. Justement, je parlais de toi. Ma fille est une très belle femme, qu'en penses-tu, Dillon? demanda-t-il sans la quitter des yeux.

Ses yeux souriaient.

— Oui, reconnut Dillon. Très belle.

— Je suis heureuse qu'elle soit là.

Il pressa ses petits doigts dans ses mains.

— Elle m'a manqué.

Il se pencha pour l'embrasser sur la joue, puis il se tourna vers Dillon.

— Allez-y, vous deux. Je vais voir si Miri est prête, ce qui m'étonnerait fort. Nous serons un peu en retard.

Le regardant s'éloigner, Laine leva la main vers sa joue. C'était incroyable qu'un geste si simple et si naturel venant de son père la bouleverse à ce point.

— Vous êtes prête ? interrogea Dillon.

Incapable de prononcer un mot, elle fit un petit signe affirmatif de la tête. La main de Dillon se posa sur son épaule.

— Ce n'est pas facile de combler un vide de quinze ans, mais c'est un bon début, déclara-t-il doucement.

Surprise, Laine ravala les larmes de joie qui lui montaient aux yeux.

— Merci. C'est très important pour moi, ce que vous venez de dire. Dillon, hier, j'ai…

— Ne nous préoccupons pas d'hier pour l'instant.

Son sourire la priait de lui pardonner, tout en acceptant ses excuses. Elle le lui rendit. Il la couva encore des yeux avant de porter sa main à ses lèvres.

— Vous êtes incroyablement belle, comme un bouton de fleur accroché à une branche hors de portée.

Laine ravala une envie de crier. Non, elle n'était pas hors de sa portée. Mais la timidité l'emporta. Elle ne put rien faire d'autre que le regarder intensément.

— Venez !

Sans lui lâcher la main, il l'entraîna vers la porte et, quelques secondes plus tard, ils s'installèrent dans sa voiture.

— Vous devriez tout essayer au moins une fois.

Il parlait de nouveau d'un ton léger.

— Savez-vous que vous n'êtes pas très grande ?

— Parce que vous me regardez de toute votre hauteur ! contra-t-elle en riant.

Il était agréable de voir enfin leurs rapports se détendre.

— Que fait-on à cette fête, Dillon ? J'ai un peu peur. Je vais être mal vue si je refuse de manger du poisson cru. Mais…
Posant la tête contre le dossier, elle sourit aux étoiles.
— Mais tant pis, je n'en mangerai pas !
— Nous ne jetons plus les offenseurs à la mer.
Il lui décocha un coup d'œil en coin.
— Vous n'avez pas beaucoup de hanches, commenta-t-il. Mais vous devriez essayer de danser le hula.
— Je suis sûre que je peux y arriver. Mes hanches n'ont rien d'anormal, dit-elle en lui jetant un regard taquin. Est-ce que vous dansez, Dillon ?
Il eut un large sourire et la regarda furtivement dans les yeux.
— Je préfère regarder les autres. Il faut des années de pratique pour bien exécuter le hula. Ces danseurs sont excellents.
— Je vois.
Elle se tourna vers lui.
— Il y aura beaucoup de monde ?
— Mmm…
L'air absent, il tapota le volant du bout du doigt.
— Une centaine de personnes environ.
— Une centaine !
Elle repoussa des souvenirs pénibles. Les soirées que sa mère avait l'habitude de donner étaient toujours trop élégantes, et surtout, elles attiraient toujours trop de monde.
— Tommy a une très grande famille, expliqua Dillon. Tommy est notre hôte, ce soir.
— Quelle chance ! murmura-t-elle, peu convaincue.
Finalement, les « petites » familles avaient leurs avantages.

11

Le son grave des tambours vibrait dans l'air, que la fumée de la viande rôtie rendait âcre. Des torches flambaient, fichées dans de grandes tiges, leur flamme envoyant une lumière vacillante contre le ciel noir. La pelouse était criblée d'invités, certains vêtus d'habits traditionnels, d'autres, comme Dillon, en tenue décontractée, jean et T-shirt. Des rires fusaient, et une myriade de voix et de langages différents se mélangeaient. Ravie par cette ambiance, Laine ouvrait de grands yeux. Elle ne voulait pas perdre une bribe de ce qui l'entourait.

Un grand nombre d'aliments, aussi variés que mystérieux, étaient disposés dans des bols de bois et des petits plateaux sur un gros tapis tissé. Des jeunes filles aux cheveux d'ébène, en vêtements indigènes, s'agenouillaient pour remplir les assiettes. Des arômes succulents flottaient dans l'air, titillant l'appétit. Des hommes, torse nu, la taille enveloppée d'un pagne, faisaient naître des rythmes envoûtants en tapant sur de hauts tambours coniques.

Laine avait été présentée à plusieurs personnes, mais leurs visages se confondaient dans sa tête. Elle se laissa aller à l'état d'esprit de la foule. Il semblait régner une amitié universelle, une joie toute simple causée par le simple fait d'exister.

Bientôt encadrée de Dillon et de son père, elle s'assit sur l'herbe et contempla son assiette, remplie de mets inconnus. Des cris de joie se firent entendre par-dessus la musique quand quelqu'un fit glisser le cochon de lait rôti de sa broche et entreprit de le découper.

Laine trempa son doigt dans son assiette et goûta. Elle plissa le nez. Dillon se mit à rire, ce qui lui fit hausser les épaules.

— Il doit falloir être né ici pour aimer ça, dit-elle en essuyant son doigt sur une serviette.

— Goûtez ça ! conseilla Dillon.

Levant vers elle une bouchée piquée au bout d'une fourchette, il la poussa dans sa bouche. Etonnée, elle émit un petit grognement de gourmandise.

— C'est délicieux, dit-elle. Qu'est-ce que c'est ?

— Du laulau.

— Cela ne m'éclaire pas beaucoup ! fit-elle remarquer en riant.

— Puisque c'est bon, que voulez-vous savoir de plus ?

La logique de Dillon lui fit relever les sourcils.

— C'est du porc et de l'ananas cuits dans des feuilles de thé, expliqua-t-il en secouant la tête. Tenez, goûtez cela aussi !

Il lui présenta de nouveau sa fourchette. Laine accepta sans hésiter.

— Oh, qu'est-ce que c'est ? Je n'ai jamais rien mangé qui ait un goût pareil.

— C'est de la pieuvre, répondit-il.

Voyant son expression affolée, il hurla de rire.

— Je veux dire, du calamar !

— Je crois que je vais me contenter de porc à l'ananas, dit-elle d'un ton mi-sérieux, mi-amusé.

— Ce n'est pas ainsi que vous allez prendre des hanches.

— J'apprendrai à vivre sans. Qu'est-ce que c'est que cette boisson ?

Son père gloussa de rire.

— Non, s'empressa-t-elle de dire. Je préfère ne pas savoir.

Evitant le calamar, elle se régala de viande. De temps à autre, quelqu'un venait s'asseoir près d'eux pour échanger quelques paroles ou une longue histoire. Tout le monde la traitait amicalement, et bientôt, elle se sentit très à l'aise. Son père aussi semblait se trouver bien avec elle. Malgré la complicité qui existait entre

Dillon et lui, et qui semblait l'exclure, elle ne se sentait plus une intruse. La musique et les rires, les senteurs suaves flottaient autour d'elle. Jamais elle n'avait été à ce point consciente de ce qui l'entourait.

Soudain, le rythme des tambours s'enfiévra. Puis le silence s'installa brusquement. Orchidée s'avança dans le cercle lumineux formé par les torches, qui faisaient luire sa peau couleur de pain d'épice. Ses yeux dorés avaient une expression pleine d'assurance, voire d'arrogance. Son corps parfait était revêtu d'un minuscule morceau de tissu qui lui couvrait les seins, et d'un sarong de soie écarlate drapé autour des hanches. Elle resta complètement immobile, attendant qu'un silence absolu s'installe. Puis elle se mit à onduler des hanches. Un seul tambour suivit le rythme qu'elle imposait.

Ses longs cheveux noirs couronnés de boutons de roses caressaient son dos nu. Ses mains et ses courbes agiles avaient des gestes fascinants, tandis que le sarong de soie dessinait le contour de ses cuisses. Ses gestes sensuels coulaient au rythme du tambour. Laine avait le souffle coupé. Orchidée rivait ses yeux dorés dans ceux de Dillon. Elle lui adressa un sourire à peine perceptible, et commença à danser un peu plus vite. Plus le tambour devenait insistant, plus les ondulations de son corps devenaient lascives. Elle affichait un sourire serein. Et soudain, comme au début, tout s'arrêta.

Les applaudissements éclatèrent, auxquels Laine participa à contrecœur. Orchidée lui décocha un regard triomphal, puis elle prit la couronne de fleurs qu'elle avait sur la tête et la lança sur les genoux de Dillon. Avec un petit rire sensuel, elle disparut dans l'ombre.

James se tourna vers Dillon.

— On dirait que tu as reçu une invitation, commenta-t-il. C'est stupéfiant.

Il eut une petite moue pensive.

Dillon haussa les épaules et leva son verre.

— Vous aimeriez bouger comme ça, Petit Osselet ?

Laine se tourna vers Miri, assise derrière eux. Elle avait une allure plus royale que jamais dans sa haute chaise en rotin.

— Mangez, et Miri vous apprendra, continua-t-elle.

Laine rougit. Elle mourait d'envie de se livrer à la musique avec un tel abandon. Elle évita le regard de Dillon.

— Je crois que les dons de Mlle King sont naturels, objecta-t-elle.

— Vous devriez y arriver, Duchesse, déclara Dillon en souriant.

Laine baissa les yeux.

— J'espère que vous me permettrez d'assister aux leçons, Miri, continua-t-il. Comme vous le savez, j'ai l'œil, et le bon.

Laine eut envie de protester. Mais il regarda ses jambes nues, puis il remonta lentement les yeux avant de les plonger dans les siens. Elle resta muette.

Miri marmonna quelques paroles en hawaïen. Dillon se mit à rire et lui répondit dans la même langue. Miri se tourna vers Laine.

— Venez avec moi !

Elle se leva et la tira par la main.

— Qu'est-ce que vous lui avez dit ? interrogea Laine en lui emboîtant le pas.

— Je lui ai dit qu'il ressemblait à un gros chat affamé courant après une petite souris.

— Je ne suis pas une souris ! protesta Laine, indignée.

Sans ralentir, Miri éclata de rire.

— Dillon est du même avis que vous. Il dit que vous êtes un oiseau qui a parfois le bec dur sous des plumes soyeuses.

— Oh !

Ne sachant pas si elle devait être contente ou agacée, Laine préféra garder le silence.

— J'ai dit à Tommy que vous aviez un bijou à vendre, annonça Miri. Vous allez pouvoir lui parler.

— Oh, merci, murmura Laine.

Cette nuit enchanteresse lui avait fait oublier le médaillon.

Miri s'arrêta devant l'hôte de la fête. C'était un homme grand et mince, aux cheveux très noirs, au sourire et au regard chaleureux. Il devait avoir la trentaine. Laine l'avait vu mettre ses invités à l'aise. Il avait un charme bien particulier.

— Voici la fille de Cap'taine Simmons, dit Miri en plaçant une main protectrice sur l'épaule de Laine. Tu lui fais un bon prix, sinon je te tire les oreilles !

— Oui, Miri, répondit-il en posant sur elle ses yeux rieurs.

Il la regarda s'éloigner, puis il prit Laine par les épaules et l'entraîna doucement à l'écart, sous les arbres.

— Miri est le chef de la famille, dit-il en souriant. Elle dirige tout d'une main de fer.

— Oui, c'est ce que j'ai cru comprendre. Il est impossible de lui dire non, n'est-ce pas ?

Tandis qu'ils marchaient, le son des tambours s'amenuisa.

— J'avoue que je n'ai jamais essayé. Je suis trop lâche !

Il éclata de rire.

— J'apprécie que vous ayez bien voulu m'accorder du temps, monsieur Kinimoko, dit-elle.

— Appelez-moi Tommy, et moi, si vous le voulez bien, je vous appellerai Laine.

Elle sourit. Alors qu'ils marchaient lentement, le murmure de la mer se fit bientôt entendre.

— Miri m'a dit que vous aviez un bijou à vendre. Mais elle ne m'a même pas dit de quoi il s'agissait.

— C'est un médaillon en or.

Grâce au ton amical de Tommy, elle se sentait très détendue.

— Il est en forme de cœur, et il est accompagné d'une chaîne tressée. Je n'ai aucune idée de sa valeur.

Elle fit une pause. Si au moins elle avait eu une autre solution que de le vendre.

— J'ai besoin de cet argent, dit-elle à voix très basse.

Tommy regarda son profil délicat, puis il lui tapota l'épaule.

— Je suppose que vous ne voulez pas que votre père le sache ?

Elle secoua la tête.

— Très bien. J'ai un peu de temps libre demain matin. Je viendrai y jeter un coup d'œil. Ce sera plus pratique pour vous que de venir dans ma boutique.

— C'est très gentil à vous.

Laine sourit. C'était bon de savoir que le premier obstacle était franchi.

— J'espère que cela ne vous dérangera pas trop, dit-elle.

— J'aime me déranger quand il s'agit de servir une belle femme.

Il garda le bras sur ses épaules et ils firent demi-tour.

— Vous avez entendu ce que Miri a dit. Vous ne voudriez pas qu'elle me tire les oreilles ?

— Je ne me pardonnerais jamais si j'étais responsable d'une chose pareille ! Je vais lui dire que vous avez été très bien avec la fille de Cap'taine, et elle laissera vos oreilles tranquilles.

En riant, elle leva le visage vers lui tandis qu'ils sortaient du rideau d'arbres.

— Ta sœur te cherche, Tommy ! cria Dillon.

Laine sursauta. Bizarrement, elle eut un sentiment de culpabilité.

— Merci, Dillon. Prends soin de Laine, lui conseilla-t-il gravement. Elle est sous la protection de Miri.

— Je ne l'oublierai pas !

Silencieux, il regarda Tommy se fondre dans la foule. Puis il se tourna vers elle.

Avec une note d'agacement dans la voix, il dit lentement :

— Il y a une vieille coutume hawaïenne... que je viens juste d'inventer. Quand une femme vient à cette fête en compagnie d'un homme, elle ne doit pas aller courir dans les bosquets avec un autre.

— Allez-vous me jeter aux requins pour avoir enfreint la loi ? demanda-t-elle.

Son sourire taquin s'évanouit quand Dillon s'approcha d'elle.

— Arrêtez, Laine.

Il lui posa une main sur la nuque.

— Je ne suis pas très doué pour contraindre.

Elle chancela vers lui, s'abandonnant à une nécessité urgente.

— Dillon, murmura-t-elle en lui offrant sa bouche.

Elle sentait ses doigts forts sur son cou. Elle appuya ses deux mains contre son torse. Le cœur de Dillon battait violemment. Dillon soupira doucement. Visiblement, il luttait contre ses émotions. Une lueur traversa ses yeux et s'effaça avant que ses doigts se détendent.

— Une vahiné qui reste dans l'ombre des arbres sous la pleine lune doit être embrassée.

— Est-ce une autre tradition hawaïenne?

Les bras de Dillon glissèrent autour de sa taille. Elle se fondit contre lui.

— Oui, c'est une tradition qui a déjà dix secondes d'existence.

Avec une douceur inattendue, il posa les lèvres sur sa bouche. Au premier contact, elle éprouva des ondes de plaisir dans tout son corps. Paraissant très loin, le son des tambours arrivait à leurs oreilles, leur rythme allant crescendo, tout comme celui de son cœur. Sous ses mains, les épaules de Dillon étaient dures, tendues. Elle les caressa, puis elle lui enlaça le cou et l'attira contre elle. Trop vite, il s'écarta, et ses bras se dénouèrent.

— Encore, murmura-t-elle, frustrée.

Elle attira de nouveau son visage vers le sien.

Cette fois, il l'étreignit violemment. La puissance de son baiser lui ôta toute pensée cohérente. Elle goûtait ses lèvres affamées, elle sentait la chaleur se répandre sur la peau de Dillon, et sur la sienne. L'air semblait vibrer autour d'eux. En cet instant, son corps appartenait davantage à cet homme qu'à elle-même. S'il existait autre chose au monde que les lèvres brûlantes et les mains caressantes de Dillon, rien n'avait plus de sens pour elle.

Mais encore une fois, Dillon la repoussa doucement. Il parla d'une voix rauque.

— Retournons vers les autres avant qu'une autre tradition ne me vienne à l'esprit.

Le lendemain matin, Laine traîna au lit. Poussant un grand soupir de satisfaction, elle offrit son visage au soleil, qui inondait la chambre. Elle avait encore le goût des lèvres de Dillon sur sa bouche, et tous ses sens en émoi. Elle s'étira voluptueusement, revivant les sensations qui l'avaient subjuguée au cours de cette fête inoubliable.

Mais bientôt, Miri entra dans sa chambre. A contrecœur, Laine s'assit dans son lit.

— On n'a pas idée de gâcher une belle matinée comme celle-ci ! déclara Miri d'une voix faussement sévère.

Elle posa un regard indulgent sur elle.

— Cela permet de prolonger la nuit, répliqua Laine en lui souriant.

— Vous avez aimé le cochon rôti aux ananas ? s'enquit Miri avec un sourire malicieux.

— C'était délicieux.

Miri éclata de rire et s'apprêta à repartir.

— Je vais au marché. Mon neveu est arrivé pour voir votre bijou. Voulez-vous qu'il attende ?

— Oh ! J'arrive !

Se forçant à redescendre sur terre, Laine se coiffa du bout des doigts.

— Je ne savais pas qu'il était si tard. Je ne veux pas le retarder... il n'y a personne d'autre à la maison ?

— Non, les hommes sont partis.

Laine se leva et enfila un peignoir.

— Il pourrait peut-être monter pour le regarder. Je ne veux pas lui faire perdre de temps.

— Il vous en donnera un bon prix. Sinon, vous me le direz.

Laine prit le médaillon dans son tiroir. Il scintilla sous un rayon de soleil. Bien qu'il ne contienne aucune photographie, elle l'ouvrit.

— Bonjour, Laine !

Levant la tête, elle adressa un sourire triste à Tommy, qui se tenait sur le seuil de la chambre.

— Bonjour, Tommy. Merci d'être venu. Pardonnez-moi, j'ai fait la grasse matinée.

— Cela prouve que la fête était réussie.

Il lui adressa un petit signe de tête tandis qu'elle s'approchait de lui en lui tendant le bijou.

— Je suis sûre que je ne l'oublierai jamais, dit-elle en souriant.

Elle serra nerveusement ses mains l'une contre l'autre pendant qu'il examinait le médaillon.

— C'est très joli, finit-il par dire.

Levant les yeux, il l'observa.

— Laine, vous n'avez pas vraiment envie de le vendre... cela se lit sur votre visage.

— C'est vrai. Mais je ne peux pas faire autrement, répondit-elle d'une voix aussi ferme que possible.

Tommy hocha lentement la tête et replaça le bijou dans sa petite boîte.

— Je peux vous en donner une centaine de dollars, bien qu'il ait certainement une valeur beaucoup plus importante pour vous.

Laine hocha la tête et prit la boîte qu'il lui tendait.

— C'est parfait. Vous pourriez peut-être l'emporter tout de suite. J'aimerais autant.

— Comme vous voulez, dit-il en sortant son portefeuille de sa poche.

Il compta les billets.

— J'ai apporté un peu de liquide. J'ai pensé que ce serait plus pratique pour vous qu'un chèque.

— Merci.

Elle prit l'argent et le fixa un instant des yeux. Tommy posa une main amicale sur son épaule.

— Laine... je connais Cap'taine depuis longtemps. Voulez-vous considérer cet argent comme un prêt sans intérêts ?

— Non, certainement pas.

Secouant la tête, elle se força à sourire pour adoucir sa réponse.

— Non, c'est très gentil de votre part, mais je préfère qu'il en soit ainsi.

Tommy soupira.

— Très bien.

Il prit la boîte qu'elle lui tendait et la glissa dans sa poche.

— Je vais le garder quelque temps, au cas où vous changeriez d'avis.

— Merci. Et merci de ne pas m'avoir posé de questions.

— Je m'en vais.

Il lui prit la main et la serra doucement.

— Dites à Miri de me contacter si vous voulez le récupérer, dit-il avant de sortir.

— D'accord.

Quand il fut parti, Laine se laissa lourdement tomber sur le lit, les yeux fixés sur les billets qu'elle tenait toujours à la main. C'était la seule solution, songea-t-elle tristement. Elle secoua la tête. Après tout, ce n'était pas si grave. Ce médaillon n'était qu'un petit objet en métal doré. Maintenant qu'elle ne l'avait plus, il valait mieux qu'elle le chasse de son esprit.

— Bonjour, Duchesse. J'ai l'impression que vous avez eu une matinée profitable !

Laine releva vivement la tête. Le regard de Dillon était aussi glacial qu'un lac gelé. Elle resta sans rien dire, incapable d'éclaircir ses pensées. Dillon la déshabilla d'un regard dur. Instinctivement, elle porta la main au décolleté de son peignoir. S'approchant d'elle, il lui prit brusquement l'argent des mains et le jeta sur la table de chevet.

— Vous avez de la classe, Duchesse, dit-il d'une voix sèche. C'est plutôt réussi, pour une matinée de travail.

— De quoi parlez-vous ? dit-elle en cherchant désespérément un moyen d'éviter le sujet du médaillon.

— Je crois que c'est assez clair. Je suppose que je dois présenter des excuses à Orchidée.

Il fourra furieusement ses mains dans ses poches et se balança d'avant en arrière sur les talons. Cette attitude désinvolte ne fit que souligner la lueur flamboyante de son regard.

— Quand elle m'a parlé de ce petit arrangement, je l'ai rabrouée. Pourtant, elle avait raison, apparemment. Vous êtes efficace, Laine. Vous n'avez pas passé plus de dix minutes avec Tommy, hier soir. Vous avez certainement battu un record.

Laine ouvrit de grands yeux étonnés. Pourquoi la vente de son médaillon le mettait-elle dans un tel état ?

— Je ne comprends pas pourquoi vous êtes en colère, dit-elle. Mlle King a dû surprendre ma conversation avec Tommy.

Brusquement, elle se rappela. Pendant qu'elle parlait avec le neveu de Miri, sous les arbres, il y avait eu un grand bruissement de feuillages.

— Mais pourquoi s'est-elle crue obligée de vous parler de cette histoire...

— Comment avez-vous réussi à vous débarrasser de Miri pendant que vous faisiez vos petites affaires ? interrogea Dillon d'une voix dure. Elle a un code moral très strict, vous le savez. Si elle apprend comment vous avez gagné cet argent, elle va vous tomber dessus.

— Mais de quoi...

Brusquement, elle poussa un petit cri. La lumière venait de se faire dans son esprit. Dillon ne faisait pas allusion à son médaillon. Il croyait qu'elle s'était vendue elle-même pour cent dollars ! Elle devint livide.

— Vous ne croyez pas sérieusement que je...

Sa voix se brisa. Le regard accusateur de Dillon la paralysait.

— Vous êtes un individu méprisable ! s'écria-t-elle soudain. Vous avez l'esprit pervers !

Au bord des larmes, elle fit une pause. Des doigts glacés lui serraient le cœur.

— Je ne vais pas me laisser insulter !

— Ah oui ?

Dillon la prit sans ménagement par le bras et l'obligea à se lever.

— Avez-vous une meilleure explication pour la visite de Tommy et ce paquet de billets ? Si vous en avez une, allez-y, je vous écoute.

— Oui, vous m'écoutez..., dit-elle avec un petit rire amer. Cependant, je ne vous dirai rien. Excusez-moi, mais la visite de Tommy et cet argent ne regardent que moi. Je ne vous dois aucune explication. Vous n'en valez pas la peine, avec vos conclusions écœurantes. Le fait que vous ayez accordé crédit aux paroles d'Orchidée et que vous soyez venu me surveiller prouve bien que nous n'avons plus rien à nous dire.

— Je ne suis pas venu pour vous surveiller.

Il la regarda d'un air menaçant, mais elle ne baissa pas les yeux.

— Je suis venu parce que vous m'aviez dit que vous aimeriez refaire un tour en avion. Vous vouliez apprendre à piloter. Si vous voulez que je vous présente des excuses, tout ce que vous avez à faire est de me donner une explication valable.

— J'ai passé trop de temps à m'expliquer devant vous. Depuis le premier jour, vous n'avez pas cessé de me poser des questions. Pas une seule fois vous ne m'avez fait confiance.

Faisant une pause, elle prit une profonde inspiration. Son regard indigné lançait des éclairs.

— Maintenant, je veux que vous sortiez de cette chambre ! Et que vous me laissiez tranquille pendant le peu de temps qu'il me reste à passer chez mon père !

Au lieu de se relâcher, les mains de Dillon se resserrèrent sur son bras. Elle retint son souffle.

— Je vais partir, ne vous inquiétez pas, mais avant, j'aimerais vous féliciter, dit-il d'un ton cinglant. Vous avez joué à la perfection le rôle de la jeune fille innocente. Tout y était.

Il l'attira brutalement contre lui.

— Lâchez-moi, vous me faites mal !

Comme si elle n'avait rien dit, il continua :

— Je vous désirais, Laine. Hier soir, je n'en pouvais plus, je mourais d'envie de vous séduire. Mais je vous ai respectée, comme je n'ai jamais respecté une autre femme. Vous aviez cette aura de fragilité qui peut rendre un homme complètement fou. Vous n'auriez pas dû jouer ce petit jeu avec moi, Duchesse.

Laine essaya de se libérer, mais il l'en empêcha.

— La partie est finie, maintenant, je vais récolter ce qui m'est dû, dit-il.

Laine ouvrit la bouche pour protester, mais il la réduisit au silence par un baiser dur, impitoyable. Elle essaya de se débattre, mais les bras puissants de Dillon la retenaient prisonnière. Soudain, la chambre se mit à tourner, et elle se retrouva écrasée sous son poids. Dillon l'avait jetée sur le lit.

Elle lutta désespérément contre lui. Cependant, les mains et la bouche de Dillon restaient les plus forts. Furieux, il voulait la posséder sur-le-champ.

Brusquement, il commença à se calmer. La punition devint séduction tandis que ses mains se mettaient à la caresser avec lenteur. Il posa les lèvres sur sa gorge. Avec un petit sanglot, Laine se rendit. Son corps se liquéfiait sous le sien, sa volonté s'évaporait. Les sensations qu'elle éprouvait étaient trop intenses. Les larmes lui gonflèrent les yeux, mais elle ne fit aucune tentative pour les retenir.

Dillon s'immobilisa. Un silence pesant tomba dans la chambre, interrompu seulement par le bruit de leur respiration haletante. Relevant la tête, Dillon suivit des yeux une larme qui coulait sur sa joue. Il poussa un juron retentissant et se leva. Il se passa une main nerveuse dans les cheveux et lui tourna le dos.

— C'est la première fois que je me sens capable de violer une femme, dit-il d'une voix grinçante.

Faisant volte-face, il la dévisagea. Laine restait sans bouger. Elle semblait épuisée. Elle n'essaya même pas de se couvrir. Elle le regardait avec des yeux d'enfant blessé.

— Je ne supporte pas ce que vous m'avez fait, Laine !

Tournant les talons, il sortit de la pièce en claquant la porte. Laine resta immobile. Jamais aucun bruit n'avait résonné aussi effroyablement à ses oreilles.

12

De la fenêtre de sa chambre, Laine regardait l'herbe printanière qui devenait plus verte sous les rayons du soleil. Une bande de filles marchait dans le couloir, en direction du réfectoire. C'était l'heure du petit déjeuner. Laine soupira. D'habitude, leurs joyeux bavardages la faisaient sourire. Mais aujourd'hui, elle n'en avait aucune envie.

Elle était rentrée à Paris depuis quinze jours à peine. En voyant ses bagages, Miri avait froncé les sourcils et lui avait posé une foule de questions. Mais elle avait tenu bon, refusant de reporter son départ et de donner des réponses précises. Quant à la lettre qu'elle avait laissée pour son père, elle ne contenait pas plus de détails. Elle lui demandait seulement de lui pardonner de partir si vite, et lui promettait de lui écrire dès qu'elle serait de retour en France. Cependant, elle n'avait pas encore trouvé le courage de le faire.

Les souvenirs des derniers moments passés avec Dillon continuaient de la hanter. Elle sentait encore le parfum enivrant des fleurs de l'île, la chaleur, et l'air humide qui montait de la mer. La lune, dont le reflet finissait maintenant de s'effacer, paraissait bien petite et bien pâle à Paris. Laine soupira. Elle avait espéré qu'avec le temps, ces souvenirs s'évanouiraient. Il ne fallait pas qu'elle pense à Kauai et à ses promesses. Tout cela était définitivement derrière elle.

Et c'était beaucoup mieux ainsi. Oui, il n'y avait aucun doute là-dessus.

Laine prit sa brosse à cheveux et se prépara pour partir travailler.

C'était même beaucoup mieux pour tout le monde. Son père avait ses habitudes, et il serait content de communiquer par courrier avec elle. Peut-être viendrait-il un jour lui rendre visite. Mais il n'était pas question qu'elle retourne là-bas. Sa vie, son travail, ses amies étaient ici. Ici, elle savait ce que l'on attendait d'elle. Elle aurait une existence tranquille, à l'abri des émotions violentes.

Elle ferma les yeux sur l'image de Dillon.

Il était encore trop tôt pour penser à lui sans souffrir, songea-t-elle. Plus tard, quand son souvenir se serait estompé, elle pourrait revenir inspecter ce coin de sa mémoire. Quand elle se permettrait de penser de nouveau à lui, ce serait pour se rappeler les bons moments, en toute sérénité.

Et oublier serait plus facile si elle reprenait ses habitudes, si elle avait le moins de temps libre possible. Toutes ses journées étaient prises par son travail jusqu'au milieu de l'après-midi. Elle devait trouver d'autres occupations pour les heures suivantes. N'importe quoi, pourvu qu'elle s'occupe l'esprit.

La pluie tomba toute la journée. Et avec elle, l'inévitable fuite du toit, qui tambourinait avec une régularité surprenante en tombant dans la cuvette. L'école était très ancienne et mal entretenue, les réparations étant toujours réduites au minimum. Bien que toutes les fenêtres soient fermées, l'humidité s'infiltrait dans la pièce. Pour le dernier cours de la journée, elle avait de jeunes Anglaises tout juste adolescentes, qui semblaient s'ennuyer ferme devant leur livre de grammaire française. C'était samedi, et il n'y avait cours que le matin, mais les heures se traînaient péniblement. Resserrant sa veste sur sa poitrine, Laine s'arma de courage. L'après-midi serait plus agréable. Elle lirait un bon livre au coin du feu.

— Eloise, dit-elle. Vous pourriez attendre cet après-midi pour faire la sieste !

La jeune fille ouvrit les yeux. Elle sourit vaguement en entendant ses camarades éclater de rire.

— Oui, mademoiselle Simmons.

Laine ravala un soupir.

— Vous serez libres dans dix minutes, dit-elle en s'asseyant au bord du bureau. Au cas où vous l'auriez oublié, nous sommes samedi, ce qui signifie que demain, c'est dimanche.

Cette information provoqua des murmures d'approbation. Quelques têtes se redressèrent bravement. Voyant qu'elle avait réussi à capter leur attention, elle continua :

— Nous allons conjuguer le verbe chanter... je chante, tu chantes...

— Vous chantez !

Sa voix faiblit soudain. Une silhouette masculine se dessinait contre la porte ouverte, au fond de la salle.

Les filles se mirent à répéter en chœur la conjugaison. Affolée, Laine en profita pour se retirer derrière son bureau. Son cœur menaçait de lâcher. Dillon était au fond de la salle, les yeux fixés sur elle. Quand les élèves se turent, Laine resta un instant indécise. Elle ne devait pas oublier l'emploi du temps qu'elle s'était assigné.

— Très bien. Pour lundi, vous allez écrire plusieurs phrases en utilisant ce verbe sous toutes ses formes. Eloise, je vous préviens, je ne me contenterai pas de miniphrases comme « il chante ».

— Oui, mademoiselle Simmons.

La sonnerie signala la fin du cours.

— Et je vous prie de sortir sans courir ! dit Laine en essayant de garder un ton ferme.

Elle serra les mains l'une contre l'autre et les suivit des yeux, faisant reculer le plus possible le moment où elle devrait affronter Dillon. Lui aussi regardait les élèves, un petit sourire au coin des lèvres. Dès que la dernière fut sortie, il traversa la salle à grands pas et se planta devant Laine.

— Bonjour, Dillon, dit-elle en essayant de maîtriser le tremblement de sa voix. Vous avez produit un effet fantastique sur mes élèves.

Elle parlait à toute vitesse pour cacher son trouble.

Dillon l'observait en silence. Submergée par l'émotion, elle fit de son mieux pour composer son attitude.

— Vous n'avez pas changé, finit-il par dire. Je ne sais pas pourquoi j'avais peur que vous ayez changé.

Il mit la main dans sa poche, d'où il sortit le médaillon en forme de cœur, qu'il posa sur le bureau. Incapable de dire un mot, Laine prit le bijou, et ses yeux s'emplirent de larmes.

— Ce n'est pas terrible, comme excuse, mais je n'ai pas beaucoup de pratique en la matière.

Sa voix enfla de colère. Laine leva un regard effrayé.

— Bon Dieu, Laine, si vous aviez besoin d'argent, pourquoi ne m'en avez-vous pas parlé ?

— Pour que vous soyez conforté dans votre opinion sur le motif de ma visite ?

Lui tournant le dos, Dillon s'approcha de la fenêtre et regarda le rideau de pluie.

— Je m'y attendais, à cette réponse-là, murmura-t-il.

Il posa les mains sur l'appui de la fenêtre et baissa la tête.

Un peu ébranlée par son air triste, Laine continua :

— Il est inutile de remuer tout cela, Dillon. Je vous suis très reconnaissante d'avoir pris le temps et la peine de me rapporter ce médaillon. C'est plus important pour moi que je ne pourrai jamais vous le dire. Je ne sais pas comment vous remercier. Je…

Dillon fit volte-face. Devant son visage furieux, elle recula. Visiblement, il luttait pour se contrôler.

— Non, ne dites rien, laissez-moi parler une minute !

Il remit les mains dans ses poches. Pendant un long moment, il fit les cent pas dans la pièce. Petit à petit, il commença à se calmer.

— Le toit fuit, fit-il remarquer.

— Seulement quand il pleut.

Il eut un drôle de rire et se tourna de nouveau vers elle.

— Vous allez peut-être me trouver ridicule, mais je suis sincèrement désolé. Non…

Il secoua la tête pour l'empêcher de parler.

— Ne soyez pas si généreuse, cela ne fait qu'augmenter mon sentiment de culpabilité.

Il voulut allumer une cigarette, mais il se ravisa et poussa un profond soupir.

— Après ma belle démonstration de stupidité, j'ai fait beaucoup de sorties en avion. Il se trouve que j'ai les idées bien plus claires quand je plane à quelques centaines de mètres au-dessus du sol. Vous allez trouver cela difficile à croire, et je suppose que c'est encore plus ridicule de ma part d'espérer que vous allez me pardonner, mais je suis arrivé à voir les choses en face. Je ne croyais pas un seul mot de ce que je vous ai dit, l'autre matin.

Il se passa les deux mains sur les joues. Laine ne le quittait pas des yeux. Il paraissait fatigué, et déprimé.

— Tout ce que je sais, c'est qu'à partir de la première seconde où je vous ai vue, je suis devenu cinglé. L'autre jour, je suis retourné à la maison avec l'intention de vous présenter mes excuses, toutes plus creuses les unes que les autres. J'ai fini par me rendre compte que toutes les accusations que j'avais proférées contre vous étaient en réalité destinées à votre père.

Secouant la tête, il eut un léger sourire.

— Mais cela n'a servi à rien.

— Dillon...

— Laine, ne m'interrompez pas, je n'en ai pas la patience pour le moment.

Il se remit à arpenter la salle de classe. Silencieuse, Laine attendit.

— Je ne suis pas très doué pour parler, alors j'aimerais que vous ne disiez rien avant que j'aie fini.

Il continua de faire les cent pas.

— Quand je suis rentré, Miri m'attendait. Sur le coup, je n'ai rien pu obtenir d'elle, excepté une avalanche de reproches virulents. Et puis elle a fini par m'annoncer que vous étiez partie, et elle m'a parlé de votre médaillon. Il a fallu que je lui donne ma parole que je n'en parlerais pas à Cap'taine. Apparemment, elle a tenu la promesse qu'elle vous avait faite.

Il secoua la tête.

— Cela fait dix jours que je suis en France, à essayer de vous retrouver.

Il fit un grand geste du bras.

— Dix jours! répéta-t-il comme si c'était toute une vie. Ce n'est que ce matin que j'ai retrouvé la trace de la gouvernante qui travaillait pour votre mère. Elle a été très coopérative. Elle m'a fait un compte rendu complet des dettes et des actions de Vanessa, et elle m'a longuement parlé de l'adolescente qui passait ses vacances de Noël au pensionnat pendant que sa mère allait à Saint-Moritz. Pour finir, elle m'a donné l'adresse de l'école où vous travaillez.

Il fit une pause. Pendant un bref instant, il n'y eut que le bruit de la gouttière qui s'écoulait dans la cuvette.

— Vous ne pouvez rien me dire que je ne me sois déjà dit à moi-même en termes certainement plus imagés, continua-t-il en soupirant. Mais j'ai pensé que je devais vous en offrir la possibilité.

Voyant qu'il avait enfin fini, Laine prit une profonde inspiration.

— Dillon, j'ai beaucoup pensé à ce que ma situation pouvait représenter pour vous. Vous n'en connaissiez qu'un aspect, et vous étiez d'emblée du côté de mon père. Quand je suis calme, j'ai du mal à vous en vouloir de votre loyauté envers lui. Quant à ce qui s'est passé ce matin-là…

Faisant une pause, elle avala péniblement sa salive. Elle avait la gorge sèche.

— Je crois que c'était aussi pénible pour vous que pour moi, peut-être plus difficile encore.

— J'aimerais mieux que vous me fassiez des reproches, dit-il.

— Je suis désolée.

Avec un léger sourire, elle haussa les épaules.

— Il faudrait que je sois vraiment furieuse pour pouvoir le

faire, surtout ici. Les bonnes sœurs n'apprécient pas les accès de colère.

— Cap'taine veut que vous rentriez à la maison.

Le sourire de Laine s'évanouit, tandis que son regard s'attristait. Secouant la tête, elle s'approcha de la fenêtre.

— Ma maison, c'est ici.

— Votre maison est à Kauai. Cap veut que vous reveniez. Vous ne trouvez pas injuste qu'il vous perde deux fois ?

Faisant de son mieux pour ignorer la douleur que les paroles de Dillon venaient de provoquer en elle, elle rétorqua :

— Vous ne trouvez pas injuste de me demander de tourner le dos à ma vie et de repartir ? Ne me parlez pas de justice, Dillon.

— Ecoutez, je comprends que vous soyez amère à mon sujet. Je le mérite, mais votre père, lui, n'a rien fait. Comment croyez-vous qu'il a réagi en apprenant quelle enfance vous aviez eue ?

Laine fit volte-face.

— Vous lui en avez parlé ?

Pour la première fois depuis qu'il était entré dans la salle, elle perdit le contrôle d'elle-même.

— Vous n'aviez pas le droit ! s'écria-t-elle.

— Bien sûr que si. Tout comme votre père avait le droit de savoir. Laine, écoutez-moi.

Elle fit quelques pas pour s'éloigner de lui.

— Il vous aime. Il n'a jamais cessé de vous aimer pendant toutes ces années. Je suppose que c'est la raison pour laquelle j'ai réagi avec agressivité par rapport à vous.

Poussant un soupir d'impatience, il se passa une main dans les cheveux.

— Pendant quinze ans, il a souffert à cause de vous.

— Croyez-vous que je ne le sache pas ?

— Laine, les quelques jours que vous avez passés chez lui lui ont rendu sa fille. Il n'a pas demandé pourquoi vous n'aviez jamais répondu à ses lettres. Il n'a jamais porté contre vous les accusations que j'ai moi-même portées.

Il ferma brièvement les yeux, et sa fatigue fut de nouveau évidente.

— Il n'a pas besoin d'explications, ni d'excuses. Il ne fallait pas continuer à lui cacher la vérité. Quand il a vu que vous étiez partie, il a voulu venir lui-même en France pour vous ramener là-bas. Je l'ai prié de me laisser partir seul, parce que c'était à cause de moi que vous étiez rentrée à Paris.

Laine soupira et glissa le médaillon dans sa poche.

— Après tout, vous avez peut-être eu raison de lui parler, dit-elle d'une voix lasse. Je vais lui écrire, ce soir. Je n'aurais pas dû m'en aller sans l'avoir revu. Ce que vous venez de me dire est le plus beau cadeau que j'aie jamais reçu. Je ne veux pas que vous croyiez, lui et vous, que mon retour en France était provoqué par de la rancœur. J'espère que mon père va bientôt venir me voir. Je vais écrire une lettre que vous lui transmettrez.

Les yeux de Dillon s'assombrirent encore plus. Sa voix vibra de colère.

— Cela ne va pas lui plaire de savoir que vous vous enterrez dans cette école.

Laine se détourna et regarda par la fenêtre.

— Je ne m'enterre pas, Dillon. Cette école représente mon chez-moi et mon gagne-pain.

— Et votre cachette !

Comme elle se raidissait, il poussa un juron sonore et se remit à faire anxieusement les cent pas.

— Désolé, c'était nul, marmonna-t-il.

— Cessez de vous excuser, Dillon.

Il s'arrêta derrière elle. Laine lui tournait le dos, mais il devinait la courbe de son menton caressée par ses boucles blondes. Dans son blazer bleu marine et sa jupe blanche plissée, elle ressemblait davantage à une étudiante qu'à un professeur. Il se remit à parler plus doucement.

— Ecoutez, Duchesse, je vais passer quelques jours à Paris, pour jouer les touristes. Si vous me montriez un peu ce qu'il y a à voir ? Vous pourriez me servir de guide et d'interprète.

Laine ferma les yeux. Quelques jours en sa compagnie seraient un véritable supplice. Il était inutile de prolonger ainsi son calvaire.

— Je suis désolée, Dillon, mais cela tombe très mal. Je n'ai pas une minute en ce moment. J'ai accumulé beaucoup de retard dans mon travail quand j'étais à Kauai.

— Vous avez décidé de me compliquer les choses, c'est ça ?

— Pas du tout, Dillon.

Elle se tourna vers lui, un sourire désolé sur les lèvres.

— Une autre fois, peut-être.

— Il n'y aura pas d'autre fois. Je fais de mon mieux pour agir comme il faut, mais je ne sais pas très bien où je mets les pieds. Je n'ai jamais eu affaire à une femme comme vous. Toutes les règles sont différentes.

Elle leva sur lui un regard étonné. L'assurance légendaire de Dillon avait disparu. Il avança vers elle, fit une pause, puis il se dirigea vers le tableau noir. Il regarda quelques instants sans les voir les conjugaisons des verbes français.

— Dînons ensemble ce soir ! finit-il par dire.

— Non, Dillon, je...

Il fit demi-tour si rapidement qu'elle ravala la fin de sa phrase.

— Si vous ne voulez même pas dîner avec moi, comment pourrai-je vous convaincre de rentrer à Kauai ? Quand pourrai-je commencer à vous faire la cour ? N'importe quel imbécile verrait que je ne suis pas très doué pour cela. J'ai déjà commis pas mal de dégâts. Je ne sais pas combien de temps je vais encore pouvoir rester raisonnable et cohérent. Je vous aime, Laine, et cela me rend fou. Venez avec moi à Kauai, pour que nous puissions nous marier.

Abasourdie, Laine leva sur lui des yeux incrédules.

— Dillon... venez-vous de dire que vous m'aimez ?

— Oui, j'ai dit que je vous aimais. Voulez-vous l'entendre encore ?

Il posa les mains sur ses épaules, les lèvres sur ses cheveux.

— Je vous aime tant que je n'arrive même plus à faire des choses aussi vitales que manger et dormir. Je ne pense qu'à vous. Je n'arrête pas de vous revoir avec ce coquillage contre l'oreille. Vous étiez debout sur la plage, et l'eau coulait de vos cheveux. Vos yeux avaient la couleur du ciel et de la mer. Je suis tombé follement amoureux de vous. J'ai essayé de l'ignorer, mais je perdais pied chaque fois que vous vous approchiez de moi. Et quand vous êtes partie, j'ai eu l'impression qu'on m'arrachait une partie de moi-même. Sans vous, je ne suis plus un être complet.

— Dillon, murmura-t-elle.

— Je vous jure que je n'avais pas l'intention de mettre la pression sur vous. Je ne voulais pas vous dire cela à Paris. Je vous donnerai tout ce que vous voudrez, les fleurs, les bougies. Vous serez étonnée de voir à quel point je peux être conventionnel quand c'est nécessaire. Rentrez avec moi, Laine. Je vous laisserai le temps de réfléchir avant de renouveler ma demande en mariage.

— Non.

Elle secoua la tête, puis elle prit une longue inspiration.

— Je ne rentrerai pas avec vous, sauf si vous m'épousez avant.

— Laine...

Il resserra les mains sur ses épaules. Puis, avec un petit râle de plaisir, il l'embrassa sur la bouche.

— Ne comptez pas sur moi pour vous laisser le temps de changer d'avis, coupa-t-elle.

Levant les bras, elle joignit ses mains autour de son cou, puis elle posa la joue contre sa joue.

— Vous me donnerez les fleurs et les bougies plus tard. Quand nous serons mariés !

— Marché conclu, Duchesse ! Je vais vous épouser avant même que vous ne preniez conscience de ce que vous faites. Certaines personnes vous diront peut-être que j'ai quelques défauts... par exemple, que je perds patience de temps à autre.

— Vraiment ?

Laine le regarda d'un air espiègle.

— Je n'ai jamais connu personne qui soit plus calme que vous... Cependant...

Elle lui caressa la gorge du bout des doigts et joua avec le bouton supérieur de sa chemise.

— ... je devrais sans doute confesser que je suis par nature très jalouse. C'est plus fort que moi. Et si je revois une femme en train de danser le hula spécialement pour vous, il se peut bien que je la jette du haut de la falaise la plus proche !

— Vous le feriez ? interrogea-t-il avec un sourire d'intense satisfaction.

Il prit son visage entre ses mains.

— Alors je crois que Miri devra vous apprendre à danser dès que nous serons de retour. Je vous préviens, j'ai bien l'intention d'assister à chaque leçon.

— Je suis sûre que j'apprendrai vite.

Se hissant sur la pointe des pieds, elle l'attira contre lui.

— Mais pour l'instant, il y a d'autres choses que j'aimerais apprendre. Embrassez-moi encore, Dillon !

DANS LA MÊME COLLECTION
Par ordre alphabétique d'auteur

JINA BACARR	*Blonde Geisha*
MARY LYNN BAXTER	*La femme secrète*
MARY LYNN BAXTER	*Un été dans le Mississippi*
JENNIFER BLAKE	*Une liaison scandaleuse*
BARBARA BRETTON	*Le lien brisé*
BENITA BROWN	*Les filles du capitaine*
MEGAN BROWNLEY	*La maison des brumes*
CANDACE CAMP	*Le bal de l'orchidée*
CANDACE CAMP	*Le manoir des secrets*
CANDACE CAMP	*Le château des ombres*
CANDACE CAMP	*La maison des masques*
MARY CANON	*L'honneur des O'Donnell*
ELAINE COFFMAN	*Le seigneur des Highlands*
ELAINE COFFMAN	*La dame des Hautes-Terres*
ELAINE COFFMAN	*La comtesse des Highlands*
JACKIE COLLINS	*Le voile des illusions*
JACKIE COLLINS	*Reflets trompeurs*
JACKIE COLLINS	*Le destin des Castelli*
PATRICIA COUGHLIN	*Le secret d'une vie*
MARGOT DALTON	*Une femme sans passé*
EMMA DARCY	*Souviens-toi de cet été*
CHARLES DAVIS	*L'enfant sans mémoire*
SHERRY DEBORDE	*L'héritière de Magnolia*
BARBARA DELINSKY	*La saga de Crosslyn Rise*
BARBARA DELINSKY	*L'enfant du scandale*
WINSLOW ELIOT	*L'innocence du mal*
SALLY FAIRCHILD	*L'héritière sans passé*
MARIE FERRARELLA	*Une promesse sous la neige*****
ELIZABETH FLOCK	*Moi & Emma*
CATHY GILLEN THACKER	*L'héritière secrète*
GINNA GRAY	*Le voile du secret*
GINNA GRAY	*La Fortune des Stanton*
JILLIAN HART	*L'enfant des moissons*
CHRISTIANE HEGGAN	*L'héritière de Calistoga*
METSY HINGLE	*Une vie volée*

… / …

DANS LA MÊME COLLECTION
Par ordre alphabétique d'auteur

FIONA HOOD-STEWART	Les années volées
FIONA HOOD-STEWART	A l'ombre des magnolias
FIONA HOOD-STEWART	Le testament des Carstairs
FIONA HOOD-STEWART	L'héritière des Highlands
LISA JACKSON	Noël à deux**
RONA JAFFE	Le destin de Rose Smith Carson
PENNY JORDAN	Silver
PENNY JORDAN	L'amour blessé
PENNY JORDAN	L'honneur des Crighton
PENNY JORDAN	L'héritage
PENNY JORDAN	Le choix d'une vie
PENNY JORDAN	Maintenant ou jamais
PENNY JORDAN	Les secrets de Brighton House
PENNY JORDAN	La femme bafouée
PENNY JORDAN	De mémoire de femme
MARGARET KAINE	Des roses pour Rebecca
HELEN KIRKMAN	Esclave et prince
ELAINE KNIGHTON	La citadelle des brumes
ELIZABETH LANE	Une passion africaine
ELIZABETH LANE	La fiancée du Nouveau Monde
CATHERINE LANIGAN	Parfum de jasmin
RACHEL LEE	Neige de septembre
RACHEL LEE	La brûlure du passé
LYNN LESLIE	Le choix de vivre
MERLINE LOVELACE	La maîtresse du capitaine
JULIANNE MACLEAN	La passagère du destin
DEBBIE MACOMBER	Rencontre en Alaska****
DEBBIE MACOMBER	Un printemps à Blossom Street
DEBBIE MACOMBER	Au fil des jours à Blossom Street
MARGO MAGUIRE	Seigneur et maître
ANN MAJOR	La brûlure du mensonge
ANN MAJOR	Le prix du scandale*
KAT MARTIN	Lady Mystère
ANNE MATHER	L'île aux amants***
CURTISS ANN MATLOCK	Sur la route de Houston
CURTISS ANN MATLOCK	Une nouvelle vie

... / ...

DANS LA MÊME COLLECTION
Par ordre alphabétique d'auteur

CURTISS ANN MATLOCK	Une femme entre deux rives
MARY ALICE MONROE	Le masque des apparences
CAROLE MORTIMER	L'ange du réveillon****
DIANA PALMER	D'amour et d'orgueil***
DIANA PALMER	Les chemins du désir
DIANA PALMER	Les fiancés de l'hiver****
DIANA PALMER	Le seigneur des sables
DIANA PALMER	Une liaison interdite
PATRICIA POTTER	Noces pourpres
MARCIA PRESTON	Sur les rives du destin
MARCIA PRESTON	La maison aux papillons
EMILIE RICHARDS	Mémoires de Louisiane
EMILIE RICHARDS	Le testament des Gerritsen
EMILIE RICHARDS	La promesse de Noël**
EMILIE RICHARDS	L'écho du passé
EMILIE RICHARDS	L'écho de la rivière
EMILIE RICHARDS	Le refuge irlandais
EMILIE RICHARDS	Promesse d'Irlande
NORA ROBERTS	Retour au Maryland
NORA ROBERTS	La saga des Stanislaski
NORA ROBERTS	Le destin des Stanislaski
NORA ROBERTS	L'héritage des Cordina
NORA ROBERTS	Love
NORA ROBERTS	La saga des MacGregor
NORA ROBERTS	L'orgueil des MacGregor
NORA ROBERTS	L'héritage des MacGregor
NORA ROBERTS	La vallée des promesses
NORA ROBERTS	Le clan des MacGregor
NORA ROBERTS	Le secret des émeraudes
NORA ROBERTS	Un homme à aimer*
NORA ROBERTS	Sur les rives de la passion
NORA ROBERTS	La saga des O'Hurley
NORA ROBERTS	Le destin des O'Hurley
NORA ROBERTS	Un cadeau très spécial**
NORA ROBERTS	Le rivage des brumes
NORA ROBERTS	Les ombres du lac
NORA ROBERTS	Un château en Irlande
NORA ROBERTS	Filles d'Irlande
NORA ROBERTS	Pages d'amour
NORA ROBERTS	Rencontres
NORA ROBERTS	Une famille pour Noël****
NORA ROBERTS	Passionnément
NORA ROBERTS	Passions

… / …

DANS LA MÊME COLLECTION
Par ordre alphabétique d'auteur

ROSEMARY ROGERS	*Le sabre et la soie*
ROSEMARY ROGERS	*Le masque et l'éventail*
JOANN ROSS	*Magnolia*
JOANN ROSS	*Cœur d'Irlande*
MALLORY RUSH	*Ce que durent les roses*
EVA RUTLAND	*Tourments d'ébène*
PATRICIA RYAN	*L'escort-girl***
DALLAS SCHULZE	*Un amour interdit*
DALLAS SCHULZE	*Les vendanges du cœur*
KATHRYN SHAY	*L'enfant de l'hiver*
JUNE FLAUM SINGER	*Une mystérieuse passagère*
ERICA SPINDLER	*L'ombre pourpre*
ERICA SPINDLER	*Le fruit défendu*
ERICA SPINDLER	*Trahison*
ERICA SPINDLER	*Parfum de Louisiane*
ERICA SPINDLER	*Un parfum de magnolia*
ERICA SPINDLER	*Les couleurs de l'aube*
LYN STONE	*La dame de Fernstowe*
CHARLOTTE VALE ALLEN	*Le destin d'une autre*
CHARLOTTE VALE ALLEN	*L'enfance volée*
SOPHIE WESTON	*Romance à l'orientale***
SUSAN WIGGS	*Un printemps en Virginie*
SUSAN WIGGS	*Les amants de l'été*
SUSAN WIGGS	*L'inconnu du réveillon***
SUSAN WIGGS	*La promesse d'un été*
SUSAN WIGGS	*Un été à Willow Lake*
SUSAN WIGGS	*Le pavillon d'hiver*
SUSAN WIGGS	*Retour au lac des saules*
LYNNE WILDING	*L'héritière australienne*
LYNNE WILDING	*Les secrets d'Amaroo*
BRONWYN WILLIAMS	*L'île aux tempêtes*
REBECCA WINTERS	*Magie d'hiver***
REBECCA WINTERS	*Un baiser sous le gui*****
SHERRYL WOODS	*Refuge à Trinity*
SHERRYL WOODS	*Le testament du cœur*
LAURA VAN WORMER	*Intimes révélations*
KAREN YOUNG	*Le passé meurtri*
KAREN YOUNG	*Le fils du destin*

... / ...

DANS LA MÊME COLLECTION
Par ordre alphabétique d'auteur

KAREN YOUNG *Un vœu secret***
KAREN YOUNG *L'innocence bafouée*

* *titres réunis dans un volume double*
** *titres réunis dans le volume intitulé : Magie d'hiver 2007*
*** *titres réunis dans le volume intitulé : Passions d'été*
**** *titres réunis dans le volume intitulé : Magie d'hiver 2008*

7 TITRES À PARAÎTRE EN AOÛT 2009

Composé et édité par les
éditions Harlequin

Achevé d'imprimer en Allemagne
par GGP Media GmbH, Pößneck
en mai 2009

Dépôt légal en juin 2009
N° d'éditeur : 14317